科技期刊发展与导向

（第七辑）

主　编　吴建明

副主编　赵惠祥　曹金盛　邓晓群

编　委　（以姓氏笔画为序）

上海科学技术文献出版社

图书在版编目（CIP）数据

科技期刊发展与导向.第七辑/吴建明主编.—上海：
上海科学技术文献出版社，2010.8
ISBN 978-7-5439-4397-1

I.①科… II.①吴… III.①科技期刊-编辑工作-中国-文集
IV.①G237.5-53
中国版本图书馆CIP数据核字(2010)第128555号

责任编辑：应丽春

科技期刊发展与导向
（第七辑）
主编 吴建明
*
上海科学技术文献出版社出版发行
（上海市长乐路746号 邮政编码200040）
全 国 新 华 书 店 经 销
江苏常熟市人民印刷厂印刷
*
开本787X1092 1/16 印张26 字数616 000
2010年8月第1版 2010年8月第1次印刷
ISBN 978-7-5439-4397-1
定价：40.00元
http://www.sstlp.com

《科技期刊发展与导向(第七辑)》内容提要

本书是由上海市科技期刊学会组织汇编,关于科技期刊理论研究与实践经验的论文集。全书刊载论文 67 篇,内容包括:数字化网络出版、创新与发展、编辑学与编辑工程、评价与引证、经营与管理,另外还在附录中刊登了 2008 年上海市科技期刊编校质量检查工作总结及中英文编校差错案例分析。本书内容丰富,具有较高的学术研究水平和应用参考价值,可供各类杂志社、出版社、期刊编辑部、网络出版单位、期刊主管部门等相关人员学习和参考。

前　言

随着我国新闻出版转制改革的推进和数字化网络出版的飞速发展,我国科技期刊行业正面临着巨大挑战和机遇。在这个快速变革与发展时期,我国科技期刊应怎样面对挑战,怎样抓住发展机遇,是需要广大的科技期刊工作者进行深入研究和积极探索的。《科技期刊发展与导向(第七辑)》的出版,展示了上海、长三角等地区的科技期刊工作者近年来开展的相关研究与探索,反映了我国目前科技期刊的发展与导向。

本书共收录论文 67 篇,其中关于数字化网络出版论文 12 篇;创新与发展论文 13 篇;编辑学与编辑工程论文 20 篇;评价与引证论文 8 篇;经营与管理论文 14 篇。这些论文是从 115 篇投稿或会议论文中经过专家精心审稿和学术不端检索系统遴选出来的,观点新颖,内容丰富,有较高的学术水平和参考价值。另外,本书还收录了 2008 年上海市科技期刊编校质量检查工作总结和中英文编校差错案例及分析,供编辑同仁学习参考。

本书的出版得到了上海市科技期刊学会领导及各专业委员会的关心、指导与帮助,得到了上海市科委、上海市科技文献出版社、江苏省科技期刊编辑学会、浙江省科技期刊编辑学会等单位或社会团体的大力支持,在此一并表示衷心的感谢。也特别鸣谢《科技期刊发展与导向(第七辑)》编辑委员会各位专家的悉心指导和审稿工作,《同济大学学报》编辑部在征稿、组织方面承担的大量工作,以及《第二军医大学学报》编辑部在编辑、排版、校对方面承担的大量工作。

书中的不当或错误之处,恳请读者批评指正。

上海市科技期刊学会
2010 年 5 月

目 录
Contents

第一部分　数字化网络出版

第二部分　创新与发展

第三部分　编辑学与编辑工程

第四部分　评价与引证

第五部分　经营与管理

第六部分　附录

第一部分

数字化网络出版

中国激光杂志社的数字化、网络化和集团化发展

张 雁 杨 蕾

（中国科学院上海光机所中国激光杂志社　上海 201800）

[摘要]　学术期刊在不断提高学术质量的前提下，推进期刊网络化、数字化、集群化建设是当今科技期刊发展的必然趋势。中国激光杂志社为了适应时代发展的需要，改革创新，树立新的办刊理念，用五年的时间，从最初的四刊联合建立光学期刊联合编辑部开始，逐步发展壮大，创立并发展了拥有 33 本光学期刊在线资源的中国光学期刊网，基本实现了由传统的办刊模式向新型的集团化、数字化、网络化发展，在期刊市场化建设与多元化模式上迈出更大的改革步伐。

[关键词]　科技期刊；体制改革；网络化；数字化；品牌；发展；市场

国外出版集团的出版理念、出版体制、经营模式等对我国科技期刊的办刊理念构成了极大的挑战，创新已成为推动科技期刊发展的动力。中国激光杂志社为了适应时代发展的需要，在改革初期通过对《光学学报》、《中国激光》、Chinese Optics Letters 和《激光与光电子学进展》四个编辑部的联合，完成了实体内部结构的调整、资产的整合、人力资源的优化、工作流程的网络化等进程，为体制改革奠定了基础[1-2]。杂志社充分利用自身的品牌效应，优化期刊出版资源，建立中国光学期刊网，并充分利用这个国内光学领域最大的专业数字化出版平台，集合国内的 33 种光学期刊，使我国的光学期刊逐渐迈向集群化、规模化、产业化。

1　办公系统的网络化

1.1　网络化的稿件管理系统

2004 年初，中国激光杂志社就引入了期刊编辑部办公网络化稿件管理系统"玛格泰克"，在国内属于较早进入网络化工作流程的编辑部之一。在当时还有很多科技期刊采用传统的纸质档案进行稿件管理的情况下，杂志社无疑在实现工作流程的网络化中引领着科技期刊发展的趋势。传统的编辑出版工作从来稿、审稿、作者查询、编辑、校对、录用、发行都实现网络一体化，提高了运行效率。同时建立作者数据库、审稿数据库、稿件数据库等，为期刊的管理、数据分析及输出等提供了强大的支持，实现了稿件处理科学化、高效化、信息化的网上工作模式。

1.2　在线式业务处理

2008 年底,中国激光杂志社的网络办公系统完成了在线升级,实现了作者在线投稿与查稿、审稿专家在线审稿等一系列在线稿件处理流程,更加拉近了期刊编辑与作者、审稿专家、读者之间的距离,在他们之间建立了一种即时互动的模式。升级后的系统避免了 email 投稿、email 送审的各种弊端,完全实现了在线式、自助式的稿件业务处理。作者的在线投稿,为编辑部节省了稿件登记所花费的大量时间和人力。在线查询使作者可随时自助查询稿件的审稿情况、处理进展、审稿意见等,减少了编辑接听电话或回复 email 的时间。编辑同样可以在线完成收稿、送审、退修、退稿等操作。投稿、审稿、编辑等流程也更加不受地域和时空的限制,只要有国际互联网的地方,就可以随时随地处理从投稿到出版的任何一个流程。

2　期刊的集团化发展与数字化建设

2.1　国内外科学出版集团的对比

国外出版集团的出版理念、出版体制和经营模式等对我国现有的出版体制构成了极大的挑战。在国际科技出版集团中,科学出版巨头 Elsevier、Springer 都拥有涵盖多个学科的上千余种期刊和上万种图书。在产业演变的进程中,它们适时地将核心资产向新的经营模式——网络化运营模式转移,而不是一味地固守其在原来的传统的纸质印刷科技期刊产业中的领先地位。1996 年 Springer 正式推出全球第一个电子期刊全文数据库 SpringerLink,并且合并了 Kluwer 出版社。已有 100 多年历史的 Elsevier 作为全球最大的出版商尤其是学术期刊出版商,也适时地建立并完善了它的网络出版平台——ScienceDirect,使用户可通过互联网在线上搜索、浏览、下载以及打印所需的期刊论文,从而完成了传统出版向数字出版的成功跨越。

除上述大型商业性出版公司占据了大部分市场外,一些单学科领域的专业性行业协会也在科技期刊的数字出版中占据一定的地位。如美国光学学会(OSA),在 21 世纪初就推出了自己的网络出版平台——Optics InfoBase,并且逐步完成了所有过刊的电子化回溯。利用该平台,OSA 又创办了 Optics Express(E-Journal),期刊的影响力也逐年扩大,2003 年在光学领域内 SCI 的影响因子还在第 5 位置,2006、2007、2008 三年则连续位居第 1。OSA 利用差异化优势,专注于光学领域的科技期刊,及时地把握了产业演变规律,向网络出版方向发展,收到了很好的效果。目前,美国光学学会拥有 11 种影响因子相当高的光学期刊、6 种合作期刊和一个会议论文集。

在我国,由清华大学、清华同方发起,1999 年创立,以实现全社会知识资源传播共享与增值利用为目标的信息化建设项目 CNKI 的崛起为国内科技期刊提供了一种网络出版的平台,国内的科技期刊纷纷加入。CNKI 工程集团经过 10 年的努力,采用自主开发并具有国际领先水平的数字图书馆技术,建成了世界上全文信息量规模最大的"CNKI 数字图书馆",并正式启动建设《中国知识资源总库》及 CNKI 网格资源共享平台,通过产业化运作,为全社会知识资源高效共享提供最丰富的知识信息资源和最有效的知识传播与数字化学习平台[3]。统计表明,中国科协及其全国学会的 898 种科技期刊中,有 823 种在 CNKI、772 种在万方数据、727 种在维普资讯全文上网[4]。

2.2 以中国光学期刊网为平台的国内光学期刊的联盟

在世界科技期刊出版格局基本成形的情况下,我国的科技期刊该如何发展?打造中国的国际一流科技期刊是我们办刊人所面临的迫在眉睫的任务。另一方面,传统的纸质出版物越来越受到来自数字化传播的巨大挑战,数字出版是大势所趋。而与国外的出版集团相比,国内期刊的数字化出版还有不小的距离。而且,中国的期刊经营相对比较分散、势单力薄,集群化程度也比较低。

为了改变这种单一的期刊经营模式,加快期刊网络化和数字化建设,创建中国光学品牌、创建和打造数字化平台,促进光学系列期刊的资源整合,扩大光学期刊的品牌影响[5],2003—2004 年初,中国激光杂志社充分利用自身的核心资产:《光学学报》、《中国激光》、Chinese Optics Letters 和《激光与光电子学进展》,建立了期刊网站"中国光学期刊网"。在杂志社的号召和努力下,目前期刊网由当时的 6 家期刊加盟发展到已拥有 33 家期刊的大型行业网站。除了拥有《红外与毫米波学报》和 Chinese Optics Letters 两本 SCI-E 源期刊外,《光谱学与光谱分析》也在 2009 年 7 月份加盟了期刊网,队伍在一天天地壮大。至此,我国的光学期刊也在逐渐地集中化、规模化、产业化,也更具竞争力和权威性。虽然离国际精品期刊还有很大的距离,但是这些中国最优秀的光学期刊汇集一堂,大家共享资源,共享经验、抱团取暖、共谋发展,实现了中国光学期刊集群化联盟,共享一个网络出版平台,突出整体集团形象,形成集团效应。大家在合作中增进了解,在整合中产生效益,在联合发行、联合广告、数据整合销售等多方合作中寻求发展。中国光学期刊网的宗旨是"传播中国优秀光学期刊,打造一流网络服务平台"。目前,它是我国光学领域最具权威的综合信息服务平台,不仅全方位地展示我国光学期刊的各种信息,还将成为交流产品和服务信息的媒介,以及科研工作者探讨学术问题的论坛。同时,还开设光电博客、论坛、会展、视频、市场信息发布等多媒体信息平台。中国光学期刊网以创新和促进科技期刊发展为己任,致力于建设国内光学领域最大的专业数字化出版平台。从 2004 年到 2008 年,网站 5 次改版,内容也拓宽了很多,涉及到期刊订购,图书销售、发行、广告、会员服务等横向业务。网站依靠先进的技术和优质的服务,集成了光学论文全文信息约 6 万篇,过刊的回溯还在不断进行;年摘要载文量达 10 万次,全文达 4 万次;日均访问量达到 8 万~10 万人次,IP 访问 3 000~5 000 次;论文年均浏览量 850 余万人次,年访问量 2 000 万人次。网站访问用户分布广泛,拥有 20% 以上海外用户,包括美国、法国等发达国家,并呈上升趋势,成为期刊、企业、用户相互沟通的桥梁和一个各方可信赖的大型行业网站,在国内光电行业内排名第一。中国光学期刊网也由此成为非传统意义的"科技期刊实体",其规模远远大于国内光学领域内的任何其他实体。数字出版将不可避免地成为未来期刊发展的必然方向,例如美国地球物理学 2010 年就不再出纸质版。

杂志社的网络化、数字化改革实现了科技期刊内容生产的纵向一体化。同时,也实现了学术期刊与网站的双赢。在科技期刊产业由传统出版向网络出版发展的历程中,中国激光杂志社在国内显然是走在了前面,引领着产业的演变。

3 多元化的办刊理念和模式

3.1 期刊的市场化

实施多元化经营，提高期刊效益。随着期刊出版多元化、市场化的竞争日益加剧，期刊需要加强营销策划和宣传，创新营销手段，提高经营效果[5]。科技期刊产业群应该是一个合理的企业生态结构[6]。科技部《精品科技期刊发展战略研究》报告指出：用多元化的发展模式引导中国科技期刊的发展方向，用市场化的运作机制来解决中国科技期刊面临的诸多难题。报告中系统地介绍和分析了美国、英国、德国、荷兰、日本 5 个国家期刊的运行模式，它们共同的特点就是期刊出版业靠市场运作，市场的价值规律决定期刊的命运[7]。从盈利类型来分，国际科技期刊出版实体分为营利性和非营利性两种期刊运行模式，但是，少数营利性的商业出版集团却在市场中占据主导地位。根据对 2004 年 JCR 收录的 5 968 种期刊的出版机构类型以及相应的期刊出版量的统计，占全部出版机构 32.54% 的营利性出版机构，其出版的期刊占到全部 JCR 期刊的 74.37%，而占 67.46% 的非营利性机构出版的期刊仅占期刊总量的 25.63%[8]。

3.2 多元化经营

学术期刊是文化产业的组成部分，凡是产业终究要走市场化的发展道路。但学术期刊是一种特殊的文化商品，它不像一般商品那样具有直观和显现的价值形式，而是具有潜在性和滞后性。科技图书、行业网站、学术会议、专业信息服务等与科技期刊相关的产业是期刊多元化经营的模式。另外，与学术会议有很高关联度的行业展会也是高科技企业展示产品与服务的一种重要形式。对于有良好品牌效应的科技期刊实体，完全有可能向这些产业扩展。这些相关产业恰好可以共享科技期刊品牌和论文版权等核心资产，因此向这些产业开展多元化经营是科技期刊很好的选择[4]。

出版业竞争激烈，要想在众多的出版企业中脱颖而出，必须依托期刊的质量和特色来寻找机遇。企业经营制胜的重要秘诀就是靠名牌产品和品牌战略，所以创办精品期刊是市场化运行的前提和必要条件。《中国激光》创刊于 1974 年，是激光专业领域最具权威性的专业期刊，两届"中国百种杰出学术期刊"。《光学学报》创刊于 1981 年，全面反映我国光学科技的新概念、新成果、新进展，五届"中国百种杰出学术期刊"。并且上述两刊双双入选 2008 年首届"中国精品科技期刊"（加盟中国期刊网的两本期刊《光电子·激光》和《光学　精密工程》也同时入选）。Chinese Optics Letters 是我国光学领域最早的英文期刊，2006 年进入世界光学领域的重要检索库 OSA 的 Optics InfoBase 数据库，2007 年被 SCI-E 收录。而《激光与光电子学进展》创建于 1964 年，是我国光电领域最早的科技期刊，也是我国第一本全彩的科技期刊，其特点是以科技创新带动产业发展，被行业专家称为"光学界的风向标"。中国激光杂志社正是依托和发挥了这 4 本品牌期刊的优势和中国光学期刊网这个大型的数字化平台，实施着期刊品牌的延伸服务。杂志社作为极具专业影响力的媒体支持单位开拓多种经营渠道、创新多种经营模式，多次组织专题学术会议、专题培训班、咨询服务以及积极参加行业展会，不仅以其自身的魅力使得这些活动更具吸引力，同时也为品牌的拓展和扩展业务范围奠定了基础，并且取得了很好的经济效益。例如，近年来，编辑部成功地举办了多次全国性的光学前沿系列会议：光学前沿——2008 激光技术论坛暨 2007 中国光学重要成果发布会，光学前沿——2008 全国信息光学与光子器件学术会议，光学前沿——首届"大珩杯"光学期刊优秀论文评选，"Code-V"杯光学设计大赛暨论坛。历届会议的优秀论文（审稿评定优秀者）分别发表在《中国激光》《光学学报》《激光与光电子学进展》等期刊上，不仅吸纳了国内最新的研究成果，而且还收到了一定的经济效益。杂志社连续 5 年承办了一系列"光学设计讲习班",将其打造成了在业界有相当知名度的品牌,并获得多家光学企业的赞助。这种专业性学术会议与期刊结伴而行和多元化的经营,在学术交流服务中赢得了良好的经济效益和上佳的品牌效益。

4 结语

中国激光杂志社转变办刊观念,开拓进取,以市场为导向,加强体制改革,采取创新的品牌经营策略,加强期刊集团化建设,走出了一条适合自身发展的成功之路。国际化创新的办刊模式得到了中国科协和中国科学院的肯定,并且成为科协和科学院两项改革工作的试点单位。同时,借助中国光学期刊网数字化平台及其品牌效应,中国激光杂志社正在筹办新刊,把光学出版事业做大做强。

参 考 文 献

1 张雁,颜严,杨蕾,等.多头并重打造光学界品牌期刊[J].中国科技期刊研究,2007,18(4):674-676.
2 杨蕾,薛慧彬.联合 创新 实现跨越发展——三种光学类学术期刊的改革实践[J].中国科技期刊研究,2006,17(2):265-268.
3 中国知识基础设施工程.http://www.cnki.net/gycnki/gycnki.htm
4 颜严.中国科技期刊产业环境及战略选择[M].上海:华东师范大学出版社,2008:47-58.
5 石朝云.传承拜年经典 铸就精品中华期刊群[J].编辑学报,2009,21(1):5-7.
6 李镇西.WJG创新商业模式看中国科技期刊的"突围"[J].中国科技期刊研究,2008,19(4):667-671.
7 金碧辉,戴利华,刘培一,等.国外科技期刊运行机制和发展环境研究[J].中国科技期刊研究,2006:17(1):3-9.
8 杜大力.中国科技期刊改革开放30年[J].编辑学报,2009,21(1):1-4.

《数学年刊》网络化和国际化 *

陈光宇　顾凤南　周春莲　石教云

(复旦大学《数学年刊》编辑部　上海 200433)

[摘要]　介绍了《数学年刊》网络化的概况,即使用 TEX 软件自行编排电子版(实现了编排校一体化)、建立稿件管理系统(实现了稿件的自动化管理)和设置独立网址(实现了期刊的网络化)等等,为《数学年刊》的国际化提供了物质支撑与保证。针对建立起的编者、作者、读者、出版者和发行者之间互动式的期刊网站,提出了进一步改进的设想和措施。

[关键词]　数学年刊;TEX 软件;稿件管理系统;网络化;数字化;国际化

网络技术的不断发展及计算机硬件和软件的升级换代,对科技期刊的发展产生了重要的影响,加速了科技期刊编辑工作的现代化,出现了"以数字形式存储于光盘、磁盘等介质上,并通过计算机设备在本地或远程读取、利用的连续出版物"[1]的数字化期刊。以至后来"发展到现在的网络化的电子期刊,能够实现编辑出版、发行到订购与阅读全过程的电子化,所以,人们称它为真正意义上的数字化期刊"[1],亦称为网络化期刊。

《数学年刊》经过 20 年的编辑和出版的现代化工作,在数字化和网络化方面作了一些探索。

1　《数学年刊》在办刊过程中实现网络化

1.1　使用 TEX 软件,自行编排电子版的《数学年刊》

TEX 是一个功能强大的特别适合排版科技文献和书籍的格式化排版程序[2]。TEX 系统是一个优秀的格式化(编译型)排版系统,它一问世便以其排版效果的高质量震动整个出版界,是公认的数学公式排得最好的系统。TEX 软件发展至今,根据不同的要求已开发了AMSTEX、LATEX、AMSLATEX、PDFTEX[2]、CCT[3,4]以及 TY[5]等排版软件,供不同的用户使用。在众多的 TEX 软件中如何选择,主要根据编辑部的排版实际,选择最符合自己需要的 TEX 软件。目前国内外最流行的英文版数学期刊排版软件是 LATEX 软件,其次是AMSTEX 软件,而中文版的数学期刊排版软件主要是 CCT 软件。

《数学年刊》是我国最早使用 TEX 软件排版数学期刊的单位之一。1988 年开始我们利用由美国 Allenton 出版公司提供的 AMSTEX 软件自行排版《数学年刊 C 辑》(Chinese Journal of Contemporary Mathematics);1993 年开始我们利用 AMSTEX 软件自行排版《数

* 上海市科协资助课题(沪科协[2007]194 号-1).

学年刊 B 辑》(英文版);在此基础上于 1997 年开始利用 CCT 软件自行排版《数学年刊 A 辑》(中文版)。根据 20 年利用 TEX 软件排版《数学年刊》中英文版的经验深感它确实是目前数学期刊的很好的排版软件之一,使"期刊的编、排、校一体化"成为可能。这确实可以大大减少录、编、排、校的差错率,同时缓解编辑部人员的紧缺状况[6]。我们在利用 TEX 软件排版中,总结出一套行之有效的排版规范,也发现了一些问题,并提出了解决的方法[7]。

由 Aleksander Simanic 开发的 WinEdt 排版系统[8]是在 Windows 系统下,把 TEX、AMSTEX、LATEX、AMSLATEX、PDFTEX、CCT、Adobe Acrobat 6.0[9]等软件汇总起来的系统,因此,它的功能较强大。

我们利用包括 LATEX 和 CCT 软件在内的 WinEdt 操作系统,通过对源文件的编和译,可以生成显示和打印文件(DVI)、修改文件(LOG)以及电子版的网络文件(PS,PDF),并可利用 PS 文件出胶片。PDF 文件在各种操作系统下的各种类型的电脑中所生成的显示页面被固定,不容易改变,因此利用制作网络电子版的文件(PDF),通过文章的 PDF 文件可以直接将文章挂到网上,供用户下载使用,最后可以制成电子版的网络期刊。

另外,PDF 文件也可作为校样稿供作者校对,作者可以利用 Adobe Acrobat 6.0 以上的版本,打开 PDF 文件,直接在 PDF 的校样稿上校对和修改,储存后生成新的 PDF 文件,通过 e-mail 或网络直接传给编辑部,不仅有利于提高校对质量,还可缩短出版周期。此外,我们还为清华光盘版数据库和万方数据库提供了制作《数学年刊》网络版的 PDF 文件和 PS 文件,以加速实现网络化。

1.2 建立编辑部稿件管理系统,实现稿件的自动化管理

1.2.1 基本情况

由于《数学年刊》编辑部成员均是数学专业或计算数学专业毕业,具有较强的计算机编程能力,从 1996 年便开始自行开发编辑部稿件管理系统,1997 年基本建成。此后随着计算机技术的发展和需要,为了适应新形势下编辑技术现代化的要求,在原有基础上对稿件管理系统做了不断修改和补充,到目前该稿件管理系统已进入实际运行,对《数学年刊》的稿件管理和编辑部办公自动化发挥了很大的作用。

《数学年刊》开展的稿件管理系统基础数据信息输入工作,已完成了 1998 年开始的来稿信息登记、稿件送审信息(包括稿件初、复审情况和修改情况信息)、2000 年以来 A、B、C 三辑的已发表文章的刊发信息和作者情况、作者 e-mail 联系地址、投稿方式(按照推荐稿、约稿、转投稿等)分类登记;增加了关键词库;增设了稿件作者中联系人详细信息以及作者信息库、审稿人信息库、单位信息库、付费标准等数据。

当然,编辑部稿件管理系统仍在不断修改、不断完善之中,对全部信息,包括以往和现在的已输入的各种信息资料,争取尽快实现稿件管理信息自动检索、查询、打印等系统功能。

1.2.2 编辑部稿件管理系统的功能和特点

(1)输入功能和后续信息的自动生成功能。当把稿件登记信息一次直接输入电脑后,计算机会自动保存,以后出现同样内容会自动生成,减轻了以后输入的工作量。

(2)查询功能。能够在系统中通过对话框提示等方式,采用 10 多种查询信息指标,及时得到查询结果。比如查询稿件在处理流转过程中的信息,能及时了解稿件处理进展程度、审稿结果。

(3)检索和统计功能。可以根据各种信息指标,检索所需信息,能检索到某一阶段工作

进展情况、某项目的统计等,其中包含专业方向信息指标 19 种、基金资助信息指标 15 种、投稿方式信息指标 5 种。诸如此类信息检索、统计功能较为健全。

(4)自动生成各类信息库功能。可以根据输入稿件信息自动生成作者群数据库、审稿专家数据库、录用稿件数据库、基金来源数据库、学科专业分类数据库等,并具有较强的数据库管理系统,方便大家使用。另外,在数据输入过程中,可以不断更新数据库,以便编辑人员共享有关资料,如果有变化可在这里及时更改已经输入的信息。

(5)输出打印功能。可以根据编辑工作流程的需要,自动生成各种工作单,已制作了 10 种以上的表格、工作单,工作人员可任意挑选所需要的内容,打印输出。

(6)自身信息资料备份功能。可以生成系统信息备份,根据需要完成文件复制和删除,具有较强的信息文件拷贝功能。

1.2.3　编辑部稿件管理系统的组成

整个系统分 5 个部分,包括数据登录、数据字典、查询、打印、文件复制。

(1)数据登录。主要是:①来稿登记,输入稿件信息(共 21 条),包括编号、收稿日期、记录号、作者、单位、类型、国别、地址、邮政编码、e-mail、题目、关键词、投稿方式、联系人、专业方向、基金资助、分类号、文种、份数、推荐人、联系电话。②审稿信息(15 条),包括审稿人、单位、单位类型、通信地址、邮编、送审日期、送审稿收到日期、催审日期、催审次数、修改日期、修改稿收到日期、复审日期、复审稿收到日期、复审次数、审稿意见。③刊发信息(16条),包括作者信息库、姓名、性别、职称、单位、审稿人、意见、审稿费、付费日期、编委意见、刊发卷期页、通知日期、定稿日期、软盘收到日期、稿酬、付费日期。

(2)数据字典。主要是:①单位,包括单位名称、单位类型、通信地址、邮政编码等。②作者,包括姓名、性别、出生日期、职称、专业方向、学位、单位、单位类型、国别、地址、邮编、e-mail、传真、电话等。③审稿人,包括姓名、单位、单位类型、通信地址、邮编、e-mail、传真、专业方向、电话等。④付费标准,包括审稿费、复审费、稿费(分 A、B、C 辑)等。

(3)查询。主要是:①来稿查询;②审稿查询,包括一审未送、二审没审、审稿期限(月)、审稿人、稿酬、卷期等;③审稿结果(15 种);④专业方向(19 项);⑤基金资助(15 项);⑥文种(5 种);⑦单位系统(3 种);⑧投稿方式(5 种);⑨国别(7 种);⑩付酬情况(5 种)。上述 10 项查询情况中,均可以显示 13 种内容,包括:编号、收稿日期、作者、审稿结果、刊登信息、通知日期、单位、题目、投稿方式、专业方向、基金资助、国别、推荐人。

(4)打印。主要是:①来稿登记;②来稿回函;③审稿单;④复审单;⑤催审单;⑥退稿单;⑦修改单;⑧刊登通知。

(5)复制和删除文件。主要是:①复制文件年份、起迄年份、源盘、目标盘;②删除文件年份、起迄年份、目标盘;③退出。

1.3　设置《数学年刊》的独立网址,实现期刊的网络化

《数学年刊》的网址(原网址 http://www.mathca.com,新网址 http://www.camath.fudan.edu.cn)享有国际顶级域名,为《数学年刊》提供了网络化的物质支撑与保证,配合采用电子邮件(edcam@fudan.edu.cn)进行远程通信等,使《数学年刊》信息传播在范围、速度和质量等方面带来质的飞跃。

网络出版技术为期刊创造了全新的传播手段。利用网络可以大幅度地扩大期刊的读者群和作者群;可以及时出版,缩短时滞;可大大提升期刊的知名度,扩大国际影响力。《数学

年刊》通过互联网已经实现了 e-mail 约稿、投稿、稿件查询、审稿、校样等功能,也实现了网上作者查询和读者查询的功能。但还需要进一步加以改进,以真正实现网上约稿、投稿、稿件查询、审稿、校样、出版、发行等功能,并建立编者、作者、读者、出版者和发行者之间互动式的期刊网站。

2 《数学年刊》在网络化过程中实现国际化

2.1 国际化需要网络化

首先这是稿源国际化的需要。为了缩短周期、加快论文发表速度,需要网络投稿,尤其文件较大、e-mail 投稿有困难时,上传下载效果较好。其次,也是作者和读者国际化的需要。因为网络发布信息快,作者和读者可以很快得到最新的信息,在一篇文章发表前几个月就可以看到这篇文章,并进行引用,大大提高期刊的引用次数,这是纸质杂志无法与之相比的优点。再有,是编委国际化的需要。国际化要求成立国际知名专家组成的编委会,而编委之间、编委与编辑部之间方便和简捷的联系需要网络的支持才能实现。最后也是审稿国际化的需要。利用信息网络技术建立自己的审稿专家数据库,请数据库中的国际专家在世界各地远程异地审阅。专家与编辑部之间的空间距离缩短了,语言障碍消失了,从而加快了审理速度。

2.2 网络化又可促进国际化

网络化为国际化的作者、读者、审者架起了一座桥梁,是当今信息交流的发展趋势,是国际化的重要工具和手段,也是科技期刊实现国际化的重要途径。(1)网络化为作者投稿、作者查询、读者查询提供了诸多的方便,消除了国内、国外作者和读者的差异,真正体现了国际化。(2)网络化使遍布世界各地的编委像在同一个办公室里工作一样,能及时得到编辑部的信息,实现网上约稿、审稿、校对,加快了出版周期。(3)网络化使读者对自己所需的信息内容和时间都可以自己进行选择。(4)由于网络的国际性,在无形中加大了期刊对境外的宣传力度,有利于扩大境外订户数和境外投稿数。

2.3 在网络化进程中实现国际化

目前我国科技期刊杂志社或编辑部实现网络化过程大致采用两种形式:一种是挂靠在一些大的网络公司的服务器上,编辑部建立一个网页,申请一个国际域名即可(不需要自己的服务器),《数学年刊》就采用这种形式;另一种是独自建立一个网站,不仅要建立一个网页,申请国际域名,还要有功能较强的服务器。即使有了网站,也会由于功能不全或速度过慢不能起到应有的作用。因此,建立一个网站,硬件上需要购买一个服务器(当然若挂靠在大公司的服务器上,就不必购买了),软件上需要数据库软件、杀毒软件、网页制作和网站管理工具等。目前《数学年刊》是按以下步骤正在实现网络化。

2.3.1 建立一个通常的网页,申请一个国际域名

《数学年刊》在建立的网页中已有如下内容:(1)该杂志的介绍;(2)对作者的说明,如投稿的途径、文章的编写格式要求及样式、已经发表文章和即将发表文章查询等;(3)与编辑部及编委的联系方式;(4)购买期刊的方式及定价;(5)将期刊最近的文章发布在网页上,包含已经发表的文章摘要及全文和将要发表的文章摘要。

2.3.2 给网页配备数据库,实现网上查询功能

网上已有的查询功能包含作者查询和读者查询：(1)作者查询与办公自动化相联系，无论何时，作者只需打开编辑部的网页，点击作者查询按钮，在弹出的表格上填入稿件号或姓名并提交，即可得到稿件的审稿情况、发表的大致时间等信息；(2)读者查询，使读者可以按作者姓氏查询、按期卷查询，还可以按关键词、发表时间范围的组合查询等，并可以打印摘要或全文。

2.3.3　实现网络投稿，即上传功能

(1)作者只需点击投稿按钮，按弹出的表格要求填入个人信息及文章附件，点击提交按钮。服务器判断是否符合要求，若是，则自动将附件放入临时数据库中，并自动登记作者信息和自动答复 e-mail 给作者。(2)实现审者意见和修改稿网上返回，审者只需按照表格的要求填入相应的作者信息及对文章的评价即可。(3)作者修改意见返回时，只需填入稿件号、作者姓名及粘贴中英文摘要，并上传文章修改稿至编辑部。

2.3.4　实现网上审稿，编委网上办公

编委负责制是一种国际上通行的科技期刊运行模式，由各学术领域的专家来负责其领域的稿件取舍情况，直到某篇稿件有了结果才将它转给编辑部[10]。但国内的期刊推广编委负责制遇到的则是另一种情形。国内期刊往往设有固定的编辑部和编辑人员，编委一般都是兼职的，有些常务编委定期来编辑部处理稿件，编辑部按照编委的意见送审稿人审理。由于编委较忙或出国、出差，稿件处理周期有时比较长。另外，由于编委会国际化，编委遍布全世界，因此，实现网上审稿、编委网上办公是科技期刊国际化的很好举措。

具体的做法是：(1)给每一个编委建立一个子页面（权限通道），其中包含个人信息、系统设置（主要用于个人密码的修改）、个人任务栏、审稿情况；(2)编委通过点击可以对文章做出如下的行为：通知能否审阅某篇文章、查看文章并下载、查看审稿期限、得到审稿凭证、发表对某文章的报告、请求延长最后期限、代理审稿、拒绝审稿；(3)当然还要有查询、帮助等。

2.3.5　实现网上校对[11]

编辑部将待校对的文稿制成 PS 文件或 PDF 文件上传到期刊网上，网络自动将待校文稿 e-mail 给作者。作者将校对好的文稿，指明页、行、修改内容，上传到网上，或通过传真、e-mail 直接反馈给编辑部（原校样稿可以不传回编辑部）。这样可以大大加快校对速度，节省校对时间。

2.3.6　实现网上出版

期刊网上出版有两种形式：一种称为网络期刊，它的信息处在随时被链接、查询和调用的状态，网络给予期刊一种动感[12]；另一种是期刊的网络版，期刊在网上出版后，仅仅是印刷版期刊的介质改变，不能被链接、查询和调用，处在静态中。实现期刊的网上出版，其中使用的专业名词术语和符号、计量单位、标点符号、数字和文后参考文献著录格式，以及编排格式必须根据 ISO 国际标准和我国国家标准的有关规定，或者根据国际上通常流行的格式，做到编排格式规范化、标准化和国际化。例如对数学期刊稿件的编排格式可以见参考文献[13]；另外对稿件一律用 LATEX 或 AMSTEX 排版，再生成 PDF 文件或 PS 文件实现上网，便于作者和读者通过国际通用的 Acrobat 软件实现网上浏览、链接、查询和调用。

2.3.7　网络建设中应该注意的一些问题

在建立网上投稿、查询和审稿时，对网络系统应注意以下几点[14]：(1)确保操作平台稳定；(2)简化或梳理编辑部操作流程，尽量做到后台"傻瓜式"操作；(3)建立起后台保障体系，

以使该系统能正常运行,所以要有多个备份服务器。

网络化确实能给科技期刊的国际化和我们日常的编辑工作带来许多好处,但在实际工作中还要注意以下几个问题:(1)建立网站时一定要对读者有个具体说明,越详细越好;(2)及时更新信息(最好能提前半年公布即将发表的文章摘要);(3)注意防止病毒的袭击,尤其是有上传功能的网页;(4)提高网络的运行速度,不管网站建立得多么漂亮,如果速度上不去,会很少有人光顾,所以在设计网页时,尽量删去不必要的画面,强调网页的层次性;(5)建立相关的链接,可以与相关的数据库检索系统网站、相关的杂志网站、与本杂志有关的专业网站建立链接。

参 考 文 献

1 曾建勋,屈海燕.数字化期刊的优势、结构与功能[J].中国科技期刊研究,2003,14(专刊):807-809.

2 刘利刚.Tex 基本知识[EB/OL].[2007-07-20].http://www.math.zju.edu.cn/liangliu/LaTeXForum/tex_ introduction.htm

3 郭力,张林波.CCT 中外文科技激光照排系统[M].北京:海洋出版社,1993.

4 张林波,葛向阳.科技排版软件 TEX 中文接口——CCT 5.0 版参考手册[EB/OL].[2007-08-06].ftp://ftp.cc.ac.cn/pub/cct

5 陈志杰.天元中西文排版软件[OE/OL].[2007-08-06].http://www.ecnu.edu.cn

6 李无双,潘淑君.信息网络化与学术期刊编辑[J].中国科技期刊研究,2007,18(2):291-293.

7 石教云,陈光宇.用 TEX 软件编排电子版数学期刊需注意的一些问题[G]//科技期刊发展与导向(第七辑),上海:上海科技文献出版社,2010:48-55.

8 Aleksander Simonic.WinEdt Version 5.3[EB/OL].[2007-08-06].http://www.Winedt.com

9 Adobe Systems Incorporated.Adobe Acrobat 6.0[EB/OL].[2007-08-06].http://www.adobe.com/acrofamily/main.html

10 史永超.《数学学报》国际化进程中网络所起的作用[J].中国科技期刊研究,2004,15(1):78-79.

11 段麦英.科技稿件的网络化管理与出版[J].中国科技期刊研究,2003,14(专刊):857-858.

12 刘莜敏.中国科学引文数据库与期刊网络化[J].中国科技期刊研究,2003,14(专刊):810-813.

13 陈光宇,顾凤南.数学期刊面向国际的一些编排规范[J].中国科技期刊研究,2004,15(4):480-483.

14 杨宏,于萍,宋鸿,等.走自主创新之路 加速科技期刊出版国际化进程[J].中国科技期刊研究,2007,18(2):294-296.

学术期刊与网站双赢模式的探讨

王晓峰 杨 蕾 段家喜

（中国科学院上海光学精密机械研究所《中国激光》杂志社 上海 201800）

[摘要] 网络技术的发展一方面拓宽了学术期刊的传播渠道，扩大了期刊资源的影响力；但另一方面因网络存储量巨大、内容更加丰富，也分流了期刊的一部分读者。如何实现期刊与网站的双赢是每一个编辑部都需要解决的问题。本工作从期刊和网站两个方面入手，在详细分析了国内外著名期刊和网站特点的基础上，指出了目前国内大部分编辑部在两者合作经营方面存在的不足，最后给出了初步的解决方案。

[关键词] 学术期刊；网站；双赢

计算机网络技术的迅速发展改变了传统的信息传播、获取方式，给期刊的编辑出版带来了深刻的影响，如开放存取（Open Access）使读者无需付费即可阅读文章[1-2]。编辑部已经从单纯的期刊出版扩展到了与之有关的各项活动，如以期刊出版为中心，建设网站，扩大宣传，进行期刊品牌建设。期刊出版工作的重心正在从传统的编校排环节向论文网络发布、资源深度利用、期刊品牌建设等方面转移。网站能及时发布期刊的部分或者全部信息，让读者先睹为快，为期刊吸引更多的读者，但又因内容丰富而会分散、吸引读者放弃阅读期刊，降低期刊的发行量。期刊与网站作为矛盾双方，既能相互促进，又相互影响。如何正确利用网络，建设与期刊相应的网站，使之相得益彰，实现期刊与网站的双赢，是期刊发展过程中面临的一个重要问题。

1 当前学术期刊网站存在的几个问题

几乎所有的编辑部都认识到网络化办公的好处，纷纷创建了自己的网站，购买了专业的编辑处理软件，如北京玛格泰克科技发展有限公司的期刊稿件采编系统等。但是，在学术期刊出版网络化的过程中也出现了一些问题，如对网站功能如何进行深层次开发，软件系统与作者、读者需求如何统一，开放存取的范围如何界定，等等。正视并解决这些问题将非常有利于扩大期刊的影响力，提升编辑部的竞争力，加快期刊的品牌建设。

1.1 忽视网站的深层次开发，后期投入不足

虽然绝大部分编辑部都建立了自己的网站，但有的网站功能并没有得到全面开发，很多功能没有实现。这主要表现在：网页简单，功能单一，仅仅是期刊的网络版；信息更新不及时，色彩单调，不能吸引读者的眼球；不注重投入，忽视网站的后期维护，网站没有生命力[3]。其实，网站与期刊并不是简单的附属关系，网站有独立的运作模式、信息传播方式，它可以通过视频、音频、Flash 等技术手段为读者提供实时的查询、学习、留言等功能，而这些功能是

传统期刊所不具有的。很多期刊的网站在建成之后,除了定期更新内容(主要是已出版期刊的内容)和简单的技术维护之外,很少推出特色栏目,而且多数没有专人负责,沦为期刊的附属品。反观国际上很多著名期刊的网站,不但网页精致,而且内容丰富、新颖,与期刊的发展相得益彰。Science 的网站(www. sciencemag. org)不但提供了读者查询 Science 系列期刊文献的功能,而且还开发了许多特色功能,供读者使用。除了新闻之处,它还提供了多媒体内容,其中包括科学播客(Science Podcast)、视频(Video)和图像幻灯片(Images and Slide Shows)。科学播客是编辑对 Science 期刊上文章作者的采访录音,以对话的形式向听众介绍文章的主要内容,使读者更好地理解作者的研究成果,也给了作者一个展示其工作成果的机会,非常有利于科研成果的传播。视频除了编辑(记者)对文章作者的采访之外,还通过记录实际实验过程、动画模拟的办法对科学研究进行深度报道。

1.2 盲目开放期刊资源,形成资源流失

开放存取是网络出版的一种方式,通过对作者收费(远高于目前一般学术期刊收取的版面费)、对读者免费的方式,使科研信息得到最大范围的传播。对传统的期刊来说,具体的操作模式就是对作者收费,然后对所有读者开放期刊数据库全文。在开放存取运作成熟的情况下,开放存取型期刊的印刷版订户(如图书馆用户)很少,办刊经费主要来源于作者的付费、广告收入、基金资助等,如最近中国科学院与 BioMed 达成合作协议,为院内学者在 BioMed 期刊上发表论文提供资助。虽然开放存取可以方便读者查阅信息,提高开放期刊的被引用率,促进信息的传播,但却加重了作者的负担。在作者科研经费有限的情况下,他们会倾向于非开放存取的期刊甚至免费期刊,造成期刊来稿量的下降。当然国内大部分的开放存取期刊除版面费外并没有向作者收取用于开放存取的费用,而是自行承担了相关支出。但在国内目前对科技期刊出版支持不足且办刊经费没有明显增长的情况下,减少编辑部的经济收入必然影响期刊的长远发展,不利于期刊学术质量的提高。对于经济条件尚好(如广告、基金资助来源)的编辑部,有条件地开展开放存取工作是可以的;但是对于很多完全依靠主办单位财政支持的编辑部,盲目开放期刊资源,必然会形成资源的流失。而且国内很多学术期刊的学术水平不高,即使对读者免费开放,浏览量也不会增加很多。这一类期刊更应该通过提高期刊学术水平来吸引更多的读者。

1.3 依赖于外部专业知识服务网站,忽视期刊网站的独立发展

随着网络技术的发展,国内出现了一批针对互联网用户需求建立的专业学术知识服务网站,如万方数据、清华同方、重庆维普。他们通过与编辑部签署合同拥有了期刊的网络发行权,随后以数据库的形式对大学、图书馆等客户进行销售。由于编辑部不熟悉市场,或者过分注重期刊的社会效益,经常以极低的价格转让了期刊的网络发行权。这一方面损失了编辑部的经济利益,另一方面也使编辑部在网络发行方面失去了主动性,把期刊的网络化简化为与网络公司的直接合作,放弃了期刊网站独立发展的机会。

1.4 忽视网络编辑人才培养

期刊的网络化离不开网络编辑,但是一般编辑部有专职网络编辑的并不多,大部分网络编辑的任务由普通编辑完成。科技期刊的网络编辑并不是普通意义的网络编辑,仅仅依靠粘贴复制并不能维持一个网站的正常发展,而且网络编辑按分工不同有新闻编辑、技术编辑等,其工作也非一般期刊编辑能够完成的。科技期刊的网站,既要时刻关注科技前沿动态,又能通过各种技术手段向读者传递这些信息。因此,网站的经营管理不是兼职或者一两个

专职编辑能够完成的,它需要一个功能完整、结构合理的团队。同时,网络编辑还需要把网站与期刊的发展结合起来,捕捉读者的需求,通过深度策划,满足读者的需要。另外,网络编辑还要在满足读者需求的情况下,引导读者阅读。例如太阳能电池作为重要的绿色能源近几年发展很快,编辑可以通过策划这方面的栏目,引起读者的兴趣,促进光电科技、产业的发展。网络编辑的缺失直接导致了网站缺乏深度经营,千篇一律,毫无个性,同时造成了网络资源的浪费。

2 如何实现期刊与网站的双赢

期刊与网站在报道内容方面既有共性,又有所区别,前者篇幅有限但内容权威,读者通常进行深度阅读,后者信息量大,表现形式灵活,时效性强,但读者的浏览经常停留在表面。在经营方面,两者分属于不同类型的媒体,运作模式存在较大不同,因此不能套用出版期刊的方式管理网站。要实现期刊与网站经营的双赢,必须统筹考虑,扬长避短,充分发挥各自的优势,达到 $1+1>2$ 的效果。

2.1 利用网站宣传期刊,扩大期刊读者量

优秀的期刊既有丰富的内容又有一定数量的读者,内容质量一直是编辑部工作的重点,也有很多有效提高刊物内在质量的方法,如约稿、做专题等。但是对于如何宣传期刊,扩大期刊的有效读者量,大部分编辑部却缺乏有效的办法,很多措施往往流于表面,如很多期刊都有免费索阅表,但是如何使这些索阅读者成为正式订户并没有有效措施。另外,现在国内很多期刊的网站在期刊正式出版之后才开始刊登当期内容,这完全颠倒了网站与期刊的出版时效性,削弱了通过网站宣传期刊的作用。正常的顺序应该是网站在期刊正式出版之前就发布期刊录用稿件的摘要,并随着编辑的进度在网上公布全文,吸引读者去阅读期刊。这也是很多管理先进的期刊网站普遍采取的一种吸引读者关注的方法。如,中国激光杂志社出版的《激光与光电子学进展》杂志录用论文提前在网络上发布,使读者能在第一时间了解最新的科研成果,缩短了文章发表的周期。

2.2 丰富内容,提高网站的访问量

对于一些功能比较单一的网站,很多读者登录就是为了浏览、下载期刊论文。对于这类网站,一方面要把期刊文献尽量做全以满足读者的需要,但也没有必要完全迎合读者而免费开放所有文献(特别是在办刊经费不富裕的情况下,开放存取期刊另当别论)。另一方面还要注意网站功能的开发,提供更多的服务,增加网站的流量。网站的存储空间大,几乎可以无限量发布或者链接与科研论文有关的资料,因此可以对某些专题进行全面、深度报道,补充期刊版面的不足,为读者提供一站式服务。在这方面,Nature 网站在提供期刊论文查询的同时,还提供了与作者论文有关的补充内容,如因篇幅受限作者在原文中没有列出的有关公式推导和详细理论实验说明,以及高分辨率的图片(受印刷的限制,期刊中的图像一般较小)。英国物理学会旗下的网站(www. optics. org)突出专业特色,除了报道光电子行业的研究进展、行业动态之外,还专门对光电行业研发工程师、企业经理进行采访,探讨前沿技术和行业发展趋势。该部分内容在网站上以"深度分析"(Analysis)的栏目作为重点推出。同时它还为读者提供评论的机会。最终有关内容经编辑整理后在其期刊 Optics & Laser Europe 上登出。这种网络出版超前的方式为读者提供了最新的资讯,受到了读者的好评。同

时该网站还通过定时邮件提醒（E-mail alert）和新闻快报（Newsletter）免费向订户提供信息。另外，网站主页上设有"重要供应商"（Key suppliers）栏目，任何正规的企业都可以把自己的信息（包括产品、经营业务等）发布在网站上，借此增加网站的企业客户浏览量。

2.3　开放存取，量力而行

在对待开放存取方面，既要看到它的好处，又要注意其缺点。对于经济实力有限的编辑部，可以考虑开放期刊的部分内容，既能提高网站的浏览量，又不至于造成较大损失。如英国物理学会的某些期刊只开放最新 1 期的论文，通过邮件通知感兴趣的读者。有些网站（如美国物理学会 www.aps.org）还对当期（或下一期）期刊中的重要研究成果撰写评论并辅以图片甚至免费开放全文下载，大大提高了重要成果的引用次数，也增加了网站的浏览量。

2.4　利用先进技术，主动为读者服务

随着网络 Web2.0 技术的发展，各种特色功能逐渐开发出来，如 RSS、博客（Blog）和播客。借助这些功能，通过与作者、读者互动，编辑部可以及时调整办刊方向，抓住热点问题，吸引更多的读者。网络上网站数量众多，要想吸引读者的注意力，网站必须学会主动出击，在吸引新读者的同时把老读者拉回来。很多的期刊网站都会利用 E-mail 提醒注册读者关注网站最新上载内容中读者感兴趣的部分（称为 E-mail alert），综合性的网站更会以新闻快报的形式向读者传递最新的行业资讯（称为 Newsletter）。作为学术期刊的网站除了定时把最新上传的论文告知读者外，还要向技术性的商业网站学习，为读者提供丰富多彩的行业资讯（如会议、研究热点）。

2.5　广告的捆绑销售

随着网络用户的飞速增长，互联网广告收入越来越多。据估计，2008 年全球互联网广告收入将超过广播广告收入，2006－2009 年间全球互联网广告的增长速度将比传统媒体快6 倍[4]。国内学术期刊做广告并没有很长的历史，时至今日还有许多学术期刊从不开展广告业务。其实纵观科技期刊的发展，学术与广告并不矛盾，广告收入可以补贴出版亏损，减轻作者的版面费压力[5]。另外，学术期刊上的广告一般比较正规，可信度较高，深受许多广告客户的青睐。随着网络技术的不断普及和网络广告的不断增加，编辑部广告业务的重心必然转向网络，形成期刊与网络广告经营的有机结合。利用两种媒体同时对产品进行立体、多方位的宣传，加强了广告力度，从而会赢得更多的广告客户。中国激光杂志社利用期刊群优势，结合中国光学期刊网，向广告客户推出广告套餐，把期刊广告与网站广告结合，使客户以最少的花费，达到最大的宣传效果。编辑部把广告质量视为产品营销的关键因素，聘请了专门的美术编辑负责广告设计，使广告与期刊自然地融为一体，宣传产品的同时也提高了期刊的审美效果。通过一系列的措施，为客户提供了一个全面展示其产品的平台，受到众多企业和业内人士的认可。

3　结　论

网络技术的发展对期刊出版来讲，是挑战也是机遇，如何借助网络的"东风"促进期刊的发展，是每一个编辑部都会遇到的问题。随着 Springer 和 Elsevier 等国外期刊出版巨头的登陆，国内期刊将面临双重竞争，如果不能处理好期刊与网站的关系，造成一强一弱，不能两条腿走路，将很难在竞争中站稳脚。对于期刊与网站，必须两手抓，两手都要硬，既要加强内

容建设,坚持"内容为王"的方针,又要加强服务观念,为读者提供更多、更周到的服务,靠技术、资源和服务吸引读者、留住读者。广告方面,期刊与网站要加强协作,共同发展,实现社会效益与经济利益的最大化。另外还要注重投入,加强对编辑队伍、管理经营队伍的培养,提高人员综合素质,锻炼一支能够正视挑战、敢于迎接挑战并能最终取得胜利的队伍。

参 考 文 献

1 马爱芳,王宝英.我国科技期刊开放存取(OA)出版现状及发展思路[J].中国科技期刊研究,2007,18(1):49-51.

2 陈月婷.学术期刊出版的新样式:开放存取[J].中国科技期刊研究,2006,17(专刊):939-942.

3 赵波,周传敬.我国学术期刊的信息化建设[J].中国科技期刊研究,2006,17(1):79-81.

4 Judge E. Web advertising overtakes radio[N]. The Times,2005-04-15.

5 张宏翔.国外科技期刊经营模式及对多国科技期刊经营发展的思考[J].中国科技期刊研究,2007,18(5):729-732.

应用信息技术促进科技期刊的发展

潘冰峰

（中国科学院上海有机化学研究所学报联合编辑室　上海 200032）

［摘要］　信息化建设可以提高办刊效率，降低办刊成本，扩大期刊影响，是科技期刊生存和发展的必由之路。中国科学院上海有机化学研究所学报联合编辑室于 2005 年建立了基于网络和数据库技术的稿件管理系统，实现了编辑工作的电子化、自动化，为开展期刊编排校一体化工作创造了条件。联合编辑室建立的网络投稿、查稿和审稿系统，方便了作者投稿和专家审稿，加快了稿件处理的速度。联合编辑室还建立了具有各种检索功能的网刊发布系统，让读者能方便、及时地看到他们感兴趣的文章，扩大了期刊的影响。

［关键词］　信息技术；科技期刊；稿件管理系统；网络投稿；网络审稿；网刊发布

科技期刊是刊载、传播最新科研成果的最重要载体，是广大科技工作者进行学术交流的最主要平台，是科学事业的重要组成部分。随着我国科学技术的快速发展，我国科研工作者每年发表的科技论文迅速增加。据统计，2005 年，国际著名检索工具《科学引文索引》（SCI）、《工程索引》（EI）和《科学技术会议录索引》（ISTP）共收录我国科技论文 153 374 篇，比上一年增加了 42 018 篇，论文数量排在世界第 4 位，较 2004 年上升了 1 位。2005 年，我国科技人员在 1 652 种国内科技核心期刊上共发表论文 355 070 篇，比上一年增加了 45 118 篇[1]。为了适应我国科学事业快速发展的形势，体现我国科学技术发展的水平，我国科技期刊必须加快发展的步伐。

科技期刊的运行实际上是对科技信息进行收集、筛选、加工和传播的过程，因此在计算机、网络和通信技术迅猛发展和普及的今天，信息化建设是科技期刊生存和发展的必由之路[2]，可以极大地提高信息处理速度、效率和质量，加快信息传播速度，扩大信息传播范围，从而提高办刊效率、降低办刊成本、扩大期刊影响。

中国科学院上海有机化学研究所学报联合编辑室编辑和出版 3 份期刊：《化学学报》（中文半月刊）、《中国化学》（英文月刊）和《有机化学》（中文月刊）。在 2005 年初基本建立了网络化的稿件管理系统，远程投稿、审稿和查稿系统，以及网刊发布系统，经过两年多的运行和改进，基本实现了编辑工作的自动化，提高了工作效率，促进了期刊的发展。

1　建立稿件管理系统，提高编辑工作效率

编辑部建立了基于网络和数据库技术的稿件管理系统，可以根据实际需要设置稿件处理流程，顺序一经设置即不可更改，确保每位编辑按正常流程和编辑规范处理稿件，保证稿件的质量。稿件处理的每一步骤可以设置计划完成时间，超时会显示不同的标志，提醒编辑

尽快处理,还可以自动发送邮件给作者或审稿专家,催修或催审。稿件处理中涉及许多单据,如收稿单、审稿单、退修通知单、退稿单、校样版面费通知单等,系统提供了20多种单据,编辑部可以根据自己的需要修改,制成统一的模板,稿件处理到某一步可以自动生成和通过e-mail发送相应的单据,既提高了效率又规范了编辑工作。

联合编辑室编辑出版的3份期刊建立了统一的专家库和作者库,包括他们的基本信息、通讯方式、专业和研究方向等,可以按研究方向查找专家,方便了稿件的送审。每位编辑都可以添加或修改专家信息,供大家共享,使专家库的人数迅速增加,目前有研究方向和e-mail地址,适合审稿的专家超过了1 200人,并在不断增加中。可以查询专家的审稿记录以及在审的稿件,还可以对审稿人建立审稿速度和审稿态度的评价表,供选择审稿人时参考。对于违反学术道德、记录在案的作者,提供自动报警功能。

系统可以实现稿件处理流程的权限控制,不同的人员具有不同的权限,编辑一般只能处理分配给自己的稿件,做到职责明确。领导可以浏览所有稿件,监控稿件的流向、处理进度。

稿件处理费、审稿费、版面费和稿费等可以依据时间或期数自动统计和汇总,改变了以前手工操作费时、费力、容易出错的状况。

系统具有许多数据分析和统计功能:(1)作者投稿管理,可按所有作者统计、指定作者统计,并支持按单位统计、作者地区分布统计;(2)编辑工作统计,按期或年度自动统计编辑的工作量信息、刊出周期信息,并打印;(3)退稿信息统计,按时间段自动统计退稿信息及退稿周期分布;(4)稿件处理情况统计,可进行稿件学科分布统计、基金资助统计、阶段费用统计等。

稿件管理系统的建立为开展期刊编排校一体化工作创造了条件[3]。目前,编辑还承担部分排版工作,一部分稿件从收稿、送审、退修、编辑加工到排版、校对等都由相应的责任编辑一人完成,可以实现编、排、校同步进行,减少中间环节和差错率,提高了工作效率。为此,编辑部还将"方正"排版改为"Word"排版,这样作者稿件中的格式可以直接利用,无须转换,既避免了重复劳动、提高了排版速度,又减少了转换过程中容易产生的差错。经过探索,我们掌握了"Word"排版的技巧,建立了模板,解决了"Word"排版容易跑版、不能直接出反片等一些难题。2004年,我们首先将"Word"排版应用于英文版的《中国化学》,获得了成功,2005年又用于《化学学报》和《有机化学》的排版。

稿件管理系统的建立使编辑部的工作基本实现了电子化、自动化,改变了以往大量工作需要手工操作、劳动强度大、效率低、速度慢的状况。我国《科学技术期刊管理办法》中规定:专职编辑人员,月刊一般不少于7人,并设一定数量的专职编务人员。外文版期刊编辑部应配备外文专职编辑。而目前联合编辑室共有专职编辑仅13人,其中还包括一名外文专职编辑,每月编辑出版4本期刊,2006年发表页数达到6 189页。在2006年上海市科技期刊编校质量检查中,《化学学报》和《有机化学》均被评为"优"。如果没有现代化的编辑手段,以上任务是难以完成的。

2　建立网络投稿、查稿系统,方便作者投稿、查稿

为方便作者投稿和减少邮寄时间,我们在2003年开始采用e-mail投稿的方式。此举虽然增加了编辑部的工作量和成本,但方便了作者投稿,又节省了邮寄时间。但由于网络等原

因，e-mail 信件容易丢失，而且编辑部还是需要手工登记稿件。为此，编辑部于 2005 年建立了网络投稿、查稿系统。

本系统实现了作者在线投稿，避免了 e-mail 投稿常见的感染病毒、稿件不规范、重复投稿，以及编辑部需要花费大量时间进行登记的弊病。系统支持稿件查重，可按文章标题查重，也可按文章标题和第一作者查重，防止作者重复投稿。系统还支持作者提交修改稿、校样稿、对修改意见进行说明、提供图片附件等。作者在线查稿系统使作者能随时上网查询稿件流程信息，如稿件处理阶段、各阶段时间、稿件当前状态、审稿意见等，还可以查询与自己稿件相关的费用缴纳信息，包括金额、是否缴纳、发票信息等。系统安装后，编辑部接听作者电话或回复作者 e-mail 的时间大幅度减少。

目前编辑部收到的新稿 95％以上通过此系统投递，个别通过 e-mail 或邮件的投稿，我们也要求作者重新通过网络投稿。

3 建立网络审稿系统，加快审稿速度

在建立网络投稿、查稿系统的同时，编辑部还建立了网络审稿系统。编辑部选定合适的审稿人后向其发送 e-mail，告知用户名和密码，审稿专家可以上网浏览稿件、填写审稿意见。为方便审稿专家，邮件还自动附带稿件和审稿单，专家也可以通过邮件返回审稿意见。如果是主编、编委审稿或者是对稿件的复审，审稿人还可以看到此稿以前所有审稿人的意见以及作者对修改意见的回复，从而判断稿件或修改稿是否可以录用。对于某个审稿人，他有哪些稿件未审，哪些已审，网上可以一目了然地看到。若超过系统设定的审稿时间而未审回，系统自动给专家发送催审通知。

网络审稿系统的建立，极大地减轻了编辑的工作量，编辑不再需要手工写信、发信，只需点击几下鼠标即可完成任务；同时也节省了邮寄时间和邮费。与 e-mail 送审相比，工作量也减轻不少，基本不需要打字，而且稿件不易丢失，又自动归类，容易查找。目前编辑部的送审全部通过网络进行，专家的审稿部分通过网络进行，但由于方便，大部分还是通过 e-mail 返回。

4 建立网刊发布系统，扩大期刊影响

目前国外有影响的期刊基本上都实现了网络出版，国内大部分的期刊也通过各种方式实现了网络出版。网络出版突破了时空限制，能在第一时间与全世界的读者见面。我们除了参加清华同方中国期刊全文数据库、重庆维普中文科技期刊全文数据库和万方数据资源系统等国内著名的数据库外，还自己制作和发布网络版期刊，从 2000 年开始在自己的网站上发布全文，最初是将期刊扫描后制作成 PDF 文件发布在网上，没有检索功能。2005 年开始，我们重新设计、制作了网站，内容更丰富，包括中英文目录、摘要和全文等。由于是用 Word 排版，转换成 PDF 和 HTML 格式的上网文件十分方便。读者可以方便地浏览、下载全文，可以通过检索题目、摘要、关键词和作者，找到自己感兴趣的文章。我们还安装了全文检索系统，输入检索词或句子，只要全文中包含这句话，就能检索出这篇文章，大大扩大了检索范围。

系统可以实现网上预出版(已录用、排版和校对，但还未确定卷、期和页码的文章提前全

文上网)、超前出版(下期目录和全文)、现刊和过刊的浏览、查询等,提高了刊物的时效性,方便了作者查询论文。系统还提供 e-mail Alert 订阅和 RSS 订阅等主动服务功能,为刊物的宣传推广、提高影响力发挥作用。

我们已将 1983 年至今的中英文目录放在网上,正准备将它们的全文也陆续上网。网刊的发布,极大地扩大了期刊的影响,加快了科技信息的传播速度和范围。以《化学学报》为例,目前新网站上仅有 2005 年后的全文,但两年多来全文下载的次数已超过 45 万次,这是任何一个图书馆所无法比拟的。

5　结　语

两年来的实践表明,科技期刊的信息化建设能极大地促进期刊各方面的提高和发展。在中国加入 WTO 的今天,国外的名刊、大刊纷纷进入中国,采取各种方式与国内期刊合作,抢占中国的地盘。他们都有功能齐全、规模巨大的网络平台,同时聚集几百甚至上千种期刊。我国的科技期刊应顺应这一发展趋势,迎头赶上,加快期刊的信息化建设,才能在竞争中立于不败之地。

参 考 文 献

1　潘云涛,马峥.2005 年度中国科技论文统计与分析年度研究报告[M].北京:科学技术文献出版社,2007.
2　邹勉.略谈数字化时代科技期刊的办刊之道[J].科技咨询导报,2007(4):123-124.
3　贺赛龙,史小丽,章践立.基于网络管理与编排校一体化模式的科技期刊质量控制[J].宁波大学学报:理工版,2006,19(4):542-545.

网络化时代中国数字期刊的现状与探究 *

吴 畏 陈光宇 陆 芳 顾凤南

（复旦大学《数学年刊》编辑部 上海 200433）

[摘要] 对数字期刊的基本概念与特点进行了介绍，并阐述了我国数字期刊发展所经历的三个阶段，分析了中国数字期刊的发展现状，初步探究了我国数字期刊在当前发展过程中遇到的一些问题。

[关键词] 数字期刊；网络技术；交互性

随着网络化时代的到来和信息技术的广泛应用，数字技术对期刊的发展产生了深远的影响，并逐步改变了期刊的传统出版方式和格局。目前，我国涌现了大量的数字文献，建立了维普、清华同方、万方三大数据库，为读者提供了更好的数字化信息服务。清华大学光盘版《中国学术期刊》是我国首次以电子期刊方式连续出版的学术期刊全文数据库，为我国期刊信息资源的国际化创造了条件。此外，万方互联网数字期刊工程的发展，也大大推动了我国期刊的数字化出版。数字期刊以其高效、快捷、信息量大、交互性强等特点，显示出其蓬勃的生命力，成为期刊未来发展的主流，为现代期刊的发展带来空前的动力和发展空间。

1 数字期刊的概念

数字期刊是数字技术发展到一定阶段的产物，是数字时代 E 生活的象征之一。数字期刊包括网络期刊、电子期刊、多媒体期刊、互动期刊等等。其特点在于：（1）采用先进的点对点(P2P)技术发行，集 Flash 动画、视频短片和背景音乐、声音甚至 3D 特效等各种效果于一体，内容更为丰富生动；（2）它提供了多种阅读模式，可在线或离线阅读、直接用微软视窗(IE)打开或独立运行可执行文件等，也可借助专用阅读器进行阅读；（3）数字期刊延展性强，可移植到个人数码助理、移动设备、数字电视(PDA、OBILE、DTV)等多种个人终端进行阅读[1]。

2 中国数字期刊的发展历史

我国数字期刊的发展主要经历了三个阶段[2]。

（1）初期的数字期刊出现于 20 世纪 80 年代中期，它仅限于把纸质期刊中的相关信息复制到软盘或光盘上，形成最初级的电子出版物，没有实现资源共享。

（2）第二代数字期刊是通过网络系统将各方面的信息资源分类发布，更方便读者浏览分

---

* 上海市科协资助课题（沪科协[2007]194 号-1）。

类信息,但是仍然缺乏互动。

(3)第三代数字期刊依托于较成熟的网络技术和日益完善的网络系统,不但具有多元化的阅读方式,还能够与读者进行全方位的互动,是真正意义上的数字期刊。

3   中国数字期刊的现状

3.1   产业规模

目前,我国已拥有1 000多家独立自办网站;中国知网数据库收录了国内6 000多种学术类期刊;万方数据库涵盖了国内5 000多种核心期刊;中国学术期刊网络出版总库收录了国内出版的6 642种学术期刊;中文科技期刊数据库是重庆维普资讯有限公司开发研制的中文电子期刊数据库,汇集了8 000余种期刊;中国学术期刊(光盘版)收录了国内8 200多种重要期刊。iResearch(艾瑞市场咨询有限公司)的调查显示,2005年中国数字期刊市场规模为0.2亿元,2006年增长到1亿元,预计到2010年将达到12.5亿元[1]。由于数字期刊相对于传统的纸质期刊避免了很多政策制约,诸如刊号的限制等,办刊比较便捷,同时又节省了传统印刷的费用,降低了成本,也比较便于发行。所以,其产业规模正在日益增长。

3.2   用户规模

iResearc的调查显示(图1),2005年中国数字期刊的用户数量为2 000万,2006年增长到3 200万,2009年底约为7 500万,而到2010年,其数量将达到8 200万[1]。数字期刊的用户较之传统期刊的用户可以不受时空的限制,获得即时快捷的信息,并能与作者进行更方便的交流和互动。同时数字期刊丰富多彩的内容、庞大的信息量吸引了更多的读者。因此,中国数字期刊的用户规模正在逐年扩大。

3.3   盈利方式

目前,我国数字期刊产业的获利方式依据其内容的不同主要有两类:对于内容侧重于学术性的期刊,其用户主要通过付费的方式来获取相关的信息,即发行收入;而对于内容侧重于大众性的期刊,则主要通过插入广告来获益,即广告收入。

如图2[1]所示,目前,仅依靠发行收入盈利的数字期刊并不多,以学术性期刊为主。由于对付费浏览和下载这种方式,读者还没有达到一个广泛的认同。但是经过长期有效发展后,如果数字期刊的质量提高到一定的水平,用户对其有了深度认同和依赖感,就可以大大促进这种付费的盈利模式。目前,随着网络化时代的到来,广告有了网络的依托,发展更加迅猛,网络广告在整个广告市场中的份额也急剧增长。而数字期刊中的广告具有较强的互动性和稳定的读者群,比其他网络广告有着更大的优势和发展潜力。随着网络的进一步深化发展,数字期刊的广告量也会稳步攀升。

4   关于中国数字期刊的探究

由上文可以看出,目前,我国的数字期刊借着网络化时代的良好契机,发展非常迅猛。但是,它与国际数字期刊的发展水平相比,仍然存在着很大的差距,还处于起步阶段,也存在着不少亟待解决的问题。

4.1   编辑出版

在内容方面,目前国内的很多期刊数据库,如万方、中国学术期刊的光盘版和中国期刊网等,主要是在传播、发行等方面实现了数字化,其编辑、出版等主要流程仍然是按照传统的工作方式进行的。要实现与国际上的数字期刊接轨,就得改变传统的编辑出版方式,借助计算机网络平台以及新型软件实现编辑加工、排版、校对等工作,不论是组稿、复审、终审,还是编辑加工、录入排版,直至最后出版发行,都可通过无纸化办公完成。在时效方面,万方、中国学术期刊的光盘版和中国期刊网等收录的数字期刊,其网络版与纸质印刷版基本上是同时呈现在读者面前的,有时甚至发生拖期滞后的现象。数字期刊应该在保证内容质量的同时,充分利用网络即时、快捷、高效的特点,为读者传递最新、最快的信息。数字期刊不但要保证其整个编辑出版过程实现数字化,还要充分发挥其方便、快捷、信息量大的优势,这也是网络化时代期刊发展的趋势。

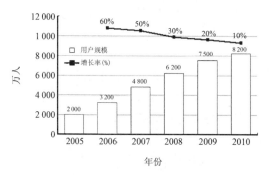

图 1 2005－2010 年中国
数字期刊用户规模及增长率[1]

注:数字期刊用户是指过去一年中曾通过在线/下
载阅读过数字期刊的读者

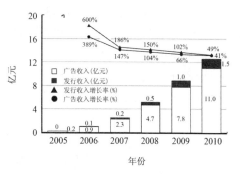

图 2 2005－2010 年中国数字期刊
按收入来源细分市场规模[2]

4.2 编辑人员素质

目前我国很多数字期刊的工作人员都没有接受过系统的职业培训,而传统的有纸化办公正在逐渐转变为快速便捷的无纸化办公,同时市面上编辑、校对、排版等软件不断涌现。这就要求我们编辑人员:(1)掌握网络、多媒体制作等方面的技能;(2)能够熟练地处理文字、图像以及音、视频文件;(3)能够组织用户群调查、论坛管理等网络互动。因此,期刊要重视人才的培养并加大培训力度,提高编辑人员的业务能力,努力造就一支既懂得数字出版技术又懂得管理的复合型人才队伍,实现人才的培养与期刊的发展互相促进,协调一致,同步进行。

4.3 安全问题

在网络化时代中,信息资源的共享和安全往往存在着矛盾。数字期刊的编辑、出版、发行、销售、阅读等每个环节都以网络为平台,而目前网络安全面临着很多威胁,常常遭受黑客入侵、恶意攻击,使得秘密信息被泄露,甚至造成系统瘫痪,网络安全问题表现得非常突出。现在,数字期刊在安全保障方面还没有特别有效的办法,主要是依靠防火墙技术、密码技术、防病毒软件等。期望通过新一代网络技术,既能充分发挥网络信息灵活可用性,又能很好地保障其安全性,使得资源共享和信息安全和谐发展。

4.4 相关政策

传统期刊通常经国家新闻出版总署批准并给予刊号等形式准许其合法从事出版发行等,而目前,数字期刊则缺乏相应成熟的网络出版管理条例来对其进行管理,造成了法制上的缺失,不利于维护数字期刊出版者以及作者的合法权利。缺乏监管已成了数字期刊发展中一个最大的不确定因素,在一定程度上影响了更多资本进入数字期刊领域。因此,要促进数字期刊健康持续发展,必须加强相应法规建设,由国家新闻出版总署等管理机构制订相应管理制度,打开政策瓶颈,促使一些具备较好条件的数字期刊迅速做大做强,为我国在世界数字期刊出版领域获得与我国科技水平和社会经济发展水平相适应的地位。

4.5　知识产权保护

随着互联网的快速发展和普及,复制和套路变得愈发容易操作,这使得知识产权的保护更加复杂化。目前,我国大多数数字期刊自身并不直接承担发行工作,发行者不拥有其版权,这就很容易造成对作者权益的忽视。因此,如何权衡数字期刊和科技文化的共同发展,既保护作者的权益,又不影响其作品的传播,显得尤为重要。数字期刊要增强知识产权保护的意识,并依靠网络技术设置必要的限制。同时期望相关的法律条款日益完善,可以做到有法可依。

4.6　盈利模式

目前我国数字期刊的盈利模式还不够明确。我国的数字期刊到底能不能赢利和怎样才能赢利,目前还处于摸索阶段。从这几年的发展来看,广告是大多数大众性数字期刊的主要收入来源,这种单一倾向的赢利模式存在着巨大的风险,也成为目前数字期刊发展中存在的主要问题之一。而发行收入则是我国大多数学术类数字期刊的主要收入途径。目前,我国专业性较强的学术类数字期刊主要是服务于国内市场,但是国内市场需求已相对稳定,如何提高我国数字期刊的国际影响力,成为目前急需解决的问题。只有提供优良的信息内容和优质快捷的服务,争取到广泛的读者群,我国学术类的数字期刊才能更大程度地扩大其发行收入。近几年,国际上的一些出版、发行商,如 Springer、Elsevier 等,纷纷进入中国市场,国内很多期刊把握时机,在保护好自身版权的基础上与之合作,为扩大期刊国际影响力,提高发行收入采取了一些行之有效的措施。但是,国际合作究竟采用哪种方式并需要注意哪些问题,究竟哪种盈利模式适合我国数字期刊,目前尚不明确。对此,我们需要作进一步的思考和探索。

5　结　论

通过上述探究和分析,我们可以得出如下结论:(1)我国的数字期刊产业仍然处于起步阶段,还有很多问题亟需解决,还需要经过一个较长的发展期来自我完善;(2)在市场经济和网络经济并行的条件下,我国数字期刊的发展虽然遇到了很多挑战,但是也迎来了空前的机遇;(3)在网络时代下,只要很好地发挥网络迅速传播信息的优势和新一代网络技术,同时结合科学、有效的管理和运营办法,数字期刊还有着巨大的发展潜力和发展空间;(4)我国数字期刊要立足于提供良好的信息内容,以及优质的特色服务,进而争取到更广泛并且更稳定的读者群体,其发展将任重而道远。

参 考 文 献

1　iResearch(艾瑞市场咨询有限公司).中国数字杂志研究报告[R].2005.

2　http://down.iresearch.cn/Reports/Charge/864.html.[2009-05-26].

3　黄梦阮,申睿.数字期刊的市场现状和发展问题[J].中国出版,2006(9):53-56.

我国科技期刊数字出版现状及发展设想

吴寿林　　胡小萍

（上海电力学院学报编辑部　上海 200090）

[摘要]　以网络为载体、数字技术为标志的数字出版时代的到来，使包括科技期刊在内的出版业的出版效率得到了快速提升。在分析我国科技期刊管理部门和出版单位在采用数字出版技术方面存在问题的基础上，提出了一系列加快采用数字出版技术，全面提升科技期刊出版效率的创新举措。

[关键词]　数字出版；科技期刊；出版技术

信息技术、网络技术、数字技术的发展，标志着以内容创新和信息增值为特点的数字出版时代的到来。我国网民的快速增长为数字出版储备了大量的读者群体。目前，我国网民数量早已超过美国，稳居全球之首。网民数量的快速增长要求出版形式必须随之改变，因而数字化出版就成为我国科技期刊的必然选择。

数字出版技术在出版业的推广应用，使出版传播手段更加快速高效，出版形式更加丰富多彩，出版资源利用更加便捷易行，出版空间拓展更加真实有效[1-2]。因此，数字出版技术是提高科技期刊出版业整体水平的决定性因素，采用数字出版技术，必将全面提升科技期刊的出版效率，推动我国科技期刊的全面升级和快速发展。

1　我国科技期刊采用数字出版技术方面存在的问题

从 20 世纪 90 年代初开始，以美国为首的国际出版集团就进行了数字化出版的实践。从数字出版的实践来看，所谓的数字出版必须具备以下三个功能：一是具有数字技术记录、储存、呈现、检索、传播、交易的功能；二是具有在网络上运营，实现即时互动、在线搜索，以及创造、合作和分享的功能；三是具有满足大规模定制这一个性化服务需要的功能[3]。我国的数字出版迟于国际数字出版很多年，因而无论在出版信念、管理水平、资源整合，还是基础设施方面都存在不少问题。

科技期刊出版作为出版业的一个重要组成部分，在数字出版技术的运用方面能基本反映整个出版业的现状。目前，中国学术期刊网已收录了绝大部分的专业期刊，少数科技期刊编辑部还建立了自己的期刊网站。在期刊网络化、数字化方面已取得了不小成绩，但与国际科技期刊数字出版的发展相比，我国科技期刊出版业在采用数字出版技术方面还主要存在以下两个方面的问题。

1.1　科技期刊管理部门的管理理念和管理手段落后

我国科技期刊管理部门面对网络时代的科技期刊出版，在管理理念和管理手段方面却表现出明显的不适应。这种不适应主要表现在以下 4 个方面。

（1）对数字出版技术在科技期刊出版中的重要性认识不足，行动迟缓。虽然与某些运营商或企业合作建立了一些科技期刊网络信息平台，使绝大多数科技期刊能在网上查阅，但真正意义上的数字出版科技期刊（网络科技期刊）并不多。

（2）管理方式单一，手段落后。习惯于采用传统的管理手段，而对采用数字出版技术提升管理效率却不太热心。

（3）缺乏计划，措施不力。在鼓励科技期刊发展多种出版载体方面，会上号召多，真抓实干少，且没有具体的计划和实施时间表。

（4）资源整合缺乏创新举措。在数字出版基础设施建设（包括网络信息平台建设和数据库建设）方面经费投入不足，吸引资金参与建设的政策力度不够。

1.2　科技期刊出版部门的出版技术提升意识和能力不强

我国科技期刊出版部门面对数字出版这种新的信息载体形式，显得迷茫和不知所措，表现出明显的准备不足。这种准备不足主要反映在以下 4 个方面。

（1）出版技术提升的意识不强，思想上准备不足。对采用数字出版技术没有紧迫感，抱着随大流的想法，只满足于自己的期刊能在网上查到（只要期刊上网就能做到），而对建立自己刊物网站和出版网络期刊迟迟不肯行动。因此，科技期刊编辑部自己建立网站的还不多，网络科技期刊则更少。

（2）运用新技术的知识储备不足，能力不强。目前大多数科技期刊编辑虽然能运用计算机进行一些诸如文字编辑之类的工作，但要出版数字期刊，在新技术的运用上还困难重重，知识储备明显不足。

（3）服务意识淡薄，营销理念陈旧。网络作为传统出版营销升级的工具，在扩大期刊销售、改进服务，以及提升读者满意度方面将发挥更大的作用。但目前大多数科技期刊编辑人员还没有意识到这一点，在读者服务和营销理念方面仍然停留在传统的纸质出版物上。

（4）出版经费捉襟见肘，无法购置服务器等数字出版设备。经费不足严重制约了出版设备的更新换代，数字出版设备的购置需要大量资金，网络的维护也要花费大量的人力、财力，由于绝大多数科技期刊编辑部缺乏购置设备的必要资金，因此，数字出版困难重重。

2　发展我国科技期刊数字出版业的设想

针对我国科技期刊出版业在采用数字出版技术方面存在的问题，下面从科技期刊管理部门和出版部门的角度分别就如何加快和发展我国科技期刊数字出版业提一些设想。

2.1　科技期刊管理部门应有创新举措，加快制度和设施建设

国家科技期刊管理部门在保证我国科技期刊采用数字出版技术方面应有一系列创新举措，以加快制度建设和数字出版的基础设施建设。

（1）实现体制创新，加快数字出版进程。鼓励科技期刊出版企业与海外出版企业或信息技术企业合作或合资，以吸引海外企业先进的数字技术和信息技术，建设数字平台，完善数字出版的基础设施建设[3]。制定科技期刊数字出版的规章制度，加快行业标准化、信息化体系建设。

（2）实行税收减免抵扣政策，鼓励企业参与科技期刊数字出版信息化平台建设。对于企

业进行数字化、信息化建设的投入部分,可采取税收减免抵扣的方式,以扶持科技期刊数字出版企业。

(3)建立专项产业基金,打造数字信息化平台。建议国家科技期刊行政管理部门争取政府出资,设立专项产业基金,以支持科技期刊数字出版的基础设施建设,并以专项产业基金为依托,对国内科技期刊数字出版资源加以整合,实现规模效益。

(4)加快技术提升,构筑数字出版信息化平台。要采用分类管理、分层推进的方式,积极有序地推进科技期刊的数字出版。在鼓励科技期刊发展多种出版载体的同时,大力推进网络期刊的出版,争取在最短时间里,使我国网络科技期刊的数量有一个快速的增长。

(5)建立功能强大的数据库,加快出版信息化建设步伐。建立和开发针对性强,具有行业特色,集信息规模化、集约化及完整性于一体的各种数据库,以加快科技期刊出版业的信息化步伐,全面提升科技期刊的出版效率,拓展科技期刊的发展空间。

2.2 科技期刊出版部门应有危机意识,增加技术和资金投入

科技期刊出版部门在实现科技期刊数字出版方面具有义不容辞的责任,任何消极等待、随大流的想法都是十分有害的。在全球数字化浪潮面前,科技期刊出版部门应有危机意识和责任意识,增加技术和资金投入,积极创造条件,实现科技期刊的数字化出版。

(1)加强编辑在岗培训,培养数字出版人才。目前绝大多数科技期刊出版部门没有将培养数字出版人才提到议事日程上来,编辑的计算机操作和使用能力极为有限,这显然无法适应数字出版对编辑人才的要求。因此,加强编辑在岗培训、尽快使编辑掌握数字出版技术已成为当务之急。虽然组织和实施培训是科技期刊行政管理部门的事情,但作为科技期刊编辑出版部门,要积极为编辑安排时间,支持编辑参加培训,力求使他们尽快掌握从事数字出版的基本技能。

(2)多渠道筹措经费,购置必要的设备器材。科技期刊由于读者群体有限,大多亏本经营,其亏损部分一般由主办单位拨款解决,因此经费大多捉襟见肘,而购置数字出版设备需要大笔资金。这一矛盾只能通过多渠道筹措经费加以解决。一方面要积极争取主办单位更多的经费和政策支持;另一方面在主办单位许可的情况下,通过组织期刊理事会或其他类似组织争取行业内企业的支持。此外,大力开展广告业务,也可依托编辑部的科技信息优势,开展各种咨询服务和技术服务。

(3)抛弃陈旧的营销理念,寻求新的赢利模式。传统期刊的赢利模式是建立在纸质期刊的营销和广告收入基础上的,数字出版时代的到来,打破了这一赢利模式。美国的约翰·威立集团拥有近 500 种专业期刊,其期刊收入的 70% 来自在线期刊(网上期刊)。一方面,在线期刊由于能够更好地满足读者的个性化需求,因而能创造出更多的市场化需求;另一方面,期刊的在线传输成本很低,因而能够创造出大大高于纸质期刊的利润空间。此外,该集团还积极开展在线会员制的市场推广工作,在高等院校和科研机构中吸收会员,在向他们提供最新专业信息和科研成果的同时,收取相应的费用[3]。约翰·威立集团的新的赢利模式为我国科技期刊构建自己的赢利模式提供了可资借鉴的基本框架。

(4)实现一刊多版本的多载体形式,提高科技信息的使用效率。在出版纸质期刊的同时,可以通过声、光、电、磁,以及网络等,实现科技期刊的一刊多版本的多载体形式,让读者迅速、准确、方便地获取和使用信息,提高科技期刊所载信息的使用效率[4]。此外,通过建立和开发具有专业特色、规模化、集约化、实用性的数据库,向用户提供优质的科技信息和产品

信息的咨询服务。

3　结束语

　　出版业的技术革命在深刻改变包括科技期刊在内的所有出版物的载体形式、存储手段、传播途径、销售业态和阅读方式的同时,也在深刻改变着出版业的管理理念和管理方式。因此,我国科技期刊管理和出版部门要勇敢面对数字时代对出版业的挑战,及时更新观念,积极采用最新的出版技术,努力实现科技期刊的数字化出版,为我国科技期刊出版载体的全面升级作出应有的贡献。

参 考 文 献

1　龙新民.认真贯彻六中全会精神　大力推进和谐文化建设[J].中国出版,2007(1):5-16.
2　曾东发.面对WTO我国科技期刊发展的策略[J].中国科技期刊研究,2004,15(3):244-246.
3　陈昕.从美国数字出版现状看出版新趋势[N].文汇报,2008-01-20(6).
4　张弘,张新平,赵惠祥.科技期刊发展与知识创新[J].中国科技期刊研究,2004,15(6):639-641.

网络环境下科技期刊信息化平台的构建 *

吴 畏 陈光宇 陆 芳

（复旦大学《数学年刊》编辑部 上海 200433）

[摘要] 从大众信息传播学的一般规律入手，分析了科技期刊的信息传播模式，揭示了网络环境下科技期刊传播的一般规律，探讨了科技期刊在信息传播链中所面临的挑战，介绍了科技期刊远程稿件采编处理系统的功能及其对提高期刊核心价值的作用，提出网络化信息平台建设是实现科技期刊跨越式发展的基础。

[关键词] 网络环境；科技期刊；信息传播；信息平台

科技期刊是指学科范畴属自然科学与技术科学的定期（或不定期）的连续出版物，是反映国家科学技术最新成果和科技创新水平的重要窗口。科技期刊以固定的刊名、刊期、年卷或年月顺序编号出版，每期版式相同，汇集多个作者所撰写的论文。科技期刊出版周期短、信息量大、连续性强、内容新颖丰富，能及时报道本学科发展的最新前沿，反映学术研究的最新水平和科学发展的最新成果。因此，科技期刊是科学研究中最受人青睐的文献类型，是文献机构的重点收录对象。当前，全世界每年出版各类期刊达 15 余万种，科技期刊约占 10 万余种。我国现有期刊 8 000 多种，其中科技期刊占 54%。据统计，科研人员从期刊中得到的信息约占全部信息量的 70% 以上，是十分重要的情报源[1]。

作为一种重要的文献来源，科技期刊是科技信息传播中的重要载体，是一个强大而又系统、能源源不断产出的信息源。科技期刊传播的核心是信息，是围绕着科研论文而进行的，即不论是科技期刊的产生，还是未来科技期刊形式的演变，其功能只能是传播科技信息[2-3]。因此，根据信息传播学的一般模式可抽象获得科技期刊的信息传播模式，主要包括信息产生（信源）、信息传递（信道）和信息接收（信宿）三部分（如图 1 所示）。

论文作者作为科技信息的提供者是科技文献的来源，在信源中居于主导地位，由其提供的信息是在对原始信息的加工处理中获取的，属于粗加工信息，还需编辑和同行专家的审核。编辑对采集或收到的科技论文进行编辑、筛选、加工，是提高信源质量、保证信源强度的重要步骤，是信息产生的最核心环节，由此形成的科技论文属精加工信息。故此，广义上的科技期刊编辑部不仅仅是出版者，还应该发展为积累、归纳、认证、传播和发布本学科领域知识的平台和窗口，是将论文作者的个人劳动与个人价值转变成社会劳动与社会价值的枢纽，也是整个科技信息传播链中的核心环节。因此，在网络环境下信息传播的方式、手段和效率都空前发达的今天，如何提高这个环节的效率与精度，以提高该环节的附加值是当前科技期

---

* 上海市科协资助课题（沪科协［2007］194 号-1）.

刊编辑部面临的一个挑战,也将是一个实现期刊跨越式发展的机遇。

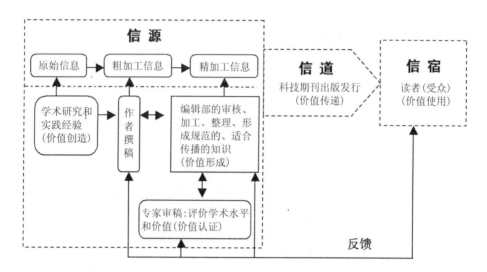

图1　由传播学一般规律抽象获得的科技期刊信息传播模式

1　科技期刊在网络环境下面临的主要问题

目前,随着网络技术与信息技术的高速发展,以互联网为标志的数字化时代已来临,网络已成为人们学习知识、获取信息的主要手段。在网络技术迅猛发展的今天,许多科技期刊在科技信息传播链中的地位受到了挑战,主要问题包括如下几个方面。

(1)高质量稿源的流失,导致科技期刊发展遭遇瓶颈。由于刊物自身原因,刊物的学术价值和学术地位得不到作者的认可,导致许多作者把优秀稿件投往其他刊物或国外同类期刊,造成本期刊的稿源质量下降。假如长此以往将形成恶性循环,使期刊越来越得不到专业人员关注,也愈加得不到高质量稿源,使得科技期刊进一步发展遭遇到瓶颈。

(2)期刊出版周期的拉长,导致影响力的衰减,进而缩短刊物生命周期。许多刊物出于多种原因,如审稿流程不合理、人情稿加塞儿等因素,使许多时效性较强的稿件得不到及时发表,引起作者的不满,同时也导致期刊内容时效性降低,缩短了刊物的生命周期,特别是在科技竞争日趋激烈的今天,推迟一天发表,就可能导致作者多年研究工作的白费。

(3)科技信息含量的相对减少,导致期刊作为本学科信息交流平台地位的削弱。目前的各类科技信息量呈几何级数发展,而大多数科技期刊编辑部还像十几年前一样,一年出几期,一期出几篇论文,把大量有用信息和稿件都淘汰和浪费掉,如此,刊物的有效信息含量相对变得越来越少,作为本学科信息交流平台的地位将日益削弱。

(4)编辑部人员经常变动,导致编辑部无形资产的大量流失。一些编辑部的主要人员变动频繁,每一次的主要人事变动都会导致许多无形资产的流失,如本学科领域的学术发展动态、高水平作者信息、核心审稿人信息等。

(5)审稿流程中的一些人为因素不断增加,导致稿件在送审过程中客观性评价的降低。

(6)编辑部管理水平的落后,导致刊物核心价值与上下游科技信息价值链的脱节。

尽管多数刊物目前面临的各种问题表面上看都与经费相关,实际上,其根本原因在于上述几方面,即期刊在科技信息链中附加值变小,导致其学术价值也日益得不到社会承认。

要解决上述问题,关键之一是需要建立一个符合实际的、高效的、可操作的信息化平台,使办刊思路、期刊特色和期刊的价值,以一种社会认可的方式固化下来。

2 利用信息化平台实现科技期刊跨越式发展

目前,信息技术的进一步发展促进了科技期刊的发展,特别是网络技术的发展和普及减少了办刊的投入成本。依据国内外的经验,笔者认为,借助于因特网,建立信息化平台(即网络化的远程稿件采编处理系统)是科技期刊实现跨越式发展的捷径。

2.1 稿件采编处理系统架构

根据现有的网络技术和科技期刊发展需要,远程稿件采编处理系统可采用如图2所示的系统架构,其核心主要包括网络化的稿件处理平台。

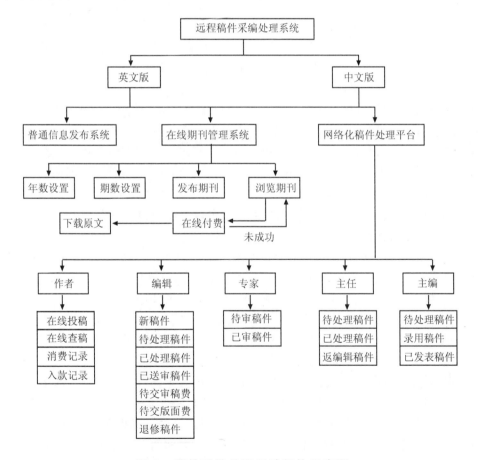

图2 稿件采编处理系统架构示意图

2.2   远程稿件采编处理系统的特点

（1）基于网络的远程稿件采编处理系统能为编辑部不断累积社会资源和无形资产。尤其重要的是本学科领域和本专业领域的上下游资源，包括高水平作者数据库以及核心审稿人数据库、科研动态、读者数据库（包括读者分布特征、需求特征和动态变化规律等），是期刊实现价值的基础，也是期刊发展的基础。因为在期刊学术价值链中，期刊一旦脱离上下游资源，则成无源之水，而这种上下游资源是一个长期积累的结果，不是一朝一夕就能得到，如果没有利用信息平台，这些资源就变得非常脆弱，极易流失，无法实现其学术价值。

（2）基于网络的远程稿件采编处理系统能对投稿进行个性化自动答复，提高了作者投稿积极性，也改善了编辑部的自身形象，提升了刊物的影响力，有利于优秀稿源回流。

（3）借助基于网络的远程稿件采编处理系统，作者可随时上网查询期刊有关信息和稿件处理进度，也可向编辑部建议审稿专家或提供要求回避的审稿专家，这样既提高了作者与编辑部的互动，又有利于提高作者的投稿积极性。

（4）基于网络的远程稿件处理平台可通过规范稿件处理流程、规避诸如人员的变动因素、人情因素和各种人为失误因素的干扰，同时将所有问题处在可以控制范围内。

（5）基于网络的远程稿件处理平台可自动采集上下游资源信息，如作者在线投稿时注册流程，可使编辑部迅速建立起一个庞大准确的作者库。这个作者库既是编辑部的上游资源（即约稿的对象），也是编辑部宣传和推广的对象，即下游资源（读者）。

（6）基于网络化远程稿件处理平台中的在线投稿和审稿系统具备自动催审功能，可大大加快审稿进度；并及时修正送审偏差，提高送审的准确性和审稿的效率。

（7）借助基于网络化远程稿件处理平台，审稿专家可以远程在线审稿，避免审稿过程受时间和空间的限制，也可大大提高审稿的效率，加快出版周期，提高刊物的时效性。

（8）在网络化的远程稿件处理系统中，注入相应的英文信息，可方便国外作者、审稿人和读者的投稿、审稿、阅读和查询，便利了国际交流，可以加速期刊的国际化进程。

2.3   信息化平台的服务对象

（1）读者：该平台为读者提供一个交互性极强的、个性化的信息服务和电子商务的一站式平台，使读者能方便地了解到学科动态、学术信息消费、订刊信息和学术交流等活动，方便编辑部进行读者调查等。在该平台下都能一站式完成这些服务。

（2）作者：该平台为作者提供了一个在线的、不受空间和时间限制的投稿、查稿、交纳各种费用的平台，并对每个作者提供实时的、个性化的交互服务，提高作者对编辑部的满意度，同时也减少编辑部的工作量和提高稿件处理的速度。

（3）审稿专家：该平台为审稿专家、编委、特约审稿人等提供一个在线审稿平台，使专家审稿不受时间、地点、语言等因素的制约，并能实时地与编辑部进行互动。

（4）编辑部：该平台为编辑部提供一个灵活的、可组合的基础资源和业务处理平台。联合编辑部内的各个编辑，可以根据自己的需要，在本编辑部的资源库中进行业务处理，也可以跨越期刊进行工作，例如实现跨期刊的作者资源、审稿专家资源和稿件资源进行跟踪和数据挖掘、查询重复投稿情况、跟踪作者的科研项目动态和进展、审稿专家的审稿记录和审稿态度/能力的评价等。该平台还可以供编辑部与作者之间、与专家之间进行互动。

（5）期刊：该平台为纸版期刊、光盘版期刊和网络版期刊的组稿、审稿、编辑、发稿和网络版期刊的发布与管理提供了一个一体化的综合平台。该平台自动化和可维护程度高，具有自动提醒功能,并可以根据用户身份和权限进行灵活组合。

(6)相关从业人员:该系统将成为联合编辑部的企业门户,使各方面的利益相关者和合作伙伴在该平台上与编辑部进行业务合作。例如:印刷厂可以在该平台上承接编辑部的设计、排版和印刷业务;广告客户可以在该平台上预约广告业务;图书馆等单位可以在该平台上预订期刊;科研人员可以在该平台上进行学术交流,甚至召开学术会议等。

3 结论

在信息化和网络化的科技浪潮中,原有的科技期刊信息传播形式已不能满足时代发展的需要,必须借助网络来把握知识经济时代的命脉,才能在科技期刊竞争日趋激烈的今天求得生存与发展。因此,熟悉网络,认真分析网络技术特点,探寻传统期刊在网络环境下的生存与发展方式,是今后科技期刊获得生存和发展的基础。借助网络化的远程稿件采编处理系统建立信息化平台,是科技期刊实现跨越式发展和国际化的有效捷径。

参 考 文 献

1　林家乐.利用虚拟集团化模式提高我国科技期刊的国际影响力[J].中国科技期刊研究,2003,14(3):248-249.

2　邵培仁.传播模式论[J].杭州大学学报,1996,26(2):159-169.

3　颜志森,姚远.科技期刊信息传播功能的演进[J].编辑学报,2001,13(1):9-11.

学术期刊的数字化出版战略分析*

丁玉薇

(《声学技术》编辑部　上海 200032)

[摘要]　数字时代科技期刊的载体形式、传播方式、营销手段发生了很大的变化,而我国的科技期刊虽然在数字化方面有了很大发展,但有部分期刊依然存在办刊模式老化、发行渠道不畅、广告意识淡薄等问题。为了探讨如何推进学术期刊数字化战略,以中国科学院系统期刊为例,提出每一种学术期刊都应建立自己的网站、打造一支高水平的编审队伍和走产业化发展道路三个方面的建议。

[关键词]　学术期刊;数字时代;发展战略

为适应数字化时代的到来,传统科技期刊尤其是学术期刊应勇敢面对新的挑战,积极推进学术期刊的数字化出版战略。

1　数字时代学术期刊需要新的发展战略

学术期刊是信息传播与获取的重要载体,是学术创新的重要平台,负有积累和提供科学资料、报道科研成果、开展学术交流、推广科学知识和生产经验的重要任务,在传递科技信息、促进科学技术转化生产力等方面发挥重要作用。

借助数字技术,传统科技出版物的载体形式、传播方式、管理手段、营销服务等正在发生革命性的变化,期刊数字化已经成为一种趋势,产生了包括数字期刊、在线期刊在内的电子期刊[1]。与传统出版物相比,这类期刊在存储、复制、检索和呈现形式等方面具有天然的优势。具体地说,它们具有如下特点:(1)不受时间和地域的限制,可在任何时间和地点查阅;(2)出版周期短,传递速度快,与印刷型期刊相比,它减少了在编审出版过程中耗费的时间,保证了期刊内容的及时性和新颖性,极大地缩短了信息传输的时间,有利于科研成果的交流与转化;(3)检索方便,可通过计算机网络检索,检索手段灵活,方式多样,速度快,能快速准确地查到所需文献及其他相关信息;(4)信息存储量大,节省了宝贵的馆藏空间;(5)订购与发行方式方便快捷,读者可根据需要从网上即时下载;(6)费用低廉,由于节省纸版期刊所需的印刷、装订等环节,其成本相应降低;(7)真正实现了期刊内容的资源共享。

从 20 世纪 90 年代开始,我国电子期刊从无到有,走上了稳步发展的道路。但同时也应该看到,数字时代对传统科技期刊也带来了新的挑战。互联网等数字技术的诞生,使信息的

* 上海市科协资助课题(沪科协[2007]194 号-1).

传播者和信息接受者之间的关系发生了巨大的变化。互联网的普及使人们的消费习惯日趋网络化,读者的阅读行为发生了急剧的变化。数据显示,越来越多的读者用在阅读纸质书上的时间逐渐减少,传统出版业面临着巨大的挑战[1]。

中国科学院作为我国科学技术的国家队,主办了许多学术期刊,在数字时代需要制定新的发展战略。学术期刊面对新媒体、新技术的挑战,需要将新媒体的技术手段同传统杂志的内容有效结合,更新发展观念,积极主动调整办刊思路,紧跟数字时代的发展,充分利用数字技术提供的便利,提高期刊质量,打造精品期刊,获得经济效益和社会效益的双丰收。

2　学术期刊应建立自己的网站

随着信息时代的迅猛发展,网络的出现极大地拓展了人们的视野,打破了时间的间隔和限制,人们可足不出户就能获取信息。正因为网络具有传播迅速及时、信息容量大、人们获取信息成本低廉等优点,越来越多的人已经习惯于从网络中获取相关信息。学术期刊要充分利用数字技术带来的优势,建立自己的网站,并在自己的网站上介绍办刊宗旨、方针、主要报道内容、栏目设置、刊物特点、每期的内容提要、远程在线投稿和审稿系统的使用以及与编辑联系的方法等。如果可能还应该经过一段时间后开放过刊的文章,供读者下载阅读,利用开放获取的方式来扩大期刊的被引用率,扩大自己在本专业的影响力。在注重内容更新的同时,要方便用户的回溯性检索,对用户反馈问题要及时给予答复。

限于各种条件,中科院的部分学术期刊还没有建立自己的网站。为适应数字化时代的新形势,每一种学术期刊都应建立自己的网站,并从此与门户网站、行业媒体等相关网站建立链接的方式,扩大网站功能和影响。

3　建立一支高水平的编审队伍

提高学术期刊质量需要建立一支高水平的审稿专家队伍。科研人员一般希望在学科领域中权威的期刊上发表自己的论文,而期刊为了吸引优秀稿源则努力提高期刊质量。在这种互动过程中,传统学术期刊出版形成了一系列质量控制机制和评价指标体系,其中使用最为广泛且最具影响力的便是同行评议制度。审稿是保证期刊质量的中心环节。除了有高水平的作者、编辑人员外,优化专家审稿队伍是提高期刊质量的一个非常重要的途径。随着科学技术的发展,新的学科不断涌现,学科之间的交叉、渗透、互用、互融现象越来越多,审稿难度越来越大,对审稿人的专业知识在深度和广度上有了更高的要求。中国科学院是国内专家云集的地方,建立一支高水平的专家队伍具有天然的优势。这可以从两个方面开展工作,一是编辑部应始终把审稿专家队伍建设放在重要位置,编委会的组成应定期更新,尽可能聘请相关领域内的国内、国际知名专家学者为期刊审稿,把好期刊稿件的质量关;二是中国科学院的相关单位应把为自己主办的学术期刊审稿纳入到工作的范畴,可以在职称评定和薪酬方面等作为工作量予以考虑。另外,编辑部也可以采取在经费允许的情况下适当提高审稿费等措施以提高专家审稿的积极性。

在数字时代,学术期刊编辑不能仅仅局限于文字编辑工作,必须能够熟练运用相关的数字技术,因此对编辑人员的素质提出了更高的要求。为了建立一支高水平的编辑队伍,可以从两个方面入手:一是加强对现有编辑人员的相关知识的培训,提高其综合素质;二是提高编辑人员的地位和待遇,从职称评定和工资待遇上给予与科研人员同样待遇,进一步调动编辑人员的学习和工作的积极性。

4　走产业化发展道路

通过提高学术期刊质量,办精品期刊,可以发挥良好的社会效益。但学术期刊要想在激烈的竞争中生存下来,就必须注重期刊的经济效益,走产业化发展的道路。

4.1　提供统一的电子期刊发布平台

我国传统杂志的发行模式主要有三种:一是邮发,即由邮政部门统一办理国内发行;二是自办发行,即期刊社自己掌握杂志的总发行权;三是采用由第三方专业发行模式,即由期刊发行公司来从事期刊发行。在数字环境下,杂志发行渠道的拓宽主要体现在网络订购纸质杂志和开拓电子版杂志发行渠道两个方面[3]。

网络订购纸质杂志:由于网络的便捷性,越来越多的读者选择从网上订购期刊。在线订阅的低成本,使其在性价比上优于传统订阅方式,并成为新型的、有巨大潜力的杂志发行渠道。杂志的内容和形式不发生改变,用户在网上直接订购,资金流和信息流实现了电子化,但物流依然通过传统的方式完成。

开拓电子版杂志发行渠道:目前,与杂志社合作开发电子期刊的有万方数据、龙源期刊网、重庆维普咨询、中国期刊网等。多媒体数字杂志的销售只需要通过一个网络插件,运用P2P 技术和 BT 下载技术就可以实现排除固定地域、渠道、物流及时间限制的全国同步发行。在数字环境下,由于将电子版直接投递给客户,无纸发行节省了大量的纸张和油墨,节约了时间和印刷、物流成本。

为了节省发行成本,中国科学院可以自己构建自己的电子期刊开发和发布平台。

4.2　重视广告工作

科技期刊刊登广告不仅可作为期刊在经济上的自我补充,而且是强化学术期刊信息功能的良好手段[4]。科技期刊刊登广告有助于促使科技成果转化为生产力,有助于提高期刊的科技内涵与装帧质量,且对期刊的扩大发行也有互动作用。更重要的是,广告是科技期刊的重要收入来源。纵观大多数国外著名期刊,其收入来源主要是广告和经营活动,销售杂志的收入一般占不到一半,有的甚至连 20% 都占不到。我国的大多数科技期刊编辑,观念仍停留在卖杂志挣钱的水平上,一味地追求发行量的增加,致使广告收入极少甚至为零。目前,我国仅有 39% 的科技期刊刊登广告,而其中 60% 以上的刊物中广告所占版面低于10%,如湖南省 125 种科技期刊中,只有 42 家期刊社开展了广告业务,其中年广告额在 20万~100 万元的只有 10 种。在数字时代应重视广告工作,以广告经营来带动期刊的运作,要广辟广告来源,多登广告,创造最大的经济效益,促进期刊的产业化。要采取措施鼓励中国科学院的所有学术期刊尽量争取刊登适当的广告,同时鼓励中国科学院所属单位在自己主办的学术期刊上刊登广告。

4.3　扩大合作单位

要使科技期刊在市场竞争中处于优势地位,仅靠期刊杂志社自身的能力是远远不够的,需要与外界开展多方面的合作。可采用增设协办单位等多种形式吸纳社会资金,合理地收取一定的版面费,以补充提高刊物印刷质量所需的经费;还可利用国际期刊争先涌入的机会,积极开展版权合作贸易,与国外出版商合资办刊,吸纳国际资金,创造良好的经济效益。

4.4 开展多元化经营

科技期刊的主要功能就是直接参与知识和信息的开发、创新、生产、收集、加工、传播、积累和利用的整个过程,因而应积极开展信息服务工作,收集大量科技信息,向有关企业提供有偿服务;或提供专题资料检索;或建立读者服务部,为读者提供更多的读物以及多种形式的服务;或在期刊栏目中开设"短、平、快新技术"和"信息"栏目,刊登一些最新的、高效的工农业技术和信息,传授新技术;或充分利用期刊编辑的"智能优势",结合工农业生产发展的需要,编写实用技术册子,做好配套服务;或同有关部门联合组织专题技术讨论和技术培训班,参与技术推广与开发,充分利用科技期刊的信息服务功能,通过提供增值服务获得收入。

5 结 论

以计算机、网络为主的新技术在期刊出版中的应用而引起出版观念和手段的变革,给科技期刊业带来了新的机遇和挑战;而科技期刊的市场化步伐的加快迫使期刊转变办刊模式,在注重期刊社会效益的同时,必须重视期刊的经济效益。在数字化时代,面对新媒体、新技术的优势和挑战,学术期刊需要有新的发展战略。为了促进中国科学院学术期刊紧跟数字时代的发展,应充分利用数字技术提供的便利,提高期刊质量,打造精品期刊,获得经济效益和社会效益的双丰收,不断推动中科院学术期刊向前发展。

参 考 文 献

1 昌炎新.科技期刊的营销策略[J].编辑学报,2004,16(6):436-437.

2 丁玲,邱西西.当前学术期刊的困境与应对措施[J].内蒙古科技与经济,2007(9):127-128.

3 李靖波,厉亚.科技期刊的营销策略研究[J].财经理论与实践,2008(6):120-122.

4 邓德红.科技期刊广告经营的原则和技巧[J].编辑学报,2003,15(3):214-215.

网络出版对科技期刊的影响及对策

梁 华

（上海市水产研究所、上海市水产技术推广站 上海 200433）

［摘要］ 对当前科技期刊网络出版带来的的正面与负面影响进行了阐述，提出必须加强对网络媒体的关注和研究，抓质量，创品牌，将传统期刊和数字化期刊进行有机整合，并注重知识产权的保护，才能实现传统期刊和数字化期刊双赢的局面。

［关键词］ 科技期刊；网络出版；知识产权保护

网络出版产生于 20 世纪 90 年代，在短短十几年的时间里，网络出版经历了由初期的迅速崛起到骤然降至低谷再到今天的平稳发展，并呈现出产业化的态势。发达国家科技期刊数字化的发展速度非常快，国际上有影响的期刊，包括各专业期刊都已上网。我国也在加快科技期刊数字化建设的步伐，国内的科技期刊分别通过加入大型期刊网站集中式上网，依托主办单位上网，或期刊社自建网站等形式出版网络版。自 1998 年国家正式启动中文科技期刊上网工程以来，到目前为止，中国期刊网收录期刊 9 000 多种，万方数据资源系统收录5 500 种左右，维普全文数据库收录 9 000 余种，这三大数据库收录的期刊占我国期刊出版总数的 80％以上。网络出版的重要性得到公认，其在扩大科技期刊及其作者、读者的知识信息交流渠道方面的作用是勿庸置疑的。但与此同时，网络出版又对传统纸质的科技期刊带来了巨大的冲击。如何利用优势，弥补劣势，整合资源，是网络时代出版人应该思考的课题。

1 网络出版对科技期刊的影响

网络出版主要有纸质期刊数字化（即纸质期刊全文上网）和无纸化网络电子期刊两种形式。我国期刊的数字化起步较晚，但发展很快，全文上网是目前我国科技期刊网络出版的主要方式。网络出版给传统出版业带来了极大的发展机遇，但在现阶段，因为技术等各方面的原因，全文上网对传统期刊带来的影响却不全是正面的。

1.1 正面影响

1.1.1 时效性增强

科技期刊是科学技术传播的重要载体之一，特别是学术类科技期刊，其发表的论文往往反映了某一学科领域的前沿研究成果。但是目前国内的科技期刊多是月刊、双月刊，甚至季刊，按传统的出版方式和出版周期，一篇论文从作者完成到发表往往需要很长的时间。在科学技术迅猛发展以及讲求科技创新的今天，等到文章刊出，其创新价值有可能已经大打折扣。这种现象导致的结果是，一方面科技人员的最新科研成果得不到及时发表，"创新"变

"滞后",还可能严重挫伤作者的积极性;另一方面,由于科技人员无法及时了解他人关于本学科的最新成果,进行重复性工作,从而造成人力、物力、财力的巨大浪费。

相比之下,网络出版在时效方面却有着传统纸质期刊无法比拟的优势。网络出版中,在计算机上按出版工作的各种规范要求对论文进行审读和编辑加工,使之达到可以发稿的标准后,就可以通过网络开始发行了,整个出版周期显然比传统出版方式要短得多。即便是依托纸质期刊的全文上网,也缩短了期刊发行的时间,并扩大了读者的范围。网络出版弥补了传统出版方式在时效性方面的不足,使出版和发行工作变得简单、快捷。

1.1.2 查阅方便快捷

自从有了网络出版物以后,人们发现,在家里或办公室里拥有一台可以上网的电脑,便可以完成以往要亲自到图书馆、报刊阅览室去进行的检索查阅任务,网络使一切变得方便、快捷。数字化期刊的最大特点,不仅在于其浏览的便捷性和独立性,而且可以超文本链接,集聚大量的相关信息。例如,国内几大中文期刊数据库都提供了科技期刊文后参考文献的超文本链接,读者可以轻松地查阅该篇文章所参考的文献全文,从而可以对文章所涉及的知识点有一个更加宽泛和深入的了解。另外,网络出版一般都设置有强大的检索功能,且其超级链接功能、超文本技术等所提供的主题检索等功能的运用,使读者可以迅速找到所需的内容。因为方便快捷,使得读者更加愿意选择网络期刊进行信息查阅。特别是一些高校和研究所的读者,通过单位统一购买国内外科技期刊数据库,只要上网便能查阅科技文献的全文,或者对所需要的信息进行分类检索。可以这么说,期刊的数字化让科技工作者能够更加迅速、更加全面地了解本研究领域的研究现状,在一定程度上提高了科学研究的效率。

1.1.3 信息交互化

就传统出版物而言,当出版物通过发行渠道到达读者的手中,读者就是唯一的受众,这种信息的接收是单方面的。而网络出版提供了一种开放的双向信息传播渠道,具有良好的交互性,使出版者与读者,甚至作者与读者之间可以及时、直接地交流信息。这种交互性是网络出版区别于传统出版最显著的优势之一。

1.2 负面影响

1.2.1 知识产权保护问题

传统的纸质期刊全文上网成为数字化期刊,这其中所涉及的知识产权,除了文章作者的著作权、期刊编辑部的汇编权以外,还有两者的信息网络传播权。目前由于技术等原因,网络以及数字化的复制行为未得到规范,网络期刊的内容从显示到复制可以瞬间完成,这使盗版变得轻而易举,而且不易被发现。即使发现了,追究起责任来也是困难重重,即侵权成本低廉,维权成本昂贵。因此,一段时间以来,未经授权的发布、拷贝和转载比比皆是,责任的追究也比传统媒体要难得多。盗版等侵权行为严重影响了一些网络期刊的发展。近年来,知识产权保护逐步成为人们关注的焦点。

未经授权地发布、拷贝和转载,实际上侵犯的是期刊作者的知识产权以及期刊整体的知识产权。不少网站在出版单位及作者不知情的情况下对期刊予以全文发布或转载,并且其所得收益并未相应地付给有关出版单位及作者,构成事实上的侵权行为。在这种情况下,科技论文的全文垂手可得,不需要支付任何成本,这不但侵犯了作者及期刊本身的知识产权,而且会影响纸质期刊的发行效益,阻碍期刊的发展。

1.2.2 全文上网对纸质科技期刊发行的影响

网络出版的诸多优点显而易见，就现阶段而言，纸质期刊的数字化仍是网络出版的主要方式。目前，中国知网、万方数据、维普资讯等国内知名数据库所收录的科技期刊约占科技期刊总数的80％以上，覆盖面已相当之广。但全文上网以后，特别是与纸质期刊出版几乎同步的全文上网以后，一些纸质期刊的发行量大幅度下滑，发行效益大打折扣。另一方面，读者买来纸质期刊，看到的是整本杂志，包括杂志的正文和广告，而数字化后的科技期刊在网络上的呈现方式是以单篇文章为单位的，也就是说，单篇文章是可以独立于它所发表的期刊而存在的，读者通过检索查阅到的往往是单篇文章。这样，刊登在纸质杂志上的广告便无法得到浏览，或者说，全文上网后，期刊虽然可能会获得更多的读者，但同时会失去一部分，甚至是很大一部分广告受众，这直接影响了广告效应，从而影响了期刊的经济效益。而且，现阶段国内大部分科技期刊被数据库收录都是微利甚至是免费的，对于没有经费支持的期刊，所获得的费用根本就是杯水车薪，这在一定程度上影响了期刊编辑部的积极性。一方面有感于数字化的必然趋势，一方面数字化后经济效益又得不到保障，这给科技期刊，特别是依靠发行和广告收入维持运作的期刊带来了困惑，也给传统期刊带来了前所未有的挑战。这种情况如果不能得到很好的重视和改观，必将影响到科技期刊数字化的发展。

2　对策

2.1　加强对网络媒体的关注和研究，整合资源

目前，期刊界对传统科技期刊的发展前景和科技期刊的数字化趋势在认识上还未达成共识。例如，有些人认为数字化期刊必将取代纸质期刊而一统天下；有些人却认为，虽然数字化期刊的发展势头迅猛，但它与纸质期刊将长期共存；有些人认为，科技期刊通过数字化才能获得更多的读者，从而扩大自身的影响力；有些人却认为，科技期刊全文上网会减少发行和广告效益，其数字化完全是被动的无奈之举；还有些人认为数字化期刊的发展存在很多缺陷和不足，对数字化期刊采取观望和规避态度。在期刊发展的过程中，这种争论是不可避免的。必须加强对网络媒体的关注和研究，找出传统期刊与数字化期刊在出版过程中的差异和共性，取长补短，并对二者进行资源的有机整合，例如，把传统期刊中的广告目录化，便于期刊数字化后广告在网络上的链接与传播，或者在把纸质期刊全文上网的同时，将广告以弹出窗口的方式呈现给读者，这样既体现了数字化期刊的方便快捷，又兼顾了纸质期刊的广告效果。

另外，可以借鉴发达国家成功的科技期刊网络出版经验，把传统期刊的内容优势和数字化期刊的发行优势有机地结合起来，加大传统期刊创意策划和市场营销开拓的力度，变现有的被动服务为主动服务，改变传统期刊出版周期长的短板及数字化期刊"有前途没钱途"的尴尬局面。只有将传统期刊和数字化期刊进行有机的整合，科技期刊才会在未来的发展中体现其应有的价值和旺盛的生命力。

2.2　加强数字化期刊的知识产权保护

对知识产权的保护，不仅是对作品本身的保护，也是对知识创新行为的尊重。如果创新行为得不到有效保护，著作权人将失去创作的动力，那么科技文化的繁荣将成为空谈。只有从技术上、法律上加强数字化期刊的知识产权保护，数字化期刊才有可能真正拓宽纸质期刊的读者面，成为纸质期刊的有益补充。加强数字化期刊的知识产权保护主要有以下两方面。

2.2.1　尊重、保护期刊论文作者的著作权

国内期刊在数字化的进程中,论文作者的信息网络传播权一度未得到应有的重视和保护。国外期刊大多以版权协议的形式解决这个问题。著作权法实施以来,特别是《信息网络传播权保护条例》实施以后,国内期刊编辑部对此问题引起了高度重视,通过稿约、投稿须知、版权页声明等方式与作者约定,获得作者的许可。

2.2.2　保护纸质期刊出版者的著作权

期刊编辑部有权将期刊数字化,也可以有偿转让和许可他人行使这种权利,甚至可以许可他人行使专有网络出版权。这一切需要签订合同进行确认,任何未经期刊编辑部同意的转载、扫描上网等盈利行为,均属盗版行为。2000 年的维普侵权案即是一个例子。1999 年 6 月以来,维普公司未经国家出版管理部门批准,不顾各学术期刊杂志社、编辑部的反对,将我国出版的 8 000 多种学术期刊采用扫描录入方式,以原版、原文制成“中文期刊数据库”(又名“中文科技期刊数据库”),并以光盘、硬盘、互联网为载体出版发行。受到侵权的 2 000 多家杂志社、期刊编辑部起诉。经北京市第一中级人民法院和北京市高级人民法院的一审和二审审理,最终做出重庆维普资讯有限公司立即停止侵权,停止复制出版发行活动,赔偿损失的判决。

通过学习国外知名期刊数据库的经验,现在,国内的科技期刊数据库开始成熟壮大起来,一些大型的数据库通过签订合同取得纸质期刊的网络出版权,完善法律程序,使纸质期刊出版者的著作权得到了有效保护。

2.3　抓质量,创品牌,寻找新的期刊效益增长点

数字化期刊虽然在近年来迅猛发展,但传统期刊通过几百年的发展,已有其成熟的经验和独有的特点,两者会在今后很长的时期内共存。传统期刊可利用数字化的机遇获得更多的读者,进一步扩大自身的影响力,而数字化期刊可利用传统期刊原有的作者群和读者群加强自身品牌的建设,同时可以促进两者各具特色的价值整合,并寻找新的期刊效益增长点。另外,万变不离其宗,无论是传统期刊还是数字化期刊,内容和质量始终是期刊的依托和生命,是提高发行量的关键。传统期刊要加强内容建设,要提高文章的科技含量和实用性、创新性,加大信息报道量,把期刊特色和专业报道热点有效结合起来,增强文章的可读性,以吸引更多的读者。无论是传统期刊还是数字化期刊,都要加强期刊的整体和栏目策划,把握定位,充分调动读者的阅读兴趣,拓宽期刊的影响面,创造期刊在行业内的品牌效应,以特色和品牌吸引读者,从而获得可持续发展。

综上所述,在数字化的大环境下,网络出版是科技期刊的必然趋势,必须加强对网络媒体的关注和研究,抓质量,创品牌,将传统期刊和数字化期刊进行有机整合,取长补短,并注重知识产权的保护,才能使传统期刊和数字化期刊齐头并进,实现二者双赢的局面。

参 考 文 献

1　刘为清.科技期刊网络出版与发行问题探讨[J].科技与出版,2002(2):61-63.

2　李平,封玲.数字化期刊知识产权保护问题与对策[J].贵州大学学报(社会科学版),2004,22(2):36-38.

3　曾志平.科技期刊发行工作的困境分析与对策[J].科技与出版,2006(1):46-47.

数字排版中的页面描述语言比较

陈爱萍　赵惠祥　余溢文

（《同济大学学报》编辑部　上海 200092）

[摘要]　介绍了 5 种在出版业常用的页面描述语言，PostScript、PDF、HTML、XML、EPub，并且对这些语言进行了比较。PostScript 在转换过程中几乎没有精度损失，能够生产出高质量的页面，适合用于激光照排。PDF 采用工业压缩的方法，使得经过压缩的 PDF 文件的数据量只有原文件的 1/3，易于传输和储存。XML、HTML 和 EPub 主要用于网络出版。XML 被设计为传输和存储数据；HTML 被设计用来显示数据；EPub 是 XML 的另一种版本，它同 XML 一样，注重数据的内容。

[关键词]　页面描述语言；PostScript 语言；PDF 语言；HTML 语言；XML 语言；EPub 语言

页面描述语言（Page Description Language，简称 PDL）是一种面向输出效应的语言，用于描述打印或照排的版面。这种语言不仅具有版面描述功能，还具有计算机设计的特点，既可处理文字，又可处理图像。各种软件在排版和图形处理之后形成 PDL 形式，就可汇总在一页上输出[1]。

1　页面描述语言的性质和功能

就出版物而言，各种图文元素无论多么复杂，均可分成文字、几何图形和采样图像三类。页面描述语言对这三类元素可以分别作如下定义。

（1）文字。需要定义的有字体（由此选择不同的字库，文字代码，查找字库中的代码段）；字号（由此决定缩放比例）；文字起始点在版面上的位置（x、y 坐标）；文字的方向（也就是旋转的角度）。

（2）几何图形。需要定义的有直线或曲线的类别、宽度、大小以及方向，以及几何图形在版面上的起始位置，由此可以生成一些简单的图形。

（3）采样图像。指的是由图像扫描仪等输入设备采集到的图像数据，采样对象可以是照片、手绘稿或其他图像。需要定义的有采样图像起始点在版面上的位置、比例，以及图样翻转不翻转等。

页面描述语言把各种定义好的图文元素组合到当前页面上来。当前页面在开始执行页面描述语言的指令串时，是空白的版面，然后每一个指令将某一图文元素安排到当前页面上。当两个指令的图文有所重合，重合的部位根据指令要求，或是重叠或是覆盖，将所有的指令串执行完毕后，所需的图形也就根据需要安排到当前版面上，形成以点组成的二进制图像，该图像与输出装置的输出幅面、分辨率和其他成像信息相对应。最后这一组成的二进制图像即可传送到输出设备上输出。

一般说来，页面描述语言功能越是强大，与它对应的前端排版软件对图文的处理则越便利，因此也越容易组成各种复杂美观的版面。反过来，虽然页面描述语言可以由编程人员编写程序而输出图样，但大多数情况下还是由前端软件自动加以生成。好的页面描述语言还应具有下列四方面的功能。

（1）程序设计功能，可以以循环、判断等程序设计特点，简化指令串，提高描述图形的复杂性。利用页面描述语言的编程功能，可以设计出很多令人叹为观止的图像。

（2）剪裁。可通过设定剪裁路径，规定出所保留（或不保留）的图文范围，去掉不需要的部分，而只输出剪裁后剩下的部分。

（3）坐标系统变换。包括原点平移、坐标轴旋转以及坐标轴比例变换。这样可以使图形从用户平面经线性变换后转换成设备平面。同样也要求图形可以旋转、缩放和变形。

（4）设备无关性。一个好的页面描述语言应尽量与设备无关，尤其重要的是与输出分辨率无关。

2 五种常用页面描述语言的介绍

页面描述语言的种类很多，本文主要介绍在出版业常用的 PostScript、PDF、HTML、XML、EPub 这五种页面描述语言。

2.1 PostScript

PostScript 页面描述语言是一种描述图形、图像、文字的可编程语言。前身是 1978 年美国 Evans & Sutherland，计算机公司根据 John Graffney 的想法完成的面向描述三维图形的 Design System（设计系统）语言。1978 年由施乐 Palo Alto 研究中心的 John Warnock 和 Martin Newell 重新实现，当时称为 JAM 语言。1982 年 John Warnock 创立了 Adobe 系统公司后，将这套语言重新整理、制作面定名为 PostScript，此后经多次改进，在苹果公司激光印字机上实现。1985 年，Adobe 公司出版了系统描述这种语言的参考手册。自此，由于该语言丰富的图形功能，高效率地描述极为复杂的版面，因此吸引了众多出版系统的排版和图形软件（如 PageMaker、OuarkXPress、CorelDraw、Ventura 等）支持 PostScript 语言，使其在 20 世纪 80 年代末成为事实上的国际标准。PostScript 是相对设备独立的，也就是说可以在任何 PostScript 设备中运作。有了这种页面数据格式，不同生产厂家的通用计算机之间和各种专用计算机系统之间，才可能进行数字化数据的交换，它是印前系统开放化的基础之一[1]。

2.2 PDF

PDF 全称 Portable Document Format，意思是便携式文档格式。它是由 Adobe Systems 在 1993 年用于文件交换所发展的文件格式，衍生自 PostScript，可以说是 PostScript 的缩小版。这种文件格式与操作系统平台无关，也就是说，PDF 文件不管是在 Windows，Unix 还是在苹果公司的 Mac OS 操作系统中都是通用的。这一性能使它成为在 Internet 上进行电子文档发行和数字化信息传播的理想文档格式。越来越多的电子图书、产品说明、公司文告、网络资料、电子邮件开始使用 PDF 格式文件。PDF 格式文件目前已成为数字化信息事实上的一个工业标准。Adobe 公司设计 PDF 文件格式的目的是为了支持跨平台上的、多媒体集成的信息出版和发布，尤其是提供对网络信息发布的支持[2]。

2.3　HTML

HTML 语言来源于著名的 SGML 语言(Standard Generalized Language)，是目前网络上应用最为广泛的语言。作为 SGML 语言的子集，HTML 语言摒弃了 SGML 语言过于复杂、不利于信息传递和解析的不足，选用最基本的元素——标记(Tags)进行超文本描述，达到了简化、易懂的目的[3]。

2.4　XML

XML 是 Extensible Markup Language(可扩展标记语言)的简称，是 Web 应用的一种新技术。它是由 World Wide Web Consortium(W3C)于 1996 年主持成立的 XML 工作组负责开发设计的。XML 也是一个精简的 SGML，它将 SGML 的丰富功能与 HTML 的易用性结合到网络的应用中[3]。

2.5　EPub

EPub(Electronic Publishing)是 XML 的一个版本，主要用于出版电子书籍。通过 EPub，读者可以在线或下载阅读电子书籍。它用一个叫"reader"的应用软件来读取 XML，从而使电子书籍显示的屏幕上[4]。

3　五种常用页面描述语言的比较

PDF 被称为缩小版的 PostScript，但是两者还是有很大的不同。

PostScript 语言拥有大量的、可以任意组合使用的图形算符，可以对文字、几何图形和外部输入的图形进行描述和处理，因此从理论上说可以描述任意复杂的版面。作为多用途的编程语言，PostScript 中包含有程序、变量和控制指令。所有内容都必须被解释，才能够完成页面的描述。因此 PostScript 文件从第一个字节到最后一个字节连续输出，没有任何标志说明文章从哪里断开，对所有的用户来说，不可能对 PostScript 文件分段。因此整个文件显得很大，并且几乎不能压缩，因此不能用作传递数据。但是由于它在转换过程中，几乎没有精度损失，能够生产出高质量的页面，适合用于激光照排。

PDF 文件格式可以将文字、字型、格式、颜色及独立于设备和分辨率的图形图像等封装在一个文件中。该格式文件还可以包含超文本链接、声音和动态影像等电子信息。PDF 采用工业压缩的方法，使得经过压缩的 PDF 文件的数据量只有原文件的 1/3，易于传输和储存。它还是页独立的，一个 PDF 文件包含一个或多个"页"，单独的页面可以从一个 PDF 文件中被摘取出来，输入到另一个 PDF 文件中，不会出现任何问题。PDF 文件中的独立页面可以被移动、复制或删除，对页面的各种元素也可以进行编辑。此外，在一个 PDF 文件还包含文件中所使用的 PDF 格式版本，以及文件中一些重要结构的定位信息。因此，PDF 主要被用于印前处理和网上数据传输。由于 PDF 的这些特点，PDF 被用于电子图书的制作。由它制作的电子书具有纸版书的质感和阅读效果，可以"逼真地"展现原书的原貌，而显示大小可任意调节，给读者提供了个性化的阅读方式。由于 PDF 文件可以不依赖操作系统的语言和字体及显示设备，阅读起来很方便。但是，如果所需转换的文档使用的字体，在照排机中找不到所对应的矢量字体，如华文中宋、魏碑等，在文件转化时，可能会出错，必须通过处理，如文字转曲等方法[5]。另外，由于 PDF 格式的文件是经过压缩的，因此在生成 PDF 文

件时必须考虑到它的用途。如果准备用于胶印的 PDF 文件,一般都会保存成高分辨率的
PDF 文件。如果只是在网上进行数据传输,文件的容量大小就显得尤为重要,可考虑生成
JPEG 格式压缩文件。但是对于精度要求高的图片,通过转换成 PDF 出胶片,还是不够的,
因为在转换过程中总会有精度损失。

　　XML、HTML、EPub 主要用于网络出版。XML 和 HTML 为不同的目的而设计:
XML 被设计为传输和存储数据,其焦点是数据的内容;HTML 被设计用来显示数据,其焦
点是数据的外观。HTML 旨在显示信息,而 XML 旨在传输信息。任何系统都可以通过
XML 的解析器来读取 XML 数据,因此它的数据可以通行各处,而不用担心系统不支持的
问题。XML 将数据保存的格式与数据显示的方式分开,使得 XML 文件可以轻易地更换数
据显示的方式。对于 HTML,不同的浏览器在解释 HTML 时会产生不同的页面效果,此外
需要 Flash 或 Java 等插件来制作一些特殊效果时也容易产生问题。因此,XML 不是对
HTML 的替代,而是对 HTML 的补充。EPub 是 XML 的另一种版本,它同 XML 一样,注
重数据的内容。在使用不同的显示屏时,它会自动调整页面数据,使得显示页面适合显示屏
的宽度。XML 和 EPub 可以通过如 Advanced Print Publisher 等系统,对 XML 和 EPub 页
面直接进行传统和在线出版。

参 考 文 献

1　PDF 与 PS:页面描述语言与 PDF 文件解析. Http://bbs. sh133. cn/viewthread. php? tid ＝
　　16015＆extra＝page％3D1＆ordertype＝1
2　pdf. http://baike. baidu. com/view/15963. htm
3　许华虎. 信息平台——网站的建设[M]. 4 版. 上海:上海大学出版社,2007.
4　李文清. Word 文档激光照排输出探讨[J]. 中国科技期刊研究,2009,20(4):655-657.
5　Higher Education Press. Improving the quality of your journals. Training Workshop,2009.

用 TEX 软件编排数学类期刊的问题 *

石教云　　陈光宇

（复旦大学《数学年刊》编辑部　上海 200433）

　　[摘要]　首先对 TEX 软件所包括的 Plain TEX、AMSTEX、LATEX、ConTEXt、CCT 和 TY(天元数学排版软件)等软件作了简单的介绍。然后，根据编辑部使用 TEX 软件的编辑实践，提出了用 TEX 软件编排电子版数学文章和期刊在区别 AMSTEX 和 LATEX 的排版格式、汉字与数字、英文字体的匹配、汉字状态和英文状态下的标点匹配、数学式的处理、数学符号的选择和处理、括号与数学式的匹配、图表处理、电子文件的生成和利用等方面需注意的一些问题。最后，指出了用 TEX 软件不仅对于排版数学文章和期刊，而且对于排版数学类的专著和教材也是最合适的排版软件之一。

　　[关键词]　TEX 软件；数学期刊；电子版期刊

　　在电子排版系统[1]出现之前，人们发表文章或出版书籍时是作者将手稿提供给编辑部或出版社，由专职编辑人员在手稿上作文字修改并添加排版指令，交铅字排版工人排出校样，由作者校对后再返回编辑重复上述过程，一般要重复几次，每次重复还有可能出现新的排版错误。对排好的校样，如果要更改版面设置，就需要重排，工作量是很大的。电子排版系统的出现给印刷出版业带来了一场革命，利用电子计算机及各种辅助设备，可以完成从文稿、图表的录入、编辑、修改、组版，直至得到各种不同用途、不同质量的输出结果。利用电子排版系统，可以减轻劳动强度，缩短出版周期。

　　目前有许多包含各种功能的电子排版软件，基本上可以分为两类[2]。第一类是所谓具有"所见即所得"功能的电子处理软件，例如 Microsoft Word，WPS 等。这类软件都有功能丰富的菜单，并且所编辑的文件呈现在屏幕上的式样也就是打印出来的文稿的式样。第二类称为"格式化排版软件"，即"编译型排版软件"。它基于两个步骤：首先编辑一个文本文件，称为"源文件"；然后排版软件对源文件按照一定规则，经编译后，产生显示文件、修改文件和打印文件，并将结果传到输出设备，如打印机或屏幕。如果对输出结果不满意，就需要修改源文件，然后再用排版程序对源文件进行处理和输出。

　　TEX 系统是一个优秀的格式化(编译型)排版系统，它一问世便以其排版效果的高质量震动整个出版界，TEX 系统是公认的数学公式排得最好的系统。

---

* 上海市科协资助课题(沪科协[2007]194 号-1).

1 TEX 软件简介和排版软件的选择

(1) TEX 是一个功能强大的特别适合排版科技文献和书籍的格式化排版程序[3]。TEX 系统的优点之一就是它支持宏命令，用户可以自己编写宏包来定义更多、更方便的新命令，这也是 TEX 能得以迅速发展的原因，而且 TEX 是一个可移植的软件系统，它可以运行于所有类型的计算机（如苹果机，IBM PC 机及大型工作站）和各种操作系统（如 DOS，Windows，Unix 等）。

TEX 另一个重要特征就是它的输出与设备无关。TEX 的输出文件或显示文件称为 DVI 文件，即"设备无关"。一旦 TEX 处理了文件，所得到的 DVI 文件就可以被送到任何输出设备，如打印机、屏幕等，并且总会得到相同的结果，而与这些输出设备的限制没有任何关系。这说明 DVI 文件中所有的元素，从页面设置到文本中字符的位置都被固定，不能更改。

最基本的 TEX 程序只是由一些很原始的命令组成，它们可以完成简单的排版操作和程序设计功能。然而，TEX 也允许用这些原始命令定义一些更复杂的高级命令。这样就可以利用低级的块结构，形成一个用户界面相当友好的环境。TEX 公开几年后，利用 TEX 的宏定义功能开发的宏库 Plain TEX，AMSTEX 和 LATEX 等就产生了。

为方便 TEX 的使用者，TEX 的专家提供了包含很多用户级命令，容易学习使用的宏集。其中最重要的就是由 Knuth 编写的"Plain TEX"宏集。现在世界上的绝大多数宏集都是基于这个最早问世的宏集的。Plain TEX 是一个非常基本的，但却有着异常强大的功能的宏集。

(2) AMSTEX 是美国数学会提供的，在 Plain TEX 基础上开发的 TEX 宏集。它主要用于排版含有很多数学符号和公式的科技类文章或书籍。AMSTEX 给出了许多高级命令，可以让使用者很方便地排版大型的、复杂的数学公式。

(3) Leslie Lamport 开发的 LATEX 是当今世界上最流行和使用最为广泛的 TEX 宏集。它构筑在 Plain TEX 的基础之上，并加进了很多的功能，使得使用者可以更为方便地利用 TEX 的强大功能。使用 LATEX 基本上不需要使用者自己设计命令和宏等，因为 LATEX 已经做好了。因此，即使使用者并不是很了解 TEX，也可以在短短的时间内生成高质量的文档。对于生成复杂的数学公式，LATEX 的表现更为出色。

(4) ConTEXt 是 Hans Hagen 开发的比较新的 TEX 宏集。它也是构筑在 Plain TEX 的基础之上，让使用者更为方便地利用 TEX 的各种功能。从功能的角度来看，ConTEXt 和 LATEX 是相似的，尽管实际上两者有很多不同之处。由于 ConTEXt 开发的比较晚，所以很多 TEX 的最新进展都被引入到其中。与 PDFTEX 和 e-TEX 的密切结合，更是增添了它的魅力。ConTEXt 目前仍在不断的发展中，更新速度很快。从去年开始，ConTEXt 又增加了对中文的支持。虽然还有些不尽如人意的地方，但随着时间的推移，ConTEXt 是会不断加以完善的。

(5) 由中国科学院计算中心于 1994 年开发的"汉化的 TEX 软件"，将 AMSTEX 和 LATEX 与汉字库结合起来，完成"CCT"软件的研制工作[4-5]；1995 年由华东师范大学数学系在国家自然科学基金会天元数学基金的资助下，开发了"TY（天元数学排版软件）"[6]。这两种软件为我国排版高质量的中文版数学文章和期刊奠定了牢固的基础。

（6）由 Aleksander Simanic 开发的 WinEdt 排版系统[7]是在 Windows 系统下，把 TEX，AMSTEX，LATEX，AMS-LATEX，PDFTEX，CCT，Adobe Acrobat 6.0[8]等软件汇总起来的系统，因此，其功能较强大，通过对源文件的编和译，除了生成显示文件（DVI）和修改文件（LOG），还生成能出片文件（PS）以及网络电子版的制作文件（PDF），通过文章的 PDF 文件可以直接将文章挂到网上，最后制成电子版的网络期刊。

在众多的 TEX 软件中，应根据编辑部的排版实际，选择最符合自己需要的 TEX 软件。目前国内外最流行的排版英文版数学期刊的是 LATEX 软件，其次是 AMSTEX 软件，而排版中文版数学期刊的主要是 CCT 软件。

2 问题与对策

《数学年刊》是我国最早使用 TEX 软件排版数学期刊的单位之一。1988 年开始，我们利用由美国 Allenton 出版公司提供的 AMSTEX 软件自行排版《数学年刊 C 辑》（Chinese Journal of Contemporary Mathematics）；1993 年开始我们利用 AMSTEX 软件自行排版《数学年刊 B 辑》（英文版）；在此基础上于 1997 年开始利用 CCT 软件自行排版《数学年刊 A 辑》（中文版）。经过近 20 年利用 TEX 软件排版《数学年刊》中、英文版的实践和经验，确实感到利用 TEX 软件排版数学期刊方便、高效，我们在利用 TEX 软件排版中，总结出一套行之有效的排版规范，也发现了一些问题，并提出了解决的方法。

2.1 区别 AMSTEX 和 LATEX 的排版格式

AMSTEX 与 LATEX 排版软件均是在 Plain TEX 的基础上开发出来的，因此两者在许多方面是相同的，特别是数学符号的指令基本一致，但在排版的指令上还存在许多不同之处。AMSTEX 排版数学公式等的功能通过 AMSLATEX 中的宏包 AMSmath 在 LATEX 中得到实现。尽管在排版数学公式和数学符号方面，LATEX 不如 AMSTEX，但是 LATEX 提供了大量易于学习和使用的命令，例如非常有用的交叉引用命令等，都是 AMSTEX 所不具备的。因而，LATEX 的用途更为广泛。表 1 列出了 AMSTEX 和 LATEX 在排版格式指令上的一些区别。

2.2 汉字与数字、英文字体的匹配

在排版数学期刊时，要用到中文、数字和数学符号（即英文字母），因此需要注意汉字与数字、英文字体匹配时相应的字号，如表 2。

2.3 汉字状态和英文状态下的标点匹配

2.3.1 标点符号

（1）在数学期刊论文中，中文状态和英文状态互换比较频繁，这就有必要探讨一下状态互换时的标点符号问题，如：

数学，数学　　数学，mathematics，　　mathematics　mathematics，

数学,数学　　数学,mathematics,　　mathematics　mathematics,

数学,数学　　数学,mathematics,　　mathematics　mathematics,

上面第一行中的标点符号均是用中文全角，第二行中全是用中文半角，第三行全用英文，由此可以简单比较一下它们的间距问题，所以建议数学期刊中全部用英文状态下的形式。

表 1 LATEX 与 AMSTEX 排版指令的比较

序号	名称	LATEX	AMSTEX
1	文档主体部分	\begin{document}	\document
		……	……
		\end{document}|	\enddocument
2	有多行排列的式子	\begin{align}	\align
		……	
		\end{align}	\endalign
		或\begin{equation}	
		……	
		\end{equation}	
3	编号（定理，引理，定义，式码等)	可自动编号	需人工编号
4	式子居中	\[	$$
		……	……
		\]	$$
5	有式码时	\label{1.1}或\eqno{(1.1)}	\tag1.1
	无式码时	\nonumber\\	不加
6	公式中扩大行距	\\[3pt]	\vspace{1\jot} (1\jot=3pt)
7	黑正体	$\bf A$ (**A**)	$\bold A$ (**A**)
8	黑斜体	用\boldmath 引导	用\loadbold 引导
		$\boldmath A$ (*A*)	$\boldkey A$ (*A*)
		$\boldmath \alpha$ (*α*)	$\boldsymbol \alpha$ (*α*)
9	英草体	$\cal A$(*A*)	$\Cal A$(*A*)
10	正体	$\rm A$ 或$\mbox A$ (A)	$\text{A}$$
			或$\hbox{A}$$ (A)
11	分段落	\par 或\\	空一行
12	空字距	\hspace{1cm}	\hskip1cm
13	空行距	\vspace{1cm}	\vskip1cm
14	插图	\begin{picture}	\picture
		……	……
		\end{picture}	\endpicture
		横线：\line	横线：\aline
15	表格	\begin{tabular}	\vbox{\halign{
		……	……
		\end{tabular}	}}
		横线：\hline	横线：\hrule
		竖线：|	竖线：\vrule

表 2 汉字与数字、英文字体匹配时相应的字号

点数(pt)	相应中文字号	控制命令	点数(pt)	相应中文字号	控制命令
25	一号	\Huge	10	五号	\normalize(\tenpoint)
20	二号	\huge	9	小五号	\small(\ninepoint)
17	三号	\LARGE	8	六号	\footnotesize(\eightpoint)
14	四号	\Large	7	小六号	\scriptsize(\sevenpoint)
12	小四号	\large	5	七号	\tiny(\fivepoint)

(2)省略号应用居中点"\cdots"表示,不应用居下点"\ldots"表示。

(3)在英文中的字母之间,数字之间不宜用顿号,应用逗号。

2.3.2　下标的表示

具有下标变量的数学式中,若下标变量加圆括号时,在括号前不加标点;若不加圆括号时,在括号前要加标点。如:

$a_i(i=1,2,\cdots,)$; $A_k,k=1,2,\cdots$;

$b_x(-\infty<x<\infty)$; $M_{i,j},i>0,j>0$.

2.3.3　连字符

(1)连字符两边都是英文则比较正常,但是若连字符前后为中文或中文与英文之间时,则间距过大,如

Mathematics-Mathematics　　　数 - 数　　　数 -Mathematics

所以若连字符遇到中文或中文与英文相连时,则建议采取用两个回退指令"\! \! ";而遇到英文的时候,则不回退,例如得到

Mathematics-Mathematics　　　数-数　　　　数-Mathematics

(2)表示数字从几到几,则中间用一字线(即键盘上两个"-"号),如文献[1—4];

表示数值范围,则用波浪线"~",如年生产率增加在8\%~12\%之间。

2.4　数学式的处理

2.4.1　数学式的转行问题

数学式子的转行,按照 GB 3102.11-93[9]规定,采用紧靠其中记号 $=,+,-,\pm,\times,\div,/$后断开,在下一行不应重复这一记号。但这不符合国际上流行的数学公式转行排版格式,详见文献[10],我们建议按照 GB 7713-1987[11]在 $=,+,-,\pm,\times,\div,/$前转行,上下式尽可能在等号"="处对齐。

2.4.2　数学式的间距问题

(1)先看下面 3 个数学式:

$$\left\{\begin{array}{l} F(x,y)=Ax+By, \quad 在 \Omega 中, \\ g(x,y)=Cx+Dy, \quad 在 \partial\Omega 上, \end{array}\right. \tag{3.1}$$

$$\left\{\begin{array}{l} f(x,y)=Ax+By, \quad 在 \Omega 中, \\ g(x,y)=Cx+Dy, \quad 在 \partial\Omega 上, \end{array}\right. \tag{3.2}$$

$$\left\{\begin{array}{l} f(x,y)=Ax+By, \quad 在 \Omega 中, \\ g(x,y)=Cx+Dy, \quad 在 \partial\Omega 上, \end{array}\right. \tag{3.3}$$

上面(3.1)式子中的大括号与后面式子间距太大,(3.2),(3.3)式的间距比适中,建议采用(3.2)式,这里需要注意"在 Ω 中"不宜用"\mbox{在}\Omega \mbox{中\}",而要用"\mbox\{在 Ω 中}"。

(2)再看第 2 种数学式:

$$\begin{array}{rcl} f(x,y) & = & Ax+By, \\ g(x,y) & = & Cx+Dy. \end{array} \tag{3.4}$$

和

$$\begin{array}{rl} f(x,y) & =Ax+By, \\ g(x,y) & =Cx+Dy. \end{array} \tag{3.5}$$

及

$$f(x,y)=Ax+By,$$
$$g(x,y)=Cx+Dy. \tag{3.6}$$

上面(3.4)式子中的等号两边的间距太大,(3.5)式的等号两边的间距不相等,而(3.6)式的等号两边的间距比较适中,建议采用(3.6)式的排版格式。

2.4.3　数学式的式码表示

(1)若1个式子用多行排列时,则式码放在最后一行,转行时在没有式码的后面要加"\nonumber"命令。

(2)若有多个式子用大括号括起来的复合数学式时,则式码应放在该几个式子的后面的中间位置,如式子(3.1)－(3.3)。

(3)式码尽量避免出现在空行处。若在空行处出现式码,应将数学式在适当的位置断开移行,使式码在同一行紧跟于数学式的后面;若式子后面还有一些空间,则在式码前加上倒退指令"\hspace{－10mm}",使式码在同一行紧跟于数学式的后面。

2.5　数学符号的选择和处理

2.5.1　常用数学符号——缩写符号

(1) TEX软件中,数学符号的指令,一般用该数学符号的英文名称的首2位到首5位的字母,以缩写的形式来表示,一律用正体。如:

max(最大);min(最小);sup(上确界);inf(下确界);lim(极限);limsup(上极限);liminf(下极限);Im(虚部);Re(实部);arg(幅角);det(行列式);T转置,用\rm T;const(常数);sgn(符号);mod(模);ker(核);dim(维数);tr(迹);Im(像);codim(余维数);coim(余像);coker(余核);Hom(同态);Aut(自同构);Tor(挠积);l. i. m. (平均收敛);s-lim(强收敛);w-lim(弱收敛);grad(梯度);rot(旋度);div(散度);supp(支集);Ext(外部); Int(内部);rank(秩); Pr(概率);Var(方差);Bin(二项分布);Cov(协方差);p. v. (积分的Cauchy主值);Pf(积分的有限部分);sin(正弦);cos(余弦);tan(正切);cot(余切); sec(正割);csc(余割);arcsin(反正弦);arccos(反余弦);arctan(反正切);sinh(双曲正弦);cosh(双曲余弦);tanh(双曲正切);coth(双曲余切);ln,log(对数);exp(指数)等。

(2)对于标准函数与自变量(无括号分隔时)之间的空隙,TEX软件能自动生成$1/2\sim 3/4$字距;若非标准函数与自变量(无括号分隔时)之间的空隙,建议中间也应空一点,用"\,"命令隔开。如Lat S(S的格),diag A(矩阵A的对角元素)。

2.5.2　区分几个易混的字母与符号

(1)在正文的行文中,出现的和式号、连乘号、极限号、和集号、积集号($\sum\limits_{i=1}^{n}$,$\prod\limits_{i=1}^{n}$,$\lim\limits_{n\to\infty}$,$\bigcup\limits_{i=1}^{\infty}$,$\bigcap\limits_{i=1}^{\infty}$)等数学符号时,上下标均在算符的上方和下方,需加\limits命令,但是∫的上下标内容不要放在∫的上下,即要写成$\int_a^b$。这里要注意区分几个希腊字母与数学符号,如\Sigma(Σ)与\sum($\sum$),\Pi(Π)与\prod($\prod$),上下标命令\limits在前者不起作用。

(2)另外注意,"$\|a+b\|$"要用"$\|a+b\|$",不要用"$\parallel a+b\parallel$",这样将得到$\|a+b\|$。

(3)集合中的分割线要用"\mid"(得到$\{x\mid x^2=1\}$),不要用"$|$"(得到$\{x\mid x^2=1\}$)。

(4)建议字母上边上划线、上波浪线、上角号等不必用\bar与\overline,\tidle与\widetidle,\hat 与\widehat 来区分大的和小的,建议一律分别采用大的\overline,\widetidle,和\widehat。如 $\bar{a}$ 用 $\overline{a}$,$\hat{a}$ 用 $\widehat{a}$,$\tilde{a}$ 用 $\widetilde{a}$ 等表示。

2.6　括号与数学式的匹配

(1)括号放大时,不宜用"\left 与 \right",建议用"\Big 与\Big(式子居中时)","\big 与 \big(行文中)"。下面两个式子中的括号分别是用"\left 与 \right"和"\Big 与 \Big"所得到的,可以比较,用后者"露头露脚"的更加美观一些:

$$\left[\sum_{i=1}^{m} S_i + \sum_{j=1}^{m} S_j\right], \left(\sum_{i=1}^{m} S_i + \sum_{j=1}^{m} S_j\right)。$$

(2)数学式中常用的角括号"〈〉",不要排成小于号和大于号"$<$ $>$"。

2.7　图表处理

2.7.1　插图方法

(1)在 AMSTEX 中可以将图直接扫描成 tif 文件,再利用 CCT 软件转换为 bmf 文件,然后插入到 TEX 原文件中;在 LATEX 中,可以通过 CAD 和扫描,将图转换为 EPS(或 PS)文件,再插入到原文件中。

(2)图题——用 5 号 10P 黑体,放在图的下面,居中;英文"Fig."——用 10P,首字母大写,放在图的下面,居中。

2.7.2　表格

(1)表题——用 5 号 10P 黑体,放在表的上面,居中;英文"Table"——用 10P,首字母大写,放在表的上面,居中。

(2)去掉左、右两条竖线,上、下两条横线用粗线。

2.8　电子文件的生成和利用

我们利用包括 LATEX 和 CCT 软件的 WinEdt 操作系统,通过对源文件的编和译,可以生成显示和打印文件(DVI)、修改文件(LOG)以及电子版的网络文件(PS,PDF)。利用 PS 文件可以出胶片。PDF 文件在各种操作系统下的各种类型的电脑中所生成的显示页面不容易改变,既可以作为校样稿供作者校对,还可以直接挂到网上,供用户下载使用或制成电子版的网络期刊。

3　结　语

TEX 软件是目前排版数学文章和期刊的很好的软件之一,但在实际操作时,还需注意上述提出的问题。该软件不仅对数学期刊,而且对于数学类的图书也是很好的排版软件,如上海科学技术出版社和复旦大学出版社等单位,均开始利用 TEX 软件排版数学类的专著和教材。

参 考 文 献

1　陈志杰,赵书钦,万福永. LATEX 入门与提高[M]. 北京:高等教育出版社,2006.

2　李平. LATEX 2ε 及常用宏包使用指南[M]. 北京:清华大学出版社,2004.

3　刘利刚. TEX 基本知识[EB/OL]. [2007-07-20]. http://www. math. zju. edu. cn/liangliu\\/LATEX-Forum/TEX_ introduction. htm

4　郭力,张林波. CCT 中外文科技激光照排系统[M]. 北京:海洋出版社,1993.

5　张林波,葛向阳. 科技排版软件 TEX 中文接口——CCT 5.0 版参考手册[EB/OL]. [2007-08-06]. ftp://ftp. cc. ac. cn/pub/cct

6　陈志杰. 天元中西文排版软件[OE/OL]. [2007-08-06]. http://www. ecnu. edu. cn

7　Aleksander Simonic. WinEdt Version 5.3 [EB/OL]. [2007-08-06]. http://www. Winedt. com

8　Adobe Systems Incorporated. Adobe Acrobat 6.0 [EB/OL]. [2007-08-06]. http://www. adobe. com/acrofamily/main. html

9　GB 3102.11-93. 物理科学和技术中使用的数学符号 [S].

10　陈光宇,顾凤南. 数学期刊面向国际的一些编写规范[J]. 中国科技期刊研究,2004,15(4):480-483.

11　GB 7713-87. 科学技术报告、学位论文和学术论文的编写格式[S].

上海科技期刊网络化情况初步调查分析

胡艳芳

（中国科学院上海光学精密机械研究所《中国激光》杂志社，上海 201800）

[摘要]　对上海不同专业领域的 40 种科技期刊目前使用的排版软件、在线稿件处理系统、网站及功能，以及是否有网络版期刊等情况进行了问卷调查，初步分析了上海科技期刊的网络化基本情况。调查发现，有 22 种期刊（占 55％）使用了方正排版软件进行排版，有 30 种期刊（占 75％）采取的是委托排版；有 22 种期刊使用了在线稿件处理系统，其余 18 种期刊没有使用任何在线稿件处理系统；有 25 种期刊（占 62.5％）具有自己的网站，通过网络能实现一些例如投稿、审稿、查询、发行（订阅）、信息发布与管理及通信等基本功能；真正实现无纸化的网络版期刊为零，但其中有 2 种期刊具有网络版 ISSN 号，由海外出版社代理单独发行网络版全文。

[关键词]　科技期刊；网络化；上海

科技期刊网络化是指与科技期刊编辑、出版有关的组稿、收稿、审稿、编辑加工到发排全过程的计算机网络化。它不同于简单的期刊上网，而是一个系统、全面的由内容到服务的整个流程的自动化、数字化过程[1]。为了解上海科技期刊的网络化现状，对上海不同专业领域的 40 种科技期刊目前使用的排版软件、在线稿件处理系统、网站及功能，以及是否有网络版期刊等情况进行了问卷调查，得到一些初步的数据并对其进行了分析，供上海科技期刊的编辑同行们参考。

1　40 种科技期刊排版软件使用情况

调查发现，40 种科技期刊中有 22 种（占 55％）使用了方正排版软件进行排版，其他使用较多的排版软件还有 TeX、PageMaker 和 Word 等（表 1）。在排版方式方面，有 30 种期刊采取的是委托排版（占 75％），即排版工作由编辑部以外专门的排版人员来做。这可能与排版人员越来越专业化有关，同时也更有利于提高编辑部的工作效率。

在问卷调查中，有一个问题是：您认为该排版软件的优点是什么？使用方正排版软件的部分期刊做了回答，归纳起来为：方便、实用、版式稳定，可精确控制页面。据笔者了解，科技期刊中使用的多是方正书版软件，它是北京北大方正电子有限公司研制的一款用于书刊排版的批处理软件。方正书版从 20 世纪 90 年代初发展至今，因其所排版样标准规范，且包含大容量的字符集（如国标简、繁体汉字，多种外文，各种科技符号，同时提供 22 种动态键盘），可方便地输入各种符号，符合科技期刊的编排要求，从而受到了国内广大科技期刊排版人员的欢迎，并有其不可替代的优势。当然，也有人提出，方正存在与日常办公软件的兼容性太差的缺点。此外，还存在较多不足之处，如在排版过程中不能人工监视，不能即时人工干预；尤其是在数学公式，化学结构式，图、表格等编排过程中需熟记相当多的操作命令，编排结束后需先保存小样文件，生成大样文件，然后通过浏览功能才能看到所排文章的整体效果。对编排人员而言难学、难记，如不连续性地进行编排工作则容易忘记等。

《化学学报》和《中国自行车》采用 Word 进行排版，认为其易学、排版速度快、简单、便捷且通用。Word 与方正最大的不同之处是"所见即所得"：文章在屏幕上显示的格式即是打印机的输出格式，编排者无须生成小样文件和大样文件。但其在图文并排方面，还是存在一些问题。

《数学年刊 A(中文版)》《数学年刊 B(英文版)》《天文学进展》和《中国光学快报(英文版)》使用的是 TeX 排版软件，认为其整齐、美观，尤其是在排版数学公式时。TeX 是一个由美国计算机教授唐纳德(Donald E. Knuth)编写的功能强大的排版软件，它在国际学术界十分流行，特别是数学、物理学和计算机科学界。在处理复杂的数学公式时，TeX 被普遍认为是一个很好的排版工具。

《上海造纸》《神经科学通报(英文版)》《生理学报》和《中国生物学文摘》都使用了 PageMaker 进行排版，可能是因为这几种期刊中图片很多，且对图片的排版要求较高。PageMaker 是一种适用于图文编排的最早的桌面排版软件，是由 Aldus 公司于 1985 年推出，后来在 1994 年升级至 5.0 版本时，被 Adobe 公司收购。PageMaker 操作简便但功能全面，借助丰富的模板、图形及直观的设计工具，用户可以迅速入门。但由于 PageMaker 的核心技术相对陈旧，在 7.0 版本之后，Adobe 公司便停止了对其的更新升级，而代之以新一代排版软件 InDesign。在这次调查的期刊中，《化学建材》便使用了 InDesign。

表 1　40 种科技期刊排版软件使用情况

期刊名称	CN 号	排版软件	排版方式
柴油机设计与制造	31-1430/TH	其他	委托排版
城市公用事业	31-1268/TU	方正	委托排版
第二军医大学学报	31-1001/R	方正	自行排版
电镀与环保	31-1507/X	其他	委托排版
电机技术	31-1288/TM	其他	委托排版
电线电缆	31-1392/TM	其他	委托排版
复旦学报(医学版)	31-1885/R	方正	委托排版
肝脏	31-1775/R	方正	委托排版
光学学报	31-1252/O4	方正	委托排版
国外畜牧学——猪与禽	31-1277/S	方正	委托排版
海洋石油	31-1760/TE	方正	委托排版
海洋渔业	31-1341/S	方正	委托排版
红外与毫米波学报	31-1577/TN	其他	委托排版
化学建材	31-1603/TU	InDesign	自行排版
化学学报	31-1320/O6	Word	自行排版
机械制造	31-1378	方正	委托排版
激光与光电子学进展	31-1690/TN	方正	委托排版
上海电机学院学报	31-1996/Z	其他	委托排版

续表

期刊名称	CN 号	排版软件	排版方式
上海公路	31-1712/U	方正	委托排版
上海建材	31-1498/TU	方正	自行排版
上海造纸	31-1483/TS	PageMaker	委托排版
神经科学通报（英文版）	31-1975/R	PageMaker	委托排版
生理学报	31-1352/Q	PageMaker	委托排版
石油化工技术与经济	31-2004/TE	方正	委托排版
世界钢铁	31-1836/TF	方正	委托排版
数学年刊 A	31-1328/O1	TeX	自行排版
数学年刊 B（英文版）	31-1329/O1	TeX	自行排版
天文学进展	31-1340/P	TeX	自行排版
小学科技	31-1355	方正	委托排版
医药工程设计	31-1429/R	其他	委托排版
印染	31-1245	方正	自行排版
噪声与振动控制	31-1346/O4	方正	委托排版
中国光学学报（英文版）	31-1890/O4	TeX	委托排版
中国激光	31-1339/TN	方正	委托排版
中国胶粘剂	31-1601/TQ	方正	委托排版
中国生物学文摘	31-1394/Q	PageMaker	委托排版
中国循证儿科杂志	31-1969/R	方正	自行排版
中国自行车	31-1548/TS	Word	委托排版
中西医结合学报	31-1906/R	方正	自行排版
中学科技	31-1355	方正	委托排版

注："其他"指除了问卷调查中列出的方正、TeX、Word、PageMaker 之外的其他排版软件

2　40 种科技期刊在线稿件处理系统使用情况

在线稿件处理系统是指集投稿、审稿、编辑与出版为一体的在线期刊出版系统。调查发现，40 种科技期刊中，有 8 种期刊的在线稿件处理使用了玛格泰克系统（均为购买），14 种期刊使用了其他的在线稿件处理系统（表 2，其中 5 种期刊根据自身特色，使用的是自行开发的在线稿件处理系统）。其余 18 种期刊（占 45%）没有使用任何在线稿件处理系统。

可以看出，由北京玛格泰克科技发展有限公司开发的 Magtech（玛格泰克）稿件处理系统在上海的中文科技期刊中使用较多。有期刊认为，玛格泰克系统在中文版系统当中相对成熟，但比起国外已很成熟的系统来说，在稳定性、实用性、兼容性和功能方面还存在较大差距。据笔者了解，国际科技期刊常用的还有 AllenTrack、EdiKitSM、ESPERE、Journal Assistant、Rapid Review 等几种在线稿件处理系统[2]，但上海很少有科技期刊使用，只有少数与国外出版社开展国际合作的英文版科技期刊使用了这些由出版社提供的在线稿件处理系统。

另外，在这次调查的科技期刊中，还有相当比例（45%）的期刊没有使用任何在线稿件处理系统。可能因为这些期刊规模较小，来稿量不大，编辑人员不多。有期刊提出，资金和人员的不足，使其没有能力考虑购买或开发在线稿件处理系统，影响了刊物的网络化进程。

表 2   22 种科技期刊在线稿件处理系统使用情况

期刊名称	在线稿件处理系统	系统来源
第二军医大学学报	勤云软件	购买
电机技术	其他	购买
复旦学报（医学版）	玛格泰克系统	购买
光学学报	玛格泰克系统	购买
化学学报	玛格泰克系统	购买
机械制造	其他	委托开发
激光与光电子学进展	玛格泰克系统	购买
上海电机学院学报	其他	自行开发
神经科学通报（英文版）	其他	购买
生理学报	玛格泰克系统	购买
石油化工技术与经济	其他	购买
世界钢铁	其他	购买
数学年刊 A	其他	自行开发
数学年刊 B（英文版）	其他	自行开发
医药工程设计	其他	自行开发
印染	其他	免费试用
噪声与振动控制	其他	购买
中国光学学报（英文版）	玛格泰克系统	购买
中国激光	玛格泰克系统	购买
中国循证儿科杂志	玛格泰克系统	购买
中国自行车	其他	购买
中西医结合学报	其他	自行开发

注："其他"指除了问卷调查中列出的玛格泰克系统、勤云软件、e Journal Press、Manuscript Central、Bench Press 之外的其他系统

3   40 种科技期刊网站和域名使用情况以及能实现的功能

调查发现，40 种科技期刊中有 25 种（占 62.5%）期刊具有独立的网站（表 3），有 1 种期刊（《国外畜牧学——猪与禽》）没有自己独立的网站，但委托了其他网站发布和管理期刊信息，其余 14 种期刊没有网站。在 25 种具有独立网站的科技期刊中，网站为自行开发、自行管理的有 14 种（占 56%），委托开发和自行管理的有 7 种，委托开发和委托管理的有 4 种。

说明在调查的科技期刊中，大部分期刊编辑部有通过网络进行信息发布与信息共享的意识，并通过委托或自行开发等方式建立了网站，都希望通过网络来提高工作效率。从调查情况来看，具有网站的期刊基本实现了发布和管理期刊信息、投稿、审稿和通信等基本功能，这些功能主要提供编辑部与作者、审稿专家间交互的过程，但并没有实现智能化知识服务的全过程网络化，更不用说包含期刊业务流程、期刊人员绩效和期刊财务等方面的网络化管理[1]。这些网站相对分散，有的委托管理，有的自己管理，宣传和使用效果并不太好，信息含量也相对单一。

笔者所在的中国激光杂志社，以自办的 4 种光学期刊（《光学学报》《中国激光》《中国光学快报》和《激光与光电子学进展》）为基础，于 2003 年创建了一个光学期刊集群化、数字化

出版平台——中国光学期刊网(www.opticsjournal.net)。到目前为止,全国已有 40 多种
光学期刊加盟。该数字化平台提供各加盟光学期刊完成在线投稿、收稿、审稿、校对、编辑加
工、数据统计、邮件服务等日常工作的系统平台;提供满足作者、编辑、编委、审稿专家、主编、
期刊领导及各光学期刊编辑之间的协同工作和交互活动的系统平台;提供用户友好、有助于
提高办公效率的用户界面和功能子系统;该数字化平台还同时提供纯网络版电子期刊的创
建、管理、收稿、审稿、编排和发布的功能系统;提供对所有加盟期刊信息的智能检索,并对相
关信息进行分门别类的邮件订阅和推送服务;提供对光学期刊文献的深度数据挖掘和分析
功能,实现文献之间互连、互引及关联服务;提供对光学知识的聚合、索引等功能。

表 3   25 种科技期刊网站和域名使用情况以及能实现的功能

期刊名称及网址	开发和管理情况	网上实现的功能
第二军医大学学报 www.ajsmmu.cn	自行开发、 自行管理	投稿、审稿、查询、校对、发行(订阅)、出版、编委网上办公、主编决策、数据库管理、稿件管理、组稿管理、费用管理、稿件档案管理、通信
电镀与环保 www.ddyhb-sh.com	自行开发、 自行管理	发布和管理信息、通信
电机技术 www.motortec.sh.cn	委托开发、 自行管理	查询、稿件管理、通信
复旦学报(医学版) www.jms.fudan.edu.cn	委托开发、 自行管理	投稿、发布和管理信息、通信
肝脏 www.hepatoday.com.cn	委托开发、 自行管理	查询、发布和管理信息、通信
光学学报 www.opticsjournal.net/gxxb.htm	自行开发、 自行管理	投稿、审稿、查询、发行(订阅)、出版、发布和管理信息、数据库管理、稿件管理、费用管理、稿件档案管理、通信
化学建材 www.jkjszx.com	自行开发、 自行管理	发行(订阅)、发布和管理信息
化学学报 sioc-journal.cn	自行开发、 自行管理	投稿、审稿、查询、编委网上办公、主编决策、发布和管理信息、数据库管理、稿件管理、费用管理、稿件档案管理
机械制造 www.jxzzzz.com	委托开发、 委托管理	投稿、查询、发行(订阅)、发布和管理信息、稿件管理、费用管理、通信
激光与光电子学进展 www.opticsjournal.net/lop.htm	自行开发、 自行管理	投稿、审稿、查询、发行(订阅)、出版、发布和管理信息、数据库管理、稿件管理、费用管理、稿件档案管理、通信
上海电机学院学报 xuebao.sdju.edu.cn	自行开发、 自行管理	投稿、审稿、查询、发布和管理信息、数据库管理、稿件管理、通信

续表

期刊名称及网址	开发和管理情况	网上实现的功能
神经科学通报(英文版) www.neurosci.cn	委托开发、 自行管理	通信
生理学报 www.actaps.com.cn	委托开发、 自行管理	投稿、审稿、查询、发行订阅、编委网上办公、主编决策、数据库管理、稿件管理、组稿管理、费用管理、稿件档案管理、通信
数学年刊 A www.camath.net	委托开发、 委托管理	投稿、审稿、查询、校对、发行(订阅)、出版、编委网上办公、主编决策、发布和管理信息、数据库管理、稿件管理、组稿管理、费用管理、稿件档案管理、通信
数学年刊 B(英文版) www.camath.net	委托开发、 委托管理	投稿、审稿、查询、校对、发行(订阅)、出版、编委网上办公、主编决策、发布和管理信息、数据库管理、稿件管理、组稿管理、费用管理、稿件档案管理、通信
天文学进展 202.127.29.4/twxjz/index.htm	自行开发、 自行管理	出版、发布和管理信息
医药工程设计 www.nicpd.com.cn	自行开发、 自行管理	查询、发行(订阅)、发布和管理信息
印染 www.cdfn.com.cn	自行开发、 自行管理	投稿、审稿、查询、发行(订阅)、主编决策、发布和管理信息、数据库管理、稿件管理、组稿管理、费用管理、稿件档案管理、通信
中国光学学报(英文版) www.col.org.cn	自行开发、 自行管理	投稿、审稿、查询、发行(订阅)、出版、发布和管理信息、数据库管理、稿件管理、费用管理、稿件档案管理、通信
中国激光 www.opticsjournal.net/zgjg.htm	自行开发、 自行管理	投稿、审稿、查询、发行(订阅)、出版、发布和管理信息、数据库管理、稿件管理、费用管理、稿件档案管理、通信
中国胶粘剂 GXLJ.chinajournal.net.cn	委托开发、 自行管理	投稿、审稿、发布和管理信息
中国生物学文摘 www.cba.ac.cn	自行开发、 自行管理	查询
中国循证儿科杂志 www.cjebp.net	委托开发、 委托管理	投稿、审稿、查询、出版、编委网上办公、数据库管理、稿件管理
中国自行车 www.china-bicycle.com	委托开发、 自行管理	投稿、查询、发布和管理信息、稿件管理、组稿管理、稿件档案管理、通信
中西医结合学报 www.jcimjournal.com	自行开发、 自行管理	投稿、审稿、查询、发行(订阅)、出版、发布和管理信息、数据库管理、稿件管理、稿件档案管理、通信

4　40种科技期刊网络版期刊情况

对40种科技期刊网络版期刊情况的调查发现,真正实现无纸化的网络版期刊为零,也即单独出版和发行网络版的期刊为零。但其中有2种期刊《神经科学通报(英文版)》和《数学年刊B(英文版)》,因与海外出版社Springer合作,由该出版社为期刊申请了ISSN号,可以单独发行期刊的网络版全文。而其他具有独立网站的期刊有一部分实现了全文同步上网,还有一些期刊通过加入中国知网、维普中国期刊等信息服务商平台,加入到期刊全文上网的行列。但这些做法仅仅代表期刊内容的数字化,其出版和发行还是以纸版为主。

5　对上海科技期刊网络化的建议

在这次问卷调查表的最后,希望被调查者提出对科技期刊网络化的建议。有17个期刊编辑部给出了一些意见和建议。归纳起来主要有以下两个方面。

5.1　建立集群化、数字化网络出版平台

上海科技期刊编辑部办刊分散,很多编辑部规模较小,缺乏资金和人员,力量不足,在网络化的进程中心有余而力不足,有的甚至根本没有想过这个问题,仍然按照传统方式办刊。因此多数期刊呼吁由政府有关管理部门牵头,统一建设集群化、数字化出版平台,借鉴国外出版集团的经验,广泛、深入地推广网络化。或者由大型行业期刊根据其力量,整合资源,联合其他小规模期刊一起来做。

5.2　网络版权问题

网络版权是一种新型的著作权形式,包括发表权、修改权、表演权和信息网络传播权等等。随着科技期刊的网络化,网络侵权现象时有发生,网络版权成了不容忽视的问题。有期刊提出,为避免日后发生纠纷,建议应该由上海市新闻出版局出面抓此事。

志谢　感谢上海科技期刊学会戴怡、《柴油机设计与制造》章逸菁、《城市公用事业》应姗、《第二军医大学学报》张建芬、《电镀与环保》曾文斌、《电机技术》邵林燕、《电线电缆》顾炯、《复旦学报(医学版)》张秀峰、《肝脏》钱燕、《光学学报》童菲、《国外畜牧学——猪与禽》潘雪男、《海洋石油》孟其林、《海洋渔业》方海、《红外与毫米波学报》张旻浩、《化学建材》安建军、《化学学报》程飚、《机械制造》施明、《激光与光电子学进展》王晓峰、《上海电机学院学报》吴学军、《上海公路》陈造奇、《上海建材》王冰、《上海造纸》张椰飞、《神经科学通报(英文版)》和《生理学报》魏彬、《石油化工技术与经济》魏英、《世界钢铁》蔡宁、《数学年刊A(中文版)》和《数学年刊B(英文版)》顾凤南、《天文学进展》许云、《小学科技》石皓、《中学科技》李向红、《医药工程设计》张垒、《印染》陈颖、《噪声与振动控制》沈密群、《中国激光》马沂、《中国胶粘剂》陶建英、《中国生物学文摘》杨文蔚、《中国循证儿科杂志》张崇凡、《中国自行车》余海峰、《中西医结合学报》周庆辉等提供数据。

参 考 文 献

1　曾建勋,宋培元.我国科技期刊网络化发展动因与趋向[J].编辑学报,2008,20(4):283-285.

2　刘谦,吴民淑,肖宏.国际科技期刊几种常用在线稿件处理系统简介[G]//上海科技期刊编辑学会.科技期刊发展与导向(第五辑).上海:上海科学技术文献出版社,2005:140-147.

第二部分

创新与发展

学术期刊国际化的体制创新

周兆康

(中国科学院 上海生命科学信息中心　上海 200031)

[摘要]　简要介绍了中科院上海生命科学信息中心期刊联合编辑部在国际化办刊过程中的一些体制和机制创新方面的探索,包括如何发挥集团办刊的优势和规模化效应、如何提高发表文章的水平、如何进行国际化运作等。

[关键词]　学术期刊;国际化;体制创新

中国科学院(中科院)上海生命科学信息中心目前共出版 10 种学术期刊,中文版和英文版期刊各 5 种,专业领域集中在细胞、生化、生理、神经和植物生理等生命科学。这些期刊原来由中科院多个研究所主办,在这些研究所整合为中科院上海生命科学研究院后,也随之整合在一起办公,并在信息中心成立了期刊联合编辑部。由于有了集团办刊的优势和规模化效应,近几年在科技期刊国际化办刊和体制创新方面做了一些尝试,积累了一些经验。

1　国际化办刊的探索

1.1　改变语种——只有英文版科技期刊才能真正走出去

原来我们只有《细胞研究》(Cell Research)一本期刊是英文版。近几年,我们陆续将《生物化学与生物物理学报》、《中国神经科学杂志》、《植物生理与分子生物学学报》和《分子细胞生物学报》4 本杂志改为英文版,来进行国际化办刊的尝试。因为我们认为,英语语言出版对科技期刊国际化发展是有重要影响的。科技期刊的国际化包含了期刊编委会、来稿和审稿、编辑出版形式、电子网络化发展、国际检索系统收录、宣传发行等多方面的国际化。从这些方面来看,中文版科技期刊要达到真正意义上的国际化应该说是不太可能的。

1.2　变更刊名——打造品牌期刊

我们办英文版期刊的思路是,要么不办,要办就要想办法办成国际一流期刊,刊名应该简短、精炼,也容易书写、阅读和记忆,这对打造一个期刊的品牌效应是很重要的。《细胞研究》(英文名 Cell Research,简称 CR)就是一个好的品牌。其他几种期刊则作了刊名变更,如《植物生理与分子生物学学报》改为《分子植物》(英文名 Molecular Plant,简称 MP)。中文版期刊中则将《细胞生物学杂志》变更为《中国细胞生物学报》,以提升期刊档次,吸引高质量的稿件。

1.3　大力提高发表文章的水平——这是科技期刊的灵魂

我们的具体措施主要有以下几方面:

(1) 真正发挥主编、常务副主编及其编委会的作用。《细胞研究》创刊以来,两位老主编全身心投入,花了大量的时间抓期刊质量,动员很多海外学生投稿;新的主编及专职副主编上任后也定期走访重点实验室,跟踪学科热点,约请国际知名学者撰写综述文章。该刊也充分发挥海外地区编委的作用,使这些编委不仅把自己的好文章投来,也积极在自己的专业领域内活动,进行宣传和组稿。《分子植物》是2008年新创办的期刊,最大特点就是聘请了包括有多名中国和美国科学院院士在内的一大批海内外知名学者担任编委。这些编委都非常热心,他们把办好期刊当作自己的一项事业来做。不仅利用自己在学术界的影响力来组织高水平的文章,而且还利用各种机会宣传刊物,甚至在国际会议上作学术报告的时候都会放几张介绍我们期刊的PPT来宣传。

(2)招聘专职副主编和有专业背景的人才,加强编辑部中科学编辑的力量。我们改变过去传统意义上的对稿件编辑的认知(仅限于对稿件进行文字和规范化方面的修改),而是招聘有本专业科研背景的人员担任编辑,对来稿的优劣和创新程度进行初筛,提高审稿效率。我们10个期刊编辑部通过几年的调整,绝大部分编辑都有硕士和博士学位,能协助主编开展工作。同时一些期刊还通过引进海外人才担任常务副主编,具体负责审稿过程的管理和录用文章的质量控制,确保了发表文章的高水平。

(3)确保刊物的高起点。我们这些期刊在定位上都有一个近期和远期目标。如《分子植物》的定位是要求发表的文章不低于美国的同专业杂志Plant Physiology的水平,所有的努力都是为了达到这一目标。不管是约稿还是自由来稿,都必须经过专家的严格评审,达不到标准就退稿。《细胞研究》之所以能长期保持国内第一高的影响因子(2008年SCI影响因子4.535),也是该刊长期注重发表高水平论文的结果。

(4)设立专题进行组稿。如《分子植物》在创刊初期每期设立一个专题进行组稿。每期由2~3位编委担任组稿编委,利用自己在学术界的影响力来组织高水平的文章。很多期刊包括中文期刊,每年都要进行约稿,以提高期刊发表的论文水平。

1.4　国际化运作——科技期刊走出国门的条件

(1)我们的不少期刊与国际著名出版社在排版制作、市场营销、网络发行等方面开展了合作,学到了很多国际化办刊的经验。如《细胞研究》与自然杂志出版集团(NPG)合作;《生物化学与生物物理学报》和《分子植物》同牛津大学出版社(OUP)合作;《神经科学通报》同Springer合作。

(2)采用国际流行的稿件处理系统。如《生物化学与生物物理学报》使用国际上很普遍的Manuscript Central系统(最近《神经科学通报》也已签约将使用MC系统),《分子植物》采用本专业国际著名杂志Plant Cell和Plant Physiology使用的Banch Press系统,《细胞研究》使用的是NPG开发的eJournal Press系统。这些系统无论其英文界面的阅读,还是投稿和审稿流程以及稿件管理和跟踪的操作,都是国内外作者和审稿专家所熟悉和习惯使用的,从而方便了国际来稿和审稿。

(3)期刊编排格式的国际化。我们都参照国际惯例来设计编排格式。有些杂志如《分子植物》参照本专业国际著名杂志Plant Cell的编排格式,由海外一家专门的排版公司进行排版和校对。

(4)积极开展海外宣传,扩大刊物在国际上的影响力。我们除了设立海外地区编委、定期邀请他们参加编委会外,编辑部成员也积极参加各种国际性学术会议,制作宣传册、海报等,利用各种场合进行期刊的宣传。

(5)国际化的审稿人队伍。在本专业领域寻找到国外知名专家的信息,邀请其审稿。

1.5　全球发行——借助国际著名出版社的电子平台

网络版已越来越成为读者的首选。但靠编辑部自己的力量或国内出版社,目前还无法有效地在国际上进行网络版的大规模发行。我们通过国际合作,积极借助国际著名出版社的电子平台进行网络版的全球发行。如《生物化学与生物物理学报》和《分子植物》电子版挂在 HighWire 平台上,打包发行用户均有 2 600 多个。此外,与《细胞研究》合作的自然出版集团的电子平台在国际上相当有名,点击率很高,采用的是单独将我们的期刊进行海内外销售的方式,目前《细胞研究》杂志在全球的独家订户将近 200 多家。

2　取得的成绩

在上述努力下,我们信息中心的期刊学术质量均在国内达到领先水平。其中《细胞研究》在 2009 年公布的 SCI 影响因子高达 4.535,继续在被 JCR 收录的中国科技期刊中影响因子排名第一;《生物化学与生物物理学报》是 1.086,每年都在提升。2008 年新改版的英文期刊 Molecular Plant 出版当年就被 SCI 收录,发表文章的学术水平相当高。此外,我们还有几份期刊分别获得国家自然科学基金、中科院科学出版基金和中国科协精品期刊基金等的支持。2009 年申请到了中科院的期刊改革与发展试点项目。

3　体制机制方面的探索及下一步的发展目标

成立期刊联合编辑部后,将 10 多个期刊整合在一起办公后,充分发挥出了集团办刊的优势和规模化效应。我们在编辑部的共性事务上进行整合,如统一排版(将所有排版人员集中,并进行公司化运营,提高了效率)、统一印刷(通过公开招标方式选择印刷厂,降低了成本)、统一宣传(编写出版了各刊介绍的宣传册,组团到国内一些高校集中的城市进行期刊宣传高校行等);在创新经费的支持方面进行管理,重点支持一些发展前景良好的期刊;还定期召开期刊编辑组织研讨会,交流各刊的办刊经验,取长补短、献计献策。通过这些体制和机制方面的创新,各刊都有不同程度的进步。

体制上的一个主要问题是要理顺主办单位和承办单位的关系,充分获得主办单位的支持。尤其在办刊方针和期刊的重大决策方面,只有主办单位的主管领导具有创新意识,提出和支持改革方案,才能真正办好一本期刊,否则只能是小打小闹。

经费投入不够和较难吸引领军人才是我们目前遇到的主要困难。下一步是在主办单位和信息中心的领导下,在解决这些问题的同时,从机制上成立期刊社,使主办权和经营权分离,加强自主权,建立一套激励机制。目标在 5 年后,有 2 个期刊的影响因子能够达到 5,成为国际权威期刊;1 个杂志的影响因子达到 2~3,在亚洲领先;起步较晚的另 2 个杂志能够进入 SCI,参与国际竞争。

综合类科技期刊创新发展模式的对策研究

应向伟

（浙江省科技信息研究院　杭州 310006）

[摘要]　随着我国建设创新型国家重大战略的提出,科技期刊作为国家创新体系的有机组成部分,其地位和作用以及改革和发展日益成为社会关注的焦点。综合类科技期刊在刊登党和国家的科技方针政策、法律和法规、科技成果、发展动态和科技管理等方面发挥了重要的作用,是科技期刊方阵中一支重要的生力军。面对新的发展机遇和挑战,综合类科技期刊亟需创新发展模式,走特色发展道路,赢得新时期科技期刊的发展优势和先机,为推动科技传播,服务地方经济发展做出应有贡献。

[关键词]　综合类科技期刊;创新;发展模式;对策

在以知识的生产和传播为经济发展核心的知识经济时代,70%～80%的知识信息是通过科技期刊传播的。作为承载学术、传播知识的重要媒介,科技期刊在推动国家的科技创新和科技进步中发挥着重要作用。科技期刊业也因此被看作是关系国计民生和社会发展的"基础设施"[1]。综合类科技期刊作为宣传行业建设中的新政策、新成果的主要窗口,作为科技人员传播新信息、交流新经验的主要阵地,对于推进我国科学研究和技术进步起着重要作用。然而,随着改革开放的深入,综合类科技期刊今后的生存发展面临着新的机遇和挑战。如何在激烈的期刊市场竞争中,利用自身的优势,把握定位,创新发展模式,求得长期稳定发展,是综合类科技期刊急需解决的问题。

1　综合类科技期刊发展现状和主要问题

改革开放以来,随着期刊业的发展,我国科技期刊队伍日益庞大。目前,科技期刊数量已达到 5 000 余种,占了中国期刊业的半壁江山。但由于科技期刊经营管理水平低,资源分散,规模小,发行量也较小,且同质化现象明显,已严重制约了我国科技期刊业的发展。作为科技期刊五大类中的一类,综合类科技期刊无论是数量还是质量方面其发展状况均令人堪忧。到 2007 年,综合指导类科技期刊与科普类期刊数量接近,共有 214 种,占全国科技期刊总量的 3.97%[2];截至 2008 年底,中国科协科技期刊群下属的 960 种科技期刊中,其中综合类科技期刊仅占 48 种。而据 2005 年调查,科技期刊期发行量在 25 万份以上的仅有 10 余种。这表明,综合类科技期刊的现状以及传统的发展模式已无法适应时代要求。

以综合类科技期刊的科学性、政策性、创新性、导向性、及时性这五个条件衡量,我国综合类科技期刊基本存在以下几方面的问题:一是先天不足,市场竞争乏力;二是读者范围狭窄,难以满足社会大众的需求;三是选题缺乏创新,办刊市场意识不高;四是文章可读性不强,缺乏吸引力;五是编辑队伍不稳定,编辑素质有待提高;此外还有刊物的定位和性质决定了广告市场的弱化等问题[3]。

2 综合类科技期刊创新发展模式的问题研究

关于综合类科技期刊的发展,理论研究颇为匮乏。2009 年是我国新闻出版领域改革发展管理的攻坚年,国家新闻出版体制改革的"路线图"和"时间表"已经明确。科技期刊探索市场化运作方式,实现内容增值,创新经营方式已经迫在眉睫。因此,综合类科技期刊必须重新审视杂志社的管理与经营的关系和界限,认真分析其中主要问题,实现管理和经营两条腿均衡走路。

2.1 在管理上提升期刊质量

2.1.1 明确定位,做精品期刊

做好有意识的采编与策划,突出杂志的权威指导性。一是内容要有针对性,能抓住读者"眼球"。加强深度报道的功能,围绕科技领域的最新动态,站在科学发展的前沿,积极策划相关专题。二是突出科学精神,坚持科学发展观。注重科技工作背后的得与失,对与错,成功与失败,以求科学的精神和思想指导科学的决策。三是加强深度挖掘的能力。适时提出杂志特有的理性、建设性的决策参考,使读者得到从其他媒体上得不到的启迪、发现和收获。四是突出政策解读,坚持政策权威性、宏观指导性、实践适用性。五是进一步展现与百姓生活息息相关的科技成果。

2.1.2 严格采编流程,规范内容建设

科学规范的采编流程是实现高质量采编的前提。期刊的内容建立过程反映了期刊在提供优质内容方面的组织能力和策划能力。根据综合类科技期刊的特点制定每月采编工作流程,编辑部每个人做好各自相应的采编计划、工作安排及板块近期宣传重点。一是提前 1~2 个月构思下期重点,力求每期采写 2~3 篇重头文章。二是开辟 1~2 个对应科技管理部门的专栏,确保每期有稳定的稿源。三是在区域内建立通讯员队伍,每月提供一定量的新闻线索。四是随时准备应付突发事件和提前出刊的准备,在预定的时间内完成当月任务。五是认真严格执行期刊"三审制"和"三校一读"制度,严把质量关。

2.1.3 发挥人的作用,打造精英团

加快综合类科技期刊的用人制度改革,构建有利于创新型期刊出版人才成长的良好环境。及时调整人员结构,鼓励编辑人员的继续学习,培养大批高层次管理人才、专业技术人才和高级营销人才,建立相对应的考核机制。虽然目前综合类科技期刊杂志社队伍人员较少,但是如果最大限度地激发杂志社人员的优势和潜能,达到各有所长,优势互补,形成抱拳出击,杂志队伍仍能保持较高的采编水平。在工作安排上,按照每个人能力的强弱,合理安排工作,突出个人优势,采写重点内容。同时,加强忧患意识,营造学习、研究氛围。多开展编务会等形式的经常性交流和沟通,共同为杂志的发展贡献每个人的智慧。

2.2 在经营上,创新经营模式

中国期刊协会会长石峰指出:科技期刊也是一种商品,科技期刊出版也是一种经营行为,要敢于面向市场,在市场上求生存、求发展,在市场中体现自身的价值。科技期刊出版也要讲成本,讲效率,讲效益,要强化市场意识,增强市场竞争力,提高自我生存发展能力[4]。

在期刊改革的大背景下,现有的科技期刊经营项目主要有期刊发行、广告、收取版面费、经营学术会议、合作办刊等。然而随着期刊市场的逐步开放,综合类科技期刊传统的发行、广告等赢利方式已经受到严重的冲击。如何创新经营模式,保持期刊持续健康发展是对期刊经营者的一个考验。

笔者认为,加强市场经营能力,创新经营方式必须做到以下两个方面。一是经营内容应该是多元化的。经营模式的本身必须有所突破,有所创新。发行与广告量的比重应该是逐步下降的,而利用期刊品牌的无形资产和影响力举办学术研讨会、展会、论坛、数据库等收入的比例应该是稳步上升的。二是市场经营是多种利益的结合体。期刊的经营不仅仅围绕编辑、出版、发行、广告这一系列环节来进行,而是应结合客户资源、行业资源、品牌资源、主办单位等资源协同前进,参与到杂志社的建设,延伸期刊的作用和能力。以资源整合为基础,共建共享,形成新的赢利模式。

3　综合类科技期刊实现创新发展的"四个转变"

3.1　从普通科技期刊向直接推动经济发展"排头兵"方向转变

综合类科技期刊应成为地方科技经济发展的参与者、引领者和传播者。综合类科技期刊既是传播科技知识的窗口和平台,也是引领科技发展的"航标灯",站在时代船头的"瞭望者"。综合类科技期刊应以专业的敏锐性,捕捉科技发展的最新成就,认识未来变化的发展趋势,并迅速有效地传播给公众。积极发挥杂志作为媒体的作用实现健康的舆论监督,为领导提供可靠的决策参考,弘扬科学理念,促进社会健康和谐发展。同时,通过把科技知识及相关的方法和技能传递给受众读者,使他们掌握科技知识,获得运用知识和创造知识的能力。为地方经济建设提供信息支持,促使科技期刊成为科学技术向现实生产力转化的中介环节,搭建起科学创新、技术创新与应用三位一体的桥梁。

3.2　从"独门独院"式的经营模式向"公寓楼"式的集团化发展方向转变

3.2.1　跳出期刊发展期刊

综合类科技期刊要充分挖掘潜力和优势,牢牢把握与科技相关的领域,发挥自身特点确立自己的地位和作用,做好杂志的发展规划。作为传统媒体的科技期刊必须吸收信息科学技术,进行自我改造,以适应网络时代发展的趋势,在变化中求进步,提高创新信息的快速传播能力[5]。通过主办单位、主管部门的背景,主动对接,积极争取多方支持,扩大资源,如通过建设科普网站,成立科技传播中心等形式,实现科技期刊的网络化发展。一方面可以把处于分散状态的科技人员以及组织机构纳入到一个互动的系统中,整合现有的科技资源;另一方面可以实现科技信息的交流与共享,并使之增值,提高科技期刊的整体形象和效能。

3.2.2　抓住决策者的"眼球"

综合类科技期刊应成为科技创新的最佳发布平台,针对政府部门最新发布的方针政策、发展规划、调研统计等重大信息,深入解读其中涉及科技经济发展的政策措施,及时回应社会关注的热点与焦点问题。进一步促进企业加大科技创新投入,为创新、创业营造良好的氛围。同时,紧紧围绕区域经济发展的问题和当前迫切需要解决的问题,站在科技发展的前沿开展专题调研,解决实际问题,引起党委、政府以及企业决策者的高度关注,争取更多的话语权,真正使刊登的内容符合发展的需求。

3.3 从仅满足出刊要求向挖掘资源、提供服务方向转变

综合类科技期刊应兼顾两头，一头是科技部门，一头是科技工作者。这都需要综合类科技期刊强化服务意识。从外在形式上，要看得到、摸得着、用得上。通过不断策划选题和创新杂志版式，与电视、网络、报纸等媒体错位发展，突出杂志的优势。从内在品质上，要有作为、有地位、有权威。通过有意识的策划相关专题，使杂志成为一道思想的"盛宴"。针对读者需求，我们期刊人应关注、追踪发展前沿，甚至预测趋向，帮助企业在产业转换升级当中发挥导向作用，发挥"参谋"、"智库"的作用。也以此为发展契机，通过整合、转型，提升为资源共享、发展共赢的经营模式。创新综合类科技期刊的发展思路，集聚资源，探索出版集团化道路，提高自身的核心竞争力。

3.4 从只求"量的增长"向"质的提高"综合协调方向转变

一是加强与横向、纵向之间的交流，多向一流期刊学习。我国科技期刊 5 000 余种，其中不乏出色的科技期刊。虽然改革还受到诸多束缚，但在现有条件下众多科技期刊社仍需积极开展自身的探索和研究，综合类科技期刊更应借鉴和学习国内外优秀科技期刊的办刊经验，扬长避短，走出符合自身发展的道路。二是争取大文章、大影响，大市场。谋划好每期杂志的重点稿件，针对近期的亮点和大事，做好选题。力争杂志每期都能推出精深文章，解决在经济发展中遇到的一系列重大问题。紧紧把握区域经济命脉，积极探索符合地方市场经济规律和科技自身发展规律的内容，宣传报道各地推进自主创新、依靠科技进步促进经济建设方面的新思路、新做法。三是减少对主管单位的依存度。通过举办活动、论坛、座谈会、评选等形式，增强科技期刊的活力。促进杂志的发展迎合市场需求，实现产业化的运作。树立现代经营理念和品牌意识，逐步建立起具有商品化媒体而实现杂志的良性运作，使综合类科技期刊的生存成为一种市场行为。

4 综合类科技期刊创新发展模式的路径选择

综合类科技期刊作为行政管理部门主管、下属单位主办的一类杂志，其独特的背景赋予了其特殊的使命和优势。综合类科技期刊应充分发挥杂志媒体的优势，积极渗透到与科技息息相关的经济领域，为政府提供"智力支持"，为企业、科研机构、科技人员等提供信息服务，用长远的眼光谋划综合类科技期刊的发展路径。

4.1 引进战略合作者

在综合类科技期刊的办刊理念、体制机制、经营管理、能力地位等方面均存在着较为明显弱势的情况下，要实现期刊的跨越式发展。笔者认为，其中一个捷径就是寻求战略合作者，走合作双赢的发展道路。邀请优秀科技期刊以及战略研究所、协会等单位共同围绕杂志的发展，整合资源，出谋划策。这样可以从战略上实现资源互补，解决杂志发展的内涵和外延的需求，解决目前综合类科技期刊发展的瓶颈问题，从而深入挖掘杂志媒体优势，与其他媒体错位竞争，着力体现杂志的特点，以及多角度、深层次挖掘的优势。比如中国地震局工程力学研究所科学技术杂志社就采取联办刊物的方法，主要与高校联办。通过与高校联办刊物不仅能补充一些办刊经费，而且还能得到不少质量较高的稿件，扩大高质量稿件的来源，保证了刊物的水平[6]。

4.2 构建高端作者群

及时分析当前经济社会热点、难点问题,聘请专家、学者为杂志特约评论员,为领导提供高质量的决策参考。一方面当今社会媒体高度发达,读者阅读的可选择性大大增加;另一方面综合类科技期刊的发展应围绕经济做文章,顺应市场发展的要求。因此,要体现杂志的影响力就要从杂志本身的特点出发,围绕既定的精英人群,如科技部门、科技型企业家、科研人员、科技工作者等,同时合理转化这样的知识创新型读者群,打造"本土化"的高端作者群。

4.3 延伸服务产业链

着力发展版外经济,逐步形成杂志的相关产业链,如策划评选活动、举办论坛、编辑出版书籍、建立帮扶试点等形式。从自身的实际出发,通过多种形式提升影响力,创新发展模式,提升发展活力。探索行政化与市场化并重的运行机制。通过参与各类科技活动提升影响力。加大为企业、大专院校、中介机构、科技企业家等的服务力度,了解需求,提供解决方案,逐步实现"两条腿"都能迈大步。

4.4 找准受众需求点

科学研究处于生产力发展的最前沿,推动生产力发展的核心动力是国家及人类社会的根本需求。读者需求统一于国家及人类社会的根本需求,这种需求具有很强的组织特征[7]。因此,在讨论综合类科技期刊创新发展模式的路径选择时,对受众需求点的把握不能被忽视。期刊的读者定位应该越来越专一,尽可能适应读者的口味、满足读者的需求,不仅提供及时性的服务,还要广泛听取和收集读者对期刊工作方面的意见,为读者释疑解难,丰富和发展科技期刊的有效服务范围,以适应如今竞争越来越激烈、市场越来越细分的环境[8]。

5 结 语

以不变应万变。综合类科技期刊创新发展模式不是因为要改革而改革,而是其作为创新体系中的一小部分,作为一本杂志,其地位和作用还远没有彰显。在新形势下,综合类科技期刊要走出狭义科技,积极渗透与科技息息相关的经济领域,为企业、科研机构、科技人员等提供服务。从一个媒体的视野,发挥舆论引导、信息传播、沟通协调的功能,围绕经济发展期刊,并着手建立科学的时间表和路线图,应对科技期刊界质量精品化、运营集群化、手段信息化、市场细分化、竞争全球化等挑战,把期刊带入良性发展的未来。

参 考 文 献

1 马可为.科技期刊的引进与品牌的地域延伸——从《柳叶刀中文版》谈起[J].编辑之友,2004(6):65-67.

2 陆地.三棱镜里透视中国科技期刊[J].传媒,2008(10):51-53.

3 于挨福.地方综合(指导)类科技期刊面临的挑战与发展对策研究[J].天津科技,2008(4):91-93.

4 石峰.我国科技期刊的创新和发展[EB/OL].[2008-01].http://www.wowa.cn/Article/45687.html

5 邓坤烘,吴新文.科技期刊发展环境的SWOT分析及对策[J].科协论坛(下半月),2009(2):189-190.

6 慕朝师.讲究经营策略 办好科技期刊[EB/OL].http://www.zjxzlt.com/index.php?type=3&flowid=55894

7 韩志伟.论科技期刊在可持续发展中面临的十种关系[J].中国科技期刊研究,2006,17(1):14-17.

8 路文如.中国科技期刊的发展方向[EB/OL].http://amedi.aweb.com.cn/public/president/2007/12/20071216367003.html

综合类科技期刊权威性
建设与产业化发展思考

李祖平

（《今日科技》杂志社　杭州 310006）

[摘要]　随着期刊出版市场竞争的日益加剧，作为学术类、技术类、检索类、科普类、指导类五大科技期刊群中的一支生力军，综合指导类科技期刊的权威性建设和产业化发展越来越受到科技系统（部门）和社会各界的高度重视。权威性的建设更多地是通过主管、主办单位的工作指导性和作者、编委、编辑的业务影响力，通过选题策划、刊登重点文章、针对特定的报道对象和读者对象等三种手段而体现。产业化发展在现阶段有一个行之有效的模式，在未来也有一个非常成功的模式可以参照。

[关键词]　综合类科技期刊；权威性建设；产业化发展

在自主创新作为国家发展战略和建设创新型国家的新时期，科学技术发展进入重要跃升期，科技期刊发展也面临新机遇。作为学术类、技术类、检索类、科普类、指导类五大期刊群中的一支生力军，综合指导类科技期刊的权威性建设和产业化发展越来越受到科技系统（部门）和社会各界的高度重视。

综合指导类科技期刊的权威性建设和体现，完全不同于学术类、技术类期刊以编委和编辑的学术地位，以被《中国科技期刊引证报告》、《科学引文索引》（SCI）核心版、SCI 扩展版、美国工程索引（EI）和美国化学文摘（CA）等机构和资源库收录的数量来体现。它更多的应该是通过主管、主办单位的工作指导性和作者、编委、编辑的业务影响力，通过选题策划和刊登重点文章，通过针对特点的报道对象和读者对象等三种手段来建设和体现。在出版业加速市场化的进程中，综合指导类科技期刊对于主办单位的经济依赖正在逐步弱化，其产业化发展越来越至关重要；自然，它的产业化发展也不同于技术类、学术类期刊可以依托相关产业和科普类期刊可以完全市场化的发展模式。

1　权威性建设的 3 种手段

1.1　通过主管、主办单位的工作指导性和作者、编委、编辑的业务影响力来建设权威性

综合指导类科技期刊从主管和主办单位的性质来分析，实际上就是科技系统（部门）的机关刊物。它在系统（部门）内外发挥着类似于党报党刊的重要作用，但它又区别于党报党刊以宣传政治思想、党和国家重大方针政策为第一要务的工作方针，而是以宣传党和国家针对科技系统（部门）推出的重大方针政策为第一要务，同时刊发一些解决科技系统（部门）政

策法规、综合管理、业务发展等方面重大关键共性问题的指导类、学术类、技术类、科普类文章。如由农业部主管,农业部环境保护科研监测所和全国农业环境保护科技信息网联合主办的国家级综合指导类科技期刊《农业环境与发展》杂志,它的办刊方针就是以反映国内外农业环境管理、监测、法制建设、生态农业、农业可持续发展以及合理利用、开发和保护农业自然资源等方面研究的最新进展、动态和技术为己任,为保护和改善农业生态环境,为农业可持续发展服务。为此设置的栏目包括西部大开发、生态农业、清洁生产、可持续发展、新技术应用、污染与防治、环境保护、实用技术等,除了体现权威指导性外,还兼具学术类、技术类、科普类期刊的部分功能。如美国最大的科学团体"美国科学促进会"官方刊物《科学》杂志,也属于综合指导类科技期刊,除了发表最好的原始研究论文外,它的科学新闻报道、综述、分析、书评等部分,都是权威的科普资料。

综上所述,综合指导类科技期刊的权威性建设的第一手段就是突出主管、主办单位的工作指导性,同时还有与主管、主办单位密切关联的作者、编委、编辑的业务影响力。因为综合指导类科技期刊的作者、编委、编辑往往兼有行政领导或行业发展决策权威的身份,他们无论是作为杂志的作者、编委还是编辑出现,只要参与杂志的宏观指导工作或实际采编工作,就赋予了杂志一种与生俱来的"权威性"资源,只要杂志正常出刊、发行,这种权威性就会自始至终地得到很好的体现和发挥。

由中国水泥协会、中国建材技术装备总公司主办的综合指导类科技期刊《中国水泥》杂志,在创刊号上就有中国建材工业协会会长张人为、副会长雷前治,原国家建材局局长王燕谋,国家经贸委投资与规划司司长甘智和等领导撰写的专稿。雷前治在《发刊词》中表示:《中国水泥》杂志作为中国水泥协会的会刊,将依托于各省、自治区、直辖市水泥协会和大中型水泥企业,面向国际国内广大读者,办成一本全方位引导水泥行业结构调整,可持续、健康发展的综合类期刊,成为广大水泥工作者的良师益友。行业协会其实就是政府机构职能的延伸与扩展,它与弘扬学术精神的学会具有不一样的功能。因此,中国水泥协会的会刊其实就是中国水泥行业的机关刊物,它要体现的首要内容就是党和国家针对水泥行业推出的重大方针政策,它的权威指导性就要通过中国水泥行业的主管部门的各级领导重视来建设和体现,当然不是以领导做报告或作指示的形式,而是以领导兼杂志作者或编委或编辑的多重身份来建设和体现。

1.2　通过选题策划和重点文章的不断推出来建设权威性

与生俱来的"权威性"资源有时发挥的是"权威性"的形式作用和短期作用,而要将权威性发挥"进行到底",就必须依靠选题策划和重点文章的不断推出。英国《自然》杂志和美国《科学》杂志是国际科学界公认的权威性最高杂志,例如克隆羊多利的文章就是通过选题策划后首先发表在《自然》上[1]。因此,从文章内容的重要性来分析,综合指导类科技期刊上刊发的文章,必须能够科学、正确指导科技系统(部门)某一阶段、某一时期的具体工作,能够实实在在推动某一行业甚至某一地区经济社会实现又好又快发展,这样才能真正建设好并发挥好杂志的权威指导性。

由国家人口和计划生育委员会创办、主管,国家人口计生委科研所主办,全国唯一集计划生育、生殖健康科技管理与专业技术于一体的国家级综合指导类科技期刊《中国计划生育学杂志》,2007年10期的文章要目有"政府主导扎实推进努力做好出生缺陷一级预防工作"、"转变思路创新模式着力构建提高出生人口素质工作新平台"、"立足未来发展竞争力大力提高出生人口素质"、"努力探索出生缺陷预防工作的社会干预模式"、"全面启动出生缺陷一级预防工作会议在成都市召开"、"全国'生殖健康援助行动'项目经验交流暨现场会在齐齐哈尔市召开"、"2007年第六周期生殖健康综合咨询能力培训班在甘肃省白银市成功举办"等,这些文章和会议消息如果仅仅停留在文件或简报的状态中,由于格式、形态和传播渠道的限制,虽然有权威性,却不能在更广泛的宣传活动里发挥其特有的指导作用。而借助选题策划后,通过杂志这一传播渠道和媒介,通过杂志风格化的形态和版面语言,这些宣传和反映国家计划生育科技工作重点和思路,计划生育、生殖健康最新科技成果,计划生育科技管理和临床工作经验的文章,就能够让更多的计划生育工作者阅读、学习、领会、应用、提高,从而使国家计划生育科技工作的重点和思路得到很好贯彻,权威性得到充分发挥,而且使杂志的权威指导性同时得到了很好的建设和体现。

1.3 通过针对特定的报道对象和读者对象来建设权威性

实践证明,能够影响"权威"的杂志,毫无疑问更权威。如美国《科学》杂志,除了发表最著名、最权威科学家最好的原始研究论文外,其科学新闻报道、综述、分析的对象也都是最著名、最权威人物的科学事件。它在全世界的发行量尽管高达150万份,但最主要的读者对象还是以高端科学技术工作者为主,正是凭借了特定的"报道对象和读者对象",《科学》杂志世界级的权威性才得到了很好的建设和体现。

由浙江省科学技术厅主管,浙江省科技信息研究院主办的《今日科技》杂志,其作为机关刊物的办刊方针非常明确,即:通过全面、准确地宣传党和国家以及地方党委政府的各项重大科技方针、政策,大力推进自主创新战略的全面实施,致力推动高新技术产业和科技园区的快速发展,全力促进广大企业的科技进步和农业现代化,既为领导和科技企业家当好决策参谋,又为知识大众提供全方位的科技服务。其特定的主要报道对象和读者对象更为明确,即:各级党政领导,科技主管部门、高等院校、科研院所、科技园区、高新技术企业、广大科技型中小企业的科技干部和科技人员。这些特定的报道对象和读者对象接受宣传和阅读杂志不是简单的传播和接受新思想、新知识、新政策、新技术,而是在于总结和提高自身的理论政策素养、领导管理水平和科研创新能力,在于总结和提高自身的工作权威。

以《今日科技》杂志为例,权威指导性发挥更充分的还有,各级党政领导通过《今日科技》杂志系统地学习党和国家以及上级党委政府的各项重大科技方针、政策后,来指导各自的区域自主创新战略的实施,推动经济社会实现又好又快发展。《今日科技》杂志的权威性通过这些党政领导读者的阅读、学习、领会、提高和应用,在他们领导的区域、系统或部门里得到了充分体现。同样,科技主管部门、高等院校、科研院所、科技园区、高新技术企业、广大科技型中小企业的科技干部和科技人员,把在《今日科技》杂志里阅读、学习、领会、提高的理论政策素养、领导管理水平和科研创新能力,及时应用到自己工作的区域、系统或部门里,从而使《今日科技》杂志的权威性得到了广泛而深入的体现。

2 产业化发展的两种模式

2.1 "行政信息咨询服务＋行政职能延伸服务"是现阶段行之有效的发展模式

我国出版业正在抓紧实施"两个转化",即由"意识形态媒介"向"产业经营媒介"转化,"从非产业向独立产业转化",产业化、集团化乃至国际化是科技期刊改革和发展的方向。如果说技术类、学术类科技期刊可以依靠相关产业借势发展的话,综合指导类科技期刊往往没有这样的产业资源。所以,它的产业化发展模式更多的是注重于行政信息的咨询服务(包括政府及下属机构科技信息的搜集、加工、存储、检索、查新、研究、传播、开发等),或者行政职能的延伸服务(包括政府机构委托的各项科技行政事务等)。

以始终坚持"背靠政府、服务企业"的《华东科技》为例,其显著的优势就是华东地区六省一市科技厅(委)的行政信息和行政职能。从《华东科技》最近几年的产业化发展思路来分析,他们制定并贯彻实施了"通、引、密、稳、精、快、活、扬、远"的九字工作方针,按照九字工作方针来设置栏目、组织稿件、策划活动、开展服务、考核绩效。比如,有关项目合作、架构桥梁的"通"字方针就是打破市场信息不对称局面,为资本知本融合提供信息平台,具体包括高新技术项目推荐会、科研成果和信息发布会、科技领域主题论坛、企业媒体策划等;有关政府公关、指点迷津的"引"字方针就是提供法规通报、部门协调上的援助,保证申报路径畅通无阻。从《华东科技》最近几年的产业化发展成效来分析,可以说已经取得了持续成功。截至2004年,《华东科技》杂志社成功举办了三届"上海市科技创业领军人物"评选活动,还开展了"华东地区科技园区竞争力"调查等一系列活动,来不断强化对科技发展的服务功能。2007年4月22日,《华东科技》又在浙江省慈溪市举办了"新能源产业展望与应用研讨会",成功邀请到了一批科技部的领导和专家,为期刊创造了显著的经济和社会效益。

2.2 "品牌输出＋综合性市场化服务"是未来可以参照的最成功发展模式

从科技期刊的产业化发展趋势来看,无论是技术类、学术类还是综合指导类,未来的最成功发展模式就是"品牌输出＋综合性市场化服务"。目前国内综合指导类科技期刊中还缺乏这方面的成功案例,国外的综合指导类科技期刊也正在积极施行中。科技期刊具有科学、文化、商品等多种属性,是充满创新性、创意性的特殊科学文化产品。目前,世界一些知名科技期刊就是靠在科技期刊中的创意、品牌赢得市场,获得了巨大的经济社会双效益。一些著名科技出版社(集团)甚至不直接编辑出版科技期刊,而采用合同外包的方式,将编辑工作委托出去,仅仅利用集团的创意、品牌,就轻易地获得超过编辑效益若干倍的附加值。

在科技期刊"品牌输出＋综合性市场化服务"的产业化发展方面,美国化学会是一个成功的范例。该学会致力于为全球化学研究机构、企业及个人提供高品质的文献资讯和服务,在科学、教育、政策等领域提供多方面综合性的专业支持。他们始终注重科技期刊的创意和设计以及品牌的塑造。学会成立出版管理专业委员会,负责期刊的出版事务,设有新产品设计部和出版发行部,统一用学会的品牌对外销售、编辑等。期刊的生产环节、编辑过程则以外包的形式由各个编辑部负责,成员由学会和编辑部协商后统一招聘。他们这种集中办事,资源共享的产业发展模式获得巨大成功。2005年学会总收入达到4.3亿美元,而学会的33种期刊仅"电子服务"收入一项就达到2.86亿美元,印刷服务收入达到0.5亿美元,两项占学会总收入的75%以上[2]。在质量上,期刊稿件来自世界各地,期刊大部分被SCI收录,是被引用次数最多的化学期刊之一。

参 考 文 献

1　李晓莉,王非综,张向东.中国高校之怪现象[N].新闻周刊,2001-12-03.

2　杨文志,王晓彬,张利军,等.办好科技期刊　促进学会发展[J].学会,2007(6):23-28.

我国地方科技期刊的管理体制创新 *

王鹏举 沈悦林 龚 勤 俞志华

（浙江省科技期刊编辑学会 杭州 310006）

[摘要] 以地方科协系统科技期刊为例，研究地方科技期刊的现状与结构、管理模式与创新实例，提出加快地方科技期刊发展的对策建议。

[关键词] 地方科协；科技期刊；管理创新

我国科技期刊从管理体制上分中央和地方两级。地方科技期刊是指由各省、自治区、直辖市管理的期刊。科协系统科技期刊包括各学会、协会、研究会和基层科协管理的期刊。多年来，我国地方科技期刊管理已形成稳定的体制，但管理创新从体制和机制上尚处于摸索探讨中。本文以地方科协系统科技期刊为例，对地方科技期刊的管理创新进行研究和探讨。

1 地方科技期刊概况

据《中国期刊年鉴》报道，2007－2008 年度全国有自然科学技术期刊 4 713 种，其中中央期刊 1 380 种，地方期刊 3 333 种。地方科技期刊中，属地方科协系统，即地方科协及其学会主办或参与主办的共有 767 种，其中科协主办并主管的 29 种（包括科协主管杂志社主办），科协主管学会主办的 125 种，学会主办非科协主管的 437 种，学会参与主办或协办非科协主管的 176 种，涵盖了我国科技期刊的各个类别。

1.1 期刊类别

在地方科协及其学会的科技期刊中，学术期刊和技术期刊最多，两者相加所占比例达92.9％，科普期刊和综合期刊分别有 34 种（4.4％）和 21 种（2.7％），没有检索期刊（表 1）。

1.2 学科分布

地方科协科技期刊的学科分类按《中国图书馆图书分类法》统计，地方科协及其学会的767 种科技期刊分属于 14 个学科，其中工业技术类期刊最多达到 209 种，医药、卫生类期刊有 140 种，文化、科学、教育、体育类期刊有 118 种。这三类期刊是地方科协及其学会科技期刊的主要组成部分，占总数的 60.9％。农业科学类期刊有 92 种，占总数的 12％，经济类期刊有 59 种，占总数的 7.7％。期刊数量在 30～40 种的有 2 个学科，分别是数理科学和化学（33 种）、环境科学和安全科学（33 种）；剩余 7 个学科都在 20 种以下，分别是自然科学总论（20 种），历史、地理（20 种），天文学、地球科学（13 种），交通运输（10 种），生物科学（8 种），

* 中国科协 2008 年度重点资助课题.

军事(2 种),航空、航天(2 种),另有其他(6 种)。详见表 2。

表 1   中国科协科技期刊和地方科协科技期刊类别比较

	中国科协及其全国学会科技期刊		地方科协及其学会科技期刊	
	数量(种)	占总数比例(%)	数量(种)	占总数比例(%)
学术期刊	656	68.3	387	50.5
技术期刊	188	19.6	325	42.4
科普期刊	63	6.6	34	4.4
综合期刊	48	5	21	2.7
检索期刊	5	0.5	0	0
合计	960	100.0	767	100.0

表 2   中国科协科技期刊和地方科协科技期刊学科分布比较

学科名称	中国科协及其全国学会科技期刊			地方科协及其学会科技期刊		
	数量(种)	占总数比例(%)	排名	数量(种)	占总数比例(%)	排名
工业技术	284	29.6	2	209	27.2	1
医药、卫生	322	33.5	1	140	18.3	2
文化、科学、教育、体育	22	2.3	9	118	15.4	3
农业科学	54	5.6	5	92	12.0	4
经济	12	1.3	10	59	7.7	5
数理科学和化学	82	8.5	3	33	4.3	6
环境科学、安全科学	10	1.0	12	33	4.3	7
自然科学总论	30	3.1	7	20	2.6	8
历史、地理	2	0.2	13	20	2.6	9
天文学、地球科学	51	5.3	4	13	1.7	10
交通运输	25	2.6	8	10	1.3	11
生物科学	44	4.6	6	8	1.0	12
军事	0	0	14	2	0.3	13
航天、航空	11	1.2	11	2	0.3	14
其他	11	1.2		8	1.0	
合计	960	100.0		767	100.0	

1.3   区域分布

根据国家统计局分类,我国大陆区域整体上可划分为三大经济地区(地带)。东部地区包括北京、天津、河北、辽宁、上海、江苏、浙江、福建、山东、广东、广西、海南 12 个省、自治区、直辖市。中部地区包括山西、内蒙古、吉林、黑龙江、安徽、江西、河南、湖北、湖南 9 个省、自治区。西部地区包括重庆、四川、贵州、云南、西藏、陕西、甘肃、宁夏、青海、新疆 10 个省、自治区、直辖市。

按照三大区域的划分,将地方科协及其学会的科技期刊进行了区域划分,从数量上看东部地区有 376 份,中部地区有 235 份,西部地区有 156 份,分别占总量的 49.0%、30.6%和

20.4%,刚好达到 5：3：2 的比例。东部地区上海（86 种）和广东（55 种）最多，远高于其他省份。中部地区期刊数量分布较为均衡，排在前面的湖北、湖南、黑龙江数量都差不多，西部地区数量分布极不平衡，四川省（59 种）一枝独秀，期刊数量是排在第二位陕西（21 种）的 2.8 倍，宁夏回族自治区期刊的数量在地方科协及其学会科技期刊中是最少的。

2 地方科技期刊管理工作现状

2.1 期刊管理工作

据调查，各地科协目前仅负责主管期刊的年检、期刊变更及出增刊报批等审批工作。这项工作多数科协由学会部指定人员兼管，也有的科协由宣传部或办公室兼管。大多省市科协基本上都处于无专人负责、无专项经费、无工作计划的"三无"状态。一些地方科协的同志指出"这是一个被遗忘的角落"。也有一些地方科协同志反映，由于无专人负责管理，目前地方科协对自己系统内所属学会主办的一些科技期刊的详细情况尚不清楚，期刊管理大多尚未列入科协的重要工作议程。

但也有部分地方科协对科技期刊的管理较为重视，有人有经费有奖励。如上海市科协对主管的 23 种期刊每年组织进行年检，负责期刊审批，并委托市编辑学会专家进行审读等，2004 年还进行了一次刊物评比和奖励，期刊管理专项经费为每年 10 万元。福建省科协每年组织对期刊评比奖励，奖金 10 多万元。湖北省科技期刊编辑学会每年组织学术活动，已先后 8 次开展优秀论文评比，筹集社会资金对优秀论文进行奖励。浙江省科协对省科技期刊编辑学会工作十分支持，工作上不但落实专人进行联系，经费上近几年每年都有数万元补助经费支持省科技期刊编辑学会的学术交流活动[1]。

2.2 期刊管理体制

目前大部分的省市科协所辖科技期刊由于管理体制的不顺和过多依附于行政机构，仍处于"小、弱、散"状态，规模小、实力弱、办刊分散，市场化和国际化程度低，大多靠行政拨款和收取版面费来维持日常的运作，发展不快。很多学会主办的期刊，学会仅仅是挂名，期刊的具体运作大都由挂靠单位在操办，而且期刊的主管部门为挂靠单位或挂靠单位的上级主管部门。这样就形成了学会与期刊社、科协与期刊社、主管部门与期刊社多头管理，职责不清的局面。按理，学会由科协主管，学会主办的期刊理应由科协主管，而科协大都无法给予实质性的支持。为此，许多期刊社为寻求政府部门支持和经费上的帮助，也不希望改变现状。于是，科协系统的刊物就形成了小而散、各自为政、缺乏竞争力的局面，无法形成集团优势。

可喜的是，近年来有的地方科协对此已引起了重视，试着对科技期刊的出版机制、管理体制进行创新，引导科技期刊的出版单位逐步走向市场。如浙江省科协系统共有 26 种期刊，其中科协主管的 6 种，其他为学会主办非科协主管。2008 年省科协将主办的《科学 24 小时》（科普类）、《科技通报》（学术类）和《浙江科协》（内刊）三刊集中成立《科学 24 小时》杂志社，配编制 8 人，为省科协直属处级事业法人单位，使科技期刊编辑出版的责、权、利进一步得以明确。

2.3 出版单位经济体制

从调查数据看，地方科技期刊出版单位尚有一半不是独立承担民事责任的法人实体，缺乏自主经营、自负盈亏的理念和经营权,市场化程度并不高,还有相当数量的科技期刊出版单位的责、权、利并不明晰,还是按计划经济体制下的行政事业单位模式进行出版管理和财务管理,尤其是一些学术性较强的科技期刊,主要依靠主管单位或部门拨款进行期刊的编辑出版。

2.4　期刊审批制度

据调查,除地方科协及其地方学会主办或参与主办的767种科技期刊外,尚有部分内刊。如甘肃省科协主管的17种科技期刊,除12种有正式刊号外,有5种是内刊,很多内刊办了10多年,刊物质量已很好,有的内刊还进入了SCI,但仍不能取得正式刊号。例如,由浙江大学医学院附属第一医院主办的全英文学术期刊Hepatobiliary Pancreatic Diseases International(《国际肝胆胰疾病杂志》[2],2003年被IM/MEDLINE收录,2007年被SCI收录,成为我国肝胆领域唯一的SCI期刊。但由于管理体制的问题,创办7年来一直未能申请到国内的正式刊号。

3　地方科技期刊社管理一般模式

3.1　单期刊编辑部办刊模式

地方科技期刊中大多为单个期刊由主办单位中某个部门成立编辑部自行办刊,配备少数编辑人员从事组稿、编稿、审稿、排版、校对,送印刷厂印刷,由邮局或自办发行。这是一种传统的模式,由于人数少,力量单薄,缺乏竞争机制,提高刊物质量有较大难度。

3.2　多期刊集中办刊模式

少数主办单位主办多种期刊就有条件将各类刊物集中在一起建立编辑出版部门统一运作。一般学校、科研院所都将科技期刊编辑部集中在一起,成立编辑出版部或杂志社,但多数没有法人地位,仅是单位中的一个部门。这种模式解决了人力资源配置,便于从事编辑出版的专业服务,有利于提高出版质量。但除少数高校建立出版社独立法人外多数没有自主权,体制机制上较难创新。

3.3　行业期刊理事会模式

行业期刊理事会模式是目前一些行业学会主办的科技期刊在市场经济体制下所采用的一种办刊模式,即指科技期刊通过设置理事机构,与一些业内企业联合协作办刊。这种模式的主要优越性在于可以通过理事会的理事单位为期刊的出版经营提供一定的协办经费;可以扩大期刊和企业在业内和社会上的影响力和知名度;由于有理事会作依托,有利于刊物正确选题,为编辑深入生产第一线、接触企业科技人员提供了便捷的途径,可及时了解协办单位科研、生产的新动态,使刊物内容更结合生产实际。

3.4　杂志社独立法人模式

以编辑部为单位的期刊,由于分散在不同单位,分属不同部门管理,运行中暴露出如办刊资源不能有效配置,科协的期刊地位不能呈现,科协的职能部门不能归口管理,办刊经费的管理受到限制等问题。而杂志社独立法人模式,则可以避免这些问题。有条件的地方科协应申请成立杂志社,并将杂志社设置为科协直属事业法人单位,由杂志社对科协主管主办的一些期刊实行统一编辑出版,地方科协对杂志社实施直接管理。地方科协下属杂志社可实行"归口管理、主编负责、独立核算、自主经营"的期刊管理模式。

4 地方科技期刊管理创新实证

4.1 归口集中管理,独立自主经营,走集团化发展道路——《科学 24 小时》杂志社案例

浙江省科协主管主办有《科学 24 小时》(科普类)、《科技通报》(学术类)和《浙江科协》(内刊)三种科技期刊。这三本期刊,《科学 24 小时》10 年前就协议给外单位管理和主办,《科技通报》挂靠浙江省科技馆、办刊经费"戴帽下达",《浙江科协》则是工作内刊。由于这些期刊分散在不同单位,分属不同部门管理,运行中也暴露出一些问题。浙江省科协在调研和借鉴国内期刊管理运行方面一些好的经验和做法的基础上,将三刊集中成立《科学 24 小时》杂志社,配正式编制 8 人,为省科协直属处级事业法人单位,实行"归口管理、主编负责、独立核算、自主经营"的期刊管理模式。

杂志社为科协直属处级事业法人单位,科协对杂志社实施直接管理,业务上由科协的不同部门归口联系和指导,如《浙江科协》对口宣联部;《科技通报》对口学会部;《科学 24 小时》对口科普部。杂志社下设一刊一部,各编辑部都设立相应的编委会,主编或总编由科协任命。各期刊业务上实行主编负责制,主编对社长(法人)负责,社长对科协党组负责。根据期刊性质的不同实施不同的扶持方式,对工作指导性的内刊和学术期刊设立专项办刊经费下拨到杂志社,对科普类期刊逐步采取"市场运作"方式由杂志社自主经营。

杂志社具有民事法人地位,可独立开展诸如扩展发行渠道、开拓广告业务、开展学术交流以及编务以外的有偿服务和科普宣传工作等,在工商登记核定的范围内进行期刊与资金运作,以增强杂志社的"造血功能"。

新成立的《科学 24 小时》杂志社经过一年多运作,科普杂志《科学 24 小时》进行了改刊,以崭新的面貌赢得读者青睐;学术期刊《科技通报》进入了国内核心期刊行列;内刊《浙江科协》也得到了相应的提升,杂志社已展现了良好的集中办刊优势。

4.2 依托高校,确立学术地位,争创精品期刊——《船海工程》案例

《船海工程》由湖北省科协主管,武汉造船工程学会主办。武汉理工大学所有期刊实行"归口管理、主编负责、独立核算、自主经营"16 字的运行管理机制。学校有 17 种期刊,其中《船海工程》等为学会参与主办刊物。学校对学术性期刊采取"戴帽下达"的拨款方式,给予办刊经费;对技术类期刊,采取"市场运作"方式,学校不拨款,由各期刊通过广告、发行、咨询、协办、举办大型会议等市场行为,进行期刊与资金运作。各期刊独立开展征订、交流、组稿、广告技术咨询等服务,在学校核定的统拨经费范围内经营运行。

《船海工程》在这种体制下,依托高校的学术影响,通过刊物定位和自身努力,作为唯一地方性期刊进入了中国科协精品期刊工程行列。《船海工程》的前身是《武汉造船》,由于在刊名中有明显的地域标志,稿源和广告都受到了限制,始终无法最大限度地争取更大范围内的高质量稿件。自 2001 年更名后,通过在组稿、栏目设计、扩充协办单位等方面采取一系列的跟进措施,刊物的受众面明显扩大,稿源和读者范围都有根本性的改变,国内船舶与海洋工程领域中的重要研究院所和企业纷纷介入办刊。《船海工程》坚定地以实用技术为发文重点,经过一段时间的努力,"船舶设计"、"造船工艺及设备"、"舰艇专项技术"、"船舶结构工程"等栏目在业内引起越来越多的关注,逐步形成了自身的特色化建设方向。

4.3 依托行业,成立理事会,发挥交流平台作用——《浙江建筑》案例

《浙江建筑》由浙江省建设厅主管,浙江省土木建筑学会、浙江省建筑科学设计研究院主办,浙江省建设投资集团有限公司协办,是浙江省建设系统唯一公开发行的综合性学术刊物。随着市场经济体制的变化,《浙江建筑》的运行机制也发生了深刻的变化,从开始由政府和主办单位出资,到1998年成立《浙江建筑》理事会,理事经费为刊物的发展打下了坚实的经济基础。省建设厅主管领导和有关部门的关心和支持奠定、推动了期刊的发展,扩大了组织机构。理事单位从10多家扩展到98家,理事单位均为浙江省建设系统实力雄厚的知名单位、企业,这其中有建设工程公司,建设科研院校,建筑设计、勘察研究院(所)及建筑装饰公司等,整体力量大大加强。《浙江建筑》杂志每年免费为任期内的各理事单位做一次宣传,推介该企业在改革发展中的成绩,深受各理事单位的好评。理事单位提供的办刊经费,为市场经济体制下期刊的发展提供了经济保障。

通过杂志这个平台举办会议、出版专刊,为建筑科技发展作出了积极的贡献,也为建筑企业提供了很好的科技信息服务,还扩大了杂志的社会影响力,并带来了很好的经济效益。2003年配合浙江工业大学建校50周年校庆出版了专刊;2004年出版了庆祝《浙江建筑》创刊20周年特刊;2005年出版了庆祝浙江省建筑科学设计研究院建院50周年特刊;2006年为配合浙江省第6届岩土力学与工程学术讨论会的召开出版了专刊,还配合浙江省建设厅、浙江省建设科技推广中心主办了首届浙江省建筑节能与绿色建筑技术、产品博览会;2007年配合浙江省土木建筑学会、建筑节能中心和建设科技推广中心协办了中国浙江绿色建筑与建筑节能标准规范、检测评估研讨会暨首届中国建筑节能(试点示范)总工高峰论坛,并编辑整理了会议论文集,还出版了关于建筑节能专刊,深受业界欢迎。

5 地方科技期刊发展对策

当前,全国各省市正在致力建设创新型省市,面对科技期刊界质量精品化、运营集群化、手段信息化、市场细分化、竞争全球化的趋势,地方科技期刊发展面临严峻挑战。地方科技期刊应通过理念创新、体制创新、内容创新、形式创新和业态创新等,为刊物树立品牌,为各地建设创新型省份做出应有的贡献。

5.1 加快地方科技期刊精品化、特色化步伐

凡是一份高质量的地方科技期刊必定既是精品又有特色。地方科协和科技期刊应在大力推进理念创新、制度创新、科技创新的氛围下乘势而为,利用好这一环境,要抓住时代契机,积极寻找和开发自身的亮点和刊物特色,努力发扬光大,形成自己的品牌,抓住决策者的"眼球",努力创精品期刊,使之成为科技创新的最佳信息平台。

5.2 加快模式转换,"办出分离",引导期刊走集团化道路

对科技期刊进行分类指导,对学术类、综合指导类等公益性科技期刊应稳定人员,给予必要的扶持,为办刊创造良好的条件。对于技术类、科普类等可面向市场的科技期刊,给予积极引导,转换办刊模式。"办出分离"是期刊管理创新的基本走向,将科技期刊现有的"独门独院"式的经营和生产模式,整合、转型、提升为资源共享、发展共赢的"公寓楼"式的经营和生产模式。创新发展思路,走出版集团化道路,创造条件组建"科技期刊出版集团",全面提高地方科技期刊在国内国际出版市场的核心竞争力。有条件的地方科协可将科协主管主办,特别是主办的期刊整合在一起,资源集成,建立科技期刊出版(管理)中心,摸索集团化发

展模式。同时,将科技期刊的创新发展作为各地政府"实施自主创新能力提升计划"中知识创新工程的战略内容,加快推进由"制造"向"创造"的跨越,推动地方经济社会又好又快发展。

5.3 加快用人制度改革,在人才引进方面多给予出版单位自主权

科技期刊要发展壮大离不开一流人才资源的投入,只有将人才资源转化为人才资本,才是期刊可持续发展最基本的保障。现行的管理体制下,大多数出版单位没有选人用人的自主权,想要的人进不来,不想要的人挡不住,这种用人体制不打破,地方科技期刊就很难挖掘到所需的人才,这必将严重影响科技期刊的提高和创新。

5.4 对地方科技期刊管理创新和战略布局调整进行试点

现在体制里面跨地域、跨城市、跨主办、跨承办这种资源浪费现象相当严重。在全国范围内,行业科技期刊性质雷同、地域分割的现象比较严重,很多地域性期刊其实已无存在必要。地方科技期刊的整合和兼并势在必行。建议可在一些有条件的地方科协,也可以地方性医学期刊为试点进行战略调整,对科技期刊管理创新先进行试点,出台一些指导性意见,试点成功得出经验后以点带面逐步推广。如在保证总量不变的情况下,删减那些重复太多的期刊,新办一些当前社会经济和科技发展急需的期刊,及一些新兴学科和交叉学科、国际上具有中国特色的学科方面的科技期刊。又如在全国范围内合理布局各类期刊,将系统内科技期刊按行业性质实行联合,以本行业中知名度高、经济效益好、社会影响大的品牌期刊为龙头,优势整合,研究和探索全国科协系统各类期刊的合理布局。

5.5 加强和协调科协系统期刊网络出版产业的发展

互联网的普及促使出版业对网络出版的研究更加深入,"网络出版"、"网页出版"、"在线出版"、"电子出版"、"OA"等网络产业的陆续兴起,地方科技期刊如何应对这一趋势成为一个新课题。地方科技期刊可利用各省市科协的局域网进行网络出版营销服务,开发适合网络出版的产品。地方科技期刊也可将地方科协主管主办的一些重要期刊的主要内容在科协的局域网上实行开放存取出版,以利于科技人员及时了解和网上获取。

5.6 出台地方科技期刊管理指导性意见,深化对科技期刊的改革

建议就加强地方科技期刊管理作专题研究,并发文对地方科协期刊工作提出要求和指导性意见,如《加强地方科技期刊工作的意见》,研究制定《地方科技期刊管理工作条例》等。

现行创刊审批制度不利于科技创新。不少地方科协同志认为,自然科学类期刊不能与社科类期刊执行同一标准和政策,因此建议对自然科学类期刊管理进行单列,研究有利于科技期刊发展的管理办法,如研究自然科学类期刊的"审批制"改为"登记制"的可能性;研究在刊号总量控制的前提下各省市有权进行调整并向国家备案的方法等,以期为我国的科技期刊事业发展提供良好的环境。

参 考 文 献

1 省级科协科技期刊的创新与发展[M]//中国科学技术协会.中国科协科技期刊发展报告(2009).北京:中国科技出版社,2009:110-128.

2 董燕萍.剖析《国际肝胆胰疾病杂志》的国际化发展之层面[C]//第6届全国核心期刊与期刊国际化、网络化研讨会论文集,1998:24-27.

新形势下我国地方科技期刊的机遇和挑战

俞志华[1]　　汪光年[1]　　应向伟[2]

(1.《科学 24 小时》杂志社　杭州 310003;

2.《今日科技》杂志社　杭州 310006)

[摘要]　面对国内外新的发展形势,作为科技期刊工作者,更有责任探索新形势下地方科技期刊所面临的机遇和挑战。一是当前区域科技创新对地方科技期刊提出了新的要求,如立足地方、为区域科技创新做贡献,为地方经济发展、经济转型提供科技信息支撑。二是国家期刊出版体制改革为地方科技期刊的发展提供了新的机遇,如跨区域合作重组渐成趋势,"转企改制"的阻碍正在破除,"属地化管理"有望逐步转变为"跨区域扩张"。三是科技期刊的国内外竞争对地方科技期刊的新挑战,如从编辑部向杂志社转型、从本位主义向集群创新转型、从一般期刊走向精品期刊、从传统的纸质出版走向刊网互动的挑战。这些研究和探索有利于加强并改进地方科技期刊编辑、出版、管理和经营工作的创新性和有效性,在深化改革中破解发展障碍,转变发展模式,实现自身的繁荣发展。

[关键词]　地方科技期刊;新要求;新机遇;新挑战

胡锦涛总书记在纪念中国科协成立 50 周年大会上的讲话中指出,面对当今世界正在发生的广泛而深刻的变化,面对当代中国正在发生的广泛而深刻的变革,党和国家事业发展比以往任何时候都更加迫切地需要坚实的科学基础和有力的技术支撑,更加迫切地需要广大科技工作者不懈地进行创造性实践;并号召,科技工作者要自觉认清形势、明确任务,勇敢地担负起提高自主创新能力、建设创新型国家的战略任务和历史使命。作为科技期刊的工作者,更有责任探索新形势下地方科技期刊所面临的新要求、新机遇和新挑战,进一步明确科技期刊的社会责任和主要功能,加强改进科技期刊编辑、出版、管理和经营工作的创新性和有效性,在深化改革中破解发展障碍,转变发展模式,实现自身的繁荣发展。

1　区域科技创新对地方科技期刊提出新要求

党的十七大提出,提高自主创新能力,建设创新型国家,这是国家发展战略的核心,是提高综合国力的关键;要坚持走中国特色自主创新道路,把增强自主创新能力贯彻到现代化建设各个方面。目前,各省都在全面贯彻落实中央的统一部署和要求,高度重视区域科技创新对当地经济社会发展的支撑和引领作用,加强创新体系建设,加大科技投入力度。这对地方科技期刊来说,既是发展的重要机遇,提供了前所未有的巨大科技需求和广阔的学术交流平台;同时也提出了更高的要求,地方科技期刊也要积极思考如何坚持自主创新、重点跨越、支撑发展、引领未来的指导方针,把增强自主创新能力作为发展科学技术的战略基点、作为调整产业结构和转变发展方式的中心环节,把建设创新型国家作为面向未来的重大战略选择。

1.1 进一步明确科技期刊的社会责任和功能,立足地方,为区域科技创新做出应有的贡献

地方科技期刊在知识应用和产业创新中具有重要的地位和作用,由于其区域性、实用性及行业依附性,科技期刊所承载的创新成果、实用技术大多可直接用于生产,实现产品创新和产业化。因此,地方科技期刊在新的机遇和挑战面前,要更进一步积极投身以企业为主体、市场为导向、产学研相结合的技术创新体系建设,要加强对加快转变发展方式、推动产业结构优化升级方面科研成果的组稿和报道。要正确理解"核心期刊"的评价功能,其办刊功能和方向不应围着"核心期刊"转,现在有的地方科技期刊为了进入"核心期刊",不顾刊物本应承担的社会责任和服务与地方社会经济和科技发展的主要功能,成为了研究生申请学位和基层科技人员评审职称的工具。地方科技期刊更应围绕各省建设科技强省和创新型省份,进一步理清其办刊目的和宗旨,与时俱进,要根据各地社会经济和科技发展及企业创新的特色,精心组稿,挖掘特色亮点,贴心服务于地方科技和经济的发展,以充分发挥地方科技期刊的核心功能和价值。

1.2 地方科技期刊要积极为各省转变经济方式、推进经济转型升级提供科技信息支撑

提高自主创新能力,是推进经济转型升级的核心,是区域科技创新的重要任务。地方科技期刊要积极为各省转变经济方式、推进经济转型升级提供科技信息支撑,充分发挥省级科协所属各学会学术交流对区域科技创新的重要作用,省级学会主办的科技期刊要把促进自主创新,推动产学研结合,推进科技知识传播和应用作为自身的基本职责,紧紧依托当地高校、科研院所和高新技术企业,把科技期刊办成区域科技创新的发布平台,为科学发展观的全面落实不断提供新知识、新技术。要以各类科技企业孵化器、高新技术产业基地、重大高科技产业化项目、重大科技专项和科技创新工程中的新成果、新技术、新产品以及经济转型升级方面重大科技问题的攻关成果为抓手,推动创新要素向企业集聚,促进科技成果向现实生产力转化。

1.3 充分发挥省级科协和所属团体的职能作用,积极为农业增效、农民增收提供技术服务

新形势下的农村改革发展对省级科协农科类的科技期刊也提出了新的要求,农村的改革离不开科学技术的支持,农业发展的根本出路在于科技进步。地方农科类的科技期刊要根据农村改革发展的新形势、新要求,牢固树立为"三农"服务的理念,充分发挥省级科协和所属团体的职能作用,以农业科技开发为重点,积极为农业增效、农民增收提供技术服务和科技信息支撑。科技期刊要在大力推进农业科技自主创新,切实改变农业生产科技含量较低的局面上有所作为,将各地农科类的科技期刊建设成为产学研、农科教一体化的新型农技推广体系的服务平台。

2 国家期刊出版体制改革对地方科技期刊的新机遇

我国期刊出版业作为文化体制改革的一个十分重要的部分,当前面临的根本性问题是如何进一步深化出版体制的改革。2009 年,是我国新闻出版领域改革发展管理的攻坚年。为此,新闻出版总署有关领导在 2009 年全国报刊管理工作会议上对新闻报刊管理工作提出了总体要求:改革创新,科学管理,努力构建推动新闻报刊业科学发展的体制机制[1]。地方科技期刊作为中国科技期刊的一个类群,同样面临着出版体制改革、办刊模式创新的艰巨任

务。分析探讨国家推进新闻出版领域体制改革对地方科技期刊运行机制的影响,增强新形势下加强科技社团期刊出版体制创新的大局意识和责任意识,加强改进科技期刊管理工作的创新性和有效性具有重要意义。

2.1 地方科技期刊体制改革的难点

地方科协科技期刊体制改革的难点恐怕在于期刊主管主办体制的束缚。期刊的主管主办体制是我国出版管理体制的一个重要内容。1997 年颁布的《出版管理条例》,为保证期刊出版健康发展起到了很好的保障作用,但随着新闻出版体制改革的不断深化,主管主办体制也增加了科技期刊出版改革的难度。其集中反映在以下几方面:一是部分主管机关职责虚化,多为挂名主管,据本研究的调查,一些地方科技期刊的主管单位只是在年检或办理审批项目时盖个章而已,并无专人负责,列入议事日程实施管理;二是主办单位与主管单位关系弱化,地方科技期刊的编辑出版多由编辑部运作,由编辑部所在的主办单位实施管理,主管单位职责往往较难落实;三是主办单位并非专业化出版机构,许多地方科技期刊多以学会、协会名义主办,这些科技社团往往无完备的民事法律关系,大多依赖于政府行政部门的拨款投入和主办部门的资源优势及铁饭碗的事业编制,这也成为科技期刊面向市场的一大障碍;四是主办单位分散、类型各异、条块分割、资本弱势、资源分散以及"小而散"的经营模式等,加大了兼并重组的难度。

2.2 地方科技期刊体制改革的新机遇

尽管地方科技期刊的体制改革涉及面广,情况复杂,但国家新闻出版体制改革的"路线图"和"时间表"已经明确。特别是改革开放 30 年来,我国期刊业在改革中前进,在创新中发展,取得了令人瞩目的成就。期刊品种不断丰富,出版质量和市场规模大幅提高;通过期刊业体制和机制创新,整个产业正在走向品牌化、集约化的发展道路。地方科技期刊有的已进入机制创新的尝试,虽只是内部几个期刊整合后的"挂牌",但已向体制改革迈出了可喜的一步。更为重要的是,党的十六大以来把深化文化体制改革、大力发展繁荣文化事业和文化产业提到了空前的战略高度,为期刊业的改革明确了方向,为期刊业的发展创造了良好的条件。当前国家加大基础设施和公共服务投资的宏观政策,也为科技期刊的发展创造了新的机遇。国家期刊出版体制改革的不断深化和取得的成果也为地方科技期刊创新发展提供了新的经验和借鉴。地方科技期刊只有在新的历史起点上坚持改革创新,坚持解放思想、创新发展思路,在进一步全面深化改革中破解发展障碍,转变发展模式,才能实现自身的繁荣发展。

2.2.1 出版体制改革日益深入,跨区域合作重组渐成趋势

党的十七大报告指出,在时代的高起点上推动内容形式、体制机制、传播手段创新,繁荣和发展文化生产力,是繁荣文化的必由之路。跨区域合作重组兼并发展,多数集中在报业出版方面,期刊领域的出版集团也多是生活、文化和时尚类期刊。2008 年,在以"体制创新带来科学发展"为主题的第三届中国期刊创新年会上,中国科学出版集团、中华医学杂志社、汽车族杂志社、瑞丽杂志社、东方娃娃杂志社等单位就大众消费类期刊的制度创新、专业类期刊的转企改制、社办期刊及出版集团内的期刊改革与创新等方面介绍了经验和做法。在科技社团主办的科技期刊方面,中华医学会在出版体制管理和机制创新方面的不断尝试和探索已取得成效,已使各杂志编辑部在改革过程中不断提高市场的应对能力和经营管理能力,确保了学会主办的 110 种期刊、杂志质量的"又快又好"的发展[2]。这一切都为地方科技期

刊如何克服学科重复、资本弱势、资源分散及"小而散"的经营模式提供了很好的经验和借鉴。在这种从量变到质变开端的新的机遇期中,地方科技期刊要把握机遇,迎接挑战,打破主管主办体制下的条块分割,加快实行跨地区、跨行业合作重组,实现集团化、集约化、专业化发展;促使地方科技期刊由分散、弱小、低水平重复建设的传统格局向规模化、集约化现代出版体系转变;推动科技期刊发展模式由数量型、粗放型向质量型、效益型转变。

2.2.2 "转企改制"的阻碍正在破除,期刊出版单位将逐步成为真正的市场主体

重塑和培育市场主体是期刊业体制出版改革的关键环节。地方科技期刊出版单位将近一半已是独立承担民事责任的法人实体,具有独立经营能力,有的还实行了"事业单位企业化运作"。但从现状看,在期刊的社会责任和经济利益平衡上尚缺乏应有的机制保障,其管理模式也越来越不能适应外部环境的变化和自身发展的需要。在最近的全国文化体制改革会议上,已明确了经营性国有文化单位转企改制设定了三年时间表和路线图。其转企改制的真正目的在于建立起"产权清晰、权责明确、政企分开、科学管理"的现代企业制度,真正成为"自主经营、自负盈亏"的合格的市场主体。国家新闻出版总署副署长李东东在最近的传媒业有关会议上也强调,要通过进一步深化改革,切实破除全行业发展的公益性事业和经营性产业长期不分、事业单位企业化管理、主体地位缺失、功能定位不明确的体制弊端,破除因体制问题导致行业在市场经济环境下公共服务功能弱化,自我发展能力不强的根本性障碍。公益性报刊出版单位要实行事企分开,实行采编和经营两分开,剥离经营性资产,成立经营性文化企业,面向市场独立经营[3]。

2.2.3 "属地化管理"有望逐步转变为"跨区域扩张"

地方科协科技期刊由于在属地化管理的政策下,各科技期刊出版单位只能在各自的行政区划下经营发展,区域化分割和行业化分割现象较为严重,其主要体现在各地科技期刊的学科重复性,同一类型同一主题的期刊这个部门有了,那个部门就得有;这个省有了,那个省就得有;这个学校有了,那个学校就得有,结果是内容雷同、低水平重复、同质化现象严重。也正是由于区域性和行业性的分割,从而导致各期刊出版单位资源分散、资本投入小、经营压力大、市场狭小。由于主管主办的体制和地方保护,也导致许多科技期刊优不胜、劣不汰,一些办得较好的期刊出版单位很难实现跨区域扩张,实现跨越式发展,也就形成不了较有规模的社会化科技期刊出版集团。可喜的是,随着国家出版体制的不断深化,相关部门已开始支持那些具有优势的期刊出版单位通过兼并、重组等方式实现"跨区域扩张",这也为有条件的地方科技期刊出版单位打破主管主办体制的束缚,从"属地化管理"向"跨区域扩张"提供了新的机遇。

3 科技期刊的国内外竞争对地方科技期刊的新挑战

改革开放30年来,我国的期刊已从930种增加到2008年的9 821种,2007年全国期刊总印数达到30.41亿册,期刊市场已经形成170多亿元的规模,已步入期刊出版大国的行列[3]。中国科协及其全国学会的科技期刊学术地位稳步提升,国际影响继续扩大,出版发行势头良好,经营管理水平也在不断提高。一些国际性科技期刊近年来纷纷进入中国,《科学》、《自然》等杂志加大了在中国的约稿和发行力度以及对中国期刊市场的营销力度,《大众科学》、《发现》等也在变相进入中国市场。面对在国际竞争中整体处于劣势的国内科技期

刊,地方科技期刊可谓正处于前所未有的"内外夹击"之中。虽然,在各地重视科技创新的大环境下,通过各地科技期刊主管、主办单位的努力,地方科技期刊也得到了较好的发展,但在文化体制改革的全面铺开,出版体制改革不断深化,精品科技期刊不断壮大,科技期刊网络化出版快速发展的新形势下,正面临着严峻的挑战。面对挑战,地方科技期刊只有找出自刊的弱势,参比他刊的强势,勇于进取,才能在激烈的期刊市场竞争中站稳脚跟并谋求发展。

3.1　地方科技期刊在期刊市场竞争中的弱势

总体来说,省级科协科技期刊与中国科协和全国学会期刊、科研院所的科技期刊和高等院校的科技期刊相比,在办刊理念、学术质量、国际化程度、结构布局、经营管理、出版质量等方面均存在较大差距,市场竞争优势不明显。这主要表现在以下四个方面。

(1)学术质量不高。作为科技期刊特别是学术期刊,其所载文章应该站在科学发展前沿,及时准确地反映科学研究的最新成果,推动科学技术尽快转化为生产力。就此而言,地方科技期刊的学术水平不高。单就影响因子看,大多数期刊的影响因子只有零点几,高于1的也只有2种,更不能与国外优秀科技期刊如影响因子高达30多的《自然》杂志相比;单与国内的一些精品科技期刊相比,其影响因子的差距也很大。

(2)国际化程度偏低。科技期刊的国际化是实现在世界范围内传递和交流学科发展信息的主要载体,其语言国际化、内容国际化、编委审稿国际化、编辑人员专业化、期刊出版网络化是其评价的基本标准。而省级科协科技期刊无一英文出版,被SCI收录的也仅有1种。尽管国际化在本质上不是地方科技期刊追求的目的,但向国际化靠拢,更有利于加快地方科技期刊的质量和水平的提高。

(3)缺乏市场化经营。地方科技期刊目前行政化、机关化趋向还较明显,封闭性、垄断性特征突出,尚未摆脱计划经济下办刊模式的束缚,特别是靠行政拨款生存的科技期刊,更缺乏经营思想,办刊理念更新慢,品牌意识弱,许多科技期刊仅作为本行业的一个宣传窗口,无法成为一种商品化媒体而实现杂志的良性运作。

(4)结构布局和总体架构不尽合理。目前,从调查的情况看,地方科技期刊结构布局和总体发展相对平衡,但从学科分布看,工业技术类期刊比例高于其他学科,同一类型期刊较多,结果造成内容雷同、低水平重复,同质化现象严重,无法突出在该领域的权威性。

3.2　地方科技期刊新形势下面临的挑战

我国各行各业正处在一个伟大的创新时代,出版业也同样面临着创新和挑战。自我国加入WTO后,国内外经济、文化联系日趋紧密,在已达成的关贸协定中,期刊、图书市场也将逐渐向国外资本开放,这意味着期刊将是中国传媒业最先和最彻底的开放领域,中外期刊间的竞争将更为激烈。而且,随着信息科学技术的不断发展,传统的纸质传媒正受到网络期刊等新兴传媒的冲击,期刊特别是科技期刊的市场生存空间日趋狭窄。可以预见,在WTO+网络环境下,科技期刊业也将不断整合与重构,一些缺乏竞争力的科技期刊将被淘汰出局亦是大势所趋。在这样的背景下,地方科技期刊要保持不被时代淘汰同时还要成为其业内先锋就不能因循守旧,必须与时俱进、不断创新,更要瞄准国际先进水平,锐意变革。

3.2.1　从编辑部向杂志社转型的挑战

目前,地方科技期刊的编辑出版大多由主办方下属一定行政级别的编辑部承担,实行的多是"经院式"办刊或学人办刊、编辑办刊的模式,二三人包打天下。虽有市场意识,也是心有余而力不足,因而期刊经营、市场化运作也就无从谈起。

　　科技期刊要走向市场化,编辑和经营两者缺一不可。要经营期刊,编辑部必须向杂志社转型,由传统的体制资源导向向现行的市场资源导向转变,扩大办刊规模,网罗市场人才,这也是期刊市场化发展的需要。在目前的一些新锐期刊和热销的实用期刊运用的都是杂志社模式,其所创的经济效益完全得益于市场机制的运作。

　　由于杂志社各部门较为健全且又经济独立,就有人力和精力进行市场调查和定位研究、选题策划、发行营销、广告经营等。由于经济利益的驱动,各部门对市场的反应更敏锐,应对更快速,运作更细致。杂志社不仅可进行市场营销体系构建上的创新,而且可在刊社管理上大胆进行制度创新,如工资分配的激励机制、人才使用的竞争机制和行政管理的法治机制等,还可进一步构建产业链条,实施品牌延伸,创新营销,激活发行,广告招标,集约发展。

3.2.2　从本位主义向集群创新转型的挑战

　　目前,许多科技期刊还带有主办单位强烈的本位主义色彩,把学术期刊看成是自己的领地,缺乏积极地探索联合、协作、分工等适应现代市场经济的新模式。可喜的是,在传媒领域已经出现可资借鉴的集群创新的改革模式,诸如各地不断涌现的出版集团、报业集团等,在科技期刊方面,有的也开始进行集群创新的尝试,这也为科技期刊办刊模式的转型提供了一条可供参考的思路。

　　科技期刊的集群创新,简单地来说就是跨区域组建期刊出版集团或高校学报集团。这种集群创新有利于跨区域学术资源进行优化组合,依据不同期刊所报道的重点学科优势,整合各期刊的专业特色,从而快速地改变地区性科技期刊散、小、弱的状况,使该期刊在某些领域内具有最高学术水准,获得其应有的学术地位。这种集群的核心是期刊之间及期刊与其他机构之间的联系及互动性,即集群内部的共生机制,这种机制既有利于获得规模经济,同时又利于学术扩散。集群内各创新主体在不同层面上广泛合作,在同一层面上又相互竞争,从而形成一种既有竞争又有合作,既有分工又有协作的互动性关联。当然这种集群创新的最大障碍恐怕在政府的有关管理部门,因此政府部门对集群创新应积极扶持和引导,以各种政策驱动集群的发展,最为关键的是能否许可各科技期刊有专业分工并相应地给予富有专业特色的刊名。科技期刊只有彻底的专业化才能彰显其学术个性,拥有读者和作者。可以说科技期刊的集群和集群内各主体的专业创新是期刊发展到一定阶段的必然产物,也是未来期刊市场竞争的关键所在[4]。

3.2.3　从一般期刊走向精品期刊、品牌期刊的挑战

　　地方科技期刊在目前期刊出版体制机制改革不断深化下,不但要面临体制改革的挑战,也面临着如何将自己所办的期刊从一般期刊走向品牌期刊的挑战。将自己所办期刊提升为品牌期刊,运用品牌战略积累和创造无形的资源价值,应用品牌效应开拓市场。这方面美国《国家地理杂志》的办刊经验对地方科技期刊的品牌探索和经营具有一定的借鉴意义。其经验并不复杂,就是抓"精品",包括文章、图片、策划和选题。因此,创建品牌关键就是出精品。要出精品就必须:(1)坚持办刊宗旨,搞好策划选题。成功的策划选题是提高期刊品牌的重要途径,大众传媒如此,科技期刊也同样。一本高质量的期刊离不开高质量的选题和科学的策划,应始终坚持自己的办刊宗旨和报道重点。(2)抓好原创的质量,确保文图的真与美。(3)稳中求变,变中求生。如杂志定位的变革、报道形式的变革、报道宗旨的变革、杂志封面的变革。在期刊日趋市场化、产业化的进程中,省级科协科技期刊应弃"杂"就"专",这更意味着为读者提供专业的信息服务,为广告商提供专业的广告平台,这是科技期刊读者市场细

分化的需要。(4)谋求合作,跨越式发展。通过合作,积极参与市场竞争,这将为期刊从一般期刊走向品牌期刊的跨越式发展创造有利的基础和条件。

3.2.4　从传统的纸质出版走向刊网互动的挑战

　　一本期刊的发展壮大,一方面取决于它的办刊质量,另一方面还取决于它的服务理念。网络时代的地方科技期刊如何利用网络的互动性、时效性和多媒体等特性,充分拓展科技期刊的服务意识,诸如情报调研、信息加工、信息咨询、整合营销等,并使其职能化,为读者、作者提供高质量的服务,这也是新形势下的一个新挑战。因此有条件的地方科技期刊应自己组建网站,拓展期刊的服务功能,展示期刊的档次、质量和品牌。

参 考 文 献

1　李东东.报刊管理要符合行业发展要求[EB/OL]. http://media. people. com. cn/GB/40606/8799108. html

2　郭静.以体制创新推进期刊业科学发展[EB/OL]. http://www. chinaxwcb. com/index/2008-11-28/content_162658. htm

3　李东东.推进全面创新加快科学发展[EB/OL]. http://news. sohu. com/20090123/n261927235. shtml

4　俞志华.创新——科技期刊可持续发展的基石[C]//陈日岷,陆圣武.超越平凡.北京:中国文联出版社,2004.

江苏省科技期刊发展与区域创新建设 *

吴生高[1] 郑晓南[2] 罗利华[1] 李 红[1] 屠海良[1] 黄延珺[1]

（1.南京市科技信息研究所 南京 210018；

2.中国药科大学 南京 210009）

[摘要] 从江苏省科技期刊的现状入手,运用线性回归等统计方法,将科技期刊的主要评价指标和区域创新关系进行定量分析。分析结果表明:总被引频次、影响因子、载文量和被引半衰期等科技期刊指标与区域创新知识、创造能力之间存在正相关关系。最后,本文对促进江苏省科技期刊发展提出了对策与建议。

[关键词] 科技期刊;区域创新;评价指标

科技期刊是记载、报道、传播、积累科技创新知识的重要载体和主渠道,是反映一个国家科技发展水平的重要媒介。科技期刊一方面记录创新成果,是研究工作的总结和结束;另一方面又是创新知识转化为生产力的开始,也是科技成果向市场的过渡。正是通过科技期刊的这种桥梁作用,创新成果才能被充分利用,才能产生一定的社会效益和经济效益,促进科学技术的发展。科技期刊作为传播知识和信息的载体,其根本作用在于推动现代科学技术的发展和科学技术的进步[1]。

科技期刊的发展与区域经济发展既相互影响又相互促进。江苏省作为我国经济发展和科教发展大省,综合实力不断增强,社会不断进步,国际地位和影响力显著提高,形成了科教优势、制造业优势和开放型经济优势。目前我省已经进入工业化的中后期,面临产业结构调整、发展方式转变的巨大压力,从资源依赖到创新驱动的转变对科技期刊发展提出了更高、更紧迫的要求,特别是在当前应对国际金融危机的宏观背景下,自主创新在经济发展格局中的关键作用日益突出,这为科技期刊的发展提供了广阔的舞台。本文对江苏省科技期刊的现状进行统计分析,将科技期刊发展评价指标与区域创新建设要素建立关联关系,以进一步在定量关系上明确科技期刊发展对区域创新发展的客观反映。

1 江苏省科技期刊发展现状分析

1.1 科技期刊数量

根据江苏省新闻出版局提供的最新统计数据,2008年江苏省共出版424种期刊,其中科技类期刊256种,占期刊总数的60.4%。2008年期刊总发行量为1 654.2万册,发行收

* 江苏省科技期刊编辑学会调研课题.

入 6 178.5 万元。

1.2 科技期刊类别

根据江苏省新闻出版局的分类体系,科技期刊可以根据期刊刊登论文的学术方向,分为工作指导类、教辅类、教育类、科普类、农业科学类、文化生活类、学报类、学术理论类、医药卫生类和综合技术类等 10 类,具体各期刊类别及其所占比例如表 1 所示。从表 1 可以看出,江苏省科技期刊中综合技术类和学报类期刊所占比例较高,科技期刊的学术水平较高。

表 1   江苏省科技期刊的分类

期刊类别	期刊总数	所占科技期刊比例(%)
综合技术	82	32.41
高校学报	48	18.97
医药卫生	38	15.02
学术理论	31	12.25
农业科学	22	8.70
工作指导	17	6.72
科　普	6	2.37
教　育	4	1.58
教　辅	3	1.19
文化生活	2	0.79

1.3 科技期刊主办单位情况

通过统计分析,江苏省科技期刊主办单位的分布情况如表 2 所示。可以看出,江苏省科技期刊由高等院校、科研机构主办的科技期刊占了较高比例,占到科技期刊总数的 56.45%,这也从另一个方面体现了江苏省明显的科教优势。

表 2   江苏省科技期刊主办单位统计

期刊主办单位	期刊总数	所占科技期刊比例(%)
高等院校	82	33.06
科研机构	58	23.39
学会(协会)	54	21.77
公司企业	28	11.29
医　院	8	3.23
其　他	18	7.26

1.4 科技期刊人力资源情况

2008 年江苏省期刊业共有从业人员 1 701 人,其中采编人员数量 1 111 人,经营人员为 206 人,行政人员为 212 人;由从业人员的学历构成分析,其中博士学历 146 人,硕士学历 375 人,本科学历 836 人,大专及以下学历 344 人,可以看出,本科及以上学历从业人员占总数的 79.8%,这表明江苏省期刊从业人员的学历层次较高。

从人员的职称构成看,从业人员中具有高级职称的 839 人,中级职称的 459 人,初级职称的 226 人,可以看出,中级及以上职称者占从业人员的 76.3%,这表明从业人员的职业技能水平较高。

从人员的年龄构成看,其中年龄在 30 岁以下者有 258 人,年龄在 30～45 岁者 723 人,年龄在 45 岁以上者有 720 人,可以看出,45 岁以上者占总数的 42.3%,这显示,江苏省期刊从业人员年龄偏大,未来要注意从业人员中年轻人的培养,以免出现人员断层,制约期刊发展。

2　江苏省区域创新能力

区域创新系统是国家创新系统的重要组成部分,是我国经济和科技发展的重要基础。2008 年,江苏省地区生产总值突破 30 000 亿元,比上年增长 12.5%左右。《中国区域创新能力报告》统计表明[2],2001—2006 年江苏省的综合创新能力水平与其在全国的经济地位基本相配,仅次于上海、北京和广东,综合排名一直处于全国第四的位置。本文将选用 2001—2008 年《中国区域创新能力报告》指标中与科技期刊发展相关的综合值指标、知识创造指标和知识获取指标,反映江苏省区域创新能力。由于每年《中国区域创新能力报告》中所统计的数据都为前两年的数据,因此该报告测度的区域创新能力值反映江苏省 2001—2006 年的创新能力,如表 3 所示。

表 3　江苏省区域创新能力[2]

年份	综合值得分	知识创造得分	知识获取得分
2001	42.61	24.54	42.9
2002	48.52	26.39	51.97
2003	48.41	25.47	57.41
2004	47.50	28.45	50.07
2005	49.55	37.11	49.53
2006	48.81	34.62	48.15

3　科技期刊发展指标与区域创新

科技期刊主要通过被研究人员引用、被教学生产人员采用、构成科研成果等多种方式,来推动科技发展和进步,以促进区域创新的发展[3]。科技期刊评价是文献计量学研究的重要内容和主要的应用领域之一,主要通过对科技期刊的发展规律和增长趋势的量化分析,评价期刊在学术交流中的地位和作用。本节将选取其中与区域创新发展密切相关的学术指标,并将其与江苏省区域创新指标相关联,以进一步明确科技期刊发展与区域创新发展的相关性。

3.1　科技期刊的学术指标

本文引用清华大学图书馆主编的《中国学术期刊综合引证报告》学术期刊评价指标体系,江苏省科技期刊在此报告中的入选率约 90%,本文选取与区域创新相关的文献计量指标有:总被引频次、影响因子、基金论文比、即年指标、被引半衰期、载文量、Web 即年下载率等(表 4)。

表 4   江苏省科技期刊各年文献计量学指标(均值)

年份	总被引频次	影响因子	基金论文比	即年指标	被引半衰期	载文量	Web 即年下载率
2001	194.49	0.25	-	0.04	4.11	141.84	-
2002	232.95	0.27	-	0.04	4.18	148.67	-
2003	261.12	0.27	-	0.05	3.98	148.37	-
2004	338.09	0.33	0.28	0.05	4.54	153.99	17.42
2005	418.03	0.38	0.31	0.05	4.52	156.76	15.08
2006	496.21	0.44	0.32	0.05	4.61	166.01	30.88

注:2001－2003 年基金论文比和 Web 即年下载率没有统计数据

3.2   计量分析

运用 SPSS11.5 对科技期刊评价指标与区域创新中的知识创造能力的定量关系进行研究,进行相关性分析和线性回归分析。具体为:运用一元回归方法对 2001－2006 年的总被引频次、影响因子、即年指标、载文量、被引半衰期与江苏省区域创新知识创造评价值进行分析。原始数据如表 5 所示,总被引频次、影响因子、即年指标、载文量和被引半衰期均为平均值。在以下过程中本文将做回归分析,以判断影响江苏省区域创新的知识创造能力的主要期刊指标。

表 5   统计数据原始值

年份	知识创造	总被引频次	影响因子	即年指标	载文量	被引半衰期
2001	24.54	194.49	0.25	0.04	141.84	4.11
2002	26.39	232.95	0.27	0.04	148.67	4.18
2003	25.47	261.12	0.27	0.05	148.37	3.98
2004	28.45	338.09	0.33	0.05	153.99	4.54
2005	37.11	418.03	0.38	0.05	156.76	4.52
2006	34.62	496.21	0.44	0.05	166.01	4.61

为更好地展开分析,我们对数据进行初步的判断,引入指标:总被引频次、影响因子、即年指标、载文量和被引半衰期,进行相关性分析。结果表明,这些指标之间存在较强的相关性,见表 6。

为消除自变量之间的共线性问题,本文针对每个自变量进行一元回归,以获得更好的解释效果。分别对总被引频次、即年指标、载文量和被引半衰期与知识创造进行一元线性回归分析,运算结果如表 7 所示。

由表 7 可以发现,除即年指标外,其他变量无论在模型整体拟合优度上还是在 P 值上都比较理想,即这些回归模型具有显著的统计上的解释意义。

综合考虑各期刊指标与知识创造的关系,可以发现总被引频次、影响因子、载文量和被引半衰期都与知识创造存在显著的正相关关系,其中,总被引频次和影响因子的 P 值相对较小,表明它们与知识创造的正相关关系更具有统计学意义。

表 6　自变量相关系数表

	总被引频次	影响因子	即年指标	载文量	被引半衰期
总被引频次					
Pearson correlation	1	0.994	0.731	0.976	0.863
Sig. (2-tailed)		0.000	0.099	0.001	0.027
N	6	6	6	6	6
影响因子					
Pearson correlation	0.994	1	0.656	0.973	0.884
Sig. (2-tailed)	0.000		0.157	0.001	0.019
N	6	6	6	6	6
即年指标					
Pearson correlation	0.731	0.656	1	0.682	0.521
Sig. (2-tailed)	0.099	0.157		0.135	0.289
N	6	6	6	6	6
载文量					
Pearson correlation	0.976	0.973	0.682	1	0.838
Sig. (2-tailed)	0.001	0.001	0.135		0.037
N	6	6	6	6	6
被引半衰期					
Pearson correlation	0.863	0.884	0.521	0.838	1
Sig. (2-tailed)	0.027	0.019	0.289	0.037	
N	6	6	6	6	6

表 7　其他变量回归分析情况

	调整后的决定系数	P 值	变量的标准化系数
总被引频次	0.787	0.012	0.911
影响因子	0.778	0.013	0.907
即年指标	0.348	0.218	0.590
载文量	0.621	0.039	0.835
被引半衰期	0.578	0.049	0.814

4　对策与建议

通过对数据的定量分析,结果表明,总被引频次、影响因子、载文量和被引半衰期与一个地区的区域创新综合值密切相关,且存在明显的正向关系。因此,应当适当增加期刊文章发表的数量和增加有影响力的高品质期刊成果,这不仅需要适当增加科技期刊的数量,同时需要提高科技期刊的质量与水平。具体可做好以下几个方面的工作。

4.1　支持品牌期刊发展,提高期刊质量[6]

科技期刊的多项指标与区域创新值呈现正相关关系,也即高水平的科技期刊各项学术指标得分较高,对区域创新的反映能力较大,而低水平的科技期刊对区域创新的反映能力较小。江苏省科技期刊发展水平参差不齐,可对代表高学术水平的大刊、名刊给予经费补贴和政策支持。大刊和名刊代表了一个地区学术期刊的发展水平,为尽快提高期刊质量,可以对多年来已在学术界得到认可的学科一流期刊给予经费资助和政策支持,以便使这些期刊一心一意为学术而办刊,主要考虑社会效益与外部效应,不必为经济原因而分散精力,使其在科技创新中发挥更大作用;对于质量不高的期刊,应合并、转型。

4.2　增强科技期刊的利用率

定量分析表明,科技期刊的总被引频次和被引半衰期与区域创新知识创造能力呈显著的正相关关系,这意味着增加期刊论文的被引频次和引用持续时间有利于知识的再生产。因此,为增强科技期刊的利用率,可以从以下方面着手。一是依托学科优势,打造学科品牌。学科品牌有利于科技期刊做专做强,从而能够引起更多的社会关注及增加使用频率。二是提高编辑队伍素质,加强队伍建设。编辑队伍是科技期刊发展的核心力量,也是提升科技期刊品质及使用率的主要途径之一。科技期刊应根据自身的性质和特征,加强队伍建设力度。科技期刊编辑人员通过不断学习,经常参加培训和学术交流,提高业务水准,进而独具慧眼、掌握科技动态、并以此不断提升所办刊物的水准。

4.3　增强科技期刊对创新成果的转化能力

不论是增加科技期刊发表的文章数量,还是提高科技期刊的质量,其目的是使科技期刊能被有效利用。本文的数据分析表明,科技期刊指标中的影响因子与区域创新知识创造能力值呈现典型的正相关性。因此,我们不仅需要进一步增加科技期刊及发表文章的数量和提高科技期刊学术水平,而且需要进一步增强科技期刊相应的影响力,增强科技期刊对创新成果的转化能力。科技期刊发展和区域创新是相辅相成的关系,科技期刊是区域创新成果的一种表现形式,科技期刊的发展能够为将来的区域创新提供支撑,区域创新是科技期刊发展的推动力量,区域创新能力的提高同时能够为科技期刊的发展奠定坚实的基础。

参 考 文 献

1　路甬祥.立足创新　走向世界[J].中国科技期刊研究,2000,11(4):201-201.

2　中国科技发展战略研究小组.中国区域创新能力报告[R].北京:知识产权出版社,2009.

3　李向东,季山.科技期刊对科技发展与进步的推动作用评价[J].黑龙江水专学报,2005(1):104-105.

4　许卓文,俞立.17种医学内科核心期刊基金论文统计分析[J].中国科技期刊研究,2003,14(1):29-31.

5　何荣利.期刊被引频次和影响因子与载文量的相关趋势分析[J].中国科技期刊研究,2005,16(4):23-25.

6　叶继元,袁培国.中国哲学社会科学学术期刊布局研究[M].北京:社会科学文献出版社,2007.

7　王玉芝.科技期刊走产业化道路应采取的对策[J].学术交流,2002(5):150-160.

期刊社与企业合作共创双赢的办刊新模式

陈晓红

（《临床误诊误治》杂志社　石家庄 050082）

[摘要]　针对《临床误诊误治》杂志面临的体制上的障碍,创造了期刊社与企业合作办刊、共创双赢的新模式。期刊社与企业结合,扬长避短,互为依托,紧密协作,互利双赢。这种办刊模式,不仅使期刊社在合作中取得新发展,而且也使企业获得丰厚回报。本文介绍的经验和做法,值得期刊界同仁深思和借鉴。

[关键词]　期刊社;企业;合作双赢;模式

当前,许多科技期刊都面临着发行量下降、广告难做、办刊经费不足的困难,怎样将科技期刊的出版发行纳入良性循环,在市场中求得生存与发展,是所有编辑部面临的严峻问题。因此,在实践中探索科技期刊的体制创新与生存发展战略,显得尤为重要。

1　解放思想,促进办刊体制的改革与创新

我国的医学科技期刊按主办单位分类有 4 种:高等院校主办,学术团体主办,科研院所主办,还有医院主办。表面上看,这些期刊都有明确的主办单位,都有法定的办刊制度,但是当你走进大多数编辑部,看到的却是编制不全、经费不足、办刊条件差的现状。多数编辑部常常处于所在单位的边缘地位,各种待遇都低于主流科室,因此编辑人员的创造性难以发挥,编辑队伍的素质也难以提高。

《临床误诊误治》杂志是白求恩国际和平医院 1985 年创办的临床医学期刊,在办刊 20多年的历程中,经历了 3 种经营管理模式,前两种模式目前仍然存在于不同的编辑部。而我们编辑部却在三种模式的转换中完成了跳跃和发展,每一次改革都有收获,所有收获都得益于解放思想,得益于主办单位的支持。

1.1　靠"吃皇粮"、无职无权的管理模式使期刊社被动无奈

《临床误诊误治》杂志开始的经营模式是由医院大财务统一管理,每一笔支出都要先经过院长审批,即使请兄弟期刊的同志吃一顿饭也要先请示再执行,更不要说招聘人员来补充编制不足的奢望了。实际上所有实报实销的资金仍然来自订刊收入,期刊订户费就可以支持编辑部的日常开销了。但是节余部分编辑部无权使用,而超出开支部分却得不到主办单位的额外经费支持。

这种靠"吃皇粮"、无职无权的管理制约了编辑部的发展。从创刊开始的前 10 年里,编辑部只有 1 名兼职主编和 2 名兼职编辑,只有 2 间兼职用的办公室,因为人员少,期刊只有48 页双月刊,除了堆积在库房里的已经出版了 10 年的期刊外,没有任何固定资产。

医院是用效益说话的。随着医院科室承包制度的开展，像编辑部这样不能为医院创造效益的科室更难有地位了。虽然我们这本特色期刊有很好的发行量，但是始终没有正规编制，兼职人员是很难投入工作热情的。1995 年在调整人员之后，编辑部有了一次从管理体制到经营模式上的改革。

1.2　设独立账户、自主经营的管理模式让期刊社充满活力

期刊要搞活，机制是最根本的。就像医院的科室在经济承包中展示出了活力一样，先不讨论这种承包的理论合理性，但承包后的效益确实是显而易见的。作为医学科技期刊，如何把经营转向市场机制，建立适应市场经济发展的管理体制和运行机制，是办刊人必须要面对的。

（1）用新闻出版总署的文件说服领导要编制

新闻出版总署的文件明确指出：正式期刊必须有健全的编辑部。专职编辑人员按任务定编，一般季刊不少于 3 人，双月刊不少于 5 人，月刊不少于 7 人。并设一定数量的专职编务人员。有固定的出版、印刷和发行单位以及必要的经费和物质条件[1]。国家的文件做了后盾，明智的领导当然愿意让期刊也作为生产力，更好地为医疗和科研服务。在各级领导的支持下，期刊在创办 12 年之后终于有了名正言顺的专职主编和编辑队伍，这成为提高期刊市场竞争力的关键因素。

（2）科技期刊应该有自主经营权，争取独立核算，自负盈亏

为获得合理合法的广告经营许可，我们认真学习了国家对广告经营活动者资质条件的文件，还专门参加了河北省工商局组织的广告管理学习班。在有理有据的申请报告中，我们引用了国家工商行政管理局发布的《广告管理条例实施细则》第四条，"兼营广告业务的事业单位，应当单独立账，有专职或兼职的财会人员"等条件[2]。经过各级领导批准，1996 年获得了《临床误诊误治》杂志社的独立账户。

主办单位为期刊创建了人员编制和自主经营的好环境，期刊不负众望，充分利用这个平台展示了自己的能力。10 年来，编辑部为扩大期刊的品牌效益和影响力召开了 10 次全国性误诊学术研讨会，还联合国内著名临床专家裘法祖、吴孟超等院士共同创办了临床误诊误治研究会，编辑部还建立了内部局域网的办公环境。目前期刊社的办公环境彻底改善，有近20 间办公室，除 5 名在编干部外，还聘请了 15 名专家和编辑，有 40 多台电脑，分别连接局域网和因特网，有胶片机、复印机、打印机等，所有固定资产达百万元。招聘人员工资和保险居于当地的较高水平，所有在职人员的经济效益绝不比其他承包科室少。

《临床误诊误治》杂志早已改为月刊，从原来每年 32 万字增加到目前的 320 万字，不仅出版了纸质期刊，2002 年还正式出版发行了光盘版期刊。此后我们不断增加文献量，每年发行一张升级版光盘，汇集的误诊文献已经超过万篇。因为光盘版期刊具有友好的操作界面和方便高效的查询功能，读者可以通过快速简便的检索方法迅速准确的定位，实现阅读和再编辑的功能，所以深受读者和作者的喜爱。

自主经营的管理模式充分调动了期刊编辑的积极性，真正实现了把刊物与办刊人员的切身利益联系在一起，这样既保证了刊物质量，又获得了较好的社会和经济效益。

1.3　发挥优势、争取外援的管理模式促进期刊社良性发展

《临床误诊误治》杂志以其鲜明的办刊特色及突出的实用性，创刊以来，其发行量始终保持在 1.5 万~3 万册，读者、作者遍及全国各省、市、自治区，包括香港、澳门特别行政区，还有马来西亚、新加坡等华语地区的国家。广告收入和发行收入足以维持期刊的良性运转。

但是,近几年来出现了不同版本的以误诊误治为名的医学期刊,而且新刊物都冠以"中国"和"中华"的大牌子,加之电子期刊网站对误诊文献的销售,从而严重影响了本刊的原有市场。期刊的发行量明显下降,跌破万册以内,广告也逐渐消失。2004年稿源数量也比往年下降40%,危机信号频频闪亮。

编辑部意识到报道误诊误治的期刊已经变成了一块"市场蛋糕"在被人争夺,在重新审视这个市场后,大家认为与其拼力争夺已有的市场还不如再做一块新的"蛋糕"。因为误诊文献不仅有医务人员读者,更多读者应该是患者,这种读者的多层性为期刊市场的创新提供了广阔空间。白求恩国际和平医院不仅有创办《临床误诊误治》杂志的专家,还享有《误诊学》、《怎样避免疾病误诊丛书》等一系列专著的版权,还有研究误诊的专家作者队伍。有了珍贵的人脉资源和办刊20多年来丰富的文献资源,我们完全有能力创办新的网络期刊。

2005年,期刊社以自己的优势得到企业外援,创办了《临床误诊误治》杂志的门户网站,就像当年创办了国内外第一本误诊研究的期刊一样,这是国内外第一家研究报道误诊的网站。办刊人期望通过介绍医学科学知识与宣传让网民认识误诊并避免误诊。

《临床误诊误治》杂志以独树一帜、另辟蹊径的创刊模式一直走到今天,无论市场如何竞争激烈,期刊质量第一的观点从没有改变,争取外援支持就是为了保证办刊方向不变,不能为了盈利而影响期刊的健康发展。

2 发挥各自优势,实现期刊社与企业的合作建站

2005年国家新闻出版总署组织了主题为"中国专业报刊的机遇和挑战"首届报刊经营管理研修班。国际期刊联盟总裁唐乐德先生关于"全球报刊传媒发展趋势"的发言给听众带来很大启发,其中关于广告的调查信息告诉我们,自2000年起,世界性的平面媒体广告大幅度下滑,尤其是专业期刊受到的打击最为剧烈,因此在美国、加拿大、日本等媒体发达的报刊市场,几乎所有的报刊都建立了自己的网站,以促进杂志销售并吸引广告;他指出,报刊经营机构的整合和信息资源的整合已成为全世界的趋势,报刊产品在整合中应该成为一个目的地——一个想要什么就能获取什么的地方,那才是最有活力的媒体[3]。

张伯海教授在2005年的《光明日报》撰文"我们怎样把握期刊的未来",文中说:今天大多数人都已经程度不同地思考着如何把纸质媒体与网络手段结合起来。只要不停留在原封不动的拷贝上,而是创造性地调动两种媒体的性能,探求两者相互作用的生生不已的关系,期刊将会进入一个纸上、网上"共赢"的发展新阶段[4]。

编辑部把新闻出版总署的号召当作动力和方向,认真思索如何整合自己的信息资源,如何做有活力的媒体,最重要的是如何利用自己的资源优势建设起期刊的门户网站。

2.1 杂志社以期刊的丰富资源作为合作建站的技术股份

编辑部于2005年初开始策划建立期刊网站,特别在参加了新闻出版总署的学习班后更坚定了信心,也扩展了思路,决定扩大期刊内容的外延,建设一个误诊研究健康网站,取名"中国康网"。我们期望网站和期刊并行,成为人们获取误诊信息资源的目的地。

在论证中大家达成共识,认为"中国康网"可以成为一个医患和谐的平台,医生可以在《临床误诊误治》杂志上进行专业误诊规律讨论,医患双方还可以在网站论坛上倾诉曾经遭遇误诊的经历,在彼此交流中理解误诊、避免误诊。

期刊通过网站传播误诊研究成果，提高临床诊治水平，可以进一步实现纸质期刊难以达到的目的。网站提出一个口号："生命与疾病同行，疾病却与误诊相伴，当医学无法拒绝误诊时，我们必须关注误诊。关注误诊就是关心自己，最好的医生就是你自己。"

编辑部以完整的策划方案和丰富的资源优势作为共同建设网站的技术股份，努力寻求有眼光的合作伙伴。

2.2　企业以足够的财力投入作为合作建站的资金股份

"济南康网科技公司"慧眼识珠。这是一家民营企业，公司老总看到编辑部的策划方案后，立即带领专业论证队伍赶到编辑部，进一步听取汇报和论证提问，2 小时后现场拍板确定了合作意向；一周以后在尚未签署合作协议时，公司先期投资 50 万元作为购买网络设备和软件开发的费用。

公司集合了一批软件开发技术人员，他们有建设局域网、园区网到广域网的经验，有很强的研发能力和敏锐的技术方向把握能力。这是"中国康网"应用系统绝大部分具有自主知识产权高起点的技术后盾。

编辑部先用半年时间"纸上谈兵"，主要是策划论证；公司用半年时间实战操练，进行软件开发、资讯整理输入、内部测试等准备一年以后，"中国康网"公开运营时已经是拥有独立机房，内设 8 台服务器，有十几名专职网管和编程技术人员的正式网站了，硬件设备价值 100 多万元。

2.3　签订合作协议，明确各自的责任和利益

建站之后需要面对的第一个问题就是彼此的责任与利益。俗话说"亲兄弟也要明算账"，何况公司承担了网站开发的所有风险，以后的风险怎么承担也是需要明确的。

期刊社与公司草拟了一份协议书，用 10 条规定明确了彼此的责任与利益。协议书主要内容表明："公司全额投资创办的医疗健康网站，允许期刊社免费使用。期刊社可以在网站上宣传公开发行的医学期刊、发布科学信息、开辟健康专栏、发表研究文章、提供各种健康咨询服务等。机房设在编辑部，公司承担机房内全部服务器等网站必备的技术设备费用。双方的经营和销售各自独立，经营效益彼此无关。期刊社不承担公司在经营中的风险及损失。"

公司投资人曾经是国有大企业的法人代表，以其成功的管理经营理念和经验为基础，创建网络公司的异地管理新模式。首先公司在编辑部所在地建立了办事处，制定了运营细则和招聘人员工资保险待遇标准，还制定了网站安全管理制度、设备采购制度、资产登记制度等系列公司管理内容。

期刊社没有出一分钱就拥有了自己的网站，而公司没有聘请一名专家就有了专家荟萃的健康网站。这充分显示了发挥各自优势、实现跨行合作的效益。

3　双方相互独立，实现期刊社与企业的合作双赢

期刊社与企业订立了相互独立经营协议，彼此不会掣肘。双方共同经营了文化媒体产业，就必须共同面对"两个效益"的问题，必须重视文化产品和文化服务产生的正面效应，努力减少和避免负面效应。

3.1　共同建设新概念网站，造福于患者网民

中国互联网络信息中心发布的第 20 次统计报告表明，截至 2007 年 6 月，中国网站数量已经达到 131 万个，比 2006 年同期增加了 52 万个，年增长率达到 66.4%[5]。中国健康类

网站没有确切的统计数字,但是在百度搜索中键入"健康网站",显示有 5 650 万个相关网页,足以说明健康网站之多,也足以说明有多少企业觊觎这块"蛋糕"。

期刊社与公司共同建设的"中国康网"必须有特色才能在激烈的市场竞争中占有自己的一席之地。在两年的经营过程中愈发感受到网站特色的重要性,正是这些有别于其他健康网站的特点让"中国康网"一路走得顺利。

(1)建站模式不同。有人把建站比作"烧钱",认为必须有足够的资金让你连续烧 3 年,你的网站才能站住脚。与 IT 行业大投资、高回报的建站模式不同,"中国康网"以低投资、低成本的模式运行着,只是在建站当年一次性投资 100 万元,第二年就开始回收成本了,回收成本用于再投资,主要是维护设备和人员工资。也就是说,总投资的风险一直维持在 100 万元左右,这让公司和期刊社都没有太大的压力。

(2)建站视角不同。网上信息说,美国 80% 以上的网民在使用互联网寻找医疗保健信息,中国也有越来越多的人进入健康网站获得健康资讯。与大多数正面的资讯不同,"中国康网"是从反面告诉你保健误区、美容误区、饮食误区、用药误区等等,甚至告诉你怎样看医生才不会被误诊。就像误诊研究一样,虽然误诊的病例是少数,但是通过研究少数误诊病例的特殊性可以发现其规律,从而提高诊断率。换个角度谈健康,让大家不要做错误的保健,而错误行为更容易记忆,得到的也是健康的信息。

(3)有自主知识产权。"中国康网"不仅享有一大批有著作权的专家和大量有版权的资讯,还有一批高级计算机编程人员和美工设计。这是网站能够低成本运转的关键,也是与其他健康网站最大的不同。目前大量健康网站的资讯都在互相转载着雷同的信息,比较有实力的健康网站会注意购买版权后使用资讯,但是必须招聘大量医生或医学编辑,这样购买专家名气和版权是需要大量投资的。在编程技术上,如果使用现成购买的网站软件,在继续开发或个性化处理时就会受到限制,而"中国康网"的平台建设全部是编程专家们用一个个代码写出来的,包括康网医院的构思和设计,里面每一个小人的服饰、动作都是美工一帧一帧画出来的。

"中国康网"的特色内容吸引了众多的网民,也为许多患者答疑解惑,甚至通过网上专家会诊,起到了纠误挽治的效果。2007 年夏天,一位叫"晓薇晚晴"的网民在论坛里发布了救助父亲的帖子,她说:"看到'中国康网'介绍胃食管反流病的专题,感觉父亲的症状很像。家父每夜胃酸、咳嗽,有时哮喘,时常胸闷得不能入睡,吸氧都吸不进去。症状严重时就进医院,总是按心脏病气管炎治疗,近几个月情况加重,怎么才能确诊呢?"值班编辑看到帖子后立即与我国胃食管反流病中心的专家汪忠镐院士取得了联系,汪院士看过帖子立即回复。"晓薇晚晴"在后来的帖子里说:"果然,按此病治疗的当天,父亲就能安睡了。由此,特别感谢'中国康网'提供的信息,让我父亲及全家得到极大的安慰。也对康网抱有十分的感激!谢谢各位不知名的朋友们的辛勤劳动。'晓薇'代表全家向各位鞠躬了!"仅胃食管反流病一个专题的点击量,在 1 年的时间里就达到数千万次,仅一个"晓薇晚晴"事后发表的帖子"感谢'中国康网'帮我父亲找到病根"点击达 15 万次。2008 年 3 月份,汪忠镐院士应网站之约,专程在"中国康网"视频门诊出诊"谈胃食管反流病"。在 1 小时出诊时间里有 200 多位网民患者登陆视频门诊收听收看院士会诊的场面,"晓薇晚晴"也登陆网站向汪院士深情致谢。

胃食管反流病虽然是个常见病,但是由于很多病人是以咳嗽,甚至哮喘为主要症状而就诊于呼吸科的,多数医生并不能准确地认识它,更何况患者自己了。汪忠镐院士痛心疾首地呼吁,希望呼吸科医生要认真在哮喘病人中筛查胃食管反流病。通过"中国康网"对这个疾病的知识传播,让越来越多的病人认识到咳嗽、哮喘不一定就是呼吸道的疾病,患者就诊时也会主动向医生提示,从而帮助医生提高诊断水平。

"中国康网"从避免疾病误诊的角度帮助了众多的患者网民,这样有特色的健康网站当然深受患者网民的青睐。

3.2 期刊社在合作中取得新发展

白求恩国际和平医院杂志社主办了两本期刊:《临床误诊误治》和《华北国防医药》,借助公司的网站建立了两本期刊的门户网站,让编辑部有了如虎添翼的感觉,其优越性表述如下。

(1)实现了网上投稿、审稿、退修等一条龙的服务新模式。网上投稿只需三步,写下作者姓名、上传稿件文档、点击提交就成功了。审稿也在网上提交给编委。整个流程顺畅了,作者的积极性也调动起来了。稿件数量在建站当年就开始增加,目前已经超过了原有的40%。现在网上在线投稿的数量占来稿总数的75.5%,不仅方便了作者,也方便了编辑部。期刊编辑激动地策划了杂志封底的广告语:"投稿也有天堂"。

(2)实现了编辑与作者在线交流。网站开通了24小时编辑在线值班制度,8小时内是真编辑在线,8小时外是网站值班人员充当编辑在线。在线解决的主要问题是编辑要求作者补充文献资料和作者对发表文章刊期的要求。作者高兴地给编辑在线留言:终于和真编辑对上话了,过去只是信件来往,这样对话有真实感。

(3)实现了适时传播文献资料。近些年来,多个电子期刊网站在销售我们的期刊文献,与其被别人无偿叫卖,不如自己先无偿送给读者。期刊出版发行当日就可以在网上读到最新文章了,作者、读者都高兴,吸引了越来越多的读者和订户。

(4)实现了网上查稿的功能。所有作者在投稿后就可以用密码登陆,查询稿件在编辑部的流程,可以在第一时间获知自己的稿件所处的环节。过去编辑部电话铃声不断,都是查询稿件的,现在编辑部安静了许多,大家都在网上对话,也省下了不少的电话费。

(5)"误诊门"事件通过网站把大家的目光聚焦到期刊上。2008年4月9日广东省卫生厅副厅长廖新波发表博文《医生的诊断有三成是误诊》称:从一份资料里知道,医生的诊断确实有三成是误诊;如果在门诊看病,误诊率是50%[6]。这篇博文可谓一石激起千层浪,被大量报纸和网站转载后,又被众媒体狂轰滥炸。在一个月的时间里,廖副厅长发表了15篇文章回应被媒体称为"误诊门"的事件,他引用了"误诊学"的观点,介绍了专业研究误诊的网站"中国康网"和《临床误诊误治》杂志,意思是希望网民和媒体要客观看待误诊现象。在那些日子里,"中国康网"的点击量增加了很多。作为《临床误诊误治》杂志的主编,我一直在关注着这个事件的讨论,立即在"中国康网"的博客里发表了"科学看待误诊"[7]和"误诊研究是医生的基本功"[7]等文章,同时也为廖副厅长鸣不平,所以给作者发去了同情和支持的邮件,廖副厅长经过我的允许后以"专家对误诊的观点"为题发表在他的博客里,作为对"误诊门"事件的结束篇。接下来媒体却把目光转向了"中国康网",《健康报》还转载了"科学看待误诊"[8]的博客原文。通过人们对网站关注,也扩大了期刊的影响,每天都能接到记者的约见电话。网站真正成为宣传和传播期刊的重要门户了。

(6)借助网站新资讯,开辟了新专栏"刊网互动"。我们利用最受网民关注的误诊频道,不断地整合网络与期刊的资源,做出了新文章。杂志刊登的特殊误诊案例,凡是对网民有借鉴意义的,编辑就将文章改写成科普误诊故事发表在网络上。一位叫"五十而立"的网民在论坛里发动了一场医患之间的大讨论,标题是"误诊是正常现象吗?说误诊是正常现象是对患者的不公!"许多网民纷纷表示对医生的不满情绪,许多医生也在网上发表自己的意见,最后的结局是令所有医生感动的。"五十而立"说:理解了医生作为人也会发生失误,自己说过的"绝大多数误诊是医德问题,而不是医术问题"这句话是偏激之言。期刊编辑就以论坛里的标题作为刊网互动的标题发表在期刊上,引起了专业读者的强烈反响。《健康报》记者在网站里发现了这个话题,也以这个标题"医患对话:误诊是正常现象吗?"发表在报纸上[9]。

2008年汶川大地震,网站在第一时间开辟了关于灾区防疫和灾区心理干预的独家专访。心理学专家周小东教授在接受采访的第二天就奔赴灾区现场了,周教授不断通过手机短信和委托返回成都的记者适时地把在现场看到的、感受到的和心理干预的工作报道给网站。《华北国防医药》杂志不失时机地把内容整理成文章在震后一个月就刊出全文[10]。

让患者受益及时纠正诊断的胃食管反流病更是一个刊网互动的典型案例[11]。2006年春节,汪忠镐院士以自身被误诊的经历撰写了《胃食管反流病不容忽视》的科普文章,汪老把文章寄给裘法祖院士审查,裘老认真阅读后向《临床误诊误治》杂志推荐了这篇文章。

文章在本刊2006年第5期刊登[12],编辑部为了让更多的患者了解胃食管反流病的真相,在《人民日报》的健康时报[13]、《健康报》[14]、《中国青年报》[15]、《石家庄日报》等十几家报纸对此病做了专题报道,还及时在"中国康网"做了"关注胃食管反流病"的专题。专题发表后一个月内,汪忠镐院士所在的北京第二炮兵总医院胃食管反流病中心不断接到咨询电话,宣传后三个月时,网络预约的病人至少三个月以后才能住进医院治疗。汪老在专题发布后四个月时来信说:"今天电话预约的病人已经达到350人次之多,另外没有预约直接从国内各地和国外跑来看病的病人也非常多。现在食道测酸的盒子已经增加到6个,但还远远不够。以这样的趋势,再过一个月我们就根本没有办法应付预约的病人了。"可是,在网站报道此病前的日子里,尽管医院胃食管反流病中心在开张时也曾通过新闻媒体做了宣传报道,却并没有什么病人来就诊。网站宣传的效应让胃食管反流病中心从门可罗雀跃进到门庭若市,第二炮兵总医院领导为了感谢网站的宣传效应,给网站提供了3万元的宣传费用。

这种具有独特创意的期刊活动,虽然完全是公益性的,但是却包含着具有商业潜质的资源,极大地吸引了网民和读者、作者。随着影响力扩大,期刊与网站形成了良性循环,网站的点击量已经突破了每天100万次,还在持续增长着。正如张伯海教授所言,创造性地调动两种媒体的性能,探求两者相互作用的生生不已的关系,期刊进入了一个纸上、网上"共赢"的发展新阶段。

3.3 企业在合作中逐步获得回报

一个网站,不管内容做得多好,毕竟要靠商业模式才能生存,网络公司所投资的健康网站就是其赢利的载体,要找到赢利点首先要知道客户是谁,要调查客户需要什么,这样才能推动网站持续、稳定和健康的发展。

(1)医疗行业的客户。"中国康网"的主要点击人群是医务人员和患者,目前已经在网站注册的医生会员有4万多人了,每天还在不断地增加着。随着医生的加盟自然就影响了医院,许多医院主动登陆到网站建立了自己的名片。网站不失时机地建立了医院超市的平台,医院超市的口号是:"在康网没有找不到的医生和医院"。这是借鉴了阿里巴巴网站的经营理念:"让天下没有难做的生意"。所有专科医生可以在这个平台上建立全国的专家圈子,讨论学术问题。所有的院长可以聚在一起探讨经营理念。一个医院可以是一个封闭的办公环境。一个专家可以是一个开放的窗口,面对国内外的患者和同行。因为医院自己建设网站不仅费钱、费人、费时,还面临没有专人管理、没有大量资讯和没有人来点击的困惑,而加盟医院超市却省时、省力、省钱,不需要医院管理,网络专家资源还可以共享,患者对任何医院的提问都有热情的专家在第一时间为你回答。

（2）医药行业的客户。随着医院超市平台上聚集的医院越来越多,自然就会吸引医药商家光顾,目前虽然还不多,但是长久下去,一定会有客户的。

（3）网站需求的客户。网站建设技术已经成为公司的盈利热点。由于"中国康网"的网站技术完全是具有自主知识产权,所有网站模板,无论企业、医院还是社会团体机构都适合使用。当医院建设一个特色网站需要 10 万甚至数十万元的建设经费时,"中国康网"根据用户需求,只需要其他公司报价的十分之一甚至更低的价格就完成一个特色网站的搭建。

（4）线下服务与合作。网站平台上的合作行业,除了表面上的服务外,在接触过程中对彼此的资源优势有更深入的了解,可以促进进一步线下的服务与合作。公司策划实施的线下服务内容应该属于商业秘密,不便在此公开。

（5）吸引风险投资的机会。"中国康网"有一支有理想、有技术、有能力的专业团队,投资者和全体人员团结一心共同奋斗。在短短二年时间里已经获得了"两个效益",虽然经济效益还不够丰厚,但是随着更多的投资到位,尽快建立起一支有力量的营销队伍,让美好的设想付诸实现。公司正在争取风险投资的机会,我们相信优秀的团队是可以创造奇迹的。

总之,"中国康网"创造了期刊社与企业合作的新模式,它就像是一架飞机的两翼,缺一不可。期刊社拥有强大的专业技术力量和丰富的办刊经验,而企业拥有雄厚的经济实力和先进的经营管理理念,二者结合,扬长避短,互为依托,紧密合作,实现互利双赢,双方彼此都有健康的发展才能呈双翼展翅飞翔。

志谢　本文在起草过程中得到了曹金盛教授的指导,特此致谢。

参 考 文 献

1　科学技术期刊管理办法第八条[S].新闻出版署令 12 号,1991 年 6 月 5 日.

2　广告管理条例实施细则[S].国家工商行政管理局文件,1988 年 1 月.

3　唐乐德.全球报刊传媒的发展趋势[Z].第一期中国报刊经营管理研修班:中国专业报刊的机遇和挑战(新闻出版署主办),2005 年 11 月.

4　张伯海.我们怎样把握期刊的未来[N].光明日报,2005-05-12.

5　中国互联网络信息中心.第 20 次中国互联网络发展状况统计报告[EB/OL].[2007-07-15].http://www.cnnic.net.cn

6　廖新波.医生的诊断有三成是误诊[EB/OL].[2008-04-09].http://blog.sina.com.cn/liaoxinbo

7　陈晓红.科学看待误诊[EB/OL].[2008-04-15].http://www.zgkw.cn/forums/blogs/cxh/

8　陈晓红.科学看待误诊[N].健康报,2008-05-05.

9　周小东.简易快捷的心理危机干预在汶川地震中的运用[J].华北国防医药,2008,20(6):1.

10　晓汀.医患对话:误诊是正常现象吗?[N].健康报,2007-03-05.

11　温娟整理.汪忠镐院士在中国康网视频出诊答疑精选[J].临床误诊误治,2008,21(5):3.

12　汪忠镐.胃食管反流病不容忽视[J].临床误诊误治,2006,19(5):1.

13　晓汀.专家呼吁:胃食管反流病易被误诊[N].生命时报,2005-08-15.

14　晓汀.院士被错判:误诊冰山一角[N].健康报,2006-08-21.

15　李斌.易被误诊的顽症[N].中国青年报,2008-10-18.

中国科技期刊产业化发展探讨

王丽莲

(《热处理》杂志编辑部 上海 200070)

[摘要] 对中国科技期刊产业目前的发展现状作了阐述,并就目前科技期刊产业发展中的存在问题进行了总结。同时结合我国的实际情况和西方国家政府在科技期刊产业中的先进经验,提出了相应的对策与措施。阐明应该运用开拓、创新、开放的观念改革传统办刊模式,坚定产业化发展之路,才能使科技期刊摆脱现行困境。对于推进科技期刊发展与中国技术进步具有重要意义。

[关键词] 科技期刊;产业化;对策

科技期刊是展示科技进步的窗口,也是科技人员进行技术交流的平台。科技期刊不仅是科学技术事业和科学技术创新体系的有机组成部分,同时其发展水平也是衡量一个国家科技发展和创新水平的标志之一。近几十年来,我国的科学技术有了前所未有的发展,这使得我国科技期刊的繁荣和发展有了重要的依托。但随着市场经济的不断发展,科技期刊由于其固有的特性,发展遇到了瓶颈。科技期刊如何发展,如何走产业化之路是目前科技期刊发展中亟待讨论与研究的问题。

1 期刊、科技期刊产业基本概念

经济学上认为,一切有投入有产出、按照企业运行规则进行经营活动的行业都可称之为"产业"。在中国,期刊产业是与"期刊事业"相对而言的。期刊产业属于文化产业的一部分,是指以期刊为主体,在直接参与社会活动和社会再生产过程中,生产、收集、处理和流通各种知识和信息产品,其自身拥有一套独特的技术支撑体系,具有一定的经济规模和一定社会效益的产业。期刊产业化发展是中国期刊业态的深刻变革。目前中国期刊产业结构不清晰,管理各自为政,产品同质化、低水平重复现象较多,经营上不了规模,市场化程度低,整体产业力量薄弱。因此,中国期刊业在应对新世纪的竞争时,想要在市场上占有一席之地,就必须走产业化之路。

科技期刊作为期刊业的一个重要分支代表着科技发展的前沿,促进着社会的公共事业和经济和谐发展。在市场发展的经济浪潮中,由于科技期刊特有属性,较之一般的期刊更面临着市场困境。为了让科技期刊健康、持续、稳步地发展,我们应该运用开拓、创新、开放的观念,改革原有的传统办刊模式,坚定产业化发展之路,使科技期刊早日摆脱现行困境,在市场上真正有自己的份额。在当前新的形势下,科技期刊办刊模式的转变已变得刻不容缓。在社会主义市场经济条件下,科技期刊只有走产业化发展道路,才能体现自身价值,才能走上健康发展的道路。

2　中国科技期刊发展的现状

截至目前,我国共出版期刊 9 000 多种,其中科技期刊 5 000 余种。近几十年来,我国的科学技术有了前所未有的发展,这使得我国的科技期刊的繁荣和发展有了重要的依托。经过改革开放 30 多年的发展,我国科技期刊有了较大进步。现介绍一下中国科技期刊产业化发展的现状。

2.1　科技期刊种类、质量、装帧设计情况

2.1.1　科技期刊种类、数量的增加

目前科技期刊基本覆盖了各个学科领域以及经济、社会发展中的各个方面,初步形成了门类比较齐全,具有一定数量规模,基本满足了国家科技、经济、社会发展需求的期刊体系。中国科技期刊在数量上从 1978 年的 400 种发展到 1987 年的 2 800 种,由 1993 年经国家批准公开发行的 3 715 种到 1995 年的 4 386 种,目前已达 5 000 余种,数量跃居世界前列,使我国成为期刊出版大国。中国科技期刊在数量上所形成的发展态势是行政管理的直接结果。

2.1.2　科技期刊学术水平、质量的提高

中国科技期刊在质量上绝大多数能反映中国科学技术的水平和现状,在国际学术界的影响亦越来越大,一些科技期刊已被世界著名文献数据库所收录。我国科技期刊在《科学引文索引》(SCI)中所居位置的统计,根据 2000 年中国科技论文统计与分析简报:我国被 SCI 收录的科技论文从 1993 年的 9 617 篇增至 2000 年的 30 499 篇,7 年中增长 3 倍,年增长率为 18.1%,1999 年、2000 年增长率分别为 23.4%、24.6%。论文数世界排序已由 1993 年的第 15 位跃居 2000 年的第 8 位,位居美、英、日、德、法、加、意之后。这充分说明中国科技期刊取得了一定的成就,与办刊初期相比在学术水平和质量上有了明显的提高。

2.1.3　编辑印刷质量、装帧设计的进步

在计划经济时代,科技期刊普遍忽视刊物的印刷、装帧质量及版面设计。虽然有些期刊的论文质量和学术水平较高,甚至有世界某学科领域前沿的论文,但在封面和版式设计以及文中的图表、文字处理上非常粗糙,且印刷质量和装订工艺上不够讲究,在设计上单调、沉闷,令人观之索然无味,使科技期刊的可读性、观赏性大打折扣。而在国外有鲜明特色的版面及包装设计是吸引读者注意力的方式之一。近几年,随着经济的发展与科学技术水平的提高,科技期刊走上产业化道路的同时,各大科技期刊为了提高刊物质量、满足读者要求,加大了在期刊包装上面的投入,刊物的编辑印刷质量日益提高,版面与装帧质量也日趋精美。刊物的编辑印刷质量、版面、包装设计质量的提高,是时代发展的需要,也是科技期刊产业化发展的必然趋势。

2.2　科技期刊编辑队伍情况

科技期刊产业化的发展与编辑人才息息相关。只有实现人的全面发展,提高办刊人的整体素质,才能保证科技期刊的全面发展。从纵向看,目前我国的科技期刊编辑队伍与计划经济时代相比正在优化,编辑人才整体素质也在逐步提高,已初步形成了一支政治素质高、事业心强、具有开拓精神的编辑队伍。比起计划经济时期,编辑队伍的知识面有所扩大,除熟悉本专业知识外,还掌握一定的非本专业知识,并拥有一定的文字基础和外语能力。从横向看,我国的编辑人才队伍与国外相比无论从知识面、年龄结构等,都存在一定差距。下面就我国编辑队伍的具体情况作简要介绍。

2.2.1　科技期刊编辑人员数量

目前,从上报的科技期刊编辑部人员信息显示,大多数编辑部为 3～8 人,这类编辑部共有 3 530 个,占总期刊数的约 3/4;人数多于 40 的编辑部有 5 个;只有 1 人的编辑部有 16 个。我国科技期刊编辑部的人员偏少,这对我国科技期刊的产业化发展是非常不利的。

2.2.2　科技期刊编辑队伍结构

由于长期以来对科技期刊人力资源的不重视,使我国科技期刊编辑队伍的人员情况满足不了科技期刊产业化发展的需要。《科学时报》对全国 60 多个科技期刊编辑部的人员构成状况的调查显示,约 67% 的编辑部负责人是从主办单位的管理岗位或教学、科研岗位转到编辑岗位的,且年龄基本上在 45 岁以上;期刊的主编均为单位的领导挂名,不从事实际、具体的期刊编辑出版工作。而现代信息产业和高素质的编辑队伍要求全新的人才结构,除已掌握的专业知识外,还应掌握计算机、外语、科技情报、图书馆等学科的知识。

2.3　科技期刊产业化发展的市场环境

2.3.1　市场竞争日趋激烈

随着经济的发展,市场竞争也日趋激烈。由于我国科技期刊发展的历史不长,科技期刊产业化发展不仅整体规模不大,而且缺少能与国际跨国出版集团相抗衡的大型期刊出版集团。在加入 WTO 后的新形势下,我国科技期刊的市场竞争将更加激烈。面对国际期刊出版集团的进入,面对国际国内竞争格局,科技期刊界应"居安思危",尽早筹谋,以应对纷繁复杂、日趋激烈的竞争。科技期刊产业化发展的竞争体现在技术、人才、资金、管理等多种生产要素的全方位竞争。发展面临的总的竞争态势是:竞争的范围不断扩大、竞争的程度不断加剧、竞争的层次不断提升。

2.3.2　高新技术快速发展带来的冲击和挑战

计算机技术和信息产业的快速发展,运用先进的设备进行网上宣传、网上发布信息等,打破了科技期刊以纸为介质的传统出版方式。同时各种期刊网络、数据库的出现,其快捷、方便、容量大、高速度的特点为广大作者、读者带来了极大的方便,使许多人选择了电子出版物。电子传媒的巨大优势使科技期刊市场面临新的需求重组。面对新的变化,科技期刊如何发挥自己的优势,办出特色和水平就显得格外重要。网络技术的飞速发展,为科技期刊提供了新的技术手段和传播途径。但二者之间的竞争仍然是不容回避的客观事实。

3　中国科技期刊产业化发展的问题

3.1　期刊结构仍不够合理

目前中国科技期刊在办刊实力、编辑水平、经营能力、经济基础等方面存在较大差异。科技期刊大多专业性较强,需依托一定的行业背景,其中有些期刊已经成为行业内的佼佼者,其综合实力不亚于某些大众消费类期刊,但绝大部分科技期刊产业力量薄弱,处于经营分散、规模小、人员少的局面。大多数编辑身兼策划、组稿、编辑加工、版式设计、宣传,甚至发行工作,其弊端主要在于编辑力量分散,优势无法集中。为了保证科技期刊的学术质量,大多数期刊放弃了市场发行。我国的科技期刊已发展到 5 000 多种,成为期刊的大国,但由于各个行业、各个领域都有不少科技期刊,即便同一领域也办了多种内容基本雷同的科技期刊。因此,在这种情况下国内科技期刊市场的竞争必然会异常激烈。由于专业性强,我国的科技期刊的发行量又都偏小,有些科技期刊仅发行几百本,连生存都有问题,更不用讲发展了。

3.2　期刊"一号多刊"问题严重

据国家新闻出版总署 2005 年颁布实施的《期刊出版管理规定》,一个国内统一连续出版物号只能对应出版一种期刊,不得用同一国内统一连续出版物号出版不同版本的期刊。出版不同版本的期刊,须按创办新期刊办理审批手续。但近年来,国内期刊"一号多刊"现象愈演愈烈,一些期刊由双月刊变成月刊,分为两个内容和定位完全不同的版本;月刊变成旬刊,成为三个内容迥异的版本;甚至有月刊变成周刊,分为四个版本。一些学术机构主办的期刊不按照期刊出版管理规定随意出版增刊,且未在封面注明"增刊"字样。或是以出版增刊或出版专辑、论文集等形式,向作者收取"版面费",谋取钱财。此外,刊号出租、转让,期刊封面标志混乱,版权页表述不全面等问题较为严重,给期刊市场管理造成困难。

3.3　审批制度缺乏灵活性

政府管理部门坚持期刊的审批制是必要的。科技期刊采取的审批制,对刊号进行严格管理,严格控制期刊的数量和种类,这种做法虽然能控制现有期刊的数量和质量,但这从某种角度上同样也制约了科技期刊的发展。随着科技的进步,新兴的科技不断涌现,想要申办一本新兴产业的科技期刊,申请一个刊号需要一个冗长艰难的过程,所以人为干预期刊的正常生态环境,政府太严格的组织、计划和管理都是不明智之举。

3.4　我国科技期刊的学术水平不高

科技期刊的核心化竞争就是争夺出版资源和期刊的市场份额。多年来,我国高水平研究论文大量投向国外期刊发表。同时,我国的科技人员如果不能从国内科技期刊上及时有效地检索到国际科学前沿的科技论文甚至国内的科技创新成果,必然把目光投向国外期刊。这表明在争夺优质的出版资源方面,我国科技期刊正处于越来越被动的局面。目前,我国科技管理部门在对科研成果和科技人员的管理上,过分强调 SCI、EI 等外国期刊的作用,许多高等院校和科研院所都有相应的奖励政策,被 SCI 收录或在国外期刊上发文所得的奖励(资金和科研记分)远远高于国内优秀刊物,许多高等院校甚至规定一定要在被 EI 或 SCI 收录期刊上发表论文,学生才能拿到学位、老师才能完成年度考核指标。以上种种原因造成了大量优质稿件外流。而优质出版资源的丧失,必然影响科技期刊质量水平的持续提高,挤压科技期刊占有的份额,威胁到科技期刊的生存和发展。尽管我国科技期刊在数量上已经发展成为仅次于美国的世界科技期刊第二大国,但是由于在学术水平和质量方面与国际先进水平差距甚大,因此在国际化竞争中明显处于劣势。

3.5　我国科技期刊出版现代化程度不高

随着信息技术的快速发展,科技期刊的网络化越来越成为不可替代的载体,也是科技期刊自身可持续发展的客观要求。国际上绝大多数优秀期刊,或自建有高水平的、功能齐备的网站(如 Nature, Science),或通过 Elsevier 和 Springer 等大型出版商网络出版平台发行网刊,实现网刊和科技期刊超前或同步发行。而国内的科技期刊的网络化水平相对较低。虽然部分期刊上了 CNKI、万方、维普网,但三个网上的全文普遍滞后于印刷版,网站基本成为期刊论文后印本的网络仓储。读者对文献的访问大多采用图书馆集体购买或按页面付费(pay-per-view),限制了科技文献的广泛传播和高效实用。

3.6　缺乏期刊退出机制

建国以来,我国科技期刊出版事业,在党和政府的关怀下,取得了可喜的成绩。特别是

1991 年颁布的《科学技术期刊管理办法》使科技期刊管理工作更加规范化、法制化。《办法》对创办新刊有许多详细规定和要求,但却没有对已办期刊制定退出机制。经过几十年的发展,科技期刊发展到今天已有 5 000 余种,从 1989 年到 1996 年每年新增科技期刊 240 多种。但是由于对已办科技期刊没有退出机制,使不少办刊条件不具备、质量低下、重复雷同的期刊,只要不犯大错误就能继续出版,这就造成了一批低水平、低质量的期刊的重复办刊,造成了大量的资源浪费,也影响了我国科技期刊的合理布局和总体质量。

3.7 我国科技期刊办刊经费不足

目前,我国的大多数科技期刊都面临严峻的商品经济的挑战。大多数编辑身兼数职,其弊端主要在于编辑力量分散,优势无法集中,为了保证科技期刊的学术质量大多数期刊放弃了市场发行。但随着国内外期刊市场竞争的加剧,再加上科技期刊本身专业性强的特点,这种只讲社会效益,不求经济效益、脱离市场的封闭办刊理念,使得国内的科技期刊越来越难以为继。

3.8 缺少对行业协会的政策支持

由于长期受计划经济的影响,政府对科技期刊的管理大包大揽,使我国期刊协会的自律基础比较薄弱,政府缺少对行业协会的政策支持,也没有将科技期刊的微观管理权下放给行业协会。目前我国的期刊协会除了一些奖项评选和对外联络的职能外,远没有发挥一个行业协会应有的作用。期刊协会对科技期刊产业化的管理和促进作用亟需有一个较大突破。

4 科技期刊产业化的发展对策

资料显示,技术、经济越是发达的国家,越重视科技期刊的发展。如法国、日本、美国、英国、荷兰等国家,其人均期刊拥有量占相当比重。国外科技期刊在经营理念上,以市场为导向,以读者、作者、广告客户为主要服务对象,编辑与经营分离、发行与广告并举、以规模化和集团化的经营模式有效地转嫁了期刊经营风险,加上采取政府扶持、企业出资、民间融资等多种方法来解决科技期刊的办刊经费,以促进科技期刊的良好发展。针对我国科技期刊存在的主要问题,同时结合国外的先进办刊理念,提出如下相应对策。

4.1 合理利用资源,调整期刊结构

应调整科技期刊结构,对相同专业期刊加以调整、合并、优胜劣汰,适当淘汰办刊质量差的期刊,解决当前科技期刊"散、弱、小"的局面,这样不仅有利于对有限资源的合理利用,还可避免重复办刊、浪费资源的局面,对集中专业资源优势,保证稿源质量也能起到积极作用,从而为科技期刊产业化之路奠定基础。

4.2 改革期刊审批制度

我国科技期刊申办实行审批制,而国际上期刊多数采用登记制。政府主管部门应调整刊号审批制度,制定更为科学的期刊进入和退出制度,以维护期刊业的健康发展。对于一些适应市场潮流、拥有新兴技术的高科技杂志,政府应适当放宽审批权限,适度加大刊号供给,使这类杂志快速创办、提高和发展,从而带动整个国家和行业的技术进步,这对整个社会的发展具有重要意义。如日本等国,其科技期刊的运行机制是商业化运行机制。日本成立出版社不需要获得国家许可,也无需向政府提出申报,只是根据自己的意愿和实力,并在成立后照章纳税即可。对出版业的管理,日本采取登记制,要求出版社必须向政府有关部门送交样书以进行印后审查,如果发现有违法内容,便追究出版者的责任。

4.3　鼓励、支持高新科技成果和优秀论文率先刊登于国内科技期刊

作为科技管理部门应出台相应政策,鼓励高新科技成果率先刊登于国内科技期刊,并且鼓励科技人员向国内杂志投稿。如高校的教育管理部门,不应将在国外的 SCI、EI 收录杂志上发表论文作为考核的硬性指标或手段。在科技成果的奖励方面应该是国内期刊与国外期刊一视同仁。这样不仅使国内的专业技术人员更关注国内的杂志,查阅国内科技期刊的资料,而且也使国内科技期刊的质量和发行量不断得到提高和扩大,这样对于科技期刊的产业化也能起到很好的推动作用,同时也能带动整个科技期刊行业的发展,有利于整个国家技术水平的提高。

4.4　创造品牌意识

科技期刊要从原有计划经济时代的管理体制和机制中走出来,制订出符合我国现有市场经济的政策。期刊管理人员要从市场经济发展的角度来看,不能光盯着现有杂志编、审、校,要提高组稿的权限,从国内征稿向国内外组稿或约稿过渡。要走出去,提高杂志的知名度,创建品牌期刊。

4.5　加速期刊出版数字化转型

新媒体一直致力于寻找期刊市场的突破口。今后传统期刊将利用互联网等新技术,进一步朝"无纸化"方向发展,网络杂志、手机杂志和互动多媒体杂志等新型阅读市场将成为热点。有人认为,目前各类电子杂志已从早期的发行渠道为主,步入到技术和制作至上的成熟阶段,不远的未来大量电子杂志将取代传统杂志。结合国际上科技期刊发展的趋势,我国科技期刊在转型过程中,也应该加大期刊出版数字化的力度,从电子化、网络化上加快推广力度,向国外的优秀期刊学习,建立高水平的、功能齐备的网站,或通过国内大型出版商网络出版平台发行网刊,早日实现网刊和科技期刊同步发行的局面。

4.6　建立市场运营机制,开展多种经营

科技期刊要产业化,资金是不可或缺的,但资金的来源不能过度依赖政府扶持。就目前国内科技期刊的现状而言,办刊经费主要来自于广告费、版面费、订刊费等。有些杂志社还通过建立理事会收取会费等方式,来解决办刊经费不足的问题。一方面,杂志社可以通过扩大宣传力度,增加广告量等方式来解决办刊经费,另一方面还可以建立市场运营机制,利用自己在行业中的优势,多方面拓展自己的业务,如提供咨询,解决读者在本专业中碰到的问题和困难等方式。

4.7　加大财政政策扶持力度

中国科技期刊产业化的发展,从政府管理的角度,应加大政府财政扶持的力度。政府的资金投入,可以帮助科技期刊渡过初创期和经营困难的阶段,使之发展、壮大直至成熟,然后"断奶"。这是一种阶段性的对科技期刊发展的扶持政策。对于我国科技期刊发展的资金缺乏问题,政府还可以出台一系列鼓励政策,如减免税收、政府补贴和资助以及设立各种基金等。同时政府也可以借鉴西方的办刊模式,运用公私合作网络,建立多元化投融资制度来吸纳社会力量和民间资本,共同进行科技期刊的建设。民间资本的投入,可以弥补政府供给能力的不够。这样不仅可以改善科技期刊产业化发展中的资金短缺问题,也可以推动科技期刊的发展,为以后的经济跨越式发展打下基础。

4.8　充分发挥行业协会作用

科技期刊行业的协会主要有期刊协会、科技期刊学会等。行业协会可以通过充分发挥

自身深入民间、专业、精干、灵活、高效的优势,通过抛弃传统政府管理中自上而下发号施令、实施政策而采用合作、协商、确立共同目标、上下互动的治理方式,有效地维护科技期刊产业化发展公平竞争的权利,规范同类科技期刊产业化发展的经营行为,协调内部成员间的利益冲突,增进科技期刊内部的团结、整合,营造良好的行业发展环境,最终促进整个国家经济的发展。行业协会可凭借其自身优势,吸收美国、英国等科技期刊发达国家协会的成功经验,充分发挥各协会的力量,对科技期刊加以管理,如参与科技期刊、科技论文质量和效益的评价体系的建设,组织期刊信息调研、发行、网络出版等一系列有关科技期刊的管理工作或组织对编辑人员的培训等,以期促进科技期刊的进一步发展。

5 结　语

科技期刊代表着科技发展的前沿,促进社会的公共事业和经济和谐发展。我们应该运用开拓、创新、开放的观念改革传统办刊模式,坚定产业化发展之路,使科技期刊摆脱现行困境。同时科技期刊应该充分发挥广大科技工作者的积极作用,坚持以服务读者为宗旨,努力构建科学的组织结构和管理模式,不断加强改革和建设。科技期刊产业化之路,对于推进科技期刊的发展与中国技术进步具有重要意义。

参 考 文 献

1　李频.中国期刊蓝皮书:中国期刊产业发展报告 No.1.[M].北京:社会科学文献出版社,2005.

2　吴建明,方国生.科技期刊发展与导向(第六辑)[M].上海:上海科学技术文献出版社,2007.

3　中国科学技术协会主编.中国科协科技期刊发展报告(2008)[M].北京:中国科学技术出版社,2008.

4　中国科学技术协会学会学术部主编.国外科技社团期刊运行机制与发展环境[M].北京:中国科学技术出版社,2007.

5　佟昕,金娜,韩萍.科技期刊编辑的现代化管理及应用[J].科技情报开发与经济,2008(3):90-91.

6　陈新黔.对科技期刊经营与管理机制创新的思考[C]//第4届中国科技期刊青年编辑学术研讨会论文集.四川成都,2004:134-135.

7　王小兵.科技期刊编辑出版现状及发展对策探讨[J].甘肃科技,2007(7):51.

8　陈宏愚,高建平.科技期刊产业化的路径依赖[J].编辑学报,2005(4):125-128.

9　黄邦良,高克义.科技期刊多元化问题浅析[J].广西园艺,2007(5):76-78.

10　熊家国,金会平,陈万红,等.科技期刊管理转制的深度思考[J].编辑学报,2005(6):434-436.

11　邓双文.试谈科技期刊的管理[J].湖南林业,2000(5):14-16.

12　朱晓文,刘培一,张宏翔,等.国外科技社团期刊出版分析与借鉴[J].学会,2007(6):30-40.

13　历亚.提高科技期刊经济效益的途径[J].河北经贸大学学报(综合版),2007(6):30-40.

14　葛赵青,赵大良,刘杨,等.也谈我国科技期刊的国际化——兼与赵来时等同志商榷[J].编辑学报,2004,12:457-458.

15　孙昌波,雷美位.科技期刊市场运作研究[J].长沙电力学院学报(自然科学版),2003(11):87-89.

16　王劲松.对科技期刊产业化管理的探讨[J].科技与管理,2006(4):116-117.

17　王雪英,陈月婷.荷兰科技期刊运行机制和发展环境[J].图书情报工作,2006(3):70-75.

18　刘远颖,刘培一.英国科技期刊运行机制与发展环境[J].图书情报工作,2006(3):65-69.

19　刘延华,胡智慧.日本科技期刊运行机制和发展环境研究[J].编辑学报,2006(1):71-74.

20　刘培一,赵新.美国科技期刊运行机制和发展环境研究[J].图书情报工作,2006(3):53-58.

用科学发展观推进精品科技期刊建设

张　静　郑晓南

(《中国天然药物》编辑部　南京 210009)

[摘要]　科学发展观是当代中国推进各项事业改革和发展的一种方法论。科技期刊是国家创新体系中的重要组成部分,始终承载着记录与传播知识创新成果的重要作用。本文通过介绍《中国天然药物》的办刊经验,分析了在推进精品科技期刊建设过程中对科学发展观这一重大理论的理解和实践。

[关键词]　科学发展观;精品科技期刊;天然药物

科技期刊是国家创新体系中的重要组成部分,始终承载着记录与传播知识创新成果的重要作用。自新中国成立以来,我国自主研发的具有一定国际影响的创新药物均来源于天然药物;从天然资源中发现先导化合物或药物,至今仍是新药发现的主要途径之一。《中国天然药物》以科学前沿与国家战略需求相结合为宗旨,以报道天然药物新成分、新活性、新机制、新方法、新思路为特色,是展示具有我国独特优势的中草药、海洋药物、生化药物、微生物药物创新研究成果的重要窗口。目前自主创新、建设创新型国家已成为国家发展战略,正在实施的重大科技专项"重大新药创制"为《中国天然药物》杂志的进一步发展提供了难得的机遇。本文通过介绍《中国天然药物》的办刊经验,分析了在推进精品科技期刊建设过程中对科学发展观这一重大理论的理解和实践。

1　以人为本的办刊理念

科学发展观的核心是以人为本。对科技期刊而言,没有一流的人才队伍建设,期刊的发展就无从谈起。科学技术作为推动当今社会前进的第一生产力,其根本要素是必须具有一流的科技人才。《中国天然药物》自创刊以来,始终重视不同的人物群体对刊物发展的作用,坚持以人为本的办刊理念,充分发挥不同的团队对刊物发展和建设的主观能动性。

1.1　编委会——刊物质量的学术领导

有学术影响力的编委会是 SCI 选刊要求的重要标准之一。编委会是学术期刊的思想库,对刊物发展起学术指导作用,是刊物质量的学术领导。编委的支持对刊物的发展起着至关重要的作用。《中国天然药物》在构建编委会时,注意选择的每一位专家学者都尽可能符合刊物发展的几个必需条件,使每一位编委都能对刊物尽到自己的责任。编委必须关心期刊事业,有良好的科研道德和责任心,对办好期刊、发展期刊有热情,能服从主编的分工。编委必须是在职的国内外该领域的优秀专家,掌握本学科深厚的专业知识,并做出相当有影响的专业研究工作,有撰写和发表论文的丰富经验,有鉴定同行业研究工作水平的能力。另外,编委还能够经常地组织或提供稿件,并在任期内多方面直接或间接支持期刊的发展,愿意为期刊承担一定的审稿工作。

《中国天然药物》编辑委员会汇集了在天然药物研究领域最有影响力的学术权威与年富力强的学术精英。2003年创刊时第一届编委共有82人,其中院士13人。至第二届编委会换届时,印刷版编委达84人,学术顾问层院士有26人,编委中长江学者、国家杰出青年基金获得者及入选"百人计划"者超过30%;国际网络版编委63人,其中外籍编委44人。可以说编委中人才济济、智力荟萃,其学术地位及所在机构代表了我国天然药物研究水平。

《中国天然药物》编委会确定了各学科稿件录用要求,这也是严格控制学术质量的审稿标准;经常召开的编委会议与组稿会根据热点不断调整办刊方向,编发的"编委通讯"是沟通编辑部与编委的桥梁。目前,60%以上的稿件作者来源于编委以及编委所在机构,编委对于刊物发展的影响力愈发显现;每篇论文"作者介绍"中均有通讯作者介绍,80%以上的通讯作者均为权威学术机构的博士生导师,保证了论文的学术质量与水准。权威的编委、审稿人既可能是作者,又可能对目标读者(潜在作者)的投稿趋向具有影响力;事实上,编委的支持的确带动了高质量的稿源投向本刊。

1.2 作者——刊物发展的不竭源泉

学术质量是学术期刊的生命线,高质量的稿源始终是办刊最重要的决定因素。虽然《中国天然药物》已取得较大的进步,但由于国家科研评价中"唯SCI论"的导向作用,优秀稿源不足的问题在办刊之初成为制约刊物发展的瓶颈。

对于刚刚创办不久的期刊,吸引与稳定一支高素质的作者队伍是办好期刊工作的关键问题之一,刊物学科构成与学术水平定位(如重大基金论文比重)均要求有相应的作者群支撑。为此,编辑部采取了以下措施。(1)加强编读交流,通过赠阅,建立读者库,吸引有潜力的作者。(2)分析稿源在国内外学术期刊的流向、作者研究方向、研究单位、成果与价值,主动与相关课题组建立合作关系,扩大审稿人与作者队伍,扩大稿件来源。编辑部通过多种途径(如各单位的门户网站及其期刊网)了解国内天然药物各领域的专家与他们的课题组,通过请其审稿、填写调查表,并向他们赠阅刊物,了解他们的专业方向,加强与这些学术团队的互动交流,同时建立了天然药物审稿人数据库与作者数据库,为优质稿源提供了潜在的来源途径。(3)新化合物文章刊出时不收取版面费,且优先发表。这些举措为刊物吸引了更多的优秀稿件,使刊物真正发挥高水平学术交流平台的作用。

通过几年的积极组稿与合理运作,《中国天然药物》已经构建了稳定的、高水平的作者群体,论文质量稳步提升,刊物自2009年起研究性论文已全部以英文形式发表,这为刊物的国际化和进军SCI奠定了基础。

1.3 审稿人——刊物质量的有效保障

由于现代药学领域学科交叉、分化、融合,为了提高审稿质量,在同行评议过程中找到专业方向一致的小同行非常关键。《中国天然药物》编辑部查阅国内研究人员在Planta Medica,Journal of Natural Products等10多种天然药物领域知名SCI杂志上发表论文情况,摘录了大量国内天然药物领域的专家信息;从国内权威期刊的通讯作者中、从中科院博士生导师中进行筛选联系,将他们添加入审稿专家库,建立并完善了一个覆盖各学科分支、全国范围的200多人的天然药物审稿专家电子库,此举对于编辑部全面实行网上同行审稿、有效提高同行评议质量与效率具有十分重要的意义。专家库数据包括专家姓名、学科、职务、地址、单位、电话、传真、e-mail、研究方向及承担的课题。这样各类稿件都能通过专家库找到最合适的审稿专家，提高了审稿的质量和效率。编辑部还定期组织各学科专家召开集体定稿会，凡未达到修改要求的稿件，都在定稿会上指出并在会后及时返修，保证了稿件的学术质量。可见，审稿人的工作已经成为刊物质量的有效保障。

1.4　编辑队伍——刊物发展的有力支撑

《中国天然药物》在创刊之初就定位为高水平的学术期刊，拥有具备一定专业学术素质的高学历编辑人员就成为办好期刊的重要因素。高学历专业人才加入编辑队伍，逐步年轻化，为编辑部的发展注入了活力。他们对学科进展和专家队伍相对了解，能协助主编对稿件初筛；能直接对专业语言加工；对计算机应用熟练，处理编辑事务效率高。同时，编辑部对创建和谐团队提出了新的要求，将建设创新型、学习型的组织团队作为目标，坚持科学的人才观，克服过去的单一知识型人才培养方式，着眼于知识的运用与创新，大力培养智能型、复合型人才，大力培养造就高素质的编辑出版人才队伍，培养出既懂产业运营，又懂文化科研，既有专业水平，又有交叉知识和实践本领的综合型人才。

编辑部定期进行业务学习与交流，加强职业道德教育，营造一种全员学习、终身学习的良好氛围，通过学习培训、实践锻炼、交流轮岗等途径，促进编辑人员的成长。编辑出版工作有其特定的规律，并不是有了专业经验就能取代编辑经验。从主编到编辑，都必须认真掌握编辑出版的知识和技能。如果说社会总体的知识更新周期为三年的话，那么，新闻传播领域的知识淘汰周期可能仅为一年左右[1]。编辑只有不断学习提高，与时俱进，才能适应科技期刊发展形势的需要。

除学术素质外，还要求编辑人员具备守德敬业、团结利人的素质，能把期刊的发展放在首要位置，不计较个人得失，能耐得住常规出版工作的烦琐，能尊重主编和专家，遵守编辑道德规范，保持勤奋的学习心态。经过几年的培养，《中国天然药物》编辑部已经组建出了一支高水平的期刊编辑出版队伍。2008 年 10 月《中国天然药物》编辑部被教育部科技司评为"全国高校期刊先进集体"。

2　不断创新的办刊思路

提高自主创新能力，建设创新型国家，这是国家发展战略的核心，是提高综合国力的关键。创新思维是指有创建的思维，即通过思维不仅能揭示各种事物的本质，而且能在此基础上用独特新颖的思维方法，创造性地提出具有社会价值的新观念、新理论、新知识、新方法，为受众所接受，提高精神文化传播的层次和水平。期刊编辑的创新思维正是各种思维形式、思维方式、思维方法的相互作用。它并不是单纯的抽象（逻辑）思维，还兼有形象思维，甚至还有灵感（领悟）思维。期刊编辑的创新思维是思维形式、思维方式、思维方法的综合运用，是一种量变积累达到质变的必然。创新性思维是科学发展观对编辑的必然要求，只有具备创新性思维，才能在期刊编辑工作中有所创造，从而产生新思想、新观点、新设计、新方法、新手段和新做法等。

2.1　他山之石，可以攻玉

2.1.1　中国药学会作为《中国天然药物》的共同主办单位

在中国整个科技评价体系 SCI 导向的情况下，新办期刊在未成为核心期刊，又不是 SCI

期刊的情况下，与有着几十年办刊历史的大刊、名刊相比，争取优秀稿源的优势不大，发展空间小。《中国天然药物》编委会审时度势，抓住机遇，集约化发展。2004 年 6 月中国药学会常务理事会通过决议，《中国天然药物》由中国药科大学与中国药学会共同主办，成为中国药学会旗下第 19 本期刊。成立百年的中国药学会是国家一级学会，也是我国药学领域内影响最大、学术声誉最高的社会团体，现有会员近 10.5 万人，下设 15 个专业委员会。中国药学会致力于开展药学科学技术的国内外学术交流，为繁荣我国药学事业、培养药学人才做出了巨大贡献。由中国药科大学、中国药学会联合共同主办《中国天然药物》，有利于提高刊物在药学领域的权威性与影响力，有利于进一步推动中药与天然药物学科发展，有利于进一步扩大刊物稿源、规范与提高编辑出版质量，有利于加速进入国际权威检索系统。

在中国药学会的带领下，编辑部的工作在规范化、集约化方面有了很大的进步。中国药学会主办期刊每年一次的审读会成为刊物编辑规范的一个有效保障，学会期刊网站建设的整体规划和措施也为刊物的建设和发展拓宽了思路，提高了刊物的知名度和影响力。

2.1.2 爱思唯尔(Elsevier)出版集团全球出版发行《中国天然药物》网络版

2007 年 10 月，爱思唯尔出版集团与《中国天然药物》签约，从 2008 年起，基于全球 100 万 ScienceDirect 数据库用户，出版发行《中国天然药物》的全文英文网络版，该网络版又称国际版，稿源为印刷版一半的优秀文章翻译成英文，出版时间与印刷版同步。随着合作的深入进行，Elsevier 希望将目前的国际英文版改进为独立的国际网络版，为下一步刊物进入 SCI 或 MedLine 打下坚实的基础。Elsevier 公司出版 1 800 多种学术期刊，其中 1 450 多种已成为 SCI 期刊。公司目前仅与中国的 40 种期刊合作，《中国天然药物》是其中唯一一本药学期刊。进入 ScienceDirect 平台后，中国期刊单篇论文的年引用率与年下载率将有数十倍甚至数百倍提升。Elsevier 出版公司将为《中国天然药物》建设网站，并提供第一年全球用户免费下载、英语语言润色服务，向作者提供年引用率数据。借势国际著名出版机构，《中国天然药物》已经成为最具成长性的药学专业学术期刊，在刊物全面国际化的进程中迈出了坚实的一步。

2.1.3 2008 年《中国天然药物》由科学出版社出版

自 2008 年起，《中国天然药物》由国内最大、学术声誉最高的科学出版社出版。科学出版社是中国最大的综合性科技出版机构，它依托中国科学院和"科学家的出版社"品牌优势，始终保持"严肃、严密、严格"的优良传统，形成以科学、技术、医学、教育(STME)为主要出版领域的战略架构。是我国出版科技期刊品种最多、学术水平最高的科技出版社。

《中国天然药物》是由科学出版社严格选择合作的一本非中国科学院主办的药学期刊。《中国天然药物》加盟科学出版社后，每篇文章都有了与国际科技文献互联互通的 DOI 号，还通过科学出版社实行 WORD 排版，可以与国际出版系统完全对接，同时极大地方便了作者。《中国天然药物》加盟国内外著名出版机构，将会通过品牌共建、资源共享，达到借势发力、合作双赢，进一步提升刊物的出版发行质量和刊物在国内外的学术影响力的新目标。

2.2 特色栏目的构建

刊物品牌是期刊生存和发展的关键。要将刊物品牌深入人心，就要培育刊物特色，打造名牌栏目。品牌意识是提升刊物软实力的重要内容，品牌意味着期刊竞争力，要实现科技期刊的发展战略，首先要有创精品期刊的意识。

2004 年 6 月至 2005 年 6 月，《中国天然药物》刊发论文在科技部西南信息中心"中文科技期刊数据库"中年度下载次数高达 1 500 篇次,编辑部仔细分析高下载率的文章后,决定加大高质量综述、评述类文章比例。从 2005 年 9 月起,编辑部借鉴新闻媒体专题策划的做法,以编委会的学术资源为依托,向天然药物领域部分学科带头人约稿,重点打造"思路与方法"栏目,该栏目以"大师写给专家阅读的文章"定位,从中药与天然药物领域研究热点、重点与难点着眼确定专栏主题,每个主题由 3 篇不同角度的文章组成,并由一位院士对该主题进行评述,兼具权威性、前瞻性与可读性,配发编者按,形成了重点号的特色。该栏目侧重思辨、鼓励争鸣,创造自由探索、相互促进的学术氛围,使读者从中可获得借鉴与启迪,因而深受读者欢迎。编委除热心撰稿外,还承担了该栏目组稿工作。专题序言由学术顾问中的院士撰写,增加了栏目的权威性、方向性与可读性。实践证明,该栏目深受读者喜爱,也极大地提高了刊物的引用率。

2.3　不断创新的运作机制

2.3.1　编委会运作机制

高水平学术期刊发展还必然有其科学的组织机制与运行机制。根据本刊编委会章程,2008 年是《中国天然药物》编委会换届之年。第二届编委会集聚了国内外天然药物研究领域最有影响的权威专家,是刊物国际化发展的智力支撑。如何充分发挥编委的作用,进一步建立编委会的组织机构,完善高质量稿源组稿机制与审定稿机制,制订刊物发展目标与实施措施,使《中国天然药物》办出特色与水平,成为第二届编委会工作的重点。编辑部借鉴国际期刊的办刊模式,提出了依靠编委会办刊,进一步提高学术质量,建立期刊品牌的初步构想。编委机构的权威性是刊物学术权威性的重要基础,专家团队是期刊发展的宝贵资源,有关学术质量与品牌运作的工作机制,为期刊持续、良性发展提供了保障。

《中国天然药物》第二届编辑委员会由印刷版编委会、国际网络版编委会以及理事会组成。常务编委会作为编委会的决策咨询机构与常务工作机构,编辑部为编委会执行机构与日常工作机构。印刷版、国际网络版编委会是编委会的学术机构,目标在于吸纳高质量国内外稿源,保障刊物的学术质量;理事会是编委会的运作机构,重点在于进行期刊的品牌经营与运作,保障刊物出版发行,扩大刊物国内外的影响。《中国天然药物》国际版为刊物内容的核心与精华部分。为保证国际版质量,国际版大陆编委均被吸纳为常务编委,每年至少召开一次常务编委会议。

编委会章程中制订了详细的编委的责任与义务,实行定期更替和阶段调整的制度,要求编委能够积极在专业领域内组稿、投稿(每年至少 1～2 篇)、审稿,保证刊物质量;积极推荐作者、审稿人,并加强编委会建设;参与策划本专业领域报道范畴和重点;积极参加编委会组织的学术活动,总结办刊经验;收集读者、作者的反映,提出改进意见或建议;宣传、扩大刊物的社会影响,促进发行;加强刊物与国内外学术界的联系,促进国际间的合作和交流;在向其他刊物投稿时引证本刊论文;提高刊物的学术质量,维护刊物的学术声誉,等等。

编委会运作机制有了很大的改进和完善,一方面充分发挥和调动了编委的工作积极性,另一方面也在制度上形成了一种有效的模式。在这样的工作机制下,刊物的发展有了更强大的支撑,学术水平、影响力、经济效益都得到了提高。

2.3.2　理事会——编委会的品牌经营与运作机构

编委会的主要功能是保障高质量稿源与学术质量,提高期刊的学术影响力;而理事会的功能则是通过学术期刊搭建产、学、研交流平台,促进期刊品牌运作,提高期刊社会影响力。

在《中国天然药物》第一届编委会期间,曾有上百家医药企业与科研机构对刊物有不同程度的合作与支持。其中 2004 年江苏康缘药业与天津中新药业、山东绿叶制药公司共同向医药领域专家赠送《中国天然药物》,单期发行量最高曾达 5 000 册,在刊物创办初期为提高与扩大期刊的学术与社会影响起到了积极推动作用。

国内高水平期刊《中国科学》和《科学通报》的办刊经验值得借鉴。《中国科学》和《科学通报》"两刊"理事会理事长由全国人大常委会副委员长、中国科学院院长路甬祥院士担任;中科院、基金委、教育部、科技部、财政部、北大、清华等单位领导担任了上述"两刊"理事,充分显示了理事会在高水平学术期刊运作,建立现代化期刊制度中的重要地位与作用。《中国天然药物》理事会于 2005 年开始运行,目前理事单位包括大陆与港台地区的科研单位与医药企业 57 家。理事会整合官、产、学、研等各种优势资源,紧密联系科研开发与社会需求,为办刊经费的筹集、沟通编者与读者、扩大期刊的影响做出积极的贡献。

今后我们将更加重视发挥理事会的作用,充分运用编委与理事的人脉资源,提高期刊的学术与社会影响力,实现稿源专业化、编辑职业化、运作市场化,实现刊物自主良性发展。

3 个性化的品牌策略

科技期刊的目标就是传播科技信息,为社会生产服务,为国民经济服务。在经济全球化、多元化的今天,编辑服务社会、服务人民的大目标赋予了新的内涵,即坚持科学发展观,以促进生产力发展为己任,生产出丰富的知识信息产品,满足时代的需求[2]。

3.1 明确刊物定位,提供特色服务

3.1.1 为作者服务

优秀服务可以彰显期刊的竞争优势。为了回报编委、作者与读者、理事单位对《中国天然药物》的关注与支持,《中国天然药物》将 Dialog 数据库网络版查询结果汇编成册——《国际权威检索数据库收录与引用中国天然药物题录(2003.5—2005.5)》,本题录用以宣传赠阅(106 页,有需要者可来电来函索要)。同时编辑部免费向在本刊发表文章的编委以及第一作者提供编辑部精心设计制作的"国际权威检索数据库收录与引用《中国天然药物》检索证明",仅为作者提供的证明就达 300 多份,累计近 2 000 页。

这项服务深受编委和作者的好评,极大地方便了作者了解自己的论文被引情况,方便作者与学术同行及时建立联系和沟通,在一定程度上促进了学术交流,是科技期刊基本功能的一种有效延伸。

3.1.2 为编委服务

Scopus 是爱思唯尔出版集团公司研发的全球最大的文摘引文数据库,它涵盖了全世界最为广泛的科学技术、医学与社科领域的研究文献与网络资源,可以快速准确定位全文,实时追踪各个研究领域的最新成果与热点课题,对个人、机构的科研产出及成果进行评估,可以有效管理作者个人的科研档案,提升个人、机构的学术影响,促进全球学术交流。

《中国天然药物》编辑部利用 Scopus 数据库的作者身份识别系统,基于作者的姓名、所属机构、研究领域等资料进行分析,识别同一作者的不同姓名格式变体,为杂志的每位编委建立了学术档案,综合反映研究人员的学术产出、影响力及学术联系。档案涵盖发文量、被引量、个人 H 指数、合作作者数等内容(如需了解更多信息还需人工查询)。

《中国天然药物》所取得的成绩,是本刊编委积极投稿审稿、献计献策的结果。编辑部也希望能为编委提供更多周到、人性化的服务,以答谢各位编委长期以来的关爱、支持和帮助。"编委学术档案"作为刊物提供的一个服务项目,希望可以为编委进行学术研究、申报项目、评奖晋级提供一定的帮助。

3.2　策划学术活动

《中国天然药物》创刊之初,编辑部依托主办单位,一方面积极组建编委会,向编委征集创刊号稿件;另一方面,组织策划了大型创刊学术会议——"中国天然药物研究与发展论坛"。论坛也是集思广益的借脑峰会,主题紧扣科学前沿与国家战略需求相结合的办刊宗旨,围绕药物研发环节,报告前沿热点、评述关键技术、剖析研发瓶颈、拓展研究思路。这是我国中药与天然药物领域官、产、学、研界共商自主创新的大会,国家科技部等八部委、多位院士与海内外学者进行了30多场报告,近400人参会。论坛加强了行业内的交流与合作,激发了办刊的创新活力。2008年,在创刊5周年时,《中国天然药物》编委会和编辑部又成功举办了"第二届中国天然药物研究与发展论坛"。这次会议以国家科技重大专项"重大新药创制"实施为契机,面向国家医药创新体系,搭建了官、产、学、研界沟通与交流的平台,加强了行业内的理解与合作,对推动我国医药领域的自主创新产生了积极而深刻的影响。中国天然药物研究与发展论坛已经成为《中国天然药物》杂志的一个品牌学术活动,计划每5年举行一届,以期实现多赢的办刊模式。

历年来,《中国天然药物》编辑部细心关注编委科研工作的需要,举办了20多次编委会、组稿会,策划多种形式的主题活动。如策划"新药评审技术咨询会"与"国家基金项目与申报技巧说明会",特邀国家各部委专家就创新药物新药注册审评的技术问题,以及国家各类基金项目申请与申报技巧向编委提供咨询服务,使编委获得很大收益。目前,业内专家以加入编委会、审稿入库为荣;良好的人脉资源又促进了刊物发展。

根据国际学术期刊的办刊经验,强有力的资金支持是新办期刊独立运转的要素,通常需要7年投入才能收回成本。而《中国天然药物》在没有前期投资情况下,通过会展经济的市场化运作,有效沟通了编委、作者与读者,提高了刊物的知名度与美誉度,创刊当年就取得良好的社会效益与经济效益,为刊物良性循环奠定了基础。

4　与时俱进,努力实现刊物的可持续发展

科学发展观的基本要求是坚持全面协调可持续发展。科学发展观的第一要义是发展,其根本方法是统筹兼顾。树立和落实科学发展观,对于促进精品科技期刊的健康发展有着十分重大的现实意义。发展是构建和谐社会的永恒主题,期刊出版工作要自觉地贯彻解放思想、实事求是和与时俱进的思想路线,善于思考,勇于实践,始终以发展为第一要务,以科学发展观引领发展,以正确的方法推进发展,以完善的工作机制保证发展,以人心的凝聚加快发展,不断提高以人为本统筹社会协调发展的能力,实现期刊出版工作的健康快速发展。《中国天然药物》按照科学发展观的要求,调整发展思路,切实把思想和行动统一到科学发展观和构建和谐社会的要求上来,加快文化事业和文化产业的发展。

与时俱进,努力实现刊物的全面、协调、可持续发展,从科技期刊本身来看,就是要充分地、全方位地从社会效益、经济效益、文化价值等方面综合考虑影响期刊的发展因素,充分思

考期刊自身的发展道路,实现经济效益和社会效益的统一,成为行业的助推器。快速、协调、可持续发展是落实科学发展观的基本要求。学术质量是期刊的生命,坚持以期刊质量为中心,统筹兼顾,正确处理各方面的利益和关系,为刊物的快速、协调、可持续发展创造宽松的学术环境。现阶段,我们注意正确处理影响因子和期刊质量的关系,不能过度追求期刊的影响因子而忽视期刊的质量;正确处理基础研究与应用研究的关系,坚持基础研究与应用研究并重;正确处理基金论文与非基金论文的关系,优先发表具有高度自主创新和国际竞争价值的研究成果,适当向高质量国家级和省部级基金论文倾斜;正确处理编辑审稿和专家审稿的关系,充分尊重专家的审稿意见,把专家的审稿意见作为论文是否发表的最重要标准;正确处理社会效益与经济效益的关系,始终坚持把社会效益放在首位,兼顾刊物的经济效益与良性循环。

在出版发行方面,《中国天然药物》也已经摸索出了一套适合科技期刊的行之有效的方法,取得了喜人的成绩。在如今的信息化时代,期刊出版模式的发展是影响和决定期刊生命力、影响力的重要因素。为了全面提升期刊的国内外学术影响力,《中国天然药物》已从创刊时单一的印刷版出版,发展成为今天由国内最权威的科学出版社出版印刷版,由爱思唯尔出版集团出版国际网络版,由中国知网出版光盘版,实现了印刷版与网络版相结合、国内与国际出版相互渗透的多元化期刊出版模式。在发行方面,为了扩大《中国天然药物》的影响,同时采取邮局发行、企业订购赠阅以及编辑部赠阅三种方式。

《中国天然药物》已入编 2008 年版《中文核心期刊要目总览》。《中国天然药物》创刊仅 5 年就入选核心期刊,这反映出在广大编委的共同努力和支持下,质量已达到较高水平,获得了专家的高度认可,产生了较大的学术影响力,已成为中国药学会中最具成长性的期刊,在药学领域取得了良好的学术声誉。

2009 年《中国天然药物》已被评为"中国科协精品期刊",入选中国科技信息研究所的中国科技论文统计源期刊(中国科技核心期刊),在 RCCSE 核心期刊排行榜中居药学核心期刊第 1 位(2009)。这表明《中国天然药物》在期刊声誉、影响因子与被引频次、学术影响力与国际化要素各方面已跻身我国高质量高影响期刊之列。

在新的历史条件和机遇下,《中国天然药物》将会密切关注前沿学科和交叉学科的发展需求,通过在学科范围内,深入、全面地细化服务(针对报道范围和栏目设置),集成学科专家优势和信息优势,依靠专业定位,在满足学科专业创新发展需求的基础上,凸显期刊的特色优势。《中国天然药物》面向国家医药创新体系,将我国医药领域的自主创新成果传播到全世界,为业内外专家、学者及广大读者提供更大的舆论空间和展现成果的舞台,以独特的视角、敏锐的洞察力,追踪天然药物领域发展的每一步进程,对学科前沿做出理性的思考探索,推动医药产业的长远发展;在更高水平上、在国际化视野下建立《中国天然药物》品牌,为国际传统药物、天然药物研究领域中国天然药物的创新研究提供国际交流的平台。

参 考 文 献

1　陈金国. 新闻媒体的科学发展观[J]. 当代传播,2004,3(1):35-36.

2　夏登武,刘庆颖. 解读现代编辑的服务理念[J]. 出版科学, 2006,14(1):9-13.

《电力自动化设备》的精品化发展思路

康鲁豫

（《电力自动化设备》杂志社　南京 210003）

[摘要]　以《电力自动化设备》为例，探讨了科技期刊精品发展的两个关键点：质量和特色。围绕"质量是生命线"和"特色是原动力"，结合办刊的具体实际，介绍了《电力自动化设备》的具体工作程序和特点，阐述了关于期刊品牌战略的个人见解。

[关键词]　科技期刊；发展；精品；质量；特色

随着我国经济和科学技术的快速发展，我国科学工作者优秀的科研成果日益受到国外出版业界的重视，国际知名的科技刊物不断开展各种工作，逐步地加大吸引国内优秀稿源的力度。作为应对，国家近年来加大了对重点科技期刊的扶持力度，并且实施了"科技期刊精品发展战略"等一批具体举措，但因为国内科技期刊自身力量较弱，吸引力不足，参与国际竞争的能力有限，优秀稿源外流的趋势愈加严重。对于中国的科技期刊，只有走创办品牌的"精品之路"，才能为自己赢得生存和发展的空间和时间。科技期刊的精品发展战略任重而道远[1-6]。《电力自动化设备》杂志已经创刊 37 年，虽然离"品牌大刊"尚有距离，与同行先进者仍有差距，但回顾这些年的发展历程，仍有一些经验和心得可以总结成文，与同行共勉。

1　质量是生命线

1.1　严谨审稿

办好科技期刊，首先要将审稿专家队伍建设放在重要位置，充分发挥编委会的学术把关作用，为期刊刊载文章的高水准、高质量保驾护航。《电力自动化设备》拥有包括两院院士在内的国内外知名专家、学者组成的编委。常年为期刊进行文章审核的是来自国内 20 多家单位的近百位知名专家学者。

期刊的审稿注意做到以下两点：（1）严格执行操作规范，避免由责任编辑凭借主观评价对文章进行评判。随着来稿量的剧增，刊物都遇到了相似的问题：审稿费用支出过多、审稿周期长，于是一些刊物开始尝试由编辑进行稿件的部分审核。但我们认为编辑在来稿体裁方面有一定的识别能力，而来稿文章作者多数已拥有高学历，学术水平的广度和深度前所未见，由编辑人员决定论文的取舍勉为其难。"由于审者失察，将有价值的论文封杀，或是将无价值的论文发表，都是对科学事业的损害"[7-9]。在解决这种矛盾时，《电力自动化设备》开始尝试在原有审稿制度之上，再套用"两步审核制"，增加了一轮高水准的"初审"环节。杂志社邀请了在某些特定领域有突出成就的青年学者对文章进行初审，这些在电力行业崭露头角的青年学者具有博士以上学历，热情饱满、态度积极、思维活跃，保证了审稿的效率。对于初审通过的文章,再进行正式外审,这样既节省了审稿开支,又最大程度上保证了审稿的严谨和准确。每年本刊初审环节淘汰的文章超过千篇,占来稿量的一半。

（2）对于录用稿件,所有的编辑人员需要进行严格的查重处理。国内现在的确存在比较常见的学术造假、一稿多投的科学道德问题。要求编辑人员认真对待查重问题,不可简单以"文责自负"这样的要求来推脱审核责任;对待无法达到要求的稿件不予考虑。对于主办方的来稿不留情面,一切以专家评价为准,坚持一个信念——"放弃了录用标准,等于放弃了期刊的生命",需要做到严格意义上的一视同仁。

1.2 艰苦编校

俗话讲"针尖上打擂,拼的就是精细"。细致和认真是体现期刊编辑素质的重要方面,是期刊生存的关键要素。《电力自动化设备》杂志社工作强度大、人手少,需要靠编辑人员加班加点才能完成任务。尽管如此,仍然坚持对编校质量的高标准、严要求。

（1）相对于同行业期刊的 3 至 4 轮次的校对,我刊文章刊载前,为将刊出论文的差错率降到最低,一般会经过 7 次校对,前面 4 次是对原稿,然后再进行 3 次轮看,其中穿插作者校对环节。我们认为这不是重复劳动,更不是无用功,因为在此过程中,文章经过编辑人员不断地从新的角度、新的思路考虑,会发现最细小问题的存在。

（2）严格执行办刊标准化,对于国家标准、国际通用出版规范,要求编辑坚决执行。对于科技期刊的编辑加工,不能总把目光集中在对文稿内容的把握和文字的处理上,应该把技术加工深入到刊物的细小部位。例如,2006 年以来《电力自动化设备》已经扩刊两次,刊物正文页码已近 160 页,但对于来稿中的所有图,杂志社坚持全部重新绘制,全部执行统一规范,尺寸大小以毫米单位作为绘制标准。这种艰苦、细致的工作,给编辑制作人员带来了较大的工作压力和强度,但对于期刊的标准化和出版效果而言,是值得付出的。

2 特色是原动力

办刊的合理定位是现时存在的需要,也是日后发展的迫切要求。所谓期刊定位,是指创造出相对于同行更具有特色的差异性优势,借以吸引更多读者。国外最优秀的科学技术期刊办刊理念也讲求围绕两个中心:选稿标准、栏目设置。前者涉及审稿严格程度;后者则是强调"以读者为中心,强化栏目设置"。例如,Nature 和 Science 这些著名的刊物为了吸引各国的科学家以及普通读者,都设定了不同层次栏目及特色栏目,以满足读者的多种需求。

2.1 设定固有栏目

《电力自动化设备》借鉴了以上的经验,将栏目分成四个大的板块并形成了现在的固有栏目:（1）学术研究类的"分析研究"、"专家论坛";（2）设备研制相关的"设计与研制";（3）跨行业理论、技术在电力行业中应用的"探讨和应用";（4）为现场服务的"经验交流"、"现场运行"栏目。第 1 个栏目保障了期刊的高理论水准;后三个栏目的设定,既是期刊的传统定位,又更加贴近实际,增加了期刊的可读性。对于四个栏目的文章的质量,把握了相应的四个层次的度:"绝对学术水平"（"分析研究"栏目）、"相对学术水平"（"设计与研制"栏目,设计类文章,偏重于理论的具体应用）、"外缘、交叉学科知识的借鉴和应用"（"探讨和应用"栏目）、"生产指导意义"（"经验交流"、"现场运行"栏目）。

2.2 开办特色栏目

　　"特色栏目"映射在电力行业期刊领域,一定程度上可以归结成"行业热点"。科技期刊要具有生命力,要能及时地报道学术研究中的热点和焦点问题。同时,对于尚有争议的问题要予以足够的重视,并进行深入思考和讨论,因为这是科学发展的规律。正是基于以上的考虑,《电力自动化设备》开办了热点讨论栏目。

　　(1)作为中国电力教育大学院(校)长联席会信息指定发布期刊,《电力自动化设备》开办的"中国电力教育大学院(校)长联席会学术论文专栏",专门收录中国电力院(校)长署名为第一作者的文章,该栏目对于学术界的研究方向有指导意义。

　　(2)国网公司 2004 年开始提出了一个规模庞大的计划,投资逾 4 000 亿元,应用特高压技术用 10 余年时间将电网联成一片。对于"特高压"这一世界上电压等级最高、最具挑战性的电网工程,杂志社认为学术的繁荣与发展需要争论,期刊则需要通过正确的引导来促进学术的繁荣与进步。经过认真策划,开设了"特高压论坛",刊载了围绕该技术的深入探讨类研究文章以及部分争鸣性文章,旨在为电力系统特高压工程建设提供参考,为国内相关专家学者阐述各自主张提供了良好载体,在工程界影响广泛。

　　(3)发展可再生能源和提高能源利用率已经成为全球无可争议的可持续发展能源的两个重要部分,同时,随着能源安全、环境保护日益得到人们的重视,科技界对此方面的文献交流的要求越来越迫切。《电力自动化设备》开辟了"清洁能源"专栏,调研跟踪国内外新能源方面的现状、科技、政策,并对国内开展相关研究较好的高校、科研院所进行了专访。这一专题对国内的新能源研究交流起到了良好的促进作用。

3　展　望

　　科技期刊创办精品这个课题涉及的范围很广,不仅要对编辑—出版—发行全过程中每个环节的策划进行研究,且还牵涉到对运行机制和管理体制等问题的研究。这里,笔者发表了自己粗浅的看法,主要是希望通过介绍所在期刊社的工作程序,与同行共同探讨,这种探讨首先需要理论,但更重要的是敞开心胸,真诚交流。随着行业期刊的竞争日趋激烈,对于评价数据进行操作、不顾大局的事情时有发生。期刊行业内团结在此时显得尤为重要和可贵。同行间需要相互学习宝贵经验,努力改进工作,搞好期刊经营,利用信息技术等新手段,增强精品意识,团结业界同仁,为科技期刊的共同繁荣发展群策群力。

参 考 文 献

1　辛明红,张淑敏,王燕萍,等.选题组稿与创办精品科技期刊[J].编辑学报,2005,17(2):97-98.

2　诸叶梅.如何创建品牌科技期刊[J].编辑学报,2004,16(6):449.

3　黄怡胜,张楚民.我国科技期刊的资源开发[J].编辑学报,2004,16(6):391.

4　陈彤彤.我国加入 WTO 后科技期刊面临的挑战及应对策略[J].编辑学报,2003,15(6):437.

5　李建新,赵宏榜.也谈科技期刊"品牌"说[J].科技情报开发与经济,2008,18(28):79-80.

6　李鉴.2003 年中国科技期刊出版统计[J].中国科技期刊研究,2004,15(5):627.

7　杜月英.论科技期刊软实力及其提升要略[J].中国科技期刊研究,2008,19(4):653-655.

8　吴成福.邓秀林.科技期刊文化力及其在科技文化发展中的作用[J].中国科技期刊研究,2007,18(3):476-478.

9　周星群.柳燕,李莉.论期刊的科学精神及其科学价值[J].编辑学报,2002,14(2):79-81.

《岩土工程学报》的学术质量管理与创新

李运辉　明经平　胡海霞　黄贤沙　陈晓红

（《岩土工程学报》编辑部　南京 210024）

[摘要]　简要地介绍了《岩土工程学报》的发展与取得的成绩，如构建了其学术质量管理体系，并提出了新时期学术质量运作模式改革创新的一些举措，以促进《岩土工程学报》提高核心竞争力。

[关键词]　学术质量；管理；运作模式；创新；岩土工程学报

《岩土工程学报》（以下简称《学报》）创刊于 1979 年，由中国科学技术协会主管，中国水利学会、中国土木工程学会、中国力学学会、中国建筑学会、中国水力发电工程学会与中国振动工程学会主办，南京水利科学研究院承办。《学报》经过 30 年的发展，由创刊时的 300 多页的季刊发展为年出版近 2 000 页的月刊。

《学报》的作者和读者群体素质高，基数大，且稳定，稿源丰富，稿件选用的学术质量标准高，多年的稿件平均录用率低于 30%。《学报》的总被引频次连续稳定上升，多年在土木建筑工程类期刊中排列首位，在所有国内的科技期刊中位居前列，《学报》的影响因子多年在土木建筑工程类期刊中排名领先。《学报》2007 年的总被引频次为 2 551，影响因子为 0.761，两项期刊学术评价指标均排列在同类期刊的前几位[1]。《学报》被国内外许多著名期刊数据检索系统收录，其中包括：(1) EI 核心版（EI Compendex）；(2) 中国科学引文数据库；(3) 中国科技论文与引文数据库；(4) 中国期刊全文数据库；(5) 中文科技期刊数据库；(6) 中文核心期刊要目总览；(7) 中国科技论文统计源期刊（中国科技核心期刊）；(8) 中国学术期刊文摘；(9) 中国学术期刊光盘版、中国期刊网、万方网和维普网全文收录。《学报》被《中文核心期刊要目总览》连续多版确认为水利工程类和建筑科学类核心期刊，在 2000 年版和 2004 年版以及 2008 版建筑类核心期刊排名中列首位[2-4]。《学报》得到了有关部门较高的评价和支持：2008 年被评为中国科技精品期刊；2002—2008 年连续 7 年评为"百种中国杰出学术期刊"；2002 年、2004 年和 2007 年连续 3 次荣获江苏省优秀期刊奖；2006—2009 年度连续获中国科协精品科技期刊工程项目资助。

1　《学报》学术质量的涵义

现代市场营销学认为，一个完整的产品应该包括三个层次。核心产品、形体产品和外延产品[5]。作为科技期刊的《学报》是一种特殊的产品，其质量内涵也应包括如下三个层次。(1)《学报》核心产品质量内涵体现在其学术质量上。即：把读者的现有要求和潜在需要结合起来，注意需求个性、多样性及其变化趋势；将社会的现有要求和潜在需要结合起来，注意需求共性、普遍性及其变化趋势。(2)《学报》形体产品质量实际上可以称之为载体质量,主要表现在期刊的总体装帧设计和版式设计上,即科技期刊的编辑质量和出版质量。(3)《学报》外延产品质量主要指期刊的服务质量,包括期刊作者服务质量、读者服务质量和社会服务质量。由于《学报》具有专业性强的特点,协调好编者与审稿专家之间的关系也是其外延产品质量的重要组成部分。

2　《学报》学术质量管理体系的构建

2.1　不断完善学术质量管理体制

《学报》挂靠单位南京水利科学研究院是我国历史最悠久的大型水利类国家非营利性科研院所,具有雄厚的经济实力和学术力量,有丰富的承办科技期刊的经验。《学报》编辑部由南京水利科学研究院组建。《学报》由 6 个全国性一级学会主办,每个学会有相应的专业委员会(学术委员会或分会)直接参与《学报》的撰稿、审稿以及定稿等学术出版活动。《学报》新编委会的产生由各主办单位推荐候选人,经全体老编委投票,差额选举产生。《学报》编委会中有中国科学院和中国工程院院士 10 人。作为 6 个全国一级学会主办的期刊,得到了 6个学会相应专委会会员的支持,也得到了全国同行的支持。《学报》开设了本学科国内最高水平的讲座——黄文熙讲座,讲座的高质量得到了国内同行的广泛认可。

《学报》不断完善了一系列编辑出版管理制度,包括:(1)征稿简则;(2)组稿、选稿、编辑、出版工作细则;(3)稿件选用和退稿标准;(4)稿件发表声明制度;(5)编辑排版细则;(6)出版制图标准;(7)编辑校对流程;(8)编辑出版纠错查错制度和优秀编辑评选奖励办法;(9)优秀论文和优秀审稿人的评选和奖励办法。

2.2　增强开拓创新能力

《学报》具有较强的开拓创新能力,具体表现在以下四个方面。(1)率先建立期刊的专项基金。《学报》建立了《岩土工程学报》专项基金,隶属于周培源基金会,基金的本金达 45 万元人民币,每年周培源基金会资助《学报》出版费用 1.5 万元人民币。《学报》专项基金的建立开拓了我国科技期刊筹集办刊经费的新途径,为科技期刊的发展探索了一条新路子。(2)《学报》1998 年就成功自行开发了编辑部管理系统,积累了大量的稿件、作者、审稿人等的数据记录。2004 年《学报》的编辑部管理系统又成功升级为专业开发的远程稿件采编系统,在办公自动化方面的建设走在同类期刊的前列。(3)《学报》率先差额选举产生编委会成员和有影响讲座的讲座人,为学术民主做出了典范。(4)《学报》实现了科技期刊大众化软件——Word 排版,提高了作者和编辑的工作效率。

3　《学报》学术质量创新运作模式举措

3.1　追踪重大项目、重大工程和学科带头人,组织挖掘优秀稿件

加强重要稿件、优秀稿件的组稿工作。作为精品科技期刊的《学报》要走向世界,必须立足国内,面向世界,瞄准国内外科技前沿课题,建立科学的信息收集系统,积极组织能够占据某学科领域制高点的稿件,发表具有"国际水平"的高水平的学术论文,特别要注意刊发国家自然科学基金及省部级科学基金资助项目、国家知识创新工程和国家重大攻关项目研究成果的论文,不断跟踪本学科领域的国际研究热点和生长点,以保证刊文的前沿性和创新性,

从而全面提高刊物的学术质量。岩土工程学科是一门基础应用学科,它服务于工程实践,产生于工程实践。作为发展中国家的中国,由于改革开放以来的经济快速发展,国家基本设施工程建设量非常大,国家的有关岩土工程学科的科研经费和项目显著增多。据不完全统计,2005 年至 2008 年国家自然科学基金委批准资助的有关岩土工程学科的项目就达 161 个,其中经费达 100 万元以上的有 5 个。国家各部,如水利部、交通部、铁道部、矿产资源部和教育部等每年也批准资助一定量有关岩土工程学科的科研项目。《学报》准备进一步深入调查和了解有关岩土工程学科的重大工程项目和科研项目,掌握项目的建设和研究进展以及取得的阶段性和突破性成果,及时与有关负责人员取得联系,做好组稿工作。

3.2 注意缩短出版周期

期刊出版周期的长短不仅是评价期刊的一项重要指标,而且是作者发表论文选择刊物的一个重要方面,因为这关系到论文的时效性和研究成果的首报权或领先权。国外优秀期刊的出版周期多为 6 个月内,目前我国科技期刊的论文发表周期大多在 1 年左右,有的甚至更长。《学报》已把缩短出版周期作为当务之急,尤其是对于学科发展有导向作用的优秀稿件或者水平很高的研究成果的论文安排提前发表。

3.3 更好地发挥《学报》编委会作用

(1)随着学科和专业的不断分化和发展,岩土力学学科也由经典岩土力学问题发展到现代岩土力学问题,再加上学科交叉,现在岩土工程学科的各个分支已经非常丰富,稿件内容的理论跨度非常大,1~2 个人往往难于把握期刊的所有选题的稿件。为提高期刊的学术质量,《学报》采取常务编委制度,在岩土力学与工程的 11 个方向上选择了 11 名学术造诣高的编委担任常务编委,负责处理相应专业方向稿件的终审定稿工作。实践证明,这一制度的实现较好地发挥了编委的学术领导作用,对期刊的稿件质量起到了很好的学术把关作用,同时也提高了稿件审查的效率。

(2)建立有效的审稿制度。严格审稿制度,对保证《学报》的载文质量至关重要。必须建立一支学风正派、学术水平高、责任心强的审稿专家队伍。应将国际化的学术水平作为论文的评价与录取标准,严把学术质量关。当今科学技术的发展使学科门类的划分越来越细,有些新学科研究课题,国内几乎无第二个单位研究,并由于有"大同行"和"小同行"之分,而编辑部人员的知识范围有限,在送审时稍有不慎,就会把稿件送给"大同行",可能使审稿意见"不到位"。为了避免出现这一问题,可以实行审稿"责任编委制",即由分管学科编委指定审稿人的审稿制度,同时建立审稿人名典,以确保审稿专家的连续性和权威性。

(3)邀请有国际影响的编委,让他们直接参与《学报》的工作。在这方面工作的思路,我们仍然是遵循通过我国台港澳地区学者、外籍华人学者和典型外籍学者逐步深入带动的办法。我国的台港澳地区由于其特殊性,在岩土工程界,这些地区的很多学者的国际影响很大,他们中的很多人已经担任了岩土界国际知名期刊(如英国的 Geotechniqe,美国的 American Geotechnical Engineering Journal,加拿大的 Canadian Geotechnical Engineering Journal 和日本的 Soils and Foundations)的编委或副主编,他们担任《学报》编委后,在《学报》国际化过程中能够起到很好的承接作用。在《学报》历届编委的换届选举中,编委会中有 9 个名额由台港澳三地的学术组织等额推荐。为扩大《学报》的国际影响,2007 年编委会换届时特别邀请了 14 位有国际影响的编委。

3.4 建立《学报》自主电子期刊发布发行平台,提高网络服务水平

与有关的电子期刊服务商合作,为《学报》的电子期刊建立一个自我发布和发行的系统,增加作者使用我刊电子期刊的途径,增加《学报》电子期刊发行推广的方式,以有利于促进《学报》电子期刊的合作,有利于《学报》在期刊市场的竞争。同时注意及时追踪和接受反馈。在进行评价和诊断后,将这些数据、事实、问题及时反馈给相关人员,使他们能够了解到期刊出版质量工作的现状,提出纠正方法或改进措施,使全体人员树立正确的质量观,从而保证期刊质量的不断改进和提高。

3.5 进一步推进扩大《学报》的国际宣传,提高国际影响力

《学报》在被国内外许多著名数据检索系统收录,尤其被美国工程索引 EI Compendex 收录的基础上,加强与国际上和《学报》专业相关的专业数据库的联系,力争扩大收录数据库。通过国际读者查询、阅读这些知名度相对小的数据库,来逐步提高《学报》在国际著名文献检索系统中的数据指标,扩大《学报》的国际影响。

《学报》通过描述性英文摘要可以使摘要能够比较详尽、重点突出地反映全篇论文的主要内容,在一定程度上消除中文版期刊因语言障碍而带来的国际认知度不高的消极影响,逐步提高《学报》的国际影响力。同时完善《学报》英文版网站和英文版远程采编系统,充分发挥其在国际宣传和联系国际读者的作用。

《学报》扩大作者在世界上的分布范围。通过不断加强对国内外合作项目和我国留学人员及在外工作的外籍华人研究课题的跟踪,逐步提高他们论文发表的比例;同时注意发挥《学报》国际编委和港澳台编委的作用,以组织国际稿件,逐步扩大刊文作者在世界各地的分布范围,还适当给与其一定的编辑出版工作,并宣传《学报》,扩大《学报》的国际影响力。

3.6 不断满足读者需求的合理定位系统,继续办好"黄文熙讲座",活跃学术气氛

《学报》的发展离不开读者的支持,了解与研究读者、服务读者、最大限度地满足读者,形成固定的读者群是期刊生存的前提。不同刊物其服务的目标读者群有所不同,这就需要我们将相似需求的顾客划分成不同的目标读者群,并根据读者群的不同找准期刊主要侧重的服务对象。根据读者群需要,设立期刊的栏目以及确定期刊的主要写作风格、价值取向、基本定位,通过这一切形成期刊的风格和特色。一个期刊只有定位准确,并围绕定位进行系统的工作,使科技期刊真正走上"特色+质量"的优势发展道路,才能服务读者,赢得读者。

《学报》开设的本学科国内最高水平的讲座——"黄文熙讲座",得到了国内同行的广泛认可;讲座人通过编委会差额选举产生,讲座文稿在《学报》每年第一期的第一篇刊登。2005年开始同时举办该讲座的学术报告会,2005-2008年每届讲座学术报告会聚集了包括英国、日本、中国等国家在内的同行 200~300 人参加。这些举措加强了业内专家的交流,活跃了学术气氛,同时发掘了不少优秀学术论文,对读者产生了重要影响,如《学报》2006 年发表的李广信教授的"黄文熙讲座"文章下载达 662 次,浏览达 661 次,总访问量达 1 273 次,访问次数位居同类论文的首位和我刊所有论文的首位。

3.7 加强《学报》管理,建立激励机制,组织编辑人员培训,提高《学报》核心竞争力

根据《学报》编辑出版工作的需要设立相应的岗位,实行岗位管理,建立起以目标管理和岗位管理为核心内容的编辑部工作激励机制。

与各行各业一样,科技期刊事业的竞争最终也是人才的竞争。由于各种原因,我国科技期刊出版业中的高水平的人才还是相对缺乏。鉴于我国科技期刊出版的实际和我国目前的总体环境,对我国大多数的科技期刊来讲,引进高水平的科技期刊出版人才是不太现实的。

一方面,这种高水平的人才社会培养少、储备量少;另一方面,科技期刊出版业吸纳高水平人才的条件相对较差。因此科技期刊出版单位自己培养人才应该是主要的渠道。

《学报》这项工作的内容包括:选派我刊的业务骨干参加科技期刊行业协会(学会)组织的研讨班或培训班,学习先进的编辑出版技术和思想;考察知名期刊的发展模式、编辑出版方式和管理经验;选派业务骨干参加有关科技期刊出版研究和教学机构的进修和研究生学习。

4 结 语

《学报》经过 30 年的发展,已经取得了一些成绩,并得到了国家有关部委、协会等的较高评价与支持。《学报》将在此基础上,完善其学术质量管理体系,提高学术质量核心竞争力,力争使《学报》全面学术质量管理更上一个台阶。作为精品科技期刊一员的《学报》在我国改革开放市场中将逐渐步入良性循环的轨道。

参 考 文 献

1 中国科学技术信息研究所.2008 年版中国科技期刊引证报告(核心版)[M].北京:科学技术文献出版社,2008.

1 戴龙基,张其苏,蔡蓉华.2000 年版中文核心期刊要目总览[M].北京:北京大学出版社,2000.

2 戴龙基,蔡蓉华.2004 年版中文核心期刊要目总览[M].北京:北京大学出版社,2004.

3 朱强,戴龙基,蔡蓉华.2008 年版中文核心期刊要目总览[M].北京:北京大学出版社,2008.

4 李生校.市场营销学导论[M].杭州:浙江大学出版社,2005.

论政府监管下的期刊"突击"市场利弊

田 晓 王晓彬 李德芳

(《轻工机械》编辑部 杭州 310004)

[摘要] 出版传媒产业作为文化产业的核心部分,面临文化体制改革压力和机缘。尽管中国政府近年来出台了许多强化期刊管理的措施,却管不住新媒体创业者向科技期刊产业进军的超常规行为。在科技期刊体制改革的压力下,成功的市场化期刊形成规模。通过对无证期刊、有证期刊突破常规管理约束,以各种市场化手段"突击"市场的例证分析,反思此种期刊"突击"市场求生存的现象是"创新"还是"闯红灯",以分清利弊寻找出路。笔者对有利于机制改革和推动出版物市场发展的多元化办刊模式给予肯定,认为政府监管部门应与时俱进,创新管理机制,弱化限制,强化规范,建立出版物市场公平竞争的新秩序。

[关键词] 政府监管;文化产业;科技期刊;创新;管理机制;出版物市场

21 世纪以来,中央及地方科研院所体制改革带来各行业系统主办的专业性期刊由事业化的管理模式逐步转入企业化管理模式,办刊经费也由拨款转为差额拨款甚至取消拨款,完全走向市场独立发展。当此类具备正式刊号的国企期刊初涉市场展示期刊、推销期刊时,却发现许多新媒体创业者已抢占市场半壁江山,并以各种手段占领各大企业广告市场。由于期刊广告市场竞争激烈,所以各办刊者创新机制、各施手段"突击"市场以求生存。以下分析介绍各类型期刊在政府管理下的市场"突击",希有助于科技期刊界的有序管理和发展。

1 文化产业大发展下的压力和机缘

创新机制走市场化路线的科技期刊要付出更多的代价,受到更大的压力,此类期刊比那些一直享受国家拨款的科技期刊更早跨入文化产业化之路,机遇与风险并存,对政府监管者而言,如何创新管理机制去适应期刊产业化的发展,急待决策。

1.1 众多的出版管理条例管不住无证期刊"突击"

自 21 世纪以来,我们国家为促进中国科技期刊界的繁荣和发展,为把握正确的舆论导向、传播科学技术知识、传承优秀的文化传统而出台了一系列通知、办法、条例、规定(表 1)。国家职能部门努力运用综合的经济、法律、行政手段,对越来越社会化的新闻出版活动进行监管,试图维护、规范传媒出版物市场的经营活动。然而许多向出版物市场"突击"的"新媒体科技期刊"不顾其属出版业的"黑户口"——无国内统一连续出版物号的无证期刊,冲击现有管理体制。

在改革开放市场经济日益繁荣的今天,据不完全统计,2006 年全国共出版期刊 9 336 种,其中自然科学、工程技术类期刊 5 068 种,社会科学类期刊 4 318 种。至 2007 年 4 月底,全国期刊总数则迅速增长到 9 468 种,年广告收入也为 10 年前的 6 倍,已达 30 多亿元,期刊业已经成为年产值超过 170 亿元的文化产业。以上统计数仅仅局限于出版行政部门登记在册的期刊数据,实际现状是没有取得国内统一连续出版物号的无证期刊及其他没履行登记的"内部期刊"大量冲击出版市场,它们收取大量的版面费或广告费,乱收费现象严重,并且没有归入出版行政部门的登记管理统计中,使政府对无证期刊的监管处于被动、软弱状态。尤其在各地的大型展览会、技术推广会等公开场所,许多无证期刊编辑部和办事机构在派送、推销或征订自办的期刊。大批印刷精美、加厚页码的无证期刊比合法期刊还显得正规气派,误导和欺骗社会公众,使广大读者和受众误认为是国家批准出版的正式期刊,扰乱了正常的出版物市场竞争秩序。

表 1 科技期刊管理主要文件汇总[1-5]

序号	文件名	发布者	文件号	发布日
1	科学技术期刊管理办法	国家科委、新闻出版总署	第 12 号	1991-06-05
2	出版管理条例	国务院	第 343 号	2001-12-25
3	出版物市场管理规定	新闻出版总署	第 20 号	2003-07-16
4	关于开展规范报刊发行秩序工作的通知	中宣部、国务院、纠风办、新闻出版总署	新出联[2005]14 号	2005-08-28
5	期刊出版管理规定	新闻出版总署	第 31 号	2005-09-20
6	调整科技期刊申报程序和审批办法	新闻出版总署、科技部	新出联[2005]9 号	2005
7	报纸期刊年度核验办法	新闻出版总署	新出报刊[2006]181 号	2006-02-28
8	关于采取切实措施规范报刊发行秩序的通知	中宣部、国务院、纠风办、新闻出版总署、国家邮政局	新出联[2006]6 号	2006-07-31
9	期刊出版形式规范	新闻出版总署	新出报刊[2007]376 号	2007-04-12

1.2 "新媒体科技期刊"全面"突击"抢占市场

"新媒体科技期刊"大都因无法从正常渠道获取合法的国内统一连续出版物号,被逼"闯江湖"走市场化途径。无证期刊发展迅速,某些成功的市场类期刊如鱼得水使尽招数抢市场,主要有 6 种办刊方式。

(1)利用有证期刊,借号一刊多版。如某期刊市场化发展很好,现既有技术版,又办市场版和专辑,还发展成半月刊或旬刊。

(2)国外出版资金进入内地办刊。在未获批准的状况下办刊或合作办刊;利用境外注册刊号在境内非法出版、印刷和发行期刊,大量刊出企业广告。

(3)香港传媒出版企业进入内地办刊。运用变通方式办刊,如借用 ISSN 国际刊号、借用网站广告许可证出版期刊,经营期刊广告。

(4)网站办网刊已成普遍现象。如某些具有一定知名度的网站,没有取得监管部门出版许可证,却转向出版物市场出版专业技术期刊,有一网站甚至出 5～6 刊之多。

(5)广告咨询信息公司办刊。实行多种经营,既办网站又办刊,抢占出版物市场经营大量期刊广告。

（6）各省市行业学会（协会）、相关企业等有办刊的冲动和行为。一些行业系统层层办刊，连续定期出版小册子。如浙江某市塑料机械行业协会编辑出版《××塑机》期刊，又如《塑料机械》是由行业协会主办的内部刊物，都以市场化方式集聚企业广告，成为行业信息传播或采购工具书，广告价随行就市不用向工商广告处登记备案。

游离于政府期刊管理之外的无证期刊如雨后春笋快速生长。在工业范围各行业，如电力、电子、电气、动力控制、自动化技术、塑机橡胶、模具制造、机床、纺织、食品饮料、包装、印刷、五金机械、金属加工、液压气动、电线电缆、信息通讯等等都有无证期刊出版活动。期刊大都在经营广告业务，有的还征订销售，参与各类经营活动。在公共展览、技术推广会如西门子、欧姆龙、三菱公司等大型企业宣传活动中，数目众多的无证期刊都占据主导地位、十分活跃，大有全面"突击"占领市场之势。

2　期刊"突击"抢占市场对文化产业的推进力

有创新意识的科技期刊在体制改革的压力下，恰遇文化产业大发展，国家管理方针虽未变，但实际政府干涉少，处在政府管理部门无为的状态下，使无证或证照不齐的期刊生存环境宽松，发展迅速。

2.1　无证期刊市场化模式成功的启示

进入期刊市场化的领域，可在全国各大型展览会上见到许多技术类、专业类期刊连续参展，推出宣传分送期刊，运用一切手段扩大影响。如《××××资讯》发行方式：免费赠阅、邮寄、服务人员派送、定向用户直投、展会赠送（遵循"逢展必参"的原则，积极参加行业内各大小展览会和研讨会）等。该刊表明：立志将期刊打造成行业内优秀的专业门户网站和权威商情资讯刊物。以上是无证期刊因国家期刊管理法规限制其邮局公开征订发行，而"突击"占领市场的措施和战术。相比之下，公办有证期刊只有少数尝试过出门推销期刊服务企业的方式。

许多工业网站或资讯（信息）、广告公司主动开拓服务项目，寻找大公司如西门子、艾默生、欧姆龙、三菱公司等作为全方位服务对象，联合相关专业学会（协会）开新闻发布会和新产品投放仪式，搞产品宣传网络调查，并在其新媒体期刊上连篇文章介绍（软性广告）和广告版宣传。精美厚重的期刊出版物掩饰了其无证（广告经营许可证）、无号（国内统一连续出版物号或连续性内部资料出版物号）的实质。良好的市场化服务意识赢得了国际大公司中国市场主管们的认可。笔者曾参加某网站期刊操办的上海几次国外著名公司新产品发布会，都获得成功，国外大公司很少看中有证的正式期刊社去承办大型技术推广、产品宣传活动，可见是"新媒体科技期刊"（及网站）在主导市场宣传活动。

新兴的科技期刊虽无证无号，却以其成功的市场化手段抢占了中国大行业的广告市场份额，其集市场资讯与技术于一体的出版模式值得国内吃"皇粮"的企事业类期刊学习和尝试。成功的新模式无疑成为样板，冲击有证合法期刊循规蹈矩的原有格局，激发出产业化动力。

2.2　公办有证期刊创新观念尝试"突击"市场

相对无证期刊的宽松环境，有证期刊受制于各时期出台的管理条例、规定、办法的约束，办妥出版期刊批文号、广告经营许可证、年检以及通过标准计量、出版规范等许多管理程序成为有证期刊必须通过的关卡。现状如下：(1)大部分有证期刊行政事业化传统模式难以突破；(2)受研究院所、高等院校、学会等体制局限，各自为政规模小，可持续发展潜力小；(3)偏离为企业为读者服务观念，缺少同市场接轨的勇气和机制。

然而出版传媒产业作为文化产业的核心部分，势必在改革中冲撞旧机制。21世纪以来，很大部分中央各部属研究院所(后也涉及地方研究院所)由于其体制改革原因，其事业化属性转变为企业化，"身份"突变的压力也影响到科技期刊的办刊经费，面向市场是企业化必须转变的观念，社会上"突击"市场成功的非公办科技期刊的成功经历，启发了公办科技期刊的创新意识。有些期刊已成功地尝试"突击"市场，可归类成4种模式。

(1)以科技期刊所关联的行业、专业为基础，占有本行业市场的技术信息、生产管理、市场信息及广告资源，并拓展到网站、广告信息公司等传媒业全面配合"突击"市场成功。如：《铸造》杂志(月刊中文版)和《CHINA FONDRY》(季刊英文版)、《中华纸业》(月刊)、《低压电器》(半月刊)等杂志类型。

(2)改变科技期刊为作者刊登论文的传统模式，期刊成为宣传企业文化形象的媒体。以高超的市场化操作方式，刊出大量的企业宣传文章(软性广告)或配合刊登文章的企业宣传广告版、供需信息等，成为市场版模式。也有一刊多版搞创收，既出"技术版"也以增刊形式出"市场版"，论文和市场两不误。

(3)某些科技期刊不走经营期刊广告路线，而把刊登论文收取版面费策划成"创收产业"，甚至论文中介创收也成产业。如网上就有《中国教育科学学报》(正规出版物应是《中国教育科学报》)公开高价收论文版面费；笔者也接到过《中国××××》等几种有证期刊的征稿配合要求，许诺成交后有一定利益分成；又如《××××信息》以中文核心期刊、国家一级刊物、重点大学职称学位评定论文发表刊物名义征论文稿，主版位醒目标出吸引投稿者的关键词语：本刊影响因子×××，国际交流刊物，×××收录期刊，××数据源。其投稿须知中明确表明：录用稿件将酌情收取少量版面费，稿费从优等等。了解实际情况为：论文投稿后需13个月后刊出，提前发表论文需交1 500元加急费，加上论文版面费1 500元和审稿费200元，总计一篇文稿收费高达3 200元，如需"稿费从优"者则要另交稿费款。该期刊为旬刊，全年共36期，如按2008年第7期刊出131篇文章推算，全年约可刊4 716篇文章，收获颇丰。光收取版面费就创经济高增长，确是出版者经营期刊"突击"市场成功之道。

(4)走期刊集团联合体之路，解决小期刊社单枪匹马应付出版物市场力不从心的困难。如：中国科学院期刊群、中华医学会期刊群等；又如：中国科技期刊协会冶金分会近5年来组织属下70余种有证期刊(公开发行)走市场化路线，每年选择2次有代表性的钢铁冶金行业大展，以"冶金期刊分会"名义整体参展，其做法得到分会期刊成员认可。其优势明显，好处如下：2008年6月有40多种期刊参加上海冶金行业大展，连成片的协会展位统一布置，规模大，影响也大，各外地期刊无须派人到展会，仅寄期刊样本即可参展，省时省力省钱，充分体现行业协会的服务意识和集团化优势。

无论科技期刊"突击"出版物市场方式是否与现行管理规则有冲撞，或者称为"法无明文禁止即可行"，我们都应正视科技期刊在改制过程中的一种求生存、求突破的产业化尝试，承认期刊创新被社会所接纳的生存要素和其合理性。

3　创新机制，弱化限制，强化规则，公平竞争

长期以来用意识形态的特殊性来掩盖市场属性和商品属性的观念应该彻底抛弃，应贯彻有所为有所不为的方针。针对影响全局的管理政策和突出的问题要重点处理，应有作为，该管的必须细管。要在程序规则、法定化上下功夫，让公众、行业、政府三者沟通知情，互相监督，消除期刊"突击"市场产业化过程中衍生的不良因素。

3.1　科技期刊"突击"市场面临的压力和问题

（1）近几年科技期刊高价收取版面费行为被斥责为集体受贿和不正之风，已反映到科技部部长和新闻出版总署署长面前；2007 年反对者又进一步上告到国家最高领导层，惊动中央领导，造成极坏的影响。

（2）对无证期刊的宽松环境使其同有证期刊的竞争占有绝对优势，当有证期刊被批文号、广告许可证、年检、标准计量、出版规范等许多管理程序卡住，不敢越雷池一步时，期刊市场的空缺都被他人占领。无证期刊无拘无束的办刊手段，源于政府单向管理。紧卡住的是登记在册的合法期刊，放松的是对无证期刊的管理，一松一紧的单向严管对合法出版物有失公正。

（3）纵观新中国成立以来我国期刊管理政策，基本体制及运营方式几乎没有根本性的变化。当今科技期刊的蓬勃发展，科技期刊走市场化的成功即是文化产业迅猛发展的派生物，表达了生产力高速发展的信号，同相对滞后的期刊管理办法即传统的生产关系产生不协调，存在矛盾。出版物的商品属性和市场属性如何同政府新闻出版管理的意识形态属性相协调，是当前出版管理的新课题，应与时俱进有新决策。

3.2　分清利弊，与时俱进，创立宽入细管的新机制

乱收高价论文版面费问题是缺乏全国性统一的收费规范标准造成的。多年来被少数期刊社的高收费扰乱了正常秩序，遭到社会苛责。按 1994 年国家科委经与新闻出版总署协商后作出答复同意这种合理收费法（国科办字［1994］50 号文，针对全国政协八届二次会议1419 号提案，"建议允许科技期刊酌情收取版面费案"的答复），应进一步由政府主管部门按《中华人民共和国价格法》对版面费实行政府指导价或政府定价。不应该让全国政协提案因缺乏具体收取版面费规则而失去了科技期刊出版秩序，使当年政协答复承诺成泡影。

降低门槛，把无证期刊纳入非正式期刊管理范畴，可加设"市场类内刊"等模式，宽入细管改审批制为注册登记制，彻底消除期刊管理中的盲区和真空地带，所有期刊一个不漏地依法监管。随着文化体制改革的深入，对某些依法经营、创市场成功的"内刊"鉴别后存良去劣，引入正道，即正式期刊之道，推动新闻出版事业大发展。

管理者可把无证期刊纳入非正式期刊管理范围，此类期刊都有一定的专业范围，可在本系统本行业本单位内部免费分发。新闻出版行政部门和工商行政部门应实施对无证期刊和有证期刊一视同仁的同步管理，以有利于出版物市场公正与和谐秩序的建立。

4　结　论

随着我国加入世界贸易组织所签订开放条款的逐步解冻，世界经济一体化使中国科技期刊的传统经营模式受到极大的冲击，已在市场经济竞争中完善和发展起来的外国科技期

刊及国内的"新媒体科技期刊"已占领先机,中国科技期刊业如何抓住市场经济转型商机,政府政策行为如何由管理型向指导型转变的课题,已客观地摆在广大期刊出版界和政府主管部门面前。科技期刊的未来发展趋势也必须逐步淡化计划经济时期的办刊手段,增强市场经济的办刊意识和办刊手段。

尽管改革有阵痛,但只要分清利弊、总结经验、强化机制监管,有勇气"突击"市场的科技期刊最终会得到市场的认可,有利于文化产业期刊出版物市场的改革和发展。

参 考 文 献

1 新闻出版总署政策法规司. 出版管理条例[EB/OL]. 2001-12-25 [2008-03-20]. http://www. gapp. gov. cn/cms/cms/website/zhrmghgxwcbzsww/layout3/indexb. jsp? channelId=396&infoId=447334&siteId=21

2 新闻出版总署. 出版物市场管理规定[EB/OL]. 2004-06-16 [2008-03-30]. http://www. cas. ac. cn/html/Dir/2004/12/01/8010. htm

3 新闻出版总署. 期刊出版管理规定[EB/OL]. 2005-09-30 [2008-04-02]. http://www. legaldaily. com. cn/misc/2005-11/30/content_227620. htm#2

4 国家科委,新闻出版总署. 科学技术期刊管理办法 [EB/OL]. 1991-06-05 [2008-04-02]. http://search. most. gov. cn/radar_detail. do? id=133051

5 新闻出版总署. 期刊出版形式规范[EB/OL]. 2007-04-12 [2008-04-02]. http://www. china. com. cn/policy/txt/2007-05/15/content_8254580. htm

以科普活动推进期刊发展的创新之路

谢 飞 马立涛 王新生

（《科学大众》杂志社 南京 210002）

[摘要] 期刊的发行离不开广大的读者，如何让期刊吸引更多的读者，如何让读者喜欢并接受读物，这一直是期刊发展的重点。本文以《科学大众》杂志社贴近学生、贴近课堂、贴近校园，不断探索以科普活动推进青少年科普期刊发展的创新之路为例，就科普活动对期刊发展的影响进行了讨论。

[关键词] 科普活动；期刊发展；创新

《科学大众》自 1994 年于江苏复刊以来，在主管主办单位和省新闻出版局的关心支持下，努力贴近学生、贴近课堂、贴近校园，不断探索以科普活动推进青少年科普期刊发展的创新之路，年发行量从 1995 年的 3.3 万册增长到 2007 年的 276.98 万册，被评为第六届江苏省十佳科技期刊。同时，杂志社荣获江苏省科普工作先进集体、省级机关五好党支部和省精神文明建设工作先进单位称号。

《科学大众》编委会名誉主任，时任省委常委、宣传部长，现任中宣部副部长孙志军充分肯定了杂志社的工作。他在一次来刊社视察时说："《科学大众》办得很好。杂志社连续十几年创意承办中小学生'金钥匙'科技竞赛很不简单。"金钥匙"竞赛影响很大，争取做成品牌，让更多的人了解，让更多的孩子从中受益。"14 年来，《科学大众》的发展得益于杂志社创意承办的"全国中小学生（江苏地区）'金钥匙'科技竞赛"和"科学大众·快乐科学校园行"等科普活动的撬动和推进。这两项活动已成为江苏省未成年人思想道德建设重点管理项目，分别被列入《江苏省未成年人科学素质计划实施方案》和《省政府关于印发全民科学素质行动计划（2007－2010－2020 年）的通知》。

杂志社 1996 年创意承办的"金钥匙"竞赛覆盖全省 40％的中小学校，参赛学生占全省小学三年级至高三学生的 18％，12 年参赛总数达到 1 262.87 万人，成为全国参赛中小学人数最多的一项省级科普竞赛。2005 年创意承办的"科学大众·快乐科学校园行"活动走进 64 所中小学，参与学生近 8 万人。此外，杂志社每年还积极组织"校园电视对抗赛"、"科技教育论文大赛"、"七彩的夏日——暑期未成年人系列活动"、科普夏令营和冬令营等活动。通过系列科普活动，杂志质量和发行量也有较大的增长。

对于科普活动如何推进杂志的发展，总结起来主要有以下几个方面。

1 科普活动促使编辑零距离了解读者的需求，有利于提高办刊质量

杂志的内容、质量，是其生存之本。如何办一本受读者喜爱的刊物，什么样的内容才是

读者喜欢的,这些都需要编辑去深入思考和探索。要想成为一名优秀的编辑,绝对不能闭门造车,想当然地做内容。要做好一本杂志,除了要征求专家的意见外,最重要的一部分还是要听取读者的意见。而科普活动就为编辑和读者提供了一个非常好的面对面的机会。

我们把科普活动带到校园里,带到孩子们身边,把科学课上平面的知识、生活中被忽视的科学用一些简单的小实验展示给孩子们。孩子们是不会作假的,他们对自己喜欢的内容就热情高涨,充满兴趣,而对自己不喜欢的东西从表情上也能看得出来。通过这种观察,我们会发现孩子们最喜欢什么,对什么东西比较感兴趣。而且通过这样一种形式,孩子们与编辑们的关系也近了,即使平时不开口说话的孩子,可能也会微笑着对编辑说出自己的喜好。此外,在科普活动中,编辑部还积极组织学生审读杂志,让小读者对杂志提出意见和建议。

做青少年科学杂志,一定要蹲下身来,用孩子的视角看世界。通过科普活动和审读制度,编辑们更好地把握了读者的第一需求,为办一本受读者欢迎的高质量的读物做好了知识积淀。

2　科普活动扩大了宣传范围,使更多潜在的读者了解并认可杂志

现在青少年科普期刊市场同质化现象日益严重,竞争激烈,加之作为主要读者群的学生购买力不强,如何最大范围地接触到潜在读者,得到他们的认可并吸引他们,便成为杂志急需考虑的问题。科普杂志为读者展现的是平面的知识,而科普活动却可以延伸杂志的功能,将平面知识立体化。而立体化的东西似乎对读者更具有吸引力。

《科学大众》每年承办的全国中小学生(江苏地区)"金钥匙"科技竞赛,均有上百万学生参加。杂志社充分利用这次机会,制作内容精美的《科学大众》专辑,通过专辑,让参赛选手了解《科学大众》,让这些潜在的受众通过阅读而爱上《科学大众》,成为杂志的忠实读者。

此外,杂志社充分利用"金钥匙"的吸引力,制定了一些鼓励措施,如:凡订阅全年《科学大众》的学生,自动成为"金钥匙"科技竞赛选手;"金钥匙"竞赛的内容,部分来自常年杂志等。这些举措也吸引了读者。

通过科普活动,学生主动订阅《科学大众》,推进了期刊的良性发展,同时提高了学生的科学素质,受到社会的认可和支持,使得杂志社社会效益和经济效益双丰收。

3　科普活动为科学课提供教学资源,使杂志成为新课程辅导工具

从 2002 年起,学校增加了科学课和综合实践课。科学课程资源不足,很多老师比较困惑。《科学大众》杂志社通过科普活动,为老师提供了更多的教学资源。

比如"快乐科学校园行"活动,每年除了几场比较大型的活动外,每个月还有一到两场小型的活动。每期的活动主题也不一样,光的、电的、声的、电磁的,紧密贴合《科学》教程。如讲到声音的时候,专家为孩子们展示了很多声音实验:用嘴吹空瓶子和有水的瓶子,声音不一样;瓶子里水多水少,敲打起来声音不一样;用树叶也可以吹奏美妙的音乐;敲击音叉,音叉震动就能听到声音,震动停止,声音停止;用沾有松香的手在空心铝管上有规律地摩擦,会听到刺耳的声音;甩动洗衣机的进水管和出水管,演奏出来的音乐又有不一样的感觉……这些实验看起来很简单,实验器材也很容易找到,就是一些老师想不到。看到我们的展示,

很多老师都非常感兴趣。都说："呀！科学课这样上孩子们就感兴趣了！这些实验确实很精彩，我们怎么就没想到呢!"还说，下次也把这样的实验搬进自己的课堂。

为了让更多的老师和孩子了解这些活动，杂志还专门开辟了"快乐科学校园行·做中学"栏目，把实验内容整理后刊登在杂志上，并且写上"相关链接：苏教版《科学》第×册第×单元，×××主题"。这样就更方便老师和学生在学到这些内容的时候使用。

这些方式使杂志离学生更近了，并且在老师、学生群体中产生了深远的影响。

4　科普活动成为新形势下转变杂志发行模式的有效途径

《科学大众》读者主要集中在学校，过去都是靠系统发行。一费制后，尤其是从 2005 年以来，《科学大众》的发行模式渐渐从系统发行向直销式发行转变。如果进不了校园，就根本没有机会让我们的潜在读者了解我们的杂志，更谈不上发行了。随着国家整治乱收费的管理政策越来越严格，很多学校干脆就把所有的刊物拒之门外。而杂志社承办的"金钥匙"科技竞赛和"快乐科学校园行"等活动，就成为走进学校的"门票"。

当我们的发行人员拿着一份科普活动手册到学校的时候，学校的态度就有了很大的变化，搞活动学校还是很欢迎的，并且学校没有的专家资源、实验器材我们都有，老师没有想到的实验方法我们却有。发行人员和学校老师有了科普教育的共同话题，联系更加紧密；学生通过活动加深了对杂志内容的了解，发行的局面也就打开了。

十年磨一剑。《科学大众》取得的荣誉已经成为过去，它将鞭策我们再接再厉，不断提高刊物和科普活动的质量，为提高未成年人的科学素质、推进未成年人思想道德建设做出更大贡献。

第三部分

编辑学与编辑工程

科技期刊创新与编辑学理论研究 *

钱俊龙 谢 燕 许 云 丁玉薇 熊樱菲 潘小伦

（上海博物馆《文物保护与考古科学》编辑部 上海 200050）

[摘要] 创新是推动科技发展的动力，也是推动科技期刊发展的动力，所以"创新"是科技期刊工作者议论的永恒主题。通过对上海地区六个期刊编辑单位的创新调查，明确了科技期刊创新的内涵和外延。科技期刊创新主要涉及"观念创新、内容（学术）创新、管理创新、营销策略创新、人才战略创新和传播创新"等。从创新调查中引出了对科技期刊编辑学理论研究的思考：一是能否从调查的创新经验中总结和提升出理论，以丰富编辑学理论；二是能否用现有的编辑学理论来解释创新事实，以指导编辑工作实践。网络信息计量学的应用，科技期刊的科学发展，将促进科技期刊编辑学研究的新进展。

[关键词] 科技期刊；编辑学；信息计量学

创新是推动科技发展的动力，也是推动科技期刊发展的动力，所以创新是科技期刊工作者经常议论的永恒主题。从科技期刊发展史的视角，通过文献调研[1]已得出"科技期刊创新的涵义"。为探讨科技期刊创新的内涵和外延在编辑部实际工作中的体现，作者在上海地区选择上海光机所联合编辑部、上海生科院《细胞研究》编辑部、上海电机学院《电世界》编辑部、上海计算所《计算机应用与软件》编辑部、上海纺织研究所《印染》编辑部、上海药物所《家庭用药》编辑部进行了调研。

1 科技期刊创新的涵义及六个单位调查概况

创新是科技期刊发展的第一原动力，正是不断创新推动着科技期刊的不断发展。因此，创新是科技期刊工作者的永恒主题。 科技期刊创新的涵义是什么？文献[1]对此作了详细的解读："科技期刊创新是指对科技信息的产生、采集、鉴审、加工、传播和使用中创造的，能推动科技期刊发展的，有生命力的新的理念、方法和手段。"科技期刊创新涉及"观念创新、内容（学术）创新、形式创新、管理创新、载体创新、编辑加工创新、营销策略创新、人才战略创新和传播创新"。这是从科技期刊发展史的视角通过文献的调研得出的结果。那么，编辑人员如何在实际的编辑工作中体现科技期刊创新呢？我们带着这个问题，对上海地区6家编辑部进行了调查。这六个编辑部出版的期刊包括学术期刊、技术期刊和科普期刊。我们试图

---

* 上海市科学技术协会资助课题（沪科协[2007]194 号-1）；中国科学院自然科学期刊编辑研究会支持课题.

从不同类型的期刊编辑部中了解和研究它们的创新内容,总结它们的创新经验和亮点,并力求使实际经验提升为理论,从而充实、丰富和验证科技期刊编辑学的理论。理论研究的目的是要为实践服务,并能指导实践工作,因此,我们也试图用科技期刊编辑学的现有理论来分析调查的结果。六个单位科技期刊创新调查概况见表1。从表1可看出,六家单位的科技期刊创新主要体现在观念创新、内容(学术)创新、管理创新、体制创新、人才战略创新、传播创新等方面。

表 1　六个科技期刊编辑部创新调查概况

被调查单位	刊物数	刊物类别			创新调查内容						
		学术	技术	科普	体制	观念	内容	管理	营销	人才	传播
上海光机所联合编辑部	4	4	0	0	√	√	√	√	√	√	√
上海生科院《细胞研究》编辑部	1	1	0	0	0	√	√	√	0	√	√
上海电机学院《电世界》编辑部	1	0	1	0	√	√	√	√	√	0	0
上海计算所《计算机应用与软件》编辑部	1	1	0	0	√	√	√	0	√	√	√
上海纺织研究院《印染》编辑部	1	0	1	0	√	√	√	√	√	0	0
上海药物所《家庭用药》编辑部	1	0	0	1	√	√	√	√	√	0	0

注:"√"表示调查时有明确的结果

2　六个单位科技期刊创新的亮点

2.1　体制创新

表1显示,所调查的6个单位中,已有5个体制发生了变化,已转为独立经营的企业化运作。其人员工资待遇、办刊经费全靠编辑部自己解决,而有的还要上缴可观数额的经费,如《印染》、《计算机应用与软件》。他们的经济来源主要靠创收,包括发行收入、广告收入、专题论文集和专著收入、版面费收入、多种经营收入,还包括基金的资助。正是在经营性观念指导下,为了搞好经营,上海光机所还通过中国科学院及新闻出版总署批准成立了独立法人单位《中国激光》杂志社,为进一步开展经营活动创造了条件,为向产业化发展打下了基础,也为学术期刊的经营作出了示范。

2.2　管理创新

6个单位管理创新的措施主要体现在以下几个方面。(1)人力资源管理。这些单位在管理上都采取了一系列措施,充分发挥人的作用。如《家庭用药》、《电世界》等把个人业绩与收入挂钩,从而激发了大家工作的积极性;上海光机所建立了岗位聘用制,实行岗位津贴,为发挥人员积极性提供了平台;《电世界》、《家庭用药》等规定,非广告人员参与广告业务可提成,这为扩大广告创造了条件。(2)使用网络进行管理。六个单位都建立了自己的网站,都有远程投稿、审稿、编辑排版管理系统。通过这个系统的运行,提高了效率,节省了经费,改进了质量。特别是上海光机所建立了中国光学期刊网络联盟,实行共同征订、共同宣传、共同征求广告等,为科技期刊走向集群化发展打下了基础。(3)"三驾马车"管理模式。如《细胞研究》由主编、常务副主编、编辑部主任三驾马车把关:编辑部主任把送审和校对(三校)关,常务副主编把送作者修改及修回论文关,主编把总关。(4)设立"地区编委"。如《细胞研究》在国外设立"地区编委"。他们不仅要起编委的作用,而且起到编辑部成员的作用,实际承担着大量的编辑部在国内难以做到的工作。(5)稿件处理编委(或主编)负责制。如上海光机所由编委负责稿件的审核及录用,上海计算所由主编负责稿件的审核和录用。

2.3 营销策略创新

营销策略创新可以说是百花齐放,各显神通。但有一条是共同的,均为实现经济效益的最大化而努力奋斗。

2.3.1 正确的市场定位

市场定位要依据自身的特点及对读者市场的调查和预测,定出自己刊物的主要读者群。如《电世界》把读者群定位于中级技术人员,从而使自己的读者群很大,达到了发行和广告量的双丰收。为此,他们明确提出不追求"核心期刊"的方针,不按核心期刊要求处理编辑工作,而是按市场的调查结果办事。事实上证明,这种定位是正确的。又如《印染》杂志更是作了受众定位、区域定位、内容定位、营销定位等[2]规定,从而创造了读者、市场、经济的三丰收。

2.3.2 独特的"捆绑式"营销策略

科技期刊如何营销一直困扰着科技期刊的经营者,在这方面,所调查的几个单位的做法给我们的启示是,要按自己的实际情况制订营销策略。如《家庭用药》所实行的"捆绑式"营销策略具有自己的特色。众所周知,在国际上,图书期刊订阅有"捆绑式"销售订阅,即把某一类期刊一起订阅,不能拆零订阅,有的甚至于要把整个数据库一起订阅,以达到利润的最大化。《家庭用药》首创了"捆绑式"广告经营,即广告客户要刊登广告,除应付广告费外,还需以合同的形式订购数量可观的刊物(刊有其广告的那一期),无偿地送给读者,如病人、医生及相关人员。这样做扩大了读者群,扩大了发行量,扩大了经济收入。

2.3.3 先进的网上订阅模式

如上海光机所在上海科技期刊界首次推行的网上(中国光学期刊网)集体订阅模式,既扩大了影响,又扩大了订户。因是专业网站,普遍受到国内外专业学者、读者的重视。

2.4 观念创新

科技期刊创新主要指新的理念、方法和手段。如果科技期刊编辑人员没有创新的理念,则新的方法和手段就不会出现。因此,观念创新是所有创新的基础和首要问题。正确的创新理念决定了刊物的发展方向。

2.4.1 "发展是硬道理、做大才能做强"

这种观念引导上海光机所改革创新深入发展。面对市场经济,是增加人员发展壮大,还是小打小闹,他们提出"发展是硬道理",只有靠发展才能解决问题,于是决定增加人员,以发展求胜。又如,办精品期刊,是小而精还是大而强,他们认为只有"做大才能做强",要做大做强。因而,他们的人员已从 16 人发展到 31 人,发展成具有编辑部(四个刊物)、出版部、发展部、情报网络部的《中国激光》杂志社。

2.4.2 高起点——向国际化期刊努力

《细胞研究》从 20 世纪 80 年代创刊时,就有一种观念,起点要高,要办一本国际性期刊[3-4]。在中国改革开放的初期就有这种理念是非常难能可贵的。编辑部经过孜孜不倦的努力,取得了丰硕成果。目前,《细胞研究》已成为国际著名期刊 Nature(《自然》)的系列期刊之一,跨入了国际性期刊的行列,其 2007 年的影响因子(4.217)位居亚洲第二。

2.4.3　由市场定位——不谋求"核心期刊"

大家知道,核心期刊是通过文献计量学的方法算出来的,具有一定的科学性。核心期刊受到行业或专业领域内科技人员的重视,也受到图书情报人员的重视。被评为核心期刊后,对提升期刊的知名度,吸引优质稿源,对作者的升职和职称评定都有好处。因此,不少期刊都努力争取成为核心期刊。但《电世界》通过市场调研后却反其道而行之,不谋求核心期刊,而由市场来决定,来定位。结果他们赢得了读者、赢得了市场。

2.4.4　市场决定出版——三个市场理论

《家庭用药》牢固树立市场决定出版的理念,细化三个市场:读者市场、专家市场、企业(广告客户)市场。由于对三个市场进行了充分仔细的调查,了解了读者市场和企业(广告客户)市场的需求,然后充分发挥专家市场专家们的作用,把适合读者和企业需求的内容发布和出版,他们运用期刊的"整合营销传播"理论[5]来指导实践,取得好的效果。这样既抓住了读者,又抓住了企业,还稳定了专家队伍。从而扩大了发行量,扩大了广告量,增加了收入,具有明显的社会和经济效益。

2.5　内容(学术)创新

内容(学术)创新是办好期刊的基础,因此,每种期刊都在内容创新上下功夫,努力把刊物办出特色。所调查的期刊都在这方面进行了努力,它们既有共性,也各具特点。(1)出版专题论文集或专辑。无论是学术期刊,或是技术期刊,还是科普期刊,都对学科的发展情况进行了解和研究,从中找出学科发展的前沿、热点;同时,对读者市场进行调查和研究,从中了解读者兴趣及关注的热点。然后组织学科前沿稿件进行专题报道,或设专栏进行报道,或出版专辑,或针对读者关心的热点问题进行专题组稿,发表专题论文,出版专题论文集。对学术期刊来说,抓住了学科前沿,提高了期刊学术质量;对技术和科普期刊来说,抓住了读者,扩大了发行量,也抓住了广告,产生了较好的经济效益。(2)特色品牌专栏。刊物要有自己的个性,即自己的特色或品牌,才能吸引读者。如《电世界》的"读者信箱"栏目,以其良好的实用性和服务性而成为整个杂志安身立命的基础[6],几十年来经久不衰,深受读者的欢迎;上海光机所《中国激光》的 Review 文章,是学科最新动态的追踪,对研究者特别是研究生起到非常重要的引领作用,成为该刊的一个标志和品牌栏目;《印染》(半月刊)每月有一个行业热点的主题,吸引相关专业人士的关注,取得很好的效果;《家庭用药》除遵循科普期刊的文章要"通俗易懂"外,为了吸引部分读者,还开办了"浅中有深"的专题或专栏,成为区别于其他科普期刊的一种特色。

3　由创新调查引出的对科技期刊编辑学理论研究的思考

3.1　创新同样是科技期刊编辑学理论研究的动力

从创新调查引出的对科技期刊编辑学理论研究的思考有两层意思:一是从科技期刊创新的经验中能否总结和提升出一些理论的东西,来充实丰富科技期刊编辑学的理论;二是现有的科技期刊编辑学理论、方法、观念能否用以解释科技期刊创新的事实。众所周知,科技创新是推动科技发展的动力,科技期刊创新是推动科技期刊发展的动力,而研究科技期刊编辑活动规律的科技期刊编辑学同样要从科技期刊的创新中得到发展的动力。首先要观念创新,如果没有科技期刊人员的创新思维,就没有科技期刊的创新;同样,没有科技期刊编辑学研究人员的创新思维,就没有科技期刊编辑学理论研究的发展。

3.2 从科技期刊创新调查中总结出的科技期刊特有的编辑规律

3.2.1 科技期刊特有的编辑规律之一——"共荣共衰"规律

对编辑规律的研究是编辑学研究的重点之一,科技期刊的产生和发展源于近代科学技术的产生与发展。正是科学技术发展的多样性、多学科性,才产生了科技期刊的多样性,如学术期刊、技术期刊、综合指导类期刊、检索类期刊、评论性期刊等。随着科学技术的发展而产生的各类专业学科的增加和细化,各种专业的科技期刊相应产生和发展。所以,从编辑学的宏观视角看,科技发展与科技期刊发展的关系是共同发展(或称"共荣")的关系。

科学的发展是遵循"加速—饱和—更大加速"的阶梯形指数规律发展的[7]。"饱和期"即"非常时期",此时,科学成果数下降,与之相应的科学文献量也减少,也按阶梯形指数规律发展[7]。文献数量的减少,表现在期刊数量的减少和论文数的减少两个方面。从编辑学的视角看,此时的科技发展与科技期刊发展的关系是共同减少(或称"共衰")的关系。

3.2.2 科技期刊特有的编辑规律之二——"互映互促"规律

从所调查的科技期刊创新情况可知,不管是学术期刊,或是技术期刊,还是科普期刊,它们刊登的论文,都反映了国内外科技发展的状况及科学知识传播的情况。科技与科技期刊是互相映证和互相促进的,即"互映互促"的。从文献计量学和信息计量及科学计量学[7-9]的角度看,科学技术的信息量(科学技术发展的反映)是由文献量来反映的。科学技术的发展水平是由科技期刊所刊登论文的学术、技术水平来映证的。科技期刊及时发表反映优秀的科技成果的论文,使其在世界范围内传播,促进了科技的发展,也为促进科技成果转化为生产力创造了条件。反之,在科技发达的国家或地区,论文产出的数量多、质量高,从而促进了科技期刊的发展。所以可以说,科技期刊与科学技术的关系是相互映证和相互促进的,即"互映互促"的规律。

3.3 "科技信息"是科技期刊编辑学的研究对象之一

所调查的单位都重视针对学科发展的前沿、热点以及读者所关心的科学知识组织稿源,出版专辑或发表有关专题。这样做是对"科技信息"不断跟踪研究的结果。文献[10]曾对科技期刊编辑学的研究对象作了阐述,指出科技期刊编辑学的研究对象包括三方面内容:科技信息、知识的产生和发展规律;科技期刊编辑活动的发生、发展和演化规律;科技期刊编辑与社会关系间相互作用的规律。科技期刊编辑应该研究科技信息、知识的产生和发展规律,并运用于编辑实践中。

4 科技期刊的发展促进了科技期刊编辑学研究的发展

科技期刊的发展包括了丰富的内涵,它涉及科技期刊的国际化,科技期刊工作的现代化,科技期刊的数字化出版与网络平台建设,科技期刊的现代管理制度,科技期刊的体制、机制创新,科技期刊复合型人才战略等。科技期刊的发展必定会推动科技期刊编辑学研究的发展。

　　所有被调查的单位都有自己的网站。它们都在利用网络为科技期刊工作服务。科技期刊出版已进入网络时代,因此,要研究网络时代科技期刊的特点和编辑规律,从中找出新问题、新规律,从而推动科技期刊编辑学研究的发展[11-14]。

　　我们要研究网络技术对科技期刊工作的影响,研究网络时代科技信息的产生、采集、鉴审、优化及传播等方面的特点和规律,重视网络信息计量学[8]的研究和运用。"网络信息计量学"是采用数学、统计学等定量方法,对网上信息的组织、存储、分布、传递、相互引证和开发利用等进行定量描述和统计分析,以揭示其数量特征和内在规律的一门新兴的分支学科,是信息计量学一个新的发展方向和重要的研究领域,具有广阔的应用前景。因此,探讨网络信息计量学在科技期刊工作中的应用,将是科技期刊编辑学研究的一个新领域,也将为编辑学的理论体系和应用研究带来新的发展。

参 考 文 献

1　钱俊龙,谢燕,熊樱菲,等.科技期刊创新的历史轨迹及其内涵与外延[J].中国科技期刊研究,2008,19(4):523-527.

2　沈安京.技术类期刊的市场定位[G]//上海市科技期刊编辑学会.科技期刊发展与导向(第五辑).上海:上海科学技术文献出版社,2005:40-45.

3　钱俊龙,熊樱菲,张爱兰.国际化——学术期刊的必由之路[G]//上海市科技期刊编辑学会.科技期刊发展与导向(第四辑).上海:上海科学技术文献出版社,2004:39-45.

4　张爱兰.中国学术期刊国际化办刊初探[J].中国科技期刊研究,2003,14(科技期刊国际化和网络化研究专辑):758-760.

5　黄慧飞,郑芹珠,侍茹.浅谈期刊的整合营销传播[G]//上海市科技期刊编辑学会.科技期刊发展与导向(第五辑).上海:上海科学技术文献出版社,2005.

6　剑萧.软实力的象征[N].新民晚报.2007-05-06(13 B).

7　邱均平.文献计量学[M].北京:科学技术文献出版社,1988.

8　邱均平.信息计量学[M].武汉:武汉大学出版社,2007.

9　(荷)洛埃特·雷迭斯多夫.科学计量学的挑战[M].乌云,黄军英,王玲,等译.北京:科学技术文献出版社,2003.

10　钱俊龙,谢燕,熊樱菲,等.科技期刊编辑学研究对象[M]//中国科学技术协会.科技期刊创新与发展.北京:中国科学技术出版社,2007:481-485.

11　钱俊龙,谢燕,许云,等.网络环境下的科技期刊编辑学研究[J].中国科技期刊研究,2009,20(5):819-824.

12　曾建勋.中国科技期刊网络化发展的现状与走向[M]//中国科学技术协会.科技期刊创新与发展.北京:中国科学技术出版社,2007:18-25.

13　戴有理.数字化时代科技期刊发展刍议[G]//上海市科技期刊学会.科技期刊发展与导向(第六辑).上海:上海科学技术文献出版社,2007:121-127.

14　顾晗彬.因特网——国内科技期刊发展的新机遇[G]//上海市科技期刊学会.科技期刊发展与导向(第二辑).上海:上海科学技术文献出版社,1999:74-76.

我国科技期刊编辑史

谢 燕 钱俊龙 熊樱菲 潘小伦

（上海博物馆《文物保护与考古科学》编辑部 上海 200050）

[摘要] 对科技期刊编辑史的研究是科技期刊编辑学研究的基本内容之一。科技期刊的诞生及发展是科技发展的结果。国际上最早的科技期刊是 1665 年英国的《哲学汇刊》和法国的《学者杂志》。国内科技期刊的诞生较国际上晚了一个世纪以上，国内最早的科技期刊当属 1792 年的《吴医汇讲》。它经历了初创期、发展期、衰落期（解放前）和新生期（解放后）。科技期刊的发展经历着从纸质媒介到电子媒介的发展，从纸质媒体向网络媒体、手机媒体的发展。编辑学的理论研究和学科创建是中国编辑界的首创。中国最早的编辑学著作当推 1949 年李次民的《编辑学》，而第一本科技期刊编辑学著作当推 1990 年胡传焯的《科技期刊编辑学》。而科技期刊编辑学也经历着向网络编辑学和新媒体编辑学的发展。

[关键词] 科技期刊；编辑史；科技期刊编辑学；新媒体；手机；网络；网络编辑学

科技期刊于 1665 年首先在欧洲问世，至今已有 300 多年的历史。本文着重简述了国际科技期刊的产生背景以及数量、类型、传播方式的变化和发展。在此基础上介绍了我国科技期刊的产生背景和发展，以及我国科技期刊编辑学著作的产生及发展。

1 国际科技期刊的产生背景和发展

1.1 国际科技期刊的产生背景

科技期刊是随着近代科学的发展而产生的。国际科技期刊萌生于 17 世纪，发展于 19 世纪，在 20 世纪走向繁荣。西方在 14 至 16 世纪爆发了伟大的文艺复兴运动，这场运动为自然科学的发展扫除了障碍。文艺复兴运动和英国资产阶级革命的胜利，使自然科学的发展进入了近代时期。16 世纪以后，西方逐步建立了由科学理论、科学实验和技术三者之间相互依赖、相互促进的近代科学技术结构，出现了加速发展的趋势，并一跃成为世界科学的中心。科技期刊就是在这样的背景下 1665 年首先在欧洲问世[1]。

文艺复兴运动后，科学家们纷纷组织起来开办讲座，进行广泛的学术交流活动，群众性学术团体应运而生。欧洲最早的科学团体是 1560 年在意大利由波尔塔创建的"自然奥秘学会"，1603－1630 年意大利科学家成立了"山猫学会"，伽利略获邀加入了该学会。随后于 17 世纪中叶意大利成立了"契门多科学院"。1660 年英国"促进物理教学的实验科学学会"成立，后定名为"英国皇家学会"。随后众多的学术团体相继出现。学术团体的兴起是科技期刊诞生的重要前提[2]。

在科技期刊问世之前，书信交往一度成为科学家之间学术交流的重要手段。但是私人通信所能交流和传播的范围极其狭窄,而且难以解决科研成果的优先权问题[1]。为了能在更广泛的范围内了解和推广新的发明创造,1661 年,英国皇家学会会长 S. R. 莫理首先提出"通过期刊传播科学情报"的概念。1662 年莫雷首次提出创办一种公开大型出版物的设想。1663 年法国王朝历史学家 F. 梅齐拉也曾提出创办期刊的意向,并获得了创办文学—科学期刊专利权,但由于各种原因,未能实现。1664 年法国议院参事 D. 萨罗正式向国王路易十四提出创办期刊的建议,1664 年 12 月他拟创办的《学者杂志》(Le Journal des Scavans)(1665—1792 年)获得注册出版,1665 年 1 月 4 日出版了第 1 期周刊。据称这期共 20 页,有10 篇文章和几封书信[1]。该期刊提供欧洲出版的图书目录,刊登名人卜闻及他们的成就,记录化学与物理方面的成就,以及文艺、科学的发现与发明、民事与宗教法庭的裁决,向读者报道最近发生的事情。该刊首次在刊名中采用 Journal（期刊）一词,被许多专家认为是世界上第一份真正的期刊。它还创立了世界上第一个由科学家组成的编委会,以协助编辑评审稿件,并形成了期刊同行评审体制的雏形。当时创办的目的是为了"满足好奇心"和"不用花费多大力量就能得到东西"的一种手段"[3]。

相差仅仅两个月,1665 年 3 月 6 日英国皇家学会在伦敦创办了《哲学汇刊》(Philosophical Transactions of the Royal Society)(1665—)。它与法国的《学者杂志》被公认为世界学术期刊的鼻祖。该期刊是真正以学术交流为主,内容主要为报道学会成员所做的科学实验,发表与欧洲同行之间的消息等。英国皇家学会是为推动自然科学和应用科学发展而设立的独立的英国国家科学院。它创建于 1660 年,是由英国国王查理二世于 1662 年授予的第一个自治的学术团体,而且它还是一个注册的慈善基金机构。《哲学汇刊》在 1776 年更名为《英国皇家学会会刊》,现名为《伦敦皇家学会哲学汇刊》。它主要发表"世界各地有创造才能者"进行探索和研究的文章,具有较高的科学价值和学术交流价值。连续出版至今,是世界上连续办刊时间最长的期刊。

这两种科技期刊相继问世之后,由于它们能及时报道科学上的最新发现,又能在更广泛的范围内传播和交流,在西方各国科学界引起很大反响[1]。意大利、德国、俄国和美国相继出版各自的科学技术期刊,由于当时处于期刊萌芽时期,所以科技期刊的发展速度缓慢[4]。严格地说,这一时期刊登的文章既缺乏严格的论证,也缺乏理论上的推导,大多是一些观察报告或实验说明,远不是现代意义上的学术论文[1]。

1.2　国际科技期刊的发展

1.2.1　数量变化

18 世纪 60 年代,出现了人类文明史上第一次技术革命。由于自然科学理论的发展和技术上的重大突破,人们对科技情报信息的传播有着迫切要求,这推动了欧洲编辑出版事业的兴起[5],同时产生了出版商、书商、印刷商的专业化分工,进而促进了科技期刊的发展。世界上最早的专业性科技期刊是 1787 年在英国创刊的《库尔提斯植物杂志》[4]。1789 年,法国出版了第一本专业杂志《化学记事》[4]。18 世纪末,仅科技期刊出版已有 755 种,学科涉及到医学、化学、物理学、植物学等各个领域。科技期刊有零散向正规、由萌芽向成熟阶段过渡。

19 世纪 70 年代,出现了第二次技术革命[5],人类进入电气化时代和内燃机时代。科学技术的进步有力地推动了科技期刊的发展。科技期刊作为传播科技信息的媒介体,对社会影响越来越大;行业化、专业化、学科化期刊遍布各个领域,期刊数量迅速增长;世界上有影响的期刊也逐渐增多,如美国的《费城自然科学院院报》、英国医学期刊《柳叶刀》、德国的《地质与古生物学年鉴》、日本的《药物杂志》等。专业科技期刊的相继问世,使世界科技期刊品种的数量已达到 1 000 种[4]。到 19 世纪末,世界科技期刊已达 1 万种[5]。

20 世纪 40 年代进入了人类文明史上第三次技术革命,特别是第二次世界大战后,由于文教、科技事业的迅速发展,导致期刊品种及数量不断增加[5],科技期刊进入兴盛时期。以美国《化学文摘》报道文献量的变化为例,第一个百万条历时 40 年(1907－1946 年);第二个百万条历时 14 年(1947－1960 年);第三个百万条历时 7 年(1961－1967 年);第四个百万条历时 4 年(1961－1967 年);第五个百万条历时 4 年(1972－1975 年);第六个百万条历时 3 年(1976－1978 年);第七个百万条历时 2 年(1979－1980 年);第八个百万条历时 2 年(1981－1982 年)。从中不难看出文献数量的增长之快。医学界最早的期刊是 1823 年英国创办的《柳叶刀》,到 20 世纪 70 年代,由于医学科学的发展,医学期刊已达 6 000－9 000 种之多。目前世界出版每年至少在 1 期以上的期刊,总计达 10 万种[5]。

美国科技史家 D. 普赖斯 1949 年在他的《巴比伦以来的科学》中对科技期刊增长情况作了统计分析,发现科技期刊自问世以来呈指数增长,并得出了著名的普赖斯曲线。

20 世纪以来,科学技术的迅猛发展对科技期刊的种数发生直接的影响。据英国《世界科学期刊目录》的统计,1921 年科技期刊有 24 028 种,到 1960 年增加到 59 961 种。40 年的增长数大大超过科技期刊创刊以来 235 年之总和[1]。

1.2.2　类型变化和发展

18 世纪 60 年代,随着科学的不断分化,科学家们开始在越来越窄的科学领域进行探索,逐渐变成某一学科领域的专家。不同学科之间由于研究的对象、方法和理论各有不同,相互间能够交流的内容越来越少。原来的一些科学社团已不能适应不断产生的各种专门化知识的洪流,在法国、英国、德国及其他地方纷纷建立了化学、物理学、天文学、地质等各种学会,并出版了适合各自专业的期刊。世界上创办最早的专业性期刊是 1778 年德国的《化学杂志》[1]。到 18 世纪末,由于科技的发展,人文科学向自然科学的演变,学科的分化,期刊则由综合性向单科性、专业性分化。从此,科技期刊进入了专业化发展时期。

19 世纪,随着期刊种数的增多,要想了解和应用这些最新的科学技术成果,就必须阅览大量的期刊,而这需要耗费大量的精力和时间,特别是在学科越分越细的情况下,这将非常困难,从而促进了文摘、索引、评论、综论和辑要等类型的检索期刊应运而生。19 世纪初,不仅有人专门从事检索期刊的编辑出版工作,而且也有了专门的出版机构。检索型期刊最初都是由德国人编辑出版的,包括 1807 年创刊的《地质学和古生物学文摘》和同年创刊的《矿物学文摘》,以及在 1830 年创刊的《药学文摘》(后更名为《化学文摘》)。随后,世界各国相继出版了各种文摘期刊,如英国的《科学文摘》、美国的《工程索引》、法国的《文摘通讯》、苏联的《文摘杂志》、日本的《日本科学技术文献速报》和荷兰的《医学文摘》等[1]。1848 年起出现了目录索引和题录索引期刊。以题录、目录及文摘形式出版的刊物都属于检索类期刊,能较全面、系统地报道近期国内外科学技术领域内的新成就和发展趋向,是检索科技信息的重要工具[1]。各类检索类期刊被统称为"二次文献"。文摘类期刊的特点是收录的文献资料范围广,报道速度快。由于文摘期刊(包括电子出版物)将大量的文献搜集、摘录并按类编排,因此文摘也是研究有关领域发展动态的主要依据之一。期刊种数的增多,出版的分散以及文献内容的交叉,即使同一学科的文献也往往分散在国内或国外的多种刊物上,造成文献的离散。这种离散使科学家难以了解某一学科研究进展的全貌。为了使科学家能及时了解某一学科科研的进展情况,各国出版了以"进展"、"年评"、"述评"为名的期刊。这类综述性期刊所登载的文章往往由一些专业科学家撰写,对某一学科提出看法,预测未来发展趋势,对正在进行或即将进行科学研究的人员来说,无疑有很大指导作用。以"年鉴"为名的期刊,大多概述当年在科学上的重大发现或重要事件,是一种记事性和统计性的期刊。以上刊物的出现说明这一时期的科技期刊不仅数量增加了,种类也不断增加,其功能也趋向多样化[1]。

据《化学文献指南》统计,到 1900 年前后,国际上较有影响的检索期刊已达 60 多种。从此,科技期刊进入了检索化发展时期。这类期刊增加了信息、知识量,节约了科学家们的时间,缩短了科研周期。据统计到 1991 年为止,世界各国已累计出版各种类型的检索期刊 4 500 余种。

19 世纪中叶,一些专业技术人员开始从科学家队伍中分离出来,建立了工程师和技术家学会。其中较早的是德国成立的"技术家联合会"。该学会于 1856 年创办了《德国技术家联合会会刊》。美国于 1852 年创办了"土木工程师学会",1878 年成立了"机械工程师学会",1884 年成立了"电气工程师学会"。这些学会分别创办了各种技术性期刊,如《动力工程杂志》、《工业工程杂志》、《机械设计杂志》、《工程材料与工艺杂志》、《应用力学杂志》等。这类期刊经常发表属于工程技术方面的文章,更适合从事实际工作的工程师以及关心技术问题的企业管理人员。这类期刊的学术性比较低[1]。

随着科学家人数的日益增多,科学发明首创权愈加显得突出。不仅在本国科学家之间,就是在不同国家之间的竞争也十分激烈。因为它不仅关系到个人也关系到国家的荣誉和权利。为了获得社会承认,首先要发表问世,才能证明具有首创权。为此,许多国家又出版了以"通讯"、"通报"为名的期刊。这类期刊的出版周期短,以短文的形式把研究成果的最基本内容公布出来,以取得领先地位[1]。

原有的一些综合性期刊,也在逐渐按专业分科出版。这种母期刊的增殖现象很常见。如美国的《电气与电子工程师协会会刊》,如今已发展为 68 种子期刊,内容涉及电气技术的各个领域的研究。又如《英国机械工程师学会会刊》,1947 年创刊时为 A～D 辑,1972—1994 年又发展出 E～J 辑。还有新加坡的《国际现代物理杂志》,1986 年创刊,1987 年增出 B 辑,1990 年再增出 C 辑。又如中国的《中国科学》,创刊时为一种(中英文版),现已发展为 A～F 辑。

在科学门类细分、跨领域的新学术门类衍生的背景下,全球学术新刊的数量在以每年 3.5% 的速度递增。现在总数已达 2.3 万种。

1.2.3　传播形式的发展

信息技术——计算机网络技术、成像技术、大量数据存储技术及人工智能技术的飞速发展带来了网络化、数字化、全球化的信息传播环境。科学技术的进步促进了科技期刊传播方式的改变。

传统印刷型期刊以纸质为介质,其局限性为加工周期长、信息载量有限、信息传播空间窄、不宜长期保存等。20 世纪 60 年代末、70 年代初以磁、光、电等非纸介质为载体的电子期刊应运而生。电子期刊的出现大大增加了信息的传播量,加快了科技信息的传播速度,使编辑出版业发生了一次深刻的革命。

世界最早的电子期刊是《化学题录》。《化学文摘》在 1907 年创刊时一年刊发文章 7 994

篇,1960 年一年刊发的文章已达 104 484 篇。在 20 世纪 50 年代末发表的大量化学论文往往要超过一年甚至更长的时间才能以摘要的形式出现在《化学文摘》的主题索引中,这种滞后状态是化学家难以接受的。考虑到其用户一直在呼吁提供迅速的有关世界最重要的化学研究成果的信息服务,他们商定立即进行题内关键词技术试验,出版一种以提供近期发表的化学文献篇名和检索途径为主的新型期刊——《化学题录》。化学文摘社在卢恩协助下用题内关键词技术进行编辑出版电子期刊的试验,从 1961 年 1 月起正式出版新创刊的《化学题录》双周刊,在出印刷版的同时发行磁带版,这也是持续出版时间最长的电子出版物之一[6]。

以计算机软盘为载体的期刊是第一代电子期刊,光盘技术将电子期刊推向了更新的高度,出现了光盘期刊。计算机网络技术的迅速发展,将期刊出版带入了网络时代。期刊可以一经编排完毕,即可并入网络。世界各地读者几乎同时看到发布的信息,编辑也不需要为版面设计的需要对信息进行转页、补版等费脑筋了。互联网早期的电子期刊大都是以电子邮件发送的,以各种机构和单位的业务通讯、工作简报为主;也有一些实行同行专家审稿制的正规学术出版物,有的被分配了国际刊号。网络期刊目前有 3 种形式:一是电子学报,通常有正式的编辑部,类似于纸质期刊,文章经过评审后刊登,每期可 1 篇或数篇,多数以电子邮件方式发送。普通的索引工具不收录这类电子期刊。二是电子快报,通常以电子邮件方式发送,周期不规则,内容包括短文、消息、编者评述、会议公告和读者来信等。三是在因特网上进行的学术论坛和专题讨论、会议等,这是非常活跃、形式多样的网络电子期刊[7]。网络版期刊最大限度地弥补了印刷版期刊传递信息速度慢的不足,具有发行方式快捷、浏览方便、查询和检索高效的特点,实现了编辑出版工作的投稿、编辑、出版、发行、订阅全过程的完全电子化。期刊排版技术也有了改变,计算机排版代替了铅字排版,胶版印刷代替了铅字印刷。

传统的组稿、约稿多以函件、走访以及在刊物上刊登征稿启事的方式进行。审稿也是采取函件的方式。这些方式费时费力,有时也难尽人意。而利用网络发布征稿启事进行组稿可以组到大量的稿件,使用电子邮件送审稿件,可减少来回邮寄稿件在路上耽搁的时间,并可随时与作者、审稿人进行交流。

科技期刊的信息传播速度越来越快。科技期刊出版周期从半年刊、季刊、双月刊、月刊向更短的周期方向发展。20 世纪 50 年代末 60 年代初,出现快报类科技期刊,开始发展比较缓慢,近十几年来随着高新技术的迅速发展而迅速崛起,学科覆盖面已遍及自然科学的各个学科和工程技术领域的许多专业。部分快报已成为某些学科的核心刊物。如美国的《物理评论快报》、荷兰的《化学物理学快报》、英国的《酶快报》等。网络环境下的学术期刊编辑过程主要运用计算机和互联网络来完成,编辑过程从在纸上编辑转变为在电脑屏幕上编辑。在机编辑模式减除了文稿往返印刷厂校对、排版所延误的时间,缩短了期刊的出版周期,提高了信息发布的时效性。

网络期刊的出版、发行和销售将在互联网上完成。网上出版不受地域空间和时间的限制,提高了信息发布的时效性,避免了印刷厂的照排、制版、印刷、装订和邮局发行等环节,简化了信息发布的过程[8]。

关于开放存取式访问期刊(Open Access Journal,OAJ),目前没有公认的定义。OAJ 有两种出版形式:期刊兼有印刷版和电子版或纯电子版期刊。开放存取式访问(Open Access,OA)成为一场运动,始于 2001 年 12 月召开的布达佩斯会议,它发出了著名的《布达佩斯开放式访问倡议》(BOAI),对国际学术传播广泛实行 OA 具有积极的指导作用。BOAI 对 OA 的定义为:允许任何用户通过公共互联网免费访问所有学术期刊文献,无费用、法律、技术障碍就可阅读、下载、复制、分发、打印、搜索和链接文章全文,或用于建立索引、编写软件等合法目的。全球有 2.4 万种学术期刊,目前只有 5％的期刊在履行 OA 计划[9]。

2　中国科技期刊的产生背景和发展

2.1　中国科技期刊的产生背景

中国科技期刊的起源既受到本土文化影响,又受到西方文化的影响。本土文化主要是受唐代以来 1 200 余年间不定期连续出版的新闻报纸的影响和宋代以来结集连续出版的丛书、丛刊分别向小册子、期刊的嬗变。西方文化主要是受明清以来西方传教活动和清朝以来留学、文化交流、战争的影响,表现为一种期刊编辑出版活动的直接输入或中国学人的直接介入,出现了一个时期的传教士、传教士与中国学者合编到中国学者独立主编科技期刊的过程[10]。

由于历史的原因,我国科技期刊的出现比西方一些国家晚一个半世纪[4]。中国科技期刊诞生于南方医家的讲学活动和学问切磋中。清代乾隆三十七年(1792 年),苏州医生唐大烈主编的《吴医汇讲》为我国最早的医学期刊[4]。自 1792～1793 年(乾隆五十七～五十八年)到 1801 年(嘉庆六年)唐大烈去世为止,历时 10 年共出 11 卷,先后由 40 余家供稿,大多数为学术论著,也有关于专题讨论、医学常识、经验交流以及考据、随笔等方面的文章,甚至还有编辑对读者提出的问题解答,内容相当丰富,当时流传甚广[11]。

该刊与西方最早的医学期刊相比,更具有现代科技期刊的特征,但由于当时中国处于封建社会,落后的自然经济占统治地位,虽有一刊出版,没有引起"一刊出世,遍地开花"的新局面,从而没有出现我国科技期刊的迅速发展。

明末清初,西方传教士从紧闭的国门中挤入传教,许诺不违中国法律、尊重民族习尚。西方的期刊出版形式是英国基督新教来华传教的鼻祖马礼逊(Morrison Robert)输入中国的[9]。马礼逊就近选择英国在马来西亚最早的殖民地和华人聚居地马六甲,作为对华传教的基地和出版中心。1815 年 8 月 5 日他和米怜(Milne William)共同主编的《察世俗每月统记传》在马六甲创刊,它是近代以来以中国人为对象的第一份中文期刊,揭开了中国期刊史的序幕。"察世俗"可能是英文"Chinese"的译音,"每月"即月刊,"统记传"即杂志的意思;该刊雕版印刷,中国线装书式,每期五至七页,约 2 000 字,初印 500 册,后增至 1 000 册,免费在南洋华侨中散发,于 1821 年停刊,共出 80 多期。该刊停刊后,从 19 世纪 40 年代至 90 年代将近半个世纪的时间里,教会先后创办了近 170 种中、外文报刊,约占同时期中国报刊的 95％。科学技术知识随着传教士的到来及其出版的刊物传入我国,冲击并影响了我国学术的传统态势和传播方式,来华传教士创办的各种报刊,也直接刺激了我国近代传播的兴起。出于现实的需要,一时介绍和传播西方各类科学知识的科技学术刊物和高校学报纷然并起,它们在介绍西方先进的科学技术和文化、记录传播国内科学技术研究成果、促进学术交流、宣传普及科学知识等方面做出了突出贡献。

清道光十三年(1833 年),由麦都思和郭士立主编的《东西洋考每月统记传》在广州创刊。它被视为中国境内创办最早的文理综合性中文期刊,同时也标志着西方的期刊出版形式正式传入我国。内容涉及地理学、天文学、生物学、医学,以及蒸汽机、火车、轮船等科学技术发明。普鲁士人郭士立曾说:《东西洋考每月统记传》的"出版意图,就是要使中国人认识到我们的工艺、科学和道义,从而清除他们那种高傲和排外的观念","让中国人相信,他们需要向我们学习的东西还是很多的"。

1874 年 3 月英国传教士傅兰雅在上海创办格致书院。1876 年 2 月创办的《格致汇编》(The Chinese Scientific and Industrial Magazine),是中国最早的自然科学类的综合性期刊。它初为月刊,后为季刊,辟有论说、科学新闻和通讯等栏目。该刊旨在介绍西方科技成就,登载科技新闻,评介或摘译西方新出版的科技书籍。出版 7 年 60 期,1892 年停刊(曾于 1878 年、1882 年两度中断出版数年)[12]。

传教士办刊不是传教士个人的行为,而是秉承教会旨意,对中国进行文化渗透和精神渗透努力之一部分,其办刊资金和资源均来自于教会,其刊物资产所有权也属于教会。甲午战争失败以后,中国人真正认识到科学和国家体制的重要,"其为祸也,始于学术,终于国家"。爱国志士奔走于国内海外,讲学、著书、办报,民族精神终于得到了唤醒。同时"西学东渐"的主导权实现了由传教士到中国人自己的最终转变。

2.2 中国科技期刊的发展

2.2.1 初创时期(1897—1920 年)

19 世纪末和 20 世纪初,中国经历了戊戌变法、辛亥革命和"五四"运动等重大社会变革,其中两股潮流为科技期刊的蓬勃兴起创造了条件,一是相关学术团体、学会组织纷纷崛起,二是兴办现代化教育,创办中国的高等学府。据考,当时许多学会开办后的首要工作就是开办专业科学期刊。如 1887 年博医会创刊《博医学报》,后于 1915 年 11 月由中华医学会主办,是今天中文版《中华医学杂志》及其英文版的前身,也是中国历史最长、影响深远的医学刊物,至今仍由中华医学会总会编辑出版。同年,中国天文学会出版了专业期刊《观象丛刊》。

1900 年 11 月 29 日,杜亚泉在上海创办的《亚泉杂志》是我国最早的自然科学类综合性科学期刊,共出 10 期。该刊最早在国内介绍元素周期律及新发现的氦、氩、镭等元素,创造的化学元素译名有的沿用至今[12]。

由中国科学社 1915 年创办于美国,1918 年迁回上海的《科学》杂志,在其《缘起》中说明其创立目的:"相约为科学杂志之作,月刊一册以饷国人,专以阐发科学精义及其效用为主"。

初创时期全国出版的各种期刊达 400 多种。辛亥革命前夕,各类期刊达 200 余种,含有科技内容的期刊 72 种,占 1/3。1897—1920 年出版各类科技期刊约 300 种[2]。

2.2.2 发展时期(1921—1940 年)

20 世纪 20 年代到 40 年代,中国的科技期刊处于发展时期[4]。这一时期各类期刊总数约达 2200 余种,比初创时期 24 年的 300 余种增长 7 倍多。这段时期是在中华人民共和国成立前,我国科技期刊发展的顶峰,当时有所谓"杂志年"之称[4]。我国许多著名专业期刊就是在这个时期创办的。如 1922 年中国地质学会创办的《中国地质学会志》西文季刊;1925 年中国科学社生物研究所开始出版《中国科学社生物研究所丛刊》,这是中国最早的生物学刊物;1926 年,中国生物科学会出版《中国植物学报》和《中国实验生物学杂志》[12]。1928 年成立的中华海产生物学会,出版有《中国海产生物学会年刊》和《中国植物学会汇报》,1932 年物理学会成立,1933 年即出版《中国物理学报》,该刊自创刊伊始即受到国际物理学界的重视。20 世纪 30 年代起,其论文摘要即为《物理学文摘》(美国)收录。1934 年,中央研究院动植物研究所出版英文刊物 Sinensia。1936 年,中国数学会出版《中国数学会学报》,这是当今数学界久负盛名的《数学学报》的前身[12]。

自 20 世纪 30 年代开始,中国科技期刊逐步出现专业化、体制化、国际化的苗头。专业化体现在随着科学研究的体制化,科技期刊承担的任务正在发生结构性的变化,它不仅是为了科学知识的普及,更是为了科学研究的开展、科学研究者之间的学术交流、科研水平的提高,这是科技期刊核心价值之所在。体制化体现在科技期刊出版不再是出版者个人的作为,更重要的是它开始成为政府行为,科学刊物的出版是国家按照科学研究体制结构赋予社会科学组织的任务,是国家科学研究任务的体制化公布渠道。国际化体现在,中国的科学研究,已开始逐步走出摹仿学习阶段,开始体现自己的作为,而且这种作为的成果开始受到国外科学同行的重视,并由国外的科学文摘系统跟踪。

2.2.3　衰退时期(1941—1949 年)

日本帝国主义侵入中国,抗日战争爆发,战火不已,正在发展中的科技期刊遭受了严重的摧残。在 1941—1949 年间,科技期刊数量从 20 世纪 30 年代的 1 602 种下降到 1 311 种,减少了 291 种。期刊不但数量下降,有的中途辍刊达数年之久,且纸张短缺,印刷质量低劣,内容也较贫乏,质量明显下降。到中华人民共和国成立时只剩下 80 多种。

2.2.4　当代中国科技期刊的现状

1949 年 10 月,中华人民共和国成立之后,我国科技期刊事业虽几经反复,但总体上成绩辉煌,取得了巨大的发展。1956 年,党中央号召向科学进军,提出"百花齐放,百家争鸣"的方针,推动了我国科学事业的发展,科技期刊从建国时的 80 种增至 200 种,到"文革"前 1965 年已达到 400 种[4]。从 1966 年开始,由于十年的"文革"浩劫,创办于 1967—1969 年的仅为 7 种,我国科技期刊处于停办状态,只有少数几种坚持出版。

"文革"期间,创办于 1970—1976 年的科技期刊为 443 种,仅 1973 年就创办了 98 种。"文革"结束后我国科技期刊出版事业迅速恢复,迎来了"科学的春天",仅 1977—1979 年就创办了 380 种。党的十一届三中全会以后,国务院召开"科学大会",中国的经济建设进入一个新时期,科技期刊的发展有了更好的经济和文化环境。当年即恢复、创办科技期刊 400 种[4]。10 年后的 1987 年猛增到 2 800 种,1990 年达 3 190 种,到 1996 年已发展到 4 386 种,为"文革"前 1965 年期刊数的 10.9 倍。在期刊的数量上,我国科技期刊已超过世界许多先进国家,步入期刊出版大国行列[4]。

根据中国科学技术信息研究所统计情况显示,20 世纪八九十年代是新刊诞生的高峰时期。1980—1989 年在"科学技术是第一生产力"的思想指引下创办了 1 769 种期刊。

我国电子出版物的编辑出版始于 20 世纪 80 年代初。从这一时期开始,自然科学类文摘期刊开始建立网络数据库。1981 年,中国药学文献数据网络系统建立。中国科技情报研究所重庆分所在 1989 年建立"中文科技期刊数据库",收录期刊 2 000 余种,先以软磁盘发行,1992 年 6 月以 CD-ROM 光盘发行,是目前国内容量最大的综合性文献数据库。20 世纪 80 年代,我国检索体系逐步走向正轨,几经波折,历经低谷、波峰至徘徊,至 2002 年我国尚有文摘类检索期刊 70 种左右。近年随着 IT 技术的迅猛发展,信息存储和传输加快,电子化、网络化不断深入,许多检索期刊逐渐形成了纸质版、光盘版、网络版多版共存的局面[12]。

在"七五"期间,科技期刊数量年平均增长率为 4.5%,"八五"期间年平均增长率为 7%。

1998年以后,科技期刊按照国家对新闻出版广播电视业进行治理,实施"以规模数量增长为主要特征向以优质高效为主要特征的阶段性转移",我国科技期刊数量平稳。截至2005年仍在出版的科技期刊有4 758种。

1996—2000年期刊数量上变化不大,而从结构上进行了调整,使现有科技期刊的布局更趋合理,期刊的内容和编排印刷水平在总体上有明显的提高,学术期刊标准化、规范化工作正在认真贯彻执行,并取得显著进展。国际上一些权威性检索类刊物收录我国科技期刊论文的数量逐年增多[4]。

我国科技期刊当前的国际地位是:美国《科学引文索引》收录我国科技期刊数量不多;我国科技期刊数量不少(按数量计,我国排在世界第三位),但和国际接轨的期刊为数不多,较多学科领域的期刊没有一本被国际重要检索系统收录;美国科学情报研究所将所收录的国际科技期刊划分为170个主体学科,收录期刊数超过100种的主题学科为25个;在170个主题学科中,我国科技期刊数所占比例大于5%的学科有8种。

进入21世纪,随着IT业的迅猛发展以及计算机和网络化技术的日益普及,大量的电子出版物和期刊的网络化使得人们获取信息的渠道更加多样化,并且方便快捷,这一系列变化更给科技文献类检索期刊带来了巨大的冲击和挑战。据统计,截至2006年3月,中国正式出版发行的科技文摘类检索期刊有66种(2006年全国报刊目录网),与达到高峰时的1987年142种相比减少了76种。近10年来,我国科技期刊总体数量增长8.5%,各类型期刊数量各有所涨落,其中增长最多的为学术期刊,下降最多的为检索期刊。在办刊单位分布上,我国科技期刊主要集中在科技比较发达的高校、研究机构和科技人员比较集中的省市。

3 我国科技期刊编辑学著作的产生及发展

中国编辑学研究,实际是20世纪80年代兴起的。1949年3月在广州出版的李次民著《编辑学》,是世界上最早以"编辑学"命名的专著。但"这本书的内容,主要讲报纸编辑学……设专章讲了杂志编辑工作"。与我们现在以书刊编辑工作为主体所说的编辑学并非一回事,而且到20世纪80年代编辑学研究在国内兴起,中间存在一个断层。20世纪80年代在《编辑之友》、《编辑学刊》等杂志的倡导下,持续地开展了一场编辑学理论的讨论,收到了好的效果,形成了一个可观的学术研究局面。在这个可喜的局面下,许多同志根据构建编辑学理论体系的新思路,设计了不同的理论框架[4]。中国真正有编辑学研究,只是20世纪最后20年左右的事。

编辑学是由中国首创的。据我国著名编辑学研究者、人民出版社编审林穗芳先生调查,国外文献中没有"编辑学"这一术语[14]。日本和法国虽然在1969年和1981年创造了edi-tology一词,直译成汉语为"编辑学",但其实质表达的内容却是"出版学"[14]。因此,林先生在1986年另行创造了一个新词"redactology"作为"编辑学"的国际通用语,得到了广泛应用。1990年8月26日美国的《克利夫兰旗帜日报》有一篇关于中国编辑学研究情况的报道。文中写道:"我想向西方读者介绍中国新近发展起来的一门科学——编辑学。全世界一直对编辑出版进行研究,但把编辑工作作为一门严整的学问加以深入研究是很少见的。最近几年中国编辑界开始研究编辑学,因而创造了redactology这个术语。自这门新科学在1983年开始兴起到现在,已有一些编辑学刊和十几种编辑学书籍问世[16]"。

　　据邵益文统计，到 1999 年，已出版的书名有"编辑学"字样的著作达 80 多种，内容主要涉及一般编辑学、分类编辑学、应用编辑学、编辑研究工具书、编辑史研究等。而科技期刊编辑学的概念是裴丽生于 1981 年提出的。他说："学术期刊编辑工作是一种专业、一门科学，有它自己的规律"。同年 11 月，中国自然科学学术期刊编辑协会筹委会成立，正式提出建立和编撰我国自然科学学术期刊编辑学的问题。

　　我国科技期刊编辑学以 1984 年中国出版科学研究所的筹建和 1985 年《编辑之友》的公开发行为界，划分为发动期和深化期。第一阶段：1980 年 4 月，一些资深编辑在《出版工作》（内刊）上呼吁建立编辑学；1983 年，胡乔木提出"编辑就是编辑，出版就是出版，出版离不了编辑，但编辑是独立的学问"的观点。编辑学的研究在全国成为热门。1984 年，北京大学、复旦大学、南开大学等高校首开编辑专业。1989 年《编辑学报》问世，1987 年后，《编辑学论集》、《编辑学论稿》、《编辑学通论》、《中国编辑史》等一批专著相继问世，对编辑学的研究形成了第一次高潮，解决了"编辑有学"的问题。第二阶段：表现为编辑学术团体的出现与编辑学及编辑工作研究阵地的形成。1986 年、1987 年上海编辑学会、中国科技期刊编辑学会先后获准成立。两会会刊《编辑学刊》、《编辑学报》相继创办出版。1992 年，中国编辑学会成立，极大地推动了编辑学的研究。在此前后全国性编辑学研究举办了五次学术会议。在《编辑学刊》上，从 1990 年 11 月 5 日（总第 20 期）到 1997 年 12 月 25 日（总第 56 期）共发表了 37 篇编辑学研究论文，内容涉及"编辑"概念的界定，形成了三种编辑学的理论学说[15]。

　　20 世纪 80 年代的著述基本属拓荒之作，大多是实践的总结、经验的描述、技艺的传授。90 年代的著述有的是对 80 年代的著述进行了修订或增补，有的是将 80 年代的研究深化之后重新写作的，有的则是借鉴以往的研究经验，总结已有的学术成果，在研究深度和成果积累上都向前推进了一步。徐伯荣的从《杂志编辑学》（1991 年）到《期刊编辑学概论》（1995 年），胡传焯的从《科技期刊编辑学》（1990 年）到《现代科技期刊编辑学》（2000 年），任定华的从《科技期刊编辑学导论》（1991 年）到《编辑学导论》（2001 年），都是这一时期的体现。

　　科技期刊编辑学研究成果总体上主要体现在三个方面：1）成立了有关学会。例如：1982 年成立了中国科技期刊编辑学会及地方学会 20 余家，成立了中国科学院自然科技期刊编辑研究会。学会的成立推动了编辑学研究的工作开展。2）一些科技期刊编辑学刊物相继创刊，1987 年《科技编辑学（内部发行）》创刊，1989 年《编辑学报》创刊，1990 年《中国科技期刊研究》出版，《编辑科技》、《科技与出版》也先后创刊。3）出版了一批专著。1986 年，有谭炳煜先生主编的《科技期刊编辑学》（油印本）与读者见面。以后，由王耀先生主编的《科技编辑学概论》、由胡传焯主编的《科技期刊编辑学》和《现代科技期刊编辑学》正式出版。此外，还有任定华、曹振中、周光达主编的《科技期刊编辑学导论》，刘代和靳思源主编的《科技期刊编辑系统工程》，王立名主编的《科学技术期刊编辑教程》，司有和编著的《科技编辑学通论》，钱文霖主编的《科技编辑方法论研究导扬》、《科技编辑方法论研究》等著作。

　　学者们在科技期刊编辑学理论研究上取得了一定的共识。如对科技期刊编辑学的学科范畴，认为它既不属于自然科学范畴，也不属于社会科学范畴，而是属于"综合性边缘科学"；对编辑学研究的对象，认为应是"编辑和编辑活动"。然而，在有关编辑学的任务、定义、性质、学科框架等一系列问题上还是众说纷纭。

　　在应用编辑学研究方面，取得了较大成果，如科技期刊编排格式规范化、标准化；科技期刊质量要求及评价标准，特别是从定性分析评价发展到利用数据库进行定量分析评价；科技期刊的网络化和国际化等取得了瞩目的成绩。这些成果的取得推动了我国科技期刊的发展[16]。

参 考 文 献

1 周汝忠.科技期刊发展的四个历史时期[J].编辑学报,1992,4(2):75-81.

2 任定华,曹振中,周光达.科技期刊编辑学导论[M].西安:西安交通大学出版社,1991.

3 罗建雄.西方期刊的形成和发展[J].图书馆工作与研究,1992,(4):48-50.

4 胡传焯.现代科技期刊编辑学[M].长沙:湖南科学技术出版社,2001.

5 徐柏容.期刊编辑学概论[M].沈阳:辽宁教育出版社,1995.

6 林穗芳.电子编辑和电子出版物:概念、起源和早期发展(中)[J].出版科学,2005,(4):9-24.

7 张莉颖.电子期刊对印刷型期刊的挑战[J].中华医学图书情报杂志,2002,11(1):31-32.

8 冯胜利.现代学术期刊编辑出版模式的转变[J].黑龙江社会科学,2002,(4):74-76.

9 李若溪,黄颖,欧红叶,等.国际学术出版开放式访问(OA):Ⅰ.实践与前沿问题研究进展[J].编辑学报,18(3):237-240.

10 姚远.中国科技期刊源流与历史分期[J].中国科技期刊研究,2005,16(3):424-428.

11 王永丽,徐丽华,林栋.重新分析中医古籍《吴医汇讲》[J].中国科技期刊研究,1998,9(4):282-283.

12 王汉熙,张淼,王连弟,等.中国近代科技期刊发蒙考[J].出版科学,2002,(4):66-67.

13 严寒,杨妹清,于晓光.对科技检索期刊现状和发展的分析思考[J].中国科技期刊研究,2006,17(Z1):918-920.

14 王波.编辑学为什么首先在中国诞生[M].图术情报工作,2000,(11):32-35.

15 林穗芳.关于"编辑学"国际用语定名问题的通信[J].编辑之友,1996,(2):18-19.

16 钱俊龙,肖宏.中国科技期刊编辑学研究的进展[G]//上海市科技期刊编辑学会.科技期刊发展与导向(第四辑),上海:上海科学技术文献出版社,2004:85-95.

科技期刊编辑规律探讨

上海市科技期刊学会"科技期刊编辑规律研究"课题组

[摘要]　近20多年来,我国传媒学科的学者和书刊界的学者在存有分歧的情况下,开展了许多关于书刊编辑学原理等学科理论研究。其中一项重要的研究内容是弄清包括科技期刊编辑规律在内的期刊编辑规律的概念、内涵及其外延,但是,众说纷纭,未能形成共识。本文通过对国内研究状况的回顾和梳理,对科技期刊编辑规律问题提炼出一些理性认识,参与科技期刊而主要是学术期刊的编辑规律的讨论。

[关键词]　科技期刊;编辑活动;编辑规律

编辑学其理论体系、基本内容乃至研究对象,尚无定论。但是编辑学是研究编辑活动的原理(或称作基础理论)、编辑活动规律及编辑实践的综合性学科,属文化学范畴——目前这几个方面似乎在编辑学界的认识中比较一致。编辑学所涉及的研究对象有许多,如编辑活动的对象、性质、任务、类型、作用,以及编辑工作的方法、程序等,编辑规律则是编辑学研究中的一项主要内容。在此,先对本文要讨论的编辑规律做界定。本文中的编辑规律均指编辑活动规律,或称作编辑工作规律。本课题组在对国内近20年来的编辑学界的研究文献和研究成果加以学习和消化的基础上,提出一些想法,以参与编辑规律的进一步讨论。对于有些规律还很难确认其是科技期刊编辑活动中所独有的,论述中就不一定在"编辑规律"前冠以"科技期刊"一词作限定。但是这些规律在科技期刊编辑活动中是客观存在的。另外,本文所涉及的编辑规律,主要是带有根本性(具有藉以区别于其他传媒属性)的规律,而不是编辑工作中的一些手段、方法、技巧等(在一些论文中,这些被称作具体工作规律)。而且,我们所讨论的规律应该基本上不受时空限制,即科技文献等不因传播方式、传播载体的变化而过时,失去其存在的价值。带有理论性的编辑规律,应能够阐明编辑活动的原始动因或本质属性,能够解释不同形式编辑活动的演变,能够揭示不同历史时期、不同社会文化和社会形态中编辑活动的本质规律,并能大致预见编辑活动的未来。

1　编辑活动的客观规律性存在于科技期刊中

我们认为,"编辑活动基本的客观规律是对科学文化成果的选择和加工",换言之,"对客观现实的创造性把握,乃是编辑活动的基本规律"的说法,能反映编辑活动的实际情况。当然,作为科技期刊的编辑活动过程更明显地体现出对日新月异的科学技术和灿烂社会文化的选择和加工的过程。

考察所有科技期刊的编辑活动,其核心的内容都是在周而复始的进行着,有意识或无意识地不断重复,并带着交叉比较方式针对选题择稿,从内容到形式对稿件进行创造性的编辑加工,旨在达到或努力达到内容上准确性、先进性和创造性俱佳的要求;形式上能吸引受众;

以及易懂和可读性强的要求。即使是名人的论文也不例外。如,一些学术权威的论文,往往也是经过编辑与作者间反复讨论切磋,最后才修改成逻辑严谨、条理清楚、论述明晰、可读性好的论文。

我们可以用辩证唯物主义的矛盾论的法则来认识科技期刊编辑规律。如列宁认为,"规律就是关系……本质的关系或本质之间的关系"。马克思主义哲学告诉我们,事物就是在矛盾的对抗—融合—对抗的不断过程中螺旋式上升发展的。整个编辑过程,就是编辑主体与编辑客体间种种矛盾对立和统一的发展过程。

科技期刊编辑活动的客观规律性,还体现在科技期刊的萌生和消亡现象中。

2 科技期刊编辑规律的特殊性

2.1 科技期刊伴随学科和技术的起落而兴衰

相当多的科技期刊是随着新学科的诞生而创刊。随着相关学科的发展,同类的期刊数也增加。比如,十几年前工业工程这门学科在中国创建的初期,《价值工程》杂志出现了"工业工程"专栏;不久,《工业工程与管理》杂志诞生了;两年后又新增了《工业工程》杂志。这些杂志成为工业工程学科建设的一个重要部分,对工业工程理论、思想和方法的研究,对推动工业工程的实际应用都产生了重大的影响。反过来,工业工程学科理论和实践的发展,又极大地推动了这些期刊的发展。又如,近几年随着新兴学科微纳米技术的诞生和快速发展,以微纳米技术为主题的期刊,从无到有,从一本增加到数本。还可以举出许许多多例子,如《环境科学》、《航天环境工程》、《计算机集成制造系统》……另外,也有一些杂志随着相关学科的萎缩和低迷,发展迟缓,甚至被读者市场所淘汰。

这是科技期刊有别于其他期刊编辑活动规律中的一个规律。

2.2 科技期刊编辑活动的最终产品基本属公共文化性

毋庸讳言,在市场经济条件下,科技期刊也是商品。但是,众多的科技期刊不因经济上入不敷出而不出刊或停止办刊。这不仅是中国大陆,在其他国家和地区也基本如此。许多科技期刊追求的是为科技发展和社会进步做贡献,为读者服务。

因此,对科技期刊而言,不能像非科技期刊尤其是大众文化类的期刊那样要求赢利。科技期刊可通过一定途径和措施,取得经济上的收支平衡。也有人长期出资支持办科技期刊,不图经济回报。

这是由于相关学科、技术的读者群体往往较小,不能与时尚生活类等杂志比较。带有学术性的科技期刊销售收入非常少,招募广告客户较困难,单凭发行收入无法抵冲开支,如果没有其他方面的支撑,经济上难以为继。因此,科技期刊编辑活动的最终产品基本上属公共文化性,具有公益性。

这也是一条属于科技期刊编辑活动的固有规律。

2.3 科技期刊编辑活动中更多地考虑从推动学科发展与进步出发

科技期刊直接担负着传播科技文化知识,推动社会进步的责任。科技期刊在组稿、选稿过程中,能否走在科学技术的前沿,能否加工出内容和形式都完美的作品,都会直接影响到社会进步。

以工业工程学科为例。在《工业工程与管理》杂志创刊之前,中国大陆很少有人知道"工业工程"的含义,更不要说有多少人知道工业工程与社会经济、与企业发展有什么关系。

上海交通大学瞄准了未来可能对中国经济起重大作用的新学科——工业工程,创办了《工业工程与管理》杂志,为工业工程学科提供了一个交流的平台和传播的窗口。《工业工程与管理》杂志极大地促进了工业工程学科教育和科研的开展。而且,这个平台和窗口的作用不仅体现在杂志本身,《工业工程与管理》编辑部也成为工业工程学科的科技、教学、应用等各方面人员沟通、联系和咨询的服务机构。

科技期刊凭借其学术上、技术上的前卫性,节奏上的快捷性,不仅及时地将先进的思想、理念、学科、技术、技能推向社会,组织交流;同时还将优秀的人才介绍给社会,让科技工作者更好地施展才华。如某高校有一位德才兼备的化学老师,以前并非赫赫有名,知其者不多。随着他在国外《科学》杂志等知名期刊发表了几篇反映重大科研成果和具有独创见解的论文,学术影响及学科认知度迅速增加,并于2005年被评选为中国科学院院士。

科技期刊存在的价值直接关乎社会进步和国计民生。编辑活动中只有更多地考虑从推动学科发展和进步出发,为读者着想,才能办好期刊,才能办成出色的科技期刊。

2.4　对科技期刊编辑活动中的编辑人员有特殊要求

期刊比图书的运行节奏快,而科技期刊特别是反映新学科和前沿学科的科技期刊更是如此。作为编辑活动主体的编辑必须紧跟时代步伐,了解和熟悉本学科新的东西,否则就无法在主体与客体的矛盾中取得成功。科技期刊的专业性、学术性要求期刊编辑应掌握相关学科的基本知识,关注相关学科的发展趋向,了解相关学科的最新研究动态,这个对科技期刊编辑活动中的编辑人员的特殊要求,也就自然成为科技期刊编辑活动的规律之一。

有一个例子可以说明这一规律。20世纪六七十年代,中国某著名高校中一位从事材料科学研究和教学的老师,在材料相变研究的科学实验中取得重大发现,并提出了相应的理论。他将实验和理论写成论文投寄到美国一家材料科学方面的国际权威杂志,结果未被录用。至20世纪90年代,我国一个代表团到美国访问,巧遇到了那个材料科学方面的国际权威杂志的早已退休的老主编。这位老主编感慨地对代表团说,现在一些科学工作者正在研究的一个相变理论,其实你们中国的一位学者早在一二十年前就提出了,而且还给我们杂志投了稿,很遗憾,被我埋没了。这位老主编感到很内疚,因为当时"不识货"啊。

这个代表团回国后打听到老主编所说的作者是某著名高校的一位已退休好几年的老教师。过了不久,这位老教师被学术界推荐并被评选为中国科学院院士。

科技期刊的编辑需要有慧眼。然而,只有不断提高学科素养,才能使科技期刊编辑具有慧眼。科技期刊编辑可以通过每年参加相关的学术活动,经常阅读相关学科的学术文献,和对相关文献做计量分析等途径,来提高自身的学科素养。绝不能将科技期刊编辑定位于单纯的文字编辑人。

2.5　科技期刊编辑活动中主体与客体关系的特殊性

编辑活动中的主体为编辑,客体为作者和读者。在科技期刊编辑活动中,编者(编委和编辑)与作者、读者之间有着一种非同寻常的矛盾(或称关系),这与其他期刊大为不同。在科技期刊的编辑活动中主体与客体的关系,比其他期刊更紧密,互动性更强。

科技期刊的编者、作者、读者之间自然形成了一个矛盾统一体。在这个统一体中,三者有共同的需求——建设相关学科,应用相关学科,推动相关学科的发展,但各自又有自身的需求。编者希望得到高质量和具有创新思想的或有较高应用价值和实际意义的论文;作者则较单纯地希望将自己的论文及时刊登到杂志上;而读者的需求呈多样性。读者或因理论层次不同或因所从事职业不同或因工作岗位不同,分成几个不同的类型。有的读者要求能多读到一些有深度的理论研究论文,有的则希望多见到一些应用学科理论、思想、方法解决生产和工作中遇到的实际问题的文章,而且这些文章最好能介绍具体的心得和经验。编者、作者和读者之间常常会有矛盾和冲突。然而就是在这矛盾运动中杂志得以不断发展,与时俱进。

科技期刊的论文发表后,会引起各方的关注。作者希望了解读者的反响,读者会反馈读后感,其中有提出不同看法的,也有反映得到帮助和解决了实践中的某些问题的。有的读者还会"点菜",希望今后刊登哪些方面的文章。

科技期刊的主体和客体构成了相关学科的交流和展示的平台和窗口。通过这个平台,实现各个方面在相关学科中的百花齐放、百家争鸣,互通心得和经验。通过这个窗口展示和传播相关学科的理论、思想和方法,推动学科在实践中的应用和发展。因此,编辑主体和客体构成紧密的联合体,以及编辑主体和客体矛盾的特殊性是科技期刊编辑活动中的又一个具有独特性的规律。

4 结 论

科技期刊编辑活动,除了具有与其他期刊或图书等编辑活动相同的普遍规律外,还具有一些特殊的或独有的规律——科技期刊随着学科的起伏发展而兴盛或衰退;科技期刊编辑活动的产品属性中文化精神的成分更多,而商品的成分较少,甚至没有;科技期刊编辑活动中更多地考虑为学科发展、社会进步服务;科技期刊编辑活动中对作为主体的编辑人员的素养有特殊的要求;科技期刊编辑活动中主体与客体关系具有一定的特殊性。

通过对科技期刊编辑规律的了解,可以更自觉地遵循客观规律办刊,更加主动地把握方向,不失时机地开展编辑活动,更好地为推动社会进步服务,为读者和作者服务。

志谢 在本课题的研究过程中得到了上海市科技期刊编辑学会专家的悉心指导;在本论文完成过程中参阅了数百篇文献,从中得到很多启发和帮助,在此向指导专家和文献作者表示衷心感谢。这些文献中有:《编辑学理论研究》(刘光裕,王华良)、《编辑学原理论》(王振铎,赵运通)、《编辑学理论纲要》(阙道隆)、《编辑活动的共性》(阙道隆)、《关于编辑活动基本规律的讨论》(范军)、《编辑活动的规律和特点》(王振铎)、《呼唤编辑学理论体系早日建立》(蔡克难)、《网络环境下科技期刊编辑学研究》(钱俊龙)、《期刊结构与编辑规律》(徐柏容)、《关于编辑实践的若干规律性问题》(胡光清)、《编辑劳动规律漫议》(向新阳)、《关于编辑活动优化》(庞家驹)、《构建普通编辑学理论体系的逻辑起点》(李景和)、《编辑活动的基本规律是对科学文化成果的选择和加工》(刘杲)、《编辑学理论研究》(吴飞)、《试论编辑活动元规律》(陈景春)、《构建普通编辑学理论体系的逻辑起点》(李景和)、《中国编辑学研究评述》(1983—2004,丛林)、《再论编辑活动的基本规律》(王华良),等等。

当今学术期刊编辑意识探讨

张立强

(上海市健康教育所《健康教育与健康促进》编辑部   上海 200040)

[摘要]   学术期刊与其他期刊相比有着自身的特点,其编辑人员编辑意识直接影响期刊的质量与编辑水平。本文探讨了学术期刊编辑应具备的编辑意识,明确了学术期刊编辑在具备一般编辑应有的素质之外,还应具备的其他编辑意识。

[关键词]   学术期刊;编辑意识;编辑素质

近年来,我国的学术期刊获得了较大的发展,目前已有 4 000 多种,占全国期刊总数的近二分之一[1],成为中国期刊业的重要组成部分。学术期刊的出版理念逐步成熟,编辑的质量与规范化建设也有了较大发展。学术期刊与新闻类、时政类期刊有着明显的不同,不仅在文章内容、表达方式上有较大的差异,而且在编辑人员、编排手段上也有明显的区别。通俗地说,学术期刊的专业性较强,政治性不强;而新闻类、时政类期刊则有着强烈的政治意向与政党性质。由此来说,学术期刊编辑的意识也有其自身的特点。

意识一词有识见、觉察、感觉、抱有某种目的的自觉等意义,其理论解释是指生物由其物理感知系统能够感知的特征总和以及相关的感知处理活动[2]。而期刊编辑意识,就是期刊编辑人员对于期刊编辑出版相关事务的感知和处理活动。在长期的工作实践中,笔者认为,学术期刊的编辑意识不外乎以下几个方面。

1   政治意识

学术期刊是某个学科领域进行学术争鸣的园地,读者群体也是专业领域的人员,特别是自然科学与技术类的期刊,作者队伍与读者队伍较为固定,在一些编辑看来,这些学术类期刊似乎不必要像时政类期刊的那样关注政治。这个想法是完全错误的,作为中国特色社会主义出版体系的组成部分,无论是哪一类期刊编辑,头脑中一定要有坚定的政治信念,并具有高度的政治敏感性。

学术期刊编辑只有具备了政治意识,才能有效地保证期刊的正确出版导向,进而引导着学科的研究方向。有时,一些看似完全与政治没有关系的自然科学,由于作者的个人认识与理解不同,会一定程度反映个人的世界观与价值观,也就具有了政治思想的倾向。同时,学术期刊在社会生活中具有重要作用,从微观上讲,单一的学术期刊可以促进研究者或学者之间的学术交流与沟通,在推进本学科的学术繁荣和发展中承担着重要任务;从宏观上讲,整个学术期刊承担着记录成果、积累学术、传承文明的使命,是推进中国特色社会主义科学文化事业繁荣和发展的重要力量。因此,政治意识对学术期刊编辑而言是必须具备的基本素质,工作中应主动加强对自身政治意识的培养[3]。

2   作者意识

作者是期刊发展的源泉,是期刊前进的动力。没有作者,期刊编辑尽管是巧妇一个,也会面临"无米之炊"的尴尬;没有作者,期刊就没有存在的必要,编辑工作的一个重要职责就是要发现作者、培养作者[4]。因此,学术性期刊编辑应具备作者意识。

所谓作者意识,就是要求编辑人员尊重作者的劳动,并积极开展自身期刊的作者队伍建设。尊重作者就是要以平等的态度对待每一位作者,不分地位高低,不论声望大小,不论年龄长幼,只要是为期刊写稿的作者都要一视同仁。一些编辑一旦看到重量级专家的稿子都不敢轻易动笔修改,而对一些名不见经传作者的稿子持怀疑的心态,这样的态度是万万要不得的。作者的成长离不开编辑的帮助,特别是对于初学者来说,编辑的一个电话、一笔细心的修改就可以给他们无尽的信心与勇气,鼓励他们继续撰写稿件。在编辑与作者的沟通中,他们会了解彼此的工作,有不少编辑与作者都会成为朋友。因此,编辑认真对待每一位作者,精心修改每一个作者的稿件,不仅可以使他们在论文写作上快速走向成熟,也可以使他们在专业上不断提高,说不定多年以后就成为一个重量级的专家了。

编辑尊重作者还表现在修改作者来稿时,应采取严谨、科学的态度,按照编辑的原则而不能按照自己的喜好任意修改。因此,编辑对作者的文章应认真阅读,充分了解作者的观点、思路,对于作者的写作风格和篇章结构也要尽量保留。即使是非要进行修改,也应征得作者的同意,否则编辑无权修改。当文章中的语法修辞、文字润色、引文材料等确实需要进行修改时,编辑也要同作者进行沟通,告知具体情况请作者按照编辑要求进行修改,切不可自己操刀,越俎代庖。

编辑的作者意识重要的一点还体现在善于发掘作者。对一些潜在的作者,编辑要有一双善于发现的眼光。如何发现作者? 编辑就要主动出击,在不同的场合通过各种方式进行发掘,比如:通过学术交流会、座谈会、探讨会等各种会议,了解专业领域中相关专业人员的研究方向与研究内容,然后进行主动约稿;通过新闻媒体及其他渠道获得相关专业信息,有意识地寻找专业人员进行稿件撰写等。积极主动的寻找,可以发掘一些优秀的作者,说不定还可以发现富藏"金子"的优秀"宝藏"。

期刊作者队伍的建设是期刊可持续发展的重要条件,因此,编辑人员要建设起自己的作者队伍,为期刊储备丰富的作者资源。具体做法,可以把自己通过不同渠道收集到的专业人员信息输入计算机,建立一个作者数据库,并不时地进行资料更新。日常工作中,要经常与这些人员保持联系,进行信息沟通,使他们对期刊有所了解,并通过及时的信息交流强化他们对期刊的认识,以及对编辑工作的理解。

3   问题意识

心理学研究表明,意识到问题的存在是思维的起点,没有问题的思维,是肤浅的、被动的思维,具有强烈问题意识的思维,体现了个体思维品质的活跃性和深刻性。而强烈的问题意识,又可作为思维的动力,促使人们去发现问题、解决问题,直至进行创造思维。

所谓问题意识,是指人们在认识活动中,经常意识到一些难以解决或疑惑的实际问题及理论问题，并产生一种怀疑、困惑、焦虑、探索的心理状态，这种心理又驱使个体积极思维，不断提出问题和解决问题。思维的这种问题性心理品质，称为问题意识。问题意识要求编辑要有一颗善于发现问题的眼睛，善于提出问题的头脑，解决问题的方法。

善于发现问题，是编辑的基本功。编辑工作的常态是一个发现问题与解决问题的过程[5]。带着问题去组稿，带着问题去审稿，带着问题去编稿，只有具备了一颗有问题的大脑，才能把编辑工作做好。比如，在选题时，根据什么选这个主题？是专业领域的难点还是当下群众关心的热点？在审稿时，文章是否反映了专业的最新进展？是否具有指导性与推广价值？在编稿时，稿件是否全面阐述了相关论点？哪些资料不准确需要重新核对？哪些证据不足需要补充？

问题意识的强弱关系到期刊的质量优劣。编辑人员只有善于提出问题，才能发现稿件的不足之处，进而在解决问题的同时，保证了期刊质量。比如，编辑人员在面对一篇来稿时，首先提出这篇稿是否有刊登的价值？其中有没有新的观点？是否有相似的文章已经发表？面对一种从未听说过的"提法"，这种"提法"是否科学？以前是否有人提出过？如何更好地给予解释？面对一个表格，首先提出这个表格有没有必要，是否可以用简洁的文字进行叙述？表格的设计是否合理，是否符合三线表的要求？表格是否可以更优化，其中是否遗漏必要的项目？这一系列问题的提出，是编辑人员在工作中的常规程序，也是进行文章勘误的重要手段，是保证期刊质量的必要步骤。

期刊编辑人员只有具备了问题意识，才能在宏观上把握全局，不仅杜绝出现政治上的错误，也可以对期刊所属专业领域的学科发展有清晰的认识；同时，在微观的编辑过程中也可以减少差错，保证期刊朝着规范化、精品化的方向发展。

4　服务意识

学术期刊编辑是作者与读者之间的桥梁，这个桥梁的作者一端是学科知识的掌握者，而读者则是相关知识的需求者。从某种意义上讲，期刊编辑是学科知识的传播者，他一手托起了学科发展与受众需求两副重担，关乎专业的发展、社会的进步。而服务作者、服务读者、服务学科发展、服务社会进步，是学术期刊的使命。期刊编辑人员的服务意识有利于期刊的顺利发展，是期刊不断前进的动力。

在20世纪30年代，我国著名的出版家邹韬奋先生在主办《生活》系列杂志时，就提出"一切为了读者，为读者服务"的理念，把为读者服务作为自己的终身事业[6]。但在我国长期的计划经济体制中，出版工作为读者服务的意识有淡化的现象，出什么内容的书、出版什么样的期刊主要是看是否符合出版者自身的需要，而与读者的真实需要相差很远。

编辑的服务意识不仅是为读者服务，为作者服务也是重要的内容之一。编辑要自觉维护作者的利益，按照出版规定，在文章发表后的一定时间内，把相应的稿费寄给作者；尊重作者的创造成果，帮助作者维护版权；对作者提出的合理要求，要给予支持和尊重，对涉及作者隐私的要给予保护，避免让作者受到不必要的影响。

期刊编辑的服务意识还体现在知错就改，要勇于承担责任，改正错误。常说"百密难免一疏"，当出现错误，给作者或者读者带来不便时，期刊应采用必要的手段予以更正，不能够忽略不顾，听之任之。虚心听取意见，及时纠正错误，不仅不会影响期刊的声誉，相反，还会为期刊赢得读者的赞誉。

5 市场意识

对于学术期刊来讲,因其作者与读者队伍(为特定的专业人员服务)的局限性,主办学术期刊的机构一般是国家事业单位,长期以来的"吃皇粮"经营模式,使得他们普遍缺乏市场意识。如今,国家新闻出版总署已经制定并下发相关文件,决定对那些非时政类报刊进行转制经营,学术期刊是转制的门类之一,必将走进市场经济的大潮中,去感受市场的冲击,去锻炼自己的能力。

学术期刊如何适应市场经济的需求?市场意识实际上就是竞争意识。竞争中的优胜劣汰是市场规律,一本期刊能否经得住市场大潮的洗礼,需要加强其编辑人员的市场意识。在一定程度上说,编辑人员的竞争意识,是提高学术期刊质量的重要前提。编辑人员只有树立起竞争意识,才能主动参与到市场竞争之中。只有树立强烈的竞争意识,才能取得编辑工作的成效。因此,市场意识的关键是编辑人员要转变编辑理念,使自己由传统的加工稿件型编辑向具有竞争意识和竞争能力的现代编辑转变。

编辑选题策划应充分体现市场意识,把任何一个选题都当做一个企业项目来经营,而不仅仅是组织策划一个选题、一篇稿件[7]。市场意识还可以促使编辑自身业务素质的不断提高,学术期刊编辑,其业务素质的好坏直接影响杂志的质量和学术地位的高低。编辑要及时掌握学科发展的最新信息,了解专业领域中的最新研究成果与不同的学术观点,使自己站在特定学科领域的发展前沿,这样才能根据市场的需求对期刊进行定位。从选题策划、内容选择,到栏目设置、版式设计、封面设计,直至印刷、出版与发行等,都应根据市场的需要进行合理配置。这样才能使期刊既能满足读者的需要,又可以为学科的发展,甚至全社会的进步起到推动作用。

上述几种意识是当今学术期刊编辑应有的基本素质。在科学技术日新月异、期刊竞争日益激烈的现代社会,学术期刊的编辑不仅是具有某个领域专业知识的"专家",更应是个"杂家",因为他们是沟通专家与读者的桥梁,是专业人员与普通大众联系的纽带,不仅需要具备期刊所属学科的专业知识,更要有高度的政治敏感性、丰富的传播学技能、社会学的工作方式以及市场经济中的应对能力。由此看来,随着社会的发展,学术期刊必将不断适应社会发展的需要,而编辑意识的内容也必将不断丰富、发展与完善。

参 考 文 献

1 王衍诗,孙景峰.学术期刊的困境与编辑的使命[J].中国图书评论,2004 (4):10-12.

2 丹尼特 D.意识的解释[M].苏德超,李涤非,陈虎平,译.北京:北京理工大学出版社,2008.

3 张立强.浅谈新闻期刊与学术期刊的异同[J].健康教育与健康促进,2009,4(S):70-71.

4 陈桃珍.编辑应强化作者意识[J].中国编辑,2006(3):24-26.

5 彭国庆.论学术期刊编辑的问题意识[J].武汉科技大学学报(社会科学版),2009,2(9):87-89.

6 丁淦林.中国新闻事业史[M].北京:高等教育出版社,2004.

7 刘成法.高校社科学报编辑应强化市场意识[J].内蒙古师范大学学报(哲学社会科学版),2002(6):101-104.

同行评议研究评述 *

朱倩蓉

（《中国药理学报》编辑部　上海 200031）

[摘要]　同行评议是科学共同体内部评价的一种常用方法。本文选取同行评议这一代表性的科学评价活动，介绍了同行评议的概念、起源和作用，对同行评议过程中存在的公正性问题和非共识性问题进行了具体的分析，进一步探讨了如何对同行专家评议结果进行反评估研究，最后结合自己的工作实践对科学组织同行评议的原则、方法及注意问题进行了阐述。这对于弘扬科学精神和保证学术纯洁具有一定的实践操作意义。

[关键词]　同行评议；公正性；非共识性；反评估；国际化评审

同行评议是科技期刊对稿件学术质量进行评议的重要手段，是科技期刊编辑工作的中心环节。科技期刊国际化对我们现有的同行评议提出了新的要求。我从 2002 年开始尝试约请国外专家评审《中国药理学报》的稿件，获得了比较好的评审效果，国外小同行详细且针对性强的评审意见对编辑部如何取舍稿件以及作者如何修改稿件提供了有益的帮助。下面以国内外同行评议的研究成果为基础，结合自己的工作实际，对近年来同行评议的研究进展进行述评，对如何有效组织同行评议提出自己的看法，与大家交流。我们研究同行评议准则的改变，不仅仅是同行评议方法问题，更要关注其发展背景和战略意识。

1　同行评议概述

1.1　起源

同行评议（peer review）是指某一领域或与其邻近领域的专家采用同一种评价标准，共同对涉及相关领域的某一事项进行评议的活动，其评议结果为有关部门的决策提供依据。最早的同行评议源于对专利申请的审查，1416 年，威尼斯新共和国在世界率先实行专利制度，它在对发明者提出的新发明、新工艺等进行审查，以确定是否授予发明者对其发明的垄断权时，就采用了邀请同一行业或最接近行业的有一定影响的从业者帮助判断的做法。1660 年英国皇家学会成立后，明确地将同行评议用在论文评审中。20 世纪 50 年代，美国国家科学基金会进一步改进同行评议，使其更加规范化和制度化[1]。

1.2　定义

同行评议的英文表述为"peer review"。"peer"即同资格、同能力的人，"review"意即鉴

* 上海市科协资助课题［沪科协（2007）194 号-1］.

定性地或审慎地审阅或检查。美国国会技术评估办公室高级专家 Chubin 在他的专著《无同行的科学——同行评议和美国的科学政策》一书中给同行评议下的定义是"同行评议是用于评价科学工作的一种组织方法。这种方法常常被科学界用来判断工作程序的正确性,确认结果的可靠性以及对有限资源的分配,诸如杂志版面、研究资助经费、公认性和特殊荣誉"。英国苏塞克斯大学科技政策研究所和曼彻斯特大学科技政策研究所 Georghiou 对同行评议方法的实施进行了研究,他们给同行评议一个更具体的定义,即"同行评议是由该领域的科学家或邻近领域的科学家以提问的方式评价本领域研究工作的科学价值。进行同行评议的前提是,在科学工作的某一方面(例如其质量)体现专家决策的能力,而参与决策的专家必须对该领域发展状况、研究活动程序及研究人员有足够了解"。在我国颁布的"国家自然科学基金项目管理规定(试行)"给同行评议下的定义是:同行评议是指同行评议专家对申请项目的创新性、研究价值、研究目标、研究方案等做出独立的判断和评价,一般采取通讯评议方式[2]。就科研论文的同行评议属于后评估阶段的结果评价,是由科学系统的同行组成的群体,根据一定的标准对科研成果进行评议。评议结果是有关论文发表和成果鉴定的重要依据。同行评议是科技期刊遴选论文、维护和提高学术质量的重要途径之一。

1.3　要素

同行评议包括评议专家、评议对象、评议标准和评议程序及方法四要素。

评议人(即同行专家)是评议的主体,是评议活动的关键。评议对象即科研成果的书面表达是评议的客体。评议标准和评议程序及方法是人为制定的,具有一定的规范性和机械性。就科技期刊对稿件的评价主要是 4 项指标:思路创新,方法科学,结果可靠且能够再现和表达准确。这 4 项是评审专家重点审查的内容。评议方法主要有单盲法、双盲法和公开法。

1.4　功能

同行评议在以下方面发挥了突出作用:(1)建立公平公正的学术环境;(2)实施绩效评估的可效性和可靠性;(3)促进新学科的发展,弘扬科学精神;(4)实现国家目标导向[3]。

1.5　存在的不足

同行评议是一种应用广泛和可信度较高的科技评价方法,但是在具体实践中也存在一些不足之处。(1)由于同行评议是一种基于已有的知识进行判断的活动,与科学自主所要求的自由探索的特性存在矛盾。在前沿学科与交叉学科中不容易找到真正的"同行",使得"在同一水平"上的评议难以正确实施,所以相对来说前沿学科与交叉学科获得支持的难度相对较大[4]。(2)同行评议难以对科技成果保密。(3)难以做到完全客观公正,这是由于在实践中评议人对准则的理解和把握本身就具有弹性,加上社会大环境、经济和人际关系等因素的影响,所以不同的评议对象会采用不同的尺度。(4)同行评议的局限性让造假者有机可乘[5]。2006 年 1 月 10 日,韩国首尔大学调查小组宣布黄禹锡发表在《科学》杂志上的两篇干细胞论文全系造假[6]。2006 年国际著名医学期刊《柳叶刀》宣布,挪威肿瘤医院癌症研究员 Jon Sudbo 在 2005 年 10 月发表于《柳叶刀》的一篇论文中伪造数据。在《柳叶刀》宣布 Sudbo 伪造论文数据后不久,《新英格兰医学杂志》编辑也宣布对 Sudbo 投往该期刊的两篇论文的结论表示怀疑,并同时展开了调查。同行评议的有效性遭到公众的质疑[7]。

2　同行评议公正性问题

2.1　公正性的定义

吴述尧在其主编的《同行评议方法论》中对公正性是这样定义的："公正性是指在同行评议过程中要保证申请者（被评议人）的申请得到客观和无偏见的评审。"但同时作者也认为上述定义是"大为简化了的"，因为公正性是"一个内涵十分丰富的概念"[1]。朱志文等[8]则认为公正性应该是一个综合性的效果，整体的效应。

2.2　影响公正性的因素

龚旭认为影响同行评议公正性主要有两种类型三个方面的因素，即评议过程本身的因素和评议过程以外的因素。评议过程本身的因素又可以分为制度性因素和非制度性因素。评议人、评议准则和评议程序及方法等是同行评议的重要约束条件，规定与约束着同行评议各要素间的相互关系。非制度性因素主要包括人际关系、个人偏见、个人道德和评议中的利益冲突等评议人和评议组织者的个人因素，这些因素也会对同行评议公正性产生很大的影响。同时更不能忽视社会、经济、文化等外部大环境对同行评议产生的影响[9]。

2.2.1　制度性因素

（1）评议人方面。评议该论文的同行评议专家的知识背景、对评议标准的理解及其价值观是决定其评议结果的主要因素。因此，同行评议专家必须具备较高的学术水平和严肃认真客观公正的工作态度，这对于保证评审质量至关重要。

国家自然科学基金委员会工程与材料科学部王国彪、彭芳瑜通过定义三个定量评价指标（项目熟悉度、项目资助度、项目综合评价指标偏差），以同行评议专家的职称、学位、年龄、当年是否申报项目作为主要影响因素，以 2008 年度机械学科基金项目的数据为样本，定量分析了影响因素对评价指标的影响度，发现同行评议专家的职称对评议结果的有效性影响不大，学位对项目评议结果的可信度和有效性均影响不大；但是同行评议专家的年龄对其所评议项目的熟悉度和评审有效性的影响很大，具体表现为年龄小于 35 岁的和年龄大于 70 岁的对所评议的项目的不熟悉程度相对较高，年龄超过 66 岁的同行评议专家对项目评价的有效性较低，为保证评议结果的合理性，要求尽可能选择小同行专家[10]。美国加州大学人类学研究室的专家对 116 位评审专家进行了调查，结果发现评审意见的有效性与审稿人的教育背景、学术水平、获得资助的情况、对统计学的熟悉程度无明显相关，但与审稿人的评审经验直接相关。审稿人的评审经历越长，审稿意见就越有效[11]。西班牙的临床医学杂志的编辑针对 115 篇原始研究论文的研究表明，在医学论文的评审中加入统计学专家对保证评审质量具有积极的意义[12]。《新英格兰医学杂志》编辑初审之前，先进行统计学审查，约有 20％的稿件不能通过统计学审查而被退稿[13]。

（2）评议对象方面。澳大利亚的一项研究结果表明，科研论文从投稿到接受的平均时间是 122 天。原始结果无论是阳性还是阴性，研究类型，作者的国籍对评审时间均无显著影响。但是综合性期刊的评审时间比专业性期刊要长，大约有 10％的研究成果受到商业厂商的赞助，这类论文的发表周期明显偏长[14]。美国心脏学会针对 13 456 篇摘要的研究发现，在评审专家无法得知作者的国家和研究机构的情况下，来自美国以外的国家或非英语国家的研究摘要的接受率大大提高，相反来自美国国内或知名研究机构的摘要的接受率大大降低。这说明来自发达国家的知名研究机构的科研成果更容易通过同行评议[15]。

(3)评议准则。不同的评议人对评议准则有着不同的理解,使用上也有较明确的倾向性和灵活性。美国国家科学基金会(NSF)于1981—1996年间实行的针对同行评议活动的调查发现,大部分评议人都愿意根据"申请人的研究能力"和"研究的内在价值"给出评议,只有不到一半的评议人对"研究的实用性或解决社会性问题的相关度"和"对科学和工程学事业基础产生的长远影响"发表看法[9]。英国Wager等[16]对100份稿件的评审意见进行了双盲综合打分,发现审稿人在提出建设性建议,指出错误与不足及教育作者如何写作等方面得分较高,但是审稿人在创新性评价和结果评价方面得分相对较低。这从一个侧面反映了专家的评审意见更倾向于指导作者提高写作水平而不是帮助编辑对于稿件取舍做出正确判断。这两项研究均说明创新性和社会意义这两项标准不易把握,评议人也不愿意使用。

(4)评议方式。由于保密评审不利于信息的透明化,随着互联网的普及,20世纪90年代以后很多杂志开始试行公开评审,例如英国医学杂志(BMJ)。我国的《世界华人消化杂志》和World Journal of Gastroenterology于2008年开始将评议人的姓名、职称、机构的名称以脚注的方式刊在文章中一起出版[17]。丹麦的Schroeder等[18]调查了190份评审意见,对比了公开审稿和匿名审稿对审稿质量的影响,发现公开审稿的审稿质量在8个方面普遍好于匿名审稿,但差异没有统计学意义;大约有1/3的审稿人表示匿名审稿使得他们更愉快,只有9%的审稿人表示如果公开姓名他们会修改审稿意见。另外一份来自美国药剂师学会杂志的一份研究报告说大约有43%的审稿人明确表示希望匿名审稿,如果审稿人认为稿件不宜接受,那么他通常不愿公开自己的姓名[19]。英国的Walsh等[20]将408篇稿件发给审稿人,请审稿人自愿选择愿意署名,还是匿名。按照他们的选择将审稿人分成两组,署名组和匿名组,然后对两组的审稿质量、完成时间、推荐意见进行比较。结果发现,有76%的审稿人愿意公布姓名,公布姓名的审稿人的评审意见质量更高,语气更友好,但评审需要花费更多时间,当然也更倾向于同意稿件发表。

2.2.2 非制度性因素

(1)评议专家的主观倾向。评议专家的主观倾向性一方面表现为对年龄、性别、民族(或种族)、声望、学术地位、工作单位等的偏见,更重要的是对学术观点、研究内容、研究方式等方面的偏见,例如评议人和期刊编辑"偏爱"让有数据支撑的重要研究结果以及正面性的研究结果发表,这不利于纠正已有科学知识中可能存在的错误[9]。

2006年来自中国科学院地质与地球物理研究所的一项调研发现:30%的调研对象认为现行同行评议系统最主要的不足是在一定程度上扼杀了非共识项目,不利于原始创新和学科交叉;近26%的人认为学派和利益关系正在造成新的学术壁垒,削弱了客观公正性;20.2%的人认为评议专家的业务水平太低,综合素质不高;20%的人认为存在论资排辈现象或倾向,对年轻人不公平;4.2%的人认为专家选择不当[21]。美国国家癌症研究所同行评议的实证研究表明,在受访者所认同的同行评议中的各种危害与偏见中,对非主流研究或高风险研究的偏见排在首位,同意的受访者达60.8%,其他影响公正性的因素依次是:"老朋友"关系网(39.5%)、对不知名大学或特定的区域的偏见(33.7%)、评议人剽窃申请书的内容(32.1%)、对年轻人的偏见(16.6%)以及性别和(或)种族偏见(4.9%)[9]。

(2)利益冲突。利益冲突是一类状况,在该类状况下与某个主要利益(例如,病人的福利或者研究的有效性)相关的专业判断,有可能会不恰当地受到某个次要利益(例如,私人的经济所得、学术声望、友情亲情、地位提升等）的影响。这个定义更强调了"专业判断"。经济利益冲突和人际关系冲突导致评议专家倾向于做出正面的判断。而竞争冲突、私利冲突和良心冲突容易引导专家做出负面的判断[22]。

很多杂志都探讨了审稿人与作者的私人关系对评审结果的影响。例如 BioMed Central 要求每一位作者投稿时推荐 4 位审稿人。英国几位研究人员将作者推荐的审稿人与编辑推荐的审稿人的审稿质量进行了对比研究。作者推荐的审稿人与编辑推荐的审稿人的评审质量无统计学差异，评分分别为 2.34 分和 2.41 分。但是作者推荐的审稿人更倾向于接受发表，退稿率明显偏低[23]。英国 Schroter 等[24] 针对 788 篇审稿意见进行了分析，同样发现作者推荐的审稿人与编辑推荐的审稿人在评审质量与及时性上没有差异，但是作者推荐的审稿人更倾向于让作者的稿件接受发表，接受率比编辑推荐的审稿人要高 6 个百分点，退稿率要低 10 个百分点。

竞争冲突在作者与审稿人之间也常有发生。美国 Goldsmith 等[25] 发现有 21% 的作者投稿时向编辑部告知希望稿件不要送到哪位具体的评审专家那里。理由大多数是学术竞争。作者排斥的审稿人对稿件是否接受具有较大的影响。所以赋予作者审稿人选择权可以有效防止评审过程中的不公正性。

目前针对利益冲突比较行之有效的治理手段是披露与回避。评议专家有义务将自己有可能涉嫌有利益冲突的社会关系与经济关系告知评议委员会。当被评议者认为某些评议专家可能会对自己的项目或论文有不公正看法时，可以向评议机构提出，避免其项目或论文被该专家评审。

2.3 外部因素

同行评议的外部因素主要包括科技政策对某些研究领域和申请对象的重点倾斜、研究资源的分配、科学家职业生涯发展与流动的模式、现代科学的社会组织方式以及科学与社会之间的联系，这些因素都会对同行评议产生很大的影响[9]。当评审工作对科学家的职业生涯发展有利时，更能激发起评议人的积极性。有一项研究发现评审专家拒绝评审工作的理由通常是：(1)自身的工作压力；(2)紧迫的审稿时间；(3) 对评议论文兴趣不高。大多数评审专家对审稿费不太在意，而编辑部的快速反馈，高质量的稿件，成为编委及公开致谢则能大大激励审稿人的工作热情[26]。美国著名的 Annals of Internal Medicine 启动了一个继续教育学分项目用以鼓励审稿人的工作热情。如果审稿人的审稿意见获得 3 分以上的评价，那么他可以获得相应的继续教育学分。继续教育学分项目启动以后愿意审稿的人数增加了 6 个百分点，评审时间从 20 天缩短到 13 天[27]。担任期刊编委和获得权威期刊的继续教育学分对于科学家的职业流动和职位升迁都具有重要意义。对于中国审稿人来说，担任过国内知名期刊的审稿人是申请国外居留权的一份重要的证明。

3 同行评议非共识问题

"非共识"，是指在同行评议过程中，同行专家对同一评审对象的科学意义、创新性、可靠性等持有不同的评价，最后得出了不同的结论。非共识是同行评议过程中不可避免的问题。深入研究这个问题，对完善和改进评议工作具有重要意义。杨列勋等[28] 指出，在实际操作过程中只有当对于一个项目的评议有二、三位专家持肯定态度评价很高，另有二、三位专家持否定评价很低,且均有具体、可靠的论述和依据为佐证,这种情况才能被认为是非共识。概括起来,产生非共识的原因主要是两类,一是评审项目的原因,如项目超前、难度大,存在着风险和不确定性,信息不完整,创新点的表述模糊不清等;二是评议专家的原因,如对评估指标理解的差异和专家本身的研究经历、学术水平的差异等。

吴述尧认为,对非共识项目评估时要分类处理,必须针对产生非共识的原因分别对待。同时,也可以继续寻找同行专家进行复评,或者由项目管理人员经过确认与处理后提交评审会专家进行讨论评议。如果信息不全难以做出判断,可要求申请者补充相关材料[1]。

非共识不仅存在于评议人之间,评议人与编辑之间及编委与编辑团队之间都存在非共识。《美国妇产科杂志》针对 964 篇稿件的评议行为的调查发现,评审专家之间的共识度最低,只有 37.1%,编辑团队与评审专家之间的共识度较高,达到 47.4%,编辑团队与编辑委员会成员之间的共识度最高,达到 58.8%[29]。英国 BMJ 杂志将一位有经验的编委的评议活动与整个编辑团队进行了对比,发现在哪些稿件应该退稿上,编委与编辑团队的共识度较高,达到 90%。但是对于哪些稿件应该被接受发表,那么共识度只有不到 50%,这意味着如果用这位有经验的编委来替代整个编辑团队,将会有超过一半以上可以被发表的稿件遭到退稿的命运[30]。

对于科技期刊而言,解决同行评议中的"非共识"问题,不是简单的 2>1,责任编辑必须认真阅读评阅意见、独立思考,对非共识点仔细分析,反复对比,最后咨询专家、上报主编,慎重决定。1995 年《中国药理学报》发表了"石杉碱甲片对阿尔茨海默病患者的记忆、认知和行为的影响"(Efficacy of tablet huperzine-α on memory, cognition, and behavior in Alzheimer's disease)一文。这篇论文经过大约十几个专家评审,都没有形成一致意见。后来丁光生主编认为科学的问题应该百花齐放、百家争鸣,最后决定发表。丁主编一向重视对中国自主创新药物的报道。石杉碱甲是具有自主知识产权的创新药物,具明显的创新性,属新的生长点,可借鉴的资料很少,这些都是创新性研究的特征。论文发表以后它的引用生命周期非常长,到目前为止 ISI 引用数据显示一共被引用了 66 次,2009 年已经被引用了 4 次,成为《中国药理学报》的经典文献。

2006 年我处理一篇心血管方面的论文,4 位审稿人两位来自国内两位来自国外,均为该领域专家。评审结果是 3 个通过,1 个退稿。经过仔细分析,发现认为应该退稿的日本评审专家指出病理照片不可信,并给出了充分的理由。而其他 3 位专家都没有提到这一点。病理照片是重要的实验结果,直接影响了结论的科学性。后来论文连同四份审稿意见一并请苏定冯副主编终审,苏副主编认为这位日本审稿人的意见最具有针对性,虽然是 3 比 1,论文还是做退稿处理。

遇到审稿意见与编辑意见不符,就要查找自身原因是否送审不当。2008 年我处理一篇干细胞稿件,两份审稿意见都是小修,可是我个人觉得审稿意见都比较简单,照此意见修改质量不会得到实质性提高,同时论文的内容过于单薄,实验证据不足,但又没有把握。最后与苏定冯副主编讨论了一下,苏副主编认为自己也不是干细胞方面的专家,帮我找了另一个审稿专家。审稿专家很快拿出专业性意见说明了不宜刊用的理由。

我们认为在办刊中处理同行评议中非共识性问题,一定要具体问题具体分析,定性与定量方法相结合,既要发扬民主,又要集中统一,最后选出高质量的稿件,对作者负责,对读者负责。

4　同行评议反评估研究

对同行评议专家的评价结果进行分析和评估(称为"反评估")的目的就是为了更科学、更恰当地选择同行评议专家。这一工作最近引起了人们普遍的关注。反评估包括三个方面:(1)对于评议专家的反评估;(2)对于评议意见的反评估;(3)对评议结果的反评估。对科技期刊来说对于评议结果的反评估就是跟踪发表论文的影响与退稿的稿件流向。

4.1　对评议专家的反评估

赵黎明于 1995 年提出几个反评估分析指标。(1)评议累积数,指某位评议专家评议项目的总和,可以较好地反映出专家评议工作经验的多少。(2)横向离散率,反映了某评审专家与其他评审专家对被评审项目在认识上的差异性,还体现了该专家的评审水平和公正性。当横向离散率较小时,说明整个评审专家组对项目的认识较为一致。(3)纵向离散率,是指评审专家在历次评审中评审结果的离散程度。(4)命中率,是指评审专家的评审意见与终审意见的一致性程度。(5)成功率,从最终的结果即社会效益和经济效益来反映评审专家的总体水平。这几个指标是相互联系的,在使用时必须全面评估、相互参照[31]。

定期对评审专家进行反评估,对专家信息进行及时更新,是科学选择评审专家的前提保证。2005 年我们在国内率先启用美国 ScholarOne 公司的在线投稿与审稿系统(Manuscript Central),同时优选了一大批中青年专家补充到我刊审稿专家库中,全面更新了原有的审稿专家库,原先审稿人约 200 名,现在有来自 46 个国家和地区的 2 200 名。通过在线投稿/审稿/修稿/复审/定稿等流程,发表周期缩短为 6 个月。

4.2　对评议意见的反评估

国家自然科学基金委员会地球科学部朱志文同志发现从历年评议情况来看,大约 70% 的评议书有参考意义;此外,有近 30% 同行评议的参考意义不大。7∶3 不是一个理想的比值[8]。这说明我们必须重视评议意见的有效性。对评议意见进行反评估就是评价有效性的一项重要手段。国外的编辑从 7 个方面对审稿意见的有效性进行评价,它们分别是 Importance(重要性)、Originality(创新性)、Methods(方法)、Presentation(表达)、Constructiveness of comments(意见的组织)、Substantiation of comments(意见的有效度)、Interpretation of results(结果的阐述)、Tone of review(评价语气)。每个项目评分等级都是从 1 分到 5 分。5 分:优;4 分:较好;3 分:好;2 分:低于平均水平;1 分:不可接受[32]。《美国急诊医学年报》84 位编辑对 1994 年到 2008 年间共 14 808 份评审意见进行了综合打分,发现只有 1% 的审稿人的分数以每年 0.05 分的速度不断提高,但是有 32% 的审稿人的分数以同样的速度在下降。整体的评审质量在 14 年间缓慢下降[33]。Das Sinha 等[34]对比分析了印度审稿人与非印度审稿人的审稿质量,发现非印度审稿人的审稿质量明显好于印度本国审稿人。他呼吁印度应该加大对审稿人的教育力度,努力提升印度国内的审稿水平。

4.3　对评议结果的反评估

Ray 等[35]针对 350 篇于 1993 年至 1994 年被加拿大《内科学年报》退稿的稿件情况进行了跟踪研究,发现有 226 篇稿件后来都发表在影响因子与即时因子都比较低的杂志上,大部分稿件被专业性期刊接受发表。1994 年《内科学年报》的平均影响因子是 9.6,被退稿的稿件后来大部分都发表在影响因子只有 3.0 左右的杂志上。这充分体现了《内科学年报》的评审专家的把关作用。

5 在实践中不断摸索规律,提高组织同行评议水平

5.1 坚持小同行、国际化审稿

随着科学技术的发展和国际交往的深入,各个国家都不同程度地引入了国际同行参与项目评审。科学技术的高度发展使得学科分类越来越细,在一个国家或地区内往往是大同行多而小同行少,这样,在国家资助的各个领域,在评审人的选择方面必然要进行广泛的国际化运作。我于 2002 年开始尝试国际化审稿,最主要的原因就是数据库内找不到合适的审稿人,另一方面的原因是国际化审稿有利于避免国内复杂的人际关系对审稿结果的干扰。从评审结果来看,国际化审稿平均约审的成功率在 50% 左右,虽然没有定量评价审稿意见,国外审稿专家的评审意见明显比国内审稿专家更具体。一开始我们也很担心自己的稿件质量不高,送出去会被忽视。虽然我们大部分稿件的英文表达非常不理想,但是评审专家更关注的是工作的新意与结果,提出了很好的修改意见,国内作者和我们编辑自身从中可以学到很多东西。与此对应的是《中国药理学报》的退稿率开始逐年提高,退稿率从 50% 提高到现在的 70%,影响因子开始上升。

国际化审稿时我们发现两个主要问题,一是国际审稿人有时会要求中国作者引用自己的论文,有的口气比较强硬,有的比较客气。作者为了论文发表,在大多数情况下都会引用。还有一个值得注意的是防止国外专家剽窃研究内容。我曾把一篇“973”基金资助的论文送给一位意大利教授,论文发过去以后就一去不复返,我立即改送他人评审,安排稿件尽快发表。这篇论文发表后也获得比较高的被引次数。在选择国际审稿人时,我注意遵守“peer review”的原则,即在同一水平上,尽量在影响因子 2～3 的杂志上找审稿人,同时尽量从《中国药理学报》的相关作者中找审稿人,使得审稿意见具有可比性。从工作中体会到想找影响因子 5 分以上杂志的国外作者当《中国药理学报》的审稿人成功率很低。

5.2 建立专家回避制

《中国药理学报》的投稿须知中有这样一个条款,作者具有向编辑部推荐哪些专家适合评审或者提出哪些专家不适合评审的权力。在具体实践中大部分作者都是推荐某位专家参与评审,只有少数作者强烈要求某位专家回避评审。作者推荐的专家编辑部会邀请,但会特别重视推荐专家评审意见的有效性。如果评审意见一边倒或非常简单,则视为无效意见。据《中国药理学报》的统计分析,推荐专家评审意见的有效性并不高,说明人际关系对稿件评审有重要影响。

5.3 建立评审意见反馈制

将编辑部意见反馈给审稿人不仅表达了我们的感谢,同时也是对他们工作的肯定与认可。2006 年副主编苏定冯教授向我们建议将编辑部的最后意见反馈给审稿人,促进审稿人与编辑的交流,同时提高审稿专家的积极性。我执行一段时间以后,发现审稿人对待编辑部反馈持积极态度,很多审稿人都会回信表示感谢。

5.4 建立作者申诉制

如果作者认为自己的稿件受到不公正对待,可以向编辑部申诉。例如有一次北京一位教授在接到退稿信后说他认为这位评审专家与他有利益冲突,不宜作为审稿人。编辑部接

受了他的意见,换了一位编辑重新选择的审稿人,稿件最终得以发表。

同行评议受到多种复杂因素的影响。我们在组织同行评议时要科学地选择评议专家,仔细分析评议意见内容的有效性,慎重地对待评议人评价意见的非共识性,重视对同行评议结果的跟踪研究,保证同行评议高效、公正、有序进行。

参 考 文 献

1 吴述尧.同行评议方法论[M].北京:科学出版社,1996.

2 胡明铭,黄菊芳.同行评议研究综述[J].中国科学基金,2005,19(4):251-253.

3 吴述尧.科学进步与同行评议[J].中国科学基金,2002,16(4):240-243.

4 朱作言.同行评议与科学自主性[J].中国科学基金,2004,18(5):257-260.

5 万群.试论同行评议中存在的问题及改进措施[J].学会,2006,(2):43-45.

6 黄秀玥.应加强国内医学文章刊出的管理——读《黄禹锡论文如何逃过同行评议和编辑审查》一文有感[J].编辑学报,2006,18(5):375-376.

7 Horton R. Retraction--non-steroidal anti-inflammatory drugs and the risk of oral cancer: a nested case-control study[J]. Lancet,2006,367(9508):382.

8 朱志文,于晟.对同行评议质量与公正性的探讨[J].地球科学进展,1998,13(1):81-84.

9 龚旭.同行评议公正性的影响因素分析[J].科学学研究,2004,22(6):613-618.

10 王国彪,彭芳瑜.国家自然科学基金同行评议结果评价方法与专家遴选因素分析[J].中国科学基金,2008,22(6):372-376.

11 Callaham M,Tereier J. Screening parameters for reviewer selection[C]. The proceedings of the Fifth International Congress on Peer Review and Biomedical Publication. Chicago,2005:48.

12 Cobo E,Selva A,Ribera JM,et al. A randomized trial on the effect of statistical reviewing and checklist on manuscript quality[C]. The proceedings of the Fifth International Congress on Peer Review and Biomedical Publication. Chicago,2005:37.

13 魏彬,张爱兰,周兆康,等.《新英格兰医学杂志》的办刊模式与启示[G]//上海科技期刊编辑学会.科技期刊发展与导向(第五辑).上海:上海科学技术文献出版社,2005:167-171.

14 Ely J,Woolley M,Lynch F,et al. Factors affecting the time from manuscript submission to manuscript acceptance[C]. The proceedings of the Fifth International Congress on Peer Review and Biomedical Publication. Chicago,2005:48.

15 Ross JS,Gross CP,Hong Y,et al. Assessment of blind peer review on abstract acceptance for scientific meetings[C]. The proceedings of the International Congress on Peer Review and Biomedical Publication. Chicago,2005:13.

16 Wager E,Parkin EC,Tamber PS. Characteristics of reviews for a series of open-access medical journals: results of a retrospective study[C]. The proceedings of the Fifth International Congress on Peer Review and Biomedical Publication. Chicago,2005:51.

17 马连生. WCJD 和 WJG2008 将对同行评议和作者贡献分布实行公开策略[J].世界华人消化杂志,2007,15(34):3571.

18 Schroeder TV,Nielsen OH. Blinded vs unblinded peer review in a non-English-language journal: a randomized controlled trial[C]. The proceedings of the Fifth International Congress on Peer Review and Biomedical Publication. Chicago,2005:37.

19 Posey LM. Behaviors of authors and peer reviewers following change from closed to open system[C].

The proceedings of the Fifth International Congress on Peer Review and Biomedical Publication. Chicago,2005:49-50.

20　Walsh E,Rooney M,Appleby L,et al. Open peer review:a randomised controlled trial[J]. Br J Psychiatry,2000,176:47-51.

21　国连杰,曹浴波,刘薇,等.关于地球科学部同行评议系统评估的调研[J].中国科学基金,2006,20(6):364-368.

22　周颖,王蒲生.同行评议中的利益冲突分析与治理对策[J].科学学研究,2003,21(3):298-302.

23　Wager E,Parkin EC,Tamber PS. Are reviewers suggested by authors as good as those chosen by editors? Results of a rater-blinded,retrospective study[C]. The proceedings of the Fifth International Congress on Peer Review and Biomedical Publication. Chicago,2005:38.

24　Schroter S,Tite L,Hutchings A,et al. Comparison of author and editor suggested reviewers in terms of review quality,timeliness,and recommendation for publication[C]. The proceedings of the Fifth International Congress on Peer Review and Biomedical Publication. Chicago, 2005:12.

25　Goldsmith LA,Blalock E,Bobkova H,et al. Effect of authors' suggestions concerning reviewers on manuscript acceptance[C]. The proceedings of the Fifth International Congress on Peer Review and Biomedical Publication. Chicago,2005:12.

26　Tite L,Schroter S. Why do peer reviewers decline to review? A survey[C]. The proceedings of the Fifth International Congress on Peer Review and Biomedical Publication. Chicago,2005:50.

27　Schaeffer MB,Laine C,Stack C. Continuing medical education credit as an incentive for participation in peer review[C]. The proceedings of the Fifth International Congress on Peer Review and Biomedical Publication. Chicago,2005:50.

28　杨列勋,汪寿阳,席酉民.科学基金遴选中非共识研究项目的评估研究[J].科学学研究,2002,20(2):185-188.

29　Scott JR,Martin S,Burmeister L. Consistancy between reviewers and editors about which papers should be published[C]? The proceedings of the Fifth International Congress on Peer Review and Biomedical Publication. Chicago,2005:38.

30　Bryan G,Fletcher J,Kale R. Do you need to be an editor to accept or reject research papers sent to BMJ[C]? The proceedings of the Fifth International Congress on Peer Review and Biomedical Publication. Chicago,2005:36.

31　赵黎明,徐孝涵,张卫东.对同行评议专家的反评估分析[J].中国科学基金,1995,9(1):62-66.

32　van Rooyen S,Black N,Godlee F. Development of the review quality instrument (RQI) for assessing peer reviews of manuscripts[J]. J Clin Epidemiol,1999,52:625-629.

33　Callaham M. The natural history of peer reviewers:the decay of quality[C]. The proceedings of the Sixth International Congress on Peer Review and Biomedical Publication. Vancouver,2009:10.

34　Das Sinha S,Sahni P,Nundy S. Does exchanging comments of Indian and non-Indian reviewers improve the quality of manuscript reviews[J]? Natl Med J India,1999,12:210-213.

35　Ray J,Berkwits M,Davidoff F. The fate of manuscripts rejected by a general medical journal[J]. Am J Med,2000,109:131-135.

科技期刊审稿工作的问题与对策

罗向阳

（《机电工程》杂志社 杭州 310009）

[摘要] 创新及可持续发展是科技期刊的前进方向。科技期刊的编辑出版工作涵盖作者、读者、审稿者等不同群体，工作中妥善分配各方的利益、职责与任务，精诚团结，形成合力，方能有效促进期刊的长期可持续发展。专家审稿是保证学术期刊质量的关键环节。《机电工程》杂志社在实践中，有针对性地对审稿过程中存在的部分专家责任心不强、审稿质量不高、评语过于简单等情况进行了深入探讨，并提出了相应的改进措施，尽可能减少因专家审稿把关不严而对论文质量带来影响的状况发生，以保证刊物的质量。

[关键词] 审稿；创新；可持续发展；探析

科技期刊的审稿工作是编辑把社会与读者的时代需求转化为内在的选择标准与判断尺度，有目的地依据期刊创新及可持续发展方向，精心选择具有学术价值和应用前景的论文，以满足科技发展和市场、读者需求的过程。同行专家审稿是保证学术期刊质量的关键环节，其审稿质量直接关系到科技期刊学术水平的高低，对于期刊总体水平来说至关重要。对学术论文学术水平的评价，是杂志社编辑活动中最复杂、最困难，同时又是最具挑战性的工作。目前，科技期刊大多采用"三审制"，即编辑初审、专家评审、主编决审，其中，同行专家的评审意见又往往是每一个杂志社评判论文能否发表的主要依据。此项工作既是中介性环节，又是创造性劳动，既要对作者负责，又要对期刊负责，既要有实事求是的评审态度，又要有公平公正的评审结论，必须引起办刊者的高度重视。

如何切实地提高科技期刊审稿专家的审稿质量，是目前各科技期刊所面临着的共同问题。因此，建立一支能保证高质量、高效率审稿的专家队伍，及时根据当前本行业内科技发展形势和本期刊的战略发展目标灵活调整专家人员结构与学科构成比例，并通过各种管理手段使编辑与审稿专家之间保持和谐融洽的协作关系，这是摆在每一个杂志社或编辑部面前的一个迫切需要解决的问题。

1 存在的问题及原因

1.1 存在的问题

笔者所在杂志社在稿件送审工作中，会经常出现有的文稿审稿意见长时间不能返回；有的专家责任心不强，审稿马虎，敷衍了事，审稿质量不高；评语过于简单，没有具体的修改意见，仅是一句总体评价等情况；或者由于送审稿与专家研究方向不符，需要重新送审而要拖延时日；或者评语仅是摘抄作者的部分引言，用来说明文章工作的意义，并没有对稿件的科学性、创新性以及学术性作出客观的评价，更没有提出专业上的修改意见，而只是避难就易地就一些表达方面的问题提出具体意见。

笔者所在杂志社经与众多审稿专家沟通后发现，审稿专家对审稿本身也存在一些模糊认识，比如杂志对论文的创新性和实用性的判定标准怎样，尺度如何把握，等等。专家的选择，贵在"同行"，如果不是同行就失去了审稿的资格。名家不等同于专家，这个道理大家都会认同，但在实际的操作中并不是都能正确处理；反而可能违背杂志社请专家审稿的初衷，给杂志的论文质量评判带来负面影响，进而影响到学术水平和刊物的质量。

1.2 产生的原因

产生上述问题的原因在于：理论上，为高质量地完成审稿任务，对审稿专家在时间、精力、热情、研究水平等方面提出的要求，以及对杂志社在送审、付酬、信息更新等方面的要求，较实际情况超出许多。问题的实质主要在于经济关系上的价值分歧，合作关系上的供求分歧，生产关系上的效率分歧，等等。

首先，很多专家一般都是本专业的骨干力量，承担着繁重的教学与科研工作，而且知名"专家"往往已经成为领军人物，日常却很少涉及具体工作和试验。学术水平较高的一些专家其社会活动又多，因此，这其中有许多专家并没有太多的时间来对稿件进行较为细致的阅读，只能是从宏观上对稿件进行一下评价，把握一下大的方向而已。

第二，也有极少部分审稿专家审稿的热情不高，当初加入杂志的审稿有些只是为求某某杂志"编委"或"审稿专家"的头衔，而并不愿意为杂志的审稿花费太多的精力。同行专家对学术期刊审稿的积极性不高，是国内学术期刊所面临的共同问题，这也是国内期刊办刊的生态环境不如国外期刊的一个重要方面。

第三，有的审稿专家认为审稿获得的报酬偏低，感到所付出的劳动及价值并未得到充分尊重，影响工作积极性与投入程度，审稿质量难免持续滑坡。

第四，部分审稿专家的研究水平不能满足同行审稿工作的要求。一个人往往在没有出名的时候，很少有人认为他是"专家"，而一旦出了名，似乎就变成了"方方面面"的专家。文章审稿中也存在着这种倾向。有人一旦出名，审稿的邀请函便随之而来，应接不暇，审稿的领域也是大大扩展，这样的审稿结果可想而知。专家不一定要知名，关键要专，要能够对具体的研究工作有了解，是同行。同行不仅是研究领域、研究方向的相同或相近，而且要与作者的日常研究工作的内容相同或相近，通俗一点说：都是这个领域里"干活的"。

第五，普通期刊的审稿专家对审稿工作缺乏重视或责任感。审稿专家的审稿态度与期刊在专家心目中的地位成正比，知名度高、品牌影响大的期刊，审稿专家的审稿积极性就高，审稿意见写得认真、负责。

当然，也有杂志社方面的原因。首先，编辑选择专家的标准片面、单一，如仅看知名度，孰不知一个学科里的不同研究方向之间的差别甚远；还有就是仅根据发表的论文来选择专家，却不知许多专家带的学生与其研究的并不是一个方向。其次，审稿专家信息没有随现实情况变化而及时更新，造成杂志社所掌握信息与实际之间存在较大差距，导致送审工作渐渐趋于盲目状态。再者，一些编辑对审稿专家的研究方向在认识把握上也难以做到非常准确清晰，对审稿专家的某些意见也存在理解失误与处理不当的问题。这些都在一定程度上限制了审稿目的的最终实现。

2　对策

2.1　正确界定审稿专家的研究方向

目前,绝大多数编辑部都建立有自己的审稿专家数据库,但是,数据库中存储的审稿专家的审稿方向却不一定都正确。在专业越分越细的今天,每位专家都有自己的专业特长和研究方向。笔者所在的杂志社近年来在工作实践中经常会遇到这种情况,有一部分来稿很难将稿件送到合适的审稿专家手中。后来,通过与各位审稿老师联系,重新填写专家问卷调查,确认其主要的研究方向,并且结合专家自己的意见最终来确定其适合审稿的方向及范围。这样一来,以前存在的诸如此类因为将稿件送到不属其研究范围的专家,造成需要重新送审的情况,基本上被杜绝了;同时使得杂志社专家审稿的效率和质量都得到了提高,并最终使文章的发表周期也在一定程度上得以缩短,保证了科研成果发布的时效性。

2.2　制定更为科学实用的新型审稿意见书

笔者所在杂志社在听取有关专家的建议,及参照他们提供的样板后,制定了全新的科学实用的审稿意见书。该新审稿意见书主要包含下列几个部分:(1)给审稿专家的信(正文部分,即主要是对审稿老师以往的工作表示感谢,并对此次约审表示期望);(2)具体审稿要求:对稿件的总体评价(对该稿件的创新性、实用性、学术层次、论文的撰写水平等进行打分),对稿件审稿总结即综合评估结果,对录用的稿件建议列入的栏目等等;(3)最后是告知审稿专家本刊定位或者说是报道方向上的一个说明,该说明详细列出哪类文章本刊是鼓励的。新审稿意见书明确规定了本刊对各类稿件的态度,让审稿专家做到心中有数,对某些问题不再感到模棱两可,大大方便了审稿工作的开展,审稿效率得以大幅提高。

2.3　切实加强审稿专家库的管理

杂志社近年来发现,随着时间的推移,有些专家走上了领导岗位而变得工作繁忙,没有太多时间来审稿,有些是因为研究方向出现了改变,还有一些因为年龄上原因不再审稿;与此同时,随着科学技术日新月异的发展,近年来成长起来的越来越多的一大批中青年学者已经成为了某一领域的专家。所以笔者所在的杂志社也是与时俱进,不断地调整与更新杂志社原有的专家库,使专家库保持其完整性、准确性和时效性,提高杂志社审稿的效率和质量。

2.4　对优秀审稿专家进行奖励,切实加强优秀审稿人的培养

一位优秀的审稿人,除了应具备深厚的专业理论知识之外,还要有认真负责的态度和严谨扎实的学风,能够切实谋求审稿质量的提高。笔者所在的杂志社对于优秀审稿人一般是在审稿费普通标准的基础上给予一定的上浮,同时在年底审稿费发放时,对相关人员进行表扬并给予一定的物质奖励。另外,对于优秀审稿人发表文章时减收其文章版面费。主要目的还是让审稿专家觉得这是一项展示其学术水平的崇高工作,以此来提高他对审稿工作的热情。杂志社平时想方设法,切实加强优秀审稿人的培养,不断地壮大优秀审稿人的队伍,并最终使得杂志社的审稿工作从中受益,效率和质量都得到提高。

2.5　发挥编辑在审稿过程中的重要作用

笔者近年来在工作实践中体会到,编辑承担着审稿的组织、设计以及协调工作,其中与专家建立良好关系,与之密切联系合作更是一项重要工作。因此,一名优秀的编辑在提高论文的审稿质量、缩短论文的发表周期、进而提高刊物的学术水平方面,同样发挥着极其重要

的积极作用。

2.5.1 切实做好来稿的初审工作,减轻审稿专家的工作量

初审工作需要编辑根据期刊的办刊宗旨、报道范围等,宏观地、有原则性地对来稿进行客观评价,剔除那些不必送专家评审的文章。在刊物的审稿流程中,编辑首先要通过不断的学习、不断的实践,加强自身初审能力的培养与提高,切实做好稿件的初审工作,把好整个期刊编辑过程中的第一关,从而减少专家的审稿数量、工作量,并有利于专家对审稿工作精耕细作,提高审稿质量;同时,也可以为杂志社降低审稿工作的成本。

2.5.2 切实处理好与专家的关系

在刊物的审稿流程中,编辑要想方设法处理好自身与审稿专家之间的关系,及时与其沟通,虚心接受专家的意见;并在工作中与之相互尊重,始终让专家保持一种可以尽心为刊物论文审稿的状态。笔者所在杂志社通常都是不定期地抽出时间去审稿专家所在高校或科研院所走访,具体了解他们在审稿工作中存在的实际问题;每年召开1~2次审稿工作座谈会,组织大家交流审稿经验;过年过节,通过寄送贺卡、打电话以及发 e-mail 等方式问候审稿专家,借此来搞好杂志社与各位审稿专家的关系,以利于下一步审稿工作更好地、高效率地开展。对于审稿时间超过审稿周期而仍未发回审稿意见的,要定期催审,以防专家遗忘。

通过以上种种有的放矢的举措,杂志社的审稿质量较以前大大改善,这既表现在作者和读者对办刊质量的一致肯定上,又表现为发行量和来稿量得到了大幅提升,带动了社会效益与经济效益的显著增长。

3 结语

专家审稿的质量与效率对保证学术期刊的质量至关重要,同时在扩大期刊的影响力方面也起着举足轻重的作用。因此,建设好杂志社的审稿专家库,并在此基础上用好这个专家库,对于杂志社来说尤其重要。当然,目前大多数杂志审稿专家库的建设还处在一个相对起步的阶段,想要在实践中克服杂志审稿过程中存在的一系列问题,使得科技期刊朝着健康向上的方向发展,还需要新世纪的编辑工作者为之作更加进一步的、更加细致深入的探讨。但是我们有理由相信,通过广大杂志人的不懈努力,在不远的将来,我们的期刊在这方面一定会做得越来越好,并最终走向国际舞台。

参 考 文 献

1 李云霞.加强审稿专家队伍的动态管理:《中国农业科学》编辑部的实践[J].编辑学报,2005,17(1):66-67.

2 陈蓉,吕赛英.科技期刊编辑与审稿专家密切合作的措施[J].编辑学报,2005,17(3):203-204.

3 欧阳晓黎,陈静,赵蔚婷,等.遴选审稿人:科学技术期刊编辑的重要职责[J].编辑学报,2002,14(5):344-345.

4 黄劲松,彭超群,杨兵.审稿专家的选择与管理[J].编辑学报,2003,15(1):55-56.

5 赵大良.同行专家的选取[EB/OL].http://zhaodal.blog.163.com/blog/static/5583842007512104152594.

6 何英,方梅,付蓉.科学设计审稿意见书的一次尝试[J].中国科技期刊研究,2001,12(4):268-270.

7 曾莉,吴惠勤,黄晓兰,等.审稿专家的困惑及应对措施[J].编辑学报,2008,20(3):243-244.

8 聂兰英,王钢,金丹,等.论科技期刊审稿专家队伍的建设[J].编辑学报,2008,20(3):241-242.

科技期刊的编委审稿模式分析与实践

胡艳芳　杨　蕾　童　菲

（中国科学院上海光学精密机械研究所《中国激光》杂志社　上海 201800）

[摘要]　阐述了专家审稿在科技期刊中的重要性，分析了传统审稿模式的利与弊，建议充分发挥期刊编委的作用，组建一支兼职的常务编委队伍，将审稿模式转换为编委审稿模式，为期刊向国际化办刊模式转换做好充分的准备。同时简要介绍了我杂志社三种刊物组建常务编委队伍的过程、编委审稿模式的具体流程以及取得的成效。

[关键词]　科技期刊；审稿；编委；常务编委；审稿模式；国际化

科技期刊是科技发展的伴生物[1]。随着科学技术的发展，一方面，科技论文大量产生，良莠不齐；另一方面，各个学科日益细分化，学科之间交叉、渗透现象加剧。科技期刊必须要有一支活跃在各个研究领域的优秀的专家队伍来评价和筛选稿件，也即专家审稿在科技期刊中占有重要的地位。如何建立一个科学有效的审稿模式对于科技期刊的发展十分关键。本文从专家审稿的重要性、传统审稿模式的利弊、我杂志社三刊向编委审稿模式转换的过程以及取得的成效等几个方面分别进行了讨论。

1　专家审稿的重要性

科技期刊的质量一般从两个方面来评价：一个是编辑质量，另一个是学术质量。学术质量是科技期刊有别于一般期刊最重要的一点，也是科技期刊赖以生存和发展的基础[2]。而专家审稿是保证科技期刊学术质量的关键，其作用主要表现在以下几个方面。

1.1　准确评价稿件的学术价值[3]

虽然多数科技期刊的编辑都有一定的专业背景，但由于长期不从事科研活动，对于学术领域的前沿了解不充分，只能从宏观上大体判断稿件的好与差，或者只能从文字表达、论证逻辑等方面作出更多的评价。而专家审稿的作用就在于从更专业、更细致的角度判断稿件的学术价值：内容是否新颖，是否具有一定的原创性和较高的科学质量；研究结果是否详实可靠，实验数据是否完整；理论分析是否详尽，结论是否有充分依据；公式推导、专业术语使用是否正确；国内外有无类似的论文发表等等，从而对稿件的学术价值得出较为客观、准确的评价。

1.2　帮助期刊编辑部筛选稿件

专家依据其专业背景对稿件的学术价值进行准确的评价之后，就可以帮助期刊编辑部在大量的来稿中筛选稿件：优秀的稿件建议加快发表；好的稿件建议常规发表或修改后发表；而差的稿件则建议退稿，并给出具体意见，帮助作者改进其研究工作。通过这样的筛选，能够使好的稿件得到尽快发表,差一些的稿件也能得到改进,鼓励了这些作者的投稿积极性。

1.3 防止一稿多投以及对科研成果的抄袭、剽窃现象

同一个专家经常担任了多个期刊编辑部的审稿工作,所以比编辑部更容易发现一稿多投的现象;而一个在某专业领域有所成就的专家,对其专业领域都有充分的了解,所以很容易看出对于科学成果的抄袭、剽窃现象。作为一个有责任感的审稿专家,常常会对这些现象十分重视,并及时告知编辑部,对相关作者作出警示,而对一些学术态度非常恶劣的作者甚至将其列入黑名单并进行通报。这些确实对防止一稿多投以及抄袭、剽窃现象起到了很大的作用。

2 传统审稿模式的利与弊

传统审稿模式从横向来说,多采用单盲制和双盲制[4]。单盲制即审稿人知道投稿人姓名而审稿人姓名对投稿人保密的评审方式,由于其较为符合中国的国情,所以国内现阶段的评审方式多以单盲制为主。从纵向来说,一般为编辑初审、专家评审、主编终审的"三审制"。据笔者了解,各个期刊的"三审制"由于传统的沿袭,各个阶段稍有不同。例如我杂志社推出了栏目编辑制度[5],每个栏目编辑负责与其专业背景相关的栏目稿件的初审、送审等一系列工作,一定程度上提高了稿件初审的质量以及送审的准确率;在专家评审之后、主编终审之前,还设立了特约编辑评审阶段[6],即聘请一些学科领域的资深专家对前阶段的同行专家(一般为两个)的评审意见进行仲裁,体现了审稿的连续性。尤其是在前面几个审稿意见不一致的情况下,起到了关键的评判作用,为主编和编辑部对稿件的取舍提供了重要依据。

这种传统的审稿模式在学术质量的控制上确实取得了显著的效果。近几年来,我杂志社的三本期刊《光学学报》、《中国激光》、Chinese Optics Letters 的被引频次和影响因子都在逐年上升[5],成为国内外较有影响的光学类期刊。但这种模式也存在一定的弊端,最大的问题就是审稿流程复杂、审稿周期较长,从而使发表周期加长。首先,该模式的审稿流程按顺序共有四个阶段:编辑初审、专家评审(一般为两位)、特约编辑仲裁、主编终审,且涉及到 5个审稿人,每个人都需花费一定的时间,若其中还有人要求复审,则耗费的时间更长;其次,尽管栏目编辑的初审质量有了一定提高,但是在稿件处理量大、对于交叉学科无法把握的情况下难免疲于应付以致送审出现差错,从而导致稿件久审未决,或意见不一,加大了特约编辑和主编的工作量;再次,由于稿件送审采用的是临时约请制[3],审稿人责任不明确,全看审者是否有时间或者有意愿帮助审稿,各个审稿人的评审时间长短也不一致,有的很快就能审回,而有的可能要拖很长时间才能审回,而编辑部的做法一般是等两个审稿意见返回才能进入下一个审稿流程。然而,发表周期对于一个期刊的发展又是非常重要的,直接影响到期刊的时效性和对优秀稿件的吸引力。因此,探索一种更为科学有效的专家审稿模式从而缩短发表周期成为当前急需解决的一个问题。

3 常务编委审稿模式的建立

3.1 常务编委审稿队伍建立的原因

随着我国科技事业与国际学术界的交流与合作日益频繁[7],科技期刊的国际化势在必

行。从国外一些优秀科技期刊的办刊模式来看,依靠专家学者公开办刊是科技期刊办刊模式改革发展的必由之路。以 Science 为例,有近百名世界一流的包括诺贝尔奖获得者在内的专家学者担任其编委会委员[8],并为其审稿。其审稿过程为:投寄的稿件首先分给编辑,然后再送给 1～2 位相关领域的编委,编委在几天内将对稿件的评价和打分返回给编辑部。大约有 65% 的来稿在初次筛选中被淘汰,该过程大约需要 1～2 周。初筛后剩下的稿件将送给二位或多位专家进行外审。一旦作出退稿决定,编辑部会立即告知作者,以便作者在稿件尚具竞争力时能及时地转投其他刊物。还比如,Nature 追求的目标是尽快作出所有决定。在专家审稿方面,如果一篇论文不能被考虑的话,通常在收到稿件后 1 周内就会通知作者。在发表周期方面,从收到稿件到正式接收平均需 13 周,从接收稿件到发表需 7 周。重要论文经常可在投稿后 1 个月内发表,当认为必要时,在不影响审稿程序的前提下,论文还可在收到后两周内发表。他们的稿件处理速度很快,发表周期很短,从而在国际优秀稿源的竞争上占有很大的优势。而当前国内多数科技期刊的论文发表周期都超过 1 年[9],很多稿件投出去就石沉大海,即使接收也要等待很长时间才能发表。所以没有耐心的作者就容易一稿多投,这与期刊编辑部不能及时给作者反馈信息也有关系。因此,初审这个环节的重要性不容忽视。

实际上,有的稿件在初审阶段就能决定是否录用或退稿,这对于编辑部和作者都是有益的:一方面减少了编辑部的工作量,另一方面也缩短了作者的等待时间。所以,初审并不是简单地判断稿件的专业方向或者文字表达和逻辑论证是否准确等,而是要为优秀的稿件提供快速通道,提高该稿件的时效性;也要让还达不到发表水平的稿件尽早得知差距在哪、尽快得到改进意见。然而期刊编辑,如第 1 节所述,无法完成这样的审稿工作,编辑初审的力度太弱。而期刊的编委都是从工作在学科前沿的专家学者中挑选出来的,十分了解学科的发展情况以及研究的热点和难点,完全可以胜任稿件的初审工作,同时他们对同行也比较熟悉,能够选择出合适的审稿人审稿,发挥好同行评议的功能[10]。例如,笔者所在杂志社聘请的编委都是国内外知名专家,而且大多数工作在科研第一线,同时对期刊非常关心,因此具备了组建常务编委审稿队伍的前提条件。

3.2 常务编委审稿队伍的组建过程

遵循国际化办刊模式,实行专家办刊历来是我杂志社的努力方向。首先我们和主办单位以及主编、执行主编达成了共识,由他们推荐一部分编委的人选。然后各个栏目编辑根据自己多年的送审经验,从外审专家中推荐一批在研究工作上位于前沿、精通专业,并且精力充沛、责任心强的中青年学者到编委会中来担任常务编委,他们既有较高的学术造诣,又有广泛的学术联系。由这些常务编委代表编委会行使办刊权利,参与稿件处理,指导编辑部的一些日常工作等。为此,特别制定了编委负责制,即每个学科选择几名常务编委对稿件进行初审,常务编委对该学科方向的稿件具有直接录用或直接退稿的权利,也可推荐 1～2 名同行专家审稿。给每个编委发送聘书、编委会章程以及常务编委工作指南,使其明确权利与义务,使其工作有章可循,并逐渐形成制度。并且根据每个编委的具体情况,在人员和任期上做一些相应的调整,使常务编委审稿队伍保持一定的稳定性和流动性。

3.3 常务编委审稿模式的工作流程

常务编委审稿模式的工作流程主要为:(1)栏目编辑对来稿进行"粗审",从符合本刊刊登范围、写作较为规范的稿件中筛选出常务编委熟悉领域的稿件;(2)经过筛选的稿件连同编委审稿单由栏目编辑通过 e-mail 传递给常务编委;(3)常务编委对稿件进行仔细的初审(1~2 周之内),视稿件质量提出处理方法(录用、修改、退稿或者另外推荐同行专家审稿);(4)常务编委填写编委审稿单返回栏目编辑进行处理。

以上流程要求栏目编辑与常务编委加强联系,形成良好的互动,以便及时处理好每一篇稿件。

4 实践与取得的成效

我杂志社实施编委负责制,已取得明显效果:常务编委对稿件的审阅认真、负责而且及时,审稿周期大大缩短;差的稿件在 1~2 周之内就能将退稿意见反馈给作者,好的稿件一个月左右就能收到录用通知,有待修改的稿件也能在 1~2 周之内收到修改意见;栏目编辑的工作效率得到了提高,稿件的处理速度明显加快;作者的投稿积极性也有了一定的提高,《光学学报》、《中国激光》、Chinese Optics Letters 的来稿量均比去年同期增加了 100 多篇。

5 结语

学术质量是科技期刊的生命,而专家审稿是保证期刊学术质量的关键。要充分发挥专家审稿的作用,就必须找到一个科学有效的审稿模式。编委审稿模式是国内科技期刊转向国际化办刊模式的有益尝试,相信这种审稿模式还会对期刊的发展起到更多的积极作用。

参 考 文 献

1　张惠民.高校科技期刊审稿方式的优化选择[J].宝鸡文理学院学报:自然科学版,2000,20(3):239-241.

2　王立龙,孙勇,王劲松."三审一会"审稿制在科技期刊学术质量控制中的作用[J].安徽医科大学学报,1998,33(3):236-238.

3　李意清.论学术期刊编辑工作中的专家审稿[J].公安大学学报,2001,2:123-127.

4　宋双明,刘阳娥.对现行审稿模式的思考与建议[J].编辑学报,2003,15(5):359-360.

5　杨蕾,薛慧彬.联合　创新　实现跨越发展——三种光学类学术期刊的改革实践[J].中国科技期刊研究,2006,17(2):265-268.

6　张雁,颜严,杨蕾,等.多头并重　打造光学界品牌期刊[J].中国科技期刊研究,2007,18(4):674-676.

7　艾小刚.国际化:中国高校学术期刊进入新世纪的必然选择[J].天水师范学院学报,2003,23(4):99-103.

8　王现,吕建安,石林.美国的"百年老刊"《科学》(SCIENCE)杂志探微[J].内蒙古农牧学院学报,1998,19(4):113-116.

9　石应江.让读者满意——《Nature》的受众本位[J].中国科技期刊研究,2003,14(1):79-81.

10　李丽,张凤莲.学术质量把关的重要环节——充分发挥编委的作用[J].科技与出版,2003,5:6-8.

《气象水文装备》栏目调整的探索与实践

游大鸣　施启龙　郭酉函

(解放军理工大学气象学院《气象水文装备》编辑部　南京 211101)

[摘要]　介绍了《气象水文装备》栏目调整中,聚焦主题,精心选材,"增强五性"(即创新性、贴近性、特色性、学术性、可读性),打造精品的做法。具有较强的实践与探索性,收到一定的效果。

[关键词]　科技期刊;栏目调整;精品

《气象水文装备》(双月刊,国内统一连续出版物号 CN32-1752/P)是反映气象水文装备建设和发展的期刊,是全军诸军兵种联合办刊、地方相关企业协办、解放军理工大学气象学院(全军唯一一所气象学院)主办的综合性科技期刊。坚持以"三个服务"(即:为气象水文装备研制、生产、维修、管理人员的学术研究服务,为军队气象水文系统现代化建设服务,为社会主义经济建设服务)为期刊的根本宗旨,主题明确,从而使期刊的发行面不断拓宽,影响力日益扩大。

为满足广大《气象水文装备》读者的迫切要求,进一步拓宽气象水文装备技术知识的传播范围,从 2009 年开始对期刊栏目进行调整。常设栏目:学术与技术研究,气象水文探测,装备训练与管理,技术保障。特设栏目:院士论坛,专家特稿。现对期刊进行聚焦主题,精心选材,"增强五性"(即创新性、贴近性、特色性、学术性、可读性),打造精品的做法简述如下。

1　增强创新性

《气象水文装备》在栏目调整、确定选题和内容上,坚持立意新、观点新、思想新、方法新的遴选原则,增强期刊创新性。

(1)突出院士、专家对大气科学领域前沿的创新领衔指导作用。通过增设"院士论坛"和"专家特稿"栏目,主动向大气科学领域的院士、专家约稿。

例 1　2009 年第 1 期"院士论坛"栏目刊发的《抓住时机,开拓大气探测和装备研发的新局面》(吕达仁,中国科学院院士,中国气象学会大气物理委员会副主任,从事国家航天科学应用、大气传输相关高技术项目研究)一文指出,今天,国民经济、社会发展与国家安全对大气探测与相关设备开发提出了快速增长的巨大需求,大气探测工作者与相关产业界面临着最好的机遇。大气探测科技工作者要主动承担起重任,努力做到:①主动理解需求,正确提炼各种需求的科技内涵;②分析现有大气探测技术与装备对需求的满足程度,找出发展方向;③立足创新,推进大气探测装备的国产化战略;④加强大气探测科技工作者的科技素养,造就高水平队伍[1]。该文在新年伊始刊出,对气象水文装备科技领域的建设发展动态进行高立意、高起点、高水平的科学展望,具有极其重要的指导意义,引起了很好的反响。

例2 2009年第2期"院士论坛"栏目刊发的《合成孔径雷达在地质灾害中的应用》(贲德,中国工程院院士,中国雷达协会资深专家)一文,介绍了合成孔径雷达(SAR)的特点、工作原理、在汶川地震中的应用情况及对其今后发展的展望。SAR能获得高分辨率地面成像资料,在民用和军事领域得到广泛应用,是对灾害性事件的有力检测工具[2]。该文着重阐释了先进气象设备在及时应对突发自然灾害面前的作用,尤其是在特殊的地点、特殊的时间,进行特殊应用所发挥的重要作用。

(2)突出建设一支能够确保刊物内容创新的高水平审稿专家队伍。拥有一支学科专业领域的高水平审稿专家队伍,认真为科技期刊审稿把关是确保科技期刊内容创新的重要条件。《气象水文装备》按照大气科学专业领域的发展,顺应气象水文空间出现一体化无缝隙天气保障的趋势,注重加强能够确保刊物内容创新的审稿专家队伍建设。目前,拥有一批专业学术水平高、学科分布均衡合理的审稿专家。现有审稿专家数十名,专业研究方向涵盖了大气科学、海洋科学、空间物理学、测试计量技术与仪器和信号与信息处理等专业,包括气象学院首席教授、学科带头人、学术方向带头人和教学科研骨干等。

2 增强贴近性

《气象水文装备》力求使刊物内容贴近读者,贴近实际,增强期刊的贴近性。

(1)突出部队气象水文装备训练与管理内容的研究。

如,2009年第1期"装备训练与管理"栏目刊发的《基层气象台如何做好气象装备的精细化管理工作》一文,介绍了紧密结合部队气象台开展精细化装备管理工作的实际,针对装备数量多、技术含量高、保障任务重、管理难度大的特点,确立"着眼发展、打牢基础、突出重点、保障中心、力求配套、协调发展"的思路,制定精细化装备管理维修模式[3]。该文丰富了气象装备精细化管理的内涵,充分反映了基层气象台站官兵在气象装备保障"管装爱装"中表现出的敬业精神和科学严谨作风。

(2)突出学院转型建设中学科专业调整改革内容的研究。

如,2009年第1期"装备训练与管理"栏目刊发的《军事气象仪器与计量教学改革实践与效果》一文,介绍了主要专业课《气象仪器与检定》、《气象仪器鉴定试验技术》以部队装备和实际工作为主,实现培养方式上的突破:一是实行导师制进行开放式研究式教学;二是建立校外教学实习基地,组织本科学员到基地实习做毕业设计,组织研究生到基地实习做学位论文;三是解部队所难,为部队提供继续教育服务,做好培训工作[4]。该文将学院教育改革与部队实际紧密联系,提升了学科建设层次,具有鲜明的军事气象特色。

3 增强特色性

《气象水文装备》力求将国内外气象水文装备的新理论、新技术、新方法,作为期刊建设发展中蓄底气、固根本、管长远的重要气象科技元素,多视角地展示期刊内容的特色,增强期刊特色性。

(1)突出地方民用气象水文装备建设服务保障内容的研究。

例1 2009年第2期"装备发展"栏目刊发的《机场能见度仪组网观测系统》一文,提出了要得到更真实的能见度气象数据,需要将能见度仪组网进行观测,并针对机场能见度气象观测特点,设计开发了一套能见度组网观测系统,可以更为直观、快速、准确地检测整个机场跑道的能见度状况,提高飞行训练气象保障水平[5]。该文从理论上探讨了气象水文装备技术方法实现军民共享应用的可行性。

例2　2009 年第 1 期"技术保障"栏目刊发的《气象探测产品在铁路防洪减灾中的二次开发与应用》一文,介绍了在 GIS 的基础上,用 DELPHI 工具把济南铁路局辖区内(济南、烟台、徐州等)的 8 部气象雷达的回波情况显示在济南铁路局辖区管界图上,为铁路防洪减灾提供了可靠的天气雷达预警[6]。该文针对近年来气象灾害频发,造成铁路运输严重受阻的情况,提出专业性的气象服务产品应受到足够重视。

(2)突出国际上先进气象水文装备应用内容的研究。

例1　2009 年第 2 期"装备发展"栏目刊发的《卫星资料在美国海军水文气象业务中的运用简介》一文,介绍了气象卫星资料在美国海军水文气象保障方面的应用与研究。利用卫星资料,美军在研究涡旋、波浪,编制海岸线变化图,绘制沙洲和浅滩区地图,分析冷暖洋流和确定海洋污染等方面做了大量工作[7]。该文较深入地介绍了美军在这个领域的相关研究情况。

例2　2009 年第 1 期"装备发展"栏目刊发的《欧空局测风任务——ADM 风神任务》一文,介绍了欧空局 ADM 风神任务的研究背景、仪器探测原理与功能以及产品处理流程[8]。该文指出风神任务的实施将首次实现星际全球三维风场的直接观测,为气候研究与数值天气预报带来新机遇。

4　增强学术性

《气象水文装备》主动向学术水平高、创新能力强、从事前沿课题研究的专家学者约稿,增强期刊学术性。

(1)突出气象水文空间一体化无缝隙天气保障中重点对空间和海洋气象应用内容的研究。

例1　2009 年第 3 期"学术与技术研究"栏目刊发的《临近空间大气探测与应用研究》一文属于航天高技术领域研究课题,自然科学基金资助项目,作者是中国科学院空间科学与应用研究中心研究员。论文描述了临近空间大气原位探测和遥感原理,介绍了若干先进的无线电和光学地基探测设备及某地可重部署临近空间大气综合探测站,分析了临近空间大气探测的若干应用研究[9]。该文指出了临近空间大气探测研究对于我国临近空间大气环境保障所具有的重要作用。

例2　2009 年第 4 期"专家特稿"栏目刊发的《波浪会对西边界流有影响吗?》一文由中国海洋大学海洋环境学院教授撰写,属国家"973"重点基础研究规划资助项目,介绍了基于大洋环流西边界强化和大洋涌浪东边界强化的观测事实,对波浪是否对西边界流有影响进行了研究;利用 ECMWF 风场和波浪场再分析资料计算得到了波浪 Stokes 输运和 Sverdrup 输运,发现两者有近乎一致的季节变化规律,为波浪会对西边界流有影响提供了有力证据[10]。该文指出了波浪诱导的 pumping 可能对深层环流研究有重要意义。

(2)突出吸纳硕士研究生论文稿源。近年来,随着学院研究生教育规模的扩大,硕士研究生论文数量大幅度增加。《气象水文装备》注意扩大吸纳硕士研究生稿源，这已成为改善稿源质量，提高期刊学术质量的重要环节。

2009 年 1～3 期的"学术与技术研究"、"装备发展"栏目等学术研究性较强的文章，其每期研究生发表的文章占近 40％。如，2009 年第 1 期的"学术与技术研究"、"装备发展"栏目共刊发 14 篇文章，其中刊发的研究生文章有 6 篇。其他如"学术与技术研究"栏目刊发的研究生文章《气象传感器网络局域网构成研究》、《DPS-4 型电离层测高仪及其在在电离层探测中的应用》、《基于 VC＋＋ 6.0 微波功率测量软件设计》、《电离层廓线反演的分离假设》，"装备发展"栏目刊发的研究生文章《微型测风传感器的研究现状》、《超声风速温度仪测量原理及现状》等，均有一定学术价值。

5　增强可读性

《气象水文装备》力求兼顾提高与普及，高雅与通俗的关系，尽量做到化深奥为浅显，文章层次统筹兼顾，增强期刊可读性。

（1）突出重大突发事件结合气象水文装备保障内容的研究。

例 1　2009 年第 3 期"学术与技术研究"栏目刊发的《基于静止气象卫星云图的地震前征兆现象研究》一文，介绍了利用气象卫星云图预测地震研究的新方法，并对"地震云"和"地震征兆云"等理论进行了研究[11]。该文使用 2008 年 5 月汶川地震期间的 FY-2 卫星云图对红外异常理论进行了检验。

例 2　2009 年第 3 期"学术与技术研究"栏目刊发的《地震与空间天气异常分析》一文，介绍了利用 5·12 汶川地震前重庆、昆明、拉萨、兰州和青岛五个测站的电离层 F2 层临界频率资料，分析震前电离层异常现象确实存在[12]。该文指出这可以作为将来进行地震短临预报的有效工具之一。

（2）突出边远地区基层部队气象台站气象水文装备技术保障内容的研究。

如，2009 年第 1 期"技术保障"栏目刊发的《利用系留气球的低空风实时测量方法》一文，介绍了一种大气边界层低空风实时测量方法。该方法施放携带 GPS 定位仪的系留气球，根据系留气球与锚泊点的经度、纬度和海拔高度可以计算出系留气球的方位角和仰角，再通过气球半径、净浮力和风压参数计算出实时风向风速[13]。该文介绍的技术方法简单易行，可用于边远地区边界层风的实时测量。

6　结束语

主题是期刊的灵魂。从专业宏观立意，在应用细处生笔，聚焦主题，精心选材，"增强五性"，打造精品，可以更好地发挥综合性科技期刊的传播报道作用，拓宽读者知识视野，提升学术水平，提供解决问题的思路。近年来，《气象水文装备》受到全军各军兵种领导机关和部队气象水文装备科技人员的普遍欢迎，还受到中国气象局、中国气象学会以及全国各省地市气象水文装备专业领域广大科技人员的一致好评，取得了较好的实践效果。

参 考 文 献

1 吕达仁.抓住时机开拓大气探测和装备研发的新局面[J].气象水文装备,2009,20(1):1-3.

2 贲德.合成孔径雷达在地质灾害中的应用[J].气象水文装备,2009,20(2):1-4.

3 毛景润.基层气象台如何做好气象装备的精细化管理工作[J].气象水文装备,2009,20(1):52-53.

4 陈晓颖,王晓蕾,王举,等.军事气象仪器与计量教学改革实践与效果[J].气象水文装备,2009,20(1):57-58.

5 沙广军,曲来世,孙学金,等.机场能见度仪组网观测系统[J].气象水文装备,2009,20(2):39-41.

6 韩琇,石红艳,黄磊,等.气象探测产品在铁路防洪减灾中的二次开发与应用[J].气象水文装备,2009,20(1):71,74.

7 陶恒锐,王知田.卫星资料在美国海军水文气象业务中的运用简介[J].气象水文装备,2009,20(2):45-47.

8 郑军,陈亚明.欧空局测风任务——ADM风神任务[J].气象水文装备,2009,20(1):49-51.

9 胡雄.临近空间大气探测与应用研究[J].气象水文装备,2009,20(3):1-4.

10 吴克俭.波浪会对西边界流有影响吗[J].气象水文装备,2009,20(4):1-4.

11 李郓,倪娜,熊承伟,等.基于静止气象卫星云图的地震前征兆现象研究[J].气象水文装备,2009,20(3):5-8.

12 黄少昆,王伟民,刘铁军,等.地震与空间天气异常分析[J].气象水文装备,2009,20(3):20-23.

13 许文忠,王雷,石鹏飞,等.利用系留气球的低空风实时测量方法[J].气象水文装备,2009,(1)15-17.

通过专题组稿提高刊物学术质量的实践

管兴华　岳东方　伍宗韶　于建荣

（中国科学院上海生命科学信息中心《生命科学》编辑部　上海 200031）

［摘要］　根据《生命科学》2005－2009 年专题组稿的实践情况，作者明确指出了专题组稿对提升刊物学术水平的重要作用，并提出选题应把握国际研究前沿，注重科学性、创新性和导向性；组稿方式应多样化，充分发挥编辑人员的主观能动性，打破传统的工作方式，走出去，与专家面对面交流；同时多关注专题的效果和信息反馈。

［关键词］　专题组稿；生命科学；科技期刊；期刊选题；期刊组稿

学术质量和科技水平是科技期刊的生命线，是决定科技期刊影响力和可持续发展的关键[1]。在实际工作中发现，作者自由投稿的稿件往往良莠不齐，文章质量难以保证，要想全面提高文章的学术质量和水平，很重要的一点，就是充分发挥编辑人员的主观能动性，通过各种渠道，主动出击，直接向一线的专家组稿。这样的稿件，有的由专家亲自撰写；有的由专家亲自把关，科学性和先进性突出，质量得到了保证；同时编辑人员通过亲自调研和组稿，加深了对科研热点的把握以及对国内科研布局的了解，有利于丰富自身的学科专业知识和编辑水平的提高。

《生命科学》作为生命科学领域的综合性学术期刊，主要发表综述和评述类文章，为国内科研工作者提供生命科学领域国内外最新研究进展，发挥着科研导向的作用。为了更好地发挥这一作用，自 2005 年起，本刊采用专题组稿的形式对热点领域进行专题报道，开辟了专题栏目。从 2005 年至 2009 年第 1 期，共组织了 10 个专题 86 篇文章，受到了读者的一致好评。本文针对专题组稿的实践情况谈一点选题组稿的体会，为提高科技期刊学术质量和科技水平提供借鉴。

1　选题关注领域研究重点和前沿

科技期刊的选题是编辑工作的重要环节之一。一个专题最终学术影响力的大小，首先要看选题是否遵循科学性、创新性和导向性原则；其次，选题一定要从读者的需求出发，紧跟国际研究前沿热点，着眼于研究人员所关注的领域。对此，我们遵循这些原则和以读者为本，从关注以下四个方面来做好《生命科学》专题栏目的选题和组稿工作，并取得了较好的效果。

1.1　关注国内外研究热点

1.1.1　干细胞研究

1999 年和 2000 年干细胞研究连续两年被美国 Science 杂志评为年度十大科学进展之一，并被推举为 21 世纪最重要的十项研究领域之首，位居"人类基因组测序"这一浩大工程之前[2]。干细胞相关技术的研究成为各国技术竞争的焦点,而在我国颁布的"十一五"规划中,也明确提出重点支持干细胞的研究。为及时跟踪反映这一领域的进展情况,为国内的科研工作者提供参考。2006 年,我们组织了"干细胞研究"专题,分别就干细胞概述、人胚胎干细胞、成体干细胞、脐带血干细胞和肿瘤干细胞等几个方向组织稿件,最终成稿的有卢光琇院士的"干细胞概述"、李凌松教授的"胚胎干细胞"、韩忠朝院士的"脐带血干细胞的基础与应用研究"、裴雪涛院士的"成体干细胞及其在再生医学中的作用"以及顾健人院士的"癌干细胞研究进展",这些专家撰写的文章使读者能更全面和深入地了解国内外干细胞领域的研究进展和发展态势。

1.1.2　模式生物研究

据统计,刊登在 Nature、Science 和 Cell 等重要杂志上的论文中,80%以上有关生命过程和机制的研究都是通过模式生物来进行的,用模式生物进行的研究已成为主流研究领域的重要组成部分[3]。2006 年,我们专门组织了一期"模式生物"专题,邀请国内从事模式生物学研究的专家撰写相关文章,对线虫、果蝇、斑马鱼、小鼠和拟南芥等模式生物在研究工作中的历史轨迹、各自优势、技术手段、热点课题、发展前景,以及对生命科学现象揭密和人类疾病治疗探索的重大贡献做了简要、系统的介绍,并邀请了朱作言院士为该专题写序。

1.2　关注重大研究计划

1.2.1　蛋白质研究和生殖与发育

2006 年,国家重点基础研究发展计划("973"计划)启动了蛋白质研究、量子调控研究、发育与生殖研究四个重大科学研究计划,部署了 40 个项目,共安排经费 40 亿元人民币,这其中生命科学领域就占了 50%。我们意识到在国家的大力资助下,我国科学家在生命科学这两个领域的科研实力将在未来几年中得到迅速提高。与主编讨论后,我们决定以蛋白质研究、生殖与发育为题组织两期专题,共组稿 13 篇,分别发表于 2007 年的第 3 期和第 4 期。

1.2.2　细胞重编程

2008 年,美国 Science 杂志将"细胞重编程"评为当年十大科学进展第一位。我国科研工作者也迅速加入到这一领域的研究竞争,由国家自然科学基金委员会生命科学部资助的"细胞编程与重编程的表观遗传机制"重大研究计划随即启动。该研究计划总投入 1.5 亿元人民币,连续支持 5~8 年[4]。由于国家自然科学基金委员会生命科学部是我刊主办单位之一,我们充分利用这一资源优势,与主办单位加强合作,计划在随后几年中,结合此项重大研究计划推出"表观遗传学"等系列专题,及时反映研究进展。"细胞重编程"专题发表于 2009 年第 4 期。

1.3　关注重要学术会议

1.3.1　纳米生物学

依托主办单位之一的上海生命科学研究院,积极参加院属各单位的前沿学术会议。上海交叉学科研究中心于 2007 年 12 月召开了主题为"纳米生物学——未来之挑战"的第 8 次上海圆桌会议,与会的报告人都是国际纳米生物学领域的知名专家。尽管这次会议在北京分会场进行了视频转播,但能够到场参会的人毕竟有限。为扩大会议的影响,同时提高杂志的学术水平,我们联系了组委会,由专人把每位报告人的报告整理成文,并请欧阳钟灿教授撰写前言,以"纳米生物学"为主题,共计 15 篇文章,在《生命科学》2008 年第 3 期上发表。

1.3.2　神经科学前沿

2008 年 5 月,上海交叉学科研究中心召开了第 9 次上海圆桌会议,题为"神经科学前沿"。来自美国、瑞典、德国、中国等多个国家的神经科学专家分别就神经环路的分子细胞机制、神经环路的功能和可塑性,以及运用计算理论的方法研究神经科学和了解脑的认知功能等多个前沿领域进行了讨论。报告整理成文后,由蒲慕明教授撰写引言,以"神经生物学"为专题,共计 15 篇文章,发表于《生命科学》2008 年第 5 期。

1.4　关注重大科技事件

2009 年,投入使用的上海光源国家重大科学工程,总投资约 12 亿元人民币,是一台高性能的中能第三代同步辐射光源,是我国迄今为止最大的大科学装置和大科学平台,在科学界和工业界有着广泛的应用价值。我们充分认识到了上海光源将会大大促进生命科学领域的研究。对此,组织了"辐射光源在生命科学研究中的作用"专题,组稿 6 篇文章,刊载于《生命科学》2009 年第 1 期。

2　组稿方式灵活多样

2.1　编辑组稿

做好选题后,由编辑人员与专家联系,介绍《生命科学》的办刊风格、特色和选题价值,争取专家能够答应撰稿。由于专家往往科研、教学或其他事务都比较繁重,经常没有空闲时间撰稿,所以要同时邀请其他合适的专家进行组稿。如"模式生物"专题中"线虫"这一领域邀请了三位专家才得以完成组稿;而"生殖与发育"专题中原定组织 7 篇文章,但"生殖细胞健康与母胎识别及免疫豁免的分子基础"一文作者本已答应撰稿,但后来由于时间安排太紧,最终没有完成稿件,而我们也没有时间联系其他专家了,最终只发表了 6 篇。这种方式对编辑来说工作量比较大,要经常与专家沟通,了解文章撰写的进度,协调同一专题不同题目间的关系。同时,在实际操作过程中不确定因素较多,需要编辑人员随机应变,不断地调整思路,以保证专题文章的顺利组织。

2.2　主编组稿

充分发挥主编的学术影响力和号召力,由主编出面联系专家,进行组稿。由于主编在该领域学术水平高,对每个撰稿专家的研究内容有较深的了解,能够高屋建瓴,在稿件约稿之初对每篇文章内容给出恰当的意见和建议。这样组织的稿件内容上各有侧重,相得益彰。如"RNA"专题就是由我刊常务副主编王恩多院士负责组织。

2.3　其他专家组稿

充分发挥编委会中相关领域的知名专家的能动性,由其牵头,确定专题内容、方向以及撰稿专家人选,并最终实施组稿。最终的稿件可以由专题负责人统一审阅后一起发到编辑部进行加工,也可以由撰稿人直接投稿到编辑部,然后由编辑部安排审稿。如陈宜张院士负责组织的"单分子成像"专题,组织了 7 篇高质量的文章,其中包括陈先生亲自撰写的"近年细胞单分子研究的重要进展"一文;陈佺教授负责组织的"线粒体"专题共组织稿件 10 篇,陈佺教授除了撰写"简述调控线粒体形态变化的分子机制"外,还为专题作序。

3　反馈与评价

专题的推出克服了作者自由投稿研究方向相对分散、整体水平相对不高的不足。专题组织的稿件具有主题明确、内容丰富、导向性强的特点,从而使《生命科学》刊载文章的学术质量水平得到了提高,同时对前沿动态和热点的报道也更好地满足了广大相关领域研究人员的需求。例如,《生命科学》2008年第3期的"纳米生物学"专题出版后,东北师范大学的读者来信表示:"这一期的纳米生物学专题太精彩了,不用参加会议就能看到翻译得如此漂亮的文章感到很高兴。"

通过引文分析发现(源自中国知网"中国引文数据库"),与同期发表的文章相比,专题文章的平均引用次数明显高于自由投稿文章。以2006年第4、5期发表的"干细胞"专题和"模式生物"专题为例,两个专题共发表文章11篇(包括朱作言院士的序言),每篇文章都得到了不同程度的引用(表1)。从2006全年来看,专题文章的平均被引频次为6次,而全年文章平均被引频次为2.31次(表2)。可见,专题文章的影响远高于一般的自由来稿。

表1　"干细胞"和"模式生物"专题被引频次

专题	题名	作者	被引频次
干细胞专题	干细胞概述	林　戈,卢光琇	9
	胚胎干细胞	李凌松,王　莉	2
	脐带血干细胞的基础与应用研究	顾东生,刘　斌,韩忠朝	8
	成体干细胞及其在再生医学中的应用	习佳飞,王韫芳,裴雪涛	5
	癌干细胞研究进展	李锦军,顾健人	9
模式生物专题	模式生物研究	朱作言	2
	小线虫,大发现:*Caenorhabditis elegans*在生命科学研究中的重要贡献	秦峰松,杨崇林	8
	生命科学与人类疾病研究的重要模型——果蝇	万永奇,谢　维	8
	斑马鱼:在生命科学中畅游	孙智慧,贾顺姬,孟安明	7
	小鼠的遗传学研究	林兆宇,高　翔	1
	拟南芥——一把打开植物生命奥秘大门的钥匙	张振桢,许煜泉,黄　海	7

表2　2006年全年及专题的发文量和被引频次

	发文量	被引频次	平均被引频次
专题	11	66	6
2006年4、5期	41	99	2.41
2006年全年	105	243	2.31

4　体　会

现在的时代,科技成果层出不穷,知识更新速度加快。科技期刊作为学术传播的重要渠道,具有一定的时效性,要能及时反映最新研究进展。这就需要编辑人员在进行前期主题策划时有预见性,能够依靠敏锐的科研嗅觉,在日新月异的科研进展中筛选出有价值、有影响力的信息,把握科研动向。目前科技期刊的主办单位一般都是学术机构和团体,其各类学术信息丰富,如我刊主办单位之——国家自然科学基金委员会生命科学部,每年都要资助一批优秀项目,并且召开相关的项目评审会。我们要加强与主办单位的沟通与联系,经常参加相关领域的学术会议,把握科研动态,从中获得有价值的信息。这是开拓稿源,做好专题选题和组稿的重要途径之一。

在实际的组稿实践中,要想取得较好的效果,充分利用各方资源是必要的。在确定选题后,如果能够得到主办单位或者领域内知名专家的支持和帮助往往能事半功倍。作为组稿的主要实施者,编辑人员需要不断加强与本领域知名专家的沟通,这样在组稿的时候也会相应得心应手,一方面可以迅速邀请合适的撰稿专家,另一方面组稿的成功率也会大幅提高。

选题组稿是编辑工作流程中发挥编辑人员主观创造性的重要环节,编辑部需要继续重视和加强这方面的工作,特别是要加强与各主办单位和编委会的联系,组织好专题。通过专题组稿,有利于更好地体现杂志的特色和风格,有利于进一步提升刊物发表文章的质量水平,以吸引更多的读者和作者,同时,也有利地促进了编辑人员更好地把握学科发展的前沿动态,从而进一步促进了专题的组织,形成良性的循环,以利于刊物更好地发展。

参 考 文 献

1 李焕荣.《中国中西医结合杂志》选题思路和组稿方式探讨[J].中国科技期刊研究,2008,19(1):104-106.

2 林戈,卢光琇.干细胞概述[J].生命科学,2006,18(4):313-317.

3 朱作言.模式生物研究[J].生命科学,2006,18(5):419.

4 江虎军,杜生明,沈岩.国家自然科学基金委员会启动"细胞编程与重编程的表观遗传机制"重大研究计划[J].生命科学,2009,21(1):1-3.

利用信息技术提高科技期刊质量

陈　韬

（上海市健康教育所　上海 200040）

[摘要]　本文主要介绍如何利用文献检索、软件应用、编程开发等信息技术，对科技期刊的稿件内容，如专业名词、关键词、参考文献、引文分析等，进行改进，以期提高科技期刊的质量水平。

[关键词]　信息技术；科技期刊；质量

信息技术的应用领域已非常广泛。作为科技期刊的编辑，不仅要懂得本学科的专业知识，也要努力提高计算机应用水平，尤其要加强与科技期刊编辑工作相关的计算机知识的学习。笔者现就如何应用相应的信息技术，诸如文献检索、软件应用、编程开发等，对期刊的专业名词、关键词、参考文献、引文分析等内容进行改进，以进一步提高科技期刊的质量水平。

1　专业名词和关键词的规范统一

责任编辑在文稿加工时经常会遇到各种各样的问题，如专业术语、英文缩略语的正确使用等，这些都可以通过文献检索来核实或纠正，以减少一些不应出现的错误。对于编辑没有遇到过的新的名词术语，不能简单地遵从作者的表达方式，对有疑问的可检索英汉牛津线上词典、医药学大辞典等。值得一提的是"金山词霸医学版"和"黑马校对软件"，两者都涵盖了全国自然科学名词审定委员会审定的各学科专业名词，具有相当高的权威性，在计算机上检索也非常方便。在编辑过程中，应尽量做到专业名词的规范统一。

关键词的标引是医学论文非常重要但很容易被忽视的地方，它关系到文章的检出率。有些作者所选择的主题词不够规范，为了增加文章的被引频次并被正规数据库（比如中国知网、中文期刊网等）引用，责编在修改稿件时应力争使所选的关键词为主题词，至少第一个关键词是主题词。虽然生物医学主题词表每年都在更新，但不是所有作者都能查到，因此责编应帮助作者选好主题词，这是提高文稿质量和增加被引用率的关键。这里推荐一款软件——"医学助手2009"，其内容包括了医学主题词表（MeSH）：医学主题词表、副主题词表以及款目词的检索；国际疾病与相关健康问题统计分类（简称 ICD）——ICD-10 疾病编码字典和 ICD-9 手术编码字典；药物分类手册（主要数据来自 2005 版药典）等等。该款软件目前提供免费下载。

科技期刊论文中有很多统计学方程和数学公式，它们中的不少符号使用不规范的现象较多，有很多作者不知道该如何处理，编辑也不善于处理。而 Mathtype 公式编辑器是一个强大的数学公式编辑器，与常见的文字处理软件和演示程序配合使用，能够在任何支持对象的链接与嵌入的文字处理系统(如 Word)中调用,是编辑符号、公式和方程的得力工具。

2　参考文献的文献检索

参考文献是对期刊论文引文进行统计和分析的重要信息源之一,是评价科技论文学术水平的重要依据之一。著录参考文献为文献计量学、研究文献情报的价值和效益提供数据。对参考文献的核对可以审核参考文献著录是否标准化、规范化以及参考文献的科学性和真实性,一般来说论文引用的参考文献过于陈旧,那么论文的创新就较差,如果不参考近期资料,则很难保证选题的新颖性[1]。

比如在文章内容中,论著文稿的核心是讨论,而相当一部分作者临床试验或研究做得有理有据,就是在讨论时内容贫乏,主要是文献占有量不足,在对自己的研究结果做出解释时就会出现论证不足,论据不充分。这主要因为文献不够新颖和全面。一般来讲,国外医学期刊推荐引用近 5 年的参考文献,编辑可以根据专家的审稿意见,检索一些相关文章,并附上检索结果的题录,给作者提出具体的修改意见,这对作者突出自己的文章论点和创新性具有重要意义[2]。

3　引文分析结果的应用与期刊质量的提高

引文统计的主要内容如下[3]:(1)统计引文语种,可以了解期刊作者群掌握和运用外语的情况以及吸收国外先进研究成果和知识的能力和程度。(2)统计引文的类型分布,可以了解各类情报源被利用的程度,为科学评价情报源的应用价值提供参考。(3)分析引文年代分布规律,可以反映出被引文献的出版、传播和利用的情况。(4)引文量的多少,反映了作者的知识水平、研究环境和掌握有关资料的系统性情况。(5)引文期刊学科分布,一种专业期刊所载论文被引用次数多,说明该刊被利用的次数也多,表明该期刊在本学科领域的信息交流中起着相对重要的作用。因此,调查分析专业期刊的被引次数,可以客观地揭示该期刊在本学科情报信息交流中所处的地位。

现在的计算机语言越来越高级,也使编程变得越来越容易。笔者曾用 Python 和 Java 语言编写了部分的源代码,目的不仅是查找与替换文本,还包括了针对文本中的重要名词进行频率统计,重要名词包括了引文量、引文类型、引文语种、引文年代等,也可以进行作者的地域分布统计、meta 分析等等。往往只要采用一两个函数,几个对象和方法就可以实现分析。注重引文分析,对提高科技期刊的质量有着非常重要的作用。对期刊的办刊方针、期刊的发展方向、期刊的选题,甚至审稿专家的选定都可以通过相关信息分析结果来决定。

4　信息检索与对学术不端行为的遏制

当然,信息技术是一把"双刃剑",在带给编辑便利的同时,也给一些学术动机不端的作者"编造"论文带来方便,这无疑也增加了编辑审稿的难度[4]。文献检索技术结合"学术不端检测系统"给编辑增加了一种认真查证的方法。基于词频统计的数据挖掘技术也可以对重复内容的文章进行检索查证。"学术不端文献检测系统"由中国科研诚信管理研究中心研发,该库采用资源对比总库,在组织结构上不仅突出知识的内在关联,更形成了以文献库、概念知识元库、学术趋势库、学者成果库和专家评价库为主题的特色资源库,不仅针对不同的文档类型和内容特征,支持从词、句子到段落的数字指纹定义,并可对图、表等特殊检测对象进行基于标题、上下文、图表内容结合的相似性检测处理,还可根据特定的概念、观点、结论等内容进行智能信息分类处理,实现语义级别内容的检测。可用于抄袭、伪造、一稿多投、篡改、不正当署名、一个成果多篇发表等多种学术不端行为的检测。

该系统的功能主要包括:已发表文献检测、论文实时在线检测、问题库查询以及自建比对数据库功能。该系统不仅可以为研究生培养机构提供论文审查技术支持、学位论文质量评估,还可以对已经发生学术不端行为的学位论文进行后期跟踪处理,可以实现高校学位论文学术不端行为的预防和治理两重功效,在一定程度上针对学术不端行为可能带来的严重后果和恶劣影响形成了天然的科技屏蔽作用。科技期刊编辑可以通过信息检索抵制学术不端行为。

5 结语

总之,现代信息技术的发展对科技期刊的编辑提出了更高的要求,编辑需要通过计算机联网与作者、审稿人、读者建立联系,需要掌握一定的软件应用、文献检索技术、高级语言编程开发技术等等,以期提高期刊质量水平。

因此,编辑要不断加强学习,形成终身学习的意识,不但要在编辑业务和专业学科上有更深、更广的研究,还要及时收集和掌握信息技术的科研状况,不断丰富自身的信息库,提高对稿件的审辨能力。只有这样才能把好质量关,把最新、最好、最有价值的成果传播出去,不断提高科技期刊的质量。

参 考 文 献

1 陈平,李学敏.医学信息检索在稿件质量控制中的作用[C]//上海市科技期刊编辑学会.科技期刊发展与导向(第五辑).上海:上海科学技术文献出版社,2005:237-240.

2 高森.医学期刊编辑与文献检索[J].中国科技信息,2009(3):158.

3 李宗红.《编辑学报》2001-2004年引文分析[J].科技情报开发与经济,2006,16(23):110-112.

4 韩长友.信息不对称对编辑审稿的负面影响及其对策[J].中国科技期刊研究,2009,20(4):699-700.

利用高校学术优势提高高校学报学术质量

顾 凯 邹 栩 陈 玲

(《中国药科大学学报》编辑部 南京 210009)

[摘要] 针对我国高校学报发展现状,分析学术质量在高校学报可持续发展中的重要作用,以及学报依托高校所具有的学术优势,并结合《中国药科大学学报》的办刊实践,提出了高校学报充分利用学术优势、提高学术质量、实现期刊可持续发展的有效策略。

[关键词] 学术质量;高校学报;学术优势;可持续发展

高校学报是由高等学校主办的展示校内外科研成果的重要窗口和交流平台。目前,我国大学学报有 2 000 多种,占全国期刊数量的 1/4 左右[1]。虽然数量众多,但在学术内容上能反映国内领先水平的学术和科技成果的高校学报并不多。究其原因,一方面来自国外期刊(特别是 SCI 收录期刊)对稿源越来越激烈的竞争,导致国内大量优质稿源外流。据中国科学技术信息研究所公布的统计结果显示,2008 年《科学引文索引》(SCI)收录的中国科技论文总数为 11.67 万篇,较 2007 年的 94 800 篇增加了 21 900 篇,占世界份额的 9.8%,位列世界第二位[2]。另一方面,目前不少高校学报已经成为老师和学生发表低质量论文的园地。这无疑降低了高校学报的学术价值,也影响了高校学报的整体形象。基于以上因素,中国高校学报缺乏高学术质量的稿件,发展受到严重影响。

面对国际科技期刊质量精品化、运营集群化、手段信息化、市场细分化、竞争全球化的趋势,高校学报必须实现可持续发展,才能在激烈的竞争中站稳脚步。本文就学术质量在高校学报可持续发展中的重要作用,以及高校学报具有的学术优势予以分析,并结合《中国药科大学学报》的发展实践,提出高校学报充分利用学术优势、提高学术质量、实现期刊可持续发展的有效策略。

1 学术质量在高校学报科学发展中的重要作用

学术性是高校学报的重要属性,学术质量是高校学报可持续发展的根本所在,在其科学发展中起着重要作用。由于高质量的学术论文备受广大科技工作者的关注,学术评价很高,被引用的次数也相对较多。因此,刊登高质量的学术论文对提高刊物的影响因子,提高学术影响力,提升品牌形象和扩大发行量大有裨益。

同时,高校学报的影响力和品牌形象在一定程度上又会影响到稿源的丰富程度和整体学术质量。因为从科研工作者的角度而言,为了使其科研成果得到广泛的关注和认可,在投稿时他们往往倾向于学术影响力大、影响因子高、读者众多的科技期刊。因此,优秀期刊吸引优质稿件的能力越来越强,稿源也更加充足,为期刊整体学术质量的提高奠定了良好的基础,开拓了发展空间,形成期刊科学发展的良性循环。

2   高校学报具有的学术优势

高校学报与其他科技期刊相比,在提高刊物学术质量方面有着自身的优势。首先,高等学校拥有丰富的科技人力资源,是生产国际论文和国内论文的主体,容易形成学报稳定的作者队伍。2007 年,SCI、EI 和 ISTP 三系统收录的我国科技论文中 84.6% 出自高等学校[3];在国内科技论文中,高等学校发表论文占论文总数的 67.35%[4]。其次,高校承担了大量国家科技项目,科研力量逐年增强[5]。据统计,高校获国家自然科学基金资助项目经费一直为各研究机构之首。从 2001 年以来,高校获得基金委项目数量的比例一直稳定保持在 75% 左右[6]。高校学报以这些重大科技项目为依托来发展学术出版事业,无疑可以顺理成章、水到渠成[7]。此外,高校举办的各种学术交流活动频繁,这些学术交流活动一般能够反映学科的研究热点,学报编辑人员可以很方便地与专家学者联系并组织到优质稿件。高校学报的科学发展应充分利用高校的学术优势,充分发掘优质稿源,把"高校"属性发挥到极致[8]。

3   提高高校学报学术质量的有效途径

《中国药科大学学报》是教育部主管、中国药科大学主办的药学类综合性学术期刊,连续 14 年被列为全国中文核心期刊,并已被国内外 20 多家数据库收录,在药学期刊界享有较高的声誉。除此之外,2008 年《中国药科大学学报》获得首批中国精品科技期刊和连续两届中国高校精品科技期刊称号。由于注重学术质量,《中国药科大学学报》的学术品位不断提升。近年来,《中国药科大学学报》的影响因子始终稳居全国药学学术期刊的前列。据中国科技信息研究所和万方数据股份有限公司出版《中国期刊高被引指数(2008 版)》公布的数据显示:《中国药科大学学报》2002—2006 年的 5 年影响因子为 1.010,位居中国高校学报(医药卫生)第 1 位,全国药学学术期刊第 4 位。《中国药科大学学报》的发展得益于长期以来对优质稿源的开拓、学术栏目的策划以及审稿方面的严格把关。

3.1   积极组织原创性论文

高校学报注重发表原创性研究成果,有助于提高期刊的学术权威性和影响力。中国药科大学在药学界享有盛誉,是教育部直属、国家"211 工程"重点建设大学,是我国首批具有博士、硕士学位授予权的高等院校之一。《中国药科大学学报》依托中国药科大学学科特色和优势,追踪国家级重大药学科研项目和热点课题,关注国内外药学领域内的前沿发展信息,与编委、学科带头人、基金项目负责人以及研究生导师建立长期联系,发表了许多学术质量较高、值得国内外同行参考的药学原创性论文。2009 年发表的论文中,国家自然科学基金项目、国家高技术研究发展计划("863"计划)以及国家重点基础研究发展计划("973"计划)的论文占发表论文总数的 1/3。据《中国学术期刊综合引证年度报告》(2008 版)的数据显示,《中国药科大学学报》的基金论文比达到 0.55。

编辑部密切关注药学领域的新闻动态,积极参加校内外科技学术交流活动,向国外专家(特别是校友和华裔科学家)有计划地进行组稿。这样不仅起到了科研创新的导向作用,更提高了期刊的知名度和学术质量。例如,2006 年 10 月美国 FDA 首次批准植物药 Veregen(茶多酚)的上市申请,这一事件说明复方成分中草药已被西方医学界接受并重视,因而引起了国内中药科研工作者的极大关注。《中国药科大学学报》就研究者们关心的问题,特邀美国华裔科学家撰写了一篇有关中药在美国的地位和 FDA 政策方面的论文,为科研工作者申报中药新药提供思路。该文刊出后深受读者好评。

此外,为了吸引拟向国外科技期刊投稿的优质原创性论文,编辑部对质量高的论文进行快速评审,使最新科研成果通过"绿色通道"发表,大大缩短发表周期,提高了作者的投稿积极性。

3.2 培养高水平的作者队伍

高等院校是科技工作者成长的摇篮,高水平的作者队伍是高校学报重要的人才资源。科研成果需要作者通过文字表达出来,并传递给读者。由于相当一部分科技工作者精于实践而疏于文字,而且许多中青年作者(特别是博士、硕士研究生)的投稿是作者开始研究工作后发表的第一篇论文,科技论文写作技巧相对缺乏,难以科学准确地表达其科研成果。为了培养素质较高且相对固定的作者队伍,《中国药科大学学报》充分发挥其育人的属性,将人才培养作为办刊的一项重要工作上来抓,在培养作者严谨的科学作风和提高学术表达能力等方面开展了许多工作。编辑部不仅言传身教、一对一指导青年作者修改论文,开设论文写作选修课,而且连续两年通过举办"研究生论坛",为校内外药学专业研究生、本科生传授科技论文写作知识,培养他们的科研写作能力。此外,编辑部还专门印制了《研究生论文写作手册》,详细介绍了科技论文的写作要求与规范,以及写作中容易出现的问题,免费发放给在校研究生和本科生。编辑部对青年科研工作者的启发与培育,激发了他们的写作热情与投稿积极性,在广大作者中赢得了良好的口碑,也为期刊培养了一批相对固定的高水平作者队伍。

3.3 策划学术特色栏目

学术特色栏目可以突出高校学报的学科优势,并有效提高高校学报的学术质量。栏目的设置应该基于读者需要,为读者服务,使读者受益。《中国药科大学学报》的读者群体主要是药学领域的科研工作者,他们非常关注国际上药物研发动态,需要了解国内外医药信息情报。为此,《中国药科大学学报》除了开辟"药学前沿"、"论文"、"简报"、"技术交流"和"综述"等栏目外,通过补白及增加插页的形式及时刊登药物研究领域的研究成果和重大事件,并增设"世界药研之窗"栏目,及时报道世界新药上市、Ⅲ期临床药物、扩大适应证药物和新型药物输送系统等信息[9]。这些学术特色栏目充分起到科技信息交流的作用,不仅丰富了信息量,更提高了期刊的学术质量,因此受到了读者的关注和好评。据《中国学术期刊综合引证报告(2007 版)》显示,《中国药科大学学报》Web 即年下载率大幅度提升,达65.5%,位居药学学术期刊前列。

3.4 完善审稿人队伍建设

高校学报所登载论文的学术质量,在很大程度上依靠审稿人的把关。如果审稿人把关不严,就可能使一些学术质量达不到发表要求的稿件得以发表。而学识渊博、治学严谨的审稿人大多数都来自于高校。对于高校学报而言,这部分审稿人队伍庞大,且联系方便。因此,充分发挥立足高校的优势,完善审稿人队伍建设是确保高校学报学术质量的重要前提。《中国药科大学学报》严格实行"三审"制,将本校优秀的学科带头人和学术骨干纳入审稿人队伍,根据审稿人的审稿意见判断审稿人的专业水平和审稿的认真程度,及时剔除审稿水平不高、态度不认真的审稿人,以保证审稿的公正性与准确性。此外,为了扩大国际影响力,

《中国药科大学学报》严格规范英文稿件和英文摘要的书写，专门聘请专家，成立审校英文稿件的专家组。专家组的成员来自本校资深英语专家和各学科的科研精英、学者。一篇英文稿件和英文摘要只有经过英语专家和学科专家的两重审校后才能见刊，这样可以将英文表述差错降到最少，进一步提高刊物的学术质量。

3.5　防止学术不端行为侵蚀

近年来，在功利心理的驱使下，高校里出现了许多抄袭、剽窃和一稿多投等学术不端行为，这不仅是学术界乃至整个社会共同谴责的问题，也给期刊学术质量带来严重隐患[1]。《中国药科大学学报》注重对来稿的审查，力求杜绝学术不端行为的发生，保证学术的原创性与真实性。目前编辑部初审使用清华大学与同方知网共同研制的"学术不端文献检索系统"辅以网络搜索，对于已检索到有重大抄袭嫌疑的论文作退稿处理。同时编辑部也充分发挥高校学报育人的属性，对有不端学术行为的作者进行说服教育，让作者认识到学术生涯上犯错的严重性和不良后果，使作者今后的投稿更加自律，也从另一个方面提升了刊物严谨的学术形象。

4　结　语

高校学报的可持续发展任重道远，品牌的树立需要长期工作的积累。《中国药科大学学报》的办刊实践使我们认识到，学术质量是高校学报可持续发展的核心问题。高校学报工作者应充分利用高校学术优势，将提高刊物学术质量作为工作的重中之重，争创精品科技期刊，尽力为科研工作者提供更好的服务，促进学术成果的传播与交流，推动我国经济建设和科技发展。

参 考 文 献

1　鲁伟，夏中书，王怀民. 中国期刊业：质量决定未来发展[N/OL]. 科学时报，2009-06-25. http://www. sciencenet. cn/htmlnews/2009/6/220765. shtm

2　潘锋，金昭. 我国 SCI 论文数首次突破十万篇[N/OL]. 科学时报，2009-11-29. http://www. sciencenet. cn/sbhtmlnews/2009/11/226278. html

3　科学技术部发展计划司. 2007 年中国科技论文统计分析[EB/OL]. [2008-12-10]. http://www. most. gov. cn/mostinfo/xinxifenlei/kjtjyfzbg/200907/P020090731403343903749. pdf

4　科学技术部发展计划司. 2008 年中国科技论文统计分析[EB/OL]. [2009-12-15]. http://www. most. gov. cn/kjtj/tjbg/201001/P020100105460902722458. pdf

5　科学技术部发展计划司. 2008 年我国高等学校科技活动分析[EB/OL]. [2008-12-27]. http://www. most. gov. cn/kjtj/tjbg/201003/P020100316384899908996. pdf

6　薛丽华. 我国高校科技创新能力不断增强[EB/OL]. [2009-04-29]. http://www. moe. cn/edoas/website18/51/info1241747738741451. htm

7　李丽. 从国际学术出版的困境看高校学报的优势[J]. 编辑学报，2005，17(5)：352-353.

8　颜帅，郑进宝，佟建国，等. 论高校科技期刊的 6 种属性[J]. 编辑学报，2009，21(2)：97-98.

9　陈玲，邹栩，顾凯. 强化质量　注重外延——《中国药科大学学报》"内外兼修"的办刊之道[J]. 中国科技期刊研究，2008，19(6)：1028-1030.

简单实现科技期刊的远程校阅

曹小华　吴一迁

（《肿瘤》杂志编辑部　上海 200032）

［摘要］　目前科技期刊大多采用方正排版软件进行排版，输出 PS、FBD 格式文件，而这两种格式作者无法通过 Internet 进行远程校阅。针对这种情况，利用方正排版软件（10.0以上）直接将科技期刊论文的方正大样文件直接转换为 CEB 格式文件，再利用 PDF Printer 虚拟打印机将 CEB 文件转成 PDF 格式，然后通过 E-mail 将 PDF 文件直接发送给异地作者实现远程校阅。结果表明，此方法经济、快速、简便，大大缩短了清样校阅周期，节约了成本，为作者提供了方便。

［关键词］　科技期刊；远程校阅；CEB 文件；PDF 转换

在信息产业高速发展并渐趋成熟的当代，办公自动化信息化早已遍布各行各业，科技期刊出版业也不例外。现代化的投稿审稿系统早已替代了原始的纸质投稿，实现校样的远程校阅是编辑部信息化工作的重要环节之一。我国科技期刊排版大多采用方正排版软件进行排版，其系统的封闭性和兼容性给编辑部清样实现远程校阅带来了很大的困难。编辑部的同仁也想了不少办法，大多将大样文件通过一定的渠道转成 PDF 格式经 E-mail 发送给作者，作者可以打开文件进行校阅[1-2]；但这种转成 PDF 文件的方法比较繁杂且转换出来的文件不易发送，给编辑工作者带来了一定的负担。如何通过方正排版软件自带的功能进行简单、方便、快捷的转换，笔者通过自己的实践，找到一种简单的方法。通过方正排版软件自带的功能直接将大样文件转变为 CEB 文件输出，按作者要求再轻松转为 PDF 格式。

1　操作环境

运用北大方正排版系统进行排版，版本为 10.0 以上（10.0 以下版本笔者没有尝试过），不需要 PSP Pro（PostScript Processor Pro）发排输出系统，安装免费的 Apabi Reader 3.1 软件，Adobe Reader 8.0 软件，以及 doPDF Printer 6 软件。以上软件占据内存不大，且都是免费软件，不需要安装其他昂贵的或有一定局限性的软件（例如：免费软件不易下载或难找，是外文软件没有中文简体版不易操作，限制转成 PDF 张数、转出 PDF 文件带有水印等）。

2　转为 CEB 或 PDF 格式的方法

2.1　将大样文件转为 CEB 格式

点击打开方正排版系统（本文以方正 10.0 版本为例），打开需要转换的小样文件 FBD

格式,按下快捷键 Shift ＋ F5 对小样文件进行预览,预览结束后关闭预览窗口,预览的目的是为了对要转换文件进行最后的确认,如确认完成则可以进入下面的操作,如有问题还需改动则进行调整后重新输出大样文件[3]。点击打开所要转换的文件。

打开文件后,点击菜单栏中的工具,在下拉菜单中选择输出 CEB 文件参数设置,出现如图 1 所示窗口。在图片路径一栏点击后面的…,在路径中选择所需转换中所包含图片所在的文件夹(一般跟需要转换的 FBD 文件在同一个目录下),可以对转出文件中的图片进行设置,完成后点击确定,如图 2。

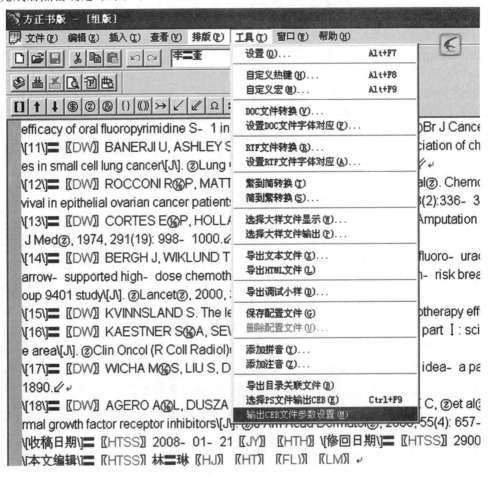

图 1　选择输出 CEB 文件参数设置窗口

上述步骤完成以后,点击菜单栏中的排版菜单,选择下拉菜单中的正文发排结果输出CEB,见图 3。在弹出窗口中选择输出文件所要保存的位置,见图 4。对文件名进行更改,确定,输出开始,待输出结束后,到所保存的文件夹中找到文件,文件为 CEB 格式,如系统已下载安装 Apabi Reader 软件,可双击打开文件,打开文件和小样预览内容一致,按照工作需要可以将文件发给作者或专家进行校阅。文件占据空间比较小,是 PDF 文件的 1/10 大小,发送非常方便,且 Apabi Reader 软件附带了编辑工具,可以在文件上进行修改备注标识,简单方便、明了。

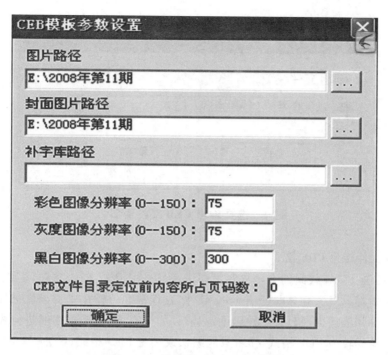

图 2　对图片路径进行设置窗口

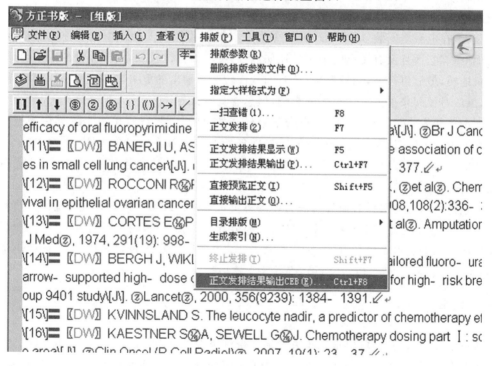

图 3　选择正文发排结果输出 CEB 窗口

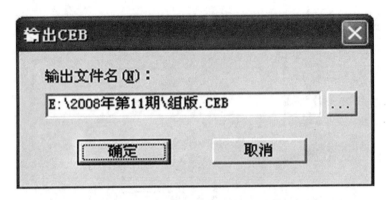

图 4　选择输出 CEB 文件窗口

2.2 将 CEB 文件转为 PDF 格式

在现阶段,进行清样校阅的大多数专家和作者都采用 PDF 格式文件,主要因为:(1)大多数人的电脑中都只安装有 Adobe Reader 软件,在日常办公操作中对该软件比较熟悉,对于其他相关软件知之甚少;(2)有一种思维定势,以为只有 PDF 格式才能进行校阅,大多数编辑同仁都将清样转为 PDF 格式,作者只能默认或接受 PDF 格式;(3)大家对 Adobe 系列软件比较熟悉,操作比较熟练,不想换别的阅读修改软件。正因为有许多作者通过 PDF 进行校阅,所以向大家介绍将 CEB 文件转变为 PDF 文件的方法。

首先,在电脑里安装 doPDF Printer 软件。该软件是免费的简体中文软件,在网上很容易就能下载到,而且没有转页的限制。比如:有的文章篇幅比较长,由于软件的限制,只能三页三页地转,最后再合并,比较繁琐;还有的软件转好后输出的 PDF 格式上面有一个"商标"水印,虽然对校阅来说没有什么大的影响,但总感觉不太好。

双击打开先前转好 CEB 文件,点击菜单栏文件里的打印,或直接点击工具栏的打印按钮。在弹出的打印对话框上选择页码范围,即您所要转文章在打开的 CRB 文件中的页码,并不是文章本身的页码,因为期刊通常是连续页码。页码范围选定以后,点击确定,选择保存路径,保存文件。

该软件可以方便选择转换您所需打印的单页,连续页,或不连续页并成功输出。在科技期刊中下转、上接是不可避免的,往往转文件要分开转,转好后再将文章合并到一起,而利用这个转换一切就显得简单。例如:文章在第 1,2 页并下转到第 8 页,您只需在页码范围中写上"1-2,8"点击确定,就可以将文章转好并完整输出。

3　结果与讨论

通过上述介绍,我们可以很轻松方便地获得校阅稿件所需的 CEB 文件或 PDF 文件。CEB 文件易于转换,通过方正书版自带工具就能实现转换;转换文件相对较小,易于发送,也易于修改。PDF 文件相对而言,转换比较复杂,文件较大,但使用者较多。通过转换可以达到如下目的。

(1)缩短校阅周期。编辑部人员以前主要是通过邮寄的方式将文章寄给作者进行校阅,周期至少需要 1 周,慢的需要半个月左右;现在采取邮件发送 CEB 或 PDF 格式文章,作者即刻就可以收到自己文稿的清样,3 天就能将校阅信息返回给编辑部。为了避免网络故障引起的校样文件不能及时顺利到达校阅人手中,编辑部可要求作者发回"校阅回执",以确认文件已被收到[4]。

（2）节约经济成本。通过 Internet 远程校阅节约了稿件来回的邮寄费用,以及打印纸质版所需要的办公耗材,这样既减轻了编辑部、作者的经济负担,节约了邮递部门的劳动量,也为建设节约型社会贡献了部分力量。

（3）给编辑和作者带来方便。除原始的纸质校阅,在现阶段科技期刊行业用得最多的还是将大样文件通过一系列的途径,转为 PDF 格式文件。转换文件的软件大多需要另外安装,且不易寻找或需要购买外文软件,使用不方便;转换步骤繁琐,有的需要一页一页转换,然后再进行整合,最终输出的 PDF 格式文件比较大,不易或不能通过邮件直接发送给作者,需要分几步发送。这些问题都是困扰编辑同仁的难题。笔者介绍的方法通过方正自带的工具,能快速简单地将大样文件输出 CEB 格式,文件较小,易于发送,省去了编辑的很多繁琐工作,节约了时间。

CEB 文件比较小,只要网络通畅,操作得当,不存在接收失败。作者收到 CEB 格式文件后,可以很方便地打开,并运用 Apabi Reader 软件直接对文件进行校阅和修改,省时省力。

总而言之,通过方正书版自带的工具,将大样文件转换为 CEB 格式文件或间接转换为 PDF 格式文件,改变了传统清样文件的复杂转法,突破了老套的 PDF 局限,操作简便,节约了时间和成本,提高了工作效率,不失为科技期刊清样打印技术创新的一种成功尝试。

参 考 文 献

1 张建芬,邓晓群,沈志超.利用方正文易和 Acrobat 软件实现期刊论文校对[J].编辑学报,2004,16(3):189.

2 尚永刚.Adobe Reader 8.0 在作者远程校对中的应用[J].编辑学报,2008,20(1):83-84.

3 王昌栋,陈翔.利用方正书版 10.0 和 Apabi Reader 实现远程校样用[J].中国科技期刊研究,2005,16(2):211-212.

4 兰俊思.学术期刊方正大样 Internet 远程校阅的简单实现[J].中国科技期刊研究,2005,16(3):359-361.

医学期刊英文摘要中
机构译名存在问题及调查分析

张俊彦 张 永 吴一迁 林 琳 黄文华 张 毅

(上海交通大学《肿瘤》杂志编辑部 上海市肿瘤研究所 上海 200032)

[摘要] 利用重庆维普中文科技期刊数据库,收集了医药卫生领域中内科学、外科学、妇产科学、儿科学、肿瘤学、药学和口腔医学等 7 个学科的 12 种中文医学科技期刊在 2007 年 1 月—2007 年 12 月间发表的所有论文中机构的中英文名称,共 2 671 条记录,从定性和定量两个方面调查归纳了我国医学科技期刊中机构英文译名存在的问题,并分析总结了这些问题的分布情况及发生原因,提出一些相应的改进建议。

[关键词] 医学科技期刊;中文机构;英文译名;规范化

我国加入 WTO 后,科技期刊在国际学术合作与交流中的作用日趋重要。科技期刊为了刊物自身的生存,以及扩大发表学术成果的影响范围,纷纷着力于期刊的国际化。由于语言障碍和文化交流的缺乏,国外检索系统的负责人对我国中文期刊并无多大了解,因此英文版科技期刊成为国际学术交流的重要方式。但到目前为止,我国英文版科技期刊仅 156 种,只占我国 4 000 余种科技期刊的 3%,国内绝大多数科技成果集中发表在中文版科技期刊上[1]。因此,中文版科技期刊的英文摘要在国际交流中的作用不容忽视,必须符合国际化、规范化、标准化的要求。目前国内科技期刊在英文摘要编写中存在的问题之一就是机构(即作者单位)译名不规范。在英文摘要中,虽然作者单位是一个很小的部分,但其仍是科技论文不可或缺的一部分,各大数据库的检索系统中都包括这一检索项,是国外组织衡量单位学术水平或科研成果的重要条件,因此机构的英文译名就显得尤为重要。例如,"中国医科大学附属盛京医院"和"中国医科大学附属第二医院",中文指的是同一个单位,但是如果翻译成英文,就是两个完全不同的单位了。这样肯定会影响到国外组织对这个单位学术水平和成果的评价。

目前,已有文章论述了科技期刊中作者单位英文译名的问题,包括作者单位名称及地址不全、作者单位译名不一致和字母大小写不规范等[2],这些报道大多是综述性质的。笔者采用基于事实数据的分析讨论方法,使用重庆维普中文科技期刊数据库,收集了医药卫生领域中内科学、外科学、妇产科学、儿科学、肿瘤学、药学和口腔医学等 7 个学科的 12 种中文医学科技期刊在 2007 年 1 月—2007 年 12 月发表的所有论文中机构的中英文名称,共 2 671 条记录,从定性和定量两个方面调查归纳了我国医学科技期刊中机构英文译名存在的问题,并试图分析总结出这些问题的分布情况及发生原因,提出一些相应的改进建议。

1 机构译名问题分类

参考已有报道的研究成果,本文将我国医学科技期刊中机构译名的存在问题大体分为两大类:译名错误和译名不统一。译名错误是指机构的中文名称和英文译名对应不上,主要包括机构英文译名不全、机构英文译名中的单词拼写错误和语法错误,而机构英文译名不全是指机构中文名称中含有的元素在英文译名中没有体现出来。译名不统一是指同一中文机构有两种或者两种以上在语法和拼写上都算完整并正确无误的英文译名。

1.1 译名错误

1.1.1 机构译名不全

机构的英文译名不够具体,例如机构的中文名称由大学、学院和科室 3 级单位组成,而英文译名只给出其中的部分单位。

例 1 北京大学口腔医学院儿童口腔科[实用口腔医学志,2007,23(2):288-290]——School and Hospital of Stomatology,Peking University

例 2 北京地坛医院病理科[中华肝脏病杂志,2007,15(9):667-671]——Department of Pathology,Ditan Hospital

例 3 成都四川大学华西口腔医学院口腔预防医学教研室[实用口腔医学杂志,2007,23(5):704-707]——Department of Preventive Dentistry,Sichuan University

例 1 的英文译名中没有翻译科室"儿童口腔科(Department of Pediatric Dentistry)";例 2 的英文译名没有翻译城市"北京",即一级单位应为"Beijing Ditan Hospital";例 3 没有翻译二级单位"华西口腔医学院(West China College of Stomatology)"。

1.1.2 机构译名中的单词拼写错误

单词拼写错误主要包括不常见单词的拼写错误和中文单位名称的英文名称错误。

例 4 北方学院附属第一医院病理科[现代妇产科进展,2007,16(4):260-263]——Department of Pathology,the First Affilliated Hospital,Hebei Northern University

例 5 北京大学第三医院整形外科[中华整形外科杂志,2007,23(3):229-232]——Department of Plastic Surgery,Third Hospital of Pecking University

例 4 的英文译名中"Affilliated"属于单词拼写错误,应为"Affiliated";例 5 的英文译名中"Pecking"应为"Peking"。

1.1.3 机构译名中的语法错误

主要是词组"affiliated to"和"affiliated…of"搭配错误。

例 6 解放军总医院第一附属医院烧伤整形外科[中华整形外科杂志,2007,23(4):295-296]——Department of Burn and Plastic Surgery,the First Affiliated Hospital to General Hospital of PLA。

例 6 的英文译名中介词"to"应为"of"。正确译名应为:the First Affiliated Hospital of General Hospital of PLA,也可以译为:the First Affiliated Hospital,General Hospital of PLA 或 the First Hospital Affiliated to General Hospital of PLA。

1.2 机构译名不统一

1.2.1 各级单位之间连接词不统一

相同机构的上下级单位之间有的用"of",有的则用逗号","。

例7　复旦大学附属妇产科医院的英文译名有:(1) Obstetrics & Gynecology Hospital of Fudan University[生殖与避孕,2007,27(2):94-100];(2) Obstetrics & Gynecology Hospital,Fudan University[生殖与避孕,2007,27(7):438-442]。

1.2.2　"and"和"&"的不统一

相同机构某级单位内组合项目之间的连词有的用"and",有的用连字符"&"。

例8　北京大学第三医院妇产科的英文译名有:(1) Department of Obstetrics & Gynecology,Third Hospital,Peking University[现代妇产科进展,2007,16(9):653-656];(2) Department of Obstetrics and Gynecology,Peking University Third Hospital[现代妇产科进展,2007,16(10):769-772]。

1.2.3　各级单位先后位置不固定

相同机构某上下级或同级单位之间排列顺序不一致。

例9　北京大学第三医院消化科的英文译名有:(1) Department of Gastroenterology,Peking University Third Hospital[中华内科杂志,2007,46(2):93-95];(2) Department of Gastroenterology,the Third Hospital,Peking University[中华内科杂志,2007,46(11):895-898]。

1.2.4　同一词语多种译法

常见的例如"肿瘤"有"tumor"、"cancer"、"carcinoma"等多种翻译。

例10　广西医科大学附属肿瘤医院的英文译名有:(1) Tumor Hospital Affiliated to Guangxi Medical University[肿瘤,2007,27(5):386-389];(2) The Cancer Hospital Affiliated to Guangxi Medical University[现代妇产科进展,2007,16(5):338-340]。

1.2.5　缩写和全称的不统一

例如"中医药"的英文翻译有"Traditional Chinese Medicine"和"TCM"两种,"人民解放军"的英文翻译有"People's Liberation Army"和"PLA"两种。

例11　广州中医药大学的英文译名有:(1) Guangzhou University of Traditional Chinese Medicine[华西药学杂志,2007,22(5):559-561];(2) Guangzhou University of TCM[华西药学杂志,2007,22(1):104-105]。

例12　解放军总医院的英文译名有:(1) General Hospital of Chinese People's Liberation Army[中华普通外科杂志,2007,22(6):404-406];(2) Chinese PLA Hospital[中华整形外科杂志,2007,23(5):425-427]。

1.2.6　机构英文译名中的序数词译法不统一

机构名称中有序数词时,有的前面加定冠词"the",有的不加。例如对某市的第二医院就有 Second Hospital,the Second Hospital 和 the 2nd Hospital 等多种译法,且"the"的第一个字母有时用小写,有时用大写。

例13　南京医科大学附属常州第二人民医院的英文译名有:(1) 2nd People's Hospital of Changzhou,Nanjing Medical University[肿瘤,2007,27(9):752-754];(2) Second Changzhou Hospital Affiliated to Nanjing Medical University[肿瘤,2007,27(8):602-606]。

1.2.7　英文译名中单复数不一致

相同机构的译名中单词存在单复数形式时,有的用单数,有的用复数形式,常见的如"science"和"sciences"。

例14 中国医学科学院的英文译名有:(1) Chinese Academy of Medical Sciences[中华内科杂志,2007,46(4):284-286];(2) Chinese Academy of Medical Science[中华内科杂志,2007,46(6):458-461]。

以上7种有关机构英文译名不统一的情况,从严格意义上说,这些不同译名在语法上都不算错,只是不同作者的写作习惯或各期刊的编辑倾向不同而已;但是,从发表论文机构的被检索效果上来看,这些机构英文译名的不统一问题就显得不容忽视了。

2 定量分析调查结果

从12种医学科技期刊中共收集到2 671条记录。译名错误次数为261,占总问题的36.50%;其中译名不全167个,占总错误的63.98%;单词拼写错误91个,占总错误的34.87%;语法错误3个,占总错误的1.15%。译名不统一次数为454,占总问题的63.50%。

2.1 英文译名之间的比较

我国医学科技期刊中机构的英文译名问题主要是相同机构的英文译名不统一。同时也存在着机构译名不全、单词拼写错误和极少数的语法错误。

2.2 科技期刊之间的比较

收集的12种医学科技期刊均为我国医药领域各个学科的核心期刊[3]。2006年影响因子最高为1.200(《中华肝脏病杂志》),最低为0.339(《华西药学杂志》)[4]。但12种医学科技期刊发表论文中机构的英文译名不全、单词拼写错误、语法错误和译名不统一等这些问题在各个期刊中的分布尚未发现有显著差异,也没有特定的规律。

3 分析机构译名存在问题的原因及建议

3.1 原因分析

我国医学科技期刊中机构的英文译名存在着译名不全、单词拼写错误、语法错误和译名不统一等问题。其中,同一机构多种译名的问题最为普遍,这可能与国内目前尚未有这方面的规范以及各机构对此重视不够有关;译名不全、单词拼写错误和语法错误等这些问题主要是作者写作以及期刊编辑校对不够认真细致所造成的。针对科技期刊中机构译名问题的存在原因,笔者总结出以下几条:(1)机构本身没有统一的英文名称;(2)作者擅自翻译自己所在机构的英文名称;(3)期刊编辑部门没有制定详细的机构英文译名编排规则;(4)编辑对机构英文译名的编排不够重视。

3.2 提出建议

3.2.1 国内机构应该提高对本单位英文译名规范化重要性的认识

科技论文是一个单位科研水平的重要反映,有关机构往往将科技论文发表及收录情况作为衡量一个单位科研水平的重要标志。随着国际科技交流与合作的加强,国内科技期刊被越来越多的国外读者所关注,同时也被越来越多的国际检索系统所收录。国内机构的英文译名编排不规范容易给国外读者造成误解,因此,论文作者的单位自身一定要重视英文译名在国际交流与合作中的作用,将正确使用本机构的英文译名作为一件严肃的事情来对待。

新机构成立时,在确定中文名称的同时也应该明确其英文译名。同时,机构内部应该要求其职工在投稿时使用统一的机构英文译名,并且做好相应的审查工作。

3.2.2　作者撰稿时应正确使用所在机构的英文译名

很多作者在投稿时,往往仅凭借自己的理解或者参考别人的译法将机构的中文名称自行翻译成英文,从而导致同一机构有多种英文译名,甚至出现同一作者在撰写不同的论文时也使用不同英文译名的现象。作者正确使用所在机构的英文译名,看似一件小事,但在一定程度上反映了该作者是否具有严谨的工作态度。因此,作者撰稿时一定要避免写作的随意性,正确使用所在机构的统一的英文译名。

3.2.3　科技期刊编辑部门要制定有关作者单位英文译名的编排规范

科技期刊要拥有更多的国外读者,在编排上就必须与国际标准接轨。当然,国外科技期刊的作者单位编排格式也不尽一致;但总的来说,大多数科技期刊列出了较为详细的机构名称信息,有的甚至标注了机构所在的街道名称及门牌号码,并且在编排机构名称及所在地址时都有相对固定的格式。因此,国内科技期刊编辑部门在编写《征稿简则》时应对作者所在机构名称及对应英文译名的格式有统一、详细的要求说明,以便大家共知共用。

3.2.4　编辑加工过程中应注意国内机构英文译名的规范和统一

相对于科技论文英文摘要的其他项目而言,作者单位的英文译名很少涉及晦涩的语法及偏僻的生词,期刊在编辑加工过程中只需要稍加留意即可发现其中的问题。目前,许多科技期刊的英文摘要的编辑或审校由兼职英文编辑负责,不少英文兼职编辑往往只注重对英文摘要中主题内容的审阅和修改,却把诸如作者姓名、单位名称之类的问题忽略了。因此,英文摘要的编辑工作不能完全依赖英文兼职编辑,专职编辑尤其是责任编辑一定要介入这项工作,与兼职英文编辑一起在修订英文摘要时要把住作者单位英文译名的规范化、准确化这一关。另外,编辑校对过程中还应注意机构译名的统一,至少在同本期刊中遇到同一机构名称时,其英文译名应保证统一格式。

3.2.5　有关国家标准应补充机构译名的相关内容并予以监督检查

从 20 世纪 80 年代开始,我国先后制定了一系列有关文献工作的国家标准,这为科技期刊编排的标准化、规范化提供了重要依据。有的行业(系统)或者地区的学会组织,还根据国家标准、国际标准及本行业(系统)的编辑出版工作实践制定了相应的编排规范,这在一定程度上也促进了科技期刊编排的标准化、规范化。但有关国内机构英文译名的规范尚不够明确具体,因此,在今后修订时需进一步补充与完善。此外,在对科技期刊进行审读或者评比时,应将英文摘要中作者单位英文译名的标准化、规范化也作为一项重要内容。

参 考 文 献

1　刘清海.刊名及刊名译名在国外检索刊物选刊时的影响[J].中山大学学报论丛,2000,20(5):135-136.

2　周英智.科技期刊作者单位英文译名存在的问题及建议[J].编辑学报,2003,15(4):265-266.

3　袁正明,吴桂娥,亢国锋.再谈科技期刊的规范化与标准化[J].编辑学报,1998,10(3):163-169.

4　中国科学技术信息研究所.中国科技期刊引证报告(核心版)[M].北京:科学技术文献出版社,2007.

科技论文的中英文关键词标引

彭桃英

(《水利经济》编辑部 南京 210098)

[摘要] 分析了我国科技论文关键词标引中存在的问题,在参考前人研究成果的基础上,结合我国相关标准和规范,对关键词的概念和标引方法进行了讨论,认为关键词是揭示和描述论文主题的重要的、带关键性的语词,其标引主要是受控标引,但允许自由词的存在。科技论文关键词标引步骤为:论文审读→主题分析→抽词→规范化处理→标引结果审核。重点叙述了科技论文主题分析和主题词抽词技术,探讨了如何提高科技论文中文关键词的标引质量:科技论文主题分析要全面,规范化处理抽取的主题词,控制自由词数量。最后讨论了科技论文英文关键词标引过程中要注意的几个问题:采用规范工具标引英文关键词;各种汉语主题词表要增加与规范主题词对应的英文名称。

[关键词] 科技论文;关键词;主题词;标引;汉语;英语

1 科技论文关键词标引中存在的问题

关键词是科技论文的重要组成部分,是展示论文内容的重要窗口。在科技论文中正确地标引关键词,是快速、准确地检索到该论文的重要保证。然而,从目前我国已出版的科技论文看,关键词标引还存在许多问题:或含义模糊、选词不当,或逻辑混乱、主题不明,或揭示主题不全面、数量不够等[1]。造成这些问题的主要原因是部分作者或编者对关键词标引思想上不重视、概念上不清楚,导致关键词标引结果不理想。

1.1 重视不够

在科技期刊编辑出版界,对论文的关键词标引有一些认识上的分歧[2]:认为规范的标引比较复杂,是图书情报专业人员的事情,科技期刊论文标引不需要如此复杂;认为量和单位、字母的正体斜体规范使用等是编辑的"主课"、"专业课",而关键词标引只是"副课",错了也算不上大问题,乃至出版后也无专人对标引质量进行检查;甚至还有一些编辑认为,关键词标引是作者的事,不是编辑的事。

1.2 概念不清

文献[2]将关键词定义为:出现在论文题名、摘要、正文中的,对表达论文主题内容具有实质意义的词语,即对揭示和描述论文主题来说是重要的、带关键性的语词。文献[3]将图书馆界和期刊编辑界对关键词概念和标引方法各种各样的表述概括为三类,将关键词定义为:从报告、论文中抽取,并经过规范化处理,能反映全文主题内容的单词或术语。定义的不同,导致对关键词标引方法、标引顺序的主张也各不相同。有的认为关键词标引是非受控标引[4]，有的认为主要是受控标引，允许自由词的存在[3]。对标引顺序，张建蓉等[5]认为应为研究目的—研究类别—研究方法—研究结果，有的编辑部在自己的杂志中要求关键词的抽词顺序为：（1）该文主要工作或内容所属二级学科名称；（2）该文研究得到的成果名称或文内若干个成果的总类别名称；（3）该文得到上述结果或结论时采用的科学研究方法的具体名称，对综述或评述性学术论文，可写"综述"、"评论"；（4）列出该文作为主要研究对象的事或物质的名称[6]。可见对关键词的概念界定和标引方法并未达成统一，人们对关键词的标引依然存在概念不清楚的问题。

1.3　标引结果欠佳

对关键词及其标引思想上不重视、概念上不清楚，必然导致关键词标引结果的不理想。崔蓉等[7]曾随机抽查了 151 篇发表于医学院校学报的学术论文，发现 151 篇 536 个关键词中自由词出现率高达 68.28%，标引合格的仅有 4 篇，占 2.64%。文献[8]报道了中华医学会杂志对其所属 42 种杂志编辑质量的审读结果：42 种杂志中有 40 种在"关键词"项目被扣分，是按刊计算发生问题最高的项目。文献[9]针对 2003 年出版的 10 种水产类学术期刊的 157 篇学术论文、624 个中文关键词进行调查，结果发现存在自由词比例偏大、关键词概念与文章主题概念不一致、关键词专指度不高、关键词词序不当和关键词中使用了英文名称缩写词等问题。科技论文中文关键词标引结果不理想，其对应的英文关键词标引情况可想而知。

针对上述三方面的问题，笔者拟从技术上对科技论文关键词的概念和标引方法提出自己的见解，同时对科技论文英文关键词标引存在的问题进行一些讨论。笔者认为，科技论文的作者和编辑在思想上要重视关键词的标引，技术上要弄清关键词的概念、掌握关键词的标引方法。思想上重视就是要提高对正确标引科技论文关键词重要性的认识，对关键词标引不能有畏难情绪（与量和单位的复杂程度相比，关键词标引并不难[2]，关键要重视并注意学习），更不能将关键词标引工作有意无意地推到作者身上。编辑是把关人、守门人，任何论文中的问题，编辑都有责任将其解决在论文出版之前。技术上，对关键词的概念和标引技术应展开学术讨论，以期在辩论中弄清关键词概念，掌握关键词标引技术，提高科技论文的查全率和查准率。

2　科技论文关键词的标引

要掌握关键词的标引技术，首先对关键词的概念要清楚，其次要熟悉关键词标引的基本步骤和方法。

2.1　关键词的基本概念

关键词是表达文献主题概念的自然语言词汇，它包括 2 类词：叙词和自由词。叙词指收入《汉语主题词表》中可用于标引文献主题概念的经过规范化的词或词组；自由词指直接从文章的题名、摘要、层次标题或文章其他内容中抽出来的，能反映该文主题概念的自然语言，即汉语主题词表中的上位词、下位词、替代词等非正式主题词和词表中找不到的自由词[10]。GB7713-87 规定：关键词是为了文献标引工作，从报告、论文中选取出来用以表示全文主题内容信息款目的单词或术语，如有可能，尽量用《汉语主题词表》等词表中提供的规范词。《中国高等学校自然科学学报编排规范》规定：关键词是为了便于作文献索引和检索而选取的能反映论文主题内容的词或词组，应尽量从《汉语主题词表》等词表中选用规范叙词，未被词表收录的新学科、新技术中的术语，也可作为关键词标出。根据上述相关标准，笔者结合文献[2]和文献[3]的观点,试定义关键词为:是揭示和描述论文主题的重要的、带关键性的语词,其标引主要是受控标引,但允许自由词的存在。

2.2 关键词的标引方法

从关键词的定义来看,关键词的标引应该是受控标引结合自由标引,且大部分是受控标引。具体的关键词标引方法和标引步骤,笔者比较赞同文献[3,11]的主张,科技论文关键词的标引步骤包括论文审读、主题分析、抽词、规范化处理、标引结果审核。鉴于文献[3]对科技论文关键词的标引步骤已经有比较详细的论述,本文不再重复,仅重点讨论科技论文主题分析和关键词抽词技术,以及如何提高中文关键词的标引质量。

2.2.1 主题分析

主题分析,即根据文献存储和检索系统的需要,对文献内容进行分析和提炼,了解、判断文献具体论述和研究的对象或问题,并确定各文献主题间和构成主题因素之间的逻辑关系。科技论文主题可分多组主题类型:单主题和多主题、单元主题和复合主题、整体主题和局部主题、显性主题和隐性主题、主要主题和次要主题、专业主题和相关主题等[12]。试以显性主题和隐性主题举例说明。《三维非均质岩体各向异性渗流场分析》[13]的关键词为"正交各向异性,岩体渗流,有限元法",而其中"正交各向异性,岩体渗流"为显性主题,"有限元法"就是隐性主题。而主题要素可分为对象面、属性面、过程面和结果面。对象面是由主题中表示事物、学科及其组成部分的主题要素所组成的主题面,它往往指明主题的范围和领域;属性面由主题中表示性质、特征、结构、技能、用途归属现象等方面的主题要素所组成,如《堆石防波堤护面砌石稳定性研究》中的"护面砌石"和"稳定性"就是属性面;过程面是由主题中表示运动、操作、过程、演变等方面的主题要素组成。主题要素中的另外两个主题面——条件面和方法面也属于过程面。如《大坝观测资料的反演分析》中的反演分析就是过程面;结果面由主题中表示结果、结论、效果等方面的主题要素组成[11]。科技论文主题分析就是要提炼出论文主题以及构成各主题的主题要素。

2.2.2 抽词

抽词范围包括从论文题名中抽词和从包括摘要、正文和参考文献在内的文中抽词。如果使用题名关键词而不使用文内关键词,将导致标引广度和深度不够,从而影响论文的查全率和查准率。笔者认为,为了提高文献的查全率和查准率,根据科技论文主题间和构成主题因素之间的逻辑关系,关键词抽词顺序应概括为:(1)研究所属学科(该文主要工作或内容所属二级学科名称);(2)研究对象;(3)研究方法(也可包括文章类型,如综述);(4)研究成果。为了加深理解,下面试举例说明。《中国土地科学》杂志由于土地科学体系暂时没有国家标准,暂拟土地科学类目有:土地科学体系、土地科学研究方法、土地资源、地籍、土地利用、土地规划、土地经济、土地法学、土地信息、土地评估、土地复垦、土地生态、土地工程、土地测绘、土地管理、土地统计、土地史[6],所研究或所从事的工作可归类为哪一学科或类别,就取该学科或类别名称为关键词。如,"基于农田高程信息快速采集系统的平整精度评价方法"[14]一文的关键词为"土地开发整理;土地工程;农田平整精度评价系统;水平田块;坡式田块",其中"土地工程"就是该研究所属类目。又如"基于序期望效用的洪水保险需求研究"[15]一文的研究方法是序期望效用,研究对象是洪水保险需求,研究结果是关于免赔额的设置和保费附加费系数的高低,那么就可抽取"序期望效用、洪水保险、保险需求、免赔额和保费附加费系数"作为关键词规范处理对象。

2.3 提高中文关键词的标引质量

提高中文关键词的标引质量关键在于科技论文主题分析要全面，对所抽取的表示主题的词要进行规范化处理，并控制自由词的数量。

2.3.1 科技论文主题分析要全面

要全面分析科技论文主题，前提是认真审读科技论文，不仅阅读科技论文标题、摘要，还要审读正文、图表和参考文献，编辑还要多与论文作者沟通，不清楚的问题多请教作者，以保证不错误理解作者意图，准确全面把握论文主题。

2.3.2 采用《汉语主题词表》提供的规范词，控制自由词数量

笔者不赞成文献[4]认为标引关键词不应受《汉语主题词表》控制的观点。确实，《汉语主题词表》主要用于叙词标引，叙词标引是一种严格的受控标引，其优点是标引质量高，信息查准、查全率高，缺点是标引人员要经过一定的培训方能很好掌握，且叙词容量不够，一些新名词、新术语未能及时补充。但科技论文关键词标引的目的就是要提高论文的查准、查全率。尽量使用《汉语主题词表》的叙词，也允许使用一定比例的自由词（关键词中自由词比例一般应控制在 20% 左右，即 0～2 个[16]，过多地使用自由词将导致同一主题内容的文献被分散多处，降低文献的查全率），是关键词标引的最大优势，它具有叙词标引的优点，又克服了叙词标引的不足。一定要定义关键词为"直接从文内抽取，是一种自然词，属于抽词标引，是非控标引、自由标引"，然后以此为借口，允许大量不规范的自由词存在，导致科技论文关键词标引质量低下，并非明智之举。

3 英文关键词标引过程中应注意的几个问题

英文关键词的规范标引是使中文文献能被更多国家读者检索到的重要途径，其重要性不言而喻。但在实际工作中，许多英文关键词只是中文关键词的字面翻译，如文献[1]所举例子中，中文关键词"软土场地，卓越周期"被翻译为"soft land，preeminence period"，但其正确的翻译名称在《汉语主题词表：自然科学增订本》第 5 分册中为"soft soil land，predominant period"。还有的英文关键词不符合英文习惯，如，"遗传代谢性疾病"被翻译为"inherited disorder of metabolism"，而以英语为母语的人惯用"inborn error of metabolism"[17]。文献[9]列举了水产类学术论文中英文关键词标引中存在的问题：术语使用不当，数的误用，与中文关键词不对应等。

笔者认为，中文关键词的标引质量必然影响英文关键词标引质量，但除了要提高中文关键词的标引质量外，英文关键词标引过程中还应注意以下几个问题。

3.1 使用规范工具标引英文关键词

科学技术文献出版社出版的《汉语主题词表》（自然科学）的 1～2 分册和 4～5 分册以及科学普及出版社出版的《水利水电主题词表》都标有主题词的相应英文，编辑在对照中文关键词标引英文关键词时应尽可能查阅这些主题词表的对应英文部分。如果某些汉语主题词表没有对应英文的关键词，编辑应查阅权威的汉英词典或学科术语的技术标准和规范，如《工程学信息同义词词典》（Engineering Information Thesaurus）[18]，或通过网络查找通用的译法，也可借鉴文献[19]的相关研究，即如果对英文关键词产生疑惑，不能确认其用法是否正确、是否符合英语表达习惯，可借助英语语料库来解决问题，切忌随意按字面翻译。

3.2 增加和规范各汉语主题词表中主题词对应的英文名称

文献[1]发现目前除由科学技术文献出版社出版的《汉语主题词表》(自然科学)1、2、4、5分册中能查阅到相关主题词的英译文外,有关标引英文关键词的规范或专著尚未见到。文献[4]还举例说明《汉语主题词表》的汉英对译功能不完善。虽然文献[1]的发现未必完全准确,文献[4]所说现象也未必十分普遍,而且能够查阅到正确的英文关键词的途径也不少,但作为中文关键词标引的工具——各类汉语主题词表,如果在编制时增加和规范的主题词对应的英文名称,将更方便科技论文作者和编辑对英文关键词的标引。

4 结 语

关键词是揭示和描述论文主题的重要的、带关键性的语词,其标引主要是受控标引,同时也要允许自由词的存在。科技论文关键词的标引步骤应按论文审读→主题分析→抽词→规范化处理→标引结果审核来进行。在标引过程中,要全面分析论文主题,对抽取的词要进行规范化处理并控制自由词的数量。对英文关键词的标引,应采用规范的词表作为工具;现有的《汉语主题词表》有必要增加和规范与主题词对应的英文名称。

尽管对科技论文关键词的研究已经不少,但目前人们对其认识依然有限,标引质量也不尽如人意,如何准确、规范地标引科技论文关键词,依然存在许多尚待探索的理论和实践问题。

志谢 河海大学期刊部马敏峰编审对本文提出了一些修改意见,在此深表谢忱。

参 考 文 献

1 胡玲玲,许征尼.科技论文关键词的正确标引[J].编辑学报,2005,17(2):110-111.

2 王昌度,熊云,徐金龙,等.科技期刊论文关键词标引的问题与对策[J].编辑学报,2003,15(5):349-351.

3 吴立志.学术论文关键词的概念及标引方法辨析[J].现代情报,2009(6):7-9.

4 陆艾五,潘建农.对科技论文依据《汉语主题词表》标引关键词问题的思考[J].编辑学报,1998,10(3):160-162.

5 张建蓉,陈燕.学术论文中关键词标引常见问题分析[J].编辑学报,2003,15(2):104-105.

6 中国土地科学编辑部.《中国土地科学》论文中英文摘要和关键词规范[J].中国土地科学,2009(5):71.

7 崔蓉,胡厚芳.医学论文主题标引琐谈[J].中国科技期刊研究,1999,10(4):24-26.

8 李贵存,刘小梅.42种中华医学会系列杂志编辑质量审读结果分析[J].编辑学报,2002,14(1):36-38.

9 刘庆颖,陈庄.水产学术论文的中英文关键词标引[J].农业图书情报学刊,2005,17(5):139-142,158.

10 陈浩元.科技书刊标准化十八讲[M].北京:北京师范大学出版社,1998:64-66.

11 马敏峰,高渭文.科技期刊编辑工作中的主题标引[J].编辑学报,1994,6(1):14-17.

12 熊定富.主题词、自由词、关键词标引的问题及对策[J].重庆图情研究,2007(3):54-56.

13 肖明.三维非均质岩体各向异性渗流场分析[J].武汉水利电力大学学报,1995,28(4):419-424.

14 贾文涛,刘峻明,于丽娜.基于农田高程信息快速采集系统的平整精度评价方法[J].中国土地科学,2009(5):65-70.

15 吴秀君,王先甲.基于序期望效用的洪水保险需求研究[J].水利经济,2009,27(3):6-8.

16 周芬娜.科技论文的关键词标引[J].编辑之友,1997(3):38-40.

17 岳中生.从农学版学报英文编辑谈科技论文英文摘要的译写[J].河南科技大学学报:农学版,2004,24(4):75-77.

18 张高明,俞涛,屈姝存,等.科技期刊英文摘要符合 Ei 收录要求的管理制度[J].编辑学报,2005,17(5):376.

19 张晓丽.英语语料库在英文摘要编辑工作中的应用[J].编辑学报,2004,16(6):421-422.

科技期刊封面设计的视觉传播分析

朱 胤

(上海橡胶制品研究所《世界橡胶工业》编辑部 上海 200052)

[摘要] 针对很多科技期刊不重视封面设计、总是以固有的"老学究"面孔示人的问题,阐述了科技期刊走向市场、塑造品牌需要良好的封面设计的观点,并介绍了科技期刊封面的刊名字体标识、图片选择、色彩运用、整体协调、个性风格等要素的设计思路。

[关键词] 科技期刊;封面设计;视觉传播;字体;图片;色彩

科技期刊是科学技术的信息载体,是全社会科学技术体系的重要组成部分,承担着反映科技成果、推广科技知识、传播科技信息、促进科技进步的重任。为了显示权威性,加强可信度,我国的科技期刊大多以"白皮书"或"蓝皮书"的面目示人,严肃有余,亲和力却严重匮乏。这显然与日益兴旺的中国传媒业整体形象格格不入。尤其是加入 WTO 后,国外同行也在虎视眈眈,纷纷试图通过合作办刊、授权中文版等形式来中国大市场分一杯羹。在如此激烈竞争的环境下,科技期刊封面设计的视觉传播效果问题终于纳入了科技期刊工作者的视线。

1 科技期刊封面设计的必要性

封面是期刊的脸面,是对期刊内容、属性、品味的自我表达。我国目前的科技期刊封面往往是单色底加刊名、年份、卷号期号、出版日期、条形码等规定元素组成的呆板形象,大都没有经过专门的设计和规划。一些杂志的市场化程度高一些,其封面也不过是增加广告而已。大多数科技期刊社没有配备专职的设计人员或美术编辑。而且科技期刊工作者在认识上还存在一个普遍的误区,他们认为封面设计是文艺期刊的事,科技期刊需要的是庄重、朴素、自然的面貌,不经过专门设计就最能体现严肃和自然了。然而笔者认为,这其中至少有两个观念需要转变。

1.1 封面设计是科技期刊走向市场的需要

科技期刊不仅是传递、交流科技成果的载体,也是科学文化消费品。期刊的内容美固然重要,但形式美带来的视觉冲击也不可小觑,将这两种美有机结合,达成内容与形式的高度统一才是受市场和消费者青睐的、有科学文化底蕴的产品。因此,封面设计质量既可以体现期刊社的综合实力,也是科技期刊走向市场的排头兵。

1.2 封面设计是科技期刊塑造品牌的需要

市场经济发展到今天,品牌概念已然深入人心。美国市场营销协会对品牌的定义是:品牌是用以识别一个或一群产品或劳务的名称、术语、象征、记号或设计及其组合,用以与其他竞争者的产品或劳务相区别[1]。显然,品牌是一种用来识别产品制造者的认知标志。封面是期刊予人的第一印象,也就是期刊品牌的形象代表。拥有一个经过精心设计又相对连贯、认知度高的封面有助于科技期刊在市场上打造自身的品牌形象。只有受读者认可的品牌期刊,才能在众多同类科技期刊中脱颖而出,成为经过岁月积淀和科学考验积累下来的精品杂志。

2 科技期刊封面设计的要素

2.1 刊名标识醒目

刊名是刊物的第一眼标志。刊名的文字含义为刊物的内容属性下了定义,同时,字体的形式、字号的大小,以及有无变形、叠印、渐变等或强化或弱化的效果又增添了读者的审美情趣,能带给读者或前卫时尚、或经典隽永、或科学严谨的不同视觉感受。根据科技期刊的性质和内容,其刊名设计一般要求醒目、严谨。请书法家题写既有艺术魅力,又有个性色彩,能取得比较好的效果。比如,《炼铁》杂志就请到了我国著名书法家、北京师范大学中文系教授启功题写刊名。那两个洗练、刚劲的大字铁笔金钩,在简单中蕴涵着豪迈、刚强的气概,体现了炼铁工作者的品格[2]。当然,也可以使用现成的美术字,比如庄重的黑体、朴素的宋体、谐和的楷体等。若再加上阴影、空心、阴文、阳文等附加手段,则能达到更加令人瞩目的效果。某些社会人文类期刊的做法比较灵活,亦可供科技期刊借鉴。比如《辽宁青年》杂志坚持了20多年的传统是每期刊登一书法作者的刊名题字,很受书法爱好者的喜爱。他们在一些书法爱好者常去的论坛上公开征集题字,扩大了自身影响。有此良好基础,在他们创刊60周年之际还举办了一次书法大赛,形成了以书法会友的特色。

2.2 图片选择恰当

图片是期刊封面上面积最大、最夺人眼球的部分,因此,封面图片的选择往往最关键,也最令科技期刊工作者头疼。一般来说,文艺期刊的涵盖面广,其封面图片的选择余地也较大。比如,颇具艺术性的摄影作品、绘画作品、人像艺术、剪纸工艺等,都能作为文艺期刊的封面展示。而科技期刊涉及的行业和领域较为有限,选择范围就很窄,创作难度也高。比如机械行业期刊的封面,大多成了机器的"展示台";化工行业期刊的封面,不是放分子式就是放反应釜。有些科技期刊为了契合当下人文杂志封面流行的人物肖像潮,就单纯把本行业的知名人士、企业家的肖像放上去,缺乏艺术感染力。突出专业性是必要的,关键是如何在强调专业性的同时兼顾艺术性。实际上,工业与艺术的结合并不是件不可能完成的任务,有时候只要稍动脑筋,便有变通的办法。例如,现在杂志封面千篇一律放人物肖像,那科技期刊就可以考虑借鉴某些时尚文化生活类杂志的做法,将本刊要介绍的这位行业内知名人士或企业家用素描或漫画的形式表现,效果想必不错。这只是一个小例子,科学与艺术融合的方式还可以有很多,关键是观念上是否重视,行动上是否得当。

2.3 色彩运用合理

色彩运用在现代出版物封面设计上有非常重要的地位,是出版物整体美学不可或缺的组成部分。科技期刊素以智慧、沉稳著称,使用蓝色系、绿色系、紫色系、土色系等冷色调作为基本色调能平稳读者的情绪,促使其运用科学的头脑进行冷静的思辨。在局部则可添加一个鲜色,以打破画面的暗沉[3]。同时也要注意色相、色度、明度、色量、色素的变化以及色彩的调和对比,在平面上表达出纵深感,使色彩所表达的情感更为丰富,带给读者美的享受。

2.4　整体协调统一

有的期刊刊名美、图片好、色彩靓,可就是看上去不舒服,这是什么原因呢? 因为没有从整体上协调把握"和谐"这一要素。和谐,即配合得当,在期刊的封面设计中突出表现为处理好对称与均衡、变化与统一、动感与节奏之间的关系。

2.4.1　对称与均衡

对称并不是要求刊名、图片、内容要目、条形码等基本元素沿着中轴线或中心点完全对等,而是一种视觉上的均衡关系。对称,讲究的是视觉平衡,即轴线两边的分量感相似。若是两边同量又同形,势必呆板呆滞,不受欢迎[4]。

2.4.2　变化与统一

杂志封面最忌单调,一定要有变化,但这种变化又不能随心所欲、杂乱无章,而是各元素前后呼应,有秩序、有条理,在整体上达到统一、舒适的视觉效果。

2.4.3　动感与节奏

有动感的封面是指各设计要素之间有强弱、急缓、起伏的对比关系,但也要注意分寸,即要掌握节奏感和韵律感。这就好像音乐艺术,有轻有重有缓有急才更具美感。

2.5　展现个性风采

个性美在我国目前的科技期刊中普遍缺乏。何谓个性美? 机械类杂志摆机器、化工类期刊放烧瓶就是个性美? 显然不是。展现个性美,关键在于设计出一个独特的视觉形象,并且将这一形象作为刊物封面的基本形态一年年连贯下去,经过几年坚持,使其成为本刊的视觉符号。在这方面有一个著名的例子,就是创刊于 19 世纪 80 年代的美国《国家地理杂志》的封面。她那著名的黄框就是她的标志和符号,是她的品牌形象。经过成年累月的岁月积淀,读者一见到这黄框就联想起了这本杂志,这就是个性风采,这就是品牌效应。从这个例子可以看出,封面视觉符号在刊物的品牌塑造过程中充当了代言人的角色。有些元素也许看似不经意,经过岁月的历炼,方显示出设计者的匠心独具,从而为读者所津津乐道。

3　结　论

科技期刊是为科学技术工作者和爱好者服务的信息媒介。将大多数读者假想为只懂数理化、不通美学艺术是绝对狭隘的。科技期刊的读者在获取知识的同时也需要视觉上的愉悦和享受。因此,科技期刊工作者要重视封面的设计和美化工作,为赢得读者、占领市场增添砝码。

参 考 文 献

1　余明阳,杨芳平. 品牌学教程[M]. 上海:复旦大学出版社,2005.

2　刘云彩. 从《炼铁》杂志刊名题字谈起:回忆安朝俊[J]. 炼铁,2000,19 (2):55-56.

3　刘巾珲. 谈科技期刊的封面设计[J]. 怀化师专学报,2000,19 (2):107-108.

4　吴重龙,白来勤. 编辑工作手册[M]. 北京:华艺出版社,2006.

从稿约看国内外医学期刊图片制作的差异*

张建芬　邓晓群△　商素芳

（第二军医大学学报编辑部　上海 200433）

　　[摘要]　调查了 16 种国内医学期刊及 8 种国外医学期刊电子版投稿须知（稿约），对比分析了其中对图片的具体要求，发现国内医学期刊与国外医学期刊相比，无论是在出版理念还是实现该理念的技术手段方面均存在不小差距。国内医学期刊对于论文图片的制作使用普遍不够重视，不仅要求流于形式、指导性差，而且思考模式还停留在纸版印刷时代。国内医学期刊编辑应清醒地认识到，数字出版时代图片资料在医学论文中的重要性日益凸现，应尽快转变观念，学习国外先进的理念，适应出版业变革的需求，充分利用稿约的说明、指导功能，引导和帮助作者规范投稿要求，以促进国内期刊朝规范化、网络化和精品化的方向发展。

　　[关键词]　数字出版；医学期刊；医学论文；插图；稿约

　　图片资料是医学论文的重要组成部分，具有不同于文字描述的直观、形象的解释功能，在医学期刊中的应用十分广泛。在信息化时代，读者的阅读习惯和阅读环境都有了很大变化，传统的"以文字为主、插图为辅"的出版理念正在向"图文并重"转变。为此，我们调查了16 种国内医学期刊及 8 种国外医学期刊电子版投稿须知（稿约），对比分析了其中对图片的具体要求，发现国内医学期刊与国外医学期刊存在较大的差异，主要表现在以下几个方面。

1　对图片的重视程度不够

1.1　图片制作要求的文字表述简单

　　国外医学期刊稿约中对论文图片的要求均较为细致，文字表述大约 1 000～2 000 字，涉及图片制作的多个方面，如制作细节、文件格式、技术指标、插图大小和位置、版权保护等等，还提供给作者自检自查方法以符合投稿和出版要求。国内医学期刊稿约中对图片要求的文字仅 0～500 字，有的甚至未提及，即便有要求，也多是简单概括的描述。

1.2　对图片的使用有所限制

　　国内医学期刊对于图片数量和篇幅有所限制，绝大多数稿约提及"能用文字说明者尽量不用图"，而国外医学期刊对图的数量没有任何限制。国内医学期刊限制图片的使用，可能更多地从编辑出版者的角度考虑问题，如便于控制版面、节省制作费（尤其是彩图）以及印刷

* 中国科技期刊学研究基金资助项目（GBJXB0808）.
△ 通讯作者.

环节可能带来的不便等等。

1.3 对图片真实性的保护缺少具体要求

图片资料的真实性事关论文结果的可信度,是使用医学论文图片使用中重要的前提,无论怎样强调都不过分。然而,国内医学期刊对于论文图像真实性的维护并没有形成文字并明确告知作者,以此来规范和约束作者的行为。反观国外医学期刊,在稿约中不仅明确强调了作者需保证图形图像的真实性,还列出了具体注意事项:(1)图像中的任何特征细节不能人为增强、模糊、移动或删除;在不改变原图信息的基础上,可调整图像的亮度、对比度和色彩平衡,但应在图例中说明是否使用了数字增强或处理技术。(2)对于某些颜色要求很高的关键照片,最好提供原始照片,用于印刷时颜色效果的参照,以防失真。(3)如果是 Excel 格式的图,一定要附上形成图形的实际数据,这样既能保证图形的真实性,也可方便编辑修改。(4)对于同一篇论文中的多幅图表,必须使用统一比例的坐标、统一粗细的线条,以避免比例失真。(5)论文定稿排版时需单独提交原始的未经压缩的图片文件,以确认作者未对图片做过不成比例的缩放,避免刊出变形的图像而直接影响到所要表达结果的真实性。

2 对图片制作的指导性不强

2.1 对图片制作细节几无要求

国内医学期刊在论文图片制作细节方面几乎没有要求,少数即便有也不详细,缺少指导性。而国外医学期刊在论文图片制作细节方面要求十分具体,包括图片文件格式、图片尺寸、洗印照片与电子版图片的不同要求以及一些自我检查方法等。例如,建议作者提供的论文图片采用矢量格式;并告知作者确认所提供图片是矢量图的方法,即将文档放大到 500% 显示,查看线条质量是否下降,是否出现像素化或锯齿,如果出现则不是矢量图。在图片尺寸方面,要求半栏图像一般不超过 $8.0\ cm \times 21.5\ cm$,通栏图像一般不超过 $17.0\ cm \times 21.5\ cm$,凝胶电泳和免疫印迹图的条带宽度一般不小于 $5\ mm$。在其他制作细节方面,还有如下要求:(1)不制彩版的图形一律不能使用有颜色的线条,并尽可能避免用虚线;(2)尽量不使用从互联网上下载的插图或图像,因其分辨率不高,会影响使用效果;(3)尽可能不使用三维图表,因其显示效果没有平面图直观;(4)不提供低质量的喷墨打印或复印的图片。

2.2 对作者的指导不够周到细致

国外医学期刊的稿约中均事先告知作者所提供的图形图像可能会由出版社的绘图员重新绘制,也可能根据期刊的编排风格或需要而被缩放;图例和图注也会根据期刊的要求和样式进行重新标注。国内医学期刊稿约均未提及这些方面的内容,以至于作者不会从出版的角度考虑尽可能提供可供编辑或缩放的高质量的图形图像,而仅仅提供一般视觉下较为清晰的图形图像。另外,国外医学期刊稿约的要求比较人性化,针对没有条件或不能按要求完成图形图像制作的情况,在力所能及的范围内替作者着想,给出替代方案,提出了一些作者能够完成又不影响出版效果的要求:(1)提供分辨率不低于 300 dpi 且能满足出版尺寸的有效图像;(2)在投送低分辨率的图像时,应尽量提供长宽是将出版图片的 3 倍以上的;(3)如不能提供数字格式、不可编辑的图形,则应提供清晰、比例适中、分辨率较高的图形(600 dpi),并由编辑人员使用数码技术将其数字化。

3　对数字出版流程的要求缺乏前瞻性

随着数字化时代来临,数字出版已成为21世纪的发展方向。大众的阅读方式正从传统纸介质向新兴媒体转移,直观、形象的图片信息以及视频、音频等多媒体信息较单纯的文字信息更容易获得读者的青睐。国外某些医学期刊的投稿须知中就特别提到了有关音频和视频资料的使用要求,显然已超越了纸版、平面媒体的制作需要,为数字出版过程中多个媒体介质的整合预留了接口和平台。然而,国内医学期刊对此没有丝毫提及,这与我们在数字化出版观念乃至技术方面的落后不无关系。目前,我国出版业的数字化只是在某些环节得到应用,没有从整体出版流程的角度进行整合和对接,致使原来在某些环节使用的软件弊端凸显。例如,期刊采编系统的使用虽然已实现稿件处理的电子化,但作者提供的电子文档多以WORD排版,其中的插图多使用专业性的应用软件绘制,文件格式不尽相同,与我国期刊出版界普遍采用的方正书版9.0/10.0或方正飞腾排版软件并不兼容,致使作者提供的稿件无论是版式还是图表均不能被直接采用,而必须经过一些必要的转换和重新编排,才能用于印刷。

4　对图片可能会涉及的版权问题关注程度较低

鉴于公众版权保护意识较高,国外医学期刊对图片可能涉及的法律问题普遍非常重视:(1)要求作者在任何情况下都不能提供版权不明的图片,如从互联网上下载的图片;(2)当需要使用别人(即便是自己)的图片时,应要征得原文出版单位和作者的书面许可;(3)如涉及人物的图片,应得到当事人书面同意,并保证其不被辨认;(4)关于版权问题,如有特殊疑问,作者可咨询有关编辑。而国内医学期刊对于图片可能涉及的版权问题普遍不够关注,所调查的16种国内医学期刊中,除了上述第3条要求,其他均未涉及。

总之,从国内外医学期刊稿约的比较,可以看出:国外医学期刊对图片的使用极为重视,要求非常具体,制作十分科学。我国医学期刊对于来稿图片制作的要求过于简单,论文在编辑、排版过程中经常遇到障碍[1],出版之后仍遗留不少问题[2-3],这迫切要求我国科技期刊工作者向国外科技期刊学习,转变观念,修订和充实稿约内容,规范来稿图片的制作,提高我国医学期刊的图片质量和科学性。

参 考 文 献

1　褚金红.科技书刊插图发排时遇到的问题及处理[J].广东印刷,2009(1):10-11.

2　王宝茹,常文静,杜玉环.医学期刊病理图片的优质化[J].编辑学报,2004,16(6):425-426.

3　王昌栋,吴凯华.药学期刊插图质量调查分析[J].广州医学院学报,2007,35(2):69-72.

论编辑人才与素质

倪集裘

（浙江大学《新农村》杂志社 杭州 310029）

提高出版物的质量，有创新、选题、体制和规章制度等方面的问题，但说到底关键还是人的问题。出版创新，首先是出版队伍中的人的思想意识创新。人的因素决定一切，出版物的核心竞争力就在于拥有一支高素质的编辑队伍，谁赢得了人才，谁就有可能成为赢家。

客观冷静地分析出版行业的人才队伍及其精神状态，不得不承认：一方面我们的危机意识、市场意识、竞争意识增强了；但另一方面，编辑队伍中也出现了一些消极现象，如精神迷茫、工作萎靡不振，或急功近利、求快求多、工作粗心大意等等。静观出版界的现状，一方面是不少高质量的优秀精神产品不断获奖；另一方面则是出版物的质量问题已十分严重，如《咬文嚼字》编辑部曾对 382 种出版物中的差错进行分析，其中用字错误占 31％，词语错误占 15％，表达错误占 19％，标点错误占 23％，上述四类错误在差错总数中共占 88％，其他错误占 12％。这些都说明提高编辑人员的素质已成为当务之急。

俗话说：得人才者得天下，人兴则业兴。在市场竞争诸要素中，人才要素是最具活力的核心元素。在出版界，人们所说的区位优势、传统优势、创利空间、品牌效应，没有哪一项离得开人才工程。人才资源的优化组合与深度开发，编辑素质的提高，已成为出版繁荣与发展的关键。现在人们也逐渐认识到，在一个企业里，货币资本越来越变成一种被动的资本，而人力资本越来越变成一种主动性的资本。出版机构注重聚才、育才、用才、富才应成为人才工程的重要方针。出版机构应不惜投入努力提高编辑人员的素质，充分挖掘编辑人员自身潜在的各方面的能力，建设有一支视野开阔、敢于开拓、敢于创新的高素质的编辑队伍。

1 事业心

事业心是培养编辑思维能力的内在动力。只有对事业有执着的追求，才能驱使编辑积极思索问题，不遗余力地做好本职工作。编辑应深感从事这项职业的崇高性，怀有一种强烈的使命感和敬业、乐业、创业之心，对工作兢兢业业，永不懈怠。孔子说：干事情有"知之"、"好之"、"乐之"三个阶段和三种境界。一旦达到产生兴趣、乐此不疲的阶段和境界，就一定能把事情干好。编辑要达到"乐之"的阶段和境界，就应不仅把编辑当成一种职业，还应当成一种事业。只有当把生命融合到自己为之奋斗的事业中，你就不会只有为人作嫁衣的"案牍劳形"之苦，而更有甘当伯乐、勇为人梯、为繁荣中国的出版事业做贡献的无穷快乐和巨大精神安慰。

2 责任感

编辑总是站在人类科学文化的潮头之上，是开时代风气之先的人，对人类文化事业的发展具有导向、开拓的责任[1]。责任感是培养思维能力的外在动力。编辑编的每一篇稿件、每一本书刊，都要对读者负责、对社会负责，都要有益于社会。吕叔湘先生说过，当好一个编辑不见得比当好一个教授容易，从某种意义上讲还更困难些。教授讲课砸了，愧对的是二三十个、四五十个学生，编辑如果发表了不好的文章，或工作中出了差错，受影响的则是千千万万的读者。所以，对编辑的素质要求更高，眼光和学识要博大如海，而对文字的推敲校核，更须心细如发。编辑要有强烈的责任意识，这种社会责任感包括对历史负责也对未来负责。有了这种责任意识，才会使我们在编辑工作中更加严肃认真、如烹小鲜、如临深渊、如履薄冰。

3　敏锐的嗅觉和高超的驾驭能力

编辑对于未来必须提前认识和选择，并作出明智的判断。由于导向多具有超前性，编辑必须坚持正确的政治导向、价值导向、文化导向和学术导向。作为一名职业编辑应具备胆识、才学和敏锐的超前意识。对新事物有高度敏感、敏锐的嗅觉和高超的驾驭能力。编辑的选题涉及面广，触及的角度多且繁杂，如何在遴选、比较中明辨曲直、择薰弃莸，这要求编辑具有高度的政治觉悟和广博的知识、敏捷的睿智。敏锐的嗅觉使编辑能眼观四面、耳听八方，在错综复杂的问题面前明辨是非，积极追踪理论和实践的发展动向，及时捕捉新的信息并进行综合分析研究，作出正确的预测，做到因势利导，把握好对出版效果的驾驭力，使所编的产品发挥正确的导向作用。

4　创造性思维

创新是出版事业生存、发展的制胜法宝，编辑活动具有很大的创新空间。编辑劳动是创造性很强的劳动，其每一操作环节都要求有所创新，即便是改稿中的疏枝去蔓，剔瑕存瑜，其中也饱含着创造性劳动的渗透。创新理念是一种超前的创造性思维活动，这种活动基于编辑善于捕捉时代的新动态、新走向、新信息，并将此化作创造性的新目标。编辑没有创新的理念，精神产品就形不成特色、上不了档次、成不了品牌。恩格斯说："一个民族要想站在科学的最高峰，就一刻也不能没有理论思维。"编辑人员的思维应始终处于求新、求变、求异之中。邹韬奋先生曾说：最重要的是要有创造精神。编辑创造性地开展工作源于思维理念的创新。要重视培养和发挥编辑人员的创新理念，编辑要有远见卓识和敢为天下先的创新精神，努力使自己生产的精神产品在同类中独树一帜，成为精品。

5　稳定的心理素质

编辑必须心思缜密，具备稳定的心理素质。编辑编每一篇稿件、每一本书刊，都要对读者、对社会负责。编辑工作容不得半点疏漏，粗枝大叶是编辑工作的大敌。所谓"无错不成书"，是一种对编辑工作的自我降低标准和放松要求，其中既有某些编辑因自身学疏才浅，更有不少是因思想麻痹、粗心疏忽所致。《咬文嚼字》杂志主编郝铭鉴认为：期刊一些文章编校质量不过关，这与编辑的"三不"有关，即："不慎"、"不辨"、"不查"。"不慎"是因为没有严谨的编辑态度，以至于一些一眼就能发现的错误却没能被及时纠正。"不辨"是缺乏专业素养。字辨、词辨、典辨是一个合格编辑应该具备的三项职业素养。而"不查"则是编辑缺乏职业习惯，也是一种偷懒的思想在作怪。编辑遇到自己不懂的东西，一定要相互请教、勤查字典，而决不能想当然。编辑必须发扬严谨细致、精益求精的敬业精神,在编辑加工中字斟句酌,不放过任何一个细微末节,必要时还要自己动手对稿件进行修改补充,以求正确无误。

6　勤奋学习

勤奋是编辑提高工作质量,克服各种困难的致胜武器。"工欲善其事,必先利其器",编辑自身的知识面和深度是编辑素质能力水平高低的重要指标。编辑的知识和能力水平是编辑创造性工作的前提。作为编辑,要高质量地完成任务,平时就应注意坚持勤奋学习、不断充实自己、以勤补缺,扩大知识面。编辑除了学习传统学科知识,还要不囿于专业,杂取众家,善于吸收最新的知识、理论、观点、方法,做到博学多才和学有专长。所谓"拳不离手,曲不离口"、"业精于勤,荒于嬉"都说明勤奋的重要。编辑还应自己动手多练笔写文章。写作不仅能提高业务水平,丰富知识,也是编辑换位于作者的角度,亲身体会从创作到编辑出版的全过程。编辑自身的写作水平高,更有益于对作者来稿的加工修改,二者互补互益,可互相促进。

7　耐得寂寞

当今社会红尘滚滚,商机无处不在,利益意识深入人心。但编辑工作寂寞辛苦、默默无闻,收入待遇也很一般,且工作节奏快而紧张,社会责任非同小可。作为编辑,如没有一点事业心和奉献精神,是不可能静下心来耐心细致地做"为人作嫁衣"的无名"英雄"的。范文澜先生说过:"板凳要坐十年冷,文章不写一句空"。做编辑工作一定要耐得住寂寞,更要有一种敬业和自我牺牲的精神。俗话说,"十年磨一剑",一个优秀编辑的成长没有十年八年的编辑阅历是锻造不出来的。一些编辑面对社会上的种种"生财"机遇,"身在曹营心在汉",不安心于本职工作,对本职工作也没大的激情投入,仅满足于应付交差,倘若抱着如此的心态,是很难做好编辑工作的。编辑应做到"五要",即一要有激情。要热爱编辑工作,对从事这项工作和研究充满激情。二要有霸气。要有充分的自信,敢为天下先。三要有定力。咬定青山不放松,对工作坚持不懈。四要有粘性。要有社交能力,粘得住作者,粘得住好作品。五要有悟性。对选题、图书市场有敏锐的洞察力和感知能力,能举一反三,有新的创意[2]。

高素质的人才是出版事业的核心竞争力。出版机构要转变过去行政事业单位的人才观,建立市场人力资源观,将改革与人力资源有机结合,有意识地引进、培养高素质人才,重视培养人才的文化创造力、人才的职业责任感和职业荣誉感;要采取有效措施,让出版组织增强凝聚力,增强人才队伍对出版组织的向心力和忠诚度,使人才出色地完成绩效目标。出版组织应当确立自身的价值追求和奋斗目标,努力营造有利于出精品、出人才、出效益的环境。具体地说,就是要用思想教育、精神激励、物质奖励等手段和措施,培育全体员工共同的价值观、职业自豪感和责任感,团结和引导编辑出版人员提高思想水平、增强职业能力,为繁荣出版事业和发展出版事业建功立业。

参 考 文 献

1　任火.编辑独语[J].编辑之友,2005(8):19.

2　薛沛.探讨评价体系 促进人才成长[J].中国出版,2006(10):56.

科技期刊需要有自己的策划编辑

陈沪铭

（科学出版社有限责任公司上海分公司　上海 200032 ）

[摘要]　科技期刊的成功在某种程度上取决于编辑所信奉的科学理念和自身的科学素养；而科技期刊的声望往往来自于策划编辑出众的组织、沟通和市场营销能力。

[关键词]　科技期刊；策划编辑；市场营销

科技期刊是科学技术自主创新成果的主要载体，是传播科技知识的主要渠道，反映了一个国家在世界上的科技水平和学术地位。新中国成立初期，我国的期刊总数才 229 种，其中科技期刊只有 80 种。改革开放 30 年来，我国的科技期刊已经发展到了 4 000 多种，数量居世界第二位。在积累传播科技信息、承担把科学技术转化为生产力的功能方面，在促进科技兴国、培养人才方面，发挥了重要的作用。

但是应该看到，我国的科技期刊与发达国家相比，与创新型国家建设的要求相比，仍然存在着很大的差距[1]。由于体制的束缚，我们一些科技期刊在办刊理念、经营模式、运行体制乃至于技术手段等方面存在着严重的"路径依赖"，制约着科技期刊的创新发展[2]。在当前科技期刊面临转制和市场化的形势下，如果能在一些关键环节上有所突破，就会形成一场革命性的变革，这种突破也包含着建设一支有中国特色的科技期刊的策划编辑队伍。

和图书出版业中的策划编辑一样，随着科技期刊进一步市场化，期刊出版也需要一支策划编辑队伍，也有称之为"编辑策划人"[3]。在美英等国的出版公司，包括一些期刊社就有 acquisition editor 和 developmental editor，我们把它翻译成"组稿编辑"和"开发编辑"，其作用也就是相当于策划编辑。

策划编辑应该是复合型人才，具有这样一些基本素质：热爱科技期刊工作；有一定的科技期刊编辑的工作经历；有敏锐的洞察力和市场运作能力；有良好的语言沟通能力和公关能力；了解科技期刊从选题、编辑加工到生产的全过程；了解生产制作工艺和成本核算。策划编辑队伍的建设有利于使他们全身心地投入到策划工作中去，对科技期刊的品牌建设，提升科技期刊的市场竞争能力，突破"路径依赖"，改变目前科技期刊"重编辑、轻发行，重质量、轻营销，重品牌、轻市场"的状况有着积极的意义。

拥有相对独立工作环境的科技期刊策划编辑并不是游离在科技期刊的编辑工作之外，而是紧紧围绕着刊物的办刊宗旨和读者定位，在选题计划、栏目设置、封面装帧、版面设计等方面与期刊的主编、编辑部主任、编辑和编务一起充分地沟通、交流，形成既符合刊物的性质，满足所服务的读者对象等方面的要求，又能展示刊物的特色，同时又有市场竞争力的科技期刊。把原来分散在主编、编辑部主任、编辑和编务手中的相关工作，有机地串联整合在一起,发挥策划编辑特有的工作效力。策划编辑的工作重点应包括以下几个方面。

(1)品牌营销:参与一些期刊品牌形象的各种活动性营销和文化性营销。例如,参加一些国际书展等影响力大、受众集中的活动,这样有利于在短时间内建立人们对某种期刊的认知与好感,产生极好的宣传效果。再如,推出刊物所具有的特色内容、特色服务,中心就是围绕品牌加强宣传。品牌的合作在此也很重要,一个期刊势单力薄,可以考虑和相关期刊强强联合,品牌效应就会放大。针对期刊营销有很多方面,品牌营销应该是期刊经营的第一要务。

(2)产品营销:产品是指企业向目标市场提供的"商品和服务"的结合体。一方面,期刊及其相关产品(包括增刊、专辑、光盘、数据库等)整体上可以作为营销的内容,例如把学术内容提炼出新闻信息向大众媒体发布,实际上是为大众媒体提供了一个新的信息产品;另一方面,期刊为作者、读者提供的各种便捷服务(例如网络化编审平台、抽印本、编辑会议等),也应该成为营销的重要产品。

(3)资源营销:策划编辑应充分利用期刊的渠道资源、作者资源、读者资源、行政资源等开展有效的细分营销活动,但归根结底,应该是围绕期刊的核心资源即作者和读者开展营销活动。有不少刊物尤其是技术类刊物可利用其在行业内拥有的行政管理资源、专家资源,开展系列化、专题化、规模化的高峰论坛、大型展会、专家咨询活动、专题培训等营销手段,有效地满足了专业人群的需要,极大提高了刊物影响力和综合经济效益。

(4)网络营销:是指基于互联网的产品和品牌推广与销售活动。越来越多的期刊社出版集团把基于网络的营销手段作为当前最重要的营销手段,像 Springer 明确突出了 e-marketing 战略。通过网络平台,向全球用户主动推送刊物的目次乃至全文,推送刊物信息、活动信息,提供基于刊物文献的统计与分析、链接与搜索、标引与储存等服务。

(5)广告营销:期刊的广告是其有别于图书的独特的经营资源,包括其平面媒体广告、户外广告、网络广告等。对于许多国内外大刊来讲,广告收入是其主要的利润点。而国内期刊一般比较容易忽略对自身广告资源的利用,在营销战略上对广告的经营目标关注不够。策划编辑可从期刊的内容到形式,从平面到立体,都可以充分考虑和相关产品、技术、品牌形象等相结合,获取自己的广告利益。

科技期刊策划编辑队伍建设不是为应付激烈的市场竞争的短期行为,而是科技期刊品牌建设的长期投资行为,应该把它看成是科技期刊在发展中不断完善,充满挑战和希望的事业。由于人才投资和人力资本等诸方面的因素,策划编辑的使用,对于一些相对分散和较小的期刊编辑部而言,可能需要一个相对较长时间的准备期,但对于拥有较多科技期刊的出版集团和一些科技期刊联合编辑部来说,无疑是一种有益的尝试。

参 考 文 献

1　肖宏.关于科技期刊"科学发展观"的思考[G]//上海市科技期刊编辑学会.科技期刊发展与导向(第五辑).上海:上海科技文献出版社,2005:27-33.

2　李镇西.从 WJG 创新高业模式和中国科技期刊的"突围"[J].中国科技期刊研究,2008,19(4):667-671.

3　陆际平.科技期刊创品牌需要编辑策划[G]//上海市科技期刊编辑学会.科技期刊发展与导向(第五辑).上海:上海科技文献出版社,2005:154-158.

科技期刊的编辑人才建设

叶　晨[1]　周庆辉[2]　顾露露[3]

(1.《中国口腔颌面外科杂志》编辑部　上海 200011；

2.《中西医结合学报》杂志社　上海 200433；

3.上海市科技期刊管理办公室　上海 200031)

21 世纪的今天,科学的进步,信息的爆炸,经济的全球一体化,对人才队伍建设提出了许多新的要求。积极应对入世和出版体制改革的挑战,做到人才先行以增强编辑人才队伍的竞争能力,具有重要的现实意义[1]。如何加强科技期刊编辑人才建设,全面提高科技期刊编辑人员素质,是全面提高我国科技期刊竞争力的关键问题。为此,根据上海市科技期刊学会常务理事会会议精神,为使学会进一步了解青年编辑的需求,有针对性地做好青年编辑的服务、咨询和培训工作,进一步开展编辑人才队伍的建设与管理,上海市科技期刊学会于2007 年 3~5 月开展了上海市科技期刊青年编辑普查工作。普查工作由青年工作委员会组织实施。现就本次普查中发现的问题和各单位提出的意见和建议作一分析,以便为学会工作提供参考。

1　普查发现的问题

本次普查对上海市共 368 种科技期刊编辑部的青年编辑邮寄了普查表,最终收回 537张。其中普查表的最后一款项目为"希望如何开展学会活动、对学会工作的建议",这一问题受到青年编辑的广泛关注。青年编辑们对于学会今后工作的方向、重点、内容和形式等各方面均提出了中肯的建议,现归纳总结如下。

1.1　青年编辑参与交流没机会

调查中发现,希望加强编辑部之间的交流与沟通,希望学会提供互相学习,互相切磋,共同进步的平台的呼声最为普遍。青年编辑纷纷建议"多组织各期刊间的工作经验交流活动"、"定期或不定期进行学术交流活动"、"多举办一些细分类的深化、细化的培训,加强沟通与交流"、"多开展一些供青年编辑相互交流的活动"、"希望学会的活动通知能够直接下发到青年编辑"、"多举办一些编辑人员业务交流学习的活动,提供更多的学习机会"、"学会的活动应普及到每一个编辑人员,而不只是召集编辑部领导开会"、"希望学会的活动不仅仅限于几所大学校和名杂志"、"多组织青年编辑经验交流活动,解决工作中遇到的实际问题"、"希望能举办更多更实用的活动,方便大家了解与参与"等等。从这些青年编辑的建议来看,似乎学会的各种交流活动不够多,而事实上学会组织的活动很多,如一年一度的"长三角科技论坛——科技期刊发展分论坛"、"京津沪渝科技期刊主编/社长研讨会",学会下属各专委会的各种沙龙活动及各种联谊活动等。此外,学会多年来坚持举办编辑岗位培训、英文科技论文的撰写等各种学习班。因此,应该说学会提供给各位编辑的学术交流、学习及沟通的机会是挺多的,但问题是这些活动往往只限于各编辑部的主任或骨干参加,广大的青年编辑没有机会参与甚至根本就不知道有这样的活动。

1.2 青年编辑评定职称有困难

在调查中还发现广大青年编辑在高级职称晋升方面普遍面临困境。由于科技期刊编辑既有专业背景知识要求,又有编辑专业技能要求的特殊性,各科技期刊编辑往往是专业人员出身,尽管有专业的学历背景,但没有从事本专业的实践工作,所以往往不符合本专业职称晋升要求,而只能参加编辑系列职称评审。目前编辑系列的高级职称评审是:个人申报,由行业专家组成的评审委员会对申报人的能力水平作出全面、客观、公正的综合评价。然而在编辑系列的高级职称评审中,目前只有针对出版社图书编辑的评审标准及规则,而且高评委的专家亦是以各出版社的图书出版、编辑专家为主。同时,各科技期刊分散于各自的专业系统内,只能作为个人去申报高级职称,犹如散兵游勇,在与各出版社图书编辑集体申报的竞争中,优劣悬殊,通过率极低。因此,很多青年编辑望而却步,人心浮动,甚至改行。这是一极具普遍性又极不利于科技期刊编辑人才稳定与建设的现象。究其原因,主要有二:一是广大科技期刊青年编辑缺乏有组织的高级职称评审渠道,缺乏相应的职称评审指导,甚至都不了解如何准备与申报;二是科技期刊编辑、出版、发行及营销等各环节与图书的出版发行确有很多不同之处,拿针对出版社图书编辑的评审标准及规则,并由以各出版社的图书出版、编辑专家为主的高评委来评审科技期刊编辑职称申报,确有失公平。

1.3 青年编辑对学会工作不了解

在有关学会活动的调查中,发现学会的工作宣传力度太小。大多数编辑不是学会的个人会员(60.71%),其中很多编辑不知道可以申请成为个人会员(21.04%),甚至不知道有这样的学会(4.28%);近50%的编辑不知道有上海市科技期刊青年编辑奖;近40%的编辑从未参加过学会的活动;近30%的编辑从未浏览过学会的网站,近25%的编辑不知道学会有网站。因此我们意识到,学会在过去的工作中自我宣传不够,工作方法偏于保守,以致学会的各项服务、培训工作仅局限于一部分编辑,没有获得最大的培训效果。如何改进工作方法,使更多编辑享受到学会的培训与服务,已成为学会工作的当务之急。

2 普查结果的启示

对本次普查中发现的问题和各单位提出的意见和建议进行分析,无疑对进一步完善学会的工作提供了一些有益的启示,主要有以下几个方面。

2.1 学会要加强网站建设,实现网上互动,倡导自主学习

青年编辑参与交流机会少的问题,主要是因为各种学术会议、学习班和讲座等的参加都需缴纳一定的经费,而各编辑部往往都是"清水衙门",不可能全员参会,各种活动往往只限于各编辑部的主任或骨干参加。为解决这一难题,建议学会充分利用当今发达的网络技术,在现有学会网站的基础上,加强学术交流、学会动态、青年论坛等栏目的建设,及时报道各种学术会议、学习班和讲座等交流活动,将各种资料数字化(如可制作成多媒体、视频等电子化形式及时上传),实现资源共享,并倡导广大青年编辑积极上网浏览、自主学习,并参与讨论,从而达到让青年编辑广泛参与的目的。自主性学习是知识的探求过程,是自主的知识搜索、

整理、分析和归纳;同时还产生思维的比较、抽象概括和推理,生成自主建构的心理机制,即形成自学能力。而自学能力是产生批判性思维和创新思维的心智前导和基础[2]。因此,我们应充分利用网络,积极倡导自主性学习,利用BBS加强学习心得的交流或问题的讨论,不断提高编辑素养,真正实现既能通过学习提高编辑专业技能,拓宽编辑专业知识面,又能加强各编辑间的交流互动。

2.2 学会要关注编辑职称晋升难的问题,探索建立科技期刊编辑职称评审新体制

职称工作是开发人才资源的重要渠道和手段,其中核心是对人才的评价,只有对人才客观、公正、科学的评价,才能为人才的配置、使用、管理提供依据,才能为社会提供高素质、合格的人才,才能更好地激活专业技术人员的潜能使其更好地为经济社会发展服务[3],才能有利于编辑队伍的稳定和长远发展。所以,学会要关心青年编辑职称晋升难的问题,积极参与探讨如何建立客观公正的科技期刊编辑的评价体系。

对科技期刊而言,无论是选题策划还是组稿、审稿、编辑加工等一系列编辑流程皆与图书的编辑出版工作有很多不同。首先,科技期刊有很强的科学性、专业性;其次,学术期刊更强调内容的前沿性和严谨性,因此这就决定了期刊编辑应具有相应的专业背景及一定的专业素养。故建议在科技期刊编辑的评审标准中应添加相应专业知识的考核。此外,期刊具有出版周期短、栏目相对固定等不同于图书的特点,编辑的工作亦有很大的不同。如在上海市编辑职称评审的考核中,需递交一套"必备附件":(1)1篇选题报告或选题调研报告;(2)1篇审稿意见或修改意见;(3)1篇书稿加工记录或其他能反映文字加工水平的材料[4]。首先,科技期刊有固定的栏目,其选题报告往往是指侧重于某一最新进展或热点问题进行征稿或组稿,以专刊或专栏的形式为主,与图书的选题报告完全不同。其次,科技期刊的稿件,除基本的科学性、准确性要求和文字加工等与图书编辑加工相似外,还有相应的格式要求和专业规范。以医学期刊为例,不同的临床科研设计,就有不同的写作格式及写作要点,不同的统计学方法和指标;不同的体裁有不同的格式要求,如论著与综述就有不同的写作格式,等等。所以建议在业务能力考核中应另行建立科技期刊编辑的评审标准及规则,可由各科技期刊编辑的资深专家予以考核审定。

上海市科技期刊学会作为科技期刊的专业学术团体,拥有368家科技期刊会员,几乎涵盖了整个上海地区的科技期刊,是上海地区的科技期刊行业学会。学会以广大编辑部、杂志社为依托,拥有各会员单位的资深专家资源,多年来积极开展面对广大科技期刊编辑的服务、咨询和培训工作,具备了一定的行业权威性。因此,上海市科技期刊学会作为社会学术团体具备了行业性、权威性、独立性等特点,可参与到科技期刊编辑专业人员的评价工作中来,如可以推荐科技期刊编辑资深专家参与评委库的建设,参与评审条件的制定和量化、评审程序的规范及评审手段的创新等,探索建立客观公正反映工作业绩的考核评价体系,开展针对职称工作的新情况、新问题如何拓展人才评价新内涵的讨论等,积极配合政府部门制定评审规则,规范评审活动,力求将科学人才观贯穿于职称工作的各个方面和整个过程,为科技期刊编辑队伍的建设作出贡献。

2.3 学会要优化服务,加强培训,培养更多编辑人才

上海市科技期刊学会是科技期刊的专业学术团体,是科技期刊编辑互相学习、交流的一个平台,更是培养青年编辑爱岗敬业,学习提高编辑专业技能和知识的最佳沃土。因为学会拥有许多编辑经验丰富的资深专家,又有多年来为编辑提供培训、咨询等服务的经验,而且

还熟悉和掌握各种最新的行业动态和学术交流信息,这就为编辑人才培养提供了丰富的人力资源、物质资源和信息资源。整合这些资源,将其效益最大化,使更多的编辑享受到学会的培训和其他各项服务,使更多的编辑及时了解国家新闻出版方面的最新方针政策,及时了解科技期刊业内的最新标准、规范和各种行业信息,将有利于广大编辑及时更新知识结构,开拓视野,提高编辑专业技能。学会应借助网络平台,改进学会网站的结构,丰富学会网站的内容,及时上传各种资料信息,让更多的编辑共享学会拥有的各项人力资源、物质资源和信息资源,培养更多的优秀编辑人才。

3 结　语

提高青年编辑的素质,不仅是当前科技期刊出版事业兴旺发达的需要,更是知识创新、促进科技期刊出版事业蓬勃发展的根本保障。科技期刊学会是科技期刊的专业学术团体,在为科技期刊青年编辑营造良好的行业环境、促进青年编辑成长方面,一定能发挥积极的作用。

参 考 文 献

1　辛吉武.知识型机构人才发展环境分析[J].人才开发,2007(5):22-24.

2　梁滨.高教能力培养的主体内涵[J].人才开发,2007(4):10-11.

3　侯文虎.如何创新职称工作[J].学习导报,2003(6):29.

4　关于2006年度上海市出版系列高级专业技术职务任职资格审定工作的通知[EB/OL].[2007-07-20].
　　http://cbj.sh.gov.cn/newsattachment/xxgk/43200608070002.doc

新时期军队科技期刊编辑素质的要求

游大鸣　施启龙

（解放军理工大学气象学院《气象水文装备》编辑部　南京 211101）

［摘要］　针对新时期军队科技期刊办刊的使命、任务及特点，提出了军队科技期刊编辑应具备的重要素质，对进一步提升军队科技期刊编辑素质需要强化的意识等问题进行了探讨。

［关键词］　军队科技期刊；编辑素质；军队科技工作

军队科技期刊作为军队科技工作者的指导性刊物，具有十分重要的意义和作用。建设一支高素质的编辑队伍是确保办刊质量的重要条件，是催生刊物创新的核心所在。针对新时期军队科技期刊办刊的使命任务及特点，提出了军队科技期刊编辑应具备的重要素质，对进一步提升军队科技期刊编辑素质需要强化的意识等问题进行了探讨。

1　充分认清新时期军队科技期刊办刊的使命、任务及特点

（1）承担的使命、任务。军队科技期刊承担着促进军队科技工作创新发展和为军事斗争准备服务的光荣使命，肩负着交流军队科技工作经验、反映军队科技工作动态、介绍军队科技工作成果、探索军队科技工作理论、褒扬军队科技工作领域先进事迹的重要任务。军队科技期刊事业使命崇高，任重道远。

（2）办刊的特点。军队科技期刊的传播价值和效果取决于其刊物自身必须具有鲜明的办刊特点。这种办刊特点体现在以下四点：一是坚持正确的导向，成为马克思主义科技新闻观的重要宣传阵地；二是传播军队科技工作发展的前沿理论和最新成果，开阔军队科技工作者的视野；三是构建军队科技工作的互动平台，为军队科技工作者提供交流经验服务；四是指导军队科技工作者的写作实践，为培养军队科技工作新闻人才服务。刊物内容要让读者爱看，办刊首先要解决与普通一兵有什么关系的问题，要让一般读者找到共鸣点[1]。新时期军队科技期刊的办刊特点决定了编辑工作者只有心里装着读者，才能使刊物本身"让专家找到兴奋点，让普通读者看得懂"，做到"把术语留给专家，把知识传给读者"，从而有力地提高军队科技期刊的传播价值和效果。

2　军队科技期刊编辑应具备的重要素质

（1）政治素质。编辑工作者的政治素质，主要表现在必须坚持鲜明的党性原则，坚持正确的政治方向和舆论导向，增强政治敏锐性，提高政治鉴别力。编辑工作者应认真学习理解

科学发展观的基本内涵和精神实质,努力把学习科学发展观的成果转化为坚定的政治信仰,转化为忠实履行我军历史使命的坚强信念;最根本的是必须把党的绝对领导作为军魂,把牢固的军魂意识建立在高度自觉的基础之上[2]。编辑工作者要密切关注部队科技工作中的急难问题,切实做到部队科技工作者在干什么就宣传什么[3]。要坚持做到两个"三贴近":一是"贴近实际、贴近生活、贴近群众";二是"贴近部队、贴近基层、贴近官兵"。努力丰富办刊内容,创新办刊形式,增强刊物的吸引力、感染力、亲和力。

(2)职业素质。编辑工作者的职业素质,主要表现在爱岗敬业和淡泊名利上,把办刊当作成就事业的平台和作为自己的神圣职责。要做到满腔热情地履行职责,满腔热情地面对困难,满腔热情地扎实苦干。只有热爱办刊事业,才会对编辑工作充满热情和激情,才会全身心地投入编辑工作,才会无怨无悔地追求并在追求中获得成功。只有扎实苦干,军队科技期刊的办刊质量才能不断提高,办刊事业才能蓬勃发展。

(3)科学素质。编辑工作者的科学素质,主要指应具备的科学素养。科学是一门理性、严肃的学问。科技期刊文章是讲求科学精神的"范本",严肃求实是其核心品质。科技期刊文章的内容,包括概念、原理、表述等应力求准确无误,与事实相符,这就要求编辑工作者需具备科学素养。像英国BBC电视台的科技报道摄制人员本身具备很高的科学修养,甚至超越了传媒工作者的身份,成为工作方式较为特殊的科学家[1]。军队科技期刊编辑工作专业性很强,如果对科技知识学习不多,就难以了解所编辑文章的内容。军队科技期刊传播要"浅出",编辑工作者培养科学素养须"深入"。要让读者贴近军队科技期刊,编辑工作者首先要贴近军队科技工作领域。编辑工作者只有具备科学素养,才能保证军队科技期刊内容的严谨可信。

(4)专业素质。编辑工作者的专业素质包括以下两点。一是编辑工作者应具备深厚的专业科技知识。编辑工作者要努力成为学习型编辑甚至学者型编辑[4]。只有不断丰富本专业学科领域的科技知识,及时掌握科技发展的最新动向,广泛涉猎相关专业学科领域的科技知识,不断拓展知识面,主动走进专业学科圈内倾听专家的声音,扑下身子钻学问,才能科学地把握稿件的思路脉络,尽快地鉴别出高质量的稿件,做到不外行、不落伍。二是编辑工作者应具备扎实的文字修辞功底。编辑工作者只有练就扎实的语言文字基本功,才能在稿件修改中做到去粗取精,编辑出主题鲜明、内容丰富、编排规范、学术品位高、可读性强的军队科技期刊精品[5]。

(5)信息素质及英语能力。编辑工作者的信息素质,是指应具有一定的信息意识和素养。计算机网络等信息技术给编辑工作带来了深刻影响,彻底地改变了以往编辑工作的形成理念,极大地拓宽了现有编辑工作的发展空间。编辑工作者应强化信息意识,学习信息技术,提高信息素养,积极应用现代信息技术手段为编辑出高质量的军队科技期刊服务。编辑工作者具有的英语能力,是指应有良好的英语基础,掌握科技英语的一般表达规律。科技稿件中出现的英文名词、术语和缩写词,参考文献中引用的英文文献,图表中采用的英文表达形式,都使得编辑工作者只有不断提高英语能力,才能在文字编辑中注意发现并纠正英文表达方面的错误,确保刊物质量[6]。

3 进一步提升军队科技期刊编辑素质的探讨

作为一名合格的军队科技期刊编辑工作人员,应努力提升自身素质,不断强化五点意识。

（1）强化学习意识。军队科技期刊编辑工作者处在军队现代化建设迅速发展时期，只有加强学习，才能适应建设的需要，跟上发展的步伐。一是要有很强的学习意识。应根据信息化军队、打赢信息化战争和做好军事斗争准备对编辑工作者提出的全面要求，主动学习，扩大知识面，改善知识结构。二是能够创造性地学习。要通过积极主动地思考研究问题，形成自己的认识和见解。我国古代教育家孔子用"学而不思则罔，思而不学则殆"的深刻哲言阐明了只有学与思相结合才能取得良好学习效果的道理。要着力培养对现实问题的批判意识，对学术权威的怀疑意识，对传统体系的突破意识；要打破思维定式，学会求异思维，逆向思维，发散思维；要追求思想观点的求异性，思想表达的新颖性，思维结构的灵活性，思维过程的飞跃性[5]。只有下苦功学习，才能增强学习的思想性和深刻性，提高学习的效果。

（2）强化责任意识。军队科技期刊编辑工作者身为军人，应当做一个对党和军队有高度责任感的人；身为军队科技工作新闻媒体人，应当做一个对党和军队的新闻媒体工作有强烈责任感的人。一个人能力大小如何，工作标准怎样，任务完成与否，都同有没有责任心密切相关。水平不高，有责任心可以弥补；点子不多，有责任心可以学习；情况不明，有责任心可以熟悉[7]。在编辑岗位上，我们应当始终保持军队科技工作新闻媒体人的那么一股干劲和热情，做到用心、尽心、精心[7]。这样才能把住"猛一看过得去、细一抠有问题"的关口，做一个合格的编辑。

（3）强化服务意识。军队科技期刊编辑工作者应树立强烈的为基层读者服务意识，这是党性所系、职责所求、创新所需。军队科技期刊是面向基层读者、为军队科技工作人员服务的宣传媒体，强化为基层读者服务意识是军队科技期刊办刊宗旨的重要体现。办刊工作应面向基层读者，适应基层读者，引导基层读者；要尊重读者和作者，在约稿、组稿过程中多与作者进行沟通交流；要重视读者对稿件和刊物意见的反馈，并及时加以改进，共同提高稿件质量[7]。赢得读者意味着赢得了军队科技工作新闻媒体自身的生存和发展空间。

（4）强化创新意识。军队科技期刊编辑工作者应强化推崇和追求创新的意识。这是军队科技期刊办刊工作之核心，传统之根本。军队科技期刊办刊工作是一个常干常新的事业，创新是编辑工作者应常思考的问题，也是军队科技期刊传播能吸引人、感染人的地方[7]。编辑工作者需具备强烈的使命感，这样才能催生澎湃的创新动力，释放火热的创新激情，开发不竭的创新潜力，达到明确的创新目标。强化推崇和追求创新意识，就是像瞩目太阳每天都是新的那样不断追求卓越；强化推崇和追求创新意识，就要在观察规律中出新，在追求变化中出新，在反复琢磨中出新，在贴近实际中出新，在把握节点上出新[7]。创新是军队科技期刊办刊的生命之泉。

（5）强化精品意识。军队科技期刊编辑工作者应强化精品意识。"好稿子是改出来的"，语言之妙，奥妙无穷。编辑工作者要编辑出好稿子，策划出好版面，需强化精品意识，多下功夫，想深一层。只有强化精品意识，所编辑的稿件和版面才有让人"能记住、能剪贴、能受启发的东西"[7]。编辑工作者应力求对"每篇稿件编辑出关键的几句话，每个版面力争突出一个亮点"；对"你说他说的业务工作能否找出新感觉？显而易见的科学道理能否找到新说法？纷繁题材文章中能否找到新角度？透过老问题、老话题、老标题能否执着追求人无我有、人有我新的长新目标？"[7]对这些问题多加思量，才能把刊物办成让人眼前一亮的精品期刊。

4 结束语

军队科技期刊办刊事业,使命崇高,任重道远。军队科技期刊编辑工作者,必须大力提高自身素质,才能自觉担负起党和军队赋予的神圣使命,真正为军队科技期刊办刊事业发展作出应有的贡献。

参 考 文 献

1 柴永忠.科技宣传靠什么吸引读者[J].军事记者,2007(9):29-30.

2 宋文良.党委要提高贯彻落实科学发展观的能力[J].国防大学学报,2006,5:70-72.

3 评论员.新闻工作者要带头学习实践科学发展观[J].军事记者,2007(12):1.

4 李明德,相宁.从"把关人"理论看科技期刊编辑应有的素质[J].编辑学报,2007,19(5):384-385.

5 付中秋,吴利平.科技期刊编辑应具备良好的综合素质[J].编辑学报,2007,19(6):468-470.

6 李欣欣,王晶,姜瑾秋.科技学术期刊编辑应具备"米"字型知识结构[J].编辑学报,2007,19(6):471-472.

7 雎剑波.提高采编能力需增强5种意识[J].军事记者,2007(2):30-31.

第四部分

评价与引证

高校英文版科技期刊国际化评估指标体系[*]

陈光宇 顾凤南 周春莲 吴 畏

（复旦大学《数学年刊》编辑部 上海 200433 ）

[摘要] 对高校英文版科技期刊国际化的评估指标体系进行了研究,建立了高校英文版科技期刊国际化的评估指标,体现"客观、公平、科学、可操作性,尽量减少人为干预"的四条评价原则和排序评定的两种方法,提出了高校英文版科技期刊国际化的 8 项定性指标和 16 项定量指标以及相应的评分计算标准和计算公式。最后,根据各个指标的重要性和影响程度的大小,分别给予不同的权重值,列出了具有相同的和不同的权重值的两种例子和相应的计算公式。

[关键词] 英文版科技期刊;国际化;评估指标体系

2006 年初我们承担了全国高校自然科学学报研究会科技期刊编辑学研究基金资助的课题"高校英文版科技期刊国际化评价指标体系研究",对现有的科技期刊评价指标体系和高校科技期刊国际化基本特征进行了研究[1],于 2007 年 5 月完成了该课题的总结报告,并撰写了两篇研究报告,发表了四篇文章。本文在此基础上作了进一步的阐述。

1 建立高校英文版科技期刊国际化评估指标的目的和意义

中国高校英文版科技期刊必须走向世界,走向国际,实现国际化,这已成为编辑人员及期刊管理部门的共识。那么,国际化的表征是什么？如何评价一本期刊的国际化？又通过什么途径来促进科技期刊的国际化程度？这些正是本文所要探讨的问题。

1.1 作为评价英文版科技期刊的需要和补充

评价英文版期刊如同评价中文版期刊一样,要从稿源质量、审稿质量和出版质量等方面入手,但评价英文版期刊,还不完全等同于评价中文版期刊。英文版期刊有它们的国际化基本表征[1],将其表征作为评价英文版期刊国际化的指标[2],这是评价英文版科技期刊的需要,也是本文的研究目的。

1.2 可以用国际化基本表征来确定国际化的评估指标

在对英文版期刊国际化的研究和讨论中已发表了大量论文[3-17],文献[1]提出了表征英文版科技期刊国际化的 15 条特征,通过比较和分析,可以确定国际化的指标,其中哪些指标比较重要,影响较大,在评价时可给以较大的权重。

* 全国高校自然科学学报研究会科技期刊编辑学研究基金资助课题(No. GBJM0505).

1.3　可以评价科技期刊国际化的程度

文献[18]首次提出科技期刊"国际化度"的概念,用"国际化度"来评价科技期刊的国际化;同时提出:国际化是一个过程或一个进程。国际化的目的是使中国期刊走向世界,参与国际期刊的竞争,向世界展示中国科技的风貌,促进中外科技交流。依据科技期刊国际化发展的不同进程,可把科技期刊国际化程度分为三个阶段(或等级):

第一阶段可称为"准国际化期刊",其表现为刊物被国际数据库收录。论文须有符合国际要求的英文摘要和关键词,应有详细的中英文作者信息,图表题及表栏目应有英文,中文参考文献应附英文。

第二阶段可称为"国际性期刊",其编委会、稿源、作者、审稿、发行和宣传均应国际化,刊物被国际著名数据库(CA、SA、EI、SCI、PЖ、日本科技文献速报、MEDLINE 等)及本学科专业数据库收录。

第三阶段可称为"国际知名期刊",它除了应具备"国际性期刊"所要求的条件外,还须经常刊登国际一流的稿件,其学术水平为国际认可。

根据这种在本文中被称为"国际化显示度"的评估指标,可以对科技期刊的国际化程度作出正确的评价与分类。

为了推进中国英文版科技期刊国际化,国家期刊管理部门和期刊主管部门应把英文版科技期刊"国际化显示度"列入科技期刊评价体系中,或单独成为一个评价体系,进行评价,对优秀者进行鼓励和奖励,对有望成为"国际性"期刊者加大资助力度,以促进中国英文版科技期刊的国际化进程。

2　制定高校英文版科技期刊国际化评估指标的依据、原则和方法

2.1　依据

(1)对现有七种科技期刊的评价指标体系[19-25]进行了分析和比较,汇总了 46 项评价指标,包括 7 项定性指标和 39 项定量指标,其中 5 项为经营管理指标、8 项为编辑出版指标、35 项为学术质量指标(在编辑出版指标和学术质量指标中,有 2 项指标为重复),可以作为科技期刊国际化评估指标的有 26 项,这是研究和制定高校英文版科技期刊国际化评估指标体系的依据之一。

(2)根据我国一些英文版科技期刊编辑部国际化的经验及实施国际化的实践,分析研究各个指标的重要程度以及实现这些指标的难易程度,对一些较为重要的国际化的评价指标给以较大的权重值。这是研究和制定高校英文版科技期刊国际化评估指标体系依据之二。

2.2　原则和方法

高校英文版科技期刊国际化的评价体系,其评价方法应体现"客观、公平、科学、具可操作性,尽量减少人为干预"的原则,主要体现在以下四个方面。

(1)定性指标分析与定量指标计算相结合。对定性指标(8 项)采用"优、一般"的排序评定方法,主要由评审专家评定;对定量指标(15 项)采用"优、良、一般"的排序评定方法,主要依据数据统计确定。因此,本指标体系是由评审专家评定与依据数据统计确定相结合。

(2)按总分数排序与按"优、良、一般"排序评定的两种方法。按总分数排序的方法,总分为 100 分,其中定性指标(8 项)共 24 分,定量指标(15 项)共 76 分,并根据各个评估指标

的重要性和影响程度的大小,实现这些指标的难易程度,可以分别给予不同的权重值。

(3)同学科期刊评定按具体指标值比较大小的原则;不同学科期刊评定采用与学科指标的平均值相比较的百分比的原则([本期刊的指标/ 本学科指标的平均值]的百分比),即采用学科指标的平均值。这可以避免因学科的大小、科技人员队伍大小不同而引起的不公。

(4)尽量减少人为干预的原则。即所有参加评价的高校英文版科技期刊可参照 SCI 和万方数据库或清华(光盘版)数据库的分析数据,并以其平均值为出发点。

3 高校英文版科技期刊国际化的评估指标

高校英文版科技期刊国际化的评估指标可以分为定性评估指标和定量评估指标两部分。

3.1 定性评估指标如下:

定性评估指标
- (1)办刊宗旨的国际化
- (2)本专业研究人员认可程度的国际化
- (3)学术内容国际化
- (4)办刊形式国际化
- (5)办刊过程国际化
- (6)合作方式的国际化
- (7)语言国际化
- (8)国际化的物质保证
  - ① 计算机化
  - ②网络化
  - ③市场化
  - ④得到资助

(1)办刊宗旨的国际化(3分)

在办刊宗旨中,明确提出国际化的理念,其中包括:1)用英文刊登国内外的学术论文;2)反映国内外的最新科研成果;3)促进国际间的学术交流;4)推动国内外的学术研究;5)还应提出以国内外的读者为主要对象等国际化的思路,并在办刊过程中充分体现办刊宗旨。

评分标准:优(3分)——明确提出 3～5 项者;一般(1分)——提出 1～2 项者。

(2)学术内容国际化(3分)

1)刊登的内容应与国际先进水平同步;2)将国际先进成果与国内实践相结合;3)反映我国在前沿领域的最新成就,以推动世界的研究水平。

评分标准:优(3分)——明确具备 2～3 项者;一般(1分)——具备 1 项者。

(3)本专业研究人员认可程度的国际化(3分)

学报刊登的本学科的学术论文,所研究的内容处于国际前沿或者与国际先进水平同步,能引起本专业国际研究人员的兴趣,得到国际认可,并能增加对该学报论文的引用,引用情况可以通过查阅美国科技信息研究所《期刊引证报告》(JCR)提供的被引频次、影响因子(Impact Factor)、即年指数(Immediacy Index)等指标来衡量[14,21]。

评分标准:优(3分)——有上述情况;一般(1分)——无上述情况。

(4)办刊形式国际化(3分)

1) 外文版——以国外读者为主(国外型);2) 中外文合刊——以国内读者为主,兼顾国外读者(混合型)。

评分标准:优(3分)——属于形式1)者;一般(1分)——属于形式2)者。

(5) 办刊过程国际化[7](3分)

即在办刊过程中进行如下的活动:1) 国际交流——进行中外信息交流和参与国际会议交流;2) 国际合作——中外合作出版或合资出版;3) 国际经营——合作广告经营和有偿服务(如中介、咨询、开发和实业等)。通过上述活动,可以实现信息交换的国际化[14]。

评分标准:优(3分)——有2~3项者;一般(1分)——有1项者。

(6) 合作方式的国际化(3分)

(a) 与国外出版商合作出版

1) 版权转让——学报负责稿源和审稿,保证学报的学术质量;外商负责印刷、出版和发行(比如中国科学院的《数学学报(英文版)》、《计算数学(中译英文版)》和《数学年刊C辑》[13]的出版方式)。双方签订版权转让的有关协议。

2) 保留部分版权——学报负责稿源、审稿、排版和印刷;外商负责国外发行,版权双方共有。双方签订有关发行的协议(比如《数学年刊B辑》[13]和《中国物理快报》的出版方式)。

3) 出版多种文字,版权多次转让——学报以多种文字出版,每种版本参照第1)款方式处理。

(b) 委托国外书商独家发行——学报可以物色国外发行的代理商,委托发行,双方签订有关发行的协议(比如中国科学院的《计算数学(英文版)》和《数学年刊B辑》的发行方式[13])。

评分标准:优(3分)——有(a)中的1项;一般(1分)——有(b)者。

(7) 语言国际化(3分)

语言国际化是指学报外文版按国际通用语言出版。目前的外文版主要用英文出版,英语表达、书写要达到一定的水准,与国际通用标准相吻合,以便于国际交流。

评分标准:按国际通用语言出版者为优(3分);无则为一般(1分)。

(8) 国际化的物质保证,即支撑条件(3分)

1) 计算机化——学报的排版和编辑部管理的计算机化,具有较高搜索信息、优选信息和综合信息的能力。

2) 网络化——编辑部建立网站,设置网址,享有国际顶级域名,为学报提供物质支撑与保证;采用电子邮件进行远程通信等网络化手段,使学报信息传播在传播范围、速度和质量方面发生质的飞跃;网络化为学报国际化创造了条件,在国际交流的规模、便捷性、频率和效果等方面都有无可比拟的进步,无疑会增加学报论文的引用率和知名度。

3) 市场化——学报是一种特殊商品,随着市场经济体制的形成,高校学报的发行要走向世界必须首先要推向市场,实现市场国际化。学报市场化是学报参与国际化的起点,也是国际化的重要平台;深化改革就是加速实现市场化;扩大开放则是参与国际化。

4) 得到国家和学校在人力、财力和政策等方面资助。

对国际化学报的资助,"化"是一个过程,在国际化的进程中,国家和学校应对重点的学报加大在人力、财力和政策等方面资助的力度,扶持一些有国际化前景的学报走向世界,创造精品学报,加速国际化。

评分标准:做到上述 2 项或以上者为较好(3 分);仅做到 1 项者为一般(1 分)。

3.2 定量评估指标如下:

定量评估指标
- (1) 编委国际化
- (2) 编辑部国际化
- (3) 作者国际化
- (4) 审稿国际化
- (5) 国际版权协议
- (6) 发行国际化
- (7) 被国际检索系统收录
- (8) 网络和编排格式国际化
- (9) 性能价格比(性价比)
- 国际引用率
  - (10) 刊载文献篇均数(篇均引文率)
  - (11) 影响因子
  - (12) 被引频次(篇均被引频次)
  - (13) 平均被引率(他引率)
  - (14) 即年指数
  - (15) 引文半衰期

(1) 编委国际化(5 分)

编委国际化是指组成期刊编委会中国外编委所占的比例,属外延指标之一,也是期刊走向世界的重要指标之一。一般来说,编委国际化是指国外编委数所占的比例需要达到 30% 以上。

评分标准:国外编委数所占的比例超过 30% 为优(5 分);5%~30% 为良(3 分);小于 5% 为一般(1 分)。

(2) 编辑部国际化(5 分)

编辑部国际化是指编辑部成员应具有的国际化能力。编辑部成员应提高国际交往能力,另外,可以聘请国外地区的编辑,协助编辑部开展国外地区的宣传、组稿、审稿等工作,逐步形成一个国际合作性的编辑部。

评分标准:优(5 分)——有国际性编辑部;良(3 分)——有国外编辑;一般(1 分)——无国外编辑。

(3) 作者国际化(5 分)

作者国际化指期刊发表国外作者论文的数量,是期刊走向世界的重要指标之一。一般来说,期刊发表国外作者的论文所占的比例需要达到 30% 以上。

评分标准:国外著者论文数所占的比例超过 30% 为优(5 分);5%~30% 为良(3 分);小于 5% 为一般(1 分)。

(4) 审稿国际化(5 分)

审稿国际化是指审稿队伍国际化,审稿队伍由一定数量的国外知名专家学者组成。国际审稿的稿件数,一般可控制在 30% 左右,或者实现国内外专家共同参与审稿[4],或者如《浙江大学学报(英文版)》做法,每篇文章需要由一名国外审者进行审稿[26]。

评分标准:国际审稿的论文数所占的比例超过 30% 为优(5 分);5%~30% 为良(3 分);

小于 5% 为一般（1分）。

（5）国际版权协议（5分）

签订国际版权协议有两方面的情况：1）若与国外出版商合作出版，双方应签订版权转让的有关协议；2）若刊登国外作者的论文，应与作者签订版权转让合同。

评分标准：优（5分）——有 2 项版权协议；良（3分）——缺 1 项版权协议；一般（1分）——无版权协议。

（6）发行国际化（5分）

发行国际化是指国外发行的覆盖程度和世界上订阅的国家数量所占的一定比例，其中包括国外发行的数量以及发行地区和所订阅的国家数量两个方面，并应包含国际上主要国家的一定量的发行数。

评分标准：优（5分）——国外发行数超过 150 本；良（3分）——50～150 本；一般（1分）——小于 50 本。

（7）被国际主要检索系统收录（5分）

期刊被国外主要检索系统（包括数据库和文摘系统）收录情况，可以测度期刊在学术交流中的作用和地位，反映期刊被国际学术界重视的程度以及在国际上的影响。国际主要的检索系统，可参阅文献[12]，其中介绍了美、英、法、德、日、俄等国 50 个国际著名的文献检索机构建立的，包含 40 多个学科、290 多个国际权威检索数据库和文摘系统。

被国外重要数据库和权威性文摘期刊收录的种类，应该区别数据库和文摘的知名度和权威性，区别综合性数据库和文摘与专业性数据库和文摘，对进入国外专业性数据库、文摘的，进入 1 种计为 1 种；对进入国外综合性数据库、文摘的，进入 1 种计为 2 种。

评分标准：被检索系统收录 ≥8 种为优（5分）；3～7 种为良（3分）；≤ 2 种为一般（1分）。

（8）网络和编排格式国际化（5分）

编辑部建立网站，设置网址，享有国际顶级域名。标准国际化是指科技期刊必须根据国际标准化组织 ISO 制定的国际标准和我国国家标准的有关规定，或者根据国际通行做法，做到编排格式规范化和标准化。为加快国际化的进程，努力办成一本国际性的期刊，需要实现排版软件的国际化，采用国际上通用的排版软件。

1）有独立的网站和网址；2）英文正文、作者信息及英文摘要国际规范化；3）凡按 ISO 或国家标准编排，学科有国际统一编排格式，或以本学科国际主流期刊编排格式；4）采用国际通用排版软件（如 Latex、Word、Pagemaker 等）。

评分标准：优（5分）——做到上述 3～4 项；良（3分）——做到 1～2 项；一般（1分）——一项都没有做到。

（9）性能价格比（性价比）（5分）

期刊性能价格比（简称性价比）是期刊每页定价的影响因子数[27]，即期刊每页定价除以影响因子，表征期刊市场化的指标。期刊的性价比包含期刊的定价和影响因子，在一定程度上能反映期刊走向市场的深度和广度，以及发行的范围和数量。期刊影响因子越大，或定价越低，性价比越大，因此期刊的影响越大，深受作者和读者的欢迎，能增大发行量。反之，性价比越小。

若影响因子取自国际的某个数据库和国际发行的定价，则得到的性价比称为国际性价比;若影响因子取自国内的某个数据库和国内发行的定价,则得到的性价比称为国内性价比。

计算方法:

$$性价比 = \frac{影响因子}{每页定价}$$

评分标准:性价比超过 3 为优(5 分);1~3 为良(3 分);小于 1 为一般(1 分)。

(10) 参考文献篇均数(篇均引文率)(5 分)

参考文献是论文的重要组成部分,与论文有着密切的必然联系。参考文献篇均数是指在一定时间,期刊每篇论文引用参考文献的平均数量,也有的称为"篇均引文率"[22]。我国的一些科技期刊的参考文献数普遍较少,但并不是越多越好,要有一定的范围,如美国 Science 杂志即规定不要超过 40 篇[28]。根据我国的实际情况,以规定不超过 20 篇为宜。

计算方法:

$$参考文献篇均数(篇均引文率) = \frac{期刊文末参考文献数}{期刊的论文总刊载数}$$

评分标准:篇均引文率≥12 种为优(5 分);4~11 种为良(3 分);≤ 3 种为一般(1 分)。

(11) 影响因子(6 分)

影响因子是期刊刊载论文的平均被引次数与期刊载文量之间的比值,也是反映期刊整体学术水平、衡量期刊质量的一个重要指标。它由美国 ISI 首先采用,其中论文量、时间跨度和被引次数是最重要的基本因素。

1) 美国 ISI 提出的影响因子计算主要采用两年的时间跨度,即影响因子=某年引用某刊前两年论文的总次数/某刊前两年发表论文总数。两年的时间跨度被国际上公认为期刊被引的高峰期,但是对不同学术类型的期刊,被引的高峰期有着明显的差异。因此,对于不同的学科,以不同的时间跨度来计算期刊的影响因子,才是比较公平和合理的[29]。

2) 影响因子的大小与期刊所属的学科性质和论文内容所涉及的研究领域的大小有关,也与期刊的历史长短、内容是否属于当前研究热点等情况有关[29]。因此,评价期刊时,不能孤立地看某种期刊的影响因子值的大小,而应在同一学科中进行比较,才比较合理;也可与各学科的影响因子的平均值相比较。

评分标准:影响因子超过学科的平均值为优(6 分);影响因子居于学科平均值~学科平均值的 1/3 为良(3 分);小于学科平均值的 1/3 为一般(1 分)。

(12) 被引频次和篇均被引数(篇均被引频次)(5 分)

被引频次是指期刊创刊以来所发表的全部论文在评价年的时间内被引用的总次数,是从信息反馈的角度来评价期刊的基本指标之一。该项指标可测度期刊自创刊以来的学术影响力,也反映该期刊被科研工作者使用和重视的程度以及在科学发展和文献交流中所起的作用和所处的地位。被引频次的时间跨度有多有少,主要根据数据库的存贮能力和需要而定。美国 SCI 收录期刊以在最近 10 年内被引用的次数作为被引频次。我国可以根据数据库储存大小和建库时间的长短来决定被引用的次数的年数。

篇均被引频次又称篇均被引次数,是指期刊在某一时间段(可以是较长的时间,如创刊以来或 5 年或 10 年)的时间内,期刊发表论文的平均被引数。

各学科刊登的论文数和被引次数有很大的差异[25],因此,评价期刊时不能孤立地看某种期刊刊登的论文数和被引次数的大小，而应在同一学科中进行比较，才比较合理。另一方面，在同一学科中比较期刊时，不应比较它们刊登论文的绝对数和被引数，而应以期刊的篇均被引数与学科的篇均被引数相比较，这样才比较合理。

期刊和学科的篇均被引数计算方法：

$$期刊篇均被引数=\frac{期刊被引总次数}{期刊刊登论文总数}，学科篇均被引数=\frac{学科被引总次数}{学科刊登论文总数}$$

评分标准：期刊篇均被引数超过学科篇均被引数为优（5分）；居于学科篇均被引数～学科篇均被引数的 1/3 为良（3分）；小于学科篇均被引数的 1/3 为一般（1分）。

（13）平均被引率（他引率）（5分）

平均被引率又称期刊他引率[21]（除了自引数以外），是指在评价年的时间内，评价期刊被其他期刊引用的次数与该期刊总被引次数的比例，该指标可以评价期刊学术交流的广度、专业面的宽度、学科交叉的程度以及被其他期刊和读者重视的程度，被其他期刊引用的次数往往是指被数据库所指定的源期刊范围内所引用，如美国 ISI 的 JCR 计算被引率时采集的数据来自 SCI 的来源期刊（约 3 500 余种）。中国科学引文索引数据库计算的被引率是根据 CSCD 的源期刊（约 1 000 余种）。因此，对期刊计算被引率仅仅是反映某期刊在该数据库来源期刊范围内的被引情况。

计算方法：

$$他引率=\frac{被其他期刊引用的次数}{总被引次数（包括自引数）}$$

评分标准：他引率超过 60％为优（5分）；20％～60％为良（3分）；小于 20％为一般（1分）。

（14）即年指数（5分）

即年指数又称当年指数，是指期刊当年刊载的论文被引用的次数与当年发表论文数的比值。它是当年发表论文期刊的平均被引次数，也反映了期刊当年影响力的特征指标，比影响因子需要 2 年的时间跨度更有及时性。文献[20]中提出了采用 1 年的时间跨度的"反应速率"概念，即在评价年的上一年所发表论文在评价年的被引频次与上一年发表的论文数之比。这比较符合我国的实际情况。

评分标准：即年指数超过 20％为优（5分）；即年指数 5％～20％为良（3分）；即年指数小于 5％为一般（1分）。

（15）引用半衰期（5分）

引文半衰期[30]是指期刊刊载论文所引用文献中较新的一半在多长的一段时间内发表的，这是美国 ISI 提出的属于期刊论文所引参考文献的新旧程度的特征指标，与期刊的影响因子直接有关。半衰期越短，说明期刊所引的文献越新。一般地，统计期刊的半衰期以评价年前后 3～4 年时间为标准较为合适。

评分标准：引文半衰期超过学科平均值为优（5分）；居于学科平均值～学科平均值的 1/3 为良（3分）；小于学科平均值的 1/3 为一般（1分）。

4   高校英文版科技期刊国际化评估指标总分的计算公式、计算框图和举例

4.1   总分的计算公式

对高校英文版科技期刊国际化指标进行评价时，评估指标分成定性指标和定量指标两

部分,在实际评价时,可以根据各个指标的重要性和影响程度的大小,分别给予不同的权重,现给出如下的计算公式:

$$S＝S_{定性}＋S_{定量}＝\sum_{i=1}^{n}a_iX_i＋\sum_{j=1}^{m}b_jY_j \tag{4.1}$$

其中 S 为总评估分,$S_{定性}$ 为定性指标总评估分,$S_{定量}$ 为定量指标总评估分,i 为定性评估指标的序号($i=1,\cdots,n$),n 为定性评估指标的个数,a_i 为第 i 个定性评估指标的权重值,X_i 为第 i 个定性评估指标分数值,j 为定量评估指标序号($j=1,\cdots,m$),m 为定量评估指标个数,b_j 为第 j 个定量评估指标权重值,Y_j 为第 j 个定量评估指标分数值。

为使指标总分保持 100 分(指各项为优的估值之和),要求权重值 a_i 和 b_j 满足如下的条件:

1) 所有的权重值之和等于评估指标数;2) 评估指标的估值与相应权重值相乘之和等于总分。

可用如下的数学公式表示:

$$\begin{cases} a_i \geqslant 0, b_i \geqslant 0, \sum_{i=1}^{n}a_i=n, \sum_{j=1}^{m}b_j=m, \\ \sum_{i=1}^{8}a_iX_i＋\sum_{j=1}^{15}b_jY_j=S_{定性}＋S_{定量}=S \end{cases} \tag{4.2}$$

4.2 计算框图

根据评估指标体系总分的计算公式,可以制定相应的如下计算框图:

$$\boxed{初始值:CN,n,i,a_i,X_i,m,j,b_j,Y_j} \Rightarrow \boxed{S_{定性}=\sum_{i=1}^{n}a_iX_i,S_{定量}=\sum_{j=1}^{m}b_jY_j} \Rightarrow \boxed{S_{定性}＋S_{定量}} \Rightarrow \boxed{S}$$

$$\tag{4.3}$$

CN 为期刊国内统一连续出版物号。

根据评估指标体系总分的计算框图(4.3),利用计算公式(4.1)和(4.2),以某种计算语言编制相应的计算程序,就可很方便地得到各参评期刊的评估指标体系的总分。

4.3 举例

根据上述计算公式,现举出两个例子来说明。

例 1 本节提出的评估指标的计算,采用评估值和权重值均为相同的情况,即 8 个定性指标(优)均为 3 分,14 个定量指标(优)均为 5 分,一个定量指标(优)(第 11 项)为 6 分,权重均为 1。这样可得到:

$$n=8,a_i=1(i=1,\cdots,8);X_i=3 分(i=1,\cdots,8);m=15;b_j=1(j=1,\cdots,15);$$

$$Y_i=\begin{cases} 5 分 & (j=1,\cdots10,12,\cdots,15) \\ 6 分 & (j=11) \end{cases}$$

显然 a_i 和 b_j 满足条件:

$$a_i \geqslant 0, b_j \geqslant 0, \sum_{i=1}^{n}a_i=n=8, \sum_{j=1}^{m}b_j=m=18 \tag{4.2}$$

以 X_i 和 Y_j 均为"优"的情况下,可得到评估总分为:

$$S＝S_{定性}＋S_{定量}＝\sum_{i=1}^{8}a_iX_i＋\sum_{j=1}^{15}b_jY_j=3\times8+5\times14+6\times1=24+76=100 分,当 X_i 和 Y_j$$

为"良"或"一般"的情况下,同样可计算。

例 2 在实际评价时,可以根据各个指标的重要性和影响程度的大小,分别给予不同的

权重,现给出如下的计算公式:

如下的 4 个定性指标给予较大的权重值,如取(＞1)为 $\frac{4}{3}$:

X_1(办刊宗旨的国际化);X_2(本专业研究人员认可程度的国际化);X_3(学术内容国际化);X_8(国际化的物质保证)。

其余 4 个定性指标给予较小的权重值,如取(＜1)为 $\frac{2}{3}$:

X_4(办刊形式国际化);X_5(办刊过程国际化);X_6(合作方式的国际化);X_7(语言国际化)。

如下的 6 个定量指标给予较大的权重值,如取(＞1)为 $\frac{6}{5}$:

Y_1(编委国际化);Y_3(作者国际化);Y_7(被国际检索系统收录);Y_{12}[被引频次(篇均被引次数)];Y_{13}(他引率);Y_{14}(即年指数)。

如下的 3 个定量指标给予中间的权重值,如取(＝1):

Y_2(编辑部国际化);Y_5(国际版权协议);Y_{11}(影响因子)。

如下的 6 个定量指标给予较小的权重值,如取(＜1)为 $\frac{4}{5}$:

Y_4(审稿国际化);Y_6(发行国际化);Y_8(网络和编排格式国际化);Y_9[性能价格比(性价比)];Y_{10}[参考文献篇均数(篇均引文率)];Y_{15}(引用半衰期)。

a_i 和 b_j 权重值分别为:

$$a_i=\begin{cases}\dfrac{4}{3},i=1,2,3,8\\[2mm]\dfrac{2}{3},i=4,5,6,7\end{cases}\qquad b_j=\begin{cases}\dfrac{6}{5},j=1,3,7,12,13,14\\[1mm]1,j=,2,5,11,\\[1mm]\dfrac{4}{5},j=4,6,8,9,10,15\end{cases}$$

显然 a_i 和 b_j 满足条件:

$$a_i\geqslant 0,b_j\geqslant 0,\sum_{i=1}^{n}=n=8,\sum_{j=1}^{m}b_j=m=15$$

以 X_i 和 Y_j 均为"优"的情况下,可得到评估总分为:$S=S_{定性}+S_{定量}=\sum_{i=1}^{8}a_iX_i+\sum_{j=1}^{15}b_jY_j=(\frac{4}{3}\times 3\times 4)+(\frac{2}{3}\times 3\times 4)+(\frac{6}{5}\times 5\times 6)+(\frac{4}{5}\times 5\times 6)+(1\times 6\times 1)+(1\times 5\times 2)=16+8+36+24+6+10=24+76=100$ 分,当 X_i 和 Y_j 为"良"或"一般"的情况下,同样可计算。

本文是将科技期刊国际化评估指标的理论分析与评估方法、计算标准相结合,将评估方法、计算标准与评估结果的计算程序相结合,将编辑学中的期刊评估与数学中的计算方法相结合,也是理论性与实践性相结合的具有较高理论和应用性的文章;其中的国际化评估指标不仅对高校英文版科技期刊有实用价值,而且对于一般的英文版科技期刊也适用。

参 考 文 献

1　陈光宇,顾凤南.高校英文版学报国际化问题的研讨[J].中国科技期刊研究,2003,14(专刊):775-777.

2　陈光宇,顾凤南,周春莲.对《科技期刊学术类质量要求及其评价标准》的修改和补充[J].中国科技期刊研究,2007,18(2):245-250.

3　李晓光.我国科技期刊国际化发展的现状与分析[J].中国科技期刊研究,2003,14(专刊):788-791.

4　张爱兰.中国学术期刊国际化办刊初探[J].中国科技期刊研究,2003,14(专刊):758-760.

5　陆际平,沈玲,高水娟.关于我国科技期刊国际化的若干思考[G]//上海科技期刊编辑学会.科技期刊发展与导向(第四辑).上海:上海科学技术文献出版社,2002:170-175.

6　钱俊龙,熊樱菲,张爱兰.科技期刊国际化——学术期刊必走之路[G]//上海科技期刊编辑学会.科技期刊发展与导向(第四辑),上海:上海科学技术文献出版社,2002:39-45.

7　蔡玉麟.科技期刊国际化漫议[J].编辑学报,2002,14(1):49-51.

8　陈冠初.中国学术期刊国际化[J].中国科技期刊研究,2003,14(专刊):792-793.

9　丁蓉,谭梅凤.浅谈英文版学报国际化的实现[J].学报编辑论丛,2000,9:213-215.

10　王雪萍.再谈高校学报的国际化[J].学报编辑论丛,1998,7:24-28.

11　熊春茹.高校英文版学报国际化办刊改革实践谈[J].编辑学报,2001,13(5):275-276.

12　郑晓南.国际权威检索系统与检索机构[M].南京:中国药科大学出版社,1999.

13　陈光宇,薛密.《数学年刊》中外合作出版和国外委托发行的情况简介[C]//'99中国科技期刊进入国际权威检索系统国际研讨会论文集.南京:中国药科大学出版社,1999:120-123.

14　于媛,金碧辉.从SCI期刊的定量指标看中国科技期刊的国际化问题——国际化期刊基本特征的分析[J].中国科技期刊研究,2003,14(专刊):725-731.

15　周春莲,陈光宇.科技期刊面向国际的网络化探讨[G]//华东地区高校自然科学学报编辑协会.学报编辑论丛,上海:第二军医大学出版社,2004,12:54-57.

16　陈光宇.《数学年刊》国际发行的概况[C].第二届长三角科技论坛——科技期刊发展,2005:75-77.

17　陈光宇,顾凤南.数学期刊面向国际的一些编写规范[J].中国科技期刊研究,2004,15(4):480-483.

18　钱俊龙,熊樱菲,潘小论,等.上海市学术期刊国际化、市场化和产业化调查与探讨[J].中国科技期刊研究,2006,17(5):713-717.

19　庞景安,张玉华,马峥.中国科技期刊综合评价指标体系的研究[J].中国科技期刊研究,2000,11(4),217-219.

20　自然科学学术期刊评价指标体系研究课题组.自然科学学术期刊综合评价指标体系研究[J].中国科技期刊研究,2001,12(3):165-168.

21　陈光宇,顾凤南,石瑛.学术类科技期刊学术质量评价指标的研讨[G]//华东地区高校自然科学学报编辑协会.学报编辑论丛,南昌:江西高校出版社,2002,10:63-69.

22　石瑛,陈光宇.学术类科技期刊评价指标体系的研究[G]//华东地区高校自然科学学报编辑协会.学报编辑论丛,南昌:江西高校出版社,2002,10:73-76.

23　潘云涛,张玉华,马峥.中国英文版科技期刊的综合学术指标分析[J].中国科技期刊研究,2003,14(6):614-617.

24　中国科技信息研究所.2004年度中国科技论文统计与分析:年度报告[R].北京:科学技术文献出版社,2006:21.

25　万方数据股份有限公司.2005年度中国学术期刊综合引证报告[R].北京:科学出版社,2005.

26　张月红,袁亚春.科技论文国际化同行评审的尝试[J].编辑学报,2002,14(4):294-295.

27　刘金铭.学术期刊的性能价格比[J].中国科技期刊研究,2006,17(6):1056-1059.

28　祖广安,柯若儒,钱浩庆.访美国《科学》杂志社记实[J].编辑学报,1998,10(1):49-51.

29　张玉华.评价科技期刊和论文应正确利用其影响因子[J].编辑学报,1998,10(4):214-215.

30　中国科技信息研究所.2006年度中国科技期刊引证报告(核心版)[R].北京:科学技术文献出版社,2006.

学术期刊高引证和高下载论文的特征分析

郑晓南　　丁佐奇

（中国药科大学《中国天然药物》编辑部　南京 210009）

[摘要]　通过清华同方中国知网 CNKI 下载与引证数据库、Elsevier 公司 SCOPUS 数据库、Tomson 公司 SCI Search Cited Ref 数据库为数据源，选取《中国天然药物》2003 年 5 月创刊至 2008 年发表的文章，对下载与引证《中国天然药物》的前 20 篇文章进行分析，探讨影响学术期刊论文引证、下载的因素。通过对高引证、高下载论文的学术特征分析，有利于帮助编辑人员针对性地制订征稿、组稿、约稿策略与遴选稿件的标准，为期刊今后的发展提供方向和参考，以提高办刊质量与期刊的影响力。

[关键词]　学术期刊；高引证；高下载；组稿策划；学术影响力；特征分析

科技期刊是科技成果传播的重要载体，它承载了传播科技创新、引导科研方向的功能。期刊被引频次与网络下载率是学术质量以及学术影响力的两项重要的评价指标。

科技期刊具有基于作者、审稿人、编者、读者"四位一体"的办刊机制，专家办刊、同行认可是学术期刊的内在规律。作者发表的论文是否被引用，以及引用率、下载率数据，与文章本身的学术内涵，编辑对特色优势栏目的策划、组稿能力，通讯作者的选题与科研背景、第一作者的写作水平，读者的研究能力密切相关。以期刊高被引、高下载文章为特征指标，分析其学科分布，可以掌握哪些学科是本刊优势领域，有利于凝练专业化特色；分析其文章类型分布，可以有效地进行栏目策划；分析其作者特征，可以从中发现重点作者，明确组稿对象；分析引用者与被引文献的关系，可以发现审稿人与目标作者，调整发行对象。

《中国天然药物》是中国药科大学与中国药学会于 2003 年创办的学术期刊，2008 年在 Elsevier 公司 SinenceDirect 数字平台上出版英文全文网络版，当年入选北大《中文核心期刊要目总览》第 5 版，2009 年被评为中国科协精品期刊。为了对编辑组稿、策划提供依据，我们将《中国天然药物》在国内外四种数据库中引证、下载数据进行横向比较，分析影响期刊被引频次与下载率的要素。

1　统计分析的数据来源和处理方法

被引频次一般是指以统计源（来源期刊）为基础而统计的特定对象被来源期刊所引用的总次数。在统计期刊被引频次时，统计条件与时域、学科和统计源有关。

以四个数据库：中国知网（CNKI）"中国学术期刊文献评价统计分析系统"下载数据库与引证数据库、Elsevier 公司出版的全球最大的二次文献数据库 SCOPUS 数据库、Tomson 公司 SCI Search Cited Ref 数据库为数据源，分别统计《中国天然药物》2003—2008 年发表的论文在四个数据库中 WEB 下载次数与被引用频次,对下载与引证最高的前 20 篇文章进行分析,探讨影响学术期刊论文引证、下载的因素。

2 高引证、高下载 TOP20 文章特征分析

2.1 与专栏组稿策划的相关性

《中国天然药物》于 2003 年 5 月创刊(双月刊),"思路与方法"专栏策划在 2005 年第 5 期首次出版。"思路与方法"专栏对 WEB 下载率有很大的贡献[1]。由表 1 可见,在 CNKI 数据库下载最高的前 20 篇文章中,"思路与方法"专栏文章 13 篇,约稿综述 4 篇,共 17 篇组稿文章占 20 篇总数的 85%;总下载 12 650 次,篇均下载高达 632.5 次。

表 1 《中国天然药物》被国内外四种重要数据库引证／
下载最高的 20 篇论文与文章类型关系分析

数据库	TOP20 专栏(篇)	TOP20 综述(篇)	TOP20 论文(篇)	TOP20 下载(引证)总次数	TOP20 篇均下载(引证)次数	总下载(引证)次数	TOP20 占比(%)	TOP20 英文稿篇数／总英文稿篇数	TOP20 英文稿占比(%)
CNKI 下载	13	4	3	12 650	632.5	91 254	13.86	0/76	0
CNKI 引证	0	5	15	404	20.2	2117	19.08	0/17	0
SCOPUS 引证	0	2	18	125	6.25	413	30.27	3/15	20
SCI 引证	0	0	20	98	4.9	239	40.59	6/20	30

分析下载结果,说明组稿策划对下载率贡献很大,篇均下载次数为总篇均下载 149.84 次的 4.22 倍;与其他三个高引证数据库平均引证数据相比,相差数十倍甚至上百倍,说明网络传播效率高,网络环境具有更高的显示度。

2.2 与文章类型的相关性

由表 1 可见,网络读者在 CNKI 数据库下载《中国天然药物》的 TOP20 篇文章中,综述、评述类文章为 85%,而研究论文仅占 15%。与之相反,引证数据库中研究论文的比例均高于综述、评述类文章的比例,CNKI、SCOPUS 及 SCI 数据库引证《中国天然药物》的研究论文分别占 75%、90%、100%;而综述评述类文章的比例仅占 25%、10%、0%。

分析 TOP20 文章的引证与下载结果,发现引证与下载文章的类型与读者群范围及其关注的重点有相关性。"对科研工作来讲,科技期刊是龙尾,又是龙头";科研人员在初涉某一领域或在研究过程中,需要关注学术前沿与热点,了解学科进展,分析关键共性技术与瓶颈问题,因此专家评述或高水平综述类文章一般会有高下载,读者范围更广。而引证论文的文献一般是原创性论文,读者一般是本领域的研究者,也是作者的小同行。

首创性和具有连续性的研究论文一般具有高引证的特征,本刊进入 SCI 引证数据库 TOP20 的第一位高被引作者发表了 2 篇藤黄酸系列文章。藤黄酸是来源于天然产物、具有我国自主知识产权的一类创新药物。由于其创新性,该作者 2 篇文章的被引次数占 SCI 引证本刊 TOP20 总次数的 20%。新药研发是高技术、高风险、长周期的知识密集型高技术产业;跟踪国内创新研究工作者的科研进展,争取其系列文章在本刊发表,对于扩大刊物的国

内外影响具有积极意义。

2.3 与基金论文比的相关性

基金文章量的多少常常反映期刊的学术质量,因为基金论文往往代表了某研究领域的新趋势、"制高点"[2]。CNKI数据库下载《中国天然药物》的TOP20篇文章中有85%是基金论文,CNKI、SCOPUS及SCI数据库引证TOP20篇文章中的基金论文分别占70%、80%和60%。而《中国天然药物》2005-2007三年的基金论文比平均为56%,说明高引证和高下载文章与基金论文呈一定的正相关。

2.4 与出版语言的相关性[3]

英文文献的引证/下载率较低。CNKI数据库下载76篇英文文章,引证17篇英文文章,在下载/引证率最高的TOP20篇文章中,没有英文稿。SCOPUS数据库引证了15篇英文文章,只有3篇进入TOP20,占20%;在SCI引证数据库中,有6篇进入TOP20,占30%。分析计量结果,笔者认为虽然《中国天然药物》每年刊载的英文文章比例不断加大(2008年占40%),但读者群主要是大陆读者,阅读习惯偏向中文文章;而高水平的读者又以直接阅读英文原版文献为主,所以刊载在中文期刊上的英文论文引证、下载率较低。要改变这种局面惟有不断提升英文稿件的学术质量并逐步扩大期刊在海内外的影响。

2.5 与出版时间的相关性

2.5.1 引证与下载的关系

从表2可见,高引证率与高下载率文章与出版年之间有一定规律。文章出版后2~4年引证达到峰值,CNKI、SCOPUS和SCI引证数据库中,在2003-2005年出版的文章分别占TOP20的95%、75%和90%。而网络下载近两年出版的文章占较高比例,在CNKI下载数据库中,2006年出版的文章就占40%,2006-2008年出版的文章占55%,说明数字化传播比起传统传播方式具有即时性。

表2 国内外数据库引用/下载《中国天然药物》最高20篇论文出版年分析

数据库	2003	2004	2005	2006	2007	2008
CNKI下载	3	3	3	8	2	1
CNKI引证	11	8	0	1	0	0
SCOPUS引证	0	9	6	4	1	0
SCI引证	5	8	5	2	0	0

2.5.2 出版时滞

出版有时滞,我国学者向SCI期刊投稿的出版周期要长于SCOPUS数据库的中国期刊源。

2.5.3 网络即年指标

网络的即时性使网络读者更能得到最新的资讯。2007年有2篇文章在CNKI高下载、1篇文章在SCOPUS高被引,2008年有1篇文章在CNKI高下载。这4篇文章有3篇在当年的第1期(1月)出版,说明重点文章在当年第1期出版(特别是单月出版)对WEB即年下载率与即时因子有较大贡献率。

3　高下载、高引证率文章通讯作者特征分析

对四种国内外数据库引证、下载率 TOP 20 篇文章通讯作者的学术身份背景进行分析，结果表明，在四种数据库平均下载率与引用率最高的 TOP20 篇文章通讯作者中，编委投稿平均占 75％，院士占 8.75％，"杰出青年基金"获得者、"973"首席专家占 33.75％，教育部"长江学者"、中科院"百人计划"、人事部国家级"跨世纪人才"占 25％，国家一、二级学会主委，教育部重点学科带头人，国家重点实验室主任占 55％。见表 3。

3.1　编委

《中国天然药物》是定位高端、专注新药发现基础研究的学术期刊，作者来源于全国重点高校与中科院系统。据统计，编委所投文章占四种数据库引证/下载《中国天然药物》TOP20 篇文章的 75％，编委也是向 SCI 投稿并引证本刊的基本人群，SCI 引证数据库TOP20 文章中 60％源于编委，而且 70％的引证次数由编委及其课题组贡献。这说明编委对刊物有更高的忠诚度与关注度，是刊物投稿、引用率与下载率的基本保证。同时应加强对编委向 SCI 源期刊投稿时引证本刊的宣传。

3.2　博士生导师

通讯作者均为博士生导师，工作单位为重点高校者占 70％，科研院所者占 30％，可从相关文献分析同一导师的研究课题有连续性，加强对博士生导师的宣传组稿，有利于跟踪某一前沿领域的学科进展。

3.3　院士及知名专家

"思路与方法"专栏中院士评述有 10 篇，在 CNKI 总下载 4 110 次，篇均下载 411 次，而TOP20 中，院士评述 741 次，远高于统计论文平均下载次数 149.84。通过对中药类评述和综述的深入研究发现，引证频次较多的是由知名专家学者所撰写的综述[4]，在 CNKI 引证的TOP20 中，第 2、3、4 位都是约稿综述。由于院士及知名专家的评述和综述型论文对学科发展有航向标的作用，对下载和引证频次有较大的影响。

3.4　国家级人才计划

作者为国家基金委"杰出青年基金"获得者、"973"首席专家占 TOP20 篇论文的作者比例平均为 33.75％，教育部"长江学者"、中科院"百人计划"、人事部国家级"跨世纪人才"占 25％。从几种国家级人才计划的评审条件可以看出，入选者在 SCI 发表论文数、承担的国内外基金项目、获奖成果表现卓著，为本领域的翘楚之才，且年富力强，是我刊组稿宣传的重点。

3.5　重点学科带头人

作者为国家一、二级学会主任委员、教育部重点学科带头人、国家重点实验室主任者占55％。编辑可以利用这一优势利用各种途径向重点实验室、创新团队专家积极组稿。

3.6　高产作者

要注重向高产、高质作者约稿。在四个国内外数据库的高被引、高下载 TOP20 文章中发表 2 篇以上论文的通讯作者为 9 人，其中 8 人为本刊编委。在 CNKI 下载 TOP20 中两位编委的 2 篇文章总下载次数分别占 TOP20 总下载的 8.5％、8.2％；发表 2 篇以上的 8 位编委文章的被引次数几乎达到 3 个引证数据库 TOP20 的近半数（48.33％）。

表3 国内外4种数据库下载\引证《中国天然药物》最高20篇论文的通讯作者学术背景分析

通讯作者背景	CNKI下载数据库		CNKI引证数据库		SCOPUS引证数据库		SCI引证数据库		平均(%)
	人数	TOP20占比(%)	人数	TOP20占比(%)	人数	TOP20占比(%)	人数	TOP20占比(%)	
▲	17	90	11	60	10	80	11	70	75
	(18篇)		(12篇)		(16篇)		(14篇)		
★	4	20	0	0	1	5	2	10	8.75
■	8	40	4	20	8	40	7	35	33.75
☆	6	30	3	15	5	25	6	30	25
□	16	80	10	50	8	40	10	50	55

▲编委；★院士；■"杰出青年基金"获得者、"973"首席科学家；☆教育部"长江学者"、中科院"百人计划"、人事部国家级"跨世纪人才"；□国家一、二级学会主委，教育重点学科带头人，国家重点实验室主任

4 高下载、高引证文章在不同数据库中的集中度分析

4.1 下载、引证率最高的前三位通讯作者

在四个数据库下载率/引用率最高的TOP20篇文章中，下载与引用居前三位的通讯作者集中在9位作者中，其中7人为编委。从文章质量看，在CNKI下载数据库中，3位作者4篇文章被下载3 016次，占TOP20的23.84%，篇均下载754次；在CNKI引证数据库中，3位作者3篇文章被引证113次，占TOP20的27.97%，篇均被引约38次；从高被引文章数量看，SCOPUS引证数据库中4位作者发表11篇文章进入前20篇高被引论文，占53.60%；SCI引证数据库中，3位作者发表7篇文章进入前20篇高被引论文，占41.84%。见表4。

表4 国内外四种数据库下载/引证率最高20位篇文章中前三位通讯作者论文集中度分析

排名	CNKI下载数据库		CNKI引证数据库		SCOPUS引证数据库		SCI引证数据库	
	文章	下载次数	文章	引证次数	文章	引证次数	文章	引证次数
1	* 吴梧桐2篇	1 079	* 王喜军1篇	44	* 王峥涛4篇	26	尤启东2篇	15
2	* 平其能1篇	1 068	刘川生1篇	35	* 李 萍3篇	18	* 王峥涛3篇	15
3	* 李 萍1篇	869	* 吴梧桐1篇	34	* 王一涛2篇	13	* 李 萍2篇	11
					* 郭跃伟2篇	10		
总计	3人4篇	3 016	3人3篇	113	4人11篇	67	3人7篇	41
	篇均下载	754	篇均引证	38	篇均引证	6	篇均引证	6
A		23.84%		27.97%		53.60%		41.84%
B		3.31%		5.34%		16.22%		17.15%

A：重点作者论文被下载/引用次数占TOP20论文比；B：重点作者论文被下载/引用次数占统计论文比；* 编委

对重点作者进行重点维护，与其及时沟通，跟踪其系列研究及课题进展，积极约稿；同时采取评选优秀论文、优秀作者等相应措施，给通讯作者一定的奖励与激励，对于吸引优质稿源有事半功倍的效果。2008年，本刊举办规模盛大的学术会议暨首届"沃华杯"优秀论文评选颁奖典礼，极大地鼓励了优秀作者。

4.2 TOP20 论文的集中度分析

为了比较引用/下载率最高的 20 篇论文在不同数据库间的集中度,分别采集 CNKI 数据库、SCOPUS 数据库、SCI 引证数据库下载/引证《中国天然药物》的数据,以 TOP20 篇均与总篇均下载/引用次数相比,分别是 4.22、2.07、2.79、2.54 倍,TOP20 下载、引用总频次占总比分别为 13.86%、19.08%、30.27%、41.00%,说明 TOP20 有很高的集中度。见表 5。

表 5 国内外 4 种数据库引用/下载《中国天然药物》TOP20 篇论文的集中度分析

数据库	总下载/引证篇数	总下载/引证总次数	篇均下载/引证次数(A)	TOP20引证总次数	TOP20下载/引证最高-低值	TOP20篇均下载/引证次数(B)	B/A	TOP20占下载/引证比(%)
CNKI 下载	609	91 254	149.84	12 650	1 068-480	632.50	4.22	13.86
CNKI 引证	217	2 117	9.76	404	44-13	20.20	2.07	19.08
SCOPUS 引证	184	413	2.24	125	13-4	6.25	2.79	30.27
SCI 引证	124	239	1.93	98	9-3	4.90	2.54	41.00

5 以高引证、高下载论文特征要素为组稿重点,期刊计量指标显著提高

根据中国科技信息研究所近日发布的 2009 年中国期刊引证报告(扩刊版),《中国天然药物》2008 年的影响因子和即年指标分别为 1.152 和 0.147,均列于 19 种中国药学会期刊第 1 位、74 种药学期刊第 2 位,基金论文比 0.75。以上数据与往年相比都有了较大的提升(见表 6 和表 7),充分说明本刊重视栏目策划和提倡的组稿策略取得了较好成效,本文中基于高引证、高下载论文的特征分析所提出的相应策略具有一定的推广价值。

表 6 《中国天然药物》2006—2009 年 CJCR(扩刊版)的主要文献计量学指标

年度	影响因子	基金论文比	即年指标
2006	0.815	0.56	0.074
2007	0.957	0.60	0.109
2008	0.951	0.55	0.119
2009	1.152	0.75	0.147

6 讨论与结论

本文统计影响《中国天然药物》期刊在四种数据库中下载量与被引频次的相关因素,因为样本与方法的局限可能导致结论的局限。相关研究并不太多,赵大良统计《西安交通大学学报》等四种期刊在中国知网的下载量与被引频次的关系,发现网络访问量包括 WEB 下载量与文章的被引频次存在着负相关[5],即 WEB 下载量高的被引频次反而低。有同行认为,造成这种现象的原因是引用和下载有时间差(至少两年),但本研究中在 2003—2005 年发表的高下载论文到 2008 年被引次数还较少(没有进行统计学研究,结论值得进一步研究)。根

据本刊的情况来看,"思路与方法"专栏的下载率特别高,有可能是因为浏览量和下载量受论文选题影响很大。这类启迪科研思路、总结科研方法的评述和综述,实用性较强,对科研人员的实际工作有很大的启发和指导作用,但不一定会转化成作者的引用行为。

表 7　《中国天然药物》2009 年 CJCR(扩刊版)
主要文献计量学指标与中国药学会及中国药学类期刊相比

	影响因子	5 年影响因子	即年指标	被引率	基金论文比	海外论文比
《中国天然药物》	1.152	1.289	0.147	0.58	0.745	0.049
中国药学会期刊(19 种)平均值	0.700	0.773	0.072	0.43	0.421	0.021
《中国天然药物》排名	第 1 位	第 1 位	第 1 位	第 1 位	第 2 位	第 2 位
中国药学类期刊(影响因子前 20 名)平均值	0.884	0.887	0.094	0.47	0.426	0.034
《中国天然药物》排名	第 2 位	第 2 位	第 2 位	第 1 位	第 3 位	第 2 位

从高被引、高下载文章特征分析,特定主题的一组高质量、权威性的论坛、评述类文章,能够大大提高文章的下载率;而由专业领域专家结合实际工作撰写的综述及首创性论文往往被引证次数较多;本刊"思路与方法"专栏策划实践证明,学术期刊创建特色,就必须结合自身特点和优势,挖掘精品内容,创立精品栏目,不断扩大期刊的影响力。从高被引、高下载文章作者特征分析,作者机构来源于重点高校、科研院所,具有高质量科技成果产出的条件支撑;编委对刊物有更高的忠诚度与关注度,是刊物投稿、引用率与下载率的基本保证;博士生导师、国家级人才计划和重点实验室主任、重点学科带头人,是刊物发展的后盾;优秀的期刊也会吸引、培育一批优秀稳定的作者队伍。从高被引、高下载文章集中度分析,应坚持向重点作者、编委约稿和组稿,跟踪其课题组研究进展,多刊发首创性论文、基金论文。

根据高引证、高下载论文的特征分析,可以帮助编辑人员针对性地制订征稿、组稿、约稿策略与遴选稿件的标准,及时调整组稿方向,强化编委会的学术指导功能,不断完善审稿专家库,健全学人办刊机制,可以大幅提高期刊的同行认可度和国际化程度,促进期刊的长远发展。

参 考 文 献

1　郑晓南,张静,程启厚,等.以社会需求为导向的学术期刊经营策略——《中国天然药物》创刊四年的策划与运作实践[J].中国科技期刊研究,2008,19(5):835-838.

2　李晓红,于善清,胡春霞,等.科技期刊评价中应重视"基金论文比"的作用[J].科技管理研究,2005,25(10):134-135.

3　郑晓南,丁佐奇.学术期刊专栏策划与网络下载率及学术影响力的相关分析——以《中国天然药物》为例[J].编辑学报,2009,21(6):92-95.

4　丁佐奇,郑晓南.中药类高频被引论文的学术特征分析[J].中国科技期刊研究,2008,19(3):380-384.

5　赵大良.不可思议的现象:网络传播与被引频次的关联分析[EB/OL].[2009-1-11].http://zhaodal.blog.163.com

科技期刊评估的指标、体系和方法*

丁玉薇

（《声学技术》编辑部 上海 200032）

[摘要] 科技期刊评估在加快科技创新、节省社会资源和促进期刊自身质量方面具有重要意义。以文献统计学为基础，借鉴信号处理等相关领域的研究成果，我国已经采用不同的指标和方法建立了多个期刊评价体系。对当前我国典型的科技期刊评估体系的指标和方法进行了简要综述。

[关键词] 科技期刊；评估指标；文献计量学；评估体系

科技期刊是传递科技信息的重要载体，又是科技知识收集、加工、保存和传播的重要手段。随着科技期刊的快速增长，科技文献和科技信息激增。利用方便的检索手段，可使科技人员在很短的时间内检索到大量的相关文献，帮助他们花费较少的精力就能找到所需的信息，对于加快科技知识的消化、吸收、利用和创新至关重要[1-2]。

期刊评价的目的主要包括四个方面[3]：一是要把高学术质量论文刊登多的科技期刊评选出来；二是要把信息量大的科技期刊评选出来；三是要把流通量大的也就是看的人多的科技期刊评选出来；四是要把应用、引用、利用其中科技理论及方法多的科技期刊评选出来。现代科技期刊评估是建立在文献统计学的基础上的，主要依据信息的增长、知识的分布和知识老化等规律，不断借鉴相关领域的最新成果。根据布拉福德文献分散定律可知，某学科20％的期刊可刊载该学科全部相关文献的70％左右，则这20％的期刊可确定为该学科的核心期刊。通过科技期刊评估，可以把本学科和相关学科的核心期刊评选出来。这些评选结果可以为文献情报部门节约收藏空间，节省检索时间与费用，以及帮助科技人员精选阅读刊物等提供依据。通过科技期刊评估，文献检索数据库可以优先收录核心期刊所刊登的高质量论文，而读者不但可以及时检索到高质量的相关论文，了解最新的科技成果，而且可以事先知道高质量的论文主要刊登在哪些期刊上，这样必然可以减少花费在查阅信息量较低的论文上所花的时间和精力。科技期刊评估在通过帮助科技人员加快知识消化吸收过程推动科技创新同时，还能够提高期刊质量和节省社会资源。

正是由于科技期刊评估能够产生巨大的社会效益，我国期刊评估工作从 20 世纪 80 年代开始起步并不断发展，先后经历了标准规范主导型和内在质量主导型两个时期[1]。自 20 世纪 90 年代起，我国许多研究者充分借鉴国外期刊评估的成功经验，结合我国科技期刊自身发展的规律，以文献统计学为基础，借鉴信号处理等相关领域的最新研究成果，采用不同

* 上海市科协资助课题（沪科协[2007]194 号-1）；中国科学院自然科学期刊编辑研究会资助课题.

的指标和方法建立了不同的期刊评价体系。本文对当前科技期刊评估主要的指标、体系和方法进行简要综述。

1　科技期刊评估的指标[4-6]

评估指标可以分为被引指标、引文指标、来源文献指标、动态评价指标和期刊载文量指标等。

被引指标针对期刊影响力和期刊学术水平进行评估，反映了期刊的有用性（被利用程度）和显示度，主要包括：总被引频次、影响因子（IF）、即年指标、他引率、自引率、被引半衰期等。

引文是组成论文的有机部分，通常可从一篇论文后面所列的文献中判断出该论文在学术上是否具有科学性和正确性、独创性和先进性，提供的实验数据是否真实可靠，所得结论是否合理，因此引文质量的高低也与论文水平密切相关。与引文情况相关的文献计量指标有：参考文献量（引文量）、平均引文率、普赖斯引文指数、引文半衰期等。

与来源文献情况相关的文献计量指标有：来源文献量、平均作者数、地区分布数、机构数、国际论文比、基金论文比等。

动态评价指标是为解决期刊的动态评价问题特别设置的，稳定指数可反映期刊质量的波动程度，而平均增长率可反映期刊学术水平的现状和发展趋势。在计算时既可利用单个评价指标（如影响因子等），也可使用综合评价指标。

期刊载文量指标包括载文量、文摘量和文摘率等。载文量是反映一份期刊信息含量的重要指标。文摘量和文摘率有时会作为评估核心期刊的指标，一般来说二次文献的文章皆择优而摘。因此某刊被摘量大，不仅反映它在数量上的优势，也在一定程度上反映了该刊在质量上的优势。

虽然目前这些统计指标尚不完善且有一定的局限性，但不可否认这些指标可以从一个侧面来评价、反映和指导期刊的质量。除了以上给出的指标外，还有许多其他的期刊评价指标，如评价期刊编辑、印刷质量的指标，以及评价期刊经济效益的指标等等。如在文献［6］中，就提出了期刊性价比指标，用期刊的影响因子（IF）除以期刊每页的价格作为学术期刊的性价比。文献[7]中提出了评价学术期刊的"国际化显示度"指标，该指标主要包含五个方面：被国际数据库收录，发表论文在国际上的引用率，组织管理国际性，论文学术水平的国际性，网络和编排格式的国际性等。

2　科技期刊评估体系

中国科技期刊数量大，种类多，涉及面广。科技期刊评估工作是一个艰巨的系统工程，目前国内有 9 种典型的期刊评价指标体系。

2.1　《自然科学学术期刊评价指标体系》（简称中科院法）[8]

该研究成果是由中国科学院自然科学期刊编辑研究会承担、中国科学引文数据库协助完成，于 2002 年 1 月通过专家评审。整个评价体系包括两个系列、两项水平、三个层次和18 项评价指标，强调静态评价和动态评价相结合、定性评价和定量评价相结合，目前在国内有着广泛的应用。评价数据取自"中国科学引文数据库"的数据。

2.2 中文核心期刊的评价研究——《中文核心期刊要目总览》[9]

该项目是国家社会科学基金项目"学术期刊评价及文献计量学研究"的一个子课题,由北京大学图书馆和北京高校图书馆期刊工作研究会共同主持,评价指标体系由以下 7 个指标组成:被索量、被摘量、他引量、影响因子、被摘率、获奖或被重要检索工具收录,其评价指标的统计源由 52 种数据库或文摘期刊构成。

2.3 中国科技信息研究所的《科技期刊引证报告》(简称"引证报告")[10]

它由国家科学技术部委托中国科技信息所研究中心,对我国科技期刊刊载的论文进行统计分析,并将结果以"×××年度中国科技期刊引证报告"的形式出现,其出版周期固定为 1 年。它以论文在布拉德福分布规律及加菲尔德引文分布规律为主要的理论基础。其技术指标归纳为三类 18 项。三类即期刊引用计量指标、来稿期刊计量指标及期刊典藏指标。通过对三类 18 项指标的定量研究,产生影响因子和总被引频次排序表。在评价中引用了"万方数据库"中的数据。

2.4 《中国科技期刊综合评价体系》(简称中情所法)[11]

由中国科技信息所建立。它改变了我国对科技期刊评价仅停留在定性评价水平的落后局面。首先从基础较好的期刊开始,发布学术类期刊的排序,然后逐渐扩展,再建立工程技术类和科普类期刊的指标体系。

评价体系与科技期刊评价在方法上和理论上保持一致,能反映我国科技期刊学术水平和发展状况,并具操作性。采用"德尔菲专家调查"和"层次分析法"相结合的方法,建立的体系包括三个层次、三项水平。三项水平为"经营管理水平""编辑水平"和"学术水平",其中"学术水平"设立了 8 项指标。其数据来自"万方数据库"。

2.5 《科技期刊质量要求及评分标准》(简称"评分标准")[12]

国家科委 1994 年文。文件明确指出,为了加强科技期刊的管理,提高期刊质量,推动评选优秀期刊活动,根据科技期刊五大类(指导综合类、学术类、技术类、检索类、科普类)的特性,制定了五大类科技期刊质量要求及评分标准。该体系在推动我国科技期刊的发展曾发挥过重大作用,但目前已经逐渐退出了历史舞台。

2.6 适于专门类别的期刊评估指标体系

除了上述典型的科技期刊综合评估体系外,陈光宇等[13-16]还对已有期刊评估体系进行分析、比较、综合和创新后提出了适合部分科技期刊(如学术类期刊、中国英文版期刊)某方面特性的评估体系。

2.6.1 学术类科技期刊评估[13]

科技期刊分为学术类、技术类、科普类、指导类和检索类。石瑛等[13]提出的学术类科技期刊评估指标体系包括了期刊的政治质量、学术质量、编辑质量和出版质量等方面,认为政治质量是办刊的原则与前提,编辑质量、出版印刷质量只能用专家评估法进行评估,而学术质量应该用引证法等科学、客观的文献计量方法来评估。在建立科技期刊综合评价指标体系时遵循四个原则,运用层次分析法建立了指标齐全和权重适宜的科技期刊综合评价指标体系及评价模型。科技期刊评价的层次分析模型按其评价指标层次的隶属关系,包括三个层次、三项质量及二十二项评价指标。对于学术类科技期刊的学术质量的评估,陈光宇等[14]还给出了专门的评估体系,涉及到了学术质量的 15 项指标和评估标准(包括外延指标、引文和被引指标、稿源特征指标、期刊国际化指标等),其中 15 项评估指标均为定量指标。该体系更好地完善了国家科委的《科技期刊学术类质量要求及其评估标准》和国家教育部的《高等学校自然科学学报评比标准》有关学术类科技期刊的学术质量评估标准。

2.6.2　中国英文版科技期刊评估

潘云涛等提出的中国英文版科技期刊的综合学术指标体系[15]包含了 10 项学术计量指标和 4 项国际化程度指标。上述 14 项评估指标均为定量指标。利用这些指标，对中国科技信息研究所建立的中国英文版科技期刊数据库 2002 年收录的中国 112 种英文版科技期刊（包括学术类和技术类），进行了数据采集、加工和统计分析。通过对英文版期刊的各项学术指标、编辑状况和国际化程度的统计，显示出中国英文版科技期刊的整体发展状况，同时说明了创办英文版科技期刊的重要性。

陈光宇等的高校英文版科技期刊国际化评估指标体系[16]提出了高校英文版科技期刊国际化的 8 项定性指标和 16 项定量指标，以"客观、公平、科学、可操作性，尽量减少人为干预"为评价原则，采用总分 100 分或按"优、良、一般"排序评定两种方法，将科技期刊国际化评价指标的理论分析与评价方法、计算标准相结合；将评价方法、计算标准与评价结果的计算程序相结合；将编辑学中的期刊评价与数学中的计算方法相结合，给出了相应的评分计算标准和计算公式。其中的国际化评价指标不仅对高校英文版科技期刊有实际应用价值，而且对于一般的英文版科技期刊也适用。

3　科技期刊评估方法

期刊评价方法现在有专家评估、层次分析、分区遴选、二维排序、模糊聚类、灰色关联分析等等[17-18]。总的看来，现在的期刊评价工作更加强调主观性和客观性的协调，指标选取上强调静态评价指标和动态评价指标的结合，评估方法上强调定量评价与定性评价的结合。期刊评估方法有多种分类方法。根据利用评价指标的多少，可以分为单一指标评价和综合指标评价。

单一指标评价主要是指按照影响因子和总被引频次这两个国际通行评价指标，对期刊进行评价。这时可通过期刊的影响因子排序表和总被引频次排序表确定该期刊在同类期刊中所处的位置，从而对该期刊的学术影响力和学科地位进行评价和评估。还可以通过影响因子总排序表和总被引频次总排序表在不同学科领域中进行横向比较，确定该期刊的位置。单一指标评价也可以通过来源期刊数据字顺表对期刊的编辑状况、交流范围、论文质量和老化速率等情况进行分析、比较、统计和评估。由于期刊评价工作是一项非常复杂的工作，涉及领域广，学科差异大，因此单一指标往往难以全面、准确地评价期刊的学术水平和学科地位，单一指标评价一般只能对同一类期刊进行比较。

要使期刊评价更加客观、全面和准确，需要通过综合指标评价。要进行期刊的综合指标评价，首先需要建立期刊综合评价指标体系，利用数学方法确定各指标的权重值，然后求出期刊的综合指标排序值，最终得到期刊综合指标的排序。这种期刊评价方法已被广泛地推广和使用，例如，中国科学技术信息研究所在评价期刊时所建立的综合评价指标体系。利用该体系的指标值，通过层次分析法和模糊隶属度转化，可以确定各学科指标的权重值，最终得出每一个期刊的综合指标排序值，完成对期刊的评价。在期刊评估过程中需要建立数学模型，目前国内具有代表性的两种期刊评价数学模型：一种是邱均平等[19]提出的多种数学方法相结合的期刊评价数学模型；一种是林春艳等[20]提出的自然科学学术期刊质量评价体系的属性数学综合评价模型。

4 结论和展望

陈光宇等[21]、钱俊龙等[22]对现有的多种科技期刊的评估指标体系进行了分析和比较。总的看来,科技期刊评估是一项长期而艰巨的任务,现有的期刊评估体系在加快科技创新、节省社会资源和促进期刊自身质量提高方面发挥了重要作用的同时,要真正做到客观、公正、科学,无论是引用的数据库,还是采用的评估指标和方法都还需要继续完善。科技期刊评估在推动期刊质量提高的同时,也在不断推动着自身的发展。

随着时间的推移,科技期刊的数量和种类不断增加,期刊评估的必要性也就越来越大。而需求的牵引必然导致更多的人力和物力投入到期刊评估工作中去。借鉴统计学、信号处理等相关学科的理论和方法,结合科技期刊的自身特点,不断提出新的期刊评估的指标和评估方法,更加强调主观性和客观性的协调,指标选取上强调静态评价指标和动态评价指标的结合,评估方法上强调定量评价与定性评价的结合,不断完善期刊评估体系和评估方法。而期刊评估体系和方法的完善,能够更加客观地把一些高质量的科技期刊遴选出来,使科技人员花费较少的经费和精力就能从刊物中得到更多的启发、参考与利用,推动了科技的创新以及转化为生产力,从而产生更大的社会效益。

参 考 文 献

1 任定华,胡爱玲,郭西山.编辑学导论[M].北京:中国经济出版社,2001.

2 倪集裘.科技期刊的信息价值[J].中国科技期刊研究,2002,13(3):245-246.

3 赵惠祥,曲俊延,张全福.论我国科技期刊评估的现状与发展[J].编辑学报,2002,14(2):90-93.

4 梅平,杜玉环,游苏宁,等.他引影响因子:一个更加客观评价医学期刊质量的指标[J].中国科技期刊研究,2003,14(6):624-626.

5 吴月红.文献计量指标与科技期刊评价[J].淮南工业学院学报:社会科学版,2002,4(3):99-101.

6 刘金铭.学术期刊的性能价格比[J].中国科技期刊研究,2006,17(6):1056-1061.

7 钱俊龙,潘小伦,熊樱菲,等.学术期刊国际化评价指标("国际化显示度")的探讨[J].中国科技期刊研究,2006,17(9):931-934.

8 中国科学院"自然科学学术期刊综合评价指标体系研究"课题组.自然科学学术期刊综合评价指标体系的研究[J].中国科技期刊研究,2001,12(3):165-168.

9 中文核心期刊要目课题组.中文核心期刊要目总览[M].北京:北京大学出版社,1990.

10 中国科技信息研究所信息分析中心.科技期刊引证报告[M].北京:中国科学技术出版社,1997.

11 庞景安,张正华,马峥.中国科技期刊综合评价体系的研究[J].中国科技期刊研究,2000,11(4):217-219.

12 国家科委.关于颁布五大类科技期刊质量要求及评估标准的通知.1994.8.2.

13 陈光宇,顾凤南,石瑛.学术类科技期刊学术质量评价指标的研讨[C]//华东地区高校自然科学学报编辑协会编.学报编辑论丛,南昌:江西高校出版社,2002,10:63-69.

14 石瑛,陈光宇.学术类科技期刊评价指标体系的研究[C]//华东地区高校自然科学学报编辑协会编.学报编辑论丛,南昌:江西高校出版社,2002:73-76.

15　潘云涛,张玉华,马峥.中国英文版科技期刊的综合学术指标分析[J].中国科技期刊研究,2003,14(6):614-617.

16　陈光宇,顾凤南,周春莲,吴畏.高校英文版科技期刊国际化的评价指标体系[C].第五届全国核心期刊与国际化网络化研讨会论文集.2008.

17　张聚元.模糊数学在学报质量评定应用中的探讨[J].编辑学报,1991,3(1):38-41.

18　赵焕臣,许树柏,和金生.层次分析法:一种简易的新决策方法[M].北京:科学出版社,1986.

19　邱均平,张荣,赵蓉英.期刊评价指标体系及定量方法研究[J].现代图书情报技术,2004(7):23-26.

20　林春艳,莫琳.自然科学学术期刊质量评价体系的属性数学综合评价模型[J].数学的实践与认识,2004,34(5):1-7.

21　陈光宇,顾凤南,周春莲,吴畏.对现有的科技期刊评价指标体系的比较与分析[C]//上海科技期刊编辑学会.科期刊发展与导向(第六辑).上海:上海科学技术文献出版社,2007.

22　钱俊龙,熊樱菲,张永生,等.科技期刊几种评价体系的比较分析[J].中国科技期刊研究,2006,17(1):129-134.

学术性科技期刊的外部性分析

颜 严

（中国科学院上海光学精密机械研究所光学期刊联合编辑部 上海 201800）

[**摘要**] 对学术性科技期刊的外部性进行了分析，指出科技期刊实体的活动对于科技期刊界、科研界和整个社会的外部性影响是三个不同层次，来源和极性不尽相同，甚至存在互相冲突。由于科技期刊的公共性，解决外部性问题时需要优先考虑高层次的外部性，并尽量强化正外部性、矫正或消除负外部性。针对科技期刊实体产生外部性的各种行为提出了解决思路，以有助于提高资源配置的社会效率。

[**关键词**] 学术性科技期刊；外部性；资源配置；优化

外部性（externality）是经济学概念，又称外部效应，指经济主体活动对与该活动无直接关系的他人或社会所产生的影响。外部性理论关注的核心是资源配置效率。负外部性的表现是，当一个经济主体追求其利益的最大化时，往往会忽略其活动对外部造成的负面影响，进而造成资源配置效率无法实现社会最优。而正外部性的存在可能导致供应不足，同样不能实现资源配置的社会效率。外部性问题的解决办法主要是外部性的内部化和政府干预等[1]。外部性问题在 2003 年就已引起科技期刊工作者的注意[2-3]。2007 年，有研究者较全面地将公共经济理论应用于科技期刊研究，指出学术期刊及其组织实体具有很强的外部性，正外部性体现在社会效益高于经济效益，负外部性体现在学术失范、学术腐败及大量知识垃圾的出现[4-5]。在这些研究的基础上，某些政策手段和市场机制被认为是解决外部性问题的可行途径[3,6]。尽管这些研究成果指出了科技期刊的正面和负面的外部性，但对于外部性产生的机制似乎缺少细致的分析。

根据《科学技术期刊管理办法》的规定，我国的科技期刊分为综合性、学术性、技术性、检索性和科普性期刊五种类型[7]。不同类型的科技期刊，其经常性的活动也有所不同。考虑到学术性科技期刊种数较多，约占科技期刊的 70%[8]，本文主要分析学术性科技期刊的普遍行为对其外部的影响，以及在考虑这些影响的前提下如何提高社会资源配置的效率。

1 外部性的基本类型及各自的来源

作为一种传播媒介，科技期刊与其他大众传媒一样，基本的活动包括信息的收集、筛选、加工和传播。对于学术性科技期刊而言，其信息的收集方式是征集特定科研领域的科技论文，具体形式可以是接收作者的投稿、组织论文等；信息的筛选方式是同行评审、编辑部和编委会审稿等；信息的加工方式即对接收的论文进行编辑；信息的传播目前主要还是简单的论文发表，包括印刷版和网络版。串联这些活动的，是更为具体的作者写作、投稿、修改，专家的评审,编辑与作者和专家的联系,以及编辑、校对、排版、印刷、发行或在线发布等出版过程,并且某些环节涉及经费的转移。根据各种活动的公开性,可以简单地把学术性科技期刊经常性的活动概括为两种类型,即隐性的和显性的行为。完全公开的显性的行为仅仅是期刊的最终出版;而不完全公开的隐性的行为则包括评审、编辑加工、经费转移等。很明显,隐性的行为之总和构成了显性的行为之基础。外部性理论的基本出发点是主体的活动目的为利益的最大化。因此,分析科技期刊实体的外部性时,前提已经设定为其所有活动都是为实现自身利益而进行的。

科技期刊对其外部的个人产生的影响是相当广泛的。但因为涉及的因素过于复杂,同时对从事科学研究的个人产生的影响在一定程度上可以汇集为对科研界的整体影响,所以在此不特别讨论科技期刊对其外部的个人的影响。分析的重点是科技期刊实体对于同行、科研界和整个社会的影响。

1.1 对于科技期刊界的外部性

科技期刊实体的活动对于同行的外部性影响主要有两个方面。

由于对有关的出版基金、作者群、审稿专家队伍等办刊资源有共同需求,科技期刊实体之间可以认为存在竞争的关系。换言之,某科技期刊实体获得了一定的办刊资源,则其他实体能得到的资源有可能会相应减少,从这个意义上说,这种外部性是负面的。但在产业环境中,任何实体对于同行业的其他实体都会有这种外部性影响。这种影响在此称为竞争型外部性,它对于产业的发展是有利的,对于整个科技期刊界而言是正外部性。为了在办刊资源的竞争中占据有利位置,科技期刊实体需要将刊物的质量提高到更高的水平,表现为刊载更多的优秀论文、改善期刊的编辑出版质量、提高期刊的影响因子和被引频次等指标、加快论文的发表速度、甚至是以收费的优惠等方式吸引作者。不难看出,竞争型外部性影响的来源几乎遍及前面提到的各种活动。

科技期刊实体之间的关系除竞争以外,还表现为相互合作与学习。合作与学习的行为本身不是产生外部性的原因,因为这些行为并非科技期刊实体内部的活动。但这些交流活动实际上是科技期刊实体内部活动的信息传递过程。也就是说,实体的某些活动通过交流而为其他实体所了解,进而对外部产生间接影响。这种影响在此称为示范型外部性。可以作为范例的行为原则上来说应该能产生正面影响,即该行为可使外部的实体获得利益。因此,总体而言,示范型外部性影响可归为正外部性。任何实体都很难说其各种活动都是最佳选择。为了优化实体的行为,各种活动都可能需要向其他实体学习。因此,示范型外部性的来源同样遍及各种活动。

1.2 对于科研界的外部性

科技期刊实体的活动对于科研界的外部性影响主要有四个方面。

有调查表明,我国科研人员利用的各种文献信息资源中,科技期刊占 65% 以上[9]。由此可见,科技期刊对于科研界的影响有一个非常重要的方面就在于传播科研成果,而这也正是科技期刊最基本的使命。这种被广泛认可的外部性影响,在此称为科研导向型外部性。当科技期刊发表了先进、真实和准确的科研成果时,科研界的研究方法和水平能够得到优化与推进,此时这种外部性是正面的;而当价值不大或者虚假的信息发表在科技期刊上时,可能会误导科研界,致使科学研究不能顺利地发展,从而表现为负外部性。科研导向型外部性的直接来源是论文的发表亦即期刊的出版,但决定这种影响的是论文的评审过程。

科研成果能否发表在科技期刊上是科研产出评价体系中的一项重要指标,而评价的结果直接影响到用于科学研究的资源配置。这一影响在此称为科研评价型外部性。与前一类型相似,科研评价型外部性也可正可负:当有价值的科研成果得以发表时,客观的评价得以实现,从而资源配置趋于合理,表现出正外部性;而当价值不大或者虚假的信息被发表时,表现为负外部性。科研评价型外部性的直接来源也是论文的发表即期刊的出版,决定性因素仍在于论文的评审过程。

科研人员的研究条件和物质待遇与对于科研成果的评价高度相关,比如说发表论文可能直接帮助科研人员获得级别的晋升、职称的评定或者学位的获取等利益。更应该受到关注的是,科研人员因研究条件和待遇的改善而可以更好地投入科研工作。科研团队能够获得的资源,既包括用于科研的支持也包括其他方面的精神和物质利益,情形与单个科研人员相似。也就是说,科技期刊发表论文有利于科研界持续地产出成果。这一影响在此称为科研促进型外部性。这种外部性也可正可负:当有价值的科研成果得以发表时,表现为正外部性;而当有价值的成果被错误地否定、不能发表时,表现为负外部性。同时,其直接来源也是论文的发表,而决定性因素还在于论文的评审过程。

传播活动的进行离不开信息的编码和解码。对信息进行编码是媒体在传播过程中的作用之一。科技期刊的"编码"质量呈现为期刊出版的最终形态,具体包括内容的科学性、论述的严谨性、表达的规范性、语言的可读性等等。这对科研界有特别的价值。"编码"质量好的科技期刊,能够更好地传播科研成果,并影响其作者和读者——也就是科研界的构成者们,推广标准的编码体系(包括科技论文格式、量和单位标准等),乃至形成严谨的科研环境;而"编码"质量不好的期刊,会在这些方面对科研界施加反向的影响。这种外部性在此称为科研规范型外部性,同样可正可负。其直接来源是期刊的出版,而评审和编辑加工是其基础。

1.3 对于社会的外部性

除对科技期刊界和科研界的外部性影响外,科技期刊实体的活动也会对整个社会产生影响。

科学的普及传播已经受到了期刊管理部门、科技期刊界和其他大众传媒的关注,如2006年颁布的《大众传媒科技传播能力建设工程实施方案》中明确指出了科技期刊在科技传播中的任务;同年,第五届亚太地区媒体与科技和社会发展研讨会在北京举行,会议的一个专题是"沟通科技期刊与大众传媒";更有研究者较全面地分析了科技期刊与其他大众传媒的沟通对于促进公众了解和理解最新科研成果的重要意义[10]。科技期刊可以对社会整体知识水平产生有益的影响,这种影响在此称为知识扩散型外部性。从现状看,这种外部性几乎总是正面的,因为科技期刊极少发表谬误的"成果"。与此对应的科技期刊实体的活动主要涉及论文的发表以及发表后的再加工。

极少数特殊情形下,科技期刊实体的活动会对社会造成破坏性影响。例如2005年发生的黄禹锡事件影响到公众对科学研究及其成果的信任:2005年12月16日,当黄禹锡承认自己的实验有"致命错误"时,韩国"干细胞概念股"开盘后便纷纷跌破15%的限幅,反映干细胞概念股的韩国高新技术股总市值缩水近3.3%。又比如,科技期刊通过收取版面费来维持生存的做法近几年备受争议。2005年12月,一则"清华大学研究生'卖血交版面费'"的新闻引起大众关注,在随后各方的辩论和报道中,版面费甚至被指为"学术腐败的诱因"。这一类影响在此称为公信危机型外部性。很显然,这种外部性是负面的,其来源可能涉及科技期刊实体的各种活动。

科技期刊发表论文的情况还会影响整个社会的资源配置。前面提到的黄禹锡事件就是影响资源配置的一个例子。更普遍的是,科技期刊特别是重要的科技期刊发表论文的情况往往会影响科研经费的流向和产业发展的方向。对于所谓"研究热点"的确定,科技期刊发挥着重要影响;在某些领域内,科研成果的公开可能意味着特定产业的新机会。这种影响在此称为社会资源型外部性,其直接来源是期刊的出版。值得指出的是,科技期刊包括其报道方向在内的基本定位是决定社会资源型外部性影响的根本,而论文的评审过程也会对这种外部性有影响。

2 外部性问题的解决

从福利经济学的立场出发,考虑到科技期刊是一种特殊的公共产品,我们需要通过特殊的途径来解决科技期刊的外部性问题,而不是靠简单的内部化或政府干预解决[1]。由于科技期刊的公共性,社会需要科技期刊实体强化其正外部性,矫正或弱化其负外部性。当科技期刊的外部性对于个体呈负外部性同时对于整体呈正外部性时,应优先考虑强化其正外部性;反之,当对于个体呈正外部性同时对于整体呈负外部性时,应优先考虑矫正其负外部性。当影响层次较低的外部性与影响层次更高的外部性发生冲突时,应优先考虑优化高层次的。根据这样的原则,对学术性科技期刊的外部性问题提出基本的解决思路。

在提出外部性问题的解决办法之前,有必要梳理清楚前面给出的 3 个层次、9 种类型的外部性,如表 1 所示。

表 1　学术性科技期刊外部性的类型和来源

类型	影响层次	极性	来源
竞争型	科技期刊	正、负	各种活动
示范型	科技期刊	正	各种活动
科研导向型	科研界	正、负	出版、评审
科研评价型	科研界	正、负	出版、评审
科研促进型	科研界	正、负	出版、评审
科研规范型	科研界	正、负	出版、评审、编辑
知识扩散型	社会	正	出版
公信危机型	社会	负	各种活动
社会资源型	社会	正	出版、定位、评审

先考虑最低层次的外部性,即对科技期刊界的两种外部性影响。竞争型外部性虽然对于竞争者而言是负面的,但它有利于科技期刊界整体的发展。因此,需要强化竞争型外部性。由此出发,作为竞争型外部性来源的科技期刊实体的所有活动,只要是符合实体自身的利益最大化需求的,就有利于这一层次的资源配置效率。考虑示范型外部性,可以得到同样的结论。

中间层次的 4 种外部性影响都既可能是正面的又可能是负面的。它们涉及的活动主要是评审、编辑和出版。根据前文的分析,只有当发表的论文是先进、真实、准确、有价值的成果,有发表价值的成果不被错误地否定,并且经过了严谨细致的编辑加工时,科研导向型、科研评价型、科研促进型和科研规范型外部性才能表现出正面影响。现在我们可以发现,竞争型和示范型外部性的优化面临着一些问题,并非科技期刊实体所有的追求利益最大化的活动都是可行的。为了加快论文的评审速度,可能有的期刊并不严格执行"三审制";为了降低成本,可能有的期刊会放松编辑要求,甚至不严格执行"三校一读"制度。类似的行为不但可以为实体取得更大利益,而且能实现科技期刊界的资源配置效率,但是它们不利于科研界的资源配置效率。

再考虑最高层次的外部性,即科技期刊实体的活动对整个社会的三种影响。强化知识扩散型外部性需要科技期刊实体保证出版质量,并投入更多力量进行与公众和其他大众传媒的沟通;强化社会资源型外部性需要科技期刊实体合理定位,积极追踪研究热点,并确保评审的公正、客观;矫正或消除公信危机型外部性除了需要科技期刊实体注意自身的各种活动之外,还可以通过政府管理进一步规范一些活动,并可以考虑将一些隐性的行为透明化。最高层次的外部性与中间层次的外部性基本没有冲突,在某些方面是一致的,而在另外一些方面是互补的;同时,它对最低层次的外部性形成了更多的限定条件。

文献[3]对学术期刊的外部性问题进行了分析,认为其主要在于正外部性,并提出以"补偿社会效益"为主的解决办法。但本文的观点有所不同,因为"外部性天生就具有相互性"[1]。例如可正可负的科研规范型外部性:作者较好地使用标准"编码体系"写作论文,就表现为对科技期刊的正外部性;反之,就是负外部性。作者(科研界的构成者)对于科技期刊的外部性,其极性与科技期刊对于科研界的外部性是一致的。限于篇幅,不再逐一分析各种类型外部性之间的相互性。双方活动的成本和收益非常复杂,涉及各种间接的和非物质的参数,可以用"难以计量"来形容,有待进一步研究。在此只能指出,科技期刊并非完全没有通过"市场机制"得到对正外部性的补偿,也并非完全没为其负外部性付出成本,只不过这种成本和收益暂时不能量化。

3 结束语

学术性科技期刊的各种行为对科技期刊界、科研界和整个社会有不同类型的外部性影响。解决科技期刊的外部性问题需要优先考虑对社会的外部性。科技期刊实体需要首先考虑确保评审的公正、客观及编辑加工的严谨、规范,并严格遵守相关制度,然后再考虑自身的利益最大化。这是强化正外部性、矫正或消除负外部性的基本要求。近两年我国有部分科技期刊被排除出某些国际重要检索系统,其实可以看作是这些检索系统对某些负外部性的反应。正确认识外部性问题对于科技期刊界的长远利益是有利的。科技期刊外部性问题的解决不但能保证科技期刊事业的健康发展,而且有利于科研事业,从而扩大科技成果对国力的贡献。

本文只是进行了一些基础性的定性分析,对于科技期刊实体及其各影响层次的成本与收益的量化分析需要大量数据的支持,暂时无法开展。未来的研究需要在充分明确科技期刊的市场化地位这一前提下进行。另外,科技期刊的社会责任近几年受到较多关注[11]。虽然社会责任与外部性是不同范畴的概念,但它们的主体和客体都是一致的。对这两者之间关系的研究正在进行之中。

参 考 文 献

1 罗森 HS. 财政学[M]. 赵志耘,译. 北京:中国人民大学出版社,2003.

2 张义祯. 学术期刊的品性及其启示[J]. 中共福建省委党校学报,2003(8):77-80.

3 杨伦增. 学术期刊外部效益问题及其解决途径[J]. 编辑学报,2006,18(4):282-284.

4 赵文义,杨琦. 学术期刊及其组织实体的属性分析[J]. 中国科技期刊研究,2007,18(6):930-933.

5 赵文义,杨琦. 科技学术期刊的基本属性分析[J]. 编辑学报,2007,19(6):402-405.

6 赵文义,王磊,杨琦. 学术期刊的公共政策分析[J]. 科技与出版,2008(11):62-64.

7 国家科委,国家新闻出版署. 科学技术期刊管理办法[S]. 1991-06-05

8 苏青,游苏宁,周文辉,等. 中国科技期刊现状分析研究[J]. 科技导报,2006,24(6):76-78.

9 杜大力. 出版发行体制改革过程中科技期刊的现状、问题及对策[EB/OL]. [2008-06-08]. http://www. cessp. org. cn/xhdt/files/ddl. ppt

10 贾鹤鹏,赵彦. 沟通科技期刊与大众传媒:意义、方法与挑战[J]. 中国科技期刊研究,2008,19(4):641-644.

11 游苏宁,石朝云. 应重视科技学术期刊的社会责任[J]. 编辑学报,2008,20(6):471-474.

从文献计量分析看《生命科学》杂志的发展

岳东方　管兴华　伍宗韶　于建荣

（中国科学院上海生命科学信息中心《生命科学》编辑部　上海 200031）

[摘要]　运用文献计量学的方法，在数据统计的基础上，对《生命科学》2004－2008 年的载文量、基金论文、总被引频率和影响因子、作者单位、核心作者、作者学历和职称、栏目设置、关键词词频等 8 个方面进行了分析，发现了一些不足之处和新的生长点，提出了进一步提高本刊学术质量和水平的建议，以使本刊成为在国内具有较高影响和一定发展潜力的科技期刊。

[关键词]　文献计量学；载文分析；生命科学

《生命科学》创刊于 1988 年，原刊名为《生物科学信息》，内部发行；1992 年起更名为《生命科学》，公开发行，是由国家自然科学基金委员会生命科学部、中国科学院生命科学与生物技术局、中国科学院生命科学和医学学部及中国科学院上海生命科学研究院共同主办的全国性、公开发行的学术性综合类期刊。《生命科学》以评述、综述、研究简讯（动态）等形式报道国内外生命科学研究的发展趋势、学术动态和研究成果，重点发表生命科学范围内的评述性或综述性文章。

自创刊以来，《生命科学》对推动我国生命科学研究的发展做出了一定的贡献。本文运用文献计量学的方法，对《生命科学》2004－2008 年载文进行统计分析，旨在更好地评价办刊学术质量和水平，将《生命科学》打造成国内具有较高影响力且具有一定发展潜力的科技期刊；同时，可了解国内生命科学领域的研究状况和发展趋势、研究队伍的分布及科学论文产出规律，为有关部门制定生命科学发展战略和组织生命科学研究人才的最佳团队提供参考依据。

1　数据源的选定与采集

《生命科学》自创刊至 2008 年底已出版了 123 期，本文选取该刊 2004 年第 1 期至 2008 年第 5 期共 23 期所发表的文章（简讯、会讯等不在统计之列）为数据源，涉及文章 575 篇，作者 1 110 位，相关数据部分采集自中国知网数据库。

2　结果与分析

2.1　载文量分析

载文量是衡量学术类期刊吸收和传递信息能力的主要指标之一。《生命科学》2004－2008 年的载文量呈稳步上升趋势，其中 2008 年的载文量达到峰值 163 篇，总页码达 1 000 页（表 1）。这说明《生命科学》在国内有一定影响力，稿源才能增加；同时也反映我国生命科学研究的力度不断加大，致使生命科学论文数量也在不断增长。然而，文献信息量比较低，平均只有 0.173 篇,即每印张刊登文章为 2.76 篇。

表 1　2004－2008 年《生命科学》载文及被引情况

年份	论文总数	总页数	信息量	总被引频次[*]	影响因子[*]
2004	80	446	0.179	216	0.412
2005	106	574	0.185	220	0.124
2006	105	613	0.171	250	0.231
2007	121	719	0.168	278	0.393
2008	160	1 000	0.160		

[*] 总被引频次和影响因子数据来自于中国科技期刊引证报告

2.2　基金论文分析

各类基金资助的科研项目,其论文的创新性强,学术水平较高,理论价值和应用价值一般都较高[1]。因此,各类基金资助论文比例是衡量期刊论文质量的又一项重要指标。近 5 年《生命科学》刊载的 575 篇文章中,由国家级和省部级基金资助的文章达 335 篇,占文章总数的 58.26%。从表 2 看出,本刊基金论文保持较高的比重,其中从 2005 年开始,基金论文率成倍增加,这与从 2005 年起,我们规范文章格式,要求作者标注基金支持情况有很大关系,但更重要的是文稿本身是基金资助的课题。这再次说明,本刊的学术质量和水平是比较高的,尤其是国家自然科学基金资助的科研项目,其基金论文率达 48.06%(表 3)。

表 2　2004－2008 年基金论文年度分布

年度	基金论文数	基金论文率(%)
2004	21	26
2005	66	62
2006	69	66
2007	73	66
2008	106	65
总计	335	

表 3　2004－2008 年被资助文章主要基金的分布

基金名称	发文量[*]	基金论文率(%)
国家自然科学基金	161	48.06
国家重点基础研究发展计划("973"计划)	70	20.90
国家高技术研究发展计划("863"计划)	33	9.85
中国科学院知识创新工程基金	10	2.96
广东省自然科学基金	7	2.90
上海科技发展基金	6	1.79
中国科学院"百人计划"基金	6	1.79
上海市自然科学基金	6	1.79
教育部留学回国人员科研启动基金	5	1.49
江苏省自然科学基金	5	1.49
其他	58	17.31

一篇文章可以有多个资助项目,故表 3 的发文总数超过 335 篇

从表3看出,在各类基金资助的论文中,国家自然科学基金资助论文161篇,占整个基金论文的48.06%;国家重点基础研究发展计划("973"计划)发文70篇,占整个基金论文的20.90%;国家高技术发展研究计划("863"计划)发文33篇,占整个基金论文的9.85%。

2.3 总被引频次和影响因子分析

引文分析是一种简易快速、定量、客观和成本较低的方法,可以分析哪些期刊上哪些学科最新发表的论文较多,因而给予近期研究最多的关注。一种期刊载文被引用的多少,是期刊学术水平和期刊质量的评价指标之一。一般来说,刊载的文章越多,被引频次越高,则期刊的学术质量相对越高。随着载文量的逐年增加和我刊推出"973"项目专栏和专题栏目,进行专门的组稿约稿,从表1可看出,2004-2008年《生命科学》的总被引频次也是逐年上升,而2004年的影响因子偏高,可能与我刊后续几年载文量上升较快,但是被引频次没有同步增加有关(引用有滞后)。2005年起呈正常的上升趋势,这说明本刊的学术质量是逐年提高的。表4是2009年3月12日在中国知网中统计的《生命科学》2004-2008年的发表文章中被引频次前20名的文章,其中有9篇约稿,分别属于"973"项目、干细胞和模式生物专题等,其他文章分别来自上海生命科学研究院、中国科技大学、军事医学科学院、厦门大学等科研水平较高的科研院所,其通讯作者均系对学生认真负责的科学家,在学生投稿之前都对文章做了切实的修改和严格把关,文章质量相对较高。

表4 2004-2008年《生命科学》被引频次最高的前20名文章

篇名	作者	被引频次 ↓
纤维素酶的研究进展	李燕红,赵辅昆	29
生命科学与仿生学	杜家纬	18
中国新药研究开发现状	黎陈静,陈丹仪,陈凯先,王明伟	16
基因治疗的发展现状、问题和展望	邓洪新,田聆,魏于全	15
植物内生细菌的分离、分类、定殖与应用	卢镇岳,杨新芳,冯永君	14
表观遗传修饰与肿瘤	陆嵘,房静远	14
虚拟筛选与新药发现	李洪林,沈建华,罗小民,沈旭, 朱维良,王希诚,陈凯先,蒋华良	14
血管内皮生长因子家族及其受体与 肿瘤血管生成研究进展	陈珊,金伟,闵平,陆核	13
小泛素相关修饰物SUMO研究进展	陈泉,施蕴渝	10
细胞周期调控的研究进展	高燕,林莉萍,丁健	10
油菜简单重复序列 SSR(simple sequence repeat)研究进展	刘列钲,林呐	10
癌干细胞研究进展	李锦军,顾健人	9
干细胞概述	林戈,卢光琇	9
我国资源植物化学与天然产物 化学基础研究的现状与发展	方颖,温明章	9
基因芯片数据分析	杨畅,方福德	9
差异蛋白质组学的研究进展	孙言伟,姜颖,贺福初	9
脐带血干细胞的基础与应用研究	顾东生,刘斌,韩忠朝	8
小线虫,大发现:Caenorhabditis elegans 在生命科学研究中的重要贡献	秦峰松,杨崇林	8
生命科学与人类疾病研究的重要模型——果蝇	万永奇,谢维	8
APC蛋白的结构特征及其与细胞骨架的关系	马宗源,李祺福	8

2.4　作者单位分析

2004－2008 年《生命科学》刊载文章的作者共有 1 110 位。从表 5 可以看出,来自中国科学院上海生命科学研究院的研究人员发表文章 98 篇,占发表文章总数的 17.04％,其他单位作者发表 477 篇,占论文总数的 82.96％。中国科学院上海生命科学研究院拥有良好的科研氛围、科研条件及高水平的学科带头人,整体科研实力雄厚,他们的稿件保证了本刊较高的学术性和权威性。从论文作者的单位分布情况来看,除中国科学院上海生命科学研究院外,其余绝大部分为国内著名大学。说明它们是我国生命科学研究团队的基本力量,也反映出我刊在国内的科研院所和大专院校的知名度较高,影响较大。

表 5　2004－2008 年发表文章篇数居前 20 位的机构

单位	篇数
中国科学院上海生命科学研究院*	98
上海交通大学(原上海第二医科大学数据并入此处)#	46
中国人民解放军军事医学科学院	27
复旦大学	15
华东师范大学	14
国家自然科学基金委生命科学部	14
浙江大学	13
中国人民解放军第二军医大学	10
暨南大学	10
中南大学	9
厦门大学	8
北京大学	8
清华大学	7
中山大学	7
山东师范大学	6
中国人民解放军第三军医大学	6
同济大学	5
中国科学院纳米科学中心	5
南开大学	5
中国科学院生物物理所	5

* 中国科学院药物研究所数据并入中国科学院上海生命科学研究院;# 上海第二医科大学的数据并入上海交通大学

2.5　核心作者分析

近五年内,在《生命科学》上发表过 1 篇文章的作者有 957 位,占全部作者的 86.22％;发表过 2 篇文章的作者有 108 位,占全部作者的 9.73％;发表过 3 篇文章的作者有 21 位,占全部作者的 1.89％;发表过 4 篇及以上文章的作者有 24 位,占全部作者的 2.16％(表 6)。发表文章前 6 名的作者都是中科院上海生命科学院的工作人员。

表 6　2004－2008 年《生命科学》4 篇以上核心作者

作者	发文量	作者	发文量
丁　健	11	董尔丹	4
岳东方	10	覃文新	4
王明伟	10	徐岩英	4
朱兴族	7	温明章	4
蒋华良	5	张作文	4
陈凯先	5	唐希灿	4
易　静	5	冯喜增	4
南发俊	5	张　洹	4
刘厚奇	5	赵寿元	4
李　佳	5	朱维良	4
缪泽鸿	5	孙曼霁	4
贺福初	5	王　建	4

核心作者也称活跃作者，根据普赖斯理论[2]，发表论文数为 N 篇及其以上的作者为该刊的核心作者，计算 N 的公式如下：

$$N = 0.749(\eta_{max})^{1/2}$$

式中，N 为论文篇数；η_{max} 为统计年限内发文量最多的作者的论文篇数。

从 2004－2008 年《生命科学》最多的作者的论文数 η_{max} 为 11 篇，由该公式可求得 $N = 2.49$，取近似值 3 篇，即发文量 3 篇及 3 篇以上的为核心作者。因此，《生命科学》核心作者有 45 位，发表文章共计 187 篇，占发文总量的 32.52%，表明该刊核心作者的论文产出率较高，他们是本刊稳定的作者群，为刊物质量的提高做出了贡献。但是相比其发文量所占比例与普赖斯理论中的 50% 的标准，差距还是很大的。因此，《生命科学》的核心作者人数及其发文数量还有待提高，这就需要吸引更多的作者多投稿，形成一定数量的作者群，以提高刊物的质量和影响力。

2.6　作者学历和职称分析

我刊发表的文章类型主要为综述、评述性文章（表 7）。这类文章最好是由在某一领域耕耘多年的研究人员执笔，他们对该领域理解深刻，能够较好地把握领域的研究方向和趋势，写出的文章有述有评，水平较高。但我刊发表的 575 篇文章中，作者只有 1 人的共计 126 篇，其余 449 篇有 2 名或者 2 名以上的作者，其中多为硕士生或者博士生任第一作者，导师系通讯作者，文章大多是由硕士或博士的开题报告整理而成，导师把关。为了进一步提高刊物质量，2005 年开始，我刊增设了"973"项目专栏，对当年结题的"973"项目进行报道；2006 年，推出了专题栏目，对生命科学领域的热点、前沿组织专题报道，这些文章虽然大部分也是由博士生撰写，但是导师均认真地对文章进行修改斧正，故文章质量较高，提高了刊物的学术质量和水平，受到了广大读者的好评。

2.7　栏目设置的分析

栏目设置是刊物总体设计的组成部分，它反映了办刊宗旨、编辑思想和读者要求。《生命科学》的栏目是根据办刊宗旨，结合读者、作者和编者的需要，以主体为主、适时调整的指导思想而设置的。表 7 显示了 2004－2008 年《生命科学》所设栏目，其特点：(1)"评述与综述"、"技术与应用"、"研究动态"、"基金"等 4 个是主体栏目，发表文章数占全部栏目文章总数的 72%，其余 8 个栏目的论文数仅占总数的 19%，这表明本刊符合办刊宗旨；但"研究简讯（动态）"栏目的文章偏少，甚至 2006 年未有报道；（2）"专题栏目"是 2006 年设立的、具有生命力的栏目，如 2008 年刊出的"单分子成像"、"RNA"、"纳米生物学"、"线粒体"、"神经生物学"等专题栏目，具有主题明确、内容丰富、导向性强的特点，得到读者的好评，应继续办好；（3）其余栏目根据文章内容做了适时增减的调整。

表 7　2004－2008 年《生命科学》各栏目发表文章数*

年份	评述与综述	技术与应用	研究动态	基金	科学奖	人物	研究机构介绍	情报服务	新思维	"973"项目	科学回忆	专题	基金动态
2004	44	10	4	5	4	1	4	3	3	0	2	0	0
2005	59	10	8	6	2	3	4	1		9	4	0	0
2006	59	8	0	7	2	2	0	0	0	7	7	10	3
2007	68	11	4	8	2	5	0	2	1	2	1	13	4
2008	74	11	1	7	5	0	0	3	0	0	1	57	4
总计	304	50	17	33	15	11	8	9	4	18	15	80	11
占文章总数(%)	54	8.90	3.00	5.86	2.61	1.91	1.39	1.56	0.70	3.13	2.61	13.91	1.91

* 不包括《生命科学》2008 年第 6 期的数据

2.8　关键词词频分析

从表 8 不难看出，出现频次最高的关键词是"信号转（传）导" 28 次；其次，"细胞凋亡"16 次；"功能"和"干细胞"排在第三。在其他的高频关键词中与干细胞有关的 3 个，分别是胚胎干细胞、肿瘤干细胞、神经干细胞；与疾病及其治疗有关的包括肿瘤、肿瘤干细胞、疾病、炎症、阿尔茨海默病、基因治疗、糖尿病、p53；与 RNA 有关的有 RNA 干扰、小干扰 RNA、mRNA、siRNA。

高频关键词的分布反映了《生命科学》的学科特色——专注于细胞生物学、生物化学、分子生物学、基础医学领域；同时也反映了国内生命科学界的研究热点——干细胞、RNA 等。

表 8　高频关键词统计*

关键词	出现频次	关键词	出现频次	关键词	出现频次
信号转（传）导	28	调控	7	基因功能	5
细胞凋亡	16	胚胎干细胞	7	蛋白质组	5
功能	11	炎症	7	疾病	5
干细胞	11	肿瘤干细胞	6	发育	5
肿瘤	10	转录因子	6	小干扰 RNA	5
线粒体	10	可塑性	6	mRNA	5
基因治疗	9	受体	5	siRNA	5
分化	8	生物信息学	5	p53	4
RNA 干扰	8	糖尿病	5	基因组	4
蛋白质	8	中枢神经系统	5	神经干细胞	4
结构	8	阿尔茨海默病	5	端粒	4
自我更新	7	凋亡	5	活性氧	4
抑制剂	7	胚胎发育	5	胰岛素	4

* 数据来自中国知网

3 结 语

从对《生命科学》2004－2008年刊载文章的文献计量分析可以看出：

(1)近五年来，《生命科学》年载文量逐年增加，2008年的载文量与2004年相比，成倍增加，这表明我国生命科学研究有了较大的发展，才有稿源的增加。同时，也说明《生命科学》在国内具有一定影响力，为2010年由目前的双月刊改为月刊打下基础，但文献信息量比较低，每印张刊登文章只接近3篇。这就需要提倡短文，密集排版，尽量不留"空白"，也要注意字体、字号适当，进一步提高载文质量。

(2)基金资助论文比例保持了较高的比重，达到载文总数的58.26％，说明学术水平在不断提高，影响力和辐射范围在不断扩大。

(3)总被引频率逐年上升，2005年起影响因子也呈正常的上升趋势，这说明本刊的学术质量是逐年在提高的。

(4)从载文作者分析看出，中国科学院上海生命科学研究院和国内著名院校是本刊作者的主要单位，核心作者发表文章共计187篇，占发文总量的32.52％，这说明本刊有了学术水平比较高的作者队伍，但核心作者只占作者总数的4.05％，作者队伍尚有待发展。

(5)"评述与综述"、"技术与应用"、"研究动态"、"基金"等栏目是主体栏目，发表论文数占全部栏目论文总数的72％，可以看出本刊是紧紧围绕主体栏目刊登文章的，而2006年起，增加了具有主题明确、内容丰富、导向性强的专题栏目。在栏目设置上，体现了全面性、稳定性和灵活性，显示出本刊自身优势和特色，但"研究简讯（动态）"栏目的文章偏低，应予重视。

(6)载文作者学历和职称分析表明，本刊的作者多为硕士生和博士生，以及具有高级技术职务的科技工作者，有的文章是院士撰写的，这都表明本刊报道的内容学术水平较高。应该指出的是本刊大部分作者是硕士生和博士生，他们是本刊的主体作者，也是科研战线上未来的业务骨干。我们应该保持与他们的联系，并通过他们的导师给予在选题、文稿撰写方面的帮助，使其文章质量提高，扩大他们在学术界的影响，因为他们走向工作岗位后将依然成为本刊作者队伍的一支主要力量。

(7)高频关键词的分布反映了《生命科学》的学科特色——专注于细胞生物学、生物化学、分子生物学、基础医学领域；同时也反映了国内生命科学界的研究热点——干细胞、RNA等。生命科学是一门综合性的学科，今后应加强从宏观上报道生命科学可持续发展的优秀文章，以及与应用研究相结合的一些基础性的文章。

参 考 文 献

1 常文静，王宝茹，杜玉环.科技期刊编辑应关注基金资助题论文[J].编辑学报，2005，17(1)：35-36.
2 丁学东.文献计量学基础[M].北京：北京大学出版社，1992.

《江苏农业学报》1985－2008 年
百期论文统计与分析

戴起伟

（江苏省农业科学院农业信息研究所　南京 210014）

[摘要]　采用文献计量学和数理统计方法,对 1985－2008 年《江苏农业学报》所载百期科技论文进行分类统计与分析,获得发文量、基金论文来源、作者与发文量、高发文量作者群、作者单位分布、发文学科类别及其阶段性变化等参数并进行了分析与讨论。本文统计分析结果表明,该刊出版运行状况良好,所提建议可为进一步科学发展提供参考依据。

[关键词]　农业综合类学术期刊;论文统计;发文量

《江苏农业学报》是江苏省农业科学院主办的农业综合类学术期刊,其前身最早可追溯到原中央农业实验所主办的《农报》(1932－1948)及其后来的《华东农业科学通报》(1953－1958),原华东农科所)、《江苏农学报》(1962－1966,中国农业科学院江苏分院)。《江苏农业学报》于 1985 年创刊,实际上是因文革中断的《江苏农学报》的恢复和以新的形式重新问世。

《江苏农业学报》创刊 25 年来,在主办单位的大力支持和历届编委会的指导下,在广大作者的关爱和大力支持下,始终坚持学术质量第一的宗旨,努力为科技创新服务,为科技人才和学术交流服务,一直保持着严谨、求实、稳健、清新的风格和不骄不躁的作风,在农业学术界获得良好的口碑和声誉。先后被入选中文核心期刊(2004 年)、中国科技核心期刊(2005 年),2002 年、2004 年两次获得全国农业期刊学术一等奖,2002 年江苏省期刊质量评估为自然科学一级期刊,现已被国内外 10 多种文献数据库收录。

值《江苏农业学报》出版百期之际,为全面评估该刊的出版状况,本文从发文量、基金论文、作者群、作者单位等角度对该刊进行统计分析,以期为今后该刊科学发展提供切实的指导依据。

1　材料和方法

数据来源和统计系根据清华同方全文数据库,以"江苏农业学报"为文献源,以"1985－2008"为期限,查询获得该刊自 1985 年创刊第 1 期至 2008 年第 6 期计 100 期所有载文题录、作者、作者单位、基金论文等基本参数,再经人工去重及数据查核勘误处理,取得统计源数据。采用统计分析的方法,对统计源数据进行分类、计数、排序等数字化处理,并形成图表。

2 结果与分析

2.1 发文量统计

《江苏农业学报》自 1985－2008 年,共出版 100 期,其中 1985－2006 年为季刊,自 2007 年起改为双月刊。共刊载论文 1 703 篇,其中含名人和优势学科介绍等非学术类文章 58 篇,实际学术研究论文为 1 645 篇。分年度发文量统计如图 1 所示。

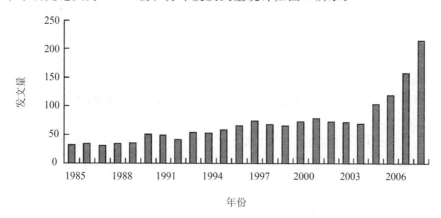

图 1 《江苏农业学报》发文量统计(1985－2008 年)
注:发文量含名人和优势学科介绍等非学术性文章 58 篇

从图 1 可见,《江苏农业学报》发文量总体上呈现由低到高的明显态势。1985 年发文量仅为 32 篇,至 2008 年达到 215 篇,增加了 5.7 倍,表明该刊的信息量有了很大的增长。这也充分反映了在此期间农业科学的长足进步、农业学术交流的繁荣和期刊建设本身充满活力。

2.2 基金论文来源统计

用某种期刊的基金论文比例,分析期刊的学术水平,是一种既简便又直观的标准[1]。统计结果表明,《江苏农业学报》各类基金论文发文量合计为 997 篇,占总发文量的 60.6%。基金论文的年发量呈现非常显著的加快发展趋势,即随着年份由远及近而由低到高,由 1985 年创刊当年 1 篇基金论文发展到 2008 年的 174 篇(图 2),基金论文比重从 3.1% 上升到 80.9%。这充分表明农业科研事业的进步是在不断地获得国家各类科研经费大幅度、大范围投入的基础上取得的。

统计结果还表明,《江苏农业学报》各类基金来源共有 84 种,其中有 10 种频次较高的基金资助论文数量占 83.4%,由高及低依次为国家自然科学基金、江苏省科技攻关计划等,详如表 1 所示。这 10 种基金中来源于国家部委和江苏省政府的各占一半,表明在科技投入中,地方政府和中央政府同样发挥了重要作用。

2.3 作者群统计分析

2.3.1 作者与发文量

论文作者是决定期刊论文质量的关键,形成连续、稳定的作者队伍,不断壮大作者群,是办好期刊的重要因素之一[2]。对论文作者进行统计分析是文献计量学的重要研究课题,有助于文献工作者对科研主体的了解[3]。

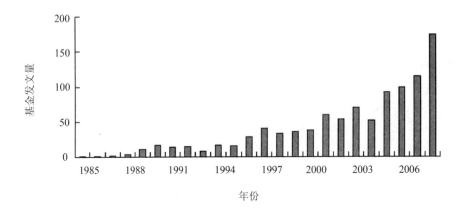

图 2 《江苏农业学报》基金论文统计(1985－2008 年)

表 1 《江苏农业学报》基金论文来源统计(1985－2008 年)

排序	基金来源	发文量	占总数比例(%)
1	国家自然科学基金	187	18.76
2	江苏省科技攻关计划	156	15.65
3	国家高技术研究发展计划(863 计划)	135	13.54
4	江苏省自然科学基金	124	12.44
5	国家科技攻关计划	91	9.13
6	国家科技支撑计划	52	5.22
7	江苏省科委应用基础研究基金	25	2.51
8	江苏省农业三项工程项目	24	2.41
9	国家重点基础研究发展计划(973 计划)	23	2.31
10	农业部"948"项目	14	1.40
11	高等学校博士学科点专项科研基金	13	1.30
12	江苏省普通高校自然科学研究计划项目	10	1.00
13	中国科学院知识创新工程基金	10	1.00
14	攀登计划	9	0.90
15	国家科技基础条件平台建设计划	7	0.70
16	上海市科技兴农重点攻关项目	6	0.60
17	基础研究重大项目前期研究专项	5	0.50
18	江苏省科委社会发展基金	4	0.40
19	江苏省科委应用研究资助	4	0.40
20	农业科技成果转化资金	4	0.40
21	中美国际合作项目	4	0.40
22	长江学者奖励计划	3	0.30
23	国家星火计划	3	0.30
24	其他	84	8.43
25	合计	997	100.00

从表 2 可见,1985－2008 年,《江苏农业学报》论文第一作者共 939 人,平均1.75 篇/人。

发文量最高的为 19 篇,1 人;其次为 14 篇,1 人。发文 10 篇以上的作者 8 人,合计 102 篇,占总数的 6.2%;5～10 篇的 43 人,277 篇,占 16.84%;2～4 篇的 247 人,625 篇,占 37.99%;发文仅 1 篇的 641 人,发文量占 38.97%。进一步考察表 2 可知,超过 60% 的作者是 2 次以上的多次发文,表明本刊的作者群有一定的稳定性。发文 5 次以上的有 51 人,发文量 379 篇,占总发文量 23%。这部分作者应视为本刊的核心作者。

表 2 《江苏农业学报》作者与发文量分析

发文量	作者数	合计	占总数比例(%)
19	1	19	1.16
14	1	14	0.85
13	2	26	1.58
12	1	12	0.73
11	1	11	0.67
10	2	20	1.22
9	6	54	3.28
8	2	16	0.97
7	11	77	4.68
6	10	60	3.65
5	14	70	4.26
4	32	128	7.78
3	67	201	12.22
2	148	296	17.99
1	641	641	38.97
合计	939	1 645	100.00

2.3.2 高发文量作者群分析

按发文量由高到低排序,《江苏农业学报》1985－2008 年前 50 名作者及其所属单位情况分别列于表 3、表 4。分析表 3、表 4 可知,其特点有二:一是前 50 名作者发文量均在 5 篇以上;二是作者单位均来自该刊所在单位:江苏省农业科学院本部所属专业性研究所,且作者数与发文量具有相似的递增趋势。其中,作者数与发文量最多的为生物技术研究所,顺次是粮食作物研究所、经济作物研究所、植物保护研究所、畜牧兽医研究所、食品质量安全与检测研究所、农业资源与环境研究所、蔬菜研究所等。

2.4 作者单位统计

统计结果显示,《江苏农业学报》所刊载 1 645 篇学术论文中,有 1 418 篇来自 20 个第一作者单位,占总发文量的 86.2%。表明该刊作者单位相对是比较集中的。此外,从表 5 还可看出,在所统计的 1 645 篇论文中,来自本院系统的为 1 328 篇,占 80.73%,其中江苏省农业科学院生物技术研究所为院内最多,计 186 篇,占 10.9%;来自院外的有 317 篇,占 19.27%,其中,南京农业大学发文量为 203 篇,占 11.9%,为院外最高。其余详见表 5。

表 3　《江苏农业学报》第一作者发文量前 50 名（1985－2008 年）

排序	作者	发文量	排序	作者	发文量	排序	作者	发文量
1	王才林	19	18	史建荣	7	35	蔡士宾	6
2	佘建明	14	19	陈 松	7	36	刘铁铮	6
3	吕川根	13	20	陆昌华	7	37	承泓良	6
4	汤日圣	13	21	李 霞	7	38	高亮之	5
5	范必勤	12	22	姚东瑞	7	39	汪宗立	5
6	周益军	11	23	赵强基	7	40	方先文	5
7	戚存扣	10	24	王述彬	7	41	吴敬音	5
8	王公金	10	25	蒋玉琴	7	42	石春林	5
9	陈志谊	9	26	余向阳	7	43	何晓兰	5
10	徐立华	9	27	仲裕泉	7	44	俞明亮	5
11	吴竞仑	9	28	周森平	6	45	周维仁	5
12	顾中言	9	29	傅寿仲	6	46	钟小仙	5
13	浦惠明	9	30	陆维忠	6	47	仲维功	5
14	柏立新	9	31	陈旭升	6	48	张黎玉	5
15	吴鹤鸣	8	32	侯庆树	6	49	徐晓波	5
16	李正魁	8	33	姚金保	6	50	赵统敏	5
17	李和标	7	34	黄夺先	6			

表 4　前 50 名高发文量作者单位分布

机构	作者数	发文量
江苏省农业科学院生物技术研究所（含原农业生物遗传与生理研究所）	10	76
江苏省农业科学院粮食作物研究所	8	66
江苏省农业科学院经济作物研究所	7	53
江苏省农业科学院植物保护研究所	6	53
江苏省农业科学院畜牧兽医研究所（含现畜牧研究所、现兽医研究所）	7	49
江苏省农业科学院食品质量安全与检测研究所	2	14
江苏省农业科学院农业资源与环境研究所（含原土壤肥料研究所）	2	12
江苏省农业科学院蔬菜研究所	2	12
江苏省农业科学院原子能农业利用研究所	1	8
江苏省农业科学院农业现代化研究所	1	7
江苏省农业科学院饲料食品研究所	1	7
江苏省农业科学院杂草研究中心	1	7
江苏省农业科学院（管理部门）	1	5
江苏省农业科学院园艺研究所	1	5
总　计	50	374

2.5　发文学科统计

2.5.1　总体趋势

　　发文学科类别是反映学术期刊定位和学术热点及活跃程度的重要参数。统计结果显示，《江苏农业学报》涉及 13 个主要学科，其中农作物类发文量最多，为 660 篇，占 38.76%。此外，较高的顺次为植物保护类 286 篇，占 16.79；蔬菜园艺 235 篇，占 13.8%；畜牧兽医类

232 篇,占 13.62％。这三类比重相对均衡。生物技术类 102 篇,占 5.99％,明显居低。其余学科所占比重均较少,此不赘述(表 6)。

表 5 《江苏农业学报》作者单位统计(1985－2008 年)

序号	作者单位	发文量	占总数比例(％)
1	南京农业大学	203	12.3
2	江苏省农业科学院农业生物技术研究所(含原遗传生理所)	186	11.3
3	江苏省农业科学院植物保护研究所	165	10.0
4	江苏省农业科学院畜牧兽医研究所	146	8.9
5	江苏省农业科学院粮食作物研究所	129	7.8
6	江苏省农业科学院经济作物研究所	106	6.4
7	扬州大学	87	5.3
8	江苏省农业科学院资源与环境研究所(含原土肥所)	71	4.3
9	江苏省农业科学院农业现代化研究所	55	3.3
10	江苏省农业科学院蔬菜研究所	50	3.0
11	江苏省农业科学院原子能农业利用研究所	48	2.9
12	江苏省农业科学院园艺作物研究所	32	1.9
13	江苏省里下河地区农业科学研究所	25	1.5
14	江苏省沿海地区农业科学研究所	24	1.5
15	江苏省农业科学院饲料食品研究所	22	1.3
16	江苏省农业科学院沿江地区农业科学研究所	19	1.2
17	南京师范大学	15	0.9
18	江苏省丘陵地区镇江农业科学研究所	13	0.8
19	河南科技学院	12	0.7
20	江苏太湖地区农业科学研究所	10	0.6
27	其他	227	13.8
28	合计	1 645	100.0

从表 6 总体统计栏还显而可知,有关农作物、植物保护、蔬菜园艺、畜牧兽医类的论文占了全部论文的绝对多数,合计为 82.97％。这充分反映了《江苏农业学报》所载论文是与农业生产紧密结合的,具有以农业应用研究和应用基础研究为主的特点。同时亦表明,该刊学科重点集中,专业性突出。生物技术类论文量虽不突出,但占有一定的比重,体现了新技术的研究应用趋势,表明农业基础性研究仍然占有重要的地位。

2.5.2 阶段性变化

为考察该刊创刊以来发文类别的阶段性消长变化,分别统计了前期 10 年(1985－1994年)、中期 10 年(1995－2004 年)和近期 4 年(2005－2008 年)三个时段学科分类论文数量变化情况。

(1)农作物类:与其他类相比,农作物类论文数量在各个时段均占据最高的比重。在前10 年(1985－2004 年)最高至 52.9％。但其明显的发展变化趋势是比重逐步降低,至 2008年,其比重降至 28.9％,仅为前 10 年(1985－1994 年)这一比重的 54.7％,虽然其绝对量仍在增加。

（2）植物保护类：植物保护类论文总体上在前 20 年的趋势是数量增加，比重上升；近 4 年来数量与比重均下降，但 2008 年仍占 12.61%。

（3）蔬菜园艺类：蔬菜园艺类论文数量与比重的变化是以快速上升为其明显特点，数量与比重随时段而几乎成倍递增。这与农作物类和植物保护类论文数量及比重走低的趋势形成明显反差。这应与近 10 多年来国家推动农业结构调整有关。随着粮棉油传统种植业比重下降，蔬菜、果树、花卉等产值较高的经济类作物得到快速发展。体现在科学论文上的变化正好表明，科学研究的内容与学科方向是面向农业生产实际的。《江苏农业学报》24 年来论文的学科消长真实地反映了农业科学研究适应国家宏观农业结构调整变化的趋势。

表 6 《江苏农业学报》发文类别统计

学科分类	前期 10 年 (1985—1994 年)		中期 10 年 (1995—2004 年)		近期 4 年 (2005—2008 年)		总体统计 (1985—2008 年)	
	发文量	占总数比例(%)	发文量	占总数比例(%)	发文量	占总数比例(%)	发文量	占总数比例(%)
农作物	219	52.90	269	38.76	172	28.91	660	38.76
植物保护	68	16.43	143	20.61	75	12.61	286	16.79
蔬菜园艺	27	6.52	80	11.53	128	21.51	235	13.80
畜牧兽医	54	13.04	96	13.83	82	13.78	232	13.62
生物技术	30	7.25	39	5.62	33	5.55	102	5.99
土壤肥料	10	2.42	24	3.46	13	2.18	47	2.76
食品加工	3	0.72	10	1.44	28	4.71	41	2.41
农业资源与环境			18	2.59	23	3.87	41	2.41
水产养殖			4	0.58	11	1.85	15	0.88
学科与名人介绍					13	2.18	13	0.76
信息技术	2	0.48	4	0.58	6	1.01	12	0.70
农业经济			3	0.43	9	1.51	12	0.70
核农学	1	0.24	4	0.58	2	0.34	7	0.41
合计	414	24.31	694	40.75	595	34.94	1 703	100.00

（4）畜牧兽医类：畜牧兽医类论文数量与比重的变化在三个时段间变化不大，数量均未超过百篇，比重占 13% 左右。

（5）生物技术类：生物技术类论文多偏重于基础性研究。从论文数量及比重来看，生物技术类论文在时段间变化不明显。表明《江苏农业学报》刊载基础性研究论文的比重较小，这与其以应用基础研究为主的定位是相适应的。

（6）其他类的情况：食品加工类论文虽数量不大，但比重上升显著。前期 10 年（1985—1994 年）、中期 10 年（1995—2004 年）和近期 4 年（2005—2008 年）分别为 0.74%、1.44% 和 4.71%，提高幅度达到 6.5 倍。

土壤肥料、信息技术、核农学三类所占比重均较小，变化幅度亦不大。名人和优势学科介绍是该刊近年来增加的宣传类信息，所占比重为 2% 左右。

值得关注的是，农业资源与环境、农业经济、水产养殖类论文是从中期 10 年（1995—2004 年）开始出现，至近期呈上升趋势。表明在该刊中，这类论文可能有日渐活跃之势。这反映了近年来农业新的研究热点和新学科的发展，并受到该刊的关注而逐步纳入发文范围。如农业资源环境学科，目前已成为农业研究热门，其重要性日益突出。

3 讨论与结论

3.1 把握数量与质量的辩证关系，坚持科学发展

科技论文是科研成果和学术研究的载体，是反映科研能力和学术水平的重要标志[4]。某一期刊的载文量或称发文量反映了该刊在本领域学术交流影响力，也是期刊运作中主要的生产力状态指标。《江苏农业学报》自 2005 年突破 100 篇，至 2006 年达 119 篇，主要因素是扩版增页。自 2007 年改季刊为双月刊，当年发文量达 158 篇，至 2008 年突破 200 篇，达 215 篇。这样的发展速度是前所未有的。除上述扩版增页、缩短刊期因素外，近两年尚有其他方面的因素。一是来稿量大幅增加。这首先得益于该刊影响因子的显著提升，进而促进知名度的提高，增加投稿量是可以想见的；二是主办单位近两年出台的对论文的奖励政策以及其他措施，吸引了更多本院科技论文投向院刊，而这部分论文中往年流向外刊有相当的比重；三是与近年来编辑部发文领域的适度拓宽亦不无关系。

事物的发展是辩证的、有条件的，总是在求得某种平衡的不断调整中前进。稿件的质量决定着学术期刊的质量，学术期刊失去了质量便失去了存在的价值[5]。期刊论文数量的扩张必须坚持以不影响质量为前提，否则，任何数量增长所带来的增益必然以某种质量下降的损益来补偿。《江苏农业学报》目前应该说正处于一个良好的发展状态和环境条件。建议进一步加强质量控制，严格限制发文量的过度增长，严格选稿、审稿、编稿制度，始终坚持学术质量。同时注重热点领域、前沿学科的学术动态报道，不断提高期刊影响力，尽快使《江苏农业学报》进入精品科技期刊行列。

3.2 科学合理分析，准确把握核心作者群体

核心作者群是指那些发文量较多，影响较大的作者的集合体[6]。当一篇论文单独出现时，并不能反映学科的发展规律，只有大批论文形成的文献流才能呈现出规律性的变化。核心作者群是形成文献流的骨干力量，他们发挥着向导作用，不断地将学科研究推向新的水平[7]。但核心作者群的标准和依据，目前似尚无统一标准。一般根据普赖斯理论，核心作者的发文量应为 N 篇以上[8]。试引其计算公式：$N = 0.749\eta_{max}^{1/2}$（$\eta_{max}$ 为发文最多作者的发文量）计算《江苏农业学报》核心作者群，1985－2008 年在《江苏农业学报》上发文最多的作者共发表了 19 篇，可得 N＝3.26，取 N 的整数值 3 即为《江苏农业学报》进入核心作者群的发文量标准。从表 2 可查知，《江苏农业学报》发文 3 篇以上作者计 150 人，708 篇，分别占作者总数和论文总数的 15.97％和 43.04％。似可认为，《江苏农业学报》的核心作者群体已具相当规模。本文统计结果还表明，《江苏农业学报》发文 5 次以上的有 51 人，这正是表 3 所列对本刊做出重要贡献的 50 名多产作者。尽管前 50 名作者在人数比重上只占 5.43％，但发文量 379 篇，占总发文量的 23％。可见，核心作者群的确定不一定在于作者数的多少，而应重点考察这部分作者对期刊提供稳定稿源和提高期刊质量的作用。期刊编辑部对本刊的核心作者应该做到心中有数，在今后的编辑工作中，进一步加强与他们的联络，经常了解他们的学术动态，不断地给予鼓励和支持，努力巩固和扩大核心作者的范围，不断增加多发文作者的比重。这对获得更为稳定的高水平核心作者群，保证期刊可持续发展具有长远的

意义。核心作者群的形成、巩固和不断扩大始终与期刊本身的定位、质量管理、影响力、知名度密切相关。高水平的作者和高质量的论文无论如何不会连续投向质量不高、品位不佳的期刊的。期刊自身的建设与修炼应是形成和壮大核心作者群的主要内在因素。

3.3　关注科研动态,跟踪重大科研项目

现在国家和各行各业的科研基金项目种类较多,已大不同于 20 年前。一般而言,高质量的论文与重大基金项目的支持有着必然的联系。要加强对本单位国家级重大项目科研进展和论文的约稿、组稿力度。编辑部要高度关注省级以上基金课题科研前沿动态,及时追踪研究进展情况,以有效扩大本刊国家重大科技项目基金论文的比率,并努力使这类论文不外流。对一些具有潜在社会效益的重要选题应追踪其研究进展,以研究快报、简报形式及时报道其阶段性成果。同时,编辑人员要增强对基金论文的甄别,杜绝极少数基金论文中的"赝品"[9,10]。

参 考 文 献

1　史坤蓉.文献资源共享和高校文献编目工作[J].四川图书馆学报,1997(3):63-65.

2　安秀芬,王景文,黄晓鹏.《中国科技期刊研究》1990-2002 年的载文分析[J].中国科技期刊研究,2003,14(3):264-266.

3　陈贤瑛.《湖泊科学》论文统计分析[J].湖泊科学,1996(12):378-382.

4　林长夫,陶小荣.《世界经济》研究论文统计分析[J].世界经济,2000 (12):74-76.

5　段和平,史文海,俞立,等.探讨期刊论文发表数量和核心作者群的重要意义[J].临床荟萃,2004,19(8):480-481.

6　金伟.《编辑学报》1995-2004 年载文作者群统计分析[J].编辑学报,2006,18(1):78-80.

7　李宗红.用综合指数法测评《编辑学报》的核心著者[J].编辑学报,2008,20(1):91-93.

8　戴庆瑄.学术期刊编辑能力探析[J].学术论坛,2003(4):139-141.

9　曾凡盛,熊楚才,苏爱华.《湖南农业大学学报》1998-2002 年发表基金论文统计分析[J].农业图书情报学刊,2004(12):172-173.

10　陈向科.《湖南农业大学学报》1998-2002 年发表省部级以上基金获奖论文统计分析[J].农业图书情报学刊,2004(12):163-165.

《文物保护与考古科学》
1989－2008 年期刊载文统计分析

谢 燕

（上海博物馆《文物保护与考古科学》编辑部 上海 200050）

[摘要] 运用文献计量学的原理和方法，对《文物保护与考古科学》1989－2008 年的载文量、载文选题、篇密度率、高产作者的分布、论文的地域分布、论文的机构分布、基金论文比进行了定量分析。这对文物保护领域科研活动、学科建设和信息交流等方面给出了量化的参考数据。

[关键词] 文物保护与考古；载文；统计分析

中华民族具有悠久历史，经历了漫长的五千年积累，拥有了极其瑰丽丰厚的文化遗产。20 世纪 80 年代，将先进的科学技术应用于文物保护与考古在我国虽不是什么新课题，但从总体看已落后于世界先进水平；另一方面，有些已经实践证明行之有效的新技术却得不到很好的总结、普及，这种情况与拥有悠久历史和丰富文物的泱泱大国很不相称[1]。因此，1989年上海博物馆决定创办《文物保护与考古科学》杂志，为文物保护与考古科学工作者开辟一方探索、交流的学术园地，并于 1993 年获国内标准连续出版物号和国际标准连续出版物号。

《文物保护与考古科学》由上海博物馆文物保护与考古实验室负责编辑出版，属自然科学的综合性学术期刊，从各方面报道我国文物保护和考古科学技术的研究和应用成果，反映国内外文物保护与考古科学技术的进展和动向，重点报道国内新的科研成果和国外新技术、新方法、新经验，促进现代科学技术在文物保护和考古研究中的应用。近年来，在编委会的领导下，逐渐成为文化遗产研究领域重要的专业学术期刊和国内考古、文保科技工作者重要的学术交流平台，一直被本领域著名国际文摘杂志《考古与艺术文摘》（AATA）收录，为国际文物保护与修复研究中心（ICCROM）图书数据库、国际文物保护网络信息（BCIN）数据库、中国期刊全文数据库（CJFD）、万方数据——数字化期刊群、中国学术期刊综合评价数据库（CAJCED）、中国核心期刊（遴选）数据库等国内外检索期刊数据库收录。期刊编辑质量优良，两次被评为上海市编校质量优秀科技期刊。2009 年被中国学术期刊评价委员会评为"RCCSE 中国核心学术期刊"。

本文通过对《文物保护与考古科学》1989－2008 年出版的文献进行分析研究，以期对其发展历程有一个较为全面的了解，从一个侧面反映我国文物科技领域的发展情况，积极推动文物科技的长远发展。

1　统计源与统计指标

以 1989－2008 年本刊出版的全部学术论文为检索点和统计信息源,共检索了 20 卷 54 期,文章 670 篇(含增刊文章,不包括通讯类文章)。要求所选的统计指标具有代表性、规律性。量化统计内容包括:载文量、篇密度、载文选题对象、作者的分布、论文的地域分布、论文的机构分布。

2　载文统计与分析

2.1　论文总量

1989－2008 年,本刊出版 20 卷 54 期,共发表文章 670 篇(含增刊文章),不包括通讯类文章。其中 1989 年至 2002 年为半年刊,1989－2001 年载文量平稳,2002 年虽然仍是半年刊,但因为有一期增刊,载文量明显上升。自 2003 年起本刊改为季刊,载文量明显上升(图 1)。2008 年载文量更是 1989 年创刊时的 4 倍多。

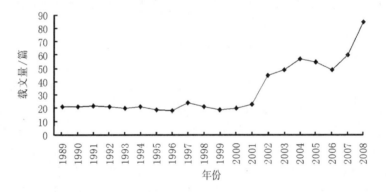

图 1　1989－2008 年《文物保护与考古科学》载文量变化图

2.2　载文选题统计

按照载文的保护对象分类统计表明,除不便分类的"其他"文章以外,按照数量从多到少依次排序前 6 位的为:"金属文物"141 篇,"陶瓷器"71 篇,"石窟、石雕、石刻"53 篇,"竹、木、漆器"47 篇,"古建筑、遗址、壁画"40 篇,"纸张、书画"31 篇。各保护对象论文数占论文总数比例(图 2)中,金属文物和陶瓷器的论文比例较高。

2.3　载文量和篇密度率

1989－2008 年本刊共刊登文章 670 篇,平均每年刊登文献约 34 篇,平均每篇约 6 页。其中 1989－2002 年每年刊登论文数为 18～24 篇(除 2002 年增刊外),每年每期的论文篇密度为 5～7 页。2003－2008 年每年刊登论文数在 49～60 篇(除 2008 年增刊外),每年每期的论文篇密度为 5 页(表 1)。

2.4　高产作者的分布

对 1989－2008 年的第一作者发表论文数进行统计。结果显示以第一作者发表文章 6 篇以上的有 12 位作者,共 106 篇,占全部论文总数的 15.82%。上海博物馆的祝鸿范先生以 14 篇文章而排名第一(表 2)。

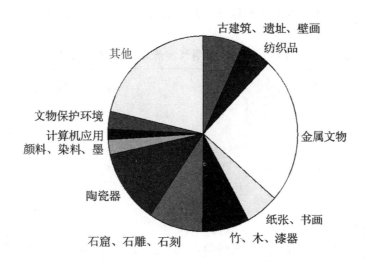

图 2　1989－2008 年各保护对象论文数占总论文数的比例

表 1　《文物保护与考古科学》1989－2008 年载文量与篇密度

年份	载文量	页数	篇密度	年份	载文量	页数	篇密度
1989	21	126	6	1999	19	128	7
1990	21	128	6	2000	20	128	6
1991	22	128	6	2001	23	128	6
1992	21	128	6	2002(含增刊)	45	493	11
1993	20	128	6	2003	49	256	5
1994	21	128	6	2004	57	262	5
1995	19	128	7	2005	55	258	5
1996	18	128	7	2006	49	258	5
1997	24	128	5	2007	60	288	5
1998	21	128	6	2008(含增刊)	85	510	6

表 2　1989－2008 年期刊高产的第一作者发表论文数统计

作者	数量	排名	作者	数量	排名	作者	数量	排名
祝鸿范	14	1	廉海萍	10	4	王丽琴	6	6
陈元生	13	2	罗曦芸	9	5	马清林	6	6
熊樱菲	11	3	郭　宏	9	5	何文权	6	6
王维达	10	4	张雪莲	6	6	白崇斌	6	6

2.5　论文的地域分布

　　1989－2008 年,全国共有包括大陆 24 个省市、台湾、香港在内的 26 个地区在《文物保护与考古科学》上发表论文;另外,还有来自日本和意大利的国外作者在期刊上发表论文共4 篇(表 3),表明《文物保护与考古科学》在国内是有一定影响力的期刊。但地区分布不均衡,在全国发表学术论文的地区当中,北京、上海、陕西共发表学术论文 345 篇,占全部论文的 60.1%,同时也显示了上述三个地区在科技考古与文物保护研究中的较强实力。

表 3   1989－2008 年期刊发表论文的地域分布

省市	发文量(篇)	省市	发文量(篇)	省市	发文量(篇)	省市	发文量(篇)	省市	发文量(篇)
北京	139	江苏	26	山东	11	国外	4	西藏	1
上海	126	河南	24	重庆	8	广西	2	新疆	1
陕西	80	浙江	20	吉林	7	福建	1		
安徽	34	四川	17	香港	5	江西	1		
甘肃	26	湖北	16	台湾	5	辽宁	1		

2.6   论文的机构分布

1989－2008 年在《文物保护与考古科学》上论文发表数量占前 9 位的单位见表 4,其中大部分属国家重点文博单位和全国重点高等学校。上海博物馆在发文量上排第一,以后依次是中国文化遗产研究院、中国科学技术大学、北京科技大学等等。

表 4   1989－2008 年期刊发表论文来源单位

单位	发文量(篇)	排名	单位	发文量(篇)	排名
上海博物馆	106	1	故宫博物院	16	6
中国文化遗产研究院	28	2	甘肃省博物馆	15	7
中国科学技术大学	26	3	北京大学	15	7
北京科技大学	20	4	陕西省文物保护中心	9	8
西北大学	20	4	西安文物保护修复中心	9	8
南京博物院	18	5	中国国家博物馆	8	9

2.7   基金论文比

1989－2008 年《文物保护与考古科学》刊出的基金论文比见表 5。自 2003 年期刊从半年刊改为季刊后,基金论文比明显上升。2003 年后的基金论文比例一般占 30% 以上。

表 5   1989－2008 年期刊基金论文比

年份	基金论文比	年份	基金论文比	年份	基金论文比	年份	基金论文比
2008	0.31	2003	0.33	1998	0.06	1993	0.13
2007	0.43	2002	0.05	1997	0.10	1992	0.07
2006	0.33	2001	0.15	1996	0.00	1991	0.00
2005	0.37	2000	0.18	1995	0.12	1990	0.13
2004	0.47	1999	0.06	1994	0.06	1989	0.00

3 结果和讨论

3.1 论文总量

1989－2001年载文量平稳,由2003年起期刊改为季刊,其载文量比半年刊增长了4倍。载文保护对象分类统计结果显示,期刊刊登论文选题主要集中在"金属文物"、"陶瓷器"和"三石"(石窟、石雕、石刻)这三个方面。金属文物特别是青铜器是我国各大博物馆收藏重器,我国历史上商周时期青铜制品高度发达,因而发掘和收藏的青铜器制品也必然较多。随着科学技术的发展,针对青铜器的保护、检测分析及修复方面的工作也随之增多。此外,近年来微生物和计算机信息技术在文物保护中的应用以及馆藏环境研究的文章日益增多。本刊对新技术的报道主要侧重于有针对性、实用性、可操作性的技术信息。对仅有技术上的高精尖而与文物保护无关或远离当前文博科技现状的新信息不报道或少报道。

3.2 载文量和篇密度

载文量反映了刊物所容纳的信息量,是衡量期刊吸收和传递知识信息量大小的重要指标之一[2]。《文物保护与考古科学》由半年刊变为季刊后,载文量明显上升,在一定程度上显示期刊信息变得更丰富。篇均论文分析:篇均页数越少,全刊信息量越大,但篇幅短则影响论述问题的深度[2]。自创刊以来,本刊论文的篇密度基本稳定为6页。

3.3 高产作者

高产作者人数12人,发表的文章占总文章数的15％。文博系统和高等院校的单位著者是本刊论文的主要力量,是刊物稿源及质量的基本保证。《文物保护与考古科学》虽然属于自然科学性质,但特色在于文博研究与科技研究的交叉和结合。正因为这样,本刊不仅受到文物保护与科技考古人员的欢迎,还受到大专院校文博和考古专业师生及广大文物博物馆研究人员的欢迎,使期刊的读者面大为扩展[3]。

3.4 论文的地域分布

本刊论文作者地区分布广,说明作为我国文物保护与考古的科学技术的一本正式学术期刊,它在全国同业中有着相当高的知名度。具有较强实力的北京、上海和陕西在刊物上的显示度相对较高。不少大学或者研究所培养的有关文物保护与科技考古专业的博士生和硕士生都要求将自己的毕业论文发表在《文物保护与考古科学》上,以体现自己论文的学术价值[3]。但是,由于科技考古与文物保护是多学科的交叉学科,一些研究机构和作者也往往把文章发表在其他的专业性学术期刊上[4]。

3.5 基金论文比

自2003年本刊从半年刊改为季刊后,基金论文比明显上升。2003年后的基金论文比例一般占30％以上。基金论文比的上升原因:一方面是改为季刊后版面数增多,周期缩短,发表的文章数增多,其中基金论文来稿得以更快速的发表;另一方面是编辑部在观念上更重视基金论文,优先发表基金论文,吸引了更多的基金工作结题的论文来投稿。基金论文比的上升从一个侧面也反映了近年来我们国家对文物科技保护行业的资金投入力度增加。

创刊20多年以来,本刊从半年刊改为季刊,从自办发行到专业机构发行,并被多种检索期刊和数据库所收录,从最初的油印到今天的彩版印刷。期刊的每一步改变都以读者、作者的需求为诉求。《文物保护与考古科学》作为国内文物科技领域的唯一一份正式学术刊物,面对新形势、新挑战、新机遇,将会继续保持严谨的办刊理念,高标准、严要求,为我国的文物科技事业繁荣昌盛做出更大的贡献。

参 考 文 献

1　中华人民共和国文化部科技办公室.贺《文物保护与考古科学》创刊[J].文物保护与考古科学,1989,1(1):1.

2　党亚茹.期刊统计分析概述[M]//曾建勋,潘云涛,党亚茹,等.期刊统计分析方法.北京:中国科学技术信息研究所,2006:1-9.

3　王维达.我国第一本文物保护与考古的自然科学期刊[J].文物保护与考古科学,2008,20(增刊):1-5.

4　刘建华.科技考古与文物保护论文的科学计量学分析与研究[J].敦煌研究,2005(4):110-114.

SCI 收录与未收录生物医学期刊的
评价指标比较

王 群

（上海市医学科学技术情报研究所、上海市卫生发展研究中心 上海 200031）

[摘要] 为了探讨 SCI 收录与未收录的国内生物医学期刊存在的差异，本研究以 2008 年版中国科技期刊引证报告（CJCR）收录的国内生物医学期刊为统计源，将其中 2007 年被 SCI 收录且出版地为中国大陆的五种期刊作为收录组，未被 SCI 收录的国内影响因子≥1 的 23 种生物医学期刊作为未收录组，选用 CJCR 中 11 个评价指标（总被引频次、影响因子、即年指标、他引率、平均引文率、地区分布数、机构分布数、基金论文比、被引半衰期、平均作者数以及海外论文比）进行统计分析。结果显示，收录组的平均引文量和海外论文比均显著高于未收录组（$P<0.05$）；而国内影响因子值低于未收录组（$P<0.05$）；其余 8 项指标的比较结果未显示有统计学意义上的差异。结果提示，SCI 收录组的学术影响力要大于未收录组，说明被国际权威检索系统收录在一定程度上确能使期刊声名远播。

[关键词] 中国科技期刊引证报告；科学引文索引；评价指标；学术影响

美国科学引文索引（SCI）因其特有的表征著者与著者、文献与文献之间的引用与被引用关系，而成为目前国际上最具权威性的科研成果评价体系。一个国家或地区的科技期刊和论文被 SCI 或 SCI 扩充版（SCI-E）收录和引用的多少，被认为是评价该国或该地区科学研究水平高低的标志之一。

众所周知，稿源质量是期刊的生命线。但近年来国内大量高水准的优秀论文流向国外期刊也是不争的事实，从而直接造成我国生物医学期刊总体水平的下滑。同时，似为迎合国人墙外开花墙内香的癖好，国内期刊一旦入选 SCI 便自觉身价倍增，且近年来此风愈演愈烈，而事实上"借船出海"真能达成其预期目标吗？

为探此究竟，本项研究以 2008 年版中国科技期刊引证报告（CJCR）收录的国内生物医学期刊为统计源，对 2007 年 SCI 收录且出版地为中国大陆的五种期刊和未收录的国内影响因子≥1 的 23 种生物医学期刊进行统计分析，旨在探讨 SCI 收录与未收录的国内生物医学期刊存在的差异，以期为生物医学期刊的管理提供借鉴。

1 资料和方法

1.1 资料

将 CJCR 收录的生物医学期刊分为被 SCI 收录的收录组和未收录组。收录组的期刊来源：选取 2007 年 SCI 收录且出版地为中国大陆的五种期刊，分别为 Cell Research（《细胞研究》）；Acta Pharmacologica Sinica（《中国药理学报》）；Chinese Medical Journal（《中华医学杂志》)；Asian Journal of Andrology(《亚洲男科学杂志》)；World Journal of Gastroenterology(《世界胃肠病学杂志》)(表 1)。考虑到期刊所属的学科性质、学科包含的研究人员数量、学科间交叉渗透的程度、学科的发展阶段、科学研究的产出周期、学科引证行为以及研究领域关注的焦点范围等差异可能导致的偏倚，剔除了 SCI 收录的另三种中国大陆出版的生物医学相关期刊，分别为 FUNGAL DIVERS(《生物多样性》)、Acta Biochim Biophys Sin(《生物化学与生物物理学报》)和 Biomed Environ Sci(《生物医学与环境科学》)。未收录组的期刊来源：选取 2007 年 CJCR 收录的国内影响因子≥1 的 23 种期刊，详见表 2。

表 1   2007 年 SCI 收录国内生物医学期刊一览

刊名	出版单位	创刊(年)	刊期	语种	更改注释
细胞研究	中科院上海生命科学研究院	1990	12	英文	Cell Res
亚洲男科学杂志	中科院上海药物研究所 上海交通大学	1999	4	英文	Asian J Androl
中国药理学报	中科院上海药物研究所	1980	12	英文	1980−2002(7)：中国药理学报 2002(8)−：中国药理学报(英文版) Acta Pharmacologica Sinica
中华医学杂志	中华医学会	1975	24	英文	Chin Med J
世界胃肠病学杂志	太原消化病防治中心	1995	52	英文	World Journal of Gastroenterology

表 2   2007 年 SCI 未收录的国内影响因子≥1 的生物医学期刊一览

刊名	出版单位	创刊(年)	刊期	语种	更改注释
中华结核和呼吸杂志	中华医学会	1978	12	中文	1978−1987：中华结核和 呼吸系疾病杂志 1988−：中华结核和呼吸杂志
中华护理杂志	中华护理学会	1954	12	中文	1954−1980：护理杂志 1981−：中华护理杂志
中华流行病学杂志	中华医学会 中国预防科学院 流行病微生物学研究所	1979	6	中文	1979−1981(2)：流行病学杂志 1981(3)−：中华流行病学杂志
中华医院感染学杂志	中华医学会 中国人民解放军总医院	1985	12	中文	
中华骨科杂志	中华医学会 天津骨科研究所	1981	12	中文	
中华儿科杂志	中华医学会	1950	12	中文	1960−1962.10， 1966.6−1978.8：停刊
中华显微外科杂志	中华医学会 中山医科大学	1978	4	中文	1978.8−1984：显微外科 1985：显微医学杂志 1986−：中华显微外科杂志

续表

刊名	出版单位	创刊(年)	刊期	语种	更改注释
中华心血管病杂志	中华医学会	1973	12	中文	1973.2－1978:心脏血管疾病 1979－:中华心血管病杂志
中国危重病急救医学	天津市急救医学研究所 天津天和医院	1989	12	中文	1989－1991:危重病急救医学 1992－:中国危重病急救医学
中国修复重建外科杂志	中国康复医学会 华西医科大学 第一附属医院	1987	6	中文	1987－1991:修复重建外科杂志 1992－:中国修复重建外科杂志
中华神经外科杂志	中华医学会 北京市神经外科研究所	1985	6	中文	
中华消化杂志	中华医学会上海分会	1981	12	中文	
中国感染与化疗杂志	复旦大学医学院	2001	4		2001－2005:中国抗感染化疗杂志 2006－:中国感染与化疗杂志
实用肝脏病杂志	中华医学会安徽分会	1996	4	中文	
中华放射学杂志	中华医学会	1953	12	中文	1960.6－1964,1966.6－1978.8:停刊
中华预防医学杂志	中华医学会	1953	6	中文	1953.10－1959.3:中华卫生杂志 1959.4－1962:人民保健 1960－1963.9:停刊 1963.10－1978.7:中华卫生杂志 1966.8－1978.7:停刊 1978.8－:中华预防医学杂志
中华肝脏病杂志	中华医学会 重庆医科大学第二 临床学院病毒性 肝炎研究所	1993	6	中文	1993－1995:肝脏病杂志 1996－:中华肝脏病杂志
药物不良反应杂志	北京地区药品不良 反应监察中心	1996	6	中文	
中华检验医学杂志	中华医学会	1978	6	中文	1978－1999:中华医学检验杂志 2000－:中华检验医学杂志
中华妇产科杂志	中华医学会	1953	12	中文	1960－1963,1966－1978:停刊
中华内分泌代谢杂志	中华医学会 上海内分泌研究所	1985	6	中文	
中华肾脏病杂志	中华医学会 中山医科大学	1985	6	中文	
中华精神科杂志	中华医学会	1955	4	中文	1955－1995:中华神经精神科杂志 1960－1963.5,1966.6－1978.9:停刊 1996年更名:中华精神科杂志, 并同时创刊中华神经科杂志

1.2 方法

1.2.1 评价指标的选择

在学术期刊的评价中,目前主要采用多指标综合评价方法,包括各种主观评价、客观评价及主客观相结合的评价方法。指标的选取无疑是学术期刊评价中相当重要的环节,选取合适的指标是保证学术期刊评价质量的基础和关键。

　　CJCR 是结合中国科技期刊实际情况编制的本土化 JCR(美国科学信息研究所编制的世界著名期刊评价工具),它既继承沿用了 JCR 的许多国际通用期刊评价指标,如总被引频次和影响因子等,又创新推出了一些中国本土化的特色指标,如基金论文比、引用刊数以及学科影响指标等。但在众多指标的选择上,由于 CJCR 中有个别指标仅在理论上有一定的评价意义而实践中尚存在问题[1],且广大学者认为期刊的评价仅取决于影响因子及总被引频次是不科学的结论,所以本项研究采用刘明寿等[2]通过德尔菲法得出的 8 个特征性强且易操作的指标(总被引频次、影响因子、即年指标、他引率、平均引文率、地区分布数、机构数和基金论文比),加上被引半衰期、平均作者数及海外论文比共 11 项指标,对我国 2007 年入选 SCI 的五种生物医学期刊以及同期未被 SCI 收录的 23 种国内影响因子≥1 的 CJCR 源期刊进行统计分析。

表 3　2007 年 SCI 收录与未收录生物医学期刊的评价指标比较[a]

组别	2007 年	
	收录组($n=5$)	未收录组($n=23$)
总被引频次	1 742.40±1 688.499	2 592.87±1 399.975
影响因子	0.77 040±0.058 235[*]	1.19 422±0.155 910
即年指标	0.15 660±0.058 875	0.11 939±0.068 097
他引率	0.8 260±0.12 280	0.8 435±0.13 466
被引半衰期	3.5 780±0.95 361	5.0 726±1.02 248
平均引文率	33.41±8.383[*]	10.37±2.511
平均作者数	5.5 040±0.46 966	4.7 178±0.82 374
地区分布数	17.80±10.134	25.83±3.380
机构分布数	272.40±307.625	175.39±86.047
海外论文比	0.4 340±0.31 738[*]	0.0 278±0.10 591
基金论文比	0.4 860±0.18 036	0.2 883±0.13330

　　[a]:原始数据引自《2008 年版中国科技期刊引证报告(核心版)》. [*] $P<0.05$ 与非收录组比较

1.3　数据统计

　　以 2008 年版 CJCR 为数据来源,将拟定的 SCI 收录和未收录两组期刊的评价指标及数据输入到 Excel 中,处理完后导入统计软件包 SPSS 17.0 中进行统计分析。数据以均值±标准差表示,组间比较采用 Mann-Whitney U 检验,$P<0.05$ 示差异有统计学意义。

2　结　果

　　总被引频次、影响因子等 11 项指标的评价结果(表 3)显示,收录组的平均引文量和海外论文比显著高于未收录组($P<0.05$),国内影响因子值则低于未收录组($P<0.05$);两组间其余 8 项指标的比较结果未显示有统计学意义上的差异。

3　讨　论

　　众所周知,科研成果的交流至关重要。生物医学期刊无疑是承载医学论文产出的最重要园地。对中国(不含港、澳、台)出版期刊中核心期刊的认定,目前国内影响较大的主要有两种版本,中国科学技术信息研究所(简称中信所)每年出版一次的 CJCR 就是其中之一。根据中信所 2008 年版 CJCR 所提供的数据,在中国 6 082 种科技期刊中遴选出中国科技论文统计源期刊(中国科技核心期刊)1 765 种(约占我国 5 000 多种科技期刊的 1/3),其中生物医学期刊有 586 种。

据表 1 所示的统计结果,国内影响因子≥1 的 23 种生物医学期刊均为国家级临床医学核心期刊。系列分类:中华系列占 18 种(78.3%),中国系列占 3 种(13.0%),实用系列占 1 种(4.35%),其他类占 1 种(4.35%);出版周期:月刊 10 种(43.5%),双月刊 9 种(39.1%),季刊 4 种(17.4%)。出版语种均为中文,语言壁垒显见。

据表 2 所示的统计结果,在 SCI 收录的五种期刊中,基础研究与临床研究不分伯仲(符合 SCI 的选刊原则)。其中周刊、半月刊、季刊各占 1 种,月刊 2 种;出版语种均为英文这一被冠以联合国五大通用语言之首的语种。显而易见,为 SCI 收录的期刊多为出版周期短,语言优势显见。这种语言强势使得其学术交流能力得到进一步提升,学术时空交流的辐射半径也得到进一步延伸。

据表 3 所示的统计结果,SCI 收录组影响因子、平均引文量和海外论文比等三项指标与未收录组间的差异具有统计学意义($P < 0.05$)。该比较结果显示,未收录组的国内影响因子值显著高于收录组,但其真实的"裸刊"价值如何需要具体情况具体分析。

一种期刊的影响因子实质就是期刊论文的平均被引率,影响因子的高低取决于该刊论文被引用次数及刊登论文数量的多少。消除了单纯按照期刊被引的绝对次数评价期刊时由于载文量、出版频次和创刊时间等因素可能造成的偏差。前述可见,在未收录组的 23 种生物医学期刊中中华系列杂志占据大半(78.3%)。众所周知,该系列是在专业学会领导下办刊的,其中部分期刊办刊历史悠久,质量上乘,确实可反映国内的科研创新水平和学科前沿。

影响因子对期刊的选择特别重要,但其作用也颇受争议。亦有研究者认为,影响因子值偏向于多产的短期研究领域,认为其对于临床研究的判定并不重要[3]。故在前述结果比较时要追加考虑此因素。诚然,影响因子反映的是期刊的学术影响力而非学术水平或质量,虽然学术影响力与质量之间存在一定的关联,但两者之间又不能简单地划等号。

引文(即参考文献)是科技论文的重要组成部分,是对科技知识和信息的一种传承和发展。平均引文量反映了科研人员吸收利用文献的能力,其对论文的重要性不言而喻。本研究结果显示,SCI 收录组的平均引文量显著高于未收录组($P < 0.05$),提示未收录组获取信息的可及性不高;而收录组能充分利用各种信息媒体,使研究成果得到有效的传播和推广,其无疑对学术影响力有更好的放大效应。

海外论文比是衡量期刊国际交流程度的一个指标,可反映期刊国际学术影响力的强弱。本研究结果表明,SCI 收录组的海外论文比显著高于未收录组($P < 0.05$),提示 SCI 收录期刊国际交流程度远高于未收录期刊。

4 结 语

综上所述,SCI 收录组的平均引文量和海外论文比均显著高于未收录组,反映收录组的学术影响力要大于未收录组,说明"借船出海"在一定程度上确能使期刊声名远播;至于 SCI 收录组期刊国内影响因子值低于未收录组,考虑到未收录组的国内期刊多为临床研究核心期刊,故对这一结果的评定尚需结合其他指标以作进一步评估。本文后续拟通过对入选 SCI 期刊在入选前后期刊评价指标的变化来说明入选国际权威检索系统在科技期刊国际化发展中的重要作用,分析入选 SCI 的影响因素,并以 SCI 的选刊原则及标准来探讨入选 SCI 的对策和措施,从而对我国期刊扩大国际影响力提出一些建设性意见,为打造本土国际化期刊、建立与读者和作者永久良性循环的互动模式提供参考。

参 考 文 献

1 沈志超,龚汉忠,曹静,等. 对 CJCR 中期刊评价指标"扩散因子"的质疑[J]. 中国科技期刊研究,2006,17(5):746-749.

2 刘明寿. 采用德尔菲法评价高校学报学术影响力[J]. 贵州大学学报:自然科学版,2004,21(4):437-440.

3 崔雷,侯跃芳,张晗. 论影响因子及其在科研绩效评价中的应用[J]. 医学情报工作,2003,24(4):241-245.

第五部分

经营与管理

通过参办学术会议开拓学术期刊新局面

钟　斌[1]　王丽萍[2]　徐　新[1]　干季良[1△]

(1.《组织工程与重建外科》杂志编辑部　上海 200011；
2. 上海交通大学医学院附属第九人民医院整复外科办公室　上海 200011)

[摘要]　学术期刊是学术交流的平台,而举办各种学术活动的目的同样是学术交流,因而二者在本质上是相同的。所以,学术期刊编辑部应积极参与所在学科主办的各种学术活动,尤其是大型的学术会议,旨在了解本学科的最新学术进展,发现优秀的作者和论文,拓宽期刊的广告经营活动。一次大型学术会议的成功举办,是一个学科综合实力的体现,能极大地提升学科的学术地位,对于扩大期刊的影响力、开创学术期刊工作新局面具有极其重要的积极作用。所以,学术期刊编辑部参与学科学术活动的主办工作,不是份外之事,而是本职工作的延伸。

[关键词]　学术会议;学术影响;组稿源;期刊经营

《组织工程与重建外科》杂志自 2005 年创刊伊始,即牢牢把握“学术期刊是学术交流的平台”这一办刊核心,以所在学科——上海交通大学医学院附属第九人民医院整复外科和上海市组织工程研究重点实验室为依托,以积极参与所在学科主办的各种学术活动,尤其是大型的学术会议为抓手,积极参与学科建设。编辑部通过参与主办众多的学术会议,了解本学科的最新学术进展、发现优秀的作者和论文、服务于参会的编委成员,以增进了解、宣传并扩大期刊影响、增加发行和扩充稿源。同时,编辑部也通过会议,加强了与各相关厂商的联系与了解,增进了友谊,吸收了一批厂商作为杂志的协办单位,从而加强了期刊的经营活动,为编辑部筹集到了较为充裕的出版经费。

2005 年,我们参与主办了第 8 届国际组织工程学会学术交流会,会议代表 1 000 余名,其中国外代表 600 多名;2006 年,我们承办了亚太医学美容学会第 10 届东方美容外科医学会(OSAPS)国际美容外科大会,到会代表 600 多人,其中国外代表近 200 人;2007 年,受国际淋巴外科学会委托,我们主办了第 21 届国际淋巴外科学术大会,有 200 多名学者参加,其中 80% 以上是国外代表。自创刊以来,我们编辑部共参与主办近 10 次各种规模的学术会议,会议规模从数十人到千余人不等,取得了良好的学术效益和经济效益。

1　利用学科优势,提升和扩大期刊在国内外的影响

《组织工程与重建外科》杂志拥有非常强大的学科背景,所在的学科——上海交通大学

△通讯作者,教授,研究生导师,E-mail:zzgccjwk@yahoo.com.cn

医学院(前身是上海第二医科大学)附属第九人民医院整复外科是我国整形外科的发源地之一,是我国规模最大的整形外科之一,在国内外都有较高的学术地位。20世纪90年代后期,留美学者曹谊林教授归国,并将组织工程学概念引进,曹谊林教授两次担任国家"973"项目的首席科学家,从而使得这一强大的学科在科研上得到了进一步的发展,使学科获得了持续发展的动力。如今,学科已成为中华医学会整形外科分会主任委员单位、中国康复医学会修复重建外科主任委员单位、中国生物医学工程学会组织工程分会主任委员单位。

正是由于我们学科所具备的学术地位,所以经常有机会主办各种学术交流活动,尤其是大型的学术会议。杂志创刊初期,编辑部就以参与主办学术活动为抓手,充分利用各种学术交流的机会,积极宣传推广新生的杂志,努力提升和扩大杂志在业界的影响。

例如,我们编辑部参与主办的第8届国际组织工程学年会,是国际组织工程学会主办的国际组织工程学界最高级别的学术大会,第一次在国内召开。对于众多因经费或其他原因无缘参加历届会议的国内学者而言,是一次极其难得的与国外同道交流并了解学科最新进展的机会,所以当时国内几乎所有开展组织工程研究的单位都有代表出席,而且国外亦有600多名学者与会,其中不乏业界的佼佼者和顶级专家。编辑部躬逢盛会,充分利用这一良机,和与会代表进行了广泛的接触,为当年刚刚创刊的杂志进行宣传推广,使得业界得以了解这一新生杂志,为杂志以后的约稿和发行工作打下了良好的基础。

编辑部参与主办各种学术活动,是充分利用学科优势的具体表现,也是积极参加学科建设的有效途径,能为杂志获得宣传推广的机会及科室领导和同仁的积极支持。

2　做好会议组织工作,组织高水平高质量的学术论文

期刊编辑参与学术会议的组织工作,服务于众多参会代表,这对于期刊编辑组织高水平高质量的学术论文是有非常大的裨益的。这是因为:(1)参与学术会议,有助于期刊编辑及时全面地了解学科发展的前沿,提升编辑的专业技术水平,提高编辑选稿、审稿的能力;(2)参与会议组织工作,能使期刊编辑近距离、全面地接触本专业领域内的学者专家,建立良好的工作关系和友谊,有助于编辑从众多的青年学者中发现好苗子、好想法和好论文。

组织工程研究是20世纪90年代中期才开始在我国展开,进入21世纪后获得了长足的发展,研究者和研究单位日益增多,其中不乏一些有较强实力但尚未为业界熟知的优秀学者。我们曾经在一次学术活动中结识了一位来自南方某省的"海归"学者,他的研究内容是较少人涉足的牙齿组织工程,我们对此非常感兴趣,通过几次跟踪接触后,向这位教授发出了约稿信。由于在学术活动中我们所展示的热情和真诚,这位教授很快就为本刊撰写了一篇关于牙齿组织工程的述评文章,且后来又多次将他的课题组的研究成果交由本刊发表,为本刊提供了多篇高质量的论文。

我们学科每年4月份举办上海国际整形外科学术交流会,已成功举办了7届,每年都有400名左右的代表参会,在业界赢得了良好的口碑。我们编辑部成立以后就积极参与,通过会议,结识了众多的年轻学者。尽管这些年轻学者尚处于成长阶段,还不能提供给我们质高量多的论文,但通过介绍和相互交流,他们认识了我们的杂志,我们也发展了不少的订户和读者,吸引了潜在的稿源,为杂志今后的可持续发展奠定了基础。

可以说,积极参与主办学术活动,热情服务与会代表,能使期刊编辑扩大约稿范围、增强

组稿能力、提高选稿水平,使科技期刊编辑的组稿工作得到事半功倍的效果。

3　开展与赞助商的交流,拓展学术期刊的经营活动

目前,绝大多数科技期刊已经经历了或正在经历着由从前的"吃皇粮"到在市场经济体制下自行找米下锅的巨大转变,经济压力已成为继稿源、期刊质量之后压在众多主编和编辑部主任身上的"第三座大山",广告收入、厂商赞助已成为绝大多数期刊"钱进"的重要动力和聚焦点。学科举办各种学术活动也有着相应的经济目标,"学术效益和经济效益双丰收"已不再是一句简单的口号。因为在市场经济体制下,再也没有上级单位来大包大揽地为学术活动"埋单"了。我们学科(相信也是大多数学科)的惯常做法就是"以会养会",就是以学术会议为契机,在会议期间,召集大量的相关厂商举办展览会,以展览会的收入来弥补会议经费的不足。当然,这是有前提的,就是学科要有一定的地位和影响力;参加会议的代表范围要广,必须是专业的受众。不然,厂商们是不会慷慨解囊的。所以,在这里,学术期刊编辑参与学术会议的组织工作就有了一个非常重要的理由——拓展期刊的广告经营活动。

有一家制造整形外科植入假体的生产厂商,由于在市场上占有强势地位,对于我们这样一本新办的、尚没有较大影响力的期刊自然是"不屑一顾"的。2006年,我们主办了第10届OSAPS国际美容外科大会。借此机会,我们再一次和这家厂商进行了接触,建议在会议前出版的一期杂志上用封底为他们制作整版彩色广告,并且将相当数量的杂志放在他们的展位上供参会代表免费取阅;更吸引他们的是,承诺利用我们主办者的身份积极为他们争取最好的展位,双方一拍即合。我们抓住了此机会,和这家厂商建立了良好的合作关系,一举签订了三年广告合同,为编辑部争取到了数万元的广告收入。

另外,有一家专业生产吸脂机的厂家,其产品在国内具有较高知名度。我们在创刊之初就积极联系,希望他们能成为我们的广告客户。但该厂商注重面对面的销售形式,对平面媒体不太注重,因而我们一直没能和他们建立起广告合作关系。但通过和他们在学术会议中多次接触,彼此成为了很好的朋友,与该公司老总也建立了良好的个人友谊。去年的学术会议结束后,该公司老总主动联系我们,将其公司最新型号的吸脂机无偿赠送给我们。这一价值数万元的捐赠,使我们编辑部在科室的地位得到了提升,也使科主任对我们更加关注。可以说,这样的捐赠,其效果不亚于和我们签订数万元的广告合同,同样对编辑部帮助甚大。

参加组织工作、服务参展厂商、建立良好关系、获得赞助资金、保障办刊经费、留住办刊人才、确保学术独立,这是一个非常重要的学术期刊主编和(或)编辑部主任应该掌握和运用的工作流程。提供良好的服务,才有可能获得充足的办刊经费,才有可能留住优秀的办刊人才,而后才有可能去追求期刊质量(学术质量和编辑质量),才能确保期刊的学术独立,才不会因为经济压力而被迫做出"丧名辱节、斯文扫地"的不堪之举(如卖版面、卖刊号等)。

综上所述,我们深深地认识到学术期刊编辑参与学术活动的组织工作,将从各方面对期刊的自身发展产生积极的影响,因此这一工作绝对不是编辑部和编辑们的份外之事,而是应该尽心尽力去完成的本职工作,是开创学术期刊工作新局面的助推器。

志谢　本文在撰写过程中得到了第二军医大学出版社曹金盛老师和《中西医结合学报》编辑部周庆辉老师的悉心指导,在此表示衷心感谢。

通过参与国际航运中心建设
打造航海科技期刊品牌

罗 斌

(《航海》杂志编辑部 上海 200090)

[摘要] 上海国际航运中心建设是国家发展战略,更是上海经济发展的重头戏。《航海》杂志是中国航海界向国内外公开发行的综合性科技期刊,立足于上海国际航运中心,服务航运,服务社会。科技期刊在经济建设中创建品牌,是在竞争激烈的期刊出版市场中立于不败之地、提升自身品位、发挥社会效益的有效途径。本文结合航海科技期刊在国际航运中心建设中的作用,探讨航海科技期刊的品牌建设,结合实际,创新思路。

[关键词] 期刊品牌;上海国际航运中心建设;航海科技文化;受众

航海,是人类认识自然、征服自然、利用自然资源的伟大实践活动。中国航海源远流长,有文字记载和考古验证的航海活动至少可以追溯到 7 000 年前的新石器时代。中国航海技术曾走在世界前列,推动古代航海事业"呈现出一幅中国人在海上称雄的图景";后来的闭关锁国、外来入侵、国运衰落,导致中国航海事业陷于停滞、落后的境地,展现出近代举步维艰、奋力抗争的悲壮历史。新中国诞生后,历尽劫波的中国航海事业全面振兴,20 世纪 70 年代开始,尤其是改革开放 30 年来,中国航海事业以较快的发展速度不断进步,日趋繁荣,中国远洋船队航行于世界各海域和绝大多数港口,航海业务涉达世界航海各领域。

关注中国乃至世界航海事业的发展,记载并推动其发展,是以"航海"为立身之本的综合性科技期刊的历史使命。创刊于 1979 年的《航海》杂志,是中国航海界向国内外公开发行的综合性科技期刊,立足于上海国际航运中心,服务航运,服务社会。《航海》杂志是中国学术期刊综合评价数据库统计源期刊,被中国核心期刊(遴选)数据库全文收录。在推动上海国际航运中心建设的形势下,《航海》杂志正在全面整合航运业各领域资源,为中外航运业客户提供有效资讯,坚持"高度关注和服务中国航运业"的理念,不断创新,努力打造中国航运界综合资讯第一品牌。

1 对科技期刊品牌战略的认识

在竞争激烈、精彩纷呈的出版物市场中,品牌效应丝毫不亚于社会其他领域,如一种名牌产品、一所名牌学校、一位著名人物等等,众口皆碑。品牌效应事关其经济和社会效益,影响其生存状态和可持续发展能力,备受业界关注。可以说,出版同仁不遗余力地提高内容和装帧质量,想方设法地开拓市场,舍小求大地争取受众,提升市场份额,效益是一时的,树立、巩固、发扬品牌才是最大追求。在市场上创立了自主品牌,并与时俱进地发扬光大,效益会在良性循环的轨道上日益扩大。

据笔者对期刊品牌的理解,认为其内涵应包括如下层面:悠久、醇厚的历史文化积淀;具有一定导向性、广泛性、深入性的影响力;具有成为植入受众脑海、富有鲜明特征的外在表现形式;发行量达到相当规模等等。

2 关注上海国际航运中心建设蓝图

"到 2020 年,将上海基本建成具有全球航运资源配置能力的国际航运中心。"这是 2009 年 4 月国务院常务会议审议并原则通过的"关于推进上海加快发展现代服务业和先进制造业、建设国际金融中心和国际航运中心的意见"中明确的上海国际航运中心建设的发展目标。这是一项具有重要意义的战略决策,中国需要有国际航运中心,而素有"东方明珠"之称的上海,具有成为国际航运中心的禀赋和现实基础。

中国是海洋大国、航运大国,也正在努力实现航运强国的理想。上海是中国近代航海事业的发祥地,正在迈向国际航运中心。建设上海国际航运中心是党中央、国务院于 20 世纪 90 年代作出的重大战略决策,是跨世纪的宏伟蓝图,正在取得举世瞩目的成就。随着洋山深水港、长江黄金水道等重大基础设施的建成运营,以及国际航线的全面拓展,航运市场的逐步形成,集疏运系统的发展,信息、金融、商务等服务体系的建设,上海国际航运中心建设加快了步伐。近年来,上海港航运基础设施建设的推进和吞吐量的不断攀升提高了上海港的国际地位。与此同时,中国港航运界也逐渐意识到,吞吐量并非是国际航运中心的决定性因素,提高国际中转量、发展航运金融、强化航运信息发布等功能才是衡量港口竞争力的核心要素。目前伦敦与费力克斯托两港合计的集装箱吞吐量远远低于上海港,仅居世界第 30 位。然而,失去了港口及船队优势的伦敦,却依然能保持航运中心地位,关键在于伦敦的航运支持性服务仍居世界统治地位。相比之下,上海国际航运中心建设与国际公认的航运中心还存在很大差距。

国务院常务会议提出,上海国际航运中心建设要"优化现代航运集疏运体系,实现多种运输方式一体化发展,整合长三角港口资源,完善航运服务布局。探索建立国际航运发展综合试验区,积极稳妥发展航运金融服务和多种融资方式,促进和规范邮轮产业发展",明确了上海国际航运中心建设的主要任务。未来,上海在国际航运中心征程中将依托国际航运发展综合试验区打造航运服务产业链,以点带面,推动航运服务要素的集聚,着力培育功能健全的航运服务产业。

在航运金融服务业方面,目前上海还处于起步阶段。以船舶融资为例,全球船舶贷款、融资业务几乎被全球公认的三大船舶融资业务中心——伦敦、汉堡和纽约掌控。相比之下,上海在相关领域涉足较少,在全球的市场份额不足 1%。国家明确积极稳妥发展航运金融服务和多种融资方式,给上海国际航运中心建设积极发展航运金融等高端服务业创造了机会,推动上海积极发展船舶融资、海上保险、资金结算等业务,从而掌握行业制高点和话语权,通过发展高端服务业提高航运"软实力"。这也是国际金融中心建设和国际航运中心建设的有益结合点。

与此同时,上海国际航运中心软环境建设还需迎头跟上,协调发展,甚至应该超越。营造与国际航运中心相匹配的航运文化、社会环境,赢得业界的共识以及社会大众的认同和支持,促进上海国际航运中心建设,这对航海技术、科普类期刊是一个挑战,也是难得的历史机遇,只有勇立潮头,方能发展壮大。在国际航运中心建设中,《航海》杂志应发挥专业特色,提高办刊质量,把握市场脉搏,服务社会大众,树立期刊品牌,追求恒久卓越。

3　航海期刊的定位思考

创办 30 年的《航海》杂志,是中国航海界向国内外公开发行的综合性科技期刊,立足于上海国际航运中心,服务航运,服务社会。2010 年,《航海》杂志改为大 16 开,融航海技术资讯、航海学术交流、航海文化发掘、航海知识普及、航海生活展示等为一体,成为社会各界朋友了解航运发展态势,开拓航海科技视野的窗口,也是航海爱好者的文化园地以及中外航运界同仁交流信息、情感的渠道。其中,航海技术资讯:侧重于在全球范围搜索和整理航运及相关领域技术发展、政策变化、经营方式、科技成果推广等信息;航海学术交流:侧重于展示航海及相关领域的学术观点、技术交流、管理模式、业态分析等,为从业人员提高职业技术水平提供平台;航海文化传播:侧重于航海历史文化的发掘,航海探险、科学考察的经历,以及现代航海文化生活的全景式展示;航海知识普及:侧重于航运、造船、港口、环保、军事等方面的科技动态发布和知识点介绍。

《航海》杂志之所以定位为综合性科技期刊是因为:它既要为业界服务,为航海学科发展服务,又要为社会大众普及航海知识服务;它既要成为航运界向社会各界及广大航海爱好者交流信息、沟通感情、普及科学的平台,也要成为推动上海国际航运中心软环境建设以及促进航运经济发展的重要渠道。按照"自主办刊,自我完善,自我发展"的总体要求,根据航海事业发展趋势、上海国际航运中心建设总体要求,以及现代期刊发展的趋势,《航海》杂志必须树立服务航运业、服务社会、服务经济的意识,提高编辑出版质量,创立科技期刊品牌,并在服务航运经济、服务大众文化需求的过程中,逐步增强经济保障能力,实现可持续发展。

按照近期《航海》杂志的发展思路,将联合同道专业力量,完善策划、出版、经营流程,全面整合航运业各领域资源,为中外航运业客户提供有效资讯,坚持"高度关注和服务中国航运业"的理念,不断创新,打造立足国际航运中心的中国航运界综合资讯第一品牌。

4　对期刊内容及专业队伍结构的调整

根据多年的实践总结,笔者认为科技期刊出版队伍的结构应改变"专业精、学术好"一统天下的传统,要把专、兼职相结合的专家群体与新闻出版专业人才以及策划、经营专业人才有机地整合在一起,要在具备一定经济基础的前提下,效仿企业化的报业集团、出版机构的集约化出版经营之道。不然,很可能曲高和寡,逐渐萎缩,或单凭一味追求学术排位,靠有偿刊登论文存活。

当然,期刊的专业人员应相对精简,应加强专业人员的专业培训和业务学习,做到"一专多能",思路开阔、严谨、踏实、创新;要求专业人员按新闻出版活动的客观规律和航运市场、科普工作的发展态势,不断提高编辑出版的效能和质量。在内容编排上应两手抓:一要体现航海事业是一项跨行业、跨部门的系统工程,综合性强,以环球博览的方式收集航海技术、造船动态、口岸政策、船队结构、航贸经济、水上运动、科学考察、航海军事、海事救助、海事法律、科研院校、航海生活等方方面面的重要信息,对关乎国计民生的重大新闻还要跟踪报道,作深度报道。在文字的组织和语言的风格上,追求科学性和通俗生动的统一,让社会大众了解、熟悉航海事业,增强海洋意识,培养航海志趣;二要提高新闻报道的时效性和图片质量,以现场拍摄和建立航海图库为契入点,以符合大众现代审美情趣的版式设计为途径,进一步增强版面的视觉冲击力和"海味",吸引受众的眼球,引起更大的关注。

采编内容,抓住航业发展的重点和热点问题,抓住受众对航运经济、航海生活的关注,抓住推动上海国际航运中心软环境建设的契入点,开展集中报道和系列宣传。如,集中专访政府主管部门、港行集团、航运交易所、科研院校等方面的权威人士,对国务院发布"推进上海国际航运中心建设意见"一年来的成果和建议进行集体评述;报道世界各类型船舶的发展趋势和建造、运营现状,以及细分后的航运市场发展状况;介绍海事教育——世界各国海事大学,世界航海史的窗口——世界各国航海博物馆,航海科技的进展,中国救助打捞55年来的发展历史、当前实力、远景规划等。

贯彻落实国家文化发展"十一五纲要"。编辑部意识到改版、合作、拓展是把综合性科技期刊作为文化产业来发展的出路之一。《航海》杂志要拓展内容,开拓市场,为航运经济服务,努力提高经济效益。当前,除了班轮市场的大型化、集约化、高科技发展趋势外,游轮、游艇经济在国际上方兴未艾,在国内还处于萌芽和孕育态势,是《航海》杂志需关注和报道的内容,也是契合航业发展和社会大众兴趣的内容。同时,社会大众还对航海运动如帆船竞技等,表现出浓厚的兴趣。我们接触国内外帆艇厂商、代理商、游艇俱乐部,在符合新闻出版相关法律法规的前提下,在提供内容、提高装帧质量、合作办刊、扩大发行上进行试点。

基于上述考虑,杂志社与意中游艇洽谈合作意向,并出版一期增刊。增刊内容具有中国特色和国际性,既反映了中国航海史中的光辉篇章——郑和七下西洋史,以及青岛奥运赛场,也体现了国际水上运动的精彩场面和国际游艇业的发展趋势,图文并茂,制作精美,得到受众和业界人士的青睐。同时,这也是杂志社合作办刊的一次有益尝试。

5 搭建文化活动平台,扩大社会影响

充分利用具有重大社会影响的活动,以学术研究、信息积累为基础,扮演重要角色,扩大自身社会影响,提高杂志知名度和权威性。在纪念伟大的航海家、外交家郑和下西洋600周年之际,我们做好了充分准备,多管其下,全面出击,营造声势,力求实效。一是积极参与了"郑和七下西洋暨国际海洋博览会"主馆"郑和下西洋和中国航海史"的理论研讨、脚本编撰、布展设计工作,赢得业界和观众的广泛好评;二是参与、组织了系列纪念活动;三是专门申请出版了增刊,以纪念郑和下西洋600周年为主题的大型画册,大力弘扬"热爱祖国,睦邻友好,科学航海"的精神;四是参与发起以郑和下西洋始发日(7月11日)为标志,建立中国自己的航海日(航海节)的活动,并在杂志上连续报道世界各国航海节(日)对本国航海事业、海洋文化、国民经济发展的推动作用。每年"中国航海日",杂志的专题内容、彩版也如同过节一般热闹,丰富多彩,主题鲜明,海味十足。2006年,作为中瑞友好使者,"哥德堡"号仿古帆船不远万里,访问上海。我们也参与了"哥德堡"号与上海国际海洋文化节主题村的建设。杂志社抓住社会对海洋文化的关注,组织专题采访,参与各项活动。应瑞典驻华使馆邀请,出席中瑞友好交往暨"哥德堡"号图片展。还为首位"哥德堡"号上的中国大学生水手编发了

图文并茂的专题文章。作为 2006 年全国科普活动日活动,我们协办以"'哥德堡'号与海洋文化"为主题的名家科普讲坛,借"哥德堡"号访沪"西风",弘扬中华帆船和海洋文化,吸引了老中青三代市民、学生和海军官兵参加。并向主办方赠送郑和下西洋 600 周年纪念画册。"哥德堡"号系列宣传在杂志、增刊和我们的网站上得到了较全面的体现,引起受众的关注。

杂志还坚持参与主办一年一度的"上海市青少年航海科普夏令营"活动,足迹遍布国内港口城市、海军军营、长江三峡、南极科学考察船;营旗飘过太平洋,出访日本、韩国。我们开设讲座,搞智力竞赛,访问国外海洋大学,共同做实验,培养青少年航海志趣。

6　围绕学术和科普,致力于业务多元化

杂志还致力于编辑学术书籍,传播航海科技知识;积极开展科普工作,为上海国际航运中心软环境建设添砖加瓦。曾编辑、发行《航海百题问答》、《上海港引航实用手册》、《英文航海日志记载要义》等专业工具书。联系国内航运界知名前辈、上海远洋运输公司前海务监督室主任、上海航交所顾问刘有钟先生,总结其航海和处理海事近 30 年心得和实操经验,以条目分析和实例说明相结合,中英文对照,编写《英文航海日志记载要义》一书,供航运从业人员参考。为提高青少年科学素养,在上海市科协的指导下,参与上海市中小学生、幼儿"做中学"项目以及上海市青少年科普试点项目资料包的编撰工作。我们的专家科普讲座已走进中小学校园和社区。2010 年,杂志还要依托主办单位上海市航海学会以航海科技工作者为主流的会员队伍和专家网络,协助开展优秀航海科技论文评奖活动,并以增刊的方式,出版优秀论文集。

经国务院批准,上海正在建设全国首个国家级航海博物馆,将于 2010 年中国航海日建成开放,这是航海公益事业的一件盛事。《航海》杂志在倡议立项时,已经瞄准这个平台。筹建过程中,杂志社领导已经担任上海中国航海博物馆专家咨询委员会委员。在设计方案、编撰文本、征集文物、社会关注等方面,杂志利用自身的渠道,积极参与宣传,发挥应有的作用。我们要借助这个重要的平台和窗口,开拓信息渠道和发行渠道,提升专业地位,做大做强自己。

7　立足国际航运中心,提高办刊质量

《航海》杂志要积极参与上海国际航运中心软环境建设,积极为行业、为社会、为经济建设服务,为创造国际航运中心和谐的人文环境而努力工作,并在这个进程中,通过服务赢得效益,不断自我完善,实现可持续发展。

立足于这个基本点,在提高办刊质量方面,还需努力做好以下工作:(1)以刊物为载体,扩大航运科技、航海文化传播的信息量,内容长短结合,注重时效性,贴近航运市场,贴近社会大众对航海事业和海洋文化的关注程度;(2)继续推进航海图库的建设,提高设备的效能;(3)加强审读,不断提高科技期刊的编校质量;(4)积极探索提升品牌、扩大发行的各类有效途径;(5)发挥专业特长,积极开展各类科普活动和创建品牌宣传攻势,扩大社会影响。

融入上海国际航运中心建设,推动航海学科发展,服务航运经济,服务社会大众,是航海综合性科技期刊的历史使命和重大责任。

信息资源整合与护理类期刊的可持续发展

孙莉萍

(《上海护理》编辑部　上海 200040)

[摘要]　信息资源、信息技术的日益丰富与发展,带来了医疗护理事业的可持续进步。本文结合护理期刊的办刊经验,从护理期刊对各种信息资源的了解、开发、整合与利用的角度进行了讨论,提出要充分、合理及有针对性地整合各种资源,以促进护理期刊朝着专业化、精品化的方向发展。

[关键词]　护理期刊;信息资源;整合与发展

随着社会主义市场经济的逐步完善和中国加入 WTO 后对期刊出版带来的冲击,科技期刊面临的挑战会越来越激烈,护理期刊亦不例外。除了整个大环境的改变带来的压力外,来自同行的竞争及自身存在的压力也迫使我们必须从多方面考虑怎样优化护理期刊。在此,就如何充分利用和发展护理领域里的资源谈一些粗浅的体会。

1　整合各种信息资源

整合资源,即对护理领域里的各种信息资源进行捕捉、筛选和提炼,旨在最大限度地利用有效资源来优化护理期刊[1]。就目前而言,上海有 500 多家医疗机构,4 所护理学院和数十所卫护校,拥有在册护理人员 3.8 万余人;拥有全国唯一的 1 名护理终身教授,拥有护理博士护士、硕士护士、本科护士、中专护士,其中大专以上学历的护理人员约占 10%;每年从各类学校毕业的护理人员约 2 000 人;每年在上海召开的各种形式的护理学术交流会、论文研讨会数十次,全国各省市来上海各级医院参观学习人数约数千人次;2005 年 1 月至 2010 年 3 月,在中国全文期刊数据库中检索到上海的护理人员在国内各类专业核心期刊上发表论文约 3 000 篇;已获得上海市护理学会护理科技进步奖 24 项、中华护理学会科技进步奖 25 项;等等。应该说,上海作为国际大都市,在医疗护理事业方面,有着自己独特的优势和强大的资源,许多先进的医疗技术和创新的护理理念,在国内外都享有很高的声誉,但在对这些优质资源的开发和利用方面,目前并未做到深层次和充分地挖掘,很多时候对护理领域内丰富的资源仅处于浅层次和低效率的使用上。因此,在整合资源上,上海护理界还有很多工作要做,许多路要走。作为上海唯一的一本中国科技核心护理期刊《上海护理》杂志,首先,建立了与之相对应的上海市护理学会的网站,建立多渠道、多形式、多层次的信息发布窗口,发布护理的新进展、新技术、新动向;其次,密切关注我国各地区以及国际上与护理相关的信息,从大量无序的信息中提取出有定向范围的、有价值的、前沿时效性高的综合性信息,经过遴选、整合,制作成专门的电子资料,学会会员可以登录到该网站共享资源,下载各种有用的资料,所有的护士可以上网浏览各条信息。另外,开通网上投稿、网上审稿,这样节省了时间,缩短了审稿周期;并提供电话咨询、电子邮件咨询、在线实时文字咨询等多种咨询方式。与此同时,我们还注重加强护理信息化人才队伍建设,培养从事应用研究的中高级复合型护理人才。我们只有充分地利用和发展这些丰富的护理资源,才能将《上海护理》办得更出色和更具综合竞争力。

2　创建期刊资源库

对一本科技期刊而言,既有其优势也有其劣势。优势在于期刊有独特的、自成系统的专业和相对稳定的读者群;而劣势在于其专业领域与社会的相对脱节及读者群体的局限。优、劣势的相互作用,影响和制约了期刊的发展。因此,为了减少资源的流失和跟上日新月异的科技发展,也为了专业期刊的自身发展,我们很有必要创建一套期刊自己独特的资源信息库,为期刊的定位、选题、经营和发展指明方向。与护理期刊相关的资源库内容一般包括以下几方面。

2.1　关注最新护理科技动态

建立科技信息资源库有助于期刊的定位和发展。作为护理期刊,必须时时关注护理领域里的最新理念,把握科技创新技术的动态,包括学术会议、学术交流的信息。这样就能引导读者及时掌握学术信息,掌握学科的发展趋势,使杂志与整个专业领域紧密地联系在一起,促使杂志的内在质量、科技含金量等方面与护理技术水平同步发展。

2.2　建立作者信息库

对于任何一本出版物,选题计划的执行、落实和完成主要是由作者来体现的。因此,组织、团结一支与本刊相匹配的高质量的、学科较齐全的、有一定数量且较稳定的作者队伍至关重要。一般可根据作者的专业、专长、发表著作情况及正从事的科研项目等信息建立档案,这样有利于开发潜在的作者增长点,长期的积累必然有助于丰富本刊的作者资源库。编辑部要随时关注和掌握作者群的临床、教学、科研情况和进展,一旦成果出来,及时给予反映;同时,作者的想法和思想又可丰富期刊的选题资源,两者相互促进和发展,即可形成良性循环。

2.3　及时了解读者的反馈信息

期刊依据自身的特色和范围都有自己特定的读者群,对这一群体的关注和了解,是编辑部做好信息收集、信息反馈的重要途径。读者对期刊的意见、需求,包括服务方面的意见、建议和要求,是期刊编辑、出版、发行等工作十分重要的信息渠道,也是期刊在读者中树立自身形象的重要措施。有了稳定的、数量可观的读者队伍,出版的杂志也有了可靠的市场。充分了解读者的需求,及时呼应读者的信息反馈,并根据读者群的文化层次、学历层次和学术方面的需要,引导读者,为读者服务,做好开发市场的工作。

2.4　开发和积累选题资源

好的选题并不是拍拍脑袋就能得到的,好的选题需要综合方方面面的因素,包括专业人才、科研项目、市场需求等等。因此,开发和积累选题,从某种意义上说是一本好的期刊最大的财富源泉。花大力气抓选题是编辑部始终不渝的一项工作。就护理期刊而言,我们在制定选题时,首先,要了解最新的护理动态,了解医疗技术发展的状况;其次,要了解临床护理人员的需求;同时,还要了解相关专业期刊的选题内容,做到知己知彼。富有创新理念的选题计划,是期刊占有市场份额的有效手段,也是衡量期刊优劣的标志之一。

2.5 重视各种出版信息资源

杂志的出版发行,除内容翔实外,还与经营管理、广告宣传、市场调查、销售途径、财务分析报告、工作计划和总结报告等等有关,凡与期刊的目前工作状态和未来发展有关的档案与信息都是资源库的内容。只有了解了自身的优势与劣势,才能在市场的竞争中扬长避短,改进不足,获得成效。

3 抢占优质资源

相对于社科类期刊而言,专业杂志有其自身的局限性,但也并非毫无发展的余地。就上海护理领域来说,许多资源的利用空间还很大,有些资源的价值还未被完全认识。问题在于如何充分利用这些资源。若要编辑部投入大量的人力和财力,现实情况并不可行;若听之任之,则资源会流失,或被他人抢得先机,自身期刊就会越来越失去竞争力。因此,对自己专业领域里的资源切不可轻易放弃,除以上所谈建立资源库以外,还要对各种资源进行分析、认证、筛选和提炼。只有占有了优质资源,才能使期刊的内在质量、科技含金量超越同类期刊,才能在竞争中处于领先地位[2]。

4 小 结

《上海护理》在成长与发展的过程中,得到了上海护理界的关爱和大力支持,期刊的整体质量有了全面提升,目前已被国内三大数据库(清华同方、万方、重庆维普)全文收录,并于2007年成为中国科技论文统计源期刊(中国科技核心期刊)。杂志的发行量每年以10%的速度递增,目前每期已达24 000余册。作为护理领域的专业期刊,我们面临着挑战也面临机遇。这些迫使我们更要正视现实,寻求生存与发展的空间,使我们的期刊与世界同行、同步前进。

参 考 文 献

1 苏新宁,章成志,卫平.论信息资源整合[J].现代图书情报技术,2005(9):54-61.
2 李明珍,宋晓丹,张丽霞.图书馆信息资源整合研究计量分析[J].现代情报,2008(7):112-116.

产业调整时期的技术期刊经营策略

李　芮　何叶丽　沈安京

（《印染》编辑部　上海 200082）

[摘要]　根据当前国内产业结构调整的特点，分析指出科技传播媒体的重要性日趋增加。但新媒体的兴起，在一定程度上削弱了传统技术期刊的信息渠道地位。结合传统印染行业的产业调整现状，阐述了技术期刊《印染》的办刊经验，如跟进企业所需，深度报道产业调整中的前沿和热点问题；加快期刊网络化建设；依托大型专业服务平台，为企业提供差异化服务等。

[关键词]　期刊；产业调整；网络化；平台

20 世纪 90 年代以来，计算机、通讯和网络等新兴技术应用迅速普及，经济全球化和贸易一体化进程不断加快，很多产业尤其是传统产业面临着前所未有的挑战和困难。尤其是 2008 年下半年以来，受全球金融危机的影响，外需下降，一些传统行业如劳动力密集型的纺织、印染企业经营成本上升，生存维艰，产业亟需进行调整或升级。

为了应对挑战，我国传统行业正摒弃低端的粗放型发展模式，调整产业技术结构和产品结构，大力开发高附加值的产品。此时，产业政策进行了调整，行业标准发生了变化，适应产业发展需求的新技术、新产品层出不穷，可报道的行业信息不可谓不多。而同时，为了能够在发生重大变化的产业环境中生存下去，企业也迫切需要深入了解新技术、新产品、新标准、新政策、竞争对手新动向和行业新动态，并挖掘新的经营渠道，建立自主品牌，突出自身特色。快速准确地获得或者发布各种信息，已成为各企业逐鹿市场、赢得竞争优势的前提和保障[1]。可以说，产业调整时期企业对媒体的需求程度，比任何时候都要强烈。对于任何一个行业媒体，这都是一个服务企业、进一步扩大自身影响力、做强做大的良机。

那么，在产业调整时期，作为共享行业生产和科研成果的科技传播媒体，技术期刊该如何发挥所长，成为企业的重要信息渠道呢？下面结合《印染》杂志的办刊经验，从以下几方面进行简单介绍。

1　产业调整时期技术期刊的信息渠道地位

互联网兴起之前，企业获取信息的渠道相对贫乏，传统纸质媒体如报纸、期刊等是企业获得信息的主要途径。21 世纪世界进入知识经济时代，新兴媒体崛起，企业的信息渠道逐渐增多。目前，除了百度、Google 等搜索引擎，以及中国知网、万方和维普等大型期刊数据库，各种行业公共信息平台也在企业的信息渠道中扮演着越来越重要的角色。

以我刊所在的印染行业为例，进入产业调整期以来，为了促进产业升级和地方经济发展,各级行业协会和地方政府均加强了服务意识,纷纷推出各种行业公共信息服务平台。目前,印染行业可以利用的大型信息服务平台,包括上海纺织研发公共服务平台,以及中国纺织工业协会建立的"中国纺织产业网联盟"等[2],这些平台都以信息服务为主要服务内容,计划覆盖整个纺织产业链。而已形成中小企业集群的长三角、广东等地,也建立了绍兴纺织技术 ASP 公共服务平台、南方纺织网等数家信息服务机构。此外,还有十多家网站专注于印染行业资讯,如贝茨·中国印染资讯网定位为"专注于中国印染行业技术升级和产业提高",印染在线网站则旨在为印染行业及相关企业打造中国最大的印染技术交流平台,其他影响力较大的行业网站还有中国印染网、中国印染行业协会网站、华夏印染网、中华印染网、中国印染印花网等。由此不难看出,虽然产业调整期间企业对信息的需求量增加,但网络化技术的发展,使得新兴媒体纷纷崛起,都欲分得信息供应盛宴中的一杯羹。因此,目前企业获取信息的渠道实际上已大大拓宽,传统技术期刊作为行业信息渠道的地位在一定程度上已被削弱。面对企业的信息渴求,如果传统技术期刊不能充分发挥自身优势,跟进企业的需求,而是坐等稿源,其既得市场必然会被其他媒体夺去。

2 跟进企业所需,深度报道产业调整中的前沿和热点问题

相对报纸和网络,技术期刊有其自身的特点,如可以用较长篇幅进行深度报道。因此,在产业调整时期,技术期刊应了解生产企业所需,注重对生产实践、新技术开发和新技术应用进行深度或连续报道,力图将最新的、重要的和正确的研究成果及时传递给相关受众,促进行业科研成果的及时交流和转化[3]。

目前,我刊所属的印染行业,也正处于产业结构深度调整时期。长期以来,我国印染行业的生产方式以"高消耗、低产出、重污染、低安全"为代价,其产品也大多属于低档型。而随着能源价格上升,国家环保要求提高,印染企业不得不采取各种措施,实行清洁生产,减少能源消耗,减少污水排放。企业间竞争的焦点,也从主要依靠劳动力比较优势的产品竞争,逐步转向重点依靠科技创新能力的竞争。针对这些变化,我刊采取了一些措施,满足企业所需,继续提升纸质刊物的品牌度。

2.1 密切与企业的交流,精准掌握企业所需

由于我刊的核心层读者聚焦在全国一千多家专业印染厂的技术人员,因此,能否抓住他们的眼球,获得他们的认可,是杂志经营成功的一个关键。进入产业调整期后,我刊尽可能地派编辑部人员到印染厂调研、参观,了解目前企业的技改成果,以及其面临的困难和期望解决的技术问题,巩固和加强长期以来与生产企业间形成的良好关系。同时,我刊还通过参加历年的面料、染化料和纺织设备展览会,搜集企业产品信息和需求。对于行业关注度很高的共性技术难题,我刊利用自身多年来积淀的品牌效应,多次举办高品位学术交流会,邀请各主要生产企业参加,加强与企业的互动。例如,为帮助印染企业全面了解金融危机下印染行业发展面临的经济形势,促进印染产业的健康可持续发展,化金融危机为行业发展的机遇,2009 年 3 月,《印染》杂志联合中国印染行业协会、浙江富润印染有限公司在浙江省诸暨市联合召开"2009 全国印染行业应对危机与产业升级研讨会",特别邀请行业领导和产业经济领域专家就全球金融危机对国内印染行业的影响作主旨演讲;同时,业内有关专家和专业人士对新实施的生态环保法令法规进行解读和剖析,生产一线技术人员就实用新技术、新工

艺和节能减排经验进行现场交流。为加强互动交流,会议期间,还组织一次"金融危机与印染行业发展"专题论坛,邀请部分专家与参会代表现场交流。

2.2　根据企业所需,深度报道产业调整中的前沿和热点问题

针对产业调整政策和企业调研情况,我刊特别开设了一些栏目[4],对印染行业当前的热点和前沿技术进行介绍。

(1)清洁生产。主要介绍印染加工生产中的污染综合治理、资源循环利用、节能减排技术,以及取得的经济和环境效益。

(2)产品开发。深入介绍行业中新面料、新助剂、新设备或新工艺的开发应用。

(3)生态纺织品资讯。对企业高度关注的前沿生态纺织品技术和标准(如 REACH)进行详细阐述。

(4)特辑。分专题对行业热点和时事进行深入报道。如环保节能特辑内含设备篇、工艺篇、染化料篇、治理篇和交流篇,力求对整个印染加工流程从环保角度进行系统剖析。专门针对 2009 年 6 月在上海举行的中国国际纺织机械展览会,刊登参展商和新产品、新设备、新技术详细资料,以服务广告客户和印染生产企业。

除了以上特设栏目,我刊还在专门针对生产企业的"生产技术"和"问与答"等常设栏目中,优选能解决生产实际问题的印染企业来稿,邀请业界专家撰写具体生产问题的解决方案。

事实证明,这些持续不断的深入报道,获得了读者的认可。据很多大型印染企业技术人员反映,《印染》杂志是他们公司每年必订的刊物;而对于一些新成立的印染企业,通过业界专家和其他渠道,他们也能很快知晓《印染》杂志,并成为我们的读者之一。因此,在产业调整时期,《印染》杂志依靠自身的品质和 30 多年来的品牌效应,影响力仍在进一步扩大。

但是,我们也清醒地认识到,由于纸质媒体信息容量较网络少,与受众之间的交互性差,信息更新周期长,因此,还必须加强期刊网站的建设,实现两条腿走路,使二者各施所长,互为补充,以与各种印染网络信息平台竞争,成为更多企业的主要信息渠道之一。

3　加快期刊网络化建设[5]

随着互联网技术的发展,网络已成为企业重要的信息来源。中国互联网络信息中心(CNNIC)2008 年 7 月 24 日发布的《第 22 次中国互联网络发展状况统计报告》显示,截至 2008 年 6 月底,我国网民数量达到了 2.53 亿人,同比增长 56.2%,其中宽带网民数达到 2.14 亿人,居世界第一位;网络新闻使用率达 81.5%,用户规模达到 2.06 亿人。这表明网民对于互联网深层次应用的需求和接受程度大幅度提高,我国互联网正在逐渐走向成熟,成为新闻传播领域中影响巨大的、最具发展潜力的主流媒体。在这样的外部环境下,传统平面媒体进行网络化建设的时机已经初步成熟。

在 36 届世界期刊大会上,Emap International 的总经理 Chris Llewellynr 认为,杂志的未来取决于他们是否具备将自身的品牌价值拓展到多媒体平台上的能力。

早在 20 世纪 90 年代,《印染》杂志就建立了自己的网站。目前,为使杂志的品牌价值能在网站中得到进一步的体现,网站正在进一步改版之中。升级后,网站将分为广域网和内域网两部分。广域网为读者浏览、搜索、下载、网络求职等服务,内域网则为编辑人员提供稿

件、广告管理和网站统计等支持。内域网部分内容可有选择性地发布至广域网。总体上,其将主要实现在线投稿和稿件管理、刊网充分互动、即时资讯发布、招聘求职、BBS等几大功能。其中,刊网充分互动和资讯中心是《印染》期刊网站建设的两大重点。所有的投稿作者都可通过新兴的平台将稿件传送至投稿系统,并且可以实时知晓稿件的处理状态。

为实现刊网充分互动,网站设有一级栏目"《印染》导读",其主要实现期刊内容的更新、检索,纸质期刊和电子期刊的订阅以及广告受理。由于建有电子支付平台,读者可在网上实现对期刊纸质版或网络版整本的订阅,单篇文章的付费下载或网上阅读,以及编辑部其他资料如《印染》期刊光盘、会议论文集等的购买。读者还可对期刊内容按作者、题目、关键词和出版卷期等进行检索、阅读,对每篇文章发表评论或建议,实现读者和作者的互动。网站还专设了读者信箱,方便读者对刊网的质量、服务与编辑进行交流。经过这些互动,审稿专家和编辑也能更加了解读者的需求,从中获得启发。

网络媒体最大的优势之一是时效性强。为充分发挥网络优势,满足产业调整时期企业的信息需求,我刊网站一级栏目"资讯中心"下设"行业动态"、"经贸统计"、"技术与产品"、"海外传真"、"展会信息"、"专利标准"、"测试技术"和"TBT(技术贸易壁垒)动态"等子栏目,可为读者提供丰富多彩的行业资讯。

依靠《印染》杂志在业界多年的品牌效应,期刊网站一旦建成,便会具有很高的公信力。相信做好做精网站内容、及时更新和适度推广也可在各新兴媒体逐鹿市场的竞争中获得成功,成为产业调整时期科技人员的良师益友。另外,网站改版前,已有企业来电咨询网站刊登广告的价格。可以预测,网站升级后,我刊还将找到新的赢利突破点。

4 依托优势资源,提供差异化服务

所谓差异化服务,是针对那些对价格不敏感的用户提供独特的产品和服务,也就是要让消费者觉得你拥有其他媒体所没有的优势。在产业调整时期,企业对信息的需求多种多样,这就要求媒体能够依托自身优势,提供对应的差异化服务,依托行业虚拟或实体平台等优势资源,媒体可增强自身的竞争力和影响力,并可尝试创新信息服务模式,多方位拓展营销渠道,实施差异化战略。

譬如,目前《印染》杂志依托的大型专业服务平台,包括"一实二虚"三个平台(部分在建),它们分别是上海市纺织科学研究院实体平台,以及上海市纺织研发公共服务平台和上海纺织数字图书馆信息服务平台两个虚拟平台。其中,上海市纺织研发公共服务平台整合了纺织产业链上的各类资源信息,建有信息库、专家库、产品库、期刊库等专业数据库;其搜索引擎 Tex-Google 定位于纯纺织类信息的搜索,可满足企业对产品、技术、标准等各种科技信息的需求。上海纺织数字图书馆信息服务平台拥有众多的纺织专业图书和百余种外文期刊。可以说,这两个平台整合、集聚了国内外的纺织科技数字信息资源,在行业内具有难以比拟的优势。

这些大型的优势行业服务平台,就如一个信息资源的宝藏,为《印染》杂志充分实施差异化服务战略扫除了路障。首先,丰富的行业可利用资源,使得《印染》杂志与其他同类媒体形成了资源差别;其次,近水楼台先得月,通过对从平台中获得的大量信息进行二次加工和深入挖掘,我们可先于同类媒体一步,在提供信息、服务产品方面取得时间上的优势,形成差别。再者,利用这些资源,我们还可以创新服务模式,拓展信息服务内容,提高质量,真正实现差异化。产业调整时期,由于每个企业需要的信息侧重点不同,或偏重于新闻,或偏重于技术,我们可根据企业需求,建立"点对点"的数据库服务和其他竞争情报服务;而且,利用庞大的数字化图书馆,我们还可为企业或个人提供专业图书下载、在线教育、文献检索和科技查新等服务。另外,由于上海市纺织研发公共服务平台还设有网刊管理系统,包括《印染》期刊在内的 5 本纺织行业杂志,均可以实现网上期刊订阅、内容定期更新、文章下载,其内容还可以邮件的形式群发,这样,《印染》杂志的营销通道也被拓宽。而所有这些,都将提高期刊在读者和作者心目中的凝聚力和公信度,有助于《印染》杂志更加壮大,从而成为印染行业信息资源的平台和产业内容产品的供应商。

5　结　语

"世易时移,变法宜矣"。在传统行业产业结构进行调整,信息需求量大增,而出版和网络技术也在升级换代的今天,科技期刊应抓住良机,采用一切先进的技术手段,在内容、信息传递方式和服务模式上进行创新,推动产业结构调整和转型,更好地履行自己的历史使命。其实,在期刊通过创新而完善信息服务的同时,也是其自身从传统媒体涅磐重生为有深厚底蕴的"新兴"媒体之际。这其中大有可为。作为期刊人,躬逢这个时代,是我们的幸运。

参 考 文 献

1　谢新洲.企业信息化与竞争情报[M].北京:北京大学出版社,2006.

2　邓晓群,沈志超,余党会,等.《第二军医大学学报》的可持续性发展之路[C]//上海科技期刊编辑学会.科技期刊发展与导向(第五辑).上海:上海科学技术文献出版社,2005:46-49.

3　沈安京.技术类期刊的市场定位[C]//上海科技期刊编辑学会.科技期刊发展与导向(第五辑).上海:上海科学技术文献出版社,2005:40-45.

4　王丽媛.信息化　全方位积极推进[J].纺织服装周刊,2008,(1):18.

5　CNNIC.第 22 次中国互联网络发展状况统计报告[EB/OL].http://www.cnnic.net.cn/html/Dir/2008/07/23/5233.htm,2007-07-24.

综合性科普期刊存在问题的
症结与应对策略研究

王咏雪　汪光年

（《科学 24 小时》杂志社　杭州 310003）

[摘要]　2006 年,我国政府确定了未来 15 年科学技术发展的目标——力争在 2020 年建成"创新型"国家,使科技发展成为经济社会发展的有力支撑。业内人士和专家们普遍认为,这给综合性科普期刊带来了责任和发展机遇。但现阶段综合性科普期刊普遍都存在着发行量下降、市场不景气等令人堪忧的状况。本文客观剖析了这种现状出现的症结所在,并从编辑的角度,针对现阶段综合性科普期刊艰难的变革之路提出了三方面的对策。

[关键词]　综合性科普期刊;症结;应对策略

现代社会是一个科学技术高度发达的社会,无论是公民的个人生活还是社会生活,都离不开科学技术。这就要求公民必须具备基本的科学素养,使个体能把握自己的命运,过上负责任的幸福生活,同时在涉及到人类社会和国家命运时,能发表自己的看法,并采取合乎理性的行动。科学素养最早是由美国学者赫德在 1958 年提出的,表示个人所具备的对科学的基本理解。欧盟国家科学素养的领导人 J·杜兰特认为,科学素养由三部分组成:理解基本科学观点、理解科学方法、理解科学研究机构的功能[1]。在我国,中国科普研究所的专家认为,科学素养由三部分组成:科学知识(概念和术语)、科学方法、科学技术与社会。

2003 年中国公众科学素养调查结果显示,中国公众的科学素养水平在逐步提高。当年,中国公众具备基本科学素养水平的比例达到 1.98%,比 2001 年增长近 0.6 个百分点,比 1996 年首次调查结果提高了近 1.8 个百分点。但这个数据与发达国家相比仍有很大差距,1985 年美国公众达到基本科学素养水平的比例为 5%,到 1990 年时,这个数字已经达到 6.9%。《2004 中国科普报告》对"第五次中国公众科学素养调查"做了这样的综合描述:中国公众科学素养虽稳步提高,但与发达国家(欧盟 15 国、美国和日本)相比仍有很大差距;公众科学素养发展状况不平衡;迷信程度依然严重,真正相信迷信者占 13.3%[2]。

树立全民科学意识,培养全民科学风气离不开科普创作。对于科普工作来说,其工作的艰巨性并不在于普及一点科学知识,而在于怎样将科学精神灌输到人们的心田,从而树立起科学的人生观、是非观和价值观。因此,科普创作非常重要,否则,科普工作只能是无源之水,无本之木,提高全民族的科学素养就成了一句空话。

综合性科普期刊的人均发行量是社会大众科学素养的写照。据统计,美国《大众科学》仅在美国 2006 年月发行量就有 146 万本,人均发行量为 1/170,即平均每 170 个美国人就能分到1本。美国《发现》月刊2006年每月也超过百万册。《科学美国人》从2005年以来每月则发行60万份左右[3]。意大利《焦点》2006年月发行量约80万册，人均发行量约为1/72。西班牙《趣味》、法国《吸引力》2006年每月发行都各在三四十万册，其人均发行量各为1/142和1/158。

反观我国的综合性科普期刊社，普遍都陷入了发行量下降，举步维艰谋求发展的困境。概括而言，则表现为以下几种症结：科普创作队伍青黄不接、发表科普作品阵地和读者群日渐萎缩、科普读物市场不景气等，已严重制约了我国综合性科普期刊的繁荣与发展。

表1是一组有关科普期刊研究单位公布的数字[4]：

表 1   中国内地科普期刊的出版发行状况

发行量（万份）	期刊数量（种）	占总数比例（%）
100 以上	1	0.3
50～100	2	0.6
30～50	7	2.2
10～30	35	11.1
3～10	93	29.6
3 以下	177	56.2

从上述这组数字中，我们可以看出：发行量在30万份以上的刊物仅有10种，包括发行量在100万册以上者1种（《家庭医生》），50万～100万册者2种（《农业知识》《上海服饰》），30万～50万册者7种（《电脑爱好者》《大众软件》《兵器知识》《中学生数学》《中学生数理化（高中版）》《湖南农业》《电视教育》）。这10种均为实用类、教辅类专业科普期刊，它们仅占科普期刊总数的3.1%；而85.8%的科普期刊的发行量却在10万份以下，其中发行量最小的要数传播跨学科知识的综合科普期刊了。

1   我国综合性科普期刊市场不景气的症结所在

1.1   重学术而轻科普的影响

我国长期以来面向科普研究、科普创作的激励机制几乎是空白，各级政府的科技奖励对象范围中都没有科普的位置，科普被打入了另册。科普刊物和创作不仅得不到应有的财力扶持和休养生息，以至于维持生存都十分困难。

中国的体制决定了对科普创作重视程度不足，从而造成作者队伍单一化。本应是科普创作主力军的科研工作人员，往往无暇或不屑于从事科普创作工作。前不久结束的一项调查显示，尽管大多数科学家认为参与科普创作很有意义，但只有35%的科学家曾参与过科普创作，大多数科学家在科普创作上没有实际行动。调查发现，时间和精力的限制是阻碍科学家参与科普创作的最大障碍。不少科学家反映，写一篇科普文章的难度不亚于写一篇学术论文。创作科普作品需要把科技知识写得深入浅出、通俗生动。这不仅需要科学家深入了解本领域的科学知识，还要能够很好地驾驭语言，知道怎样把专业知识通俗地讲给读者。

与此同时，我国科研单位还未将科普创作同科学工作者的职称晋升及工作业绩挂钩，从而影响了科学工作者科普创作的积极性。一些在职科技人员从事科普创作也多被认为不务正业。而在国外,专家学者们则将向公众宣传科学知识作为自身义不容辞的责任。国外学者认为他们拿了纳税人的钱做科研,就有义务告诉纳税人他们做了什么。而中国不少学者并没有意识到他们拿了纳税人的钱,他们的钱是通过申请报告向政府、向上级获得的。他们只对上级负责,对项目负责,没有向公众介绍自己的工作的意识和必要。

1.2 科普创作队伍后继乏人

当前科普创作队伍呈现老龄化态势,潜心从事科普写作的人员年龄结构偏大。据科学普及出版社前不久对 78 名科普作家的统计数字显示:其中 60 岁以上的为 69 人,占总数的 88.5%[5]。中国科普创作队伍青黄不接之现状可见一斑。

在一些科普作者笔会上,年年都是一些熟知的头发花白的老者,鲜有年轻作者的新面孔。随着这些作者年龄的增大,知识老化,很多当年的"高产"会员,如今很少能写出有分量的作品。这些白发作者所写的文章也多采用居高临下的简单说教方式,缺乏生动的启发力和感染力,很难吸引思想活泼的青少年读者。

1.3 其他传媒的冲击

改革开放 30 年,我国社会发生沧桑巨变,电视繁荣、网络兴旺、信息爆炸、电脑和手机普及……所有这些都对科普刊物的发展产生了深刻影响。传媒对公众科学素养影响的调查研究结果显示,82.8%的公众通过电视获得科技信息,52.1%的公众则通过报刊了解科技资讯。其中,互联网对综合性科普期刊的冲击尤为严峻,综合性科普期刊大多对此无应变能力。

综合性科普期刊不仅内部面临着同质化期刊之间的激烈竞争,而且外部有报纸、电视、电台,再加上来势汹汹的互联网,使得综合性科普期刊可分之羹越来越少。在当今这个信息化时代,无论你身处多么偏远的地区,只要身边有一台可以连接互联网的计算机,就能实时了解到国内外的重大科技事件,其传播速度与广度都是期刊所无法企及的。据最新统计,我国网民的上网阅读率在最近 6 年里增加了 6.5 倍。而报纸、广播电视媒介呈现日趋杂志化、周刊化的态势,也使得综合科普期刊的生存空间日益狭小。

1.4 读者队伍不稳定

科普期刊主要以传播科技知识为主,特别是综合性的自然科学类杂志,主要对象是青少年学生。这类读者有其阶段性的特点,随着年龄的增大,知识也不断增加,逐渐学有专长,他们需要寻求新的更适合自己专业和爱好的刊物。其次,作为青少年科学爱好者,即使在中学 6 年都订阅某种综合性科普期刊,也很难保证其会在上大学或将来工作后再订阅下去。而以一业为专攻的专业科普刊物如果办得较好,读者则会稳定下来,长期订阅下去,甚至传给后人。

此外,我国现有的教育体制也是制约综合科普期刊发展的一大弊端。我国传统的应试教育以考试为唯一目的,在考试至上的指挥棒下一切都得让路。青少年忙于应付大大小小的各种考试,无暇阅读课外读物。人才市场的激烈竞争迫使青年人去攻读更高的学位或学会一技之长,而没有时间来积累跨学科的科技知识。加上青少年学生无经济基础,订阅杂志还得向父母伸手,即使喜欢科普杂志,自己也做不了主。由于受时间、环境和经济这三方面的限制,科普期刊在青少年中很难扩大自己的市场。因此,综合性科普期刊在保持读者对其品牌的忠诚度上,难度远大于专科类科普刊物。

2   现阶段综合性科普期刊艰难的发展之路

面对综合性科普期刊发行的不景气,近几年来,许多期刊社都力图求新求变,在改革和改造中寻找出路,以摆脱目前的困境,其中改版是较多采用的方式之一。总结一下,无非是外观与内容的改版。

2.1   装帧风格趋向时尚化

为了迎合时下报刊奢华大气的装帧风格,综合性科普期刊不约而同地改头换面,调高定价。据粗略统计,全国这几年将开本改大、变黑白版为彩版印刷的科普期刊约有十多种,除《中国国家地理》、《科学世界》、《科学画报》、《知识就是力量》、《少年科学画报》之外,还有山西的《科学之友》、四川的《大自然探索》、上海的《科学生活》等,这些杂志改版后定价都有不同程度的提高。像《科学世界》原来只有 4.80 元,现在每册上涨为 12 元;《科学之友》由 2.80元上涨到 10 元;《图形科普》改版后也由 5 元上涨为 16 元。

杂志定价上涨的结果意味着销售收入的增加,无形中就像发行量扩大了一样。但按常理推测,价格一上涨,肯定会失去一部分读者,所以不能简单地认为价格上涨幅度与发行销售收入成正比。在改版的这些杂志中,尤以《中国国家地理》为成功的典范。这本前身是《地理知识》的丑小鸭,改名《中国国家地理》后,不但价格飞涨到每册 16 元的"高价",而且还标有"中国"、"国家"这些有震撼力的冠冕名称,加上因定位准确、内容质量高和形式图文并茂,在白领阶层中有了一定的影响,发行量也攀升到一个前所未有的高度,据说每期已超过百万册。

2.2   引进国外版权,丰富期刊内容

版权引进能引入国外最新、最权威的科技动态和丰富的图片资料,这对相对滞后的中国科普期刊来说,能给读者耳目一新的感觉。与此同时,极大地缩短了出版时间差,做到与全球同步出版发行。这种文化交流不仅繁荣了期刊出版市场,也促进了科普期刊行业的发展与改革,很多科普期刊社从中获益匪浅。

近年来与国外版权合作的科普期刊大致有:中国科学院的《科学世界》,原引入 Newton 的意大利版,后又改为日本牛顿出版社的版权;国家科技部的《科学》引进了《科学美国人》的版权;中国科协的《科技新时代》是美国《大众科学》的中国版;天津的《科技与生活》取得了美国迪士尼公司 Discovery 的授权等。

但这类版权合作的综合性科普期刊的高价位往往与我国的国情不相适应,除去国外高版费的因素外,还因为需要充分还原图片精美的效果而必须采用铜版纸彩色印刷,由此抬高了成本。青少年是我国科普的主流,而都市白领尚未关注科普,但前者因价格问题而无法"一睹芳容",后者又待培养,价格和读者的"错位"遂使这些杂志发行量一直难以有所突破。

3   综合性科普期刊修炼内功势在必行

为鼓励优秀科普作品、繁荣科普创作,2009 年 4 月,中国科协开始实施繁荣科普图书创作资助计划,资助对象是优秀科普图书作、译、编者和科普图书创作基地,计划资助 40 名科普图书作、译、编者和 5 个科普图书创作基地的编辑团队。针对目前我国科普创作能力总体上还比较薄弱的状况,中国科协计划在今后分期、分步骤地拓展科普创作资助面和加大资助

力度,把资助范围从科普图书扩展到音像、动漫、主题展览和科技馆展品等多种科普作品形式,进而全面繁荣科普创作,有力推进《全民科学素质行动计划纲要》的实施。业内人士和专家们普遍认为,这对科普期刊而言既是责任,也是发展机会。综合性科普期刊要抓住此次难得的发展机遇,花大力气修炼内功。

刊物的内功就是核心竞争力,打造出内功方能参与竞争。何为核心竞争力?从无形资产的角度上看,定位、运作方式、管理特性、营销策略等,都是由办刊理念而定的核心竞争力。笔者认为,对综合性科普期刊的编辑而言,打造期刊的核心竞争力是在期刊的内容与形式上借鉴国际先进经验,揣摩读者心理,努力满足读者对于科学知识的渴求。

3.1 倡导通俗化

没有枯燥的科学,只有乏味的叙述。国内不少出版研究专家们表示,在吸引读者和引导他们兴趣方面,国外媒体很值得借鉴。很多国外科学杂志大都具有文字轻松、亲切、幽默的特点,生动活泼而不拘谨,还经常在文章结构上尽可能地利用故事性来调动和烘托气氛,情节充满悬念,引人入胜,与国内教科书式的科普杂志相比,更容易引起读者兴趣。正如一位读者在看了 Newton 中文版创刊号后所感叹的那样:"我简直被震住了,《有'大海肉冻'之称的水母》一文的用句与图片让我有想用手去触摸的冲动。"此外,这些杂志大都具有极强的人文倾向,艺术、考古、心理学等内容的涉猎,大大开阔了读者的科学视野。

同时,对于综合性科普期刊的目标读者——少年儿童而言,最重要的还是培养他们的兴趣。科普读物并不会使青少年读者阅读后立即提高学习成绩,它所起的作用主要是让他们喜欢科学,教会他们科学思维的方法,培养他们严谨科学的思维方式,虽然不是立竿见影,却对孩子一生都会起到重要作用。在创作时可以运用多种方法使科普作品通俗化,如用文艺形式创作,使之生动有趣,引人入胜。切忌简单化、庸俗化,或简单得残缺不全,只在抽象的概念中兜圈子;或堆砌资料,照搬照抄,或把通俗化变成庸俗化,迎合低级趣味,这些都应在科普创作中杜绝。

科技领域的知识对于大多数人来说是较为难懂的,这是科技的专业性决定的。而科学传播工作却面向大众,具有广阔的传播面,这是科普的通俗性决定的。因此,综合性科普期刊应针对目前大众科学素养水平,从可读性入手,突出平易通俗、深入浅出的特点,适当增加趣味性,不断创造出为大众喜闻乐见的形式,深入浅出、雅俗共赏,从而吸引更多的读者。

3.2 倡导"本土化"

有个著名的营销三原则为:愿意买,买得起,买得到。实用性期刊的发行量远高过欣赏性期刊,就在于对人有用,综合性科普期刊少人问津的主要原因是不实用。现阶段不少与国外版权合作的综合性科普期刊水土不服,最终销声匿迹的缘由就在于此。笔者认为在引进国外版本时,应对原文进行二次加工,要以中国人看待事物的眼光,按照其特有的价值观、思维方式和阅读习惯,将"本土化"的思想渗入到文章的字里行间。

由于不同国家的历史背景、文化背景和价值取向不同,在图文材料的取舍、文字的表达方式和叙事风格上也会有所不同。因而在中文版的编排上不能原封不动地照搬照抄,要根据中国读者的接受能力和欣赏水平对文章内容作适当的增添、删节乃至大幅度改写。因而,"本土化"应该是建立在对原版中最精华也最能吸引中国读者的部分进行充分吸收的基础之上的,必要时也要引入一些超前的理念,做一些引导读者的工作,这样才能使中国读者真正享有与其他国家读者同样的精神产品,在同样的起点上学习、观察和思考。

如,《环球科学》直接继承了《科学美国人》在理论上的专业性、严谨性,在翻译质量上严格把关,尽可能消除"翻译痕迹"。《科学美国人》采用高水平的电脑绘图技术,其图片清新精美,又能直观地呈现科学知识,这些资源都直接用到了《环球科学》中。事实证明,这些举措使得《环球科学》这棵引进的"大树"已经成功地扎根在中国的"土壤"里。

3.3 关注热点社会化

著名科普读物出版人吕长宏曾尖锐地指出:"我国的科普期刊,没有占有预期市场份额,没有赢得读者足够的支持,主要是传统科普传播方法存在问题,片面讲述科学研究的结果,不重视科学研究的过程的展示,易于使读者对这种封闭式的科普传播方法产生'婉拒'的心态。"[6]

科学技术与人们的生活息息相关,因此综合性科普期刊人应深入生活,了解人们关注的焦点,满足人们的现实需求,才能引起人们的广泛关注。可以说,贴近生活是科普期刊走向社会的通道。"热点"是一定社会阶段和一定社会环境下为受众所关注的问题或事件。2009年7月22日,适逢我国长江中下游流域出现500年一遇的日全食奇观。笔者所在的《科学24小时》杂志社抓住这一社会热点,配合公众的观测活动而推出了"天文学专辑"。为了让专辑更具权威性、实用性,笔者联系了在全国天文学界享有盛誉的杭州市高级中学的林岚老师为专题策划顾问,组织该校天文社的同学们主要围绕"银河家园"、"人类脚步"和"观测早知道"三个板块进行写作。专辑重点介绍了日全食的成因、观测要点和注意事项以及拍摄日全食的技巧。这些笔调优美、生动活泼的科普习作以同龄人的口吻阐述了原本生硬枯燥的天文知识,一经推出受到青少年读者的一致好评。由于贴近公众的实际需求,这期"天文学专辑"在零售市场上销售得异常火爆,在推出市场的短短几天时间内被读者抢购一空。有些市民甚至一个报摊一个报摊地搜罗杂志。

虽然无法因一次科普热点事件引发了科普期刊的热销就能说明综合性科普期刊已经走出了低谷,但由此足以引起我们办刊人对于科普期刊前景的深思:如何让日全食带来的好奇求真的"科学热潮"成为一种常态,把这次日全食所引发的民众对科学知识的巨大热情,引导到对科学素养与科学精神的认知和追求上来?综合性科普期刊在让公众接触科学,了解科学,从而达到逐渐热爱科学的预期目的方面任重而道远。"山雨欲来风满楼",让我们张开双臂来迎接这场在深度和广度上都将是空前的"及时雨"吧!

参 考 文 献

1 美国科学促进协会.科学素养的基准[M].中国科学技术协会译.北京:科学普及出版社,2001:X,XII,247.

2 中国科普研究所.2004 中国科普报告[R].北京:科学普及出版社,2004.

3 李健亚.《科学美国人》:162 岁的科普"圣经"[N].新京报,2007-04-03.

4 国家邮政局新闻宣传中心.中国邮政·精品报刊宣传专辑(2007 年版)[J].中国邮政,2007.

5 许兴汉.科普要插上创新的翅膀[J].科普研究,2007,2(1):16-17.

6 苏中.论科普期刊的产品策略[J].编辑学报,2007,19(1):57-58.

科普期刊在科学传播中的传播障碍

张 洁 葛璟璐

（《科学大众》杂志社 南京 210002）

［摘要］ 在信息时代，科学技术作为一种力量，推动着社会、经济的发展，并渗透到每个人的生活中，甚至决定着人类的未来。在这种情况下，科技传播越来越受到重视，人们对科技资讯的需求也越来越旺盛。在传播科学和提高公众科学素养的事业中，科普期刊是重要的一员。但众所周知，中国科普期刊界的整体状况并不尽如人意，中国科普期刊在担负科学知识向公众传播的过程中存在某种程度上的传播障碍。

［关键词］ 科学传播；科普期刊；传播障碍

1 科普传播媒体冷热不均

目前，我国的科技传播（或者说科普）事业发展很快，进步很大。电视方面，中央电视台第10套引进和原创的科普方面的节目已逐渐被人们接受，并形成了一个特定的收视群体；像"探索"、"国家地理"等节目已覆盖了很多电视台，颇受观众喜爱；还有自然类、动物类的节目不仅数量多，而且质量都很不错。图书方面，科普图书（特别是引进版科普图书）近年来的出版非常活跃，优秀的读物层出不穷，应该说已经走上了一条良性的发展道路。在新媒体领域，基于女性、旅游、健康等方面的手机报定制也在蓬勃发展。比较而言，科普期刊的发展和进步比较缓慢，成功的案例不是很多。

"探索"、"国家地理"等电视节目从节目本身来说无疑是成功的，但这样的优秀电视科普节目的收视率和广告并不是很理想，通俗点说，就是叫好不叫座。全国各地的电视台纷纷上马科普节目和科教频道，主要是通过政策倾斜，为"科教兴国"服务，也就是说，是通过外部的力量而不是通过科普节目本身内在的力量获得播出机会。这是一个很值得关注和思考的问题：东西做得好却卖不动，问题恐怕不单是在科普本身，限制科普发展的因素还很多。

科普期刊和报纸的情况比之科普图书甚至还要糟糕些。科普图书尚能找到一些亮色，科普期刊和报纸则几乎是一片黯淡。从科学普及的角度来说，期刊的作用甚至更强些，更能衡量出我们科普事业的水平。

2 科普期刊的生存面临困境

一些重大的社会事件、科技热点无疑促进了科学技术的传播，比如航天科技、地震灾难等都引发了人们的关注，但科普期刊在其中发挥的作用却不尽如人意。就连像《科学美国人》(Scientific American)中文版这么优秀的科普期刊在国内的生存状况也是一波三折。目前,国内面向成人的科学生活类科普杂志大都在往专业化的领域转型。总体上来考量,科普期刊的阅读群体还是一个小众群体。

科普杂志在近年来经历了很大的变化,尽管与过去相比有了不少进步,但仍然没有摆脱原有的困境。为什么会产生这样的效果,其实是一个很大的命题。

2.1　在资金和体制管理上存在瓶颈

科普期刊的发展前景不被看好,与目前的管理体制有一定关系。一般,期刊的主办方不会对期刊进行长远的充分投资。而科普期刊与其他期刊相比培育周期更长、收效更慢,尽管一旦成功其收益也是巨大的,但很少有人有那样的耐性和决心来等待科普期刊的“出落成人”。

其次,目前的刊号管理制度也是制约科普期刊发展的瓶颈。如果一个期刊社只有一个刊号,那么在细分读者市场的过程中就会制约期刊社事业的进一步发展。

2.2　科学记者、科学编辑和科学作家这样的支撑团队缺乏

做期刊的大多知道这样一句话:“内容为王”。对于科普期刊来说,内容更是其生命力所在。但是,科普文章和科学报道比较特殊,不是一般的舞文弄墨,需要有一种既深入浅出又“拷贝”不走样的能耐,这就要求做科普文章或科学报道的人,既要懂得科学并有能力跟上科学发展的脚步,又能将所获得的科学新知识用公众能够理解的方式表达出来。一个真正的科学记者、科学编辑和科学作家应该有所分工,负责某个学科的报道,而不是什么学科都抓。有了这样一个专职的专业科普群体,科普才算有了基础,才有可能获得成功。

优秀的科学记者和编辑还应该对读者的阅读心理进行研究,创作出读者真正喜欢的科普作品。读者基于基本需要而接受科技新闻和科普知识,科普作品牵动读者兴趣的关键因素是人的好奇心。同时还要注重作品的享受和娱乐功能[1]。科普传播还应该注重以人为本,传播者对参与者要以人为本[2]。科普期刊的编辑记者只有把握读者阅读心理变化,才能使刊物的变化跟上读者需求的变化。

科学记者、科学编辑还要处理好与科学作家的关系。科学家对科普事业的支持更多地应该表现在对科学记者、科学编辑和科学作家工作的适当支持方面。

2.3　阅读群体的培育受到限制

中学生可以说是科普期刊最主要的潜在读者群,但从潜在到实在的距离虽近犹远,很多中学从应试教育出发,认为科普读物与高考无关,根本就不鼓励学生看科普刊物。这同时还导致了成年科普读者的缺乏,因为成年读者看科普的习惯往往是在上学时就养成。

从整个传媒市场来看,目前在中国内地发行量最大的科普期刊是面向小学生的少儿类科普期刊。

2.4　科普期刊条块分割,市场竞争不足

国内的科普期刊在数量上很多,每个省和直辖市几乎都有一份,以平均每份发行量2万计算,大约可有60万名实际读者。但大多数科普期刊都是死不死活不活的,由国家养着,谁也发展不了,仅限于低水平的重复。时尚类和生活类的刊物则基本是完全的市场竞争,强者成长,弱者淘汰,整个行业反而活跃起来,开创出一个新局面。

3 科学传播文化的土壤缺失

科普期刊的生存困境固然有科普期刊自身的原因,然而在中国,科学传播文化土壤的缺失也是制约科普期刊发展的一个重要因素。

科学传播过程中所倡导的传播者与受众之间平等的沟通与交流,以及受众与受众之间的思维互动,都是科普形式的变革,也源于教育模式的转变。应该指出,学习型社会的建立,特别是由新的学习观、新的教育观引发的对科普的影响,还不仅如此。例如,"学会如何去学"已被公认为是"唯一的至关重要的劳动技能",而公众是否具有这一根本技能,对未来科普的发展具有深远的影响。在一些发达国家的地铁列车或公交巴士上,人们手捧一本书在阅读的场面屡见不鲜。而这种场景是与这些发达国家从小就教育未来的公民学会"从阅读中学习"分不开的。

由于大多数公众缺乏通过阅读理解文学、历史、科技、政治等相关内涵的技能,人们手捧科技产品说明书不知如何操作,面对科技报纸看不懂,置身科普书店一脸茫然的现象随时可见。因此,如何结合学习型社会的建立,引导公众掌握学习技能,自主地去学习科学知识、思想、方法和技能,应该引起社会各界的关心和重视。

4 打造中国的科学明星

在我们的经验里,科学家的面孔是严肃的,他们的事业是神圣的,他们是遥不可及的,因此他们是寂寞的。前几年曾流传一个故事:一位歌星和一位著名科学家同时抵达某市,结果歌星被追星族簇拥着,科学家则备遭冷落,甚至追星族们根本就没听说过这位著名科学家的名字。

卡尔·萨根的《科学家为什么应该普及科学》,是他在 1988 年 6 月间的演讲词,开头第一段话是:为什么物理学家或其他领域的科学家竟然花大量时间和精力向公众普及科学知识呢? 这里所说的不仅是为《科学美国人》写文章(它是提供给科学爱好者和其他领域的科学家阅读的),也不仅是教授本科生的入门课程,而是真正尽力通过报纸、电视、杂志和对一般公众的讲演,来传播科学知识和科学方法。

在这位大师的眼中,科普"真正尽力"要做的是科学界面向一般公众的通俗化宣传。

在西方,每到圣诞节前夜,科学家们就会像其他公众人物一样,盛装华服,向大家讲述自己一年来的研究成果,展示自己的迷人风采。有人把这一古老的传统比作连接在乐曲与乐曲之间的一个高雅的"过门儿"。

前些年,在北京的中国科技会堂也有这样一场"演出",由中外科学家、科普作家与公众进行关于科普本身、关于地外文明、关于反伪科学的演讲和交流,这就是"公众与科学"论坛。在论坛第一场"科学家及公众理解科学"中,我们认识了一个真诚的卡尔·萨根,并开始理解一个"新科普"概念——公众理解科学。

在江苏,由江苏省科学技术协会和英国总领事馆文化教育处主办的科技咖啡馆在 2009 年 1 月 7 日亮相南京。当你在品味咖啡的时候,就可以同时兴趣盎然地同科学家面对面畅谈最新的科学和技术发展。这个时候,科学与技术,科学家与公众的距离已经不再遥远。当天晚上,在南京大学汉口路雕刻时光咖啡馆,公众和来自英国伦敦大学土木工程学院的尼克·泰勒教授以及中方科学家江苏省建筑科学研究院总工程师许锦峰展开了交流与互动。对话的主题是：大城市的可持续发展和碳减排。科技咖啡馆，是一个让你在品味咖啡或茶香的同时，可以兴趣盎然地探讨最新科学和技术发展的自由学术聚会。这类的聚会通常都是在咖啡馆、酒吧、餐馆甚至是剧场里，总之是远离传统学术环境和氛围的地方。这个时候，科学变得非常可爱。在让公众理解科学的过程中，包装和形式也非常重要。

如何打造我们自己的科学明星？首先，科研工作者要转变观念。中科院政策局局长助理解源认为，科普是科研工作的一部分，在我国，科研工作一直是由政府提供支持的，因此，科研人员有义务、有责任告诉纳税人他们在做什么。其次，建立相应的机制，鼓励更多的人安心地从事科普事业。

著名数学家、中科院院士王梓坤说，科普工作一方面要动员一线的科研人员积极参与，同时，还要培养一批有业务基础的科普作家来担当重任。他提出在大学设立科普培训专业、在职称评定上设立科普系列等设想。北大科学传播中心主任吴国盛教授介绍说，目前北大已设立了这方面的硕士学位，他呼吁在本科教育中也能开设相关专业。

科学的普及在一定程度上取决于科学技术的发展。目前，我们与发达国家在这方面尚存在不小的距离，但回顾我们的科技发展史，仍可看到一批热心于科普事业的老一辈科学家的身影：贾兰坡、王绶琯、李竞、潘家铮、李珩……

卡尔·萨根，这位充满激情的科学传播者，使我们开始思索公众理解科学，也使我们对中国的科普有所期待。

5   科普期刊的希望

其实，中国科普期刊并非全无是处，像《中国国家地理》、《科学画报》、《科学世界》、《人与自然》、《科学大众》等杂志都在一定程度上得到了社会的认可。

我们现在已经具备了某些条件，但是，上台阶的时候需要政策的扶植，包括鼓励外资投入、鼓励版权合作、批准非国有出版单位出刊等；鼓励对学生的推广和优惠订阅；还有就是怎么能让中国科普期刊读者群再向中老年人群拓展，如何发展广告业务等等。相信中国的科普期刊未来是能够有所作为的，只是对杂志本身盈利的预期不能过高，强调确立品牌才是更合时宜的观念。

参 考 文 献

1   辜晓进.现代科技新闻概论[M].北京:中国科学技术出版社,1994:39-40.
2   刘京林.大众传播心理学[M].北京:北京广播学院出版社,1999:99-100.

科普期刊的困境及对策

倪集裘

(浙江大学《新农村》杂志社 杭州 310029)

知识的价值不仅在于创造,更在于普及与应用。社会的进步、国家的强盛,无不与科技知识的普及、科学精神的弘扬和科学方法的推广运用息息相关。科普对国家而言,与科学决策的民主化进程、公众科学素养的高低密切相关;对个人而言,它关系到每个人在现代社会中的发展和生存质量。《全民科学素质行动计划纲要》明确提出:要"引导、鼓励和支持科普产品和信息资源的开发,繁荣科普创作"。科普需要科学和传媒界增强交流,而科普期刊在科学普及工作中起到重要的作用。科普期刊介于科普图书和报纸之间,比之图书它具有出版周期短、传递信息快、信息量大、便于阅读、传播等优点;比之报纸,它具有内容丰富、报道详尽、便于传播和保存等长处。科普期刊通过深入浅出、群众喜闻乐见的形式把神秘深奥的科学知识向大众推广普及,帮助人们开发智力,增长知识,了解信息,促进生产力的发展。在当前,特别是一些地方的封建迷信、愚昧落后活动泛滥,反科学、伪科学现象频频发生,科普期刊更有进一步揭露伪科学、反科学的使命与责任。科普期刊要刊发一些有份量的针对性强的科普作品,从科学原理、辩证唯物主义的观点出发,对之进行剖析揭露,擦亮广大人民群众的眼睛。科普期刊是推广、传播、普及科学知识的重要载体,发展、繁荣科普期刊是促进社会经济、科技、文化进步的客观需要,必须予以高度的重视。但近年来由于种种原因,科普期刊的出版发行还存在不少的问题,形势并不尽如人意。为此必须引起社会各界,特别是期刊出版界的高度重视,采取有效措施,继续宣传、推广、振兴、强化科普期刊的科技导向作用,使之在社会主义现代化建设中发挥更大的作用。

1 困境与问题

1.1 发行困难

在市场经济条件下,报刊竞争日趋激烈,科普期刊发行更是艰难,发行量普遍不大是不争的事实。如美国著名科普杂志《科学美国人》(Scientific Amercian)中文版在进入中国不满三年后,因发行量过小(2万册)而不得不停办。综合类科普杂志《科学 24 小时》创刊于1980 年,当时正值"科学的春天"来临之际,发行多时达 20 余万份,现在的发行量仅 6 万份。浙江省现科普期刊协会会员单位有百余家,而期刊经营不错的并不多。一些面向农村的农业科普期刊,虽说农民非常需要,但因宣传力度不大、渠道不畅、领导重视不够等原因,发行量日渐萎缩。

1.2 组稿困难

科普期刊编辑部来稿中,很难收到高质量的好稿,大都是一些相互转抄,一稿多投,写稿

"专业户"投的缺少新意、质量不高的稿件。这主要是一方面科研人员忙于科研课题研究，无暇顾及写科普文章，另一方面非专业人员又缺乏科技知识写不出质量高的科普文章。由于科普文章不能用以评职称，加之稿酬偏低，作者投稿积极性不高。作者耗费巨大的心血从事科普创作而收入甚微，很低的稿费使科普创作队伍严重减员。而在发达国家，有一批没有固定收入的科普自由撰稿人，其科普创作丰厚的稿费完全可以让他们过上体面的生活，因此他们可以整日冥思苦想如何为读者奉上美味的科普"大餐"。

1.3　经营困难

一般情况下，期刊的经济收入主要是靠发行和广告这两方面的来源。科普期刊一般发行量不大，而广告商一般都喜欢在发行量大的期刊上刊发广告，所以科普期刊在争取广告商方面也缺乏优势，导致广告收入少，经济效益不尽如人意。科普期刊在由计划经济向市场经济转变的过程中，因体制、机制等各方面的原因，还没有完全摆脱计划经济的管理模式。一些行政领导经营意识淡薄，不懂得科普期刊如何树立服务意识去占领市场和如何开展以"一业为主"多种经营来开发创收来源，导致经营惨淡，不能形成良性循环。

1.4　人才流失

编辑工作辛苦细致、默默无闻。如鲁迅先生所说，编辑是把自己的生命碎割在为他人改稿上，是"衣带渐宽终不悔，为伊消得人憔悴"。科普期刊由于经济效益不佳，编辑待遇一般都不高，加上超负荷的工作量导致很难留住有水平的编辑人才。现在的中青年科学家致力于科普创作的也是凤毛麟角，寥寥无几。如上海科普作家协会一半人的年龄已在 60 岁以上，平均年龄也在 50 岁左右。大家能说出的老一辈科普作家只有贾兰坡、王绶琯、李竞等，科普作家不但没有形成梯队，反有青黄不接之势。据科普出版社两年前对 78 名科普作家的统计显示，其中 60 岁以下的只有 9 人，占总数的 11.5%，可见年轻科普作者的队伍在明显减少。

1.5　重视不够

科普期刊在某些部门和领导的心目中未能受到重视，仅视之为某种摆设或"小儿科"之类。对科普期刊不重视的主要表现是：对编辑部成员的安置随意轻率，从不考虑编辑部人员的层次和梯队结构；编辑部的领导人员不管其懂不懂科普编辑的业务，像走马灯似地随意安排和撤换，导致朝令夕改，换一个领导换一种思路；科普期刊主管部门不是把科普期刊当作一项事业来看待和考虑如何促进其发展，而是仅作为一种"点缀"来应付。

2　对策与措施

2.1　提高质量

质量是期刊的生命。市场千变万化，读者喜新厌旧，科普期刊只有不断提高刊物质量，不断创新，才能保持并扩大已有的市场。好的科普读物既能给人以知识，又能唤起人们对科学的兴趣和热情。现代生活节奏的加快，人们追求的是"轻松阅读"，要让人感受到"科学好玩"、"快乐科普"。科普文章应倡导题目新颖、文字简洁优美，让人一看就懂，一懂就用，一用就灵。要达到这个标准，首先文章要有科学性；其次是要有一定的文学修养和艺术修养，二者结合才可能将深奥的知识变得浅显易懂。科普作品不但要深入浅出、通俗易懂、雅俗共赏，还应贴近实际、贴近生活、寓教于乐，同时不失科学的严谨。好的科普作品通常应具备以下几个要点:要实事求是,客观公正地报道科学上的发明发现;思想性要强,宣传、弘扬实事求是的科学精神和不畏艰险、勇于创新、积极向上的科学态度;能引人入胜,生动有趣。科普期刊要以简洁的文字和简明漂亮的图片传播科学知识,揭示科学的奥秘,满足读者的求知欲和好奇心,并把解决问题的方法告诉读者,为生产实践提供技术服务,为提高大众生活质量提供科学知识。如《摩托车》杂志针对目前兴起的驾车旅游现象,设置了"车行天下"专栏,通过表现惊险刺激的探险经历、丰富深厚的历史文化、多姿多态的民族风情、美丽多娇的自然山川,带给读者一种知识的享受和人文的情调,从而提高读者致力于源于生活而又高于生活的品位。为提高质量,科普期刊应当:站在读者的立场,全方位开拓选题;摒弃急于求成的思维方式,深入研究当前条件下不同层次读者的思维、心理、知识状况,为他们提供合适的精神食粮;加大对自然、生态环境、身边科学的介绍,改变重数理轻博物的习惯;注重形式与内容和谐统一,做到图文并茂,使刊物更具吸引力。

2.2 细分专业,正确定位

定位是刊物的立身之本。科普期刊的定位必须清晰而科学,要细化定位,不找准落脚点,不关注市场的需求,不研究读者,不考虑受众的层次,不求"特"、求"新"、求"精"就不可能形成特色与品牌,也不可能从众多的科普期刊中脱颖而出。成功期刊在定位上瞄准的往往是细分后的"小众"市场,有针对性地引导和满足这部分读者的阅读需求,从而使刊物拥有足量的份额。如荣获建国50年期刊最高奖——国家期刊奖、发行量居全国前几位的《家庭医生》杂志,在办刊的指导思想上紧紧抓住"医生"二字做文章,又不忘是"家庭"的"医生",这就是其明确的定位和特色所在。

2.3 强化经营

科普期刊必须强化经营,强化经营是实现核心竞争力的重要手段。广告是期刊经营的重要环节。在国外,科普期刊社虽为非营利机构,但大多科普期刊刊登广告,就连 Science和 Nature 也不例外,因为刊登专业广告实际上也是另一种向读者传递科技信息的方式。科普期刊不但要实现社会效益的最大化,也要考虑实现经济效益的最大化。要面向社会,扩大收益,争取各种赞助与协办费、广告费,开展多种经营。特别是要强化广告经营,要选拔和培养优秀的广告人员充实到期刊的广告部门中,建立激励机制,使这支广告队伍始终保持活力和战斗力。科普期刊应当以多种形式开展经营创收活动,开源节流,提高经济效益。要坚持以"一业为主",实行多元化、多形式的经营。可采取编辑出版科普书籍、开展科技咨询、办专题培训班等,围绕科普开展经营创收活动,为期刊社注入新的活力,不断增强竞争力。

2.4 扩大发行

为扩大科普期刊的发行,必须加大刊物自身的宣传力度。科普期刊要找准自己的读者对象,也就是说所编期刊是给哪些读者看的,是为哪个层次的读者服务的,要有明确的市场指向,要了解和充分满足这部分读者的阅读需求。《湖南农业》具有较强的针对性、指导性、可读性和可操作性,报道的内容、布局、形式、格调已被其读者所接受,刊物成为读者的知心朋友和致富助手,发行量稳定在40万~70万册的水平。《中国计划生育杂志》为满足基层读者的需要,在栏目上专门设置了"编读往来"类的"经验交流"、"误诊误治"、"讲座"等栏目,为基层读者提供学习和交流经验的平台。为使稿件的内容贴近基层,更具实用性和针对性,编辑部经常组织人员到基层搞调查研究,不断有针对性地调整栏目和遴选稿件,使杂志的内容更贴近基层和读者,更具可读性、实用性、导向性。科普期刊还可通过建立读者数据库,开展诸如组织读者俱乐部、搞知识竞赛等活动,不断扩大期刊的活动空间,以利于期刊占有更大的市场份额。《家庭用药》杂志创刊以来经常举办各种讲座活动,听众多达数万人。通过这些活动,既为读者和市民送去了科普实用知识,提升了杂志的知名度,又扩大了杂志的影响和发行量。

2.5 建立队伍,扩大稿源

约稿一般可通过三方面的途径,即:一是通过向科普作家、专家学者约稿;二是通过建立作者档案开发作者资源;三是发挥编委会作用,通过编委会成员的人际关系约稿,以保证稿源的质量与数量。可通过开展专题性有奖征文活动,广泛发动读者参与撰稿,调动广大读者、作者的积极性;还可通过读者、作者、编者联谊活动,加强编读往来,形成编者与读者、作者的良性互动。期刊的竞争归根到底是"人"的竞争,是好的作者队伍的竞争,是高素质编辑人才的竞争。为扩大稿源,保证稿源质量,科普期刊应建立作者库,根据不同选题发现和培养新作者,不断补充扩大高质量的作者队伍。

2.6 提高编辑素质

科普期刊编辑工作具有"文理兼通"的性质,具有自然科学、技术领域与人文科学交叉的性质,因而要求编辑人员不仅应具备自然科学的理论和技术素养,还应有较高的文学素养。编辑除了应具备一些最基本的科技知识外,还应对科技发展的动态、前沿知识、新发现、新技术有所了解,这就要求编辑加强学习,不断补充新知识。期刊社应当着力建设成为学习型的团队,促使所有成员在工作实践中不断提高自己的能力与水平。科普编辑要有敬业精神,尽管社会上"浮躁"之风颇盛,科普期刊的编辑人员应保持良好的职业操守,要淡泊名利,挺立潮头,发扬甘坐"冷板凳"和精益求精的敬业精神,神定气静地做好科普编辑工作。

2.7 领导重视,政策支持

领导重视是做好科普工作的首要条件。政府对科普工作应制定相关配套政策和激励机制。要鼓励、倡导更多的人从事科普创作,鼓励科技工作者关心、支持科普事业。要消除那种鄙视科普,认为科普只是"小儿科",登不了大雅之堂等错误认识。要改变科普作品不被认可,不算成果的现状,应将科普创作与科研成果同等对待,包括在职称评定方面,采取切实有效的措施在政策、待遇等方面向科普事业倾斜。

参 考 文 献

1 田实.对行业科普期刊现状的思考[J].编辑学报,2002(增刊):56-57.

消防类科普期刊的盈利模式分析

唐 鋆

(《新安全 东方消防》编辑部 上海 200002)

[摘要] 分析了我国消防类科普期刊盈利现状,就现有的消防类科普期刊的盈利模式作了简要的介绍和评价。通过实例,将消防类科普期刊的盈利点简要划分为平面盈利、广告盈利、多种经营盈利三类,并分析了各类盈利点的优劣,指出了这几类盈利点相辅相成的关系。

[关键词] 消防;科普期刊;盈利模式

我国消防类科普期刊,从创办的历史条件来看,主要是由于消防事业的发展,需要一个传播消息、普及消防安全知识教育的专门阵地。作为媒体宣传的传统介质,期刊宣传具有深度报道、采写灵活、易携带保存等特点,因而最早受到消防行政部门的重视。改革开放以来,消防报刊、期刊在全国各地异军突起,各省市先后创建各类消防专业报纸、期刊60多种,每年的发行量达300多万份。消防期刊是各类消防宣传媒体中发展最为成熟的一类,几乎全国各消防总队都创办过消防期刊,在探索办刊特色和报道内容方面,取得了可喜的成果,获得了社会各界的好评,培养了一批高素质的采编、发行人才。但由于其盈利方式单一,仅依靠售卖杂志获取发行费来盈利,导致片面追求发行量,加之行政力量干预,引起了负面反应。2004年,受国家调整行业报刊政策的影响,多数消防期刊转为内部连续性资料,不再盈利。

国家政策的调整,具有其合理性,因为在市场经济条件下,政府不能是盈利性的市场运营主体,不能参与市场的盈利竞争。这就迫使消防类科普期刊必须扬弃原先的政府办刊模式。那么“断乳”后的消防类科普期刊,如何盈利,如何合法盈利,如何合法取得高额盈利,则成为我们需要研讨的重要课题。

1 消防类科普期刊盈利概况

正如上文所说的,目前,我国消防类科普期刊已有很多转为了内部连续性资料,其运作经费主要依靠主管、主办单位的行政事业拨款,这些不在本文讨论的范围之内。我们关心的是仍活跃在市场经济条件下的消防类科普期刊。这些期刊中,影响较大的有《中国消防》、《消防技术与产品信息》、《消防科学与技术》、《新安全 东方消防》、《湖北画报 楚天消防》、《新都市报 飞翔119》、《法制与社会 火凤凰》、《纵横119》、《水上消防》等。

《中国消防》由中国消防协会主办,创刊于1980年,现为半月刊。《消防技术与产品信息》由中国消防协会、中国消防杂志社管理委员会主办,创办于1988年,月刊。《消防科学与技术》由中国消防协会主办,月刊,是目前消防界唯一的学术性期刊,前身为1982年创办的

《消防科技》杂志。《新安全 东方消防》由人民日报《新安全》杂志社主办,创办于 2007 年,月刊,其前身是国内创刊最早的消防科普期刊《上海消防》。《新都市报 飞翔 119》由黑龙江日报报业集团主办,月刊。《湖北画报 楚天消防》由今古传奇报刊集团湖北画报社主办,月刊。《法制与社会 火凤凰》由《法制与社会》杂志社出版发行,双月刊。《纵横 119》由内蒙古公安消防总队、内蒙古法制报社主办,创办于 2007 年,月刊。《水上消防》由上海船舶运输科研所、中国水上消防协会主办,创办于 2002 年,月刊。

以上这些消防类科普期刊,它们的办刊经费来源,有以行政拨款为主,有以社会单位赞助为主,也有以自负盈亏为主的经营模式。从盈利情况来看,除个别以行政拨款为唯一经费来源的期刊以外,基本都能实现盈利。按照其盈利模式进行划分,大致可以分为以下三类。

1.1　以杂志发行为主盈利模式的消防科普期刊

这一类的消防科普期刊追求大发行量,它们通过各种手段,力求扩大发行面和发行数量。但此类盈利模式,在近年来越来越越显示出了颓势。究其原因,主要有以下三点。(1)消防科普期刊的制作成本日趋提高。近年来,原材料成本不断上涨,期刊用纸甚至是每月都在上调价格,极大地压缩了售卖杂志所获取的盈利空间。加之人员工资、管理成本等一系列成本的上升,迫使期刊不得不提高售价。然而,提高售价在一定程度上让期刊失去了部分消费者,直接导致期刊发行量的下滑。(2)消防科普期刊的发行成本明显上升。消防科普期刊由于历史原因,长期以来都是依靠行政推动进行发行。2004 年以后,行政力量的"撤退"迫使消防科普期刊自主发行,发行成本迅速上升。采用邮发的期刊,受近年来邮局发行费用上调的影响颇大,一些期刊不得不寻找其他发行途径。例如采用自办发行,或委托专业发行公司发行。这些无疑也使得期刊的发行成本有了大幅上升。(3)消防科普期刊的受众面日趋狭窄。成本的上升,直接导致杂志定价的上扬,而那些对于价格比较敏感的消费者就极有可能流失。况且,消防科普期刊本身专业性较强、可读性较弱,受众面并不很广,在成本提升的冲击下,读者就越来越少。

1.2　以社会赞助为主盈利模式的消防科普期刊

这一类的消防科普期刊主要依靠社会单位赞助来获取盈利。这些单位通常都是消防行业的企业,或与消防领域相关的单位,包括消防产品生产单位、消防工程施工单位、消防检测单位等。这一类期刊的目标客户和广告客户基本上都限于消防行业内部,所以,从本质上来说与连续性内部资料区别不大。其盈利模式单一,利润收入受消防行业自身发展所制约。往往是消防行业发展速度快,则期刊盈利速度也快;消防行业发展速度减慢,则期刊盈利速度也减慢,甚至出现倒退的现象。

《中国消防产业发展调查报告》(《新安全 东方消防》2007 年 2 月出版)显示,我国消防生产企业 70% 是近 10 年来成立的民营企业,多数企业在人员规模上不超过 100 人,年营业额不超过 1 000 万元。其中超过 60% 的消防企业年均增长速度不超过 20%。这样的产业现状,决定了以社会赞助为主盈利模式的消防期刊,在经营上日显颓势。尤其是近几年来,由于消防行政许可制度的改变,消防行业从原先的计划经济时代由政府管理,转向了行业自律管理和市场自主调控。但是,行业自律管理的社团组织目前还没有完全建立健全,市场的自主调控力量又相对薄弱,导致无序竞争、恶意竞争,乃至以次充好、假冒伪劣现象在消防产品市场上屡见不鲜。市场的无序,使得消防企业,尤其是守法经营的正规企业,在经营上举步维艰。这些企业降低了对消防科普期刊的投入和广告投入,间接地使得以社会赞助为主盈利模式的消防期刊的经费来源受到了限制。因此,这一类消防期刊的盈利也日渐式微。

1.3 以多种经营、市场化运作为主盈利模式的消防科普期刊

这一类的消防科普期刊突破了以上两类较为单一的盈利模式,采用多种经营方式,利用市场化运作,来创造新的利润增长点。它们追求大的发行量,但不是盲目地扩大发行量。通过市场调研和市场分析,得出了最佳发行量,既保证了一定的读者量,以便赢得广告客户,也对有效读者的数量有一个明确而科学的认识,不盲目追求发行的数量,而是强调把期刊投递到每个有效的目标读者手中。它们追求高的广告利润,但不是只把广告客户局限在消防行业内部。固然,消防科普杂志针对的是消防领域的相关单位和个人,但由于消防行业的特性,它也与社会其他企事业单位广为联系。例如,保险业、金融业、公共娱乐业、宾馆餐饮等服务行业,也都离不开防火防灾。因此,这一类的消防科普期刊,采取多种经营,或办网站,或采用会员制,利用多种途径获取盈利。笔者认为,此类的消防科普期刊的盈利模式是目前较为优秀的盈利模式,尤其值得探讨。

2 消防类科普期刊盈利点

消防类科普期刊,它的性质决定了它的盈利点。其基本经营模式与其他类别的科普期刊极为相似,以社会效益为主,兼顾经济效益,同时也用经济效益来更好地提升社会效益。所以片面地追求发行量来盈利,或片面地追求广告盈利,都不能让其健康地发展。因此,消防类科普期刊想要更好地盈利,应该采取下列多种途径齐头并进。这些途径同时也是相辅相成、缺一不可的。

2.1 平面盈利是消防类科普期刊盈利的基础

发行仍是消防类科普期刊盈利的基础。因为只有保有了一定的发行量,才能拥有固定数量的读者群,才更有利于广告经营和其他经营。但发行量不是像过去那样依靠行政命令来推动,而是必须依靠期刊本身的准确定位、提升质量等有效手段。此外,还可以辅以更有针对性的手段。例如,《新安全 东方消防》创新思路,发挥行业协会的优势,与消防协会达成协议,将协会会员整体纳入订户范围,由协会为每位会员集订分送消防期刊,形成了一个具有相当数量又相对稳定的订阅群。

2.2 广告盈利是消防类科普期刊盈利的支柱

广告应该成为消防类科普期刊盈利的主要组成部分。对消防类科普期刊来说,广告盈利可以再细分为平面广告盈利、网络广告盈利和广告代理盈利[1]。期刊本身发布平面广告是最传统、也是运用得最广泛的一种广告经营手段,这里就不再详细讨论了。随着互联网的普及和发展,平面媒体也纷纷借势开办了网上的电子版杂志,网络广告行情看涨,大有可为[2]。尽管如上文提到的,消防行业的企业多以中小型企业为主,网络普及率不高,但是作为个人来说,网民的数量却与日俱增。一个消防企业的领导,或许不会有效运用互联网技术进行企业管理,但作为个人来说却极有可能利用互联网来进行休闲娱乐。只要准确定位用户,消防科普期刊的网站广告还是能够创造出新的盈利来的。

此外,广告代理也可以作为广告盈利的一部分。出于消防行业的特殊性,消防类科普期刊的广告部门可以很好地成为广告投放单位和其他媒体之间的桥梁。《新安全 东方消防》曾经就成功运作、代理过《上海法制报》等社会媒体上的消防类广告,取得了一定的收益。

2.3　多种经营是消防类科普期刊盈利的补充

如果说,期刊的平面盈利是靠"卖内容"获取的,广告盈利是靠"卖读者群"获取的,那么第三种售卖的方式就是卖期刊的品牌资源及其衍生产品[3]。这也是国际期刊业流行的"三次售卖理论"给我们的启迪。

消防类科普期刊是否能"第三次售卖"呢?《中国消防》、《消防技术与产品信息》、《消防科学与技术》、《新安全 东方消防》等期刊已经在消防行业内部,具备了其各自的品牌优势。那么消防类科普期刊的"第三次售卖"又可以卖点什么呢?最大卖点应该是客户名单(数据库)[4]。就消防行业中的企业来说,大致可分为消防产品生产单位、消防工程施工单位、消防检测单位等。它们之间具有一定的协作乃至物流关系。例如,消防施工单位要从消防产品生产单位采购产品,消防检测单位要从消防施工单位获取消防工程信息。这些客户信息也就是消防类科普期刊所掌握的订户信息。因此,如何做全做大,维护好这些信息,对于消防类科普期刊的"第三次售卖"具有决定性的作用。目前,《新安全 东方消防》依托建设的网络平台,开发了《上海市消防产品信息系统》,有效地整合了平面和网络客户的资源,已经为"第三次售卖"奠定了坚实的基础。

随着改革开放的不断深入,市场经济秩序的日趋完善,消防行业会逐渐走向成熟;随着社会经济的发展,以及人民生活水平的提升,消防安全观念会成为人们社会生活的基本观念。在这样的趋势推动下,消防类科普期刊的盈利前景也会被广为看好[5]。只要采用恰当的盈利模式,消防类科普期刊一定会取得社会效益和经济效益的双丰收。

参 考 文 献

1　袁桂清.中国科技学术期刊经营模式与盈利模式研究[J].编辑学报,2007,19(5):327-330.

2　王莉萍.中国科技期刊也要盈利[N].科学时报,2007-05-23(A01).

3　罗才荣.期刊"三次售卖"理论与高校学报盈利模式的创建[J].黄石教育学院学报,2005,22(4):46-50.

4　程蔚.期刊盈利的"第三种模式"[N].中华新闻报,2004-02-16(T00).

5　夏志琼.创造盈利模式[J].国际融资,2006(2):38-41.

在科普期刊中大力提倡科学人文精神

侍 茹

(《家庭用药》杂志编辑部 上海 200031)

[摘要] 科普期刊只有办出自己的特色,才能在激烈的市场竞争中立于不败之地。"内容为王"是重要的不可或缺的前提,科学与人文的完美结合应该是科普期刊人的追求。

[关键词] 科学精神;人文精神;科普期刊;追求

科普期刊只有办出自己的特色,不落窠臼,自成一格,才能在激烈的市场竞争中立于不败之地,赢得生存和发展的宝贵机会。

大家都知道"内容为王"的重要性和不可或缺性。然而,通过更深层次的思考,我们深刻认识到并在办刊实践中切实体会到,科普期刊除了传播科学知识外,还要启迪思维,使读者加深对文化、人文背景方面的理解,即达到科学与人文的完美结合。一本科普期刊不应该仅仅是简单的知识传递,而应该是引领生活的一种方式,让读者觉得这个杂志所倡导的精神,是他所需要的[1]。另外,杂志在表现形式上也应有一定的美学追求,如文字优美,标题吸引人,图片精致,有一定的娱乐性等。

1 文化传播是科普期刊人的崇高使命

文化的力量需要通过文化产品的传播来实现,只有通过传播,文化的力量才能得到充分的发挥。再优秀的作品如果没有经过传播,就不可能对社会发挥作用。出版是文化传播的一种重要方式[2]。

国际上许多国家都有高级科普期刊,而且得到了广大科学家和知识分子的喜爱。如美国的 Scientific American(《科学美国人》)每期发行量接近 70 万册,National Geographic(美国《国家地理杂志》)全球销量每期超过 1 000 万册。国外科学家也将被 Scientific American 等高级科普期刊邀请撰文视为一种很高的荣誉,有 120 多位诺贝尔获奖者曾为该刊撰写了 200 多篇文章[3]。

上海文艺出版总社与法国爱克西里奥出版集团合作创办的《新发现》杂志,探索将"有趣的"、"科学与人文"结合起来,经过短短三年多时间,社会影响不断上升,邮局的增订量与去年同比上升了 55%,每期的发行数量已近 4 万份,成为国内同类期刊的领跑者之一。

《家庭用药》创刊 9 年来,编辑同仁将传播科学人文作为自己的崇高使命,在学习借鉴国内外优秀期刊办刊经验的基础上,强调"以读者为中心"的服务意识,在栏目设置、文章编排上下功夫,在倾力打造"原创科普"的同时,注重"科学与人文结合",将科学性、实用性融于可读性之中,在广大读者中建立了一定的知名度和美誉度,发行量逐年上升。2009 年获得第四届华东地区优秀期刊称号。

纵观国际国内成功的科普期刊办刊经验,不难看出,"科学与人文结合"是关键着力点。这其中,编辑的文化传播的自觉性非常重要且必要。所谓文化传播的自觉性,是指编辑必须强烈意识到自己对本民族文化所肩负的责任,有提高自己编辑产品文化含量的清晰思路,并为之不懈追求。

2　文化品味提升是科普期刊人的不懈追求

科学与人文是密不可分的,但切实的融合并不容易。国际上运作最成功的科普杂志之一,《科学美国人》的办刊理念是:"由一流科学家撰写科普,让科学家掌握最新科学前沿发展动态";以科学工作者为主要读者对象,普及现代科学各个领域的最新进展、成就与动向;同时注重把尖端的专业文章写成通俗易懂的科普文章,图文并茂,具有很强的专业性、前瞻性和可读性。因此,它被认为是人们提高科学素养的首选必读刊物[4]。

在不断学习大刊名刊办刊经验中,我们总结出这样的办刊理念:"原创科普"是基础,"提升文化力"是追求,并在办刊实践中不断努力。《家庭用药》杂志办刊9年来,始终坚持"依靠专家,面向百姓,打造一流的原创科普"的办刊宗旨,为百姓中求医用药最大的中老年群体提供信息服务,努力在"创新科普,提升文化力"方面作出自己的贡献。

2.1　坚持打造原创科普

在科普期刊中,医药保健类杂志占有不小的份额。也许有人会认为,疾病就那么多,一年就是四季,翻来覆去,就是这些内容,摘摘抄抄,重复的话题很多,难有创新的余地。我们就从"原创"和"创新"两方面入手,力争办出科学性、实用性和可读性兼具的"好看的科普"。

"原创科普",一方面始终抓住选题策划不放松,高度重视内容的原创性建设;另一方面注重专家作者队伍的建设,组织临床一线的专家就社会热点话题、百姓求医问药中的疑难问题,撰写成实用性较强的科普文章,在制度和机制上保证杂志内容的原创性。九年来,《家庭用药》杂志所刊发文章中副高级以上的专家作者超过74%。

"创新科普",针对百姓防病治病、健康养生中存在的各种误区,杂志不回避,迎争议而上,有争论有争鸣,从最根本的层面维护科学的尊严,倡导健康的生活方式。针对某著名科普专家的观点"最好的医生是自己",我们先后刊发不同的声音"最好的医生还是医生"和"最好的健康靠自己"等,在读者中引起不小的反响。上海读者陈佑民来信称"编辑敢于发表(此文)颇具胆量,敢得罪人,却都是服从于真理,精神可嘉"。

针对过度治疗、重治疗轻预防等现象,我们陆续刊发了《药片永远代替不了食物》、《精医简药》和《肿瘤并不可怕,可怕的是……》等受到读者好评的文章。

2.2　说"故事"改变传统科普观念

娱乐不是我们的至上目标,但至少我们可以适当开发科学的娱乐功能,为严肃的科学撒点"胡椒"加点"盐"[5]。"药物故事"是《家庭用药》杂志深受读者喜爱的栏目之一。《奥妙无穷的"基因治疗药物"》、《天花粉传奇》和《趣话"救命仙草"——铁皮石斛》等文章,图文并茂,既不是板着面孔的说教,也不是简单地传播知识,而是在说"故事"中传递人文关怀和思考,给读者以美的享受。

《"支架"溯源》一文,回顾了20世纪30年代以来,心脏支架在数十年研究、发展和临床应用中所经历的各种挫折和起伏,人物的悲欢遭际,以及福斯曼等三位科学家最终因此获得1956年诺贝尔生理学或医学奖。上海读者冯伟民来信说,"该文不光使我学到了一些'支架'知识。从支架的最初设想,到它的试制成功,有很多科学家为之付出了艰辛的努力和心血,福斯曼医生还遭到医院的解雇。今天重温这段历史,更让我敬佩他们的职业精神。正是有他们前赴后继地不断探索,才使心脏病患者的宝贵生命获得了'重生'。"

此外,我们还开辟了《我快乐我健康》、《脑筋急转弯》、《漫画》和《健康格言》等轻松阅读的小栏目。

2.3　杂志形式上的美学追求

与报纸、广播电视和网络媒体相比,期刊在时效性、形象性和语言生动鲜活性等方面都有欠缺,我们应充分发挥期刊在深度报道、图文并茂和视觉冲击上的优势,努力借鉴网络媒体的语言表达方式。

我们用大家能够看得懂的文字来介绍一些新发明、实用知识和卓有成就的科学家。在《名家专访》栏目里,我们用"诗一般的语言,画一般的优美"(上海读者范友勤的话)发表《做孩子们生命的"守护神"》(小儿心脏外科专家桂永浩教授)、《让颤抖的世界洒满阳光》(神经内科专家陈生弟教授)和《愿天下皆是好"心"人》(心脏病专家葛均波教授)等文章,得到读者的广泛好评。我们还为文章配发精美的功能图片,精心制作每一个标题,版面设计力求美观、方便阅读等,将美学追求贯穿编辑工作的始终。

3　科学与人文的完美结合是科普期刊人的奋斗目标

首先,当前我国文化产品的一个致命弱点是原创作品太少,模仿的、跟风的、重复出版的东西太多,文化含量太低[2]。科普期刊虽然不少,但属于说教型的比较多。《家庭用药》杂志虽然做了一些有益的尝试和探索,但总体来讲还是比较"硬"。

第二,传统的科普观念,认为读者缺乏科学知识,需要通过看杂志来学习。杂志重要的职能是传播和普及科学知识,避谈或不谈科普的娱乐功能,认真去实践的则更少。

第三,出版业是文化产业,需要更多有文化理想的编辑。"只有用心工作的人,才能达到优秀"。编辑应树立终身学习的理念,求知若渴,不断学习本学科的专业知识,以及其他相关学科的专业知识,学习编辑出版方面的专业知识,汲取不断进步的各种养分,这是做一个好的科普编辑之基础。

科技期刊迎来创新的时代,这个时代是需要激情的时代[6]。科普期刊亦如此。积极探索"科学与人文"的完美结合,办出一份受读者欢迎的好看的科普期刊,是我们的不懈追求。

参 考 文 献

1　邱德青.《新发现》传递了什么信息——创新科普　提升文化[N].文汇报,2009-03-02.

2　文心.中国编辑应担当起发展文化力的使命[J].编辑之友,2007(1):12-15.

3　肖宏.对科技期刊落实"科学发展观"的若干思考[J].中国科技期刊研究,2005,16(6):884-888.

4　方守狮,董远达.探索高级科普期刊的办刊之道[J].中国科技期刊研究,2006,17(2):268-270.

5　晓磊.当科学露出亲切的面容[N].文汇报,2009-03-02.

6　陈银洲.科技期刊的自主创新与编辑激情[J].编辑学报,2006,18(6):404-405.

医学期刊的人文精神与品格

黄文华　　吴一迁

（上海市肿瘤研究所、上海交通大学肿瘤研究所《肿瘤》编辑部　上海 200032）

[摘要]　医学精神的实质就是尊重人、关心人、爱护人，始终造福于人类，这就是人文的医学精神。医学期刊是传播医学知识的载体，如果说医学科学赋予期刊生存的基石和力量的话，那么人文内涵则赋予了期刊的生命力和社会责任感，为科学研究指引了一条人类终极关怀的道路。本文从医学精神的人文关怀角度，阐述了医学期刊应当禀赋的人文品格。

[关键词]　医学；期刊；人文精神；理念

精神是什么？一种精神就是一种能够禀赋坚持某种信念的勇气。那么，医学精神又是怎样的一种精神呢？仅仅坚持应用科学方法为患者缓解和治愈生理疾病的信念就足够了吗？

事实上，医学与其说是一门自然科学，不如说是一门社会科学。医学的目的是社会性的，不只是治疗疾病，使某一个机体获得康复，更重要的是使人经由调整以适应他所处的环境，做一个有用的社会成员，最终的目的是为了社会[1]。由此可见，医学精神的实质就是尊重人、关心人、爱护人，始终造福于人类，这就是人文的医学精神，是追求人类和谐美好命运的信念和责任。

医学期刊是传播医学知识的载体。如果说医学科学赋予期刊生存的基石和力量的话，那么人文内涵则赋予了期刊的生命力和社会责任感，为科学研究指引了一条人类终极关怀的道路。科学的追求为自然世界带来了真，而人文的追求为人类带来了爱。

1　医学期刊的人文表情

人际交往中，展现出友善关爱的表情可以拉近陌生者之间的距离，让人们放下彼此的心防，打开心灵的固锁，乐于接纳对方。医学期刊虽然是一种沟通医学知识的媒介，但和人一样应当展露出属于自身的独特人文气质和表情，友好地吸引人们的关注。

美国医学会杂志（JAMA）从开始绘制自己的人文表情以来，已成为其中的典范之一[2]。在以内容目录作为期刊封面长达 80 年之后，自 20 世纪 60 年代起，JAMA 的编辑开始精选各种艺术作品来取代传统枯燥呆板的目录封面。20 世纪 70 年代，JAMA 的副主编 Therese Southgate 博士进一步要求在为封面选择艺术作品的同时，必须撰写介绍相关艺术家及其作品的短文。Southgate 博士写道："第一眼看似遥远的两个概念——医学和艺术，其实有着一个共同的目标，就是试图完成通过纯自然手段所无法达到的目标。医学和艺术均各自追求着它们的理想状态，期待完成那些尚未完成的事物，恢复那些已经失去的东西。"JAMA 的前主编 George Lundberg 博士也写道:"一本杂志的目的就是'告知读者存在于医疗和公共卫生领域中的非临床部分的内容,包括政治、哲学、伦理学、法律、环境、经济、历史和文化'。我们的杂志封面和封面的艺术故事就是为了帮助我们在每一周都能达到这一个目标。"事实上,他们的倡议建筑了 JAMA 强调人文医学的开端,现在每一个星期的 JAMA 都设有散文、诗歌和历史等内容。"封面艺术"已成为 JAMA 区别于其他主要国际领先医学期刊的独特标志,通过这种特殊的战略竞争为 JAMA 赢得了市场份额和公众的喜爱。

科学精神是一元化的求真务实的精神,而人类的价值观却是多元化的。科学要吸引持不同价值观的人的眼光,就应当从人类普遍接受的共性出发来构建沟通的桥梁,JAMA 这种纯艺术的有趣例子,正是体现了这种连接的技巧。通过将视觉艺术与医学期刊相连,JAMA 塑造出了更加形象的健康意识和人类印象,吸引了公众的注意,最终借助"人文的医学精神"形象扩大了期刊的受众范围,确立了 JAMA 的独特气质。

2 医学期刊的人文底蕴

在西方,"人文精神"一词是"humanism",通常译作人文主义、人本主义或人道主义。哲学家周国平认为,人文精神的基本内涵可以划分为三个层次:(1)人性,对人的幸福和尊严的追求,是广义的人道主义精神;(2)理性,对真理的追求,是广义的科学精神;(3)超越性,对生活意义的追求。简而言之,人文精神是对人生价值和意义的观照。其中,人性是人文精神的基本体现。能够对科学技术进行最有成效的思索的角度,便是人性的角度。事实上,最基本、最本质、最具普遍性的东西,往往也越深刻、越重要、越能说明问题[3]。秦晓东院士就曾经说过:"藏在科学背后的真正动力其实就是人文精神"。

科学知识内容的传播离不开人文精神的支持,科学应当"读懂"人的心灵。著名的美国《国家地理杂志》尽管以"增进与普及地理知识"为宗旨,似乎与人性无关,但是真正令其深入人心的却是因为它既强调了知识,更关怀人文。以"人性"的角度为着眼点,大量描述了人与自然、环境、生存状况的关系,并涉及历史学、人类学、社会学、自然科学、宗教学和生态学等多种学科,关注疾病、贫困、战争中的难民以及处于世界边缘的弱势人群,呼吁全世界对他们给予关注、伸出援手。作为医学科学,终极关怀的对象就是人类的生命,为人类的福祉和利益而存在,因此医学期刊的人文精神应当更加鲜明而强烈。西方医学期刊在实践人文关怀方面的成功经验为我们提供了生动的实例。

在世界儿科学术期刊中排名第一的 Pediatrics 于 1948 年 1 月创办之初,其主编 Hugh McCulloch 就宣誓:我们致力于满足所有的孩子在生理、心理、情感和社会方面的需求。60 余年来,Pediatrics 一直忠诚地贯彻着这一最初的办刊理念。2008 和 2009 年,Pediatrics 相继发表了数篇关于中国儿童健康现状的研究报告,包括中国重庆农村地区通过关闭污染工厂、改善空气质量从而促进儿童健康的调查报告[3]、中国西部陕西省彬县和长武县这 2 个贫困县婴幼儿智力发育的营养干预研究[4]以及中国深圳南山医院 1 091 名食用三聚氰胺污染奶粉儿童的肾结石筛查和保守治疗研究[5]。这些具有时事新闻性质的报道关注的均是处于社会弱势阶层中的易被忽视的儿童,通过发表这些研究报道,Pediatrics 表达了对中国这一发展中国家儿童健康的关注,体现了医学期刊的人文关怀和社会责任。此外,Pediatrics 还定期从经济学家杂志(The Economist)、纽约时报(New York Times)以及华尔街日报(Wall

Street Journal)等媒体中摘录与儿童和父母相关的新闻报道,作为文章后面的补白,其内容涉及社会学、伦理学、道德、儿童犯罪、经济学和娱乐等等,不一而足,从另一方面体现了 Pediatrics 对儿童健康和成长的全面关怀。

其他如 Science、Nature、Lancet、JAMA、British Medical Journal 和 New England Journal of Medicine 等世界著名的综合性医学期刊,无论是在栏目设置还是内容编排方面,均时时处处流露出对人性的关怀和对人的尊重。例如,为了贴近读者的心灵,JAMA 专门设有"人文"栏目,其中的"心灵札记"被喻为是"JAMA 的灵魂"[6],通过描绘医生或其亲友的亲身经历及其内心感悟,与读者共同体验人性中的真、善、美,并一起分享对医学回归人性的思考和体悟。

3　塑造医学期刊的人文精神

今日世界,信息化、全球化的进程日益加速,全球传播时代已经来临。无论在哪一个国家或地区,每一种传媒均应当塑造属于自身的品牌形象。要获得全球范围人们的青睐,深入人心、赢得人心,具有特殊的意义,也可视为一种营销的手段。

医学精神应当是人文化的,医学期刊也应当履行对人文精神的实践与发扬。人文精神本身也是一种创新精神,通过构建一个人人向往的美好的精神世界,以实现人类对精神价值的追求。人文精神也应当有一种时代的文化性格,关注当下的社会现实,关注人类当前的发展命运。在确立你的医学期刊的人文精神之前,可以思考下列问题:(1)人们对你的期刊有什么了解?(2)当人们阅读你的期刊时,他们想要得到什么?他们对你的期刊的想像和期待是什么?(3)他们对于这本期刊最关键的看法是什么?(4)对期刊的正面认识包括哪些?存在误解吗?他们的困惑来自于哪里?(5)在你的印象中,可以改变什么以使你的期刊与人们的关系更加贴近、更加亲密?

要在医学期刊中体现人文精神,必须真正承认和尊重人类与人类的生存状态是一个"生理－心理－社会－精神"的有机连续体。由于我们通常只会专注地分析自己究竟能从工作或事业中获得什么,而很少会考虑自己在贡献社会时所能获得的那份满足感,因此请试着询问自己:我到底能为这个世界带来什么贡献?如此这般,或许能够帮助自己理解其中的精神内涵。

此外,人文精神的建设也需要拥有一个相对宽松、宽容的环境,心怀学术的自由、思想的自由,才能培养出真正深入人心的人文精神。

4　结　语

某一期 Pediatrics in review 杂志的封面上刊登了一幅儿童彩色铅笔画,画面中是一只缠着绷带、正准备接受注射治疗的小熊,小熊无辜而单纯的眼神,令人心生爱怜。在画面的一角,写着这样一句话:Love is the best medicine。是啊,难道不是吗?对于拥有感情的生灵而言,爱才是最好的药物。让我们的医学期刊,坚持人文的医学精神,透出浓浓的人文关怀,为人类的健康和幸福而不懈努力。

参 考 文 献

1 西格里斯.人与医学[M].上海:商务印书馆,1967:1-2.

2 Clark J P. Babes and boobs? Analysis of JAMA cover art[J]. B M J,1999,319(7225):1603-1605.

3 Millman A,Tang D,Perera FP. Air pollution threatens the health of children in China[J]. Pediatrics,2008,122(3):620-628.

4 Li Q,Yan H,Zeng L,et al. Effects of maternal multimicronutrient supplementation on the mental development of infants in rural western China:follow-up evaluation of a double-blind,randomized,controlled trial[J]. Pediatrics,2009,123(4):e685-e692.

5 Zhu SL,Li JH,Chen L,et al. Conservative management of pediatric nephrolithiasis caused by melamine-contaminated milk powder[J]. Pediatrics,2009,123(6):e1099-e1102.

6 顾佳,游苏宁,钱寿初.充实生物医学期刊的人文内涵[J].编辑学报,2009,21(2):133-135.

网络期刊的知识产权问题

徐文娟   陈素军

(《无机材料学报》编辑部,中国科学院上海硅酸盐研究所   上海 200050)

[摘要]   随着信息网络的蓬勃发展,网络期刊的知识产权问题受到越来越广泛的关注。本文从网络期刊著作权基础知识出发,分析了网络期刊的法律地位和著作权归属,指出了网络期刊存在的著作权问题,并探讨了网络期刊著作权保护的一些方法。最后,简要介绍了开放式访问(OA)期刊的著作权。

[关键词]   网络期刊;著作权归属;著作权保护

随着信息网络的蓬勃发展,网络期刊如雨后春笋不断成长壮大。网络期刊主要分为两类:第 I 类,通过数字化技术将传统期刊数字化后上载到网络上,通过网络发行传输;第 II 类,直接通过网络出版的期刊,它没有纸质的印刷版,完全通过网络出版和发行。众所周知,信息网络便于信息的交流与共享,但同时也为非法使用网络期刊作品提供了便利,因此网络期刊的知识产权保护问题更加突出。为此,我国新的《中华人民共和国著作权法》(以下简称《著作权法》)中增加了"信息网络传播权",并于 2006 年 7 月 1 日颁布施行《信息网络传播权保护条例》。

1   网络期刊著作权基础知识

期刊作为汇编作品,其数字化过程涉及到的著作权包括作者就其单篇作品所拥有的著作权和期刊社所拥有的汇编作品著作权及其版式权。从传统期刊到网络期刊,涉及到网络期刊的法律地位及著作权归属等等。

1.1   网络期刊的法律地位

网络期刊能否同印刷版期刊一样成为汇编作品而受到著作权法的保护,主要看网络期刊是否具有独创性和可复制性,而这点是一项智力成果得到著作权法保护的前提条件。就独创性而言,第 I 类网络期刊主要是看数字化后作品的独创性有否改变,理论界普遍认为,将传统作品数字化所改变的只是作品的固定与表现形式,对作品的独创性不产生任何影响,涉及的只是著作权中的"信息网络传播权";第 II 类网络期刊只要符合"在内容的选择与编排上体现出独创性",即可视为汇编作品。就可复制性而言,网络期刊可以通过各种技术下载转化成光盘、纸张、胶片等可长久固定的存在形式,其可复制性不容置疑。

《最高人民法院关于审理涉及计算机网络著作权纠纷案件适用法律若干问题的解释》第 2 条第 1 款规定:"受著作权法保护的作品,包括著作权法第 3 条规定的各类作品的数字化形式,在网络环境下无法归于著作权法第 3 条列举的作品范围,但在艺术与科学领域内具有独创性并能以某种有形形式复制的其他智力成果,人民法院应予以保护",由此在法律上赋予了网络期刊享有汇编作品的地位,使其同样受到著作权法的保护。

1.2 网络期刊的著作权归属

网络期刊在著作权的归属上与传统期刊没有实质性的差别。对于第Ⅰ类网络期刊,由于网络化后作品的独创性没有发生变化,不产生新的作品,因而其著作权归属也未发生变化,即网络期刊整体的著作权归期刊社享有,网络期刊中可以独立行使的作品的著作权归原作者享有。而对于第Ⅱ类网络期刊,其著作权归属和传统期刊是相同的。

当然,网络期刊在著作权的归属上同传统期刊也有一定的区别,比如网络期刊往往由相应的软件来完成,软件著作权根据《著作权法》将有不同的归属;再有,如果期刊的网络化是通过中国知网等数据库集成商实现的,那么网络期刊的著作权归属将根据合作协议发生变化。

2 网络期刊存在的著作权问题

2.1 著作权未能合理体现

发表权和复制权是著作权中最重要的人身权和财产权。网络期刊是以数字化的形式发布的作品,与传统的作品发表有所不同。传统的"发表"概念是指作者具有将其作品公之于众的发表权。在国家批准的正式出版物或经批准在正式的音像出版机构公开广播可视为发表,但是《著作权法》并未对在网络上发表做出相应规定。不过,近年来随着国际上网络出版的蓬勃发展,在网络上首次公布和传输科技作品,已被视为"发表"。网络期刊涉及的"复制"概念相对于"发表"概念比较明确,我国《关于制作数字化作品的著作权规定》第二条"将已有作品制成数字化作品,不论已有作品以何种形式表现和固定,都属于《著作权实施条例》第五条(一)所指的复制行为即《著作权法》所称的复制行为"。不过,第Ⅱ类网络期刊的"复制"行为滞后于"发行"行为。

目前,网络期刊的著作权未能合理体现,这主要体现在期刊和著作者两个方面。2001年颁布的《著作权法》虽然定义了作品的网络传播权,但是未明确定义网络作品的著作权。从数字化过程本身来说应属于复制的范畴。网络期刊的发布,相当于作品的发表;将其他已经发表的作品进行数字化并予以发布,就相当于进行转载,从这些角度来看,网络期刊的著作权是比较容易体现的。但实际上,由于当前网络化以及数字化的复制行为未得到规范,网络出版中的"复制"是无限复制,加上信息网络传播权的技术保障不够,作者的著作权实际上很难得到真正体现,尤其在利益分配的问题上,作品被重复发表、无限复制,而作者所得的利益并未增加,这些显然违反了《著作权法》关于"转载应按规定付酬"的规定。同时,许多网站也未取得网络期刊出版者的同意,就对网络期刊的整体或部分内容进行转载并供浏览者有偿或无偿下载,违反了《信息网络传播权保护条例》第二条,侵犯了网络期刊出版者的"整体著作权"和"获得报酬的权利"。

2.2 作品的数字化权没有明确授权

网络期刊除了第Ⅱ类网络期刊外,其他类型的网络期刊作品来源不同,有些是原创作品经数字化后成为网络期刊中的作品;有些是网络期刊编辑人员将其他期刊或期刊中的作品编辑成为网络期刊中的作品,这会涉及到出版者是否拥有作品的数字化权。对于前者,依据《著作权法》,传统期刊并不具有法定的原创作品的网络传播权,只有具备数字化出版资质的期刊才能获得原创作品的网络传播权,因此传统期刊只有通过与作者签署相应权利的转让协议才能开展网络期刊的工作;对于后者,事实上是对作品的二次发布,涉及到著作权所有者许可与否,容易产生纠纷。目前,网络期刊在数字化过程中得到作者明确授权的并不是很多,很多期刊出版者并没有认识到作品的"信息网络传播权"并不是法律直接授予出版者的权利。

2.3 网络期刊中作品的引用不规范

依据《著作权法》,作品中引用他人观点和证据的应明确标明出处。实际中,网络期刊中作品的引用很不规范。对于网络期刊中文章的引用,目前多采用标注其来源或可获得地址的方式进行,但是在具体操作中会存在较多问题:(1)网络期刊作品的可获得途径往往较多,不可能明确其原始出处;(2)网络期刊作品的发布时间不易获得,只能标注获得时间,不能反映作品的真实情况;(3)网络期刊的作品容易更换网址,这会对引用造成极大的不便。

2.4 "法定许可使用"存在弊端

我国新的《著作权法》第二十三条增加了"法定许可的内容",即不必经过著作权人许可,但要支付使用报酬。使用时不得侵犯著作权人的人身权,如果著作权人事先声明未经许可不得使用,则不能使用。大多数国家的著作权法几乎没有或很少设有与"法定许可"相关的条款,而我国的有关规定却多达 4 条,涉及到报刊文章、录音制品以及电台、电视台所需要使用的一切已发表的作品。但是这种法定许可并不符合已加入的《伯尔尼公约》和 WTO 的《TRIPS 协议》的规定[1]。

另外,按我国《著作权法》中有关法定许可的条文规定:使用他人作品后,"应当按照规定向著作权人支付报酬",而这一点,由于缺乏相应的监督、检查措施,事实上也无法很好实现,真正能按规定支付报酬者大概是寥寥无几。多年来,有关著作权人的利益已受到严重侵害。随着网络传播的发展,如果把这种法定许可不加限制地搬到网上,则对著作权人的侵害就会更加严重。不过,国内已经认识到现行的"法定许可"的弊端,2006 年颁布的《信息网络传播权保护条例》第二条规定"任何组织或者个人将他人的作品、表演、录音录像制品通过信息网络向公众提供,应当取得权利人许可,并支付报酬。"但是,这条规定的执行情况仍然不容乐观。

3 网络期刊的著作权保护

网络期刊具有出版与发行的同步性、信息传播方式的多样性、信息发布与使用的交互性等特点,这些特点使其著作权保护具有新的内容。

3.1 首先依法取得著作权人的数字化授权

网络期刊首先必须获得作品的数字化权,即作者享有的信息网络传播权。期刊在信息网络传播权方面必须理顺作者著作权许可使用和支付报酬的问题。根据《著作权法》,期刊界一般采用两类通行的办法:一类是同著作权人订立书面权利转让合同。根据《著作权法》第二十五条,同著作权人订立书面权利转让合同,可以圆满地解决著作权许可使用和支付报酬的问题。因为这是归属清晰、保护严格、流转顺畅,有清晰的法人代理结构的现代产权管理体制,在国际上普遍实行,对我国期刊走向世界、参与国际竞争,以及维护著作权人和与著作权有关的权利人行使合法权利和使用者使用作品都具有现实意义,值得在我国期刊界推广。实际上,国内已有一些知名期刊实行了著作权转让制度;另一类是同著作权人书面订立信息网络传播权专有或非专有许可使用及其从属许可权合同。根据《著作权法》第二十四条,同著作权人书面订立信息网络传播权或非专有许可使用及其从属许可权合同,其著作权财产权属于作者,必须向著作权人另行支付作品信息网络传播权报酬。在一些高校学报和科技期刊编辑部已采用这种方式。

3.2 从出版策略上进行自我保护

经作者授权后,网络期刊可以放心大胆地在期刊首页上明确自己的权利。《世界版权公约》[1]第三条一款中规定:只要经作者或版权所有者授权出版的作品,自首次出版之日起,标有©符号,并注明版权所有者的姓名、首次出版年份等,即表明对版权的要求。网络期刊可以沿用这种惯例。科技期刊作为汇编作品,编辑者对其享有的整体上的著作权,并对其版式、装帧设计享有专有使用权,这些对于网络期刊同样适用。

另外,可以对网络期刊内容进行限制。网络期刊一般是在印刷版的基础上发展起来的,在内容和风格上基本上保持了与印刷版的一致性。为了不影响期刊的收益和印刷版的发行,在线版几乎都不免费提供全文,特别是当期版。例如,The New England Journal of Medicine 只给出论文的目录或摘要,要看全文则需要付费。Nature Online 虽然免费提供一些内容,但读者先要填写一份有关个人情况的详细表格,经认可后才可以看到该刊的正文,而内容比印刷版少得多。Science 虽然免费提供全文,但是,"只有订户才能阅读全文和检索过刊"。该刊根据登记和付费情况,把读者分为三类,提供阅读的内容也大有区别,只有AAAs 会员并且订阅了印刷版的人,才能得到在线版的全部服务[2]。

3.3 从技术手段上进行自我保护

网络期刊的著作权保护,不仅要防止其付费内容被人偷看或窃取,还要防止其数据或程序被人篡改或毁坏,破坏作品的完整性。著作权法、计算机软件保护条例和有关民法、刑法的规定,对这种犯罪行为只能起到威慑和惩治作用,而要真正对其进行遏制和防范,只能依靠技术手段。一要防止非正式订户阅览核心内容。付费才能阅览核心内容的期刊,不仅对订户的身份有所选择,而且从技术上也想方设法确保只有真正的订户才能进入期刊的"核心地带"。一般的做法是让订户自设访问期刊的密码,并可以随时更改,这样,外人就无法进入。有些期刊,例如 Science 采取了更为周密的办法,开发了一种专用的软件 cookies 放在每个订户的浏览器上,以实行对其在线浏览该刊的控制。二要保护作品完整权。利用数字加密技术保证稿件数据的完整,在正式发表前,稿件内容只在有限范围内公开[2]。

3.4 利用 DOI 系统进行著作权保护

DOI,即 Digital Object Identifier(数字对象标识符/码)的缩写,是标识任何数字化对象的一种标识符系统[3]。它由美国出版商协会在 1994 年组织专门的研究机构设计出来的,是一种既能保护知识产权又能保障版权所有者经济利益的系统。与 ISBN、ISSN 等现有的标识码应用于"印刷型"出版物不同,DOI 系统是专门通过标识"数字资源"对其内容进行保护的,具有唯一性、持久性、可驱动性以及兼容性。

DOI 标识符是一组由字母、数字或其他符号组成的字符串,包括前缀、后缀两个部分,中间用 1 个"/"分隔。前缀是由国际 DOI 基金会(IDF)指定给申请注册登记 DOI 组织机构的代码;后缀由出版商等取得 IDF 注册登记资格的机构自行命名。只有向 DOI 注册机构申请注册、成为正式成员之后，才能对电子资源进行保护。用户在使用注册过的网络期刊资源时，DOI 系统就能自动地对其内容进行保护，如哪些允许读者自由阅览下载，哪些不允许。另外，当电子资源所有者发生转移时，只要把此变化信息传送给 DOI 系统服务器即可，从而对其内容进行适时保护。

4　OA 期刊的著作权

随着科学技术的高速发展，人们迫切需要及时地交流学术信息，打破传统科技期刊的复制和发行壁垒，网络上出现了大量的 OA 期刊即开放式访问期刊。按照开放式访问的 BBB (Budapest，Bethesda，Berlin) 定义[4]，作者和版权人承诺，所有用户有自由、全球和永久使用其作品的权利，在承认作者身份的条件下，为了任何负责任的目的，许可所有用户使用任何数字媒体，公开复制、使用、发行、传播和显示其作品，制作和发行其派生作品，并允许所有用户有权打印少量份数的作品供个人使用。开放访问的实质是将著作权保护的范围缩小到仅限于人身权和对商业再利用的控制权，对著作权其他方面的权利几乎废除了保护期。由此可见在著作权保护方面，OA 期刊比普通网络期刊有了更大的突破。当然，开放式访问还算个新生事物，它的运行模式还在不断探索之中。OA 期刊的出版者从维护著作权利益出发，往往采取不同开放存取模式，有提前 OA\及时 OA\延迟 OA，全部论文全文 OA\部分全文 OA\题名与摘要 OA 等等[5]。

网络期刊的蓬勃发展为出版者、作者、读者提供了极大的便利，也为中国科技期刊走向世界开辟了一条捷径。为了普通网络期刊和 OA 网络期刊的可持续发展，需要我们广大出版者、作者、读者在实践中努力维护网络期刊的知识产权。

参 考 文 献

1　李永明. 知识产权法[M]. 杭州：浙江大学出版社，2003.

2　曲建升，孙成权，李明，等. 当前数字化期刊知识产权保护的主要问题与对策[J]. 出版发行研究，2000，12：127-129.

3　http://www.doi.org/about_the_doi.html. [2008-08-27].

4　刘金铭. 开放式访问期刊的创建及其对传统期刊的影响[J]. 中国科技期刊研究，2005，16(3)：279-284.

5　王应宽，王锦贵. 中国科技学术期刊的开放存取出版模式研究[J]. 中国科技期刊研究，2007，18(5)：755-760.

期刊经营与受众研究

贾永兴

(上海世纪出版股份有限公司,上海科学技术出版社 上海 200235)

[摘要] 互联网及新媒体的出现,给传统媒体尤其是报纸、杂志等平面媒体带来强大的冲击和挑战。分析和探讨杂志的运营乃至新思维等,已显得极为迫切和必要。期刊不论是行业期刊(B TO B),还是大众类或消费类杂志(B TO C),其所拥有的既有或潜在读者数量、价值、对杂志的忠诚程度,以及其内容、渠道、营销等所定位的目标读者状况,乃至读者到达状况等,所不同于其他媒介的特征,这些受众研究视角下的重新审视,将制约着杂志从生产(编辑)到销售(广告、发行等)每一个环节。本文对受众研究发展进行分析,分析现今传媒市场竞争态势下,杂志受众研究工作将是一种理性选择与回归。

[关键词] 期刊经营;分众化;受众研究

1 网络媒体引发传播革命

1994 年 4 月 20 日中国正式接入互联网,之后 10 多年的时间里,由互联网在传播领域引发的革命方兴未艾[1]。据中国互联网络信息中心《第 21 次中国互联网络发展状况统计报告》显示,截止 2009 年 12 月 31 日,中国网民总人数达到 3.84 亿人。

作为一种革命性的媒介,网络的特殊性表现得十分突出。综合起来看,网络的特性包括多平台性、开放性、多极性和连通性。和报刊等大众传播媒介相比较,网络的大众传播也具有鲜明的特性,可以归纳为即时性、海量性、多媒体、超链接、互动性、广泛性、灵活性等。这些特性虽然并非它的优点,但合理地加以利用,能够扬长避短[2]。其中,互动性是作为大众传播媒介的网络的一个本质性特点。这意味着网络打破了过去由信息传播者单向传送信息的格局,信息传播者与接收者之间的互动变得切实可行。传受者之间的交流更加容易,受众参与新闻传播的可能性大大增强,同时受众与受众之间的交流也得以增强。受众的地位提高了,改变了传统媒体一统天下的局面[2]。

互联网网民数量的增加,拉动了网络广告市场不断扩大。网络媒体之所以能不断赢得更多的广告份额,与其功能上的超越,具有先天的"可统计性"不无关系。

从传播学的角度来看,传统媒介的传播方式是点对面的单向传播,信息是传播者"推"给受众,而网络媒介的特点是点对点的双向传播,受众可以主动将信息"拉"出来。网络传播的点对点传播特性,决定了网络媒介能够确切知道每个受众接收信息的情况,从而掌握受众的喜好、上网时间、阅读习惯等详细情况[3]。

2 报刊发展进入艰难期

互联网的迅猛发展,带来了中国传媒产业格局的动荡。对此,传统媒体经营者已经感受到竞争的压力。《京华时报》吴海民社长在《媒体变局:谁动了报业的蛋糕?——关于报业未来走势的若干预测》一文中道出了报业老总们的担忧。他说,在以互联网为代表的新兴媒体的冲击下,媒体生态环境和基本格局已经并正在发生重大变化,"都市报的冬天提前来到了"[4]。

期刊业的发展同样面临巨大的考验。《传媒蓝皮书——2006 年:中国传媒产业发展报告》在分析了杂志的运营状况后指出,在报纸、广播电视等传统传媒业遭遇到网络等新媒体冲击时,也让中国杂志业感受到了阵阵"寒意",给诸多杂志出版者带来了心理上的重创。如果进一步分析杂志业的境况,可以说大众类杂志感受到的寒意尤甚。这类杂志读者对象是普通消费者,和专业类杂志(即 B TO B 杂志)有所不同,多不依托行业资源,主要依靠发行、广告等经营手段,获得社会效益或经济效益,大众类杂志又称为消费类杂志或 B TO C 类杂志。有学者分析了我国大众类杂志的现状,认为其数量占杂志总数的 13%,并进一步将其细分为娱乐休闲类、生活服务类、文化艺术类和时政社会类 4 个二级分类,25 个三级分类。这类杂志的发展,既具有自身内在的规律性,但更主要地与国民经济和社会发展程度密切相关。随着我国经济社会和国民生活消费发展的阶段特征,消费类杂志的发展也呈现出明显的阶段性特征[5]。

我国大众类杂志面临的内忧外患主要包括:一是受到来自网络媒体等在内的新旧媒体冲击,读者分流,广告流失;二是发行、物流渠道单一,多数杂志订阅以邮局主渠道为主,读者数据掌握在邮局,读者流失后由于不掌握订户资料,往往无法了解流失的原因,处于非常被动的状态;三是办刊理念以及传统的体制、管理机制等限制,对杂志作为媒体的特性研究不足,市场化运作面临体制、机制困扰。有些杂志盲目采取"分众化"策略,对原有杂志调整定位或改刊,但过度局限在时尚、财经等领域,结果内容同质化严重,而且多从国外杂志拷贝,难免"拷贝走样",难以取得大的成功。

3 受众研究

受众研究是大众传播研究的一个重要领域。美国传播学者拉斯韦尔提出并描述大众传播过程的五种基本要素,并按一定结构顺序将它们排列,形成后来人们所称的"五 W 模式",后来大众传播学研究的五大领域,即控制研究、内容分析、媒介分析、受众分析、效果分析,就是沿着拉斯韦尔模式的思路形成的[6]。

通过著名的传播学者丹尼斯·麦奎尔在《受众分析》一书的前言,我们可以从一个侧面了解受众研究的大致进程。他说:"这本薄书的写作,经历了一段漫长的孕育过程。从某种程度上说,其源头可以追溯至 20 世纪 60 年代初期……时下,在破解有关大众传媒运作方式的奥秘,乃至解决如我们所知晓的'大众传播'严峻的生存问题方面,受众正显示出举足轻重的作用;与此同时,为解决受众自身之谜而进行的研究,仍在进行当中。希望这本书的出版有助于说明从事一项重要的、正在发展中的研究的意义所在,尤其是在这个新型受众不断出现,并且对传统理论发起挑战的年代"[7]。

受众研究理论最早起源于 20 世纪 40 年代,美国家庭收音机的普及,使一些学者对受众的媒介接触行为及其背后的心理动机产生了浓厚的兴趣,从而形成了代表性的受众研究理论之一,即"使用与满足"。其核心观点是,不论广播媒介、印刷媒介还是电视媒介,人们接触媒介是基于基本的需求,如信息需求、娱乐需求、社会关系需求以及精神和心理需求等,现实中的各种媒介或内容形式都具有满足这些基本需求的效果,只不过满足的侧重点和程度各有差异[6]。

"使用与满足"理论强调受众在媒介经验中的主导地位,夸大了受众的自主性,受到了人们的批评。有学者提出这样的观点:受众实际上是在为广告商打工。整个商业电视体系和报业体系,依靠对受众处心积虑的盘剥,榨取他们的剩余价值而存活。认为大众媒介需要受众,甚于受众需要传媒[7]。

到了20世纪七八十年代,经验主义和文化媒介的研究者重新审视关于受众的有限效果理论的假说,认为人们并不像这些理论所设想的那么被动,同时也发现精英分子操纵受众的力量并不像批判理论家所设想的那么强大。受众在媒介使用中是积极的,其积极行为可以用不同的方式来定义,如有效性、意向、选择性、意义的构建等;也就是说,作为媒介消费者,一些人比其他人更积极。近来,因互联网的发展和扩散,使用与满足的研究兴趣出现了二次复兴。托马斯·鲁杰罗(Thomas Ruggiero)认为,"在每个新的大众传播媒介的初期,使用与满足总能提供一种最前沿的研究方法[8]。"

以我国现阶段媒介产业的发展来说,已经由过去的短缺传播时代进入到目前的相对过剩的传播时代。在这一发展阶段上,以"受众本位"来结构媒体的传播内容、决定媒体的传播形式便不是一种选择问题,而是一种传播致效的必然要求。由此,对于传播市场的研究——所谓传播市场实质上就是由受众的"有支付能力的需求"所构成的——便成为传播界越来越紧迫的要求[9]。

4 我国受众研究发展轨迹

中国传媒业在20世纪70年代末以来发生的变革,其本质是媒介个体日益作为一种特殊企业进入市场,成为整个市场体系的一个特殊组成部分,这种变革被称为传媒的市场化[10]。十一届三中全会后,伴随我国整个社会经济领域的变革逐步开始,经济压力也在媒介内部发生,以往由国家提供的财政保障正在消减,而实际上媒介发展所需要的物质资源的数量却在逐步上升,媒介不得不依靠自身的力量获得足够的物质资源。到20世纪90年代,市场化已经进入全面发展的时期。伴随传媒市场化的出现和发展进程,我国传媒的受众研究经历引入、创新、深入发展到规范化阶段。

陈崇山在回顾我国近20年的受众研究后认为,受众研究经历20世纪80年代思想解放积极创新阶段,90年代早期趋向成熟深入发展阶段,目前已经进入市场走向规范化阶段。具体地说,我国内地的受众调研从对受众接触新闻媒介的外显行为的调查,转入对新闻传播与受众内在思想观念关联性的研究,出现了受众研究的专业组织,理论研究水平也有很大提高[11]。新闻受众调查是新时期新闻改革和发展的一面镜子:改革开放催生了受众调查,新闻改革的推进更使受众调查成为必要。同时受众调查作为应用层面,它的内容和主题的确定,一方面受制于经济发展的大背景,一方面得益于新闻理念的革新和新闻实践的不断创新[11]。受众研究与我国传媒业的发展之间的紧密联系,诚如斯言。

电视媒体受众研究起步早,发展快。早在1986年,中央电视台开始运用计算机进行日常收视率统计，一些地方台也纷纷开展收视率调查尝试。由央视调查咨询中心控股的央视——索福瑞媒介公司，引进国际资本和先进技术，在中国大陆建立庞大调查网，提供常规性的收视信息反馈和分析。进入 20 世纪 90 年代，越来越多的电视台出于频道定位、栏目改版、时段调整或其他竞争考虑，开展观众调研，如中央电视台电影频道改版调查、体育频道改版调查等；不少电视台亦将收视率纳入节目评价指标体系，作为资源配置的依据之一。从认识观众反馈的意义到重视研究观众，再到自觉运用观众研究指导传播实践，观众研究的调节作用日趋明显[12]。

广播听众调研起步和发展落后于电视媒体。近年来，面对国内广播电台和广告公司对收听率调查数据的"井喷式"需求，央视索福瑞、AC 尼尔森凭借他们在电视收视率调查的调查网络、品牌等优势，大举进军广播收听率调查领域，在国内多个城市连续开展收听率调查，并定期发布调查数据[13]。

我国报纸、杂志等传统平面媒体读者研究，和其他媒体类似，经历"媒介本位"到"受众本位"的转变，目前针对读者需求、发行市场、阅读特征等研究已成为理性经营的重要组成部分，尤其在报业领域。20 世纪 80 年代后期以来，随着报业竞争的加剧及来自市场的要求，受众研究从方法到规模上都有了长足的发展。

杂志由于其编辑内容、受众规模以及社会影响等的不足，杂志作为专业出版物的特点，渐渐受到出版领域的关注，而远离了大众传媒领域。在编辑出版领域中，对杂志读者的研究一般是编辑出版工作取向，也会进行读者调研和分析，但在方法和指标上和市场渐行渐远。

由于期刊杂志的经营者在杂志读者研究上的关注不够，而在作为新闻传播或大众传播领域内，研究的目光又多聚集在电视、广播乃至新兴起的网络等新媒体上，而商业性的市场调研公司、广告公司对杂志的研究免不了急功近利或者说具有功利性，结果导致杂志从基本上还没有说清楚其读者区别于其他媒体的本质，以及购买、阅读等看似简单的、基础的问题。

5　传播学视野下的杂志媒介特征

毫无疑问，大众传播是一种复杂的社会现象，郭庆光在《传播学教程》中总结各种定义后，认为大众传播就是专业化的媒介组织运用先进的传播技术和产业化手段，以社会上一般大众为对象而进行的大规模信息生产和传播活动[6]。

不同的大众传播媒介承担的社会角色是不同的，其社会功能也各有千秋。对受众而言，报纸和杂志的主要功能是提供资讯与意见的服务，而广播、有线电视、电影与音像制品则主要提供娱乐功能。就杂志来说，它在资讯内容的提供方面与报纸最为接近，但显然杂志也是无法被完全取代，因为杂志提供的资讯与报纸的时效性不同，价值取向也不相同[14]。从媒介经济学角度，不同的媒介产品的特征迥然不同，报纸、杂志、书籍、音像制品、有线电视节目、电影一般都需要消费者付费购买其媒介产品和服务，但电视和广播节目却可以免费提供给受众。在媒介运作的另一个市场，即广告市场上，参与广告市场的媒介则以不同的方式向广告客户出售读者、听众、观众的阅读、收听、收看时间[14]。

因此，杂志是特别关心"目标受众"的媒介。杂志的目标受众可以是办刊人根据自身资源、外界条件等设定的，很大程度上，这与被人文主义者所指称的"标识"或"暗指"受众相一致，因为杂志中一般包含了所预期的接受者品味、兴趣、能力等一些线索，但真实受众群体是否和设定的目标受众一致,需要更广泛的研究加以佐证,并不断地加以调整。大众类杂志寻找目标读者或者说分众化同时,区域化特征也日渐突出。在特定区域内的发行密度或到达率高低,对于为当地市场提供商品或服务的广告主来说尤其重要。

6 期刊受众研究可行性分析

6.1 和编辑、广告、发行等主要业务关系

杂志,尤其是大众类杂志编辑、发行、广告之间关系密切,不同业务的比重在不同类别的杂志中不同,那么,是不是受众研究也有相应的侧重呢?我们认为,媒体的受众研究是一项基础性的工作,应该融入主要的业务领域,单单为广告进行的广告价值研究及读者购买力等研究,如果内容或阅读率、到达率不能支持的话,往往也得不到应有的作用。在不同类型的杂志中,受众研究的引入可能的不同在于覆盖范围的变化,条件成熟(如资金、人力等)时覆盖面扩大,否则范围予以适当控制。如图1所示。

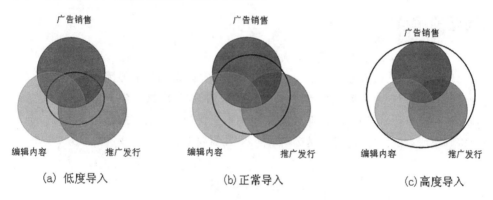

图 1 受众研究在杂志业务领域的不同导入程度图

6.2 两种赢利模式的选择

我国杂志目前的赢利模式主要依靠广告和发行。广告主导型杂志不同于发行主导型的杂志,操作要点在于:不单以发行量取胜,讲求精确有效的发行覆盖,市场细分和文化价值的归属感特色更加鲜明,表现材质更加美观、精致。分析近年杂志广告数据可以看出,杂志广告经营的集中度比报纸略高,但排名的格局不稳定,显示广告经营尚处于一个较低的水平上。这一类杂志的市场竞争策略中,符合市场规范的受众研究不可缺少,在实际运营中也受到了重视。

对发行主导型杂志的受众研究,需要考虑其适用性:一是目前国内发行量较大的杂志都有较长的办刊历史,办刊经验、理念比较成熟,对读者的需求有一套比较成功的、可行的方式方法,如果不顾这种编辑的优势,单单采用一些僵硬的数据,在编辑内容、定位上可能会导致"水土不服";二是如果试图在发行赢利的模式下进一步促进广告赢利,可能需要采用调研的数据,廓清读者价值以及明确细分广告市场、品种,或许会达到预期效果,在广告经营上有所斩获。

6.3 第三方实施

是不是依靠第三方进行受众研究的问题,实际上涉及到研究方法科学性以及市场的认可度。受众研究从问题提出、方案设计到调查实施、数据汇总和分析,都有一套严格的方法,在杂志领域的应用上也有特殊要求,这一般需要相对专业的调研机构才能保证。而诸如发

行量、到达率、阅读率等指标,尤其在为获得广告时,第三方的数据无疑是客观的,这也是目前广告界普遍认可的操作规范。

由第三方实施受众研究,并不排斥由杂志社进行读者研究活动。为了推出新的栏目或者其他工作,杂志社采用定性或定量的方法进行研究,与由第三方实施的受众研究相辅相成,也可以发现问题,便于深入、更大规模的调研。

6.4　经常性与问题性

受众研究的花费不菲,这是一个不得不面对的实际问题。同时,受众研究从问题的提出到研究的完成,持续时间少则 3 个月,多则半年或一年,因此经常性的、大规模的受众研究就会遇到问题。一般多在创办新刊或重大改变时进行,或者遇到运营瓶颈时进行大型的受众研究,即所谓的问题性原则。对现有杂志的调查频率最理想是一年一次,有问题时即增加,不断进行市场调查。监测广告市场月度、季度、年度进行,不断增加竞争优势。可以采取定制型监测研究。发行量的监测研究包括推广活动和效果,追踪发展趋势。

7　问题的解读

对于受众研究提出的问题,不同的人可能会得出截然相反的结论。编辑、发行、广告部门平时所接触到的信息,以及知识背景的差异,往往是导致不同结论的原因。邀请媒介、调研、市场等领域的专家,进行多方面的解读,然后采取相应的策略,应该作为一种推荐的方案。所需要避免的就是简单化,用固有的思维对数据的解读,会使受众调研的意义大大降低。不是一次调研可以解决所有的问题,有时只是提出了问题,在需要的时候进一步深入研究、解决。

参 考 文 献

1　崔保国. 2004-2005 中国传媒产业发展报告[M]. 北京:社会科学文献出版社,2005.

2　彭兰. 网络新闻学原理与应用[M]. 北京:新华出版社,2003.

3　斯坦佩尔 G H,斯图尔特 R K. 网络时代大众传播研究者面临的挑战与机遇——从受众研究和内容分析说起[J]. 田青,译. 国际新闻界,2001(4):47-51.

4　吴海民. 媒体变局:谁动了报业的蛋糕?——关于报业未来走势的若干预测[J]. 新闻与出版,2005(11):23-32,78.

5　徐升国. 消费类期刊:发展趋势与投资机会[J]. 传媒,2005(9):32-34.

6　郭庆光. 传播学教程[M]. 北京:中国人民大学出版社,2003.

7　丹尼斯·麦奎尔. 受众分析[M]. 刘燕南,译. 北京:中国人民大学出版社,2006.

8　斯坦利·巴兰. 大众传播理论:基础、争鸣与未来[M]. 第 3 版. 北京:清华大学出版社,2004.

9　喻国明. 解构民意:一个舆论学者的实证研究[M]. 北京:华夏出版社,2001.

10　黄升民,丁俊杰. 媒介经营与产业化研究[M]. 北京:北京广播学院出版社,1997.

11　陈崇山. 中国受众研究 20 年,解读受众:观点、方法与市场[C]. 全国第三届受众研究学术研讨会论文. 石家庄:河北大学出版社,2001.

12　刘燕南. 中国大陆电视研究的历史回顾与探讨[EB/OL]. [2009-10-31]. http://blog.sina.com.cn/s/blog_628bf6a90100fpss.html

13　黄学平. 广播收听率调查方法与应用[M]. 北京:中国传媒大学出版社,2006.

14　Picard RG. 媒介经济学:概念与问题[M]. 赵丽颖,译. 北京:中国人民大学出版社,2005.

论科技期刊的"三次售卖"

梁 华

(上海市水产研究所《水产科技情报》编辑部 上海 200433)

[摘要] 在出版体制改革的大潮中,科技期刊在实现社会功能的同时,要不断完善"三次售卖",即发行、广告和品牌经营,才能更好地立足于市场,实现可持续发展。

[关键词] 科技期刊;三次售卖;发行;广告;品牌

随着社会主义市场经济的进一步深化和出版体制改革的循序渐进,作为信息载体的科技期刊在继续实现社会功能的同时,其商品属性越来越明显。科技期刊工作者在不断提高期刊质量的同时,试图开展多种经营活动,来提升期刊的市场价值和经济效益。一些实践证明,科技期刊在完善内容建设的同时,加强广告经营及品牌经营,即完善"三次售卖",才能更好地立足于市场,实现可持续发展。

1 科技期刊的第一次"售卖"——卖内容

科技期刊的第一次"售卖"即卖内容,指发行。内容是期刊的根本,是提高发行量的关键。过去,科技期刊过于强调技术性和专业性,忽视了学科的交叉性和可读性,不能用通俗的语言去诠释深奥的理论问题,文章的表述不能照顾到不同层次读者的要求,普遍存在栏目呆板、排版沉闷、缺乏创新、曲高和寡等问题。办刊经费有限、编辑力量薄弱也是制约科技期刊发展的重要因素。

实行市场经济体制后,期刊出版变成了经营活动,成为市场行为。科技期刊要赢得市场,首先要赢得读者,要及时了解读者的阅读需求,在选稿时注意把本行业的技术水平和市场需求结合起来,提高读者的阅读兴趣。提高期刊质量,要从明确期刊定位,提高文章的科学性和实用性,扩大信息量入手,把期刊特色和专业报道热点有效结合起来,增强文章的可读性;既要有高质量的论文,又要有易于读者接受的行业信息等。把提高质量始终贯穿于期刊工作的全过程,即选题、组稿、编辑加工、校对、印刷的每个阶段,注意优化整体形象,让读者在购买后觉得物有所值,从而提高发行量。

期刊的第一次"售卖"是后两次"售卖"的基石,是根本,没有第一次"售卖"作基础,没有好的内容,后两次"售卖"就是空中楼阁,无法实现。

2 科技期刊的第二次"售卖"——卖读者群

科技期刊的第二次"售卖"即卖读者群,指广告。目前,多数科技期刊已经"断奶",不再由国家大包大揽,而是自负盈亏。科技期刊因专业性强,普遍发行量不大,其影响力只局限于本行业或学科领域。在这种情况下,光靠期刊的发行量已经不能实现收支平衡,即使可以维持,也会捉襟见肘。科技期刊要发展,经济基础是保障,进行广告经营,增加广告收入是提高经济效益的重要途径。

在国外,期刊社有许多专业广告人员,期刊的收入来源主要来自广告经营活动。如美国期刊经营总收入的 70% 来自广告,发行只占 30%。1999 年美、德、日、英、法的期刊广告收入分别为 155.93 亿美元、47.09 亿美元、36.72 亿美元、26.44 亿美元、23.56 亿美元,而 2002 年我国期刊广告收入仅为 1.89 亿美元,与发达国家相比存在较大差距。所以,努力拓展广告业务是期刊经营者的重要目标之一。

与电视、报纸、广播这些媒体相比,科技期刊广告的灵活性、时效性较差,但科技期刊在广告经营中也有自己独特的优势:(1)选择性强,目标对象明确,读者需求集中,广告效果好;(2)期刊便于保存、传阅,反复阅读率高,广告效果持久,是传媒中有效性最长的;(3)专业性期刊具有较强的权威性,在读者心目中印象好,广告易被接受;(4)广告多登在四封位置或在彩色插页上,印刷精美,视觉冲击力强,被注意率高;(5)广告价位相对较低,易被广告客户接受。

科技期刊广告经营的基本理念是:内容是基础,发行是支撑,服务是关键。一般情况下,发行量越大,广告越多,科技期刊要在广告竞争中取胜,首先必须持之以恒地提高内容质量。期刊的广告经营活动要以其本身的影响力为依托,有了较高的知名度和可观的发行量,才有不"拉"自到的广告。企业选择广告媒体时,首先考虑的是广告效应,只有高质量、有特色的期刊,才能拥有稳定的读者群,并在获得发行量稳步增长的同时,促进广告额的同步增长。所以,期刊质量高、发行量大和社会影响大,广告客户就会慕名而来,从而形成良性循环。

科技期刊只有成功地完成第二次"售卖",有了一定的经济基础作保障,才能更好地开展其他相关经营活动,进一步扩大影响力,从而实现可持续发展。

3   科技期刊的第三次"售卖"——卖品牌

科技期刊的第三次"售卖"即卖品牌。以前,期刊多止步于第二次"售卖",将杂志卖给读者,再将读者卖给广告商就结束了。实际上期刊还存在着第三次"售卖",即建立期刊的品牌,进而挖掘品牌的市场价值,出售品牌资源,利用品牌发展衍生产品。主要方式通常有:重印或合订本、特刊或增刊、图书和光盘、数据库、网站等,现在有些经营出色的期刊还开发了诸如会展、贴牌商品、培训、中介和咨询等延伸产品,获得了可观的经济回报,同时反过来又为其品牌进一步扩大了影响力。例如《理财周刊》的 4 大延伸产品和业务有理财博览会、理财专业培训、延伸读物、网络服务等,其中理财博览会每年召开一届,每届观众达到 10 万人,效果可观。科技期刊因为受众的局限性,不像一些普通期刊那样易于开发丰富多彩的延伸产品,但可以借鉴普通期刊经营上一些好的因素,例如可以召开行业研讨会、行业产品展示会等,借此弘扬自己的品牌,扩大品牌影响力。

期刊品牌的建立并非一朝一夕,品牌的价值也需要用心去经营。现代品牌理论认为:"品牌不只是一个名称、一种标志或一种象征,而是消费者心目中的一组无形资产。品牌是一个以消费者为中心的概念,它有一个建构过程,在品牌开发之初,它属于制造商或服务提供者。而转折点则是营销者把它'放进'消费者的心目中。"科技期刊品牌的建立也需要一个长期的过程,要注重期刊质量、提升期刊在业内的影响力和读者的信任度,让读者在有获取本行业信息需求的时候首先想到本期刊。总之,科技期刊的品牌是以读者为中心的,其价值的源泉是对读者心理需求的满足。读者认可了期刊品牌,并对它产生了信任感,期刊的品牌经营才算成功,品牌延伸产品才可能为期刊创造效益,第三次"售卖"才可能实现。

4 科技期刊三次"售卖"的实践与思考

当前,随着出版体制改革的进行,全国17家出版集团公司已完成转企改制,出版单位从事业管理转为企业经营已是大势所趋。在这个改革的大背景下,科技期刊出版人必须把经营与效益等理念融入思维与编辑工作之中,在科技期刊三次"售卖"的过程中准确定位,找准切入点,才能在市场经济的大潮中把握机遇。中国激光杂志社是此次转企中较为成功的范例。改制后,中国激光杂志社所拥有的4刊1网以期刊的集约化出版为基础,不断探索期刊国际化和市场化经营,深化期刊群的品牌建设与开发,同时开展会议、培训等业务,逐步实现期刊的三次"售卖",使期刊获得了可持续发展。

相比之下,国内的大多数科技期刊,特别是学术期刊,在三次"售卖"的实践中还有很长的路要走。内容权且不谈,广告和品牌建设一直是许多科技期刊的软肋。一些期刊虽然在行业内拥有较权威的学术地位,但因为吃"皇粮",旱涝保收,缺乏经营期刊的动力,广告仅仅是杂志的"点缀",品牌影响力也有限;一些期刊虽然在内容上明确了自己的定位,但在品牌建设及服务延伸上却难以找到更加有效的切入点。笔者所在的《水产科技情报》编辑部多年来一直边实践边摸索,随着主办单位改革的深化以及市场的需要,实行灵活的激励机制,编辑部强化了经营理念,将杂志定位为水产技术类科技期刊,并使重心下移(比如,在栏目设置上增加了技术讲座、经验介绍等),服务的读者群从高校、科研院所的研究人员拓展到了基层养殖工作者,甚至养殖户,在行业内扩大了影响力,也收到了较好的广告效果,取得了一定的经济效益。但杂志在第三次"售卖",即品牌建设方面却相对薄弱,或者说没有做到主动出击。随着同类期刊的竞争加剧以及网络新媒体的出现,如何加强服务延伸,找准深化品牌建设的切入点,使自己在行业内已然形成的影响力不被稀释并寻求进一步的发展,是编辑部新时期所要思考的课题。

5 结 语

在出版体制改革的大潮中,科技期刊在实现社会功能的同时,要不断完善"三次售卖",即发行、广告和品牌经营齐头并进,才能加强自己的经济实力,更好地立足于市场,实现可持续发展。

参 考 文 献

1 曾志平.科技期刊发行工作的困境分析与对策[J].科技与出版,2006(1):46-47.

2 谢二娟,彭波,黎文.对科技期刊广告经营策略的思考[J].武汉科技大学学报:社会科学版,2006,8(10):171-173.

3 孔薇.科技期刊广告经营的作用及策略[J].期刊天地,2005(3):53-54.

4 李维.论期刊品牌的生产机制[J].编辑之友,2004(6):45-47.

5 王晓峰,杨蕾.科技期刊三次售卖理论的实践与思考[J].中国科技期刊研究,2009,20(5):913-915.

论学术性科技期刊办刊之道

贺瑞敏

(《水科学进展》编辑部，南京水利科学研究院 江苏南京 210029)

[摘要] 基于多年的科技期刊的办刊实践，总结如何办好学术性科技期刊的经验。提出办好一本高水平的学术性科技期刊，并得到同行专家、学者的认可，需做好准确定位期刊、建设良好的学风、充分发挥编委会作用、制定严格的审稿用稿制度、把握学科前沿动态、强化编校质量、重视编辑人员的继续教育、跟上信息时代发展的步伐等工作。此外，网络化是科技期刊未来发展的趋势，编辑部应做好准备；同时应提高英文摘要的质量，增强编辑人员的国际化意识，注意与国际标准接轨，以办好学术性科技期刊。

[关键词] 科技期刊；办刊；学风建设；编校质量；国际化

高水平科技期刊应该是反映一个国家科学技术研究水平和成就的重要标志之一，是国内外学术交流的重要平台，是培养创新型人才的有效园地，在一定意义上代表着某一学科的学术领导权，通过其高水平学术论文的优先发表，引领着相关学科发展的国际新潮流。科技期刊的繁荣和发展，包括期刊数量增长和质量提高两个方面。根据《工程索引(EI)》的统计，2007 年我国科技人员发表的期刊论文为 7.82 万篇，占世界论文总数的 19.6%，首次超过美国，居世界第一；2008 年我国科技人员发表科技论文 9.48 万篇，并且首次跻身于世界前三位[3]。但中国科技论文平均每篇被引用次数现在是 4.6 次，排在世界一百多位，世界的平均值大于 9，说明我们的期刊学术影响离世界较高水平还有很大的差距。

如何提高期刊学术水平、办刊质量，如何办好一本学术性科技期刊是科技期刊工作者苦苦探索的永恒主题。本文拟结合多年的办刊实践，浅谈成功创办专业性科技期刊的体会，以期为办好科技期刊提供一些看法。

1 准确定位科技期刊

科技期刊的准确定位是提高其核心竞争力的关键。在期刊业竞争日益激烈的情况下，通过期刊准确定位来塑造期刊的品牌形象是提高期刊核心竞争力的有效途径。科技期刊在创刊之初均有自己的办刊宗旨和期刊定位，办好一份期刊，就要严格坚持办刊宗旨和期刊定位。比如，《水科学进展》在创刊之初，就定位于报道水科学领域的新事实、新概念、新理论和新方法，交流新的科研成果、技术经验和科技动态，及时准确地报道水科学领域具有重要学术价值的新事实、新概念、新理论和新方法。该刊的准确定位、高质量的学术水平，使其得到国内外水科学领域的高校、科研院所专家和学者的认可。《岩土工程学报》定位于报道土力学和岩石力学领域中能代表我国理论和实践水平的新理论、新技术、新仪器、新材料的研究和应用。经过 30 年的发展,该刊已办成我国岩土工程领域中具有重要影响的学术期刊,是岩土工程理论和实践的重要论坛,是我国从事水利、建筑和交通事业的勘测、设计、施工、研究和教学人员发表学术观点、交流实践经验的重要园地。

2 建设良好的学风

加强学术道德和学风建设是提高科研水平、建设创新型国家的必然要求。科学发展、学术繁荣必须建立在良好的学风和道德基础上。学风不正是科学的大敌,学术不端行为更是对科学的亵渎,危害十分巨大,必须坚决予以制止[4]。

科技期刊必须高度重视学风建设。科技论文中的学术不端行为有害于学风,阻碍科技队伍的发展和科研人才的成长,影响学术交流和科技创新。科技论文中存在剽窃、抄袭、伪造或篡改数据、一稿多投等学术不端现象,编辑部有义务将其扼杀在萌芽状态。要做好科技期刊的学风建设,编辑部需在以下几个方面加强工作。

(1)端正自己的思想和行为。杜绝不看文章质量、收费就发表文章的不良风气;杜绝正常投稿与"关系"稿件以及主办单位或主管单位稿件处理的双重标准。

(2)具备良好的学术素养。科技期刊的编辑人员应不断更新自己的知识,提高自己的学术素养,应有能力初步判断论文数据的真实性。

(3)勤查文献。目前,各种期刊数据库和学术不端检测系统的使用,方便了编辑部检索和核查,对于稿件相关主体研究内容进行检索和查询,不仅可以了解稿件的创新性,也能初步判断稿件是否存在抄袭。

(4)建立惩罚措施。对于学术不端的相关作者建立惩罚机制,可以将其在一定时期内列入投稿黑名单中,情节严重的,必要时可以通知其所在单位做出处理。

建设良好的学风是一个重大的社会问题,仅仅依靠科技期刊不可能完成,但是科技期刊的责任不可小视。只要各科技期刊编辑部加强责任感、职业道德和科学精神的培养,不断学习新知识,通过控制科技期刊论文质量,就能在良好学风的建设中发挥重要作用。

3 充分发挥编委会作用

编委会是期刊编辑出版的学术指导机构,应发挥指导、监督、咨询的作用[5]。它应该做到:编委会委员参与专家审稿,从学术性、科学性、实用性等方面对稿件作出恰当评价,并对论文取舍提出重要意见,对期刊的整体质量严格把关;涉及重要理论问题或有争议的论文,编委会可集体讨论定稿;编委会委员及时了解本学科研究动向,将内容新颖、有创意的稿件及时推荐给编辑部,为编辑部组稿、审稿提供信息。编委会不仅是期刊的学术指导机构,也是期刊发展的智囊团。充分发挥编委会的作用,对于提高期刊学术水平具有重要意义。

4 制定严格的审稿制度

学术质量是学术期刊的生命之本。科技期刊编辑部应该严格执行稿件"三审"制,增加专家外审,确保稿件学术水平。

稿件的初审主要由编辑部责任编辑完成。稿件的初审直接关系到稿件的"退"或"送",

一旦处理不当,要么有可能将优秀稿件拒之门外,要么会将学术水平不高的稿件送审,无谓地增加审稿人的负担,也会耽误作者的改投。为确保稿件初审的质量,编辑部应制定具体的稿件初审原则,对不符合本刊报道范围和学术质量明显偏低的稿件,由责任编辑签名退稿,并在稿件档案袋注明退稿理由。

稿件的外审主要是请相关专家和学者对稿件的学术成果进行评审。编辑部应严格执行稿件的"双盲审"制度,避免审稿专家的顾虑。通过初审的稿件,送熟悉该领域的专家评审,请其对稿件的学术水平进行把关。

对外审通过的稿件,根据审稿专家的具体意见,查阅相关领域已有研究成果,对照专家意见,确认稿件学术水平是否符合办刊宗旨和期刊定位,编辑部主任复审,将复审意见和稿件处理意见提交主编终审或常务编委会讨论决定。所有拟录用稿件均经主编终审签字后录用。

5　把握学科动态精心组稿

高水平学术期刊应该有其独特的创新栏目,吸引高水平稿件,反映学科发展的前沿问题。栏目选题是否具有创新性,首先看同类选题是否发表过,是否有填补空白的价值;再看是否有新的资料、新的创意、新的写法、新的形式,有没有超出前人或超出他刊之处。

《中国天然药物》期刊特色栏目是报道新化合物及其活性,综述与评述类文章参照国际期刊惯例,几乎均为组稿方式,保证了刊物的权威性与方向性,在一定程度上能提高期刊的影响力,该刊创刊 6 年其英文稿件就在 Elsevier 旗下的 ScienceDirect 网络平台上正式发布[6]。黄文熙讲座由《岩土工程学报》主办,是我国有关岩土力学与工程方面学术水平最高的全国性讲座,创办于黄文熙院士诞辰 90 周年(1998 年),每年一讲,讲座稿件在"黄文熙讲座"栏目刊出,稿件质量高、影响力很大。《水科学进展》编辑部针对水科学领域发展中存在的对一些不同学术观点、重要的水问题的概念和内涵有不同认识,设置独特的栏目"笔谈",约请相关领域专家对这一问题各抒己见,充分讨论,收到很好的效果;另外,编辑部还对重大前沿学科发展和研究课题出版专辑,以推动水科学进步。

6　强化编校质量

学术期刊的编校质量是体现期刊综合水平的一项重要指标。编校质量的好坏直接影响期刊在广大读者心目中的形象。提高编校质量,关键是人的因素,只有编校人员对编校工作高度重视,以强烈的事业心和责任感对待编校工作,才会有工作的热情和积极向上的动力编好期刊,出好期刊[7]。学术性科技期刊稿件清样应采用严格的"三校一读"和"核红"制,必要时进行四校,每次校对采用一稿两人交互进行,确保错误率低于万分之三。为加强期刊的编校质量,编辑部应从以下几方面规范编校工作。

(1)期刊编辑出版相关规范学习的日常化。人手必备相关国家规范、科技名词术语、中英文字词典等日常编辑校对中最常用到的书籍;对编校过程中出现的疑难问题进行编辑部"会诊",如果仍不能解决,可通过电话或者邮件形式请教专家解答。

(2)严格执行科技期刊编辑出版的相关国家标准。在编排格式标准化、规范化方面,特别注意编排格式、正文版面、中英文摘要、关键词、名词术语、量和单位、数字用法、公式编排、参考文献、图表及全刊文章保持体例一致。

(3)出版后审读制度。每一期杂志出版后,送专家、同行以及编辑部内部审读,将出现的不同问题整理后纳入编辑部日常校对规范中,以避免同样的错误再次出现,提高期刊的编校质量。

(4)参考其他优秀期刊的编校规范。学习办刊优秀之处,以达到取长补短之目的。

7 重视编辑人员继续教育

编辑素质决定了期刊质量。强化编辑人员素质必须以多种形式经常对编校人员进行系统的业务培训。通过多种形式的编辑人员继续教育,提高编辑业务素质。

(1)国家法律、法规的学习。及时了解和掌握国家有关出版政策、法规。坚持期刊的办刊宗旨,不断地在实践中学习新知识,应用新知识。学习并掌握信息高科技的基本技能,熟悉期刊的出版经营管理,自觉地用人类优秀文化滋养陶冶自己、更新自己,以适应知识经济时代对科技期刊的要求。

(2)专业理论知识的学习。一名优秀的科技期刊编辑除应具有娴熟的编辑技能外,还需拥有较高的外语水平、扎实的文字功底、良好的计算机使用技能,特别重要的是要不断加强专业知识的学习。编辑部成员除日常中不断加强自我学习外,还应积极参加学科的各种国内外学术会议,掌握学科前沿动态。

(3)编辑业务学习。为了使编辑的专业知识和综合素质不断得到提升,编辑部应积极选送编辑参加编辑业务培训班,了解行业动态,把握最新规范精神,提升专业素质。

(4)倡导奉献精神,乐为他人做嫁衣。编辑工作,被人们誉为"为他人作嫁衣",是一个默默无闻、乏名少利的工作。科技期刊的编辑人员是在为论文作者们做嫁衣,必须要有甘为人梯的奉献精神,方能完成好编辑工作。要实时调整心态,甘于清贫生活,乐为他人做嫁衣。要认识到在现代文明社会的科学、文化事业中,编辑工作是不可或缺的工作,是一项高尚的职业。应把每一期杂志都当作创刊号来办,在编辑工作中体味人生,苦中有乐,乐中有趣,无怨无悔。

8 与时俱进,迎接挑战

8.1 科技期刊网络化

相比传统的科技期刊运行管理体制,网络化是其在形式、技术、运作和管理上的重大创新。科技期刊的网络化广义上讲是指在网络环境下,科技期刊的编辑、发行和传播等借助网络进行的一种发展趋势,它同时包括了期刊的征稿、编辑、出版发行和管理等一系列相关流程的网络化[8]。科技期刊的在线出版是适应社会信息化发展的必然趋势,也是科技期刊自身可持续发展的要求。

面对期刊网络化的冲击,编辑部短期内实现高水平信息化任重道远,传统出版仍为当前编辑部的主要出版模式。科技期刊严格的初审、复审、终审、发排、编辑校对等过程决定其发表周期较长,为顺应时代发展的潮流,编辑部应做好各种准备工作,实现期刊的预发表、开放存取(Open Access,OA),提高期刊的被检索、被引用量,进一步加快期刊网络化进程的步伐。

8.2 科技期刊国际化

科技期刊国际化的主要标志是[3,9-13]：期刊内容的国际化，论文所报道研究对象国际化程度和研究成果世界领先水平；发表的国际合著论文量及国外投稿量；是否建立起国外审稿专家队伍；是否有国际化的编委会；是否严格采用国际标准和规范；是否被国际著名检索系统收录等。

英文摘要是中文科技期刊对外进行国际交流的窗口。提高英文摘要的质量，是中文科技期刊突破语言关口、走向世界化的重要途径。通过提高期刊论文和英文摘要的水平，努力做到被国际著名检索系统认可，进而进入更多的国际重要检索系统，可使期刊学术研究成果更广泛的被国际学术界引用。同时，高水平的学术期刊应增加国际编委，向国际编委约高质量英文稿件，通过国际编委推广、介绍，真正实现期刊的国际化。

9 结 语

在科学技术发展日新月异、信息传递迅速的今天，社会发展离不开科技文化进步带来的影响，科技期刊承担了宣传科技进步的重要角色。因此，科技期刊要顺应时代发展潮流，跟上社会前进的步伐，不断进取，锐意改革。通过准确定位科技期刊、建设良好的学风、充分发挥编委会作用、制定严格的审稿制度、把握学科动态精心组稿、强化编校质量，以及重视期刊编辑的继续教育，主动向国际优秀期刊学习，逐步缩小差距，努力以脚踏实地的国际化战略走向世界，将会推动中国科技期刊融入国际社会，创造出一流的学术性科技期刊。

参 考 文 献

1　陈佳洱. 国家自然科学基金委员会全力推进我国科技期刊走向世界[J]. 中国科技期刊研究,2008,19(6):927-929.

2　刘淑华. 科技期刊的品位[J]. 中国科技期刊研究,2007,18(5):733-736.

3　中国科学技术学会. 中国科协科技期刊发展报告(2009)[M]. 北京:中国科学技术出版社,2009:74,130.

3　周济. 标本兼治　全面推进高校学术道德和学风建设[R]. [2009-06-25].

5　张康生.《环境工程学报》及其前身的办刊实践与体会[J]. 中国科技期刊研究,2008,19(4):623-625.

5　丁佐奇,郑晓南. 我国药学类期刊走向 SCI 之路探悉——以《中国天然药物》为例[J]. 中国科技期刊研究,2007,18(5):795-797.

7　饶华. 提高科技期刊编校质量的几点想法[J]. 医学信息学杂志,2003,24(6):460-461.

8　陈月婷. 科技期刊网络化内涵分析[J]. 中国科技期刊研究,2005,16(5):609-613.

9　金永勤. 立足于本土的科技期刊国际化——《眼视光学杂志》的办刊意识[J]. 中国科技期刊研究,2009,20(3):545-547.

10　田丁. 建立网络出版集团加快我国科技期刊国际化发展[J]. 科技报刊研究,2004(1):18-20.

11　赵来时,王亨君,张健. 科技期刊国际化进程中的问题及思考[J]. 编辑学报,2003,15(6):435-436.

12　薛培荣,姚真. 中国科技期刊国际化发展的对策[J]. 编辑之友,2000(6):28-30.

13　孙丽荣. 我国科技期刊国际化进程中所面临的几个问题[J]. 中国科技信息,2006(2):166-167.

第六部分

附录

2008 年上海市科技期刊编校质量检查工作情况汇报

上海市科技期刊学会

根据上海市新闻出版局"迎世博 600 天行动计划——期刊编校质量检查"活动安排,上海市科技期刊学会受上海市新闻出版局的委托,于 2008 年 10 月—2009 年 1 月对 348 种上海市科技期刊以及 6 种社科期刊的编校质量进行了检查。为此,上海市科技期刊学会成立了由吴建明、方国生、陈兰珍组成的期刊编校质量检查领导小组,并抽调了 20 余位资深编辑和专家组成了期刊编校质量检查工作组(组长龚汉忠,常务副组长张全福,副组长曹金盛、冯维泰、陈光宇),开展了为期 3 个月的期刊编校质量检查工作。现将有关检查工作情况及结果作一汇报。

1 检查依据

1.1 差错率计算方法的依据

国家新闻出版总署 2004 年 12 月 24 日的第 26 号令,新的《图书质量管理规定》自 2005 年 3 月 1 日起实施。我们根据新的《图书质量管理规定》中的《图书编校质量差错率计算方法》,依据其中有关科技出版物的规定,并结合科技期刊中特有的、大量的格式要求,制订了《科技期刊编校质量差错率计算方法》。该方法经新闻出版局报刊处两次修订同意后实施。

1.2 差错认定的依据

差错认定的主要依据是:1)中国出版工作者协会校对研究委员会 2005 年 6 月修订发布的《图书编校质量差错认定细则》中有关科技出版物的规定;2)原国家科委颁布的《五大类科技期刊质量要求及评估标准》中的有关要求;3)凡上述规定及文件中未涉及的所有有关科技期刊的国家标准中规定的要求。

2 检查方法

1)检查上海具有国内统一连续出版物号的期刊。出版时间为 2008 年 9 月。其中,月刊为第 9 期、双月刊为第 4 期、季刊为第 3 期、半年刊为上半年期、年刊为 2007 年度出版的期刊。检查字数为 3 万字(从目录页之后的正文算起,包括其中的广告内容)。

2)每处差错折合差错个数的计算方法依据制定的《科技期刊编校质量差错率计算方法》。

3)检查内容分为:文字差错、标点符号差错、格式差错三大类。其中,文字类差错分为 9

项,标点符号类差错合为 1 项,格式类差错分为 7 项,总计为 17 项。

4)检查工作采用"统一标准、分工检查、交流复查、汇总检查"的办法。在检查前,检查组成员集中对有关的标准、规范的掌握尺度等进行了学习,统一了认识。检查工作中期,分组对在实际检查中遇到的难以认定的问题进行了交流、讨论。检查小组组长多次集中商讨、分析存在的疑难问题,以便指导检查工作。

5)由于科技期刊(尤其是学术类和技术类期刊)涉及的标准和规范较多,其大量的格式要求,如:量与单位的名称、符号及书写规则,数学式、化学式的编排,符号、字母的正斜体、黑白体、大小写、上下角的区别,图与表的规范化要求,数值、数值范围和公差的表示,以及数的修约规则等,是社会科学期刊所不存在的,因此差错出现的概率必然较大。为此,根据科技期刊的实际情况,建议将此次科技期刊编校质量检查的等级评定标准规定为:差错率小于等于 3‰ 的定为"优";差错率大于 3‰、小于等于 4‰ 的定为"良";差错率大于 4‰ 小于等于 8‰ 的定为"中";差错率大于 8‰ 的定为"差"。

3　检查工作小组情况

科技期刊编校质量检查工作小组成员的选定原则是:1)长期从事编辑工作,文字功力较强,能较好地掌握、运用有关规定和标准;2)所负责的期刊在历次质量检查中成绩处于前列;3)能保证按时完成检查任务;4)兼顾各专业刊物的审读需要。经反复商讨,最后确定由 25 名成员组成科技期刊编校质量检查工作小组。其中,编审 6 人,教授级高工 2 人,副编审 7 人,副教授 1 人,高级工程师 3 人,副研究员 2 人,资深编辑 4 人。

4　检查结果

4.1　概况

参与此次编校质量检查的上海市科技期刊和社科期刊共计 354 种(包括 20 种英文版期刊)。其中指导类 10 种,学术类 151 种,技术类 147 种,科普类 37 种,文摘检索类 3 种,社科期刊 6 种。具体检查结果如下:

- 检查总字数为 1 062 万字;
- 平均差错率为 6.26‰;
- 最小差错率为 0.93‰;
- 最大差错率为 18.3‰;
- 质量等级评定为"优"的刊物共 43 种,占刊物总数的 12.1%;
- 质量等级评定为"中"的刊物共 167 种,占刊物总数的 47.2%;
- 质量等级评定为"差"的刊物共 85 种,占刊物总数的 24.0%。

4.2　分析

文字类差错仍是需要下大力予以重视的问题。在 9 项文字类差错中,一般性的错别字并不多见,而其中的名词、术语差错,以及量名称、符号差错则较多;语法性差错中语法、修辞、逻辑等方面的病句较多,如用词不当、成分残缺、搭配不当、语序颠倒、结构混乱等。外文期刊中的文字差错则主要是语法性错误,以及拼写错误(漏字母)、大小写错误等。

标点符号中出现差错较多的情况仍是:主语转换后未断句,仍用",";用"、"时并列关系不妥或并列层次不当;":"重叠使用;不善于使用";";在英语句子中误用"、";等等。鉴于科技文献的句式具有使用长句、复句、无主语句或省主语句较多等特点,因此对科技期刊编辑来说,对标点符号的规范用法尤要下一番功夫。

格式类差错仍是导致科技期刊的差错率居高不下的重要原因。其中的主要问题仍是"量与单位"的规范化、标准化,其次是图表表示法、参考文献著录、字体格式等方面。

科技期刊中的广告,除了文字内容是否符合有关政策要求外,还涉及到一些基础性的国家标准和规范如何贯彻的问题,以及其他一些技术性要求。但这一点尚未引起足够的重视。

4.3　反馈意见情况

在已送出的 354 份期刊编校质量检查表中,收到了 3 185 份反馈意见。经检查小组审核,编校质量检查表中指出的问题,绝大多数是正确的。之所以有不同的意见,主要是由于有些编辑部对某些规定和标准不了解而产生的。对一些反馈意见不多的刊物,我们即用电话向他们作了说明,检查意见也得到了他们的认可。这些通话情况我们已做了记录。有些反馈意见较多的刊物,我们准备以书面形式答复,或选定日期为有关编辑部面对面答疑。在反馈意见中,还有编辑部提出希望每年都能进行一次这样的检查。

5　建议

5.1　对差错率高的刊物应有整顿措施

建议对质量等级评定为"差"的刊物采取适当的整顿措施。如:要求刊物的主办单位制订整改措施,并以书面形式向有关管理部门报告整改结果;对这些刊物的编辑人员另行组织强化培训;在一定时间之后对这些期刊进行复查;等等。对质量长期达不到规定标准的期刊,应严格按照《期刊出版管理规定》第五十一条的规定执行,不予通过年度核验。这样才能起到警示作用,促使有关单位对科技期刊的编校质量重视起来。

5.2　制订《期刊质量管理规定》

从严格意义上讲,质量等级评定为"差"的刊物,是一种不合格产品。对于不合格的图书,《图书质量管理规定》中有具体的处理办法。但对于不合格的期刊,目前尚无具体的处置办法,照样堂而皇之地公开发行。为此,建议参照《图书质量管理规定》,制订《期刊质量管理规定》(地方性的规定也可),以规范期刊的质量管理工作。

5.3　加强对科技期刊编辑人员文字能力方面的培训

文字表述能力决不是雕虫小技。语言文字的规范与否,涉及到科学理论能否准确表达。然而,目前从事科技期刊编辑工作的人员,绝大部分原来都从事专业技术工作,对语言文字的驾驭能力参差不齐。为此,在编辑人员上岗培训阶段,除了政策性的课程外,在编辑工程课程中还应增设文字能力的培训和考核。

5.4　重视科技期刊中人工语言符号的规范化、标准化

对科技期刊来说,语言文字的规范使用、概念的准确表达等是极为重要的,但格式方面的差错尤其是人工语言符号的不规范状况绝对不可听之任之。由于科技文献除了使用自然语言符号之外,还使用大量的人工语言符号,用一些字母、符号、图表、公式等代替科学术语及其语法关系。人工语言符号系统突破了自然语言符号系统的局限,具有国际性、通用性。世界各国使用不同的自然语言符号系统,却使用统一的或趋于统一的人工语言符号系统。

人工语言符号的表达格式是否规范,除涉及到文献报道的科学性、正确性之外,还涉及科学技术能否有效地传播、交流。因此,对人工语言符号的大小写、正斜体、黑白体以及其他一些格式要求,尤其是量与单位的规范表达等一切细节,必须规范化、标准化。如果不能熟练掌握这方面的知识,就难以胜任科技期刊的编辑工作。

5.5　重视期刊广告的审读工作

科技期刊刊登的广告中不符合有关国家标准的情况也应引起各杂志社、编辑部的重视。由于国家制定有关"广告"的法规、条例时要考虑到各种广告活动,因此不可能对期刊经营广告应执行哪些国家标准做出具体规定。这就为部分广告从业人员在期刊广告中不执行国家标准找到了借口。但在国家新闻出版署、国家工商行政管理局颁发的《关于报社、期刊社、出版社开展有偿服务和经营活动的暂行办法》中第二条规定"期刊社可以兼营广告业务";在其第七条中规定"报社、期刊社、出版社开展经营活动,应坚持正确的经营方针,遵守国家的法规政策"。这一条说明,出版物在经营广告活动中也应遵守有关的国家标准。因此,科技期刊的广告必须遵守《量与单位》、《出版物上数字用法的规定》、《标点符号用法》、《汉语拼音正词法基本规则》、《出版物汉字使用管理规定》等一系列基础性国家标准及规定。鉴于目前许多广告业务员在审查广告时主要关注的是核实广告内容,以及广告准则、法律责任等方面的事项,而对一些基础性的国家标准又不了解,因此各期刊社应重视这方面的审读工作。

5.6　审读专家宜少而精

由于考虑到参与本次编校质量检查的期刊量大面广,因此根据各方面的推荐,选定了25名资深编辑以及在历次质量检查中评定为优秀期刊的编辑部负责人作为审读专家。其中有7人是第一次参与审读工作。从中也突显出了不少具有相当审读能力的新人。但是,由于参与审读的人员过多,审读水平难免参差不齐,再加上一些主观因素,不同程度地影响了差错认定的公正性,也大大增加了复查阶段的返工工作量。对有些刊物的复查等于是重新审读,其工作量甚至超过了原审读工作量(需纠正错判的,再指出新的差错处)。为此,建议在今后的质量检查工作中,对审读专家的选定宜少而精,责任心要强,人员以15名左右较合适。这样便于审读标准的掌握以及差错认定的统一,使检查工作的结果更客观、公正。

5.7　办刊必须有健全的编辑部

据了解,一些刊物编辑质量差的主要原因是:没有健全的编辑部,人员不固定,无专职编辑,有的是一人办刊,致使工作不认真,有关规范和标准不了解。建议管理部门在年检时对是否有健全的编辑部、是否有固定的办公场所等应有专项检查。

本次编校质量检查组的成员有(以姓氏笔画为序):王伟海,方华,邓晓群,冯维泰,曲俊延,刘亚萍,刘志强,李欣,沈玲,沈安京,吴民淑,张小白,张全福,陈光宇,周庆辉,施明,赵惠祥,倪雪飞,俞耀松,秦巍,曹金盛,龚汉忠,葛轶,颜严,潘伟炯。

(张全福执笔)

2008年上海市科技期刊
中文编校差错案例及分析

上海市科技期刊编校质量检查工作组

本文对检查审读过程中发现的常见中文编校差错进行案例分析,以供编辑同行参考。

1 文字差错

1.1 一般性错字、别字、多字、漏字

1.1.1 错字、别字

- 中华文化道统向为"国民政府"自许为重大的责任。("自许"改为"自诩"。)
- 它即是行业内外的习惯用语,更是民间的习惯用语。("即"改为"既"。)
- ……,预计2010年Q1投产。("Q1"应改为"第一季度"。)

检查中发现的部分其他错别字列举如下(括号里的字是错的):

圆(园)盘,树梢(稍),既(即)然,既(即)……又……,图像(象),辨(辩)识,拟合(和),径(经)向,代(带)入式(12),致以(于)新春问候,崭(暂)露头角,油气田(天),蜿(宛)蜒(延),档(挡)案,水分(份),几(机)率,线性(形)回归方法,介(界)于,根(跟)据,机(肌)制(理),线性(形)方程组,地基振(震)动,结构型(形)式,部分(份),涌(踊)现,罗(逻)列,体形(型),蜷(卷)缩,气(汽)球,辩(辨)证(正),避(壁)免(面),安泰(秦)管理学院,暴(爆)发传染病,相(想)结合,衰(哀)落,水蒸气(汽),扫描成像(象),模拟(似),趋炎附势(附言趋势),截至(止)2004年12月底,征稿启事(示),范(泛)数‖y‖",两两(俩俩)不相交,叠(迭)加,迭(叠)代,粘连(黏连),终身服药(终生服药),彩色相片(彩色像片),构象(构像),烦躁不安(烦燥不安),谨候气宜(谨侯气宜),皮肤瘙痒(皮肤搔痒),手术指征(手术指证)。

另有一些意义相近或相似的词常出现混用的情况,例如:"实验"与"试验","增殖"与"增值","严密"与"周密","发现"与"发明","时期"与"阶段","以至"与"以致","权利"与"权力","二"与"两","只要"与"只有","尽管"与"不管",等等。

1.1.2 多字、漏字

- 由于乳杆菌是是引起后酸化的主要菌种,因此……(多一个"是"。)
- ……,在事故发生后实时处理、有效协调,最大限度地减少事故损失,已成为急需解决的重大问题。(前一个"的"字多余。)
- ……都为内地印刷企开拓外单市场增加了新的商机。("印刷企"后漏"业"字。)

1.1.3 其他文字方面的差错情况

(1)随意使用缩略词,以及非公知公用的缩略词首次出现时未给出说明。根据《图书编

校质量差错认定细则》(2005 年 6 月修订,以下简称《细则》)第 15 条规定,缩略词在"每篇文章首见时最好使用全称",如"化学研究所"不能简为"化学所","第九研究设计院"不能简为"第九设计院","数学与信息科学学院"不能简为"数信学院"等。尤其是以英文首字母形式出现的、有多种释义的、且相邻专业也不熟悉的缩略词,在首次出现处必须加以说明。如"OCR"的释义有:耗氧率,光符读出器,光符识别,全向计数速率,煤炭研究所等;"ID"的释义有:身份证,所得税,人工通风,工业设计,传染病,感染量,皮内(注射),内径,情报部,调查局,同上,爱达荷州(美国),等等。这些多义的缩略词若不加说明,就无法正确理解其含义。为此,非公知公用的缩略词首次出现时必须给出说明。

(2)单位的英文地址中缺"China"。根据《细则》第 16 条规定,"译名不合常规的和无法判定地域的地名和单位名,应当计错。"

(3)中文摘要中误用"本文"、"作者"等做主语。英文摘要中出现了第一人称"we"。根据 GB/T 6447-1986《文摘编写规则》第 6.7 条规定,"要用第三人称的写法。……不必使用'本文'、'作者'等做主语。"

(4)基金项目的英文名中"by National Natural Science Foundation ",应为"by the National Natural Science Foundation"。根据英文语法的要求,"特指某种事物",需用定冠词"the"。

(5)关键词中英文不一致或不相同。根据 GB/T 7713-1987《科学技术报告、学位论文和学术论文的编写格式》第 5.8 条规定,"每篇报告、论文选取 3～8 个词作为关键词……。为了国际交流,应标注与中文对应的英文关键词。"

(6)基金项目缺编号。

(7)根据 ISO 4-1984《文献工作——期刊刊名缩写的国际规则》第 C.4.1.3 条规定,"由单独的词构成的刊名,不宜缩写。"如 "Pharmacother" 应为"Pharmacotheraphy"。

(8)其他差错的地方有:使用"No."和"Number"不统一,中英文作者单位名称不一致或全文不统一,"其它"与"其他"使用不统一等。

1.2　知识性、逻辑性、语法性差错

1.2.1　知识性差错

- 召开世博会的时间跨度长达一年。("一年"应为"半年"。)
- 大连是我国东北地区最大的港口,它毗邻俄罗斯,与朝鲜、韩国、日本隔海相望。("毗邻"意为"毗连"、"连接"。大连并未毗连俄罗斯。"毗邻"可改为"邻近"。)
- ……,也包括在其他天体表面(必须是固态的表面,如月球、火星等类地行星表面)上进行太空漫步。(月球不是行星。"类地行星"可改为"星球"。)

1.2.2　逻辑性差错

- 目前,我国脉冲涡流检测技术的研究还处于起步阶段,因而具有较高的科研价值。(研究项目的"科研价值"大小,取决于其提高生产力的程度,与"起步早晚"无关。"具有较高的科研价值"可改为"有必要进行深入探讨"。)
- 本次事故是因当班驾驶员与地方小船避让不协调而发生的,但从另一个角度分析,是对规章制度的执行、落实不严,船员安全责任心的缺失有着必然的联系。(并非"人"与"船"避让不协调,而是"船"与"船"避让不协调,故"当班驾驶员"应改为"X 轮"。句中"是对……有着必然的联系"中,显然介词使用不当,"对"应改为"与"。)

- 欧美、日本、欧洲的患者也慕名而来。（洲名与国名并列，"欧美"中又包含"欧洲"，却作为并列关系，均不符逻辑。）
- MTF（调制传递函数）是对线性影像系统或其环节的空间频率传输特性的描述，MTF是描述系统再现成像物体空间频率范围的能力。（逻辑关系混乱。后一分句的"MTF是描述"可改为"反映了"。）
- 二便癃闭。（中医学中"癃闭"仅意为小便不通。应改为"小便不通，大便秘结。"）

1.2.3　语法性差错

（1）词性误用。例如：

- 上海轨道交通2号线西延伸、3号线北延伸于2006年底相继建成通车。（"西延伸"、"北延伸"均为动词性词组，不能作名词，应改为名词性词组"西延伸段"、"北延伸段"。）
- 在用近4年时间打造出独具特色的吸引力后，华南城最终赢得了各地商家的趋之若鹜。（"趋之若鹜"比喻追逐不正当的事物，应改为"青睐"。）
- 该中心位于美国亚特兰大市中心，旨在帮助中国名牌家居饰品和装饰建材产品直接进入美国市场的大型交易平台。（"的"改为"提供"，或将"旨在"改为"为"。）
- 新一代解决方案包括可处理薄晶圆的专用平台，确保在最大产量下的低破损率，和确保从第一片晶圆就精确定位的高速机器视觉功能。（"和"在用来连接动词或形容词时有一定的限制，即在句子中不能作谓语。也就是当谓语是几个动词或形容词的时候，是不能用"和"来连接的。此句中"和"应改用连接动词和动词性短语、分句或句子，表示更进一层意思的连词"并且"。）
- 莠去津的吸收与EO增大与物质的量有关。（句中两个"与"，分不清哪个是介词，哪个是连词。根据文意，第一个"与"为介词，可改为"同"；第二个"与"为连词，可改为"及"。）

（2）数量词误用。例如：

- 上海纸类产品中除有20％生活用纸直接用于人们日常生活外，80％以上为其它制造行业和第一、第二产业深加工作配套使用，被称为"软钢板"。（"80％以上"是不确定的，应删去"以上"。）
- 全国每年早产儿出生数达180～200万。（"180～200万"应改为"180万～200万"。）
- ……，加入约20 mL左右蒸馏水，再加入……（表示约数的词语重复。删去"约"或删去"左右"。）
- ……在一个地理区域内集聚，形成工业群落或工业区，已成为一个全球现象。（"一个全球现象"应改为"一种全球现象"。）
- ……，利润才100万。（"100万"是个纯数，不能表达"利润"这个"量"，应加上具体计量单位名，为"100万元"）
- 其中，每位居民在交通方面每年消耗的能源从54 000 MJ减少到12 000 MJ，减少了4.5倍。（倍数只用于增加，用倍数表示减少或降低不合情理。减少或降低只能用分数或百分数表示。句中"减少了4.5倍"应改为"减少了77.8％"。）

（3）虚词使用不当。例如：

- 回流，是一个针对于港资企业的问题。（介词"对"有两种功能，一是用于指示动作的对象，表示"朝、向"，二是表示人、事物、行为之间的对待关系。介词"对于"只有上述第二种功能。此句中必须删去"于"字。）

- 该届展会在大连星海广场内两个相邻的展场组成。（"在"改为"由"。）
- 印刷产业已成为重要的国际贸易产业，并且欧美发达国家既是较大的出口商也是较大的进口商。（前后句无递进关系，也非并列关系，应删去"并且"。句中逗号改为句号。但上下文仍不连贯。）
- 介绍了热分析技术的两种方法，即有限元法和热网络法，及最新的热网络有限差分法。（误用连词"及"，可误认为有三种方法。可将"及"改为"包括"，并将此内容用括号括起来。）
- 全球性的产业流动，在早期向……转移，到后来向……转移，再到近年向……转移。（介词搭配不当，"在"应改为"从"。）
- 这些地区的商家数量与销量却呈明显地下降趋势。（"明显地"应为"明显的"。）
- 广大的自行车、电动车经营者，不失时机的在产品结构、调整市场开发、用户服务、品牌建设等方面做了大量工作。（"不失时机的"应为"不失时机地"。）
- 另一种是采用红外摄像。它能全景式的显示样机温度场变化。（"的"改为"地"。）
- 现在遥控车、遥控飞机做的越来越精美，科技含量越来越高。（"的"改为"得"。）
- 尽量不用只有中国人才懂得俗语、成语交谈。（"得"改为"的"。）
- 但这300辆车与其它电动车的不同之处，在于全部采用了苏州星恒电源有限公司提供的动力锂电池。（"但"只用在后半句表示转折语气，不用在句首。）
- 人民生活水平和购买力的提高，都将为玩具行业的发展提供了最强劲的动力。（"了"字用在动词和形容词后，仅表示动作或变化已完成，以及实际已发生的动作或变化。对于"将要发生的"动作或变化，不可用"了"。）
- 采用此方法可以不需太多现场试验和数据的情况下，设计出速度模糊控制器。（应在"不需"前加上介词"在"。）
- ……用于控制田间植物、观赏植物和草皮和家庭花园中的病原线虫。（并列词语间的连词只用在最后两者之间。第一个"和"改为顿号。）
- 矿粉—粉煤灰复掺技术不但有突出的利废效应，而且在对混凝土性能的改善方面较单独使用粉煤灰和矿粉有显著的优势。（错用连词。"和"改为表示选择的连词"或"。）
- 然而这些方法由于对动物健康和环境有不良影响，而不能在生产中使用。（前后句表示因果关系，不可用连接语意相反、表示转折的"而"字。"而"改为"因此"。）

(4)搭配不当。例如：

- 如果希格斯玻色子真的存在，它的质量一定重于114 GeV。（"重于"应改为"大于"。）
- 2008年的自行车行业展会给了展览业一道亮丽的风景线。（动宾搭配不当，应改为"给展览业增添了一道亮丽的风景线"。）
- 在产品涨价15％～16％的情况下，外销量好过之前的增长，达到56％。（形容词＋"过"是粤语方言。"好过"应改为"大于"。）
- 球杆是用高新材料制成的，完成使命后要送回地面被拍卖作为慈善基金。（"球杆"……作为"慈善基金"，搭配不当。可分成两句陈述："球杆……被拍卖。""拍卖所得款项将作为慈善基金。"）
- 此外诸如配合了铝合金车体、锂离子电池的高价电动车也颇有人缘。（"配合"应改为"配置"。）

• 然而,传统硬木家具市场中以次充好、以假充真、粗制滥造等高消耗、低效能现象依然存在,已经成为行业性顽症。("以次充好、……"指的是制作方法,"高消耗、……"指的是制作成本,是不同性质的事,前者不能修饰后者。"等"改为",以及","低效能"后加"等"。此外,"高消耗、低效能"指的是生产中的情况,并非市场中的情况。)

• 增加的产能包括宽度达 30 毫米的扁平电缆。("电缆"是产品。句中"产能"改为"产品"。)

(5)成分残缺。例如:

• 所有的损耗几乎全部变成热能,一部分散失到周围介质中,一部分加热开关电器。(前后不是同一主语。前一句的主语是"损耗",后一句缺主语"热能"。原句在"热能"后断句,并在其后加"这些热能"四字。)

• 既符合检验修正的评价简明性原则,也满足循环经济指标体系的纵向、横向比较。(缺主语。)

• 由于采用部分流量,所以疏水冷却段的通道通常满足不了疏水流量大的情况,放大通道又将浪费传热面积。("放大通道"前应加转折连词"而"。)

• 节约资源已经成为我国的基本国策,关系到我国经济可持续发展的重要策略。(在"关系"前加谓语动词"是"。更为简洁的改法是:不加"是",仅将后半句改为"关系到我国经济的可持续发展"。)

• 当前,我国已把节能工作提高到前所未有的重要位置,明确了"十一五"期间的基本目标——单位 GDP 能耗降低 20%,能源统计指标体系的规范完善更加不容延缓。(前后两个分句有关系,不是独立的句子,应在"能源统计指标体系"前加连词"因此"。)

• 从产业生命周期看,当前电动车市场正处于成长前期和成长后期的分水岭,从垄断竞争阶段向寡头垄断阶段过度的分水岭。(应将第二个"从"改为"也是"。)

• 该店是北京居然之家控股集团的第 14 家分店,是"居然之家"单店中最大。("最大"后加"者"。)

• 预计 2010 年掩膜市场可达 38.9 亿美元。("掩膜市场"后加"销售额"。)

(6)并列不当。例如:

• 备受瞩目的再生能源包括太阳能、水力发电、风力发电、潮汐能及生物质能。("水力发电"、"风力发电"分别改为"水能"、"风能"。)

• 从纸张、油墨以及文件格式、数量和详细的发货指示,都离不开语言的表述。(句中有三类成分,一是"纸张、油墨",二是"文件格式、数量",三是"发货指示"。三者是不同类别的并列词语。可将"以及"改为逗号,"和"改为",以及",列举煞尾处"指示"后加"等"字。)

• 来自美国、中国及越南、泰国、马来西亚、新加坡等东南亚国家……(东南亚国家指后面四国。"及"改为",以及"。)

(7)插入句位置不当。例如:

• 当 $\tan\delta < 0.1$ 时,试样电容可近似按下式计算,其误差率一般不大于 1%。

$$C_x = (R_4/R_3) C N$$

(插入句"其误差率一般不大于 1%"应置于公式之后交代。)

(8)词序不当或赘述。例如:

• 为此,对非乙烯方向炼化模式及其经济效益进行探讨的问题,结合沿江炼厂进行探讨。(两处"进行探讨"使句子拗口。可调整词序,改为"为此,结合沿江炼厂实况,对非乙烯方向炼化模式及其经济效益进行了探讨。")

- 二是整个评价程序能否不经培训,被多数人所掌握并使用;("程序"不需培训,"人"才需要培训。调整词序后改为"二是整个评价程序能否被多数人不经培训就能掌握并使用;")

- ……的直接原因是船舶在涌浪作用下,No.3 货舱右舷船体因潜在缺陷,在海上航行中遭到恶劣天气影响,致使内伤扩大引起船舶进水。("涌浪作用"及"恶劣天气"两个条件状语不应分开。改为"……的直接原因是:船舶在海上航行中遭到恶劣天气影响并在涌浪作用下,No.3 货舱右舷船体因潜在缺陷,致使内伤扩大引起船舶进水。")

- 如今物价的上涨特别是国际油价的价格飚升,也带动国内油价一路水涨船高。("飚升"前已有定语"油价",后不应再出现"价格"。)

- 益智玩具同样是受到家长的热捧。(单独使用"是"时,为联系两种事物。此处多余。)

- 戈尔在为客户提供定制化方案的同时并提供在线设计工具。("并"在此作为副词,表示不同的事物同时存在或不同的事情同时进行。但句中已有"在……同时",再用"并"就显得多余。"并"可改为"还",表示现象继续。)

- 公司已经成功推出商品化的直投式冷冻干燥酸奶发酵剂产品,并在世界各国包括我国得到了广泛应用。("包括我国"四字多余。)

- 自然的通风采光使得位于南台湾的这所学校得以可以不须籍由式样的堆砌来掌握地域的特色。("得以"即"(借此)可以"。句中"得以"与"可以"应删去其中一词。"不须"应为"不需"。"须"的释义为"须要",即"一定要"。"不须"即为"不一定要",显然其意思与句义相悖。)

(9)词不达意或词语误用。例如:

- 美国定单的快速下降,让很多出口美国的企业严重开工不足。("企业"不能出口,"产品"才能出口。"出口美国的企业"改为"做出口美国产品的企业"。"定单"应为"订单"。)

- 协会牢记服务宗旨,在全国范围内进行了大量的调查研究,努力说清楚行业。(根据文意,将"努力说清楚行业"改为"搞好信息服务,为行业的发展规划提供依据"。)

- 近年来,越南经济发展较快,GDP 连续多年超过 7%。("GDP",即"国内生产总值",是一个"量值",不可用比值表达,应在"GDP"后加上"增长率"。)

- 由台积电发起的"TSMC 杰出学生研究奖"8 月 15 日落下帷幕,……(缩略词"台积电"未给出说明,不理解其含义。)

- 关联维数能有效量化表怔湮没在背景噪声中微弱弧声时间序列的变化情况。("表怔"应为"表征"。)

- 台湾建筑系学生的设计作品也适时地反应出关心本土环境的趋势。("反应"应改为"反映"。)

- 低温贮槽包括内筒、外筒、管路、阀门、仪表等组成。("包括"改为"由"。)

- UpTime 掺杂气体系统能帮助客户减少钢瓶更换次数,只要简单地转换和安装,便可获得高效率的气体利用水平,不须增加额外费用。("须"表示"一定要"。"不须"应改为"不需"。)

- 发病率明显增加。(应改为"发病率明显升高"或"发病人数明显增加"。)

(10)修饰不当。例如：

- 我们的企业要做大做强,需要不断地更新视野和理念。(用"更新"来修饰"视野",不当,可改为"需要不断地扩大视野,更新理念"。)

- 公司将通过合资、合作、独资的方式,在广东省外地区建立生产分厂,缩短销售空间和流通成本,提高产品的分销能力。("空间"是三维概念,只有"扩大"、"缩小"之分,不能"缩短";"成本"也不可用"缩短"来修饰。"缩短"前加"以","空间"改为"流程","和"改为",减少"。)

- 这些危险因素包括年龄、性别、家族遗传史、家族早发血管血栓性疾病病史、血压、血脂、血糖及其控制情况。(句中列举的因素都是中性的,"危险因素"应改为"因素"。如果明确是危险因素,则应写明是"老年、有家族遗传病史、高血压、高血脂"等)。

1.3 汉语拼音差错

(1)作者姓名或地址的汉语拼音差错。例如：

"Lü(吕)"错写为"LV","Lü(吕)"错写为"LU","Wang(汪)"错写为"Qang","mei(梅)"错写为"mci","Qing(青)"错写为"Qin","lin(林)"错写为"lon","Bao(保)"错写为"Baou","Wen(文)"错写为"Wwn","Chen(晨)"错写为"Cheng","Nanjing(南京)"错写为"Najing",等等。

(2)个别刊名误以字为拼写单位。根据 GB/T 16159-1996《汉语拼音正词法规则》第4.1条规定,"拼写基本上以词为单位",如"Jiao Tong(交通)"应为"Jiaotong"。

(3)根据 GB/T 16159-1996《汉语拼音正词法规则》第 4.6.3 条规定,"表示序数的'第'与后面的数词中间,加短横。"如"上海第二工业大学"的拼写应为"SHANGHAI DI-ER GONGYE DAXUE"。

(4) 音节的界限易发生混淆时未采用隔音号"'"。例如"Yan-an(延安)"应为"Yan'an";"Xian(西安)"应为"Xi'an"。

1.4 字母大小写差错

(1)缩略词使用不规范,未全大写,如缩略词"(Dmv),(cdf)"应为"(DMV),(CDF)"。

(2)未根据 GB/T 16159-1996《汉语拼音正词法基本规则》第 4.9 条的规定,"由几个词组成的专有地名的每个词的首字母应大写",如"Yangtze River(长江)"误为"Yangtze river(长江)"。

(3)英文题名的写法采用各个实词的首字母均大写时,如果组成复合词的两个或两个以上的词均为实词,未将每一个实词的首字母均为大写。如:"One-Step"误为"One-step","Real-Time"误为"Real-time"。

量和单位符号的大小写问题在 1.7 节中讨论。

1.5 字母正斜体、黑白体差错,字母混用等差错

(1)坐标轴"a,b"用了正体,应为斜体 a,b。

(2)常数"e"和虚数单位"i"(在电工学中常用"j")误用了斜体。

(3)数学式的下标有误,如"x_0"误用"$x0$";"J_N"误用"JN";"$(DS_i)_{max}$"误用"(DS_i) max"。

(4)一些数学符号的正斜体使用不当,如：① "a. e ('almost everywhere'的缩写,意为

'几乎处处'）"误用斜体；② 积分号"∫"，微分号"d"，偏微分号"ə"，圆周率"π"等误用斜体；③ 表示函数的大写希腊字母"Φ,Ψ"等误用正体；④ 特殊函数 $H_0^{(1)}$ 误用斜体；⑤ "误差函数 $erf(x)$"误用斜体，应为"erf(x)"；⑥ "⊿"与"△"混用；⑦ 转置符号"T"误用斜体。

（5）数学式中的英文词误用了斜体，如" $g(x,t)=\begin{cases}\alpha, if f(x,y)<t,\\ \beta, if f(x,y)\geqslant t,\end{cases}$ "中的"if"应为正体。

（6）化学分子式中出现斜体，如" $SnMO_4$ "误为" $SnMO_4$ "。

（7）向量误用箭头表示为" $\vec{a}$ "，应为黑斜体" $\boldsymbol{a}$ "。

（8）特征数" Re "等，误用正体。

（9）正体外文字母主要用于以下场合：①所有计量单位、词头和量纲符号；②数学式中要求正体的字母（有固定定义的函数；其值不变的数学常数符号；某些特殊算子符号；运算符号；有特定意义的缩写字；特殊函数符号；特殊的集合符号要使用空心正体或黑正体）；③量符号中除表示量和变动性数字及坐标轴的下标字母；④化学元素、粒子和射线符号；⑤仪器、元件、样品、机具等的型号或代号；⑥不表示量符号的外文缩写字；⑦生物学中拉丁学名的定名人和亚族以上（含亚族）的学名；⑧地球科学中的地质年代和地质学符号；⑨酸碱度、硬度等特殊符号；⑩表示序号的连续字母。

（10）斜体字母主要用于以下场合：①量符号、代表量和变动性数字的下标符号；②描写传递现象的特征数符号；③数学中要求使用的斜体字母（变数、变动的附标及函数；在特殊场合为常数的参数；几何图形中表示点、线、面、体的字母；坐标系符号；矢量、张量和矩阵符号用黑斜体）；④生物学中属以下（含属）的拉丁学名；⑤化学中表示旋光性、分子构型、构象、取代基位置等的符号。

1.6 专有名词、术语差错

· 上海市杨浦区 213 名急性心肌梗塞发病现状及危险因素分析（"心肌梗塞"是淘汰名，规范名为"心肌梗死"。）

· 使用阿司匹林要掌握好适应症。（"适应症"应为"适应证"。）

· 开始时，先由地上的发光两极管汇集成屏幕五环，然后五环网上的发光两极管悄悄亮起。（"两极管"应为"二极管"。）

· 实验结果证明了所提出的 Boost 变换器的有源开关管和二极管均实现了软开关。（"实验"应改为"试验"。实验，指为了检验某种科学理论或假设而进行某种操作或从事某种活动。试验，指为了察看某事的结果或某物的性能而从事的某种活动。）

· 对接触器来说，还需考虑操作电磁铁的铁芯和线圈的发热。（"铁芯"应为"铁心"。）

· 道路基本实行了柏油路的敷设。（"柏油路"应为"沥青路面"。）

· 根据国内液化天燃气罐式集装箱的发展情况，介绍了……（"天燃气"应改为"天然气"。）

· 燃料电池产生的水蒸汽、热量可供消化池加热或采暖用……（这里的"水蒸汽"指的是水的蒸气，故不能用"蒸汽"。同样铝的蒸气等也都该用"铝蒸气"。只有说明是由水蒸发出来的"气"时才称为"汽"，如蒸汽机或汽轮机等用"汽"。）

· 静止可控硅整流装置励磁……（这里的"可控硅"是在刚开始发明可控制电流大小变化的半导体元件时的名词，后来电工行业在专用名称命名时，明确将一种包括三个或更多的结、能从断态转入通态、或由通态转入断态的双稳态半导体器件命名为"晶闸管"。故在科技期刊上不可再用"可控硅"而应用专业用词"晶闸管"。

专有名词的差错情况大致有以下三类：

（1）以人名命名的技术名词差错。例如："傅立叶"应统一为"傅里叶"。凡用科学家人名命名的技术名词，翻译成中文时，必须按全国自然科学名词审定委员会公布的术语来表示。此外还有："法拉弟"应为"法拉第"，"库伦"应为"库仑"，"霍耳"应为"霍尔"，"焦尔"应为"焦耳"，"史密特"应为"施密特"，等等。

（2）物理量名称差错。例如："SiO$_2$的含量"应为"SiO$_2$的质量分数"，"摩擦系数"应为"摩擦因数"。（按国家标准规定：在一定的条件下，量 A 正比于量 B，则可以用关系式 $A=kB$ 表示。式中作为乘数的量 k 常称为系数、因数或因子。当量 A 和量 B 具有相同量纲时，则用"因数"这一术语；不同量纲时，则用"系数"这一术语。所以"摩擦系数"应改为"摩擦因数"。）有的是使用了已废止的物理量名词。如：

• 加工零件的光洁度为▽6。（在机械类行业的老标准中，表面光洁度用▽1～▽14 表示，现机械类专业用词中已将表面光洁度统一为表面粗糙度 R_a 表示。例如原来的▽6 转换成表面粗糙度时，用 R_a 值为 2.5 μm 表示。）

（3）其他一些常用的容易出错的科技名词列举如下：（前面的是规范名，括号中未说明者为淘汰名。）

不明飞行物（"飞碟"为许用名），潮滩（潮坪，"海涂"为许用名），磁感［应］线（"磁力线"为许用名），大陆桥（"洲际铁路"为许用名），单摆（"数学摆"为许用名），复摆（"物理摆"为许用名），等比数列（"几何数列"为许用名），等差数列（"算术数列"为许用名），低频通信（"长波通信"为许用名），高波通信（"短波通信"为许用名），电场线（"电力线"为许用名），电流表（"安培表、安培计"为许用名），电压表（"伏特表、伏特计"为许用名），电阻表（"欧姆表、欧姆计"为许用名），电子邮件（电子函件），防火墙（火墙），非机动车道（"慢车道"为许用名），丰水年（"多水年、湿润年"为许用名），腐殖质（腐植质），概率（机率、或然率），坩埚（坩锅），海拔（拔海），海岭（海底山脉），化合价（"原子价"为许用名），回归年（太阳年），混沌（浑沌），机动车道（"快车道"为许用名），激光（雷射、镭射、莱塞），给水工程（供水工程），计算机（"电脑"为许用名），角动量（"动量矩"为许用名），介电体（"电介质"为许用名），矩形（"长方形"为许用名），喀斯特（"岩溶"为许用名），雷达（无线电测位仪、无线电测距仪），立井（"竖井"为许用名），联合收割机（"康拜因"为许用名），临近预报（短时预报、现时预报），流控技术（射流技术），幂（"乘方"为许用名），木枕（枕木），内燃机车（柴油机车），旁路移植术（"搭桥术"为许用名），平流层（同温层），平水年（"中水年、一般年"为许用名），琼脂（"洋菜"为许用名），日界线（国际日期变更线），神经元（神经原），蜃景（"海市蜃楼"为许用名），升力（举力），声呐（声纳、水声测位仪），声速（音速），失声（失音），世界时（"格林尼治时间"为许用名），水污染（水体污染），苔原（"冻原"为许用名），天文台（观象台），通信（通讯），湍流（涡流、涡动，"紊流"为许用名），无机肥料（"矿质肥料"为许用名），潟湖（泻湖），远程登录（虚拟终端协议），噪声（噪音），沼气肥（沼气发酵肥），直升机（直升飞机），缩口因数（缩口系数），热传导系数（热传导因数），振荡（震荡），坐标（座标），转矩（转距），阈值（阀值），黏度（粘度），黏土（粘土），树脂（树酯），聚酯（聚脂），力学性能（机械性能），弹性模量（弹性模数），自由振动（自振），固有频率（自振频率），卧式车床（普通车床），转塔车床（六角车床），进给箱（走刀箱），夹具（卡具），螺母（螺帽），闸阀（闸门），旋塞阀（旋塞、考克），安全阀（保险阀），一次侧（初级、原边），二次侧（次级、副边),熔断器(保险器),印制电路板(印刷电路板),硅钢片(矽钢片),电动机(马达),集电环(滑环),荧光灯(萤光灯),存储器(存贮器),大陆架(陆棚),黏膜(粘膜),艾滋病、获得性免疫缺陷综合征(爱滋病),白细胞(白血球),红细胞(红血球),甲苯胺蓝染色(甲苯胺兰染色),肺源性心脏病(肺原性心脏病),溴乙啶(溴乙锭),附睾(副睾、付睾),胆红素脑病("核黄疸"为许用名),硅沉着病(矽肺病),抗生素("抗菌素"为许用名),克隆("无性繁殖"为许用名),口腔医学("牙医学"为许用名),磷脂酰胆碱("卵磷脂"为许用名),麻风(麻风病),脉压("脉搏压"为许用名),梅尼埃病(美尼尔症),[脑]卒中("中风"为许用名),脑梗死(脑梗塞),剖宫产术(剖腹产术),期前收缩("过早搏动、早搏"为许用名),食管("食道"为许用名),维生素 B2("核黄素"为许用名),注意缺陷障碍[伴多动]("儿童多动症"为许用名),自主神经(植物神经),阿司匹林(阿斯匹林),三酰甘油(甘油三酯),癫痫(癫痫),适应证(适应症),禁忌证(禁忌症),综合征(综合症),症状(征状),细胞质(细胞浆),抗双链 DNA 抗体(双链 DNA 抗体),血清标志物(血清标记物),施万细胞(雪旺氏细胞),一氧化氮合酶(一氧化氮合成酶),细胞信号转导(细胞信号传导),等等。

一些常识性的专用名词也常见出错,例如:邮政局(邮局),国家"八六三"高技术研究发展计划(国家 863 计划),国家中医药管理局(国家中管局),国家自然科学基金(国家自然基金),国家食品药品监督管理局(国家药品监督管理局),沃尔玛(沃尔码),等等。

1.7　量与单位差错及单位词头使用差错

1.7.1　使用已淘汰的或不规范的量名称

- 重量　一般应称为质量,国家标准规定的符号是 m。重量一词按照习惯仍可用于表示质量,但是不赞成这种习惯表达。只有作为"力"时,才称作"重量",符号为 $W,(P,G)$;
- 容重、重度　应称为体积质量、[质量]密度,符号为 ρ;
- 比重　应称为相对体积质量、相对[质量]密度,符号为 d;(有的刊物把比重当成[质量]密度,这也是不对的)
- 比容、体积度　应称为质量体积、比体积,符号为 v;
- 流量　应称为质量流量,符号为 q_m;
- 绝对温度　应称为热力学温度,符号为 $T,(\Theta)$;
- 导电率、比电导　应称为电导率,符号为 γ,σ;
- 换热系数、总传热系数　应称为传热系数,符号为 $K,(k)$;在建筑技术中这个量常称之为热传递系数,符号为 U;
- 比热　应称为质量热容、比热容,符号为 c;
- 等压热容、定压热容　应称为质量定压热容、比定压热容,符号为 c_p;
- 等容热容、定容热容　应称为质量定容热容、比定容热容,符号为 c_v;
- 相对热容　应称为质量热容比、比热[容]比,符号为 γ;
- 内能　应称为热力学能,符号为 U;
- 努谢尔特数　应称为努塞尔数,符号为 Nu;
- 雷诺准数、Re 数　应为 Re,或称雷诺数;
- 付立叶数　应称为傅里叶数,符号为 Fo;
- 分子量　应称为相对分子质量,符号为 M_r。
- 导磁率、绝对磁导率、导磁系数　应称为磁导率,符号为 μ;

- 电量　应称为电荷[量],符号为 Q;
- 光强度　应称为发光强度,符号为 I,(I_v);
- 克分子　应称为摩[尔],符号为 mol;
- 克分子量、克当量、克离子量、克式量、克原子量　应称为摩尔质量,符号为 M;
- 热传导率、导热率、热传导系数　应称为热导率("导热系数"为许用名),符号为 λ,(κ);
- 导温率、导温系数、热扩散率　应称为热扩散系数,符号为 D_T;
- 当量数、克当量数、克分子数、克离子数、克原子数、摩尔数、克式量数　应称为物质的量,符号为 n,(ν)。

此外,滥用"浓度"、"含量"的情况较多。"含量"可作为一般性的术语或不同量的泛称使用,但并不指某一特定量,应视不同情况分别称为"质量浓度"(某物质的质量除以混合物的体积,单位为 kg/m³),"质量分数"(某物质的质量与混合物的质量之比,单位为 1),"体积分数"(某物质的体积与混合物的体积之比,单位为 1)。只有"物质的量浓度"可简称为"浓度"(某物质的物质的量除以混合物的体积,单位为 mol/L)。

1.7.2　计量单位使用差错

μ　误用于长度单位,表示微米,应为 μm;

Sec　这是英文词的缩写,作为时间单位应为 s;

hr,hrs　这也是英文词的缩写,作为时间单位[小]时应为 h;

kg/m², atm, Torr, mmHg(仅用于血压测量,但必须加注法定计量单位), mmH₂O　这些都是有关压力的非法定计量单位。GB 3100-1993 中规定采用 Pa 或 kPa;

$1.3'25''$　误将平面角的"分"、"秒"符号用于时间的符号。用于时间,应写成 1 h 3 min 25 s;用于时刻应写成 01:03:25;

ppm　GB 3101-1993 规定,不能使用 ppm 和 ppb 这类缩写;

‰　表示每千,GB 3101 中提示,应避免使用这一符号,在铁路中可用来表示线路坡度;

ions/L, cells/L, 个/L 误用来表示[离子或细胞等]个每升,不能用英文单词来表示量的符号,规范的表示是 L^{-1} 或 / L;

M　已废止的体积克分子浓度符号,应为 mol/L;

°K 热力学温度的错误表示,应为 K;

wt%　重量百分数的原表示符号,现应称为质量分数,不加"wt";

hp　是英制马力的符号,不可再用,应换算为 W;

rpm　这是转每分的英文缩写,不可再用,应为 r/min;

kbps　这是计算机学科中表示速率的英文缩写,应为 kbit/s。

1.7.3　量符号使用差错

(1)量符号错用正体字母。GB3101-1993 第 3.1.1 条规定,量符号必须使用斜体,对于矢量和张量还应使用黑斜体;只有表示酸碱度的"pH"是例外。

(2)没有使用国家标准规定的符号。例如:阿伏加德罗常数的符号为 L 或 N_A,但却误用 N 或 N_0。

(3)量符号的大小写错误。常见的量符号大小写误用有:

- 误用 C 来表示浓度,应为小写 c;

- 误用 P 来表示压力,应为小写 p;
- 误用 B 来表示宽度,应为小写 b;
- 误用 H 来表示时间,应为小写 h;
- 误用 V 来表示速度,应为小写 v;
- 误用 N 来表示转速,应为小写 n;等等。

(4)用多个字母构成一个量符号。例如:误用 CHT 作为临界高温的量符号。实际上该符号是单词的缩写。把输入功率表示成 Pi、输出功率表示成 $P0$,也是不对的,规范的表示应分别为 P_i 和 P_0。

(5)把化学元素符号作量符号。例如:TiO_2:$ZnO = 80$:20。这里将质量之比误用了分子式之比。正确的表示方式应为:$m(TiO_2)$:$m(ZnO) = 80$:20。如果指体积比时,应为 $V(TiO_2)$:$V(ZnO) = 80$:20。

(6)量符号下标不规范。例如:

- 没有采用标准已规定的下标符号,有的误用量名称的汉语拼音缩写作下标,有的误用汉字作下标。

- 正斜体混乱,如:H_{max} 中的"max"应为下角正体。(标准中规定:凡量符号和代表变动性的数字、坐标轴名称、几何图形中表示点线面体的字母作下标,采用斜体;其他情况为正体。)

- 大小写混乱。区别大小写的规则为:量符号作下标,字母大小写同原符号;来源于人名的缩写作下标,用大写正体;不是来源于人名的缩写作下标,一般都用小写正体。

1.7.4 单位符号使用差错

(1)单位符号错用了斜体字母。GB 3100-1993 第 6.2.1 条和 GB 3101-1993 第 3.2.1 条规定:单位符号一律用正体。

(2)把单位的英文非标准缩写名称作为单位符号使用。例如:发动机的转速为 1 480 rpm。这里的"rpm"是英文缩写,意为"转每分"。此单位已废弃,应改为 r/min。此外,这方面常见的错误还有:把 min(分)、s(秒)、d(天)、h(小时)、a(年)、lx(勒)分别写成 m、sec、day、hr、y 或 yr、lux。

(3)把表示数量份额的缩写字作为单位符号使用。例如:ppm、pphm、ppb、ppt 等,应分别改为所代表的数值 10^{-6}、10^{-8}、10^{-9}(美、法等国)或 10^{-12}(英、德等国)。

(4)相除组合单位中的斜线"/"多于 1 条。例如:把服药量的单位 mg/(kg·d) 和血管阻力单位 kPa·s/L 错误地表示为 mg/kg/d 和 kPa/L/s。

(5)对单位符号进行修饰。例如:

- 加了下标,将最小电流表示为 $I = 3A_{min}$。正确表示应为 $I_{min} = 3A$。

- 用化学元素作修饰,将 Pb 的质量浓度为 0.1 mg/L 表示为 0.1 mg (Pb)/L 或 0.1 mg 铅/L。正确的表示应为 ρ(铅) = 0.1 mg/L。

- 质量分数表示不规范,将 Ca 的质量分数表示为"Ca 为 25%(m/m)"或"Ca 为 25%(W/W)"。规范表示应为 $w(Ca) = 25\%$。

- 使用习惯上常用的经过修饰的单位符号。例如:在燃用烟煤时氮氧化物浓度分别为 270 mg/Nm^3 和 280 mg/Nm^3。这里的"N"意为"标准",而"N"又可误认为"牛顿",显然不妥。正确的做法是在"燃用烟煤"处,指明折算成标准煤,而单位符号应为 mg/m^3。(注意例中的"浓度"要改成"质量分数"。此外,还有将"标准立方米"误为"m_n^3","标准升"误为"NL"或"L_n"等。

(6)书写量值时,数值与单位符号之间未留适当空隙,或把单位插在数值中间。如"色母的熔体流动速率为 7.8 g/10 min"中,"7.8 g/10 min"应改为"0.78 g/min"。

(7)误用以"单位＋数"构成的名称。例如:长度称"米数",时间称"秒数",装载量称"吨数",功率称"瓦数",等。

(8)单位符号的大小写差错。常见单位符号大小写误用的有:

- 误用 Kg 来表示质量单位,应写作 kg;
- 误用 T 来表示"吨",应写作 t,"T"则是磁通[量]密度及磁感应强度的单位;
- 误用 H 来表示时间单位"小时",应写作 h,"H"则是自感或电感的单位"亨[利]";
- 误用 S 来表示时间单位"秒",应写作 s,"S"则是电导的单位"西[门子]";
- 误将 MPa 写作 Mpa。

这方面常见的错误还有:把 m (米)、s (秒)、t (吨)、lx (勒)、Pa (帕)、W (瓦)、J(焦)、Hz (赫)、dB (分贝),分别写成 M、S、T、Lx、pa、w、j、HZ 或 H_z、db。

按国际规定,一般单位符号为小写体(只有升的符号例外,用大写体 L),来源于人名的单位符号其首字母大写。

(9)专业刊物中的计量单位误用中文符号。GB 3100-1993 指出:"中文符号只在小学、初中教科书和普通书刊中在必要时使用。"原国家计量局发布的《关于贯彻〈中华人民共和国法定计量单位〉的通知》中更加明确地指出:"表达量值时,在公式图表和文字叙述中,一律使用单位的国际符号,只在通俗出版物中使用单位的中文符号。"

1.7.5　使用非法定单位或已废弃的单位

- 从原有的 4 家堆场(仓储)200 亩场地发展到现在的近 100 家堆场逾 8 000 亩场地。["亩"只在以农民为对象的期刊中,在表达小面积时还可以使用"亩",但也要括注法定计量单位"公顷"。作为港口类期刊,应将"亩"换算成"hm^2(公顷)"。)]

- 尺寸单位为公分。("公分"应改为"厘米"。)

- 屏幕尺寸为 21.5″。(这里的 21.5″应改为 21.5 英寸,并且要在文章的适当地方,如脚注处或在 21.5 英寸后指明"1 英寸＝25.4 mm"字样,或在括注中给出以法定计量单位表示的量值。

- ……提供的能量大约相当于 0.24 kcal。(cal,kcal 是已废止的单位,应换算为 J。)科技书刊中应停止使用的非法定计量单位大致包括以下几类:① 所有市制单位;② 除公斤、公里、公顷以外的"公"字头单位;③ 英制单位;④ 其它非法定单位。但误用的情况仍时有存在。

1.7.6　单位词头使用差错

(1)混淆词头的大小写。24 个 SI 词头中,代表的因数$\geq 10^6$的 7 个词头要采用大写正体,代表的因数$\leq 10^3$的 13 个词头要采用小写正体。词头的大小写混淆后数量级误差惊人。例如:词头 m 表示的因数为 10^{-3},而词头 M 表示的因数为 10^6;词头 p 表示的因数为 10^{-12},而词头 P 表示的因数为 10^{15}。

(2)错误地独立使用词头。例如:输出频率为 5.8 GHz,通道宽度为 500 K……。这里的通道宽度应为"500 kHz",不得写作"500 K",而且"K"错用了大写。"K"会使读者误解为绝对温度 500 K(开)。此外,10 μm 不得写作 10 μ,10 MΩ 不得写作 10 M,等等。

(3)错误地重叠使用词头。例如:$\mu\mu$F(皮法)、mμs(纳米)应分别改作 pF、nm。

(4)对不许加词头的单位加了词头。例如:对 °(度)、′([角]分)、″([角]秒)、a(年)、d(天)、h(时)、min(分)、r/min(转/分)、n mile(海里)、kn(节)等加了词头。

(5)对乘方形式的单位加错了词头。例如:把 45 200 m^2 错写成 45.2 km^2,正确的表示应为 4.52 hm^2。

(6)倍数单位选取时,未使量的数值处于 0.1~1 000 之间。例如:0.002 35 m 可写为 2.35 mm。但习惯使用的单位可以不受此限制。

(7)词头的使用规则:
- 不能独立使用;
- 不得重叠使用;
- 摄氏度、平面角和时间单位(s 除外)以及 kg 等不得使用词头构成倍数单位;
- 乘方形式的倍数单位的指数属于包括词头在内的整个单位。

(8)组合单位加词头的规则:
- 对通过单位相乘构成的组合单位,词头通常加在第 1 个单位前;
- 对通过单位相除或相乘构成的组合单位,词头一般应加在分子的第 1 个单位前,分母一般不加词头;
- 当组合单位的分母为长度、面积、体积单位或分子为 1 时,分母可以按习惯与方便选用某些词头;
- 一般不在组合单位的分子分母同时加词头;
- 无论 kg 处于分子或分母中,都可以看作不带词头。

1.8 数字使用差错

1.8.1 应使用阿拉伯数字而误用汉字数字

(1)物理量值未用阿拉伯数字。例如:
- 奉贤作为上海的卫星城镇……到浦东和虹桥国际机场都只需要半个多小时车程,到洋山深水港仅二十分钟车程,随着杭州湾跨海大桥的建成,从奉贤出发到宁波只有 2 小时车程,……(GB/T 15835-1995 中第 6 节规定:"物理量值必须用阿拉伯数字,并正确使用法定计量单位。小学和初中教科书、非专业科技书刊的计量单位可使用中文符号。句中时间的表示法采用了不同的方式,对于专业期刊,应分别表示为 0.5 h、20 min、2 h。)

(2)非物理量量词(计数单位)前的数字未用阿拉伯数字。例如:三人、五十根、一百元,应为 3 人、50 根、100 元。整数一至十,如果不是出现在具有统计意义的一组数字中,可以使用汉字,但要照顾到上下文,求得局部体例上的一致。

(3)计数的数值未使用阿拉伯数字。正负整数 (3,−6)、小数 (0.54)、分数 (1/4)、百分数(95.42%)、比例(4∶6)及一部分概数(10 多、400 余、5 000 左右)等,必须使用阿拉伯数字。

(4)公历世纪、年代、年、月、日、时刻未使用阿拉伯数字。例如:
- 稀土掺杂光纤出现于二十世纪六十年代。(应为"20 世纪 60 年代"。)

(5)代号、代码、序号中的数字未使用阿拉伯数字。对于部队番号、文件编号、证件号码和其他序号,应使用阿拉伯数字。序数词即使是多位数也不能分节。例如:HP-3000 电子计算机中的"3000"、参考文献著录时表示页码的数字,都不可分节。

1.8.2 必须使用汉字而误用阿拉伯数字

(1)定型的词、词组、成语、惯用词、缩略词、具有修辞色彩的词语中作为语素的数字未用汉字。例如:"十五计划"误为"10·5 计划","第三季度"误为"第 3 季度",等等。

(2)相邻数字连用表示的概数和带"几"字的概数误用阿拉伯数字。例如:"七八个人"、"三十五六岁"、"十几"误为"7、8 个人"、"35、6 岁"、"10 几"。

(3)非公历纪年未用汉字数字。例如:"昭和 36 年"应为"昭和三十六年"。中国干支纪年、夏历月日、清代和清代以前的历史纪年、各民族的非公历纪年等,应使用汉字数字,但应尽可能采用阿拉伯数字括注公历。

(4)含有月日简称表示的事件、节日和其他意义的词组中的数字,未使用汉字数字。

例如:"九一八事变"、"一二·九运动",误为"9·18 事变"、"12·9 运动"。(当涉及1 月、11 月、12 月时,应用间隔号"·"将表示月和日的数字隔开,并外加引号;涉及其他月份时,不用间隔号。)

1.8.3 阿拉伯数字的书写规则差错

(1)多位数未将数字分节。例如:"1561 人"、"0.00032",应改为"1 561 人"、"0.000 32"。

专业性科技出版物的多位数分节法为:从小数点起,向左或向右每 3 位分成 1 组,组间留一空隙(约为 1 个汉字的 1/4),不得用逗号、圆点或其他方式。

(2)纯小数未写出小数点前的"0"。例如:"0.86"不可写为".86"。

(3)误与"万"、"亿"及法定计量单位词头外的数字连用。例如:"1 453 000 000"不可误写为"14 亿 5 千 3 百万",但可写成 145 300 万或 14.53 亿;3 000 元不可误写为 3 千元,但可写为 0.3 万元。在科普期刊中,三千米可写成 3 千米,但这里的"千"是词头。

(4)误将用阿拉伯数字书写的数值拆开转行(见 3.1 节)。

2 标点符号、运算符号、杂类符号差错

2.1 标点符号差错

2.1.1 句号的误用

(1)是句子而不用句号断句。例如:

• 2000 年,M.Lindmayer 用有限元法建立了低压断路器的热分析模型,模型对断路器结构进行了简化,……("热分析模型"后应断句。)

• LHC(大型强子对撞机)计划于 2008 年投入运行,全世界科学家都期待着这一激动人心的时刻。("运行"后应断句。)

• 功率管的端电压等于方程(1)的值,该值非常接近于零,为下一阶段功率管的近零电压开通创造了条件。("方程(1)的值"后应断句。)

• 千兆乃至万兆以太网的发展,使得具有特色性能的新一代多模光纤在相应的工艺技术下应运而生,相对于一般的多模光纤,它在传输带宽方面具有很大的提升能力,从而能更好地适合短距离高速率信号传输。("应运而生"后应断句。)

• 利用以上热路和电路相似原理可对一具体开关电器建立热路网络模型,热路网络问

题可采用点网络求解，……（在"热路网络模型"后应断句。）

（2）不是句子而用了句号或句子未结束用了句号。例如：

· 传统的 Boost ZVT PWM 变换器的主开关管实现了软开关，但其辅助开关管在硬开关下关断。因此变换器的效率低。（"关断"后的句号应改为逗号。）

· 其总体结构如图 3 所示。主要由系统自检、系统控制、数据采集、数据处理等模块组成。（"所示"后的句号改为逗号。）

· 震旦馆的展馆形态和主题是希望传达城市发展中重要的人文基因，表达城市是人创造的，有生产者和消费者。希望通过展馆向全世界展示中国企业的风貌。（"消费者"后的句号改为"，并"。）

2.1.2 逗号的误用

（1）该停顿的地方没用逗号。例如：

· 新宝、大昌、顺峰、旭日、凯宇、中洋等自行车零部件企业以及比力奇、惠业、天驰、浪格尔等电动车塑件企业都表现出对浙江展的积极性。（在 2 个"企业"后应加逗号。）

· 从该公式可知增加带宽可以提高信息传输速率，但不影响信噪比。（"该公式可知"后应加逗号。）

· Telepath 提供系统算法和前端电路设计，英非凌的设计部门提供 ASIC 设计服务而中芯国际负责 0.13 微米工艺流片并提供一站式的制造服务。（"设计服务"后加逗号。）

（2）不该停顿的地方用了逗号。例如：

· 自预应力混凝土问世以来，国内外的学者们，就对徐变问题非常重视。（"学者们"后的逗号应删。）

2.1.3 分号的误用

（1）是分句但用了逗号。例如：

· 可以在该区域的规定界限内，提醒船舶驾驶人员特别谨慎地驾驶，同时还可在该区域内给出推荐的交通流方向，以进一步简化船舶密集区内的交通流形式。（"同时"前的逗号改为分号。）

· 进化初期，选择压力较大，收敛速度很快，进化后期，群体适应度差异减小，收敛速度减慢，甚至出现早熟现象。（"很快"后的逗号改为分号。）

· 其中前者幅度小，是超声波沿管壁直接传递而形成的，其传播速度快，传播时间短，后者幅度较大，是超声波沿正常路径传输的结果。（"后者"前的逗号应改为分号。此外，"其中"后应加冒号，"速度快"后的逗号改为顿号。）

· 程序运行开始时先设置好相关的参数，如管道直径、材质等，参数设置好后 MCU 单片机发出控制信号，使 FPGA 输出超声波的发射信号。（"材质等"后的逗号改为分号。）

（2）并列词语间误用分号。例如：

· 相关仿真参数如下：直流电源 30 Ω；电路电阻 5 Ω；辅助触点内阻 0.05 Ω；并联电阻 80 Ω。（不是分句，分号均改为逗号。）

· 参展的企业有：金华的力霸皇、绿源、千禧、尼康、金大、今飞、轮峰；湖州的佳捷时、兴海能源；宁波的嘉隆、兴隆、蒲公英、南洋、赛艇；绍兴的白天鹅、宏亚机电、塔山等；……（句中的分号都应改为逗号。）

（3）非并列关系的单重复句内分句间误用分号。例如：

- 大会一致推选……为理事长;推选……为常务副理事长;推选……等 7 人为副理事长。(句中分号均改为逗号。)
- ……的调查报告表明:美国人中,94% 的认为开发使用太阳能是非常重要的;77% 的相信研究使用太阳能将成为政府优先考虑的扶持方向。(句中分号改为逗号。)

(4)两个句子间误用分号。例如:

- 这是因为粉煤灰、矿粉和水泥复合成胶凝材料后,会产生交互叠加效应;从物理角度,……会起到效应互补作用,从化学角度,……("叠加效应"后的分号改为句号,"互补作用"后的逗号改为分号。)

(5)分项列举时某一项中已出现句号但结束处仍用分号。例如:

- ……目前存在以下问题:第一,整个脱硫的实施较计划有所提前。其中矛盾较为突出的是外高桥三期 2 台 100 万 kW 的机组已相继并网发电;第二,……(分号改为句号。)

2.1.4 顿号的误用

(1)非并列词语间误用顿号。例如:

- 其中包括各类群体、比如事业群体、年龄群体等。(句中第一个顿号改为逗号。)
- 在产业低谷期,中国半导体掌门人分明看清了产业发展趋势、切中国内产业发展的薄弱环节所在、指出了中国半导体产业发展的出路。(两个顿号均改为逗号。)
- 中美两国半导体行业协会将在……期间举办"中美半导体节能技术、产品及应用合作论坛",主要就中国电子产品节能环保工作的有关政策、发展目标、以及节能减排标准、国内外电子产品的节能技术现状与未来发展趋势进行探讨。("发展目标"后的顿号改为逗号。)
- 由于纸面石膏板厂大都自备煅烧设备,故湿法脱硫灰渣不需预处理、可直接供应给纸面石膏板厂。(顿号改为逗号。)

(2)没有停顿的并列词语间误用顿号。例如:

- 在……成员中,既有……的代表,又有……等玩具设计、动漫设计专家、学者的代表,还有……的代表。("专家"与"学者"间的顿号应删去。)

(3)不同层次的停顿都使用顿号,混淆了结构层次。例如:

- 该乳液具有良好的耐候性、耐热性、耐油性且原料来源广泛、易合成、基本无毒和无环境污染等特点。("耐油性"后加逗号,"且"改为"以及"。)
- 对空气、水、噪声和能源的使用、污染都有所控制。("噪声"如何使用? 应改为"对空气、水、能源的使用,以及噪声和污染等都有所控制。")

(4)相邻数字连用表示概数时误用顿号隔开。例如:

- ……于上世纪五、六十年代研制出远红外和微波治疗机。(删去顿号。)

(5)在一些序次语后面误用顿号。例如:

- 第一、……;第二、……;首先、……;其次、……(顿号应改为逗号。)

2.1.5 问号的误用

在非疑问句后误用问号。例如:

- 行业中的企业对本行业未来发展的信心指数如何? 消费者在目前的经济环境下对自行车、电动车的消费趋势如何等,需要一些有说服力的材料。(句中问号应为逗号)
- 在实际工作中,关键是相关的预警信号注意到了没有? 防范措施落实了没有?(本句为陈述句,第一个问号改为逗号,句末的问号改为句号。)

2.1.6 冒号的误用

(1)在没有停顿的地方用了冒号。例如:

- 主开关管的开通时刻应该滞后于辅助开关的开通时刻,滞后时间为:$t_d > t_{04}$。(句中冒号应删去。)

(2)在一个句子里出现了两重冒号。例如:

- 软件设计具有以下特点:(1)模块化结构:根据功能要求,……(根据不同情况,将第一个冒号改为句号,或将第二个冒号改为空一字或破折号。)

- 可以从两个层面考察企业信息化的程度:一是技术管理层面的技术及生产管理系统:数字化技术、自动化技术、网络技术、色彩管理技术和信息管理技术;二是……("管理系统"后的冒号可改为",包括"。)

(3)该用冒号的地方没用冒号。例如:

- 它设有两个舱门,与密封舱连接的叫内舱门,通向太空的叫外舱门。(句中第一个逗号改为冒号。)

- 这项研究结果表明,人类的表观遗传学因子受外界环境因素的影响而不断地变化着,从而影响着人类对疾病的抵抗能力。("表明"后的逗号改为冒号。)

- 航天工程载人飞船原总设计师戚发轫证实,出舱航天服就好像一个独立的生命保障系统,可以保证航天员在太空的供氧,保证合适的温度。("证实"后的逗号改为冒号。)

- 在上海市列居前几位的能耗大户中,除宝山钢铁集团股份有限公司以外,都是石油化工企业:如中国石化上海石油化工股份有限公司、上海赛科石油化工有限责任公司、……。(冒号改为逗号,在"如"后加冒号。)

(4)比号误为冒号。例如:

- 保护大豆粕添加量:未保护大豆粕添加量 = 50:50(":"改为":"。)

2.1.7 引号的误用

(1)有前引号无后引号或有后引号无前引号。例如:

- 由中国家具行业协会、四川省家具行业商会主办的"托起明天的希望·四川地震灾区课桌椅捐赠倡议活动正在顺利进行。(应在"活动"后加后引号。)

(2)引文末尾标点位置混乱。例如:

- 《中华人民共和国内河避碰规则》第9条规定:"船舶在……,防止碰撞。采取……,直至驶过让清为止"。(末尾的句号应在引号内。)

- "人无信不立,国无信不强",企业若失去了诚信,……("企业"前的逗号应为句号。该句号应在后引号之前。)

- GB 5296.6-2000 中 3.2 指出:"家具名称必须反映家具真实属性,并符合相应国家标准或行业标准规定",据此,红木家具作为名称,并无实际意义,只是对一类传统硬木家具的通称。("据此"前的逗号应为句号。该句号应在后引号之前。)

(3)带有特殊含义(比喻义或贬义)的词语未加引号。例如:

- 文化大革命爆发,在完成了一站一区间隧道地铁试验工程后,施工队伍撤离现场。("文化大革命"应加引号。)

- 深入对宜家 2007 财政年度的数据加以分析,……("宜家"应加引号。)

2.1.8 书名号误用

书名号误为引号。例如：

- 参考 IMO 颁发的"船舶定线的一般规定"，……（引号应改为书名号。）
- 美国最著名的权威性科普杂志《科学美国人》更是以"物理学的新纪元：粒子物理学革命蓄势待发"的醒目标题对 LHC 物理作了长篇报道。（篇名、栏目名以及其他文化精神产品的题目可用书名号。句中引号改为书名号。）

2.1.9 括号的误用

(1)句外括号放在句内或句内括号放在句外。例如：

- （这里的可预知是指……。例如，对于……，灭火瓶损坏）。（括号应在句外。）
- （译者注：关于……，可成为欧盟法规。）。（删去最后的句号。）

(2)括号离开了被注释的文字。例如：

- 正交频分复用技术(OFDM)是多载波调制的一种。（括注应在"正交频分复用"后。）
- I 型活性剂在增强硫化胶性能的同时提高了硫化速度，但可能引起焦烧问题(丙烯酸酯、甲基丙烯酸酯、马来酰亚胺)。（括注应在"I 型活性剂"后。）
- 间接出口值占总产值的 80％(即为制造企业提供印刷包装品，随同产品出口)。（括注应在"间接出口"后。）

(3)不该用括号的用了括号。例如：

- (表2)即为主要农药剂型中表面活性剂的功能和作用。（应删去括号。）

2.1.10 省略号的误用

(1)省略号误为 6 个下脚圆点。例如：

- 还有企业规模的调查、城市调查……（"......"改为"……"。）

(2)省略号与"等"、"等等"并用。例如：

- 其中 R_{1a},R_{2a},R_{3a}…等为接触网电阻。（删去"…"或删去"等"。）

2.1.11 连接号的误用

(1)连接两个相关的名词构成一个意义单位时误用长横。例如：

- 应力——应变曲线（"——"改为"－"或"-"。）

(2)连接相关的时间表示起止时误用半字线。例如：

- 2006 年 11 月初-2007 年月末（"-"改为"—"。）

(3)连接相关的地点表示走向时误用半字线或浪纹线。例如：

- 形成主要航线有 9 条，即烟台～大连航线、……（"～"改为"——"或"－"。）

(4)连接相关的阿拉伯数字表示范围时误用半字线。例如：

- 浸泡 15-30 min（"-"改为"～"。）

2.1.12 间隔号的误用

间隔号误为下脚圆点或遗漏。例如：

- 比如美国电视节目报道对于圣经故事的"实地考察"、达芬奇密码、UFO 研究等。（"达"与"芬奇"间应加间隔号。）

2.1.13 破折号的误用

破折号误为两个一字线或一个化学单键号。例如：

- 埃德格尔通在拍摄核爆炸时用到了一种新式武器——克尔栅快门。（"——"改为

"——"。)

　　• 应用单位—商品混凝土企业,要加强原材料进场管理。("—"改为"——"。)

2.2　运算符号、杂类符号差错

　　(1)"≤"和"≥"误用"⩽"和"⩾";

　　(2)"〈"和"〉"(角括号)误用"＜"和"＞";

　　(3)≈(约等于)误用∽(相似)或≌(全等);

　　(4)"《"和"》"误用"＜＜"和"＞＞";

　　(5)"＜＜"和"＞＞"的符号误用《"和"》;

　　(6)"∏"(求积符号)与"Π"(变量符号)混用;

　　(7)"∑"(求和符号)与"Σ"(变量符号)混用;

　　(8)"△"(三角形符号),"Δ"(增量符号),"∠"(量符号)混用;

　　(9)"×"(乘号)误用"＊";

　　(10)误用已被 GB 3102.11 取消的"∵"和"∴"这两个符号;

　　(11)Φ(直径)误用∅(空集);

　　(12)向量和矩阵字符号未用黑斜体;

　　(13)" $I_a{'}$ "误用" $I_a{'}$ ";

　　(14)算式中的省略号"⋯"误用"..."。

3　格式差错

3.1　章节编号方式差错

　　例如:

　　1.引言

　　……

　　2.试验部分

　　2.1　主要原料

　　丙烯酸丁酯,丙烯酸甲酯,均为工业级,北京东方化工厂;甲基丙烯酸,工业级……十二烷硫醇,化学醇,进口……

　　2.2　合成工艺

　　……

　　2.3　正交试验设计及结果

　　……

　　从上述案例可见,在 1 和 2 序号后多了一个"圆点";"1"标题用了黑体,但前面的序号未用黑体;引言应以阿拉伯数字"0"作为该级层次的前置部分的编号,不该用"1";层次编号和标题应顶格排,现空了 2 个字;各级编号的排列格式,如字体、字号、占行位置等体现隶属关系的,为了版式的美化,可以变化(但全刊应统一),但案例中都只占 1 行,且第二层次的标题与正文用了相同的字体。

　　章节标题应注意以下几方面:

　　(1) 书写章节编号时,在表明不同级别章节的每两个层次号码之间加"圆点",圆点加在数字的右下角。但终止层次的号码之后不加圆点。

(2)科技文献如有前言、概论、引言或其他类似形式的章节,应以阿拉伯数字"0"作为该级层次的前置部分的编号。

(3)标题文字要精炼,一般不超过 15 个字。

(4)编号数字与标题之间应有一字空,标题末不加符号。

(5)章节编号和标题一行顶格排,正文另起行。

(6)向下扩充类型的编号,如"1."、"1)"、"(1)"、"①",在编号前应有二字空,正文接排,标题与正文之间应有标点符号或有一字空。

(7)各级编号的排列格式,如字体、字号、占行位置等体现隶属关系的可以变化,但全刊应统一。

(8)不应出现背题(即标题下无正文的现象)。这种现象在多本期刊中有出现。

3.2 摘要撰写存在的问题

例如,《掺加减水剂对氟石膏的改性研究》一文的摘要为:

掺加适量的减水剂显著提高了氟石膏的减水率。减水剂主要通过吸附改变了固液界面的结构和性质,使固体颗粒在液相中的分散性能得到改善,提高硬化体结构的强度。

这篇摘要有 74 个字(包括标点符号),没有完全地体现出撰写摘要的四要素,且在顺序上也欠妥,即:

· 目的未讲清。(氟石膏中掺加减水剂是研究保持流动性和制品强度前提下,减少拌和用水和烘干能耗的机制。)

· 方法未交代。(是选用萘系、氨基磺酸系、磺化三聚氰胺系、多羧酸系和木质素磺酸钙等 5 种减水剂进行试验。)

· 结果未明确。(从 5 种减水剂的减水曲线中看出多羧酸系的减水率随掺量增长最快,其次是氨基磺酸系。)

· 结论未指出。(增加适量的减水剂可以显著提高氟石膏的减水率。这个应是结论,但排在摘要的开始,未能体现出来。)

摘要是用来检索论文最新信息的精华点。因此,应根据 GB/T 6447-1986《文摘编写规则》的要求,从第三人称角度用规范的名词术语对一次文献的目的、方法、结果和结论四要素做出客观、准确、简明的描述。切不可加进文摘编写者的主观见解、解释或评论。对于报道性摘要,以 200~300 字为宜。对于指示性摘要,重点在目的和成果,以 50~100 字为宜。外文以不超过 250 个实词为宜。

3.3 关键词撰写存在的问题

例如:上述的同一篇文章中,其关键词只标引了 2 个:氟石膏;减水剂。

关键词是科技论文的文献检索标志,是表达文献主题概念的自然语言词汇。发表的论文如果不标注关键词或叙词,读者就检索不到,文献数据库就不会收录此论文。关键词选用得是否恰当,关系到该文章被检索的概率和该成果的利用率。关键词所选词语是文章的核心概念。因此,应根据 GB/T 3860-1995《文献叙词标引规则》标引,选用通用性较强的词语而不是通用词。主要考虑名词、动名词、名词性词组,避免用形容词、副词。首先要选取《汉语主题词表》和各行业制订的主题词(叙词)中的规范性词。对于那些反映新技术、新学科而尚未被主题词表录入的新产生的名词术语,亦可用自由词标出,但要求排在主题词后面。关键词选用 3~8 个。从案例中可以看出,这里关键词只有 2 个,不符合标准的最低要求。

3.4　转行差错

(1)外文未按音节转行,如:"dom-ination"误为"do-mination","en-hanced"误为"enh-anced","dis-astrous"误为"di-sastrous","to-gether"误为"toge-ther","meth-od"误为"me-thod","contempo-rary"误为"contempora-ry","reanaly-sis"误为"reanalys-is"。

(2)误将单音节词断开转行,如:"strengths"误为"streng-ths","clothes"误为"clo-thes"。

(3)误将缩略词断开转行,如"ENSO"误为"EN-SO"。

(4)转行时行首仅留一个字母,如"many"误为"man-y"。

(5)外文转行时行尾仅留一个字母,如"equations"误为"e-quations","analysis"误为"a-nalysis","abundance"误为"a-bundance",等等。

(6)汉语拼音未按音节转行,如"guangming(光明)"误在"gu"后转行,应在"guang"后转行。

(7)误将一组阿拉伯数字断开转行,如"0.205 3"误在"0."后转行,"400 000"误在"400"后转行。

(8)转行后误将标点符号和文献标注序号留在行首。

(9)误在函数与自变量之间断开转行,如"$f(x)$"不可将"f"与"(x)"断开转行。

(10)数学式误在紧靠其中符号 $=,+,-,\times,\cdot,$ 或/前断开转行,应在这些符号后转行。

3.5　图表中的差错

3.5.1　插图编排差错

(1)图序、图题和图注编排差错。附图 1 的案例图题不明,应是"染料水溶液吸收曲线",但未给出;图中 3 条曲线的名称"阴丹士林蓝、日落黄、喹啉黄"可以直接标注在图上,也可以排在图下或图的侧面;量的符号"A"、"λ"未用斜体。(吸光度的符号是用"A"还是"D"尚有争议。)

图必须顺序给出图序和图题,并一律按插图在正文中出现的先后顺序,统一连续用阿拉伯数字编写序号。图序和图题之间空 1 字,不用标点,置于图的正下方。如果有分图,应在分图正下方标注分图序(a)(b)(c)……分图可以不标分图题。图题或分图题应该简洁明确,具有"自明性"(即只看图、图题和图例,不阅读正文,就可理解图意)。

(2)函数图编排差错。附图 2 是一种简易函数图,但其纵、横坐标轴线上的标值线向左、向下是错误的,应改为向内;其坐标线超过标值也是错误的,应将纵坐标上标值超过"0.5"的线段删去,将横坐标上标值超过"1.0"的线段删去。在有标值的曲线图中,纵、横坐标的端头应没有箭头;只有当坐标轴表述的是定性变量,没有给出具体标值时,坐标轴的顶端才应该按增量方向画出箭头;此外,函数曲线应在标值范围之内。

附图 2 的标目中特定单位表示量的数值方式未采用"量/单位"的标准化方式。其中:物理量符号应为斜体;单位符号应为正体。为此,该图中横坐标的标目应改为"铝酸钠溶液中 SiO_2 质量浓度 $c/(g \cdot L^{-1})$",纵坐标标目应改为"冰晶石中 SiO_2 质量分数 $\omega/\%$"。

(3)电气图中的差错。附图 3 中电气图的图形符号选用了老国标中的符号而未采用现行的 GB/T 4728-1996~2000《电气图用图形符号》;电气元器件也选用了老国标中的代号而未采用现行的 GB/T 7159-1987《电气技术中的文字符号制定通则》。

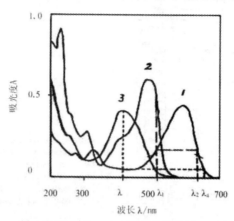

图 1 阴丹士林蓝(1)11.2mg·L⁻¹、日落黄(2)25.2mg·L⁻¹和
噻啉黄(3)11.6mg·L⁻¹水溶液的吸收曲线

附图 1 插图差错案例一

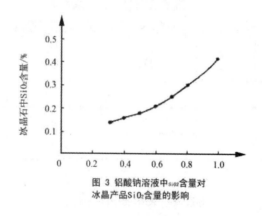

图 3 铝酸钠溶液中 SiO_2 含量对
冰晶产品 SiO_2 含量的影响

附图 2 插图差错案例二

3.5.2 表格编排差错

(1)三线表中的差错。附表 1 不是三线表,表头延用卡线表的方式误用了搭角线(斜线);表格中的特定单位表示量的数值方式未采用"量/单位"的标准化方式。

三线表无斜线,无竖线,通栏的横线只有三条。整个表格通常只出现 2 条粗的反线(起止线)和表头下 1 条细线(表头线)。

对于某些比较复杂的表格,单靠三条线是不够的,解决的办法是添加辅助线,但仍然称它为三线表。附表 2 中"减摇"与"航速、横摇角、转鳍角"三项有关,故"减摇"下面应添加一条辅助线,下面包括"航速、横摇角、转鳍角"三项。

(2)遗漏表序和表题。表应有表序和表题。表序用阿拉伯数字标注(如果只有 1 个表,表序为表 1)。表题应简明扼要。表序与表题之间空 1 字,不加点号,居中排印于表格上方。

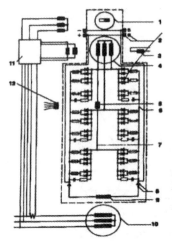

1. 三相副励磁机；2. 磁场接地故障检测用的圆环和碳刷；3. 交轴测量线圈；4. 三相主励磁机；5. 熔丝响应监视；6. 二极管整流装置；7. 三相引线；8. 多接触连接器；9. 发电机转子绕组；10. 发电机定子绕组；11. 静止的熔丝响应监视；12. 自动电压调节器

图 1 4 500 kW 无刷励磁机系统示意图

附图 3 插图差错案例三

附表 1 表格差错案例一

表 2 顶镦工艺的因素水平表

因素 水平	顶镦角度 α (A)	顶镦冲头直径 d (B)	顶镦冲头高度 H (C)	压下量 ΔH (D)
1	26	22	3	12
2	30	26	5	14
3	34	30	7	16

附表 2 表格差错案例二

表 1 某船减摇鳍减摇效果试验结果

	不减摇		减摇		减摇倍数
	横摇角/(°)	航速/kn	横摇角/(°)	转鳍角/(°)	
首斜浪 (遭遇角145°)	2.03	16.47	0.75	5.13	2.72
横浪 (遭遇角90°)	3.05	18.27	1.56	6.53	1.95
尾斜浪 (遭遇角40°)	4.83	17.38	3.40	10.41	1.43

　　(3)特殊表格中的差错。表格的横向项目与竖向项目数相差悬殊时,有时需要进行特殊的转换处理,以利于节约篇幅和美化版面。附表3是对横向项目较少而竖向栏目很多的表格进行转换处理的例子。把竖向栏目拦腰截断后平行地转排成2列(有时可为3列或多列)。但该表的错误是列与列之间未用双细线隔开。

附表3　表格差错案例三

表1　系统基本输入数据

名　称	数　据	名　称	数　据
驳船质量/kg	10 790.91	导管架质量/kg	5 500
相对船中驳船质心 X 坐标/m	−7.484	相对船中导管架质心 X 坐标/m	−11.7
相对船中驳船质心 Y 坐标/m	0	相对船中导管架质心 Y 坐标/m	0
相对船中驳船质心 Z 坐标/m	4.405	相对船中导管架质心 Z 坐标/m	29.5
驳船船宽/m	30.5	导管架杆元数	722
驳船船高/m	8	锚链长/m	302.5
驳船方形系数	0.955	相对船中链端 X 坐标/m	52.65
驳船初始吃水/m	4.535	相对船中链端 Y 坐标/m	0
水深/m	110	相对船中链端 Z 坐标/m	1.5
风速/m·s^{-1}	9	锚质量/kg	5 000
潮流速/m·s^{-1}	0.2	锚链总质量/kg	2 640
风海旋速/m·s^{-1}	0.5	海底最大抓力系数	60
波浪高/m	2	海底最大抓力/kN	29 430
波浪周期/s	10		

　　同理,对于竖向项目较少而横向栏目过多的表格,可以把表格转换成上下叠置的2段或3段,段与段之间用双细线隔开,每段左方的横向栏目应重复排印。

　　(4)封闭表中的差错。GB/T 1.1-2000《标准化工作导则》6.2.4规定"表格画法采用封闭式,即要边框线"。附表4是封闭表的形式,但表头的最左列是空白的。由于该表设计时将主谓结构颠倒,致使主语的层次不明。若该列的表头冠以"谷物品种",则不能包含"供应量、贸易量";若该列表头冠以"谷物量",则下属的同一名称的谷物均出现两次,无法直截了当地明了该量的含义。表格设计者对此处于两难之间,只能将表头空白。此外,表格截断处的位置也不恰当(将供应量中的三项割裂),项目的从属关系也不明确。为此,该表应重新设计为附表5的形式。

　　原表中还缺单位,表题也不完整(未界定年限),续表也未注明。对于采用同一类物理量且各栏参数的单位也相同的,则整个表格的栏目上和表身都可省略单位,而把共用单位集中标注在表格顶线的右上角。根据文意,该表就须在表格顶线的右上角标上"10^5 t",否则就无法知道其产量究竟是多少。续表应补上"续表5"字样;表中数字的位数应对齐(小数点对齐),还要注意同类型的数组的有效数位应相等。

附表 4　表格差错案例四

表 5　世界谷物的贸易格局

	2005/06 年度	2006/07 年度	2007/08 年度	2007/08 年度相对于 2006/07 年度的变化程度（%）
供应量	2 524.1	2 483.5	2 530.0	1.9
小　麦	806.3	778.9	765.0	−1.8
粗　粮	1 194.0	1 172.0	1 231.1	5.0

	2005/06 年度	2006/07 年度	2007/08 年度	2007/08 年度相对于 2006/07 年度的变化程度（%）
稻　米	523.7	532.7	534.0	0.2
贸易量	246.7	254.6	257.8	1.3
小　麦	110.5	113.3	107.0	−5.5
粗　粮	107.0	111.4	120.5	8.1
稻　米	29.2	29.9	30.3	1.5

资料来源：世界粮农组织

附表 5　表格差错案例四的正确形式

表 5　2006－2008 各年度世界谷物贸易格局

年　度	供应量/10^5 t				贸易量/10^5 t			
	总量	小麦	粗粮	稻米	总量	小麦	粗粮	稻米
2005/2006 年度								
2006/2007 年度								
2007/2008 年度								
2007/2008 年度相对于 2006/2007 年度的变化程度/%								

3.6　数理公式、化学式编排差错

（1）数学式有误。例如：

$$\begin{cases} \nabla^2 u(r,z) = 0, (r,z) \in \Omega, \\ u = u_1(r), z = -z_0, \\ u = u_2(r), z = z_0, \end{cases} \quad 误用 \begin{cases} \nabla^2 u = 0 \quad \in \Omega, \\ u = u_1, z = -z_0, \\ u = u_2, z = z_0, \end{cases} \quad "\frac{\partial^2 C_i(q_i,\theta)}{\partial\theta_i \partial q_i}" 误用 "\frac{\partial C_i(q_i,\theta)}{\partial\theta_i \partial q_i}"。$$

（2）同一行使用除号"/"，"/"后没加括号，使数学意义不明确。例如：

$$d\Gamma = \Gamma/2\xi d\xi, \quad \zeta_i = C_i/2m_i\Omega$$

两式中在"/"后面的意义不明确。

（3）公式编号排在空行处。根据 GB/T 7713-1987《科学技术报告、学位论文和学术论文的编写格式》第 6.4.3 条和示例，"正文中的公式、算式或方程式等应编排序号，序号标注于该式所在行(当有续行时,应标注于最后一行)的最右边。"式码应排在数学式同行的行尾,不应排在空行处 。如排不下,可将数学式断开移行（不增加行数）,保证式码在数学式同行的行尾。

(4)数学式中的分式用的括号不匹配,太小或太大。例如:

"$(\dfrac{f(x)}{g(x)}+h(x))$"应为"$\left(\dfrac{f(x)}{g(x)}+h(x)\right)$",

"$(c_x-\int_0^t f[r,x(r),x'(r)]\mathrm{d}r)$"应为"$\left(c_x-\int_0^t f[r,x(r),x'(r)]\mathrm{d}r\right)$"。

(5)数学符号"$\overset{\frown}{W}$"和"$\underset{\frown}{W}$"混用。

(6)三角函数的反函数误用"-1"次方表示,如"arcsin"误用"$\sin^{-1}$"。

(7) "$(i=2,\cdots,10)$"误用"$(i,2,\cdots,10)$"。

(8)函数与自变量符号间没留空隙或空隙太大,如"$\sin x$, arccos x"。根据 GB 3102-1993《物理科学和技术中使用的数学符号》规定,"函数与自变量符号间应留一空隙",例如上述的函数和自变量应为"$\sin x$, arccos x"。

(9)数学式中不宜用中文字表示一个量参与运算。例如:"$D_L=KS_h+$空白",式中不宜出现中文字"空白"。

3.7 数值(量值)范围及公差表示差错

(1)数值范围号(浪纹线"$\sim$")误为半字线。如:"$450\sim510$ m"误为"$450\text{-}510$ m","$30\%\sim40\%$"误为"$30\%\text{-}40\%$"。

(2)书写百分数范围时,每个百分数后面的"$\%$"未重复写出。如:"$75\%\sim90\%$"误为"$75\sim90\%$"。

(3)书写用"万"或"亿"表示的数值范围,每个数值中的"万"或"亿"应全部写出。如:"30万$\sim$35 万元"误为"$30\sim35$ 万元"。

(4)书写具有相同幂次的数值范围,每个数值中的幂次未重复写出。如:"$3\times10^3\sim6\times10^3$"误为"$3\sim6\times10^3$"。

(5)书写单位不完全相同的量值范围时,每个量值的单位未全部写出。如:"2 h$\sim$2 h 30 min"误为"$2\sim2$ h 30 min"。

(6)数学式中误用起止线"$-$"或"$\sim$"。如"$i=1,\cdots,1\,000$"误为"$i=1-1\,000$","$i=0,\cdots,16$"误为"$i=0\sim16$"。

(7)参量与其公差的单位相同时的表示差错。如:"(15.2 ± 0.2)mm"误为"15.2 ± 0.2 mm","$\lambda=220\times(1\pm2\%)$V"误为"$\lambda=220$ V$\pm2\%$"。

(8)表示两个绝对值相等、公差相同的量值范围时,误将范围号省略。如:"$(-6\pm0.5)\sim(6\pm0.5)$ K"误为"$(\pm6\pm0.5)$K"。

(9)表示带百分数公差的中心值时,"$\%$"前的中心值与公差未用圆括号括起。如:"$(55\pm4)\%$"误为"$55\pm4\%$"。

3.8 参考文献著录差错

(1)正文中标注引用文献序号时未用"[ ]"。如:"[1-3]"误为"1-3"。

(2)文献著录中的日期书写未用全数字表示法或表示不当。如:"1999-08-03"误为"1999 年 8 月 3 日",或误为"8/3/99"。

（3）参考文献著录中起止页码间的连字线误用一字线或浪纹线。如："47-51"误为"47－51"或"47～51"。

（4）未使用规定的著录符号。例如：①"卷：页码."误为"卷，页码."；②"刊名，年份"误为"刊名 年份"；③"出版地：出版者"误为"出版者，出版地"；④"卷（期）：页码"误为"卷，期，页码"；⑤"卷（期）：页码"误为"卷（期），页码"；⑥"年份，卷（期）"误为"年份.卷（期）"；⑦"年份：页码."误为"年份，页码."；⑧"年份（期）."误为"年份，（期）"。

（5）在专著和论文集中析出文献的出处项前未用"//"。如："[C]"应为"[C]//"，"[M]"应为"[M]//"。

（6）专利文献著录缺项。如："国别，专利号[P]"误为"专利名[P]"。

（7）文献著录中，姓与名没区分，有的将姓与名分错。

（8）中文期刊中的"参考文献"用了英文"References"。

（9）参考文献中的年份与卷号有矛盾。

（10）文献著录中有的缺题名，有的缺作者名，有的缺书名，有的缺年份，有的缺文献类型的标志代码，有的缺卷期号。

（11）文献著录中的责任者误为"姓后名前"，应为"姓前名后"。

（12）责任者少于3人却用了"等"或"et al"。

（13）误将参考文献省略。参考文献是科技文章的重要组成部分，不应省略。

（14）著录格式中的"连续出版物题名：其他题名信息"误为"连续出版物题名（其他题名信息）"。如："华东师范大学学报：自然科学版"误为"华东师范大学学报（自然科学版）"。

（15）版本项未用阿拉伯数字。如："3版"误为"第三版"。

（16）文献未按出现先后顺序依次排序。

（17）正文中文献序号标引不当。如："根据文献[7-9]"误为"根据文献[7-9]"，"配基法[13]纯化"误为"配基法纯化[13]"。

（18）使用了已废止的文献类型标志代码 [A]（专著、论文集中析出的文献）和 [Z]（未说明的文献类型）。

（19）文献著录的书写格式不统一，如：① 作者姓有的用全大写，有的未全大写；② 刊名有的用了正体，有的用斜体；③ 文献著录中采用著者-出版年制，但在正文中采用顺序编码制，或相反，不统一；④ 同一篇文章中的文献刊名缩写不统一，如有的用全称"Physics Letters A"，有的用缩写"Phys Lett A"；⑤ 同一篇文章中的同一条文献人名缩写不统一，有的用全称，有的用缩写。

3.9　段落、转页、空格等存在的问题

（1）文章编排段落不当。例如：

从上述简单数据对比中首先可以看出，在占用岸线长度不变、人员……

其次，……

第三，……

上述案例的段落编排不当，第一层次未另起行，而第二、第三层次却另起行，标点符号也欠妥。应改为：

从上述简单数据对比中可以看出：

首先，在占用岸线长度不变、人员……

其次,……

第三,……

(2)文章编排中的转页不当。应尽量避免分散转页。如果必须转页,应在中断处注明"下转第×页",接续部分的前面注明"上接第×页"。一篇文章不应两次转页,更不应该逆转页。

(3)段落另起行处未空 2 字。

(4)基本类型章节标题号未顶格排。CY/T 35-2001《科技文献的章节编号方法》第 2.3 b)条规定:"基本类型章节标题号全部顶格排,正文另起行。"

(5)有的超过二分之一的版面为白版,有的整个版面为白版,有的版面顶天立地。

(6)每期的首页和翻开的右页,不是单数码。

(7)量与单位之间空隙没留或空隙太大。根据 GB 3101-1993《有关量单位和符号的一般规则》第 3.2.1 条、第 3.4 条的规定,"单位符号应当置于量的整个数值之后,并在其间留一空隙。"如:"120km/h"应为"120 km/h"。

(8)"1998 年,1999 年"误为"98 年,99 年"。

(9)"20 世纪 90 年代"误为"1990 年代"。

(张全福执笔)

2008 年上海市科技期刊
英文编校差错案例及分析

上海市科技期刊编校质量检查工作组

　　根据上海市新闻出版局"迎世博 600 天行动计划——期刊编校质量检查"活动安排,上海市科技期刊学会受上海市新闻出版局的委托,于 2008 年 10 月至 2009 年 1 月对 348 种上海市科技期刊以及 6 种社科期刊的编校质量进行了检查。本文对检查审读过程中发现的常见英文编校差错进行案例分析,以供编辑同行参考。

1　文字差错

1.1　单词拼写差错和短语使用差错

　　在本次编校质量检查中发现英文单词拼写差错较多。这项差错应该是最容易避免的,可以使用 Microsoft Word 的自动拼写检查来发现单词拼写错误。另外,编辑要勤翻词典。

1.2　容易用错的词

　　(1)maybe 与 may be

　　举例　COX-2 maybe related to the development of gastric cancer.[COX-2 可能与胃癌的发生有关。]

　　分析　be related to,与……有关联。maybe 是副词,句子中少了系动词 be。maybe related to 应改为 may be related to。

　　(2)administration 与 administered

　　举例　The medicine was administrated to the patient.[给病人服药。]

　　分析　administration[分发(药物),实施(疗法)],其动词是 administer。administration 是 administer 的名词形式。例如,可以说 the administration of medicine to a patient。表示分发(药物)、实施(疗法),不能用 administrate。administrate 一词英语中罕用,意为管理。该句可改为:The medicine was administered to the patient.

1.3　单词缺漏

　　这方面的差错主要是固定词组缺词以及连词缺漏。

　　例 1　a great amount cytochrome C[大量细胞色素 C]

　　分析　a great amount 应改为 a great amount of。a great amount of 是一个固定词组。

　　例 2　pentraxin-3 expression in human alveolar epithelial cells induced cyclic stretch[周期性牵张诱导的穿透素-3 在人肺泡上皮细胞的表达]

　　分析　句中 induced 应改为 induced by。induced by 意为"由……诱导"。在此句中,induced 不是谓语,而是过去分词,过去分词短语 induced by cyclic stretch 作 pentraxin-3 expression 的定语。

例 3 relationship between urethral polymorphonuclear leukocytes infections of…[尿道多形核白细胞与……感染的相关性]

分析 "relationship between…and…"是一个词组,故应改为"relationship between urethral polymorphonuclear leukocytes and infections of…"。

例 4 comparison of FPG, PPG, HbA1c, IRI between two groups[比较两组的 FPG、PPG、HbA1c 和 IRI]

分析 列举结束前的最后两者间要加 and,故"FPG, PPG, HbA1c, IRI"应改为"FPG, PPG, HbA1c and IRI"。

1.4 代词使用差错

举例 Inteferon-γ level in the culture supernatant of splenic cells in CFA group was significantly higher than those in the control group.[CFA 组脾细胞培养上清液中 γ 干扰素的浓度明显高于对照组。]

分析 该句比较的对象是 inteferon-γ level,句中 level 用了单数,故应该用 that 指代,以使前后一致,而不用 those。

1.5 冠词使用差错

英语中的冠词有定冠词和不定冠词。定冠词即 the,不定冠词有 a 和 an。不定冠词只用于单数名词之前;定冠词既可用于单数名词之前,也可用于复数名词之前。

(1)不定冠词的误用

举例 It indicates that pioglitazone produces a more favorable effects on glucose and lipid control.[结果提示,吡格列酮控制血糖和血脂的作用更好。]

分析 句中 a more favorable effects 应改为 a more favorable effect 或 more favorable effects。

不定冠词 a 用于以辅音发音开始的词之前,不定冠词 an 用于以元音发音开始的词之前。此类差错有:an N-pulse 误为 a N-pulse,因为 N 读作[en],其发音以元音[e]开始;a flexible 误为 an flexible,flexible 的首字母发音为辅音[f],故用 a;an aluminum-rich 误为 a aluminum-rich,aluminum 的首字母发音为元音[æ],故用 an。

(2)定冠词的误用

例 1 2.4 The Commutability…

分析 在标题的开头处,不应加 The,应改为"2.4 Commutability…"。

例 2 to investigate stability…[为了研究稳定性……]

分析 应改为"to investigate the stability…"。

例 3 to improve computational efficiency…[为了提高计算效率。]

分析 应改为"to improve the computational efficiency…"。

定冠词用于表示特指的内容。一般来说,单数名词如果不带有不定冠词,也不带有其他限定词或修饰语,则其前加定冠词。

1.6 名词使用差错

(1)名词不分单复数

举例 two group 应为 two groups,every two year 应为 every two years。

(2)名词复数拼写差错

例 1　将 data 当作单数名词,因而将该词的复数形式误写为 datas。data 是 datum(数据)的复数形式。

例 2　将 vertebra(椎骨)的复数写为 vertebras,应为 vertebrae。

(3)名词单复数使用不当

例 1　Relationship between *Chlamydia trachomatis* antigen positivity, *Neisseria gonorrhoeae* culture positivity and polymorphonuclear leukocyte.[沙眼衣原体抗原阳性及淋球菌培养阳性与多形核白细胞之间的关系。]

分析　句中的 leukocyte 应改为复数 leukocytes。

例 2　at different level[在不同水平]

分析　different 后加可数名词复数,故改为 at different levels。

例 3　parainfluenza virus type 1, 2 and 3[副流感病毒 1 型、2 型和 3 型]

分析　因为是 3 种类型病毒,故 type 一词要用复数。类似的差错案例有 group A and B 应改为 groups A and B 或 group A and group B,X and Y group 应改为 X and Y groups 或 X group and Y group,latency of Na and Pa 应改为 latencies of Na and Pa,parameter Ψ (open circle) and $\triangle$ (open square)[参数 Ψ(开圆)和 $\triangle$(开矩形)]中的 parameter 应该用复数 parameters,No. 90704006, 60572021 中有 2 个编号,No. 应该用复数 Nos.。

例 4　its variable $x_j (j=1,2,\cdots,n)$[它的变量 $x_j (j=1,2,\cdots,n)$]

分析　变量 variable 应该用复数 variables。

例 5　polarization diagnosis[偏振诊断]

分析　diagnosis 应该用复数 diagnoses。

例 6　for the four cylinders cases[对于 4-圆柱体情况]

分析　four cylinders 修饰 cases,应该用连字符组成复合词 four-cylinder,cylinder 用单数,即改为 four-cylinder cases。

例 7　we could regard the scheme (4) as an explicit Magnus expansions…[我们可以视方案(4)为一个显式的 Magnus 展开式……]

分析　an 与复数 expansions 相矛盾,应用单数 expansion。

(4)不可数名词误作可数名词

举例　The proposed method results in a high classification accuracy.[提出的算法实现了较高的分类准确率。]

分析　accuracy 在此处是不可数名词,故不能用不定冠词 a。

(5)误用名词的复数形式做修饰语

举例　livers tissues[肝组织],mice model[小鼠模型]

分析　一般来说,不宜用复数名词修饰名词,故应改为 liver tissues, mouse model。其他例子如:12 weeks treatment[12 周的治疗]要改为 12-week treatment 或 treatment of 12 weeks,10 mins reperfusion[10 分钟的灌注]要改为 10-min reperfusion 或 reperfusion of 10 min(量的单位不能用复数形式)。

(6)名词单复数前后不一致

例 1　The values are the mean value from three times of assays.[所得数值为 3 次检测的平均值。]

分析　主语是复数 values,故表语也用复数。the mean value 应改为 the mean values。

例 2　Their fasting plasma glucose level was over 7 mmol/L.［他们的空腹血糖水平高于 7 mmol/L。］

分析　over 7 mmol/L 不是均值,而是说每个人的空腹血糖水平都高于 7 mmol/L,因此,their level 应改为 their levels,was 相应地改为 were。

（7）名词单复数固定用法差错

举例　Statistic methods included the followings.［统计学方法包括以下方法。］

分析　the followings 应改为 the following。the following 是一种固定用法,既可以作单数,也可以作为复数用。

（8）名词误作形容词用

举例　MRI is woundless and accuracy.［磁共振显像无创伤且准确。］

分析　描述 MRI 的特性,to be 后面加形容词。accuracy 是名词,意为准确性,应改用形容词 accurate［准确的］。

（9）名词误作动名词用

举例　Relative minimum apparent diffusion coefficient alone has limited value for differentiation the two grades of tumors.［单独应用最小表观弥散系数相对值鉴别两种级别肿瘤价值有限。］

分析　differentiation the two grades of tumors 改为 differentiating the two grades of tumors,使 the two grades of tumors 做 differentiating 的宾语。也可改为 differentiation of the two grades of tumors,则 the two grades of tumors 做 differentiation 的定语。

1.7　介词使用差错

（1）介词误用

例 1　Bicuculline-induced neurotoxicity of CA2 sector is mediated by P/Q-type voltage-dependent Ca^{2+} channel.［荷包牡丹碱对海马 CA2 区的神经毒性与 P/Q 型钙通道有关。］

分析　"neurotoxicity to…"意为"对……的毒性","对……有毒性作用","neurotoxicity of…"意为"……的毒性"。此句中应该用前者。

例 2　to explore the influence by the wall thickness of vascular graft on its porous properties［探讨人造血管管壁厚度对其渗透性能的影响］

分析　influence by 应改为 influence of。

例 3　No significant difference was found between these three groups.［3 组之间无显著差异。］

分析　两者之间比较用 between,三者或三者以上的比较用 among。故句中 between 应改为 among。

例 4　HDL cholesterol levels were more increased by pioglitazone group than that by rosiglitazone group.［比格列酮组高密度脂蛋白胆固醇水平升高较罗格列酮组明显。］

分析　全句改为"HDL cholesterol level was more increased in pioglitazone group than that in rosiglitazone group."或"HDL cholesterol level was more increased by pioglitazone than by rosiglitazone."

例 5　This result is also similar as other study. ［该结果也与其他研究类似。］

分析　全句改为"This result is also similar to other study results."或"This result is also similar to the other study."（加限定词或修饰语）或"This result is also similar to other studies."或"This result is similar to the other study."

例 6　in high concentration［高浓度］

分析　应改为 at high concentration。

例 7　60 cases with breast cancer［60 例乳腺癌患者］

分析　应改为 60 cases of breast cancer，或 60 patients with breast cancer。

（2）介词重叠

举例　Distribution of bacterial infection among of COPD patients［慢性阻塞性肺病患者感染病原菌分布情况］

分析　among of 应改为 among。

1.8　副词使用差错

（1）副词误作形容词用

例 1　There were no significantly differences. ［未见显著差异。］

分析　要用形容词修饰名词，故副词 significantly 应改为形容词 significant。

例 2　refer to the similar LES methods adopted by the previously investigators［指以前的研究者所采用的相似的 LES 方法］

分析　副词 previously 不能修饰后面的名词 investigators，应改用形容词 previous，即 previous investigators。

例 3　such as micro-cracks are easily to result in failure and…［如像微破裂那样导致失败结果是无疑的……］

分析　副词 easily 不能作表语，应改用形容词 easy。

（2）形容词误作副词用

例 1　excellent controlled［控制良好的］

分析　形容词不能用来修饰形容词，excellent 要改用副词 excellently。其他如：significantly lower，significantly different。

例 2　were significant decreased［明显减少］

分析　形容词不能用来修饰动词，要改用副词。改为 were significantly decreased。

例 3　suggesting the mafic-rich minerals form relative early in metamorphism［假定铁镁质的富矿在变质作用较早期生成］

分析　形容词 relative 不能修饰形容词 early，应改用副词 relatively。又如：because only the Mg-rich Spr can be formed at relative high temperature…［由于在相对高的温度下仅富镁的假蓝宝石能被形成……］句中形容词 relative 不能修饰形容词 high，应改用副词 relatively。

例 4　which produces linear polarized light with electric fields in horizontal（integer order）and vertical（half integer order）planes［在电子场的垂直面和水平面生成线性偏振光］

分析　形容词 linear 不能修饰后面的过去分词 polarized，应改用副词 linearly。

(3)过去分词误作副词用

举例 They were randomized divided into two groups.［他们被随机分成 2 组。］

分析 全句改为"They were randomly divided into two groups."或"They were randomized into two groups."

1.9 形容词使用差错

(1)词义不对

举例 Pain relief in 97% patients was acceptable.［97%的患者疼痛减轻。］

分析 全句改为"Pain relief in 97% patients was obtained."或"Pain relief was obtained in 97% patients."或"Pain relief was obtained in 97 percent patients."。

(2)形容词误作名词用

举例 tested by ultrasonographic［用超声检测］

分析 ultrasonographic 是形容词,介词 by 之后应该用名词 ultrasonography。

(3)形容词的比较级误用

举例 The former began to crystallize earlier, but the latter's crystallization ended late.［前者开始结晶较早,但后者结晶结束较迟。］

分析 "较早"用比较级 earlier,则 late［较迟］也应该用比较级 later。

1.10 动词使用差错

(1)动词使用不当

举例 All patients achieved the WHO diagnostic standard of diabetes mellitus.［所有患者符合 WHO 糖尿病诊断标准。］

分析 achieve 应改用 meet。

(2)不及物动词误用被动语态

例 1 Recurrence was occurred in 4 cases.［4 例复发。］

分析 不及物动词没有被动语态。occur 是不及物动词,was occurred 应改为 occurred。

例 2 Gram-positive bacteria were mostly consisted of…［革兰阳性细菌主要有……］

分析 应改为"Gram-positive bacteria mostly consisted of…",因为 consist 是不及物动词。

(3)不及物动词误用过去分词

举例 There were no severe adverse events happened in the trial.［试验中未发生严重不良事件。］

分析 happen 为不及物动词,故不能用过去分词,要用现在分词 happening。

(4)不及物动词误接名词

举例 The calculation results a layered structure.［通过计算获得分层网络。］

分析 result 是不及物动词。results 应改为 results in。

(5)动词误作名词用

例 1 natural kill cell［自然杀伤细胞］

分析 kill 虽然也可作名词用,但在此处,它是动词。此处用动词是错误的。kill 应改为 killer。

例 2 The categorical data were compared with chi-square analyze.［分类数据的比较用方差分析。］

分析 analyze 是动词,此处应该用名词 analysis。

例 3 The iterate was given by scheme (4). ［这迭代法被方案(4)给出。］

分析 iterate 是动词,应改用名词 iteration。

(6)系动词使用差错

举例 Triglyceride and total cholesterol in rosiglitazone group were no significant reduction.［罗格列酮组三酰甘油和总胆固醇未见明显降低。］

分析 系动词之后应该用形容词,而 reduction 为名词,故 were 改用及物动词 showed。

(7)动名词使用差错

例 1 The major adverse drug reactions were mild to moderate hypoglycemia, and it could be relieved by given glucose water.［主要的药物不良反应为轻度到中度的低血糖,服用糖水可以缓解。］

分析 by 是介词,后面要跟名词性词组,故过去分词 given 要改用动名词 giving。另外,句中只提到一种不良反应,故主谓语应改用单数。全句改为 The major adverse drug reaction was mild to moderate hypoglycemia, and it could be relieved by giving glucose water.

例 2 The existed analytical solutions to crack tip fields of mode Ⅲ crack type were …"［对于模式Ⅲ型破裂尖端流场存在的解析解是……］

分析 exist 是不及物动词,故不用过去分词,而要改用现在分词 existing,作形容词用,修饰 solutions。

例 3 it is evident that the explicit Magnus method offers a natural choice for the embedded method…［显然,显式的 Magnus 方法为嵌入方法提供了一个自然的选择……］

分析 embed 是及物动词,可以有过去分词和现在分词形式。过去分词有被动的含义,现在分词有主动的含义。此处应该用现在分词,即 the embedded method 应为 the embedding method。

(8)动词不定式使用差错

举例 let S(C,x^*) is defined according to (2.2)［设 S(C, x^*) 根据(2.2)被定义］

分析 let 后的动词不定式应该省略 to,而动词不定式应该用动词原形。犹如 Let it be,Let me do it. let 用于论述数学问题的祈使句中的假设时,应该用 be,即"let S(C,x^*) be…"。又如:let the constraint qualification holds［设这约束条件有效］holds 应该用原型 hold。

1.11 修辞差错

举例 It may provide a new way on nutrition regulation, immune enhancement and treating for diseases of human and animal.［它可能为营养调节、增强免疫以及治疗人类和动物的疾病提供一种新方法。］

分析 介词之后并列的几个词组结构要一致。介词 on 使用不当。全句改为 It may provide a new way for nutrition regulation, immune enhancement and treatment of diseases in humans and animals.

1.12 逻辑差错

（1）并列关系不当

举例 Blood glucose is reduced by reducing free acid release，improving insulin sensitivity in skeletal muscle and liver，suppress hepatic glucose output and enhancing utilization of glucose in skeletal muscle.［血糖的降低是通过减少游离酸的释放、提高骨骼肌和肝脏对胰岛素的敏感性、抑制肝脏葡萄糖的产生以及促进骨骼肌对葡萄糖的利用而实现的。］

分析 此句中介词 by 后面并列的应该是动名词词组，即："by reducing free acid release，improving insulin sensitivity in skeletal muscle and liver，suppressing hepatic glucose output and enhancing utilization of glucose in skeletal muscle"。

（2）主语与谓语动词的关系不当

举例 Both groups were received ipratropium bromide by the inhalation of oxygen-driven.［两组均予以氧启动雾化吸入异丙托溴铵。］

分析 没有被动的意思，故不用被动语态。全句改为 Both groups received ipratropium bromide by oxygen-driven inhalation.

（3）动宾关系不当

举例 improving the rate of［提高……率］

分析 应改为 increasing the rate of。

（4）非并列关系误为并列关系

举例 The expression and significance of protein tyrosine phosphatase SHP2 in juvenile rat bacterial meningitis model.［蛋白酪氨酸磷酸酶 SHP2 在幼鼠细菌性脑膜炎中的表达及意义。］

分析 expression 和 significance 不是并列的关系，此标题改为 The expression of protein tyrosine phosphatase SHP2 in a juvenile rat model of bacterial meningitis and its significance。

1.13 句子结构差错

最常见的句子结构差错是句中无谓语或者无主语。另外，在非限制性定语从句中，不能用 that 代替 which。

举例 Sullenger reported prostate cancer cell-specific delivery of siRNA by using a chimera RNA transcript，that consists of an aptamer portion mediating the binding to PSMA and a siRNA portion targeting the expression of the two survival genes PLK1 and Bcl2.［Sullenger 曾报道，利用嵌合体 RNA 转录物获得前列腺癌细胞特异性 siRNA 传递基因，它包含一个专门调节与 PSMA 结合的适体片段和一个定向表达两种存活基因 PLK1 和 Bcl2 的 siRNA 片段。］

分析 that 应改用 which，which 引导的定语从句修饰 delivery。

1.14 词组搭配差错

这方面的差错主要是固定词组的使用问题。

例 1 The metabolic changes in the peritumoral region can be helpful in the malignancy classification.［瘤周区域的代谢变化对肿瘤恶性程度的分级有帮助。］

分析 be helpful in 应改为 be helpful to。后者是固定搭配的词组。

例 2 It may benefit to delay the development of chronic cardiovascular complications. 〔这有益于延缓慢性心血管并发症的发生。〕

分析 be beneficial to 是固定搭配的词组,接名词。在原来的句子里,benefit 是动词。如果是不及物动词,意为"获益"、"得益",应该用 benefit from, benefit by;如果是及物动词,意为"有益于",用 benefit+宾语。benefit 也可作名词用,用词组 be of benefit to,如 It may be of benefit to delaying the development of chronic cardiovascular complications. 全句也可改为 It may be beneficial to delaying the development of chronic cardiovascular complications.

例 3 The open-field behaviors of the rat are negative correlation with the levels of epinephrine in frontal cortex. 〔大鼠旷场行为与额叶皮质肾上腺素浓度呈负相关。〕

分析 are negative correlation with 改为 are negatively correlated with。

例 4 such as cells, biologic fluid, etc. 〔诸如细胞、生物液等〕

分析 such as 后不可再用 etc.,应改为 such as cells and biologic fluid。

例 5 Finally, aptamers are synthesized chemically and therefore offer significantly advantage in term of production cost. 〔最后,化学合成适体,因而在降低生产成本方面具有明显优势。〕

分析 in terms of 是固定形式的短语,terms 不能改用 term。advantage 是名词,故它前面的修饰词应该是形容词 significant,而不是副词 significantly。

1.15 时态差错

英文摘要中阐述"方法"和"结果"一般应使用过去时,但误用现在时的情况较多,不一一举例。

1.16 语态差错

(1)主动语态误用被动语态

例 1 Fifty-one cases of intracranial astrocytic tumors were underwent the MR spectroscopy examination. 〔51 例颅内星形细胞肿瘤患者均进行磁共振波谱检查。〕

分析 were underwent 应改为 underwent。

例 2 Patients were excluded if they were received lipid-lowing drugs. 〔如果患者服用了降脂药则被排除。〕

分析 were received 应改为 received。

(2)被动语态误用主动语态

举例 Patients encouraged to have physical activity. 〔鼓励患者参加体育锻炼。〕

分析 全句改为"Patients were encouraged to have physical exercise."

1.17 主谓语单复数不一致

(1)主语为单数谓语误用复数

例 1 There are a pair of positive ε_0 and s_0 constants. 〔存在一对正常数 ε_0 和 s_0。〕

分析 因 a pair 是单数,故用 there is a pair。

例 2 $u_n(\xi)$ are uniformly bounded on [-L, L]. 〔$u_n(\xi)$ 在区间[-L, L]上一致有界〕

分析 主语"$u_n(\xi)$"为单数,故系动词 are 应该用单数形式 is。

例 3 The early HIM show the mobility and precipitation of the Fe^{3+} (Fe^{2+}) and Ti elements.［早期的 HIM 显示了 Fe^{3+}（Fe^{2+}）和 Ti 元素的流动性和沉淀。］

分析　主语 the early HIM 为单数，故谓语动词应该用第三人称单数形式 shows。

例 4　Posterior lateral mass screw internal fixation system were used in 20 cases.［20 例采用后路钉棒内固定系统。］

分析　主语是单数 system，were 应改为 was。

例 5　The technology of five detection systems were evaluated.［对 5 个检测系统的技术作了评估。］

分析　主语是 technology，为单数，were 应改为 was。

例 6　The kinetics of H_2O_2 burst in incompatible interaction were biphasic.［不亲和组合中 H_2O_2 爆发表现为双峰曲线。］

分析　kinetics 之后的连系动词要用单数。

（2）主语为复数谓语误用单数

例 1　Neglected tropical diseases attracts global attention.［被忽视的热带病正在受到全球关注。］

分析　主语 diseases 为复数，谓语动词不能用第三人称单数形式，故 attracts 改用 attract。

例 2　CMBs was correlative with hypertension.［脑微出血与高血压有关。］

分析　CMBs 是 cerebral microbleeds 的缩写，是复数形式，故 was 应用 were。

例 3　ICC were mainly distributed in submucosal plexus and myenteric plexus.［ICC 主要分布于黏膜下丛和肌间丛。］

分析　ICC 是 interstitial cells of Cajal 的缩写。但在此句中，谓语动词为复数形式，故其主语也要用复数 ICCs。

例 4　The development of systematic biology and functional genomics give us a deeper understanding of the nature of metastasis at the molecular level.［系统生物学和基因组学的发展使我们从分子水平对转移本质有了深入认识。］

分析　此句的主语是 development，是单数，故谓语动词要用第三人称单数形式，即 give 应用 gives。

例 5　The serum CK level in the ectopic pregnant group were higher than those in normal pregnant group.［异位妊娠组的肌酸激酶较正常怀孕组高。］

分析　此句应改为 The serum CK level in the ectopic pregnant group was higher than that in the normal pregnant group.

例 6　Bonds in diaminoguanidine is conjugated［在……中的化学键被缀合］

分析　主语 bonds 为复数，故谓语动词应该用复数形式，即 is 应为 are。

例 7　Distributions of the upstream cylinders is in general varying within a small range from 0.08 to 0.12.［上游柱面的分布总体上在 0.08 到 0.12 的小范围内变化。］

分析　主语 distributions 为复数，故谓语动词 is 应用复数形式 are。

例 8　The most basic SGS models was…［大多数基本的 SGS 模型是……］

分析　主语 SGS models 是复数，谓语动词 was 应该用复数形式 were。

例 9　The TKE-distributions in the x-y plane for the case $L/D=3.5$ shows a symmetrical characteristic[在 x-y 平面上对于 $L/D=3.5$ 情况的 TKE 分布显示了对称的特性]

分析　主语 distributions 为复数,但谓语动词误用第三人称单数形式 shows,应为 show。

例 10　The dashed lines denotes data obtained from experimental measurements.[虚线表示由试验测量得到的数据。]

分析　主语 the dashed lines 为复数,谓语动词不能用第三人称的单数形式 denotes,应该用 denote。

1.18　字母大小写差错

(1)句子的第一个词的首字母未大写。此类差错举例省略。

(2)人名、地名、国名、机构名等专有名词和专有形容词首字母未大写(但它们前面的冠词不应大写)。例如:Department of Gastroenterology, The First Affiliated Hospital of Fujian Medical University[福建医科大学第一附属医院消化科]应改为 Department of Gastroenterology, the First Affiliated Hospital of Fujian Medical University;Department of electronic engineering, Fudan University[复旦大学电子工程系]应改为 Department of Electronic Engineering, Fudan University。其他差错有:Greek 误为 greek(希腊的),Shanghai 误为 shanghai,Hunan Province 误为 Hunan province,Chemicon 公司误为 chemicon 公司,HeLa 细胞误为 Hela 细胞(HeLa 细胞最初来自美国女子 Henrietta Lacus 子宫颈癌组织的细胞株,故定为此名)。

(3)头衔出现在专有名词之前时未大写。例如:professor Xu[许教授]应改为 Professor Xu。

(4)商标未大写。例如:"Trizol 试剂"应改为"TRIzol 试剂"。TRIzol 是商标名,写法固定。

(5)植物学名(通常由属名、种名和命名人三部分组成)中的属名和命名人的第一个拉丁字母未大写。例如:*Neisseria gonorrhoeae*[淋球菌]误为 *neisseria gonorrhoeae*,*Coptis chinensis Franch*[黄连]误为 *Coptis chinensis franch*。

(6)药物的通用名误用大写。例如:Effect of Diphenylene iodonium and Imidazole on hypersensitive reaction.[二亚苯基碘和咪唑对过敏性反应的影响]应改为 Effect of diphenylene iodonium and imidazole on hypersensitive reaction. 药物的通用名不用大写,药物的商品名首字母才用大写。

1.19　正斜体误用

在正文中,书刊名用斜体表示,未被英语同化的外来语(如拉丁语的植物名、细菌名)用斜体。例如:*Saccharomyces boulardii*[布拉酵母菌]应使用斜体。但拉丁语缩写如 i. e. (that is), e. g. (for example), et al. (and others), etc. (and so forth),通常不用斜体。这些缩略语中的缩写点不可省略。基因的英文名称通常用斜体表示。

1.20　专有名词差错

例如:Chinese Academy of Science[中国科学院]正确的写法是 Chinese Academy of Sciences。

1.21　术语差错

例如:inter control[内参照]应改为 inner control,influenza A virus[流感病毒 A 型]

应改为 influenza virus A。

1.22 缩略语差错

举例 乙型肝炎病毒(hepatitis B surface antigen，HBV)

分析 hepatitis B surface antigen 是 HBsAg［乙型肝炎病毒表面抗原］的缩写，应改为乙型肝炎病毒(hepatitis B virus，HBV)。

其他差错有：U. S. A. 误写成 U. S. A，PLoS (Public Library of Science)误写为 PloS。

缩略语使用的差错主要有以下几类。

(1)首字母缩略词差错。首字母缩略词(acronym)通常由一个词组中每一个单词的首字母组成，如 AIDS 由 acquired immune deficiency syndrome(获得性免疫缺陷综合征)缩略而成。首字母缩略词是可作为一个单词发音的缩略词，如 AIDS 并不读作[ei ai di es]，而应该读作[eidz]。由于可作为一个单词发音，首字母缩略词通常被视为一个完整的单词，因此，首字母缩略词在书写时每一个字母后面或单词后面不加圆点，如 AIDS 不能写作 A. I. D. S. 或 AIDS. 。

(2)缩写词差错。缩写词(abbreviation)是一个单词或词组的缩短的形式(缩写)，不一定由单词的首字母组成，如 Dr. 是 Doctor 的缩写词。由几个缩写词组成的短语称为缩写短语。美国英语中，许多缩写词使用缩写点，如 U. S. A. (United States of America)。在英国英语中，缩写词则不用写圆点，如 USA。缩写词的重音常常落在最后一个字母上，如 USA 读作[juːesˈei]。期刊刊名常用缩写词表示，如 N Engl J Med(The New England Journal of Medicine《新英格兰医学杂志》)。但西文期刊刊名未按照 ISO-4《信息与文献——出版物题名和标题缩写规则》、医学期刊刊名的缩写未以 PubMed 为准、刊名为单独的词误用缩写的情况仍较多，不一一列举。

(3)缩合形式差错。词或词组的缩合形式也可称缩写形式(contraction)，其构成与首字母缩略词和缩写词不同，省略的字母通常用撇号代替，如 isn't 是 is not 的缩合形式，they're 是 they are 的缩合形式。缩合形式(如 isn't，couldn't，can't，he'll)主要出现在口语和非正式文体中，但并不绝对。它们常见于私人信件、商业信函、新闻以及小说中，很少出现在科技和学术写作中，但此类差错时有出现。例如：All patients didn't take any lipid-lowing drugs during treatment. ［全部患者治疗期间均未服用任何降脂药。]didn't 应改为 did not。can't 可写作 can not(英国英语)或 cannot(美国英语)。

(4)缩略语使用的原则。① 题名中尽量避免使用，特别是要避免使用不常见的缩写词、首字母缩略词、字符、代号。② 在摘要中，缩写词、首字母缩略词、略称、代号，除了相邻专业的读者也能清楚理解的以外，在首次出现时必须加以说明。在正文中也要这样做。③ 首字母缩略词，分别在摘要中和正文中第一次出现时，应给出其全称。④ 缩写词的缩写点可省略，全刊要统一。

1.23 阿拉伯数字与英语数字使用差错

句首误用阿拉伯数字。句首的数字要拼写出来。如果句首的数字需要多个词才能表达，则应重新安排句子，使数移到后面，以便用阿拉伯数字表达。如：3.5 billion people live in Asia. 可改写为 The population of Asia is 3.5 billion.

1.24 英文字母与希腊字母混淆

例 1 interferon-a［干扰素 α］

分析　此处的 a 应该是希腊字母 α。

例 2　NF-kB

分析　应改为 NF-κB。κ 是希腊字母。

其他差错有误用英文字母拼写罗马数字。

2　标点符号差错

2.1　中英文标点符号混用

例如：在英文句子中误用顿号"、"、书名号"《》"、浪纹号"～"，输入英文时使用全角标点符号（如用中文的破折号代替英文的破折号，英文破折号为两个连字符的长度）。

2.2　英文标点符号前后的空格不规范

少数期刊英文标点符号前后的空格不规范，特别是在参考文献中。英语标点符号的使用可以参阅英语语法书籍。

当书写一个网址或 e-mail 地址时，网址内的各种标点符号与其前后的字母间都不空格。

2.3　标点符号使用差错

（1）误把连字符当破折号用

举例　The epidemiology of mitochondrial disorders-past，present and future.［线粒体功能障碍的流行病学——过去，现在和将来］

分析　此句应改为 The epidemiology of mitochondrial disorders — past，present and future.

（2）误用逗号连接两个独立句

所谓独立句，又叫主句，是一个完整的陈述，包含一个主语和一个谓语。两个独立句之间应加句号，或用分号连接，或插入一个逗号和一个并列连词如 and，but。并列连词前一定要加逗号，只有主句都很短并且意义紧密相关，才可以省略逗号。例如：

The drug does little to relieve symptoms，and it can have side effects.

The side effects are not minor；some leave the patient quite ill.

只有在短而平行的主句间，有时才用逗号连接，但仍以用分号为好。

（3）误用连字符代替负号

例如："Cl⁻"误为"Cl"。

2.4　标点符号漏用

举例　Several signaling pathways，such as PKA，PKC，p38MAPK，and ERKs could recruit CREB to the CRE in the promoter.［有几种信号通路，如 PKA、PKC、p38MAPK 和 ERKs 可以将 CREB 募集到启动子的 CRE。］

分析　此句中，such 之前用了逗号，such as 短语作为插入语使用，故应改为 Several signaling pathways，such as PKA，PKC，p38MAPK，and ERKs，could recruit CREB to the CRE in the promoter.　当然也可以改作：Several signaling pathways such as PKA，PKC，p38MAPK and ERKs could recruit CREB to the CRE in the promoter.

漏用连字符的情况也较常见。例如：Sprague-Dawley rats［SD 大鼠］误为 Sprague

Dawley rats,intra- and extracardiac［心内外］误为 intra and extracardiac,等等。

连字符用于:(1)构成复合词,(2)拆分词语。使用连字符形成复合词时要注意以下几个问题。

(1)当两个或更多的词一起作为修饰语用在名词前时,用连字符把修饰语连成一个整体,形成复合形容词。此方面的差错案例有:molecular-targeted therapy［分子靶向治疗］误为 molecular targeted therapy,brain-derived neurotrophic factor［脑源性神经营养因子］误为 brain derived neurotrophic factor,HBsAg-positive［乙型肝炎表面抗原阳性］误为 HBsAg positive,等等。

(2)两个或更多的复合形容词平行使用,复合形容词的一部分只出现一次,用连字符表明哪个词应该与被省略的部分连在一起。此方面的差错案例有:the low and high-grade astrocytic tumors［低度和高度恶性星形细胞肿瘤］。正确的写法是:the low- and high-grade astrocytic tumors。其他类似情况正确的写法如:low-, medium- and high-dose aspirin;low-, medium- and high-dose groups;low-dose, medium-dose and high-dose。

(3)一般情况下,前缀后不加连字符。只有以下几种情况前缀后才加连字符。

少数前缀,如:self-(例:self-regulation［自动调节］),all-(例:all-purpose［适用于各种用途的］),ex-(例:ex-president［前任总统］)。

大写字母之前的前缀,如:de-Chinese culture trends［"去中国化"的文化动向],un-American［非美国式的］。

前缀是一个大写字母,如:T-shirt。

为了避免误读,如:anti-inflammatory［抗炎的］。

(4)分数和复合数词用连字符

如:three-fourths,twenty-four。

2.5　格式差错

英文版科技期刊编排格式方面的差错主要是单词拆分转行差错,其他格式差错与中文版科技期刊相同。单词拆分转行的一般规则:① 只能按音节拆分(可查阅字典);② 拆分的单词前后部分用连字符连接,连字符应放在前一行的末尾,不能放在下一行的开头;③ 单音节词不宜拆分。

并不是所有的音节分开处都能拆分单词。单词拆分时还要注意以下几点:①前一行的末尾至少留下 2 个字母,下一行的开头至少留下 3 个字母。②有连字符的词只能在连字符处拆分。③不要在网址中拆分词。如果需要把一个网址断行,只能在斜线后或句号后断行。转行时不要加连字符,因为读者可能会误以为连字符是网址的一部分。④确保词的拆分不会使读者产生疑义。如以下单词的拆分应避免:read-dress, ear-nest, leg-end。⑤词形的变化形式不宜拆分,如-ing, -ed, -or, -er。⑥数字之间和缩略词之间不宜拆分。⑦有词缀的词应在词缀与词根处拆分。⑧复合词应在复合成分之间拆分。⑨ 姓与名各自不能断开移行。

（周庆辉执笔）